HEYNE <

LAUREN ASHER

LOVE REDESIGNED

LAKEFRONT BILLIONAIRES

BAND 1

ROMAN

Aus dem Amerikanischen
von Melike Karamustafa und Bettina Hengesbach

WILHELM HEYNE VERLAG
MÜNCHEN

Die Originalausgabe LOVE REDESIGNED
erschien erstmals 2023 bei Bloom Books, USA.

MIX
Papier | Fördert gute Waldnutzung
FSC® C014496
FSC www.fsc.org

Penguin Random House Verlagsgruppe FSC® N001967

Deutsche Erstausgabe 03/2024

Redaktion: Lisa Scheiber
Umschlaggestaltung: zero-media.net
nach dem Originalcoverdesign von Books and Moods
Satz: satz-bau Leingärtner, Nabburg
Druck und Bindung: GGP Media GmbH, Pößneck
Printed in Germany
ISBN: 978-3-453-42918-5

www.heyne.de

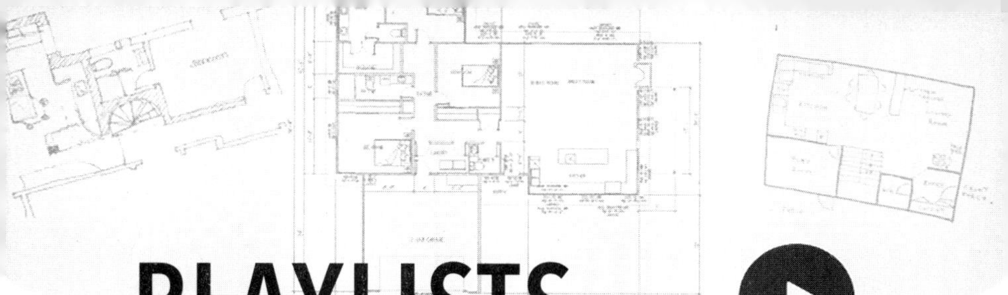

PLAYLISTS

Love Redesigned by Lauren Asher

LOVE REDESIGNED

Scan to listen

Love Redesigned
Playlist

Fuck Love Songs
Playlist

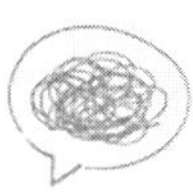

Stressed and Depressed
Playlist

Get Hammered
Playlist

Duke Brass: Greatest Hits
Playlist

Diese Liebesgeschichte enthält explizite Inhalte
und potenziell triggernde Themen.
Für eine detailliertere Liste mit Content Warnings
scannt den QR-Code oder besucht:
https://laurenasher.com/lrcw.

Für alle, deren Sprache der Liebe »Lob und Anerkennung« ist.
Eure Sucht nach Lob ist bei mir sicher (und bei Julian Lopez).

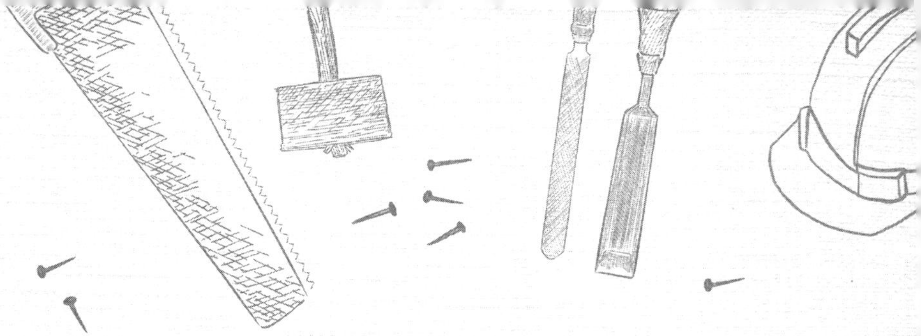

KAPITEL EINS
JULIAN

Ich bin ungefähr zehn Sekunden davon entfernt, meinen gottverdammten Verstand zu verlieren, und schuld daran ist die unerträglich langsame Autofahrerin, die die einzige Straße blockiert, die in den Ort führt.

Die Sonne ist vor zwanzig Minuten untergegangen, sodass ich nichts anderes erkennen kann als das von meinen Frontscheinwerfern erleuchtete kalifornische Nummernschild. Ich widerstehe dem Drang, das Fernlicht aufblitzen zu lassen und zu hupen, obwohl ich ihm beinahe nachgebe, als der schwarze Mercedes leicht zur Seite ausschert, ehe er wieder zur Mitte der Spur zurückschwenkt.

*Cálmate.** *Bis zur Main Street sind es nur noch fünf Meilen.*

Auch wenn ich versucht bin, das andere Auto zu überholen, damit ich rechtzeitig zur Talentshow meines Patensohnes komme, will ich nicht riskieren, meinen neuen McLaren auf dem unbefestigten Straßenrand zu beschädigen. Ich habe nicht die letzten paar Jahre

---

* ***Cálmate:*** *Beruhige dich.*

meines Lebens damit verbracht, hin und her zu überlegen, ob ich mir tatsächlich meinen Traumwagen anschaffen soll, nur um eine Woche nach seiner Lieferung die Federung zu ruinieren.

Der Klingelton meines Handys, auf dem im nächsten Moment der Name meines Cousins angezeigt wird, lässt mich zusammenschrecken. Ich atme tief durch, ehe ich unwirsch die Annahmetaste am Lenkrad betätige.

»Wo zur Hölle steckst du?« Rafaels barscher Flüsterton erfüllt das Wageninnere.

»Ich bin in zehn Minuten da.«

Ein missbilligendes Brummen folgt. »Aber die Show beginnt schon in fünf.«

»Keine Sorge. Ich schaffe es, bevor Nico auf die Bühne kommt.«

»Kein Plan, wie das funktionieren soll, wenn er schon bei der ersten Nummer mitmacht.«

*Mierda.** »Das wusste ich nicht.«

»Das Programm wurde in letzter Minute geändert, weil ein paar Kinder sich irgendwas eingefangen haben. Das hab ich dir heute Morgen geschrieben.« Er versucht nicht einmal, seine Verärgerung zu verbergen.

Meine Hände klammern sich wie von selbst fester um das Lenkrad. »Das Meeting in Lake Aurora hat viel länger gedauert als erwartet.«

»Natürlich.«

»Bald sollte es bei mir wieder etwas ruhiger werden.«

»Ganz bestimmt.« Sein ironischer Tonfall schürt meine Wut nur noch mehr.

Bevor seine Frau vor zwei Jahren die Scheidung einreichte, war Rafael als der gelassene Lopez-Cousin bekannt, der sich stets darum bemühte, allen anderen ein Lächeln aufs Gesicht zu zaubern.

---

* ***Mierda:*** *Scheiße*

Nun durchbricht sein resigniertes Seufzen die Stille. »Schon in Ordnung. Nico wird es verstehen.«

Mein Patensohn mag für seine acht Jahre reif sein, aber *so* reif nun auch wieder nicht. Und nach allem, was er während der Scheidung seiner Eltern durchgemacht hat, weigere ich mich, Teil der Liste seiner familiären Enttäuschungen zu werden.

»Deine Mom hat dir einen Platz hinten in der Aula freigehalten, falls du es doch noch schaffst.«

»Rafa, ich werde …«

Er beendet den Anruf, ehe ich meinen Satz beenden kann.

*Pendejo.**

Rafa und ich sind in letzter Zeit häufig aneinandergeraten, hauptsächlich wegen seiner Art und meines vollen Terminkalenders, da ich das Bauunternehmen meines verstorbenen Vaters leite. Obwohl ich mein Bestes gebe, um mein Privatleben und meine Bemühungen unter einen Hut zu bekommen, Lopez Luxury so zu expandieren, wie es sich mein Vater in seinen wildesten Träumen nicht hätte ausmalen können, komme ich selbst stets zu kurz.

Ich betrachte den schmalen Streifen neben der Fahrbahn. Er ist abschüssig und schlammig, aber es müsste möglich sein, ihn für die paar Sekunden zu befahren, die ich benötige, um das Auto vor mir zu überholen.

Hör auf zu grübeln und tu's einfach.

Der Rosenkranz, den meine Mutter an den Rückspiegel gehängt hat, dreht sich, als ich das Steuer zum Seitenstreifen herumreiße und das Gaspedal durchtrete.

Das Herz schlägt mir bis zum Hals, als der andere Wagen plötzlich nach rechts ausschert.

Fuck. Fuck. Fuck!

---

* ***Pendejo:*** *Idiot*

Die Zeit scheint in dem Moment, in dem unsere Autos miteinander kollidieren, schneller zu vergehen. Mein Scheinwerfer zerspringt, und Metall knirscht, als die Motorhaube meines Wagens gegen die Stoßstange des anderen Autos prallt. Ich werde nach vorn geschleudert, doch sofort wieder nach hinten gerissen, als mein Anschnallgurt blockiert.

Zum Glück gehen die Airbags nicht auf, doch meine Erleichterung ist kurzlebig, denn mit einem Mal habe ich jegliche Hoffnung verloren, es noch rechtzeitig zu Nicos Show zu schaffen. Das Einzige, was in mir zurückbleibt, ist das Bedürfnis, die rücksichtslose Fahrerin anzubrüllen.

Atme fünfmal tief durch, um dich zu beruhigen. Die Erinnerung an die Stimme meines Dads zieht an den unsichtbaren Fäden, die um mein Herz gewickelt sind, bis das Engegefühl unerträglich wird. Ich habe ihn deutlich vor Augen, wie er mir hilft, nach einem meiner vielen Albträume wieder zur Ruhe zu kommen, einen tiefen Atemzug nach dem anderen.

Ich hätte nie gedacht, dass ich fünfundzwanzig Jahre später die gleiche Strategie anwenden würde, aber hier sitze ich nun mit fest geschlossenen Augen und zwinge mich dazu, meine Atemzüge zu zählen, bis der Schmerz in meiner Brust abebbt, und ich nicht mehr vor Wut bebe.

Die kühle Brise des frühen Oktobers trifft mich, als ich auf das andere Auto zugehe. Die Fahrerin sitzt zusammengekauert am Steuer, ihre dunklen schulterlangen Haare versperren mir die Sicht auf ihr Gesicht.

Ich strecke die Hand aus, um an das Fenster zu klopfen, doch in dem Moment erklingt eine schrille Stimme aus dem Lautsprecher des Wagens. »Keine Sorge! Ich bin auf dem Weg!« Dann piept es zweimal, und die Verbindung wird unterbrochen.

Mit jedem schnellen Heben und Senken ihrer Schultern wird die Panik der Frau deutlicher.

»Hey.« Ich klopfe an die Scheibe, als sie nicht reagiert. »Alles in Ordnung?«

Sie hebt einen zitternden Finger vor das Glas, wobei sie den Kopf weiter gesenkt hält. »Eine Sekunde.« Ihre Stimme bebt.

Mein Magen zieht sich zusammen. »Brauchen Sie einen Krankenwagen?«

»Nein! Mir geht es gut!« Sie wendet mir abrupt den Kopf zu.

*Vete a la chingada.**

»Julian?« Mein Name kommt Dahlia Muñoz mit einem heiseren Flüstern über die leicht geöffneten rosigen Lippen.

Es ist Jahre her, dass ich gehört habe, wie sie mit ihrer sanften Stimme meinen Namen ausspricht, und der Klang trifft mich härter als ein Vorschlaghammer gegen die Brust.

Das letzte Mal habe ich sie vor acht Jahren auf Nicos Taufe gesehen, als wir zu seinen Paten ernannt wurden. Wir hatten beide unseren Familien zuliebe ein Lächeln aufgesetzt, aber die Spannung und das unangenehme Schweigen zwischen uns erstickte mich fast, besonders weil wir seit der Beerdigung meines Vaters anderthalb Jahre zuvor nicht mehr miteinander gesprochen hatten.

Sie hatte das ganze Jahr in Stanford verbracht, auch die Sommerferien, während ich Abstand gehalten hatte, weil ich ein Feigling war.

Ein Feigling, der vollkommen überrumpelt war, als sie mit Oliver – meinem früheren Mitbewohner und ihrem neuen Freund – auftauchte. Ich hatte nicht damit gerechnet, dass sie Freunde, geschweige denn ein Paar werden würden, obwohl es Sinn ergab, wenn man Olivers Sticheleien bezüglich meiner Schwärmerei für Dahlia bedachte und wie er sie stets angesehen hatte, obwohl er wusste, was ich für sie empfand.

---

* ***Vete a la chingada:*** *Verdammt*

Seit der Taufe ist es uns beiden hervorragend gelungen, einander zu meiden – zumindest bis zum heutigen Abend, an dem sie all meine Bemühungen mit ihrem Überraschungsbesuch zunichtegemacht hat.

»Dahlia.« Der starke Drang zu fliehen, überwältigt mich, als sie ihren Blick über mich wandern lässt.

Ich verberge meinen Schock, als sie – obwohl ihr die Mascara an den Wangen hinabrinnt und ihr Kinn leicht bebt – erhobenen Hauptes aus dem Wagen aussteigt. Dahlia hat in den dreißig Jahren, die ich sie kenne, nur zweimal geweint – einmal als sie sich bei dem Versuch, mich beim Baumklettern zu besiegen, den Arm gebrochen hat, und das andere Mal auf der Beerdigung ihres Vaters.

Wie die Gezeiten dem Mond, bin ich Dahlias Anziehungskraft hoffnungslos erlegen, als ich mit meinem Blick die gesamte Länge ihres Körpers nachfahre.

Das schlichte weiße T-Shirt, das sie trägt, bringt ihre goldene Haut und das gewellte braune Haar zur Geltung, während ihre zerrissene Jeans, aus deren großen Löchern ihre Knie hervorblitzen, eher modisch als funktional wirkt. Ihre Kurven bilden den perfekten Ausgleich zu den hohen Wangenknochen und dem spitzen Kinn, die optimale Kombination aus weich und sinnlich.

Mein Nacken prickelt, und als ich aufblicke, sehe ich, dass Dahlia ihren Blick aus den geschwollenen, verengten Augen auf mich gerichtet hat. Die verlaufene Schminke kann ihrer Schönheit nichts anhaben, obwohl die dunklen Ringe unter ihren Augen mich dazu bringen, eine unüberlegte Bemerkung zu machen, ehe mein Gehirn hinterherkommt.

»Du siehst total verheult aus.«

*Pinche estúpido.** Im Gegensatz zu meiner Mom und meinem Cousin bin ich kein Typ, der gut im Umgang mit Menschen ist, wie sich wieder einmal zeigt.

---

* ***Pinche estúpido:*** *Verdammter Idiot.*

Dahlias goldene Ringe funkeln im Mondlicht, als sie sich stirnrunzelnd über die Wangen wischt. »Ich hatte was im Auge.«

»In beiden Augen?« Ich stelle mich breitbeiniger hin und verschränke die Arme.

Sie betupft ihre Augenwinkel mit ihren Mittelfingern. »Wenn du ein netter Mensch wärst, würdest du so tun, als hättest du meine Lüge nicht durchschaut.«

»Seit wann sind wir nett zueinander?«

»Es ist niemals zu spät, um damit zu beginnen.«

Aufgrund unseres leichten Größenunterschieds ist sie gezwungen, den Kopf zurückzulegen, um mich richtig anschauen zu können. Ihre walnussbraunen Augen erinnern mich an lange zurückliegende späte Abende, an denen ich im Holzschuppen verbissen daran gearbeitet habe, meine neuesten Werke zu beizen.

Jeglicher Vorsatz, hart zu bleiben, wird zunichtegemacht, als sie *schnieft*.

»Allergien.« Angesichts ihres rechtfertigenden Tonfalls in Kombination mit dem Zucken ihrer Nase zieht sich meine Brust zusammen.

Was zur Hölle geht hier vor, und wie kann ich dafür sorgen, dass es aufhört?

Trotz des schnellen Hämmerns meines Herzens gegen meine Rippen bemühe ich mich um eine neutrale Miene. Meinem forschenden Blick hält sie nicht lange stand, ehe sie sich gegen die Tür zurücksinken lässt.

Mich überkommt der Drang, etwas zu sagen, aber mir fehlen die Worte.

In dem Moment durchbricht mein Klingelton die Stille. »Scheiße!«

Ihre Augenbrauen schießen in die Höhe. »Was ist passiert?«

Du. Immer du.

Schrille Sirenen verdrängen meine Antwort. Jeder Muskel in meinem Körper wird steif, als mehrere Fahrzeuge hintereinander um die

Kurve kommen. Ein Löschfahrzeug der Feuerwehr und ein Krankenwagen führen die Einheit an, gefolgt vom Sheriff, seinen Deputys und dem Bus von Lake Wisteria.

Ihr wollt mich auf den Arm nehmen.

Dahlia schickt einen Fluch zu den Sternen hinauf. »*Dios, dame paciencia con mi mamá.*«*

Mein Blick bohrt sich in ihren. »Mit ihr hast du gerade also telefoniert?«

»Leider.«

In Lake Wisteria wird ein Blechschaden schnell zu einer Gemeinschaftskrise.

Sie machen sich keine Sorge um die Autos. Sondern um sie.

Dahlia ist mehr als meine Kindheitsrivalin. Sie ist die Erdbeerkönigin von Lake Wisteria und kehrt nach vielen Jahren, in denen sie ihren kalifornischen Traum gelebt hat, endlich zurück.

Und du bist der Cabrón,** *der sie fast in den Graben gedrängt hätte.*

Ich reibe mir die pochende Schläfe.

»Meinst du, wir können entkommen, bevor sie hier sind?« Dahlias Blick schwenkt von mir zu meinem Auto.

»Das ist alles deine Schuld.« Die Worte rutschen mir einfach heraus.

Ein paar Minuten in Dahlias Gegenwart, und schon kehre ich zu der alten Angewohnheit zurück, zu sprechen, ohne vorher nachzudenken.

Ein weiterer Grund für die lange Liste von Gründen, warum du ihr aus dem Weg gehen solltest.

Sie stemmt eine Hand in die Hüfte. »*Meine Schuld?* Wir würden gar nicht in diesem Schlamassel stecken, wenn du nicht versucht hättest, mich zu überholen.«

---

* **Dios, dame paciencia con mi mamá:** *Gott, gib mir Geduld mit meiner Mom.*

** **Cabrón:** *Bastard*

»Ich hatte einen Termin.«

Sie wirft die Arme in die Luft. »Nun, ich war …«

Sie hört abrupt auf zu sprechen. Normalerweise sehne ich mich nach Stille, aber irgendetwas an der Tatsache, dass Dahlia sich bereits bei der ersten kleinen Auseinandersetzung verschließt, frustriert mich.

Grelle blinkende Lichter tauchen uns in Rot, Weiß und Blau, als ein paar Feuerwehrleute aus dem Wagen springen, um den Unfallort zu begutachten, während sich zwei Sanitäter schnell vergewissern, dass Dahlia und mir nichts passiert ist.

Der ältere Leiter der Feuerwehr schließt Dahlia in seine Arme. »Deine Mom hat es dargestellt, als würdest du sterben.«

Sie verdreht die Augen. »Du weißt doch, wie besorgt sie immer ist.«

Der Feuerwehrmann zerzaust Dahlias Haar. »Sie meint es nur gut.«

»Das hat Luzifer auch gesagt, als er von der Hölle gesprochen hat.« Dahlia streicht sich die Haare mit gequälter Miene glatt.

»Dahlia!« Rosa hüpft aus dem Bus und rennt, mit einem Rosenkranz in der einen und einer Flasche Weihwasser in der anderen Hand, auf ihre Tochter zu.

Als Nächstes steigt meine Mom zusammen mit einer Gruppe von Leuten aus dem Bus, sie hat den halben Ort um sich geschart.

»*Mami.*« Dahlia betrachtet die Menge, die sich hinter der Reihe aus Deputys versammelt. »Musstest du alle in die Sache mit reinziehen?«

»Hör auf, von mir zu reden. *¿Qué pasó?*«* Rosa nimmt ihre Tochter von Kopf bis Fuß in Augenschein, ehe sie den Verschluss des Weihwassers entfernt.

---

* *¿Qué pasó?: Was ist passiert?*

Zum ersten Mal heute Abend funkeln Dahlias Augen heller als die Sterne über uns. »Julian hat meinen Wagen gerammt.«

Dieses kleine Gör.

Rosa starrt mich an, als hätte ich ein Kapitalverbrechen begangen.

Ich wappne mich, als ich die Stimme meiner Mutter höre, die nun zu uns gestürmt kommt. »Julian? Sag mir, dass das nicht stimmt.«

»Ma.«

Sie reißt Rosa das Weihwasser aus der Hand und spricht einen schnellen Segen in meine Richtung, bevor sie mich damit besprenkelt. »Was hast du dir nur bei dem Versuch gedacht, Dahlia von der Straße zu drängen?«

»Wie schade, dass es mir nicht gelungen ist.«

Der Leiter der Feuerwehr überspielt sein Lachen mit einem Husten.

Dahlias wütender Blick droht, ein Loch in die Seite meines Gesichts zu brennen. »Erzähl mir nicht, du hast jahrelang meinen Mord geplant, nur um jetzt zu scheitern.«

»Glaub mir, ich werde den gleichen Fehler nicht noch mal machen.«

Sie zeigt mir den Mittelfinger.

»Dahlia Isabella Muñoz!« Rosa zieht an der Hand ihrer Tochter, während meine Mutter mir zuzischt: »Luis Julian Lopez Junior!«

Meine Mom benutzt meinen offiziellen Vornamen nur selten und zwar nur dann, wenn sie überaus wütend ist – also beherrsche ich mich besser, bevor sie vollkommen die Fassung verliert.

Dahlia und ich seufzen zeitgleich, und unsere Blicke treffen sich, was all meine Gedanken zerschmettert, sodass nur noch einer vorhanden ist.

Sie.

Der Sheriff nähert sich und bewahrt mich vor weiteren Blamagen. Zum Glück bleibt der Deputy, der etwas gegen mich persönlich hat, zurück – was in Anbetracht meines heutigen Pechs ein Segen ist.

So wie ich Dahlia kenne, würde sie sich mit ihm anfreunden, nur um sich an mir zu rächen.

Der ältere Sheriff zieht Dahlia in eine Umarmung. »Also, was ist hier passiert?«

»Du solltest Julian wegen versuchten Mordes festnehmen.« Angesichts ihres gehässigen Grinsens schrillen bei mir alle Alarmglocken. Erinnerungen, die ich jahrelang versucht habe, aus meinem Gedächtnis zu löschen, kehren schlagartig zurück und blitzen vor meinem inneren Auge auf wie Szenen aus einem Film.

Die Art, wie ihr Lächeln stets breiter wurde, wenn ich aus der Fassung geriet und vor mich hin stammelte.

Ihre leuchtenden Augen, als sie zu mir aufschaute, während wir – nein, *ich* sie auf unserer ersten *Quinceañera* steif auf der Tanzfläche herumdrehte.

Ihre ganz ähnliche Miene während ihrer Abschiedsrede als Klassenbeste, als sie mich, den Zweitbesten des Jahrgangs, dafür lobte, mich während der gesamten Highschool-Zeit so sehr angestrengt zu haben.

Es ist lächerlich, dass ein einziges Lächeln von ihr zahllose Erinnerungen heraufbeschwören kann, die besser in der Vergangenheit verbleiben sollten – zusammen mit jeglichen Gefühlen, die ich einst für sie hatte.

Die Wahrheit ist, dass ich mir nicht sicher bin, warum Dahlia Muñoz zurück ist, ich weiß nur, dass es nichts Gutes bedeuten kann.

Überhaupt nichts Gutes.

KAPITEL ZWEI
DAHLIA

Hätte ich gewusst, dass meine Rückkehr nach Lake Wisteria eine Panikattacke, einen Autounfall und einen Bus mit Menschen aus dem Ort mit sich bringen würde, die mich begrüßen wollen, wäre ich in San Francisco geblieben. Wie sich herausgestellt hat, hatte mein Plan, vor meinen Problemen davonzulaufen, ein paar erhebliche Schwächen, beginnend bei dem Mann, der einen Großteil seines Lebens damit verbracht hat, mir meines schwer zu machen.

Während er mit dem Sheriff spricht, blitzt das Licht der Rettungsfahrzeuge über Julians markantem Gesicht auf und taucht es in einen roten Schimmer wie ein teuflischer Heiligenschein.

Ich war in den letzten Jahren so sehr darauf bedacht, Julian aus dem Weg zu gehen, dass mir entgangen ist, wie reif er in dieser Zeit geworden ist.

Entgangen? Eher hast du es mit Absicht ignoriert.

Die roten blinkenden Lichter lenken meine Aufmerksamkeit erst auf seine scharfe Kieferkontur, dann auf seine weichen Lippen und schließlich auf seinen Bartschatten.

Da ich ein gutes Auge für Luxusklamotten und eine feine Nase für echtes italienisches Leder habe, weiß ich, dass Julians Outfit locker zehntausend Dollar gekostet haben muss, was an sich schon eine schockierende Erkenntnis ist. Aber trotz seines tadellosen Anzugs, seines perfekt geschnittenen dunklen Haares und der schicken Designer-Halbschuhe, blitzen noch immer Teile von Julian hindurch, die weniger geschliffen sind.

Die leichte Unebenheit auf seiner Nase, die er hat, seitdem ich sie ihm aus Versehen mit meinem Ellbogen gebrochen habe.

Die dünne weiße Narbe an seiner stoppeligen Wange, da wir es für eine gute Idee gehalten haben, zu testen, wer den weitesten Sprung von einer Schaukel schafft.

Die zusammengepressten Lippen, immer wenn jemand mit ihm spricht – etwas, das er sich angewöhnt hat, als wir Kinder waren, damit er nichts Unangebrachtes herausposaunt.

Als würde er spüren, dass ich ihn beobachte, schaut Julian in meine Richtung. Der abschätzige Blick aus seinen dunkelbraunen Augen, den er über mich wandern lässt, sollte mich verärgern, aber die Gänsehaut, die sich auf meinem Körper ausbreitet, beweist, dass er die gegenteilige Wirkung auf mich hat.

In einem Anflug von Selbstschutz wende ich mich von Julian ab und seiner Mom Josefina und meiner Mom zu, die immer noch besorgt wirken. Die beiden besten Freundinnen haben braune Haare und Augen, unterscheiden sich aber in Größe, Gesichtszügen und Charakter.

Obwohl unsere Mütter schon seit ihrer Kindheit in Mexiko befreundet sind, trifft das definitiv nicht auf Julian und mich zu. Bestenfalls würde ich ihn als Freund der Familie bezeichnen, schlimmstenfalls als Kindheitsrivalen, da wir schon damals alles zu einem Konkurrenzkampf gemacht haben.

»Du hast abgenommen. Bist du dir sicher, dass du genug isst?«

Mom kneift mir in die Wange und zieht ihre dunklen Augenbrauen zusammen.

»Was meinst du?« Sie wendet sich Josefina zu.

Ihre säuerliche Miene bestätigt die Beobachtung meiner Mom. »Es ist nichts, was man nicht mit gutem Essen beheben könnte. Du weißt ja: *Panza llena ...*«

»*Corazón contento*«,* beendet meine Mom den Satz.

Zu schade, dass frisch gekochtes Essen nur die Leere in meinem Magen füllt, nicht die in meiner Brust.

Mom inspiziert mein schulterlanges Haar. »*¿Y qué pasó con tu pelo?*«**

»Ich hab sie schneiden lassen.«

»Aber warum?« Sie ächzt.

Ich kann nur ein langes, genervtes Seufzen ausstoßen.

»Mir gefällt es, besonders weil ich weiß, warum du es getan hast.« Josefina zwinkert mir zu.

Ein neuer Haarschnitt war das, was der Arzt mir empfohlen hat, als ich Liebeskummer hatte – zusammen mit Antidepressiva, um die Traurigkeit im Zaum zu halten.

Meine Mom packt mich an den Schultern und mustert mich von oben bis unten. »Ich bin froh, dass du zu Hause bist. Um den Rest können wir uns später kümmern.«

»Ich bin auch froh.« Meine Stimme bricht. Es gibt nichts, was ich mir mehr wünsche als die Umarmungen meiner Mutter und ihren unerschütterlichen Glauben daran, dass Wick VapoRub alles heilen kann, sogar ein gebrochenes Herz.

Josefina legt mir die Hände auf die Schultern und übt leichten Druck aus. »Mach dir keine Gedanken. Wir sorgen dafür, dass alles besser wird, und dabei beginnen wir mit meinem *Pozole*.«

---

* ***Panza llena, corazón contento:*** *Voller Magen, glückliches Herz.*

** ***¿Y qué pasó con tu pelo?:*** *Und was ist mit deinen Haaren passiert?*

Während meine Mutter sich stets Sorgen macht, ist Josefina eine Person, die Dinge in Angriff nimmt, genauso wie ihr Sohn.

Hätte Julian doch nur auch ihre Empathie geerbt.

Der Sheriff unterbricht unsere Wiedervereinigung, indem er sich räuspert. »Dahlia.«

»Ja?«

»Julian will die Sache privat regeln und selbst für die Reparatur aufkommen.«

»Dann bekommt er also keinen Strafzettel oder Sozialstunden, weil er mich gerammt hat?«

Der Sheriff lacht. »Willst du das?«

»Nur wenn du garantieren kannst, dass er stundenlang am Straßenrand Müll aufsammeln muss.« Ich schnippe mit den Fingern. »Nein. *Tage*lang.«

»*Mija*«,* warnt Mom, und Josefina lacht.

»Wie soll er denn sonst seine Lektion lernen? Jemand hätte ernsthaft verletzt werden können.«

Der Sheriff wirft mir einen wissenden Blick zu. »Um ehrlich zu sein, hättest du rechts ranfahren sollen, wenn du Probleme mit deinem Auto hattest, statt weiterzufahren.«

Ich ziehe die Augenbrauen zusammen. »Probleme mit meinem Auto?«

»Julian hat mir alles erklärt. Wenn es noch mal vorkommen sollte, dass der Motor merkwürdige Geräusche macht, fahr rechts ran und ruf Hilfe.«

Warum denkt sich Julian Lopez eine Geschichte aus, statt dem Sheriff zu erzählen, dass ich zu sehr damit beschäftigt war, zu weinen, um richtig fahren zu können?

Vielleicht weil er vorhat, dich später zu erpressen.

---

* ***Mija:** Meine Tochter*

Meine Mom drückt wissend meine Hand, und die Anspannung verschwindet aus meinen Muskeln. »Das werde ich.«

Der Sheriff tippt sich an den Hut. »Nun, da wir jetzt alles geklärt haben, sollten wohl alle besser zur Talentshow in die Aula der Schule zurückkehren.« Er pfeift und deutet auf den Bus. »Wir rücken ab!«

»Wir können bei unseren Kindern mitfahren.« Josefina winkt den Sheriff fort.

Die Deputys schieben die protestierende Menge zurück in den Bus, während die ersten Wagen bereits in Richtung Ort fahren und die Familie Muñoz mit der Familie Lopez allein zurücklassen.

»Von welcher Talentshow spricht er?«, frage ich.

»Von der, die jeden Herbst in der Grundschule stattfindet.« Josefina reicht die Flasche mit dem Weihwasser an meine Mutter zurück. »Es wäre nett, wenn du mitkommst. Nico würde sich freuen, dich zu sehen, und dann können wir anschließend alle zusammen essen gehen.«

Meine Kehle wird trocken. So gern ich auch meinen Patensohn sehen und ihn umarmen würde, klingt ein Abendessen mit den Personen, die mich am besten kennen, wie eine weitere Situation, die Panik in mir auslösen könnte und die ich heute Abend lieber vermeiden würde.

»Ich bin mir sicher, Dahlia ist müde«, wirft Julian in seinem typischen gelangweilten Tonfall ein.

Entweder sehe ich genauso schrecklich aus, wie ich mich fühle, oder Julian will zum Ausdruck bringen, dass er mich nicht dabeihaben möchte.

Ich tippe auf Letzteres.

Ich ziehe in Erwägung, die Talentshow zu besuchen, nur um ihm das Gegenteil zu beweisen, aber dann denke ich darüber nach, was das bedeuten würde.

Bist du bereit, alle im Ort wiederzusehen?

Nope. Definitiv nicht. Es war ein Segen, dass ich die kleine Willkommensparty heute Abend umgehen konnte, also sollte ich mein Schicksal nicht herausfordern.

Nachdem ich zwei Jahre fort war, muss ich früher oder später ohnehin allen begegnen, jedoch nicht heute.

»Julian hat recht.« Die Worte schießen mir aus dem Mund wie Dolche, und er besitzt tatsächlich die Frechheit, angesichts meines Eingeständnisses die Schultern zu straffen. »Ich bin ziemlich durch den Wind von allem, was passiert ist. Und da ich schon den ganzen Tag unterwegs bin, würde ich mich gern ausruhen.«

»Oh.« Josefinas Lächeln verschwindet, und ihr Sohn sieht mich wieder finster an.

»Wie wäre es, wenn Julian dich auf dem Weg zur Talentshow zu Hause absetzt und Josefina und ich mit deinem Wagen zur Schule fahren?«, schlägt Mom vor.

Mein rechtes Auge zuckt. Hätte diese Frau nicht ihr halbes Leben damit verbracht, mich großzuziehen, würde ich nie wieder ein Wort mit ihr sprechen. Sie weiß, dass Julian mein größter Feind ist – gefolgt von Autofahrten während der Rushhour in Kalifornien.

»Aber …«

Mom erstickt meine Einwände mit einem bedeutsamen Blick.

»Na gut.«

Julians Augen werden schmal, als er seinen Schlüssel hervorholt. »Lass uns fahren. Ich will nicht zu spät zu Nicos Auftritt kommen.«

Josefinas Finger fliegen über das Display ihres Handys. »Kein Problem. Ich schreibe gerade dem Direktor und bitte ihn darum, Nicos Vorführung nach hinten zu verschieben.«

Julians Kopf fährt abrupt zu seiner Mutter herum. »Und das konntest du nicht tun, bevor ich den Unfall hatte?«

Seine Mutter zuckt mit den Schultern und tippt weiter. »Du hast mich nicht darum gebeten.«

Ich beiße mir auf die Zunge, um nicht zu lachen.

Ich bin mir sicher, Julian würde lieber tot umfallen, als irgendjemanden um Hilfe zu bitten, sogar seine Mutter. Es ist eine chronische Krankheit, die er von seinem Vater geerbt hat.

Ich nehme Mom meine Handtasche ab und gebe ihr und Josefina einen Kuss auf die Wange, bevor ich zu Julians Auto gehe. Mit seinen scharfen Linien und den Chromdetails sieht es aus wie ein Raumschiff, und ich bin mir sicher, es fliegt auch genauso wie eins, wenn man Gas gibt.

Ich kann nicht glauben, dass der Typ, der es einst als Luxus betrachtet hat, sich ein neues Videospiel zu kaufen, mittlerweile Milliardär ist und einen elektrischen blauen McLaren fährt. Meine Mom schwört, dass Julian das Geld nicht zu Kopf gestiegen ist, aber ich wette, er hat ein riesiges Ego und fühlt sich wie Gott.

Auch ich hatte großen Erfolg mit meiner Innenarchitekturfirma und meiner Hausrenovierungsshow, aber Julian hat den Jackpot geknackt, als er seinem genialen Cousin und Computer-Code-Experten Rafa dabei geholfen hat, Dwelling zu kreieren, die beliebteste Suchmaschine für Immobilien. Damals waren er und Julian erst dreiundzwanzig und fünfundzwanzig. Zu Beginn mag es eine von Rafas verrückten, erfolglosen Versuchen gewesen sein, die nächste gehypte App zu kreieren, aber dann hat sich die Idee in ein milliardenschweres Unternehmen mit Investoren und einem Vorstand verwandelt, und die Lopez-Cousins standen plötzlich auf der begehrten 30-Under-30-Liste des *Forbes*-Magazins.

Julian und ich erreichen die Beifahrertür. Als seine Hand meine streift, erwachen alte Erinnerungen.

Der Geruch seines Parfüms – rein und teuer – steigt mir in die Nase. Sie beginnt zu kitzeln, ehe ich niesen muss. Ich zucke zusammen, wobei mein Hintern Julians Vorderseite streift.

O Gott.

Er reißt die Tür auf. »*Salud.*«*

»Ein wahrer Gentleman«, sage ich trocken.

Er umfasst den Türgriff so fest, dass seine goldene Haut weiß wird. »Ich will schließlich nicht, dass deine Mutter einen schlechten Eindruck bekommt.«

»Da musst du dich nicht allzu sehr bemühen. Sie glaubt ohnehin, dass du der Erste seit Jesus bist, der übers Wasser gehen kann.«

Sein tiefes Lachen, weich und kaum hörbar im Wind, hat einen vollkommen inakzeptablen Einfluss auf die Geschwindigkeit meines Herzschlags.

Ich lasse mich auf den Beifahrersitz fallen und stoße in einem Versuch, ihm auszuweichen, mit dem Ellbogen gegen den Schaltknüppel, was mich zusammenzucken lässt.

*»Nos vemos allá«,*** ruft meine Mom, ehe sie losfährt, während *Mi Primer Millón* aus dem Wagen dröhnt, eines der Lieblingslieder meines Vaters.

Ich lasse mich in den weichen Ledersitz sinken, als Julian meine Tür schließt. Die Vibration lässt irgendetwas in der Nähe der Motorhaube rappeln, weswegen er vor den Wagen tritt und sich hinkniet.

Eine gefühlte Ewigkeit lang betrachtet er die Stoßstange, bevor er mit finsterer Miene und steifer Haltung einsteigt. Keiner von uns beiden sagt etwas, als er auf die Straße fährt und auf das Gaspedal tritt.

In der Vergangenheit hätte ich die Stille mit Fragen gefüllt, um Julian zu nerven, aber heute Abend ziehe ich mich in meine eigene Gedankenwelt zurück.

Noch etwas, das du wegen Oliver und seiner Familie an dir geändert hast.

---

* ***Salud:*** *Gesundheit*

** ***Nos vemos allá:*** *Wir sehen uns dort.*

Die Stille nagt an mir, während wir langsam an meinem Wagen vorbeifahren und ich den Schaden in Augenschein nehme. Abgesehen davon, dass die Stoßstange aussieht wie eine zerdrückte Cola-Dose und das Rücklicht verrutscht ist, scheint nichts passiert zu sein.

Deine Therapeutin wäre stolz auf dich, weil du dich auf das Positive konzentrierst.

Nachdem ich die Kaution für die Hochzeits-Location verloren habe und meine neue Agentin mich heute darüber informiert hat, dass die Medien Wind von meiner geplatzten Verlobung bekommen haben, kann ich positive Gedanken gut gebrauchen.

»Du bist viel zu still.« Julians raue Stimme reißt mich ein paar Minuten später aus meinen Gedanken.

Meine Fingernägel graben sich in die Handflächen, als ich meine Hände zu Fäusten balle. »Sollte dich das nicht freuen, nachdem du mich früher so oft angefleht hast, leise zu sein?«

Das bringt ihn zum Schweigen, jedoch nur für eine Minute, bevor er *wieder* spricht.

»Du wusstest schon immer, wie man einen gelungenen Auftritt hinlegt.« Sein Blick haftet weiter auf der Straße.

Vielleicht habe ich mir doch irgendwo den Kopf gestoßen, denn ich muss halluzinieren. Julian hat soeben *zweimal* versucht, eine Unterhaltung zu beginnen, und zwar ohne den Einfluss von Alkohol oder seiner Mutter.

Ich lasse mich tiefer in den Sitz sinken. »Ob du es glaubst oder nicht, ich wollte mich für eine Weile unauffällig verhalten.«

»Das ist unmöglich.«

Nach dem heutigen Abend befürchte ich, dass er recht haben könnte. Wenn ich alle für ein paar Wochen meiden könnte, bis ich mich wieder gefasst habe, wäre das ein Wunder.

»Es ist nicht so, als würde ich die Aufmerksamkeit genießen.«

Alles, was ich will, ist verschwinden und so tun, als würde mein Leben in Kalifornien nicht auseinanderfallen.

»Sagt die Frau, die ihre eigene Fernsehshow und eine Dekor-Marke in Geschäften in ganz Amerika hat.« Er lockert seinen festen Griff um das Lenkrad.

Ich schnappe übertrieben nach Luft. »Julian Lopez, bist du etwa ein heimlicher Fan meiner Sendung?«

Seine Miene bleibt unergründlich. »Ich weiß Besseres mit meiner Zeit anzufangen.«

Autsch. »Ich bin mir sicher, eine Menge davon geht dabei drauf, jeden Abend mit deiner Mutter zu verbringen.«

Was auch immer Julian zu dem Versuch veranlasst hat, eine Unterhaltung mit mir zu führen, ist dank meiner Beleidigung nun dahin.

Ein paar Minuten später nähern wir uns dem mit Erdbeeren verzierten Schild mit der Aufschrift *Willkommen in Lake Wisteria*. Darauf wird für unser berühmtes Erdbeerfest geworben, und darunter steht neuerdings: *Heimat von Dahlia Muñoz, Innenarchitektin der Stars und Realityshow-Moderatorin.*

Ächzend vergrabe ich mein Gesicht in den Händen.

So viel zum Thema unauffällig verhalten.

Das Neonschild des Early Bird Diner leuchtet wie der Polarstern und weist mir den Weg nach Hause, als wir die Ecke der Main Street erreichen. Von der fröhlichen Herbstdekoration in der Mitte des Ortsplatzes bis hin zu den Bändern um die Laternenpfähle, die das baldige Erntefest anpreisen, wirkt alles in Lake Wisteria warm und einladend.

Es ist verständlich, dass unser kleiner Ort an Beliebtheit gewonnen hat, sowohl bei den Sommerurlaubern, die unseren Strand besuchen, als auch bei reichen Leuten aus Chicago, die Wochenendtrips hierher unternehmen. Der einzigartige Küsten-Charme und der viktorianische Baustil der Häuser schaffen es, einen ins späte neunzehnte Jahrhundert zu transportieren, was durch unser schlechtes Mobilfunknetz noch authentischer wirkt.

Nachdem ich zwei Jahre nicht mehr hier war, sollte ich überwältigt von Freude und Nostalgie sein, besonders bei all der Halloween-Dekoration, aber mein gesamter Körper fühlt sich taub an, während wir an den Kürbissen vorbeikommen, vor denen man Gruppenfotos schießen kann, an dem riesigen Erdbeerbrunnen, der von orangefarbenen und violetten Lichtern erleuchtet wird, und dem Park, den mein Dad früher immer mit meiner Schwester und mir besucht hat.

Julian biegt von der modernisierten Main Street ab und fährt in Richtung Süden. Im südlichsten Teil des Ortes, wo wir beide aufgewachsen sind, gibt es keine millionenteuren Häuser mit Ausblick auf den See und keine private Eliteschule wie im oberen Südteil, ebenso wenig wie moderne Gebäude und Annehmlichkeiten wie auf der Main Street oder im östlichen Viertel. Wir sind auch keine geschichtsträchtige Gegend wie der nördliche historische Ortsteil, dafür haben wir die beste Pizzeria weit und breit. Wer braucht schon schicke Anwesen oder ein modernes Apartment mit Fitnessraum, wenn man sich in weniger als zehn Minuten etwas von *You Want a Pizza Me* liefern lassen kann?

Die einzige Ampel, die uns noch vom Haus meiner Mom trennt, springt von Gelb auf Rot um. Während wir warten, werde ich schmerzhaft daran erinnert, wie quälend die Spannungen sind, die zwischen Julian und mir herrschen.

Einst waren wir Freunde mit einem gesunden Konkurrenzdenken. Als die Pubertät auf der Middle School einsetzte, wurden wir dank Hormonen und geistiger Unreife zu Rivalen.

Aber mittlerweile sind wir nichts weiter als Fremde.

Eine unsichtbare Hand legt sich um meinen Hals, bis ich nicht mehr atmen kann. Ich kämpfe gegen die Schwere an, die droht, mich einzuhüllen, doch ich scheitere, als ich einen Blick in die Richtung des ersten Mannes riskiere, der mir das Herz gebrochen hat. Er hat neunzehn Jahre gebraucht, um es zu erobern, und nur sechs Worte, um es zu zerschmettern.

Und ich habe nicht vor, das zu vergessen.

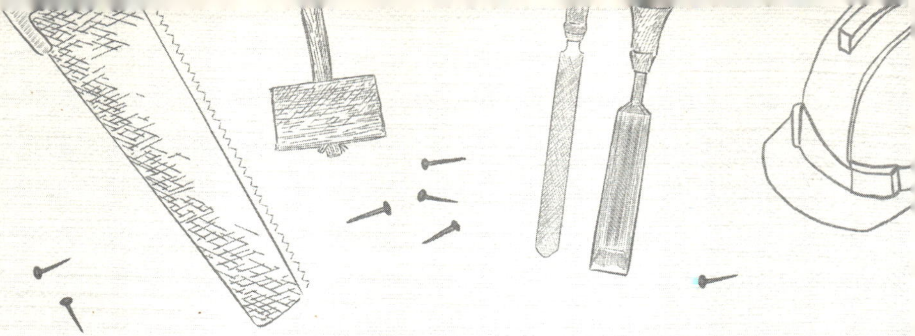

KAPITEL DREI
JULIAN

Dahlia starrt mit offenem Mund auf das Straßenschild. »Lopez Lane?«

Ich schweige, während ich die Straße entlangfahre, in der ich aufgewachsen bin, und schließlich in ihre einbiege.

»Warum hat man eine Straße nach euch benannt?«

Dahlias Reaktion ist genau der Grund, weshalb ich Einwände erhoben habe, als der Bürgermeister meine finanzielle Unterstützung öffentlich ehren wollte. Auch wenn ich meine Spende von zehn Millionen Dollar nicht bereue, wünschte ich, ich hätte es anonym getan.

Dahlia schnallt sich ab, als ich vor dem im Ranch-Stil gehaltenen Haus ihrer Kindheit vorfahre. Für unsere Familie hängen viele Erinnerungen daran, zum Beispiel wie mein Dad und ich es zusammen umgestaltet haben, als ich ein Teenager war. Während sich die Blumen und die Dekoration je nach Jahreszeit verändern, sind der hellblaue Anstrich und die weiße Umrandung seitdem gleich geblieben.

Das Haus mag nichts mit meinen aktuellen Projekten gemeinsam haben, aber es steht noch immer für all das, was ich an meiner Arbeit liebe. Es war während der Renovierung bei der Familie Muñoz, als ich erkannt habe, dass ich die gleiche Leidenschaft dafür habe, Dinge zu reparieren wie meine Eltern.

Häuser. Probleme. *Menschen.*

Es ist eine Charakterschwäche, die ich schon seit Jahren versuche abzulegen, doch sie kommt immer wieder in den ungünstigsten Momenten zum Vorschein.

So wie jetzt.

Meine Unfähigkeit, Dahlias untypische Schweigsamkeit zu ignorieren, ist die einzige vernünftige Erklärung dafür, warum ich *zwei* Versuche unternommen habe, mich mit ihr zu unterhalten.

Und sieh dir an, wie super das funktioniert hat.

Ich ziehe die Handbremse so kraftvoll an, dass der Wagen bebt.

Dahlias Muskeln scheinen genauso angespannt zu sein wie meine, als sie die Hand nach dem Türgriff ausstreckt. »Danke fürs Mitnehmen.« Ihre Brust hebt und senkt sich, als sie einatmet und die Luft wieder ausstößt. »Und tut mir leid wegen deinem Wagen.« Angesichts ihres leisen Schniefens verkneife ich mir eine bissige Antwort. »Ich hätte rechts ranfahren und warten sollen.«

»Ist alles okay?« Die Schärfe ist mittlerweile aus meiner Stimme gewichen, ersetzt von etwas viel Besorgniserregenderem.

Sie nickt. »Ich bin nur müde.«

»Allen etwas vorzumachen, muss ermüdend sein.«

»Gibt es sonst noch etwas, das du mich fragen willst?«

Ein Lichtstrahl von der Veranda trifft auf ihren monströsen Verlobungsring und blendet mich.

Wie geht es Oliver, will ich fragen und all den Hass in meine Stimme legen, den ich für meinen Ex-Mitbewohner empfinde. *Habt ihr schon ein Hochzeitsdatum, nachdem ihr immerhin schon seit zwei Jahren verlobt seid? Und nur aus Neugier, hat er zugegeben, dass er mich hintergangen hat, indem er sich an dich rangemacht hat?*

Die Fragen bleiben an meiner Zungenspitze kleben wie in Gift getränkte Pfeilspitzen. »Nope.«

»Perfekt. Wenn es dir also nichts ausmacht … Ich hab jetzt ein Date mit *The Silver Vixens* und will nicht zu spät kommen.«

The Silver Vixens?

Scheiße. Es muss ihr schlechter gehen, als ich angenommen habe. Dahlia behält sich *The-Silver-Vixens*-Marathons nur für die schlimmsten Momente vor, zum Beispiel als ihr Dad gestorben ist oder als das Arschloch von Footballspieler sie prüde Kuh genannt hat, nachdem sie bei ihrem ersten Date keinen Sex mit ihm haben wollte.

Ehe sie die Chance hat, die Tür zu öffnen, ergreife ich ihre Hand. Der Körperkontakt bringt meine Haut zum Kribbeln, woraufhin ich sie fallen lasse, als hätte ich Dynamit berührt.

Wir beginnen beide gleichzeitig zu sprechen.

»Äääh, ich sollte …«

»Du musst …«

»Ich geh jetzt besser, damit du Nicos Auftritt nicht verpasst.« Sie spricht die Worte hastig, bevor sie fluchtartig aus meinem Wagen aussteigt.

Ich helfe ihr dabei, ihr Gepäck aus dem Kofferraum zu holen.

Mit einem gemurmelten »Danke« setzt sie sich in Richtung Haus in Bewegung, wobei ihr Designerkoffer hinter ihr Staub aufwirbelt.

Ich weiß nicht, was in mich gefahren ist, dass ich noch etwas sage, aber ich kann nicht anders. »Man sieht sich?« Mein Herz hämmert gegen meine Rippen, während ich auf ihre Antwort warte.

Sie bleibt vor den Stufen der Veranda stehen. »Warum?«

»Ich bin neugierig.«

»Ich hoffe, du planst nicht schon, auf wie viele verschiedene Arten du mich quälen kannst.« Ihrem halbherzigen Witz fehlt es an Schärfe.

»Dich zu quälen, ist meine Lieblingsbeschäftigung.«

Ein Funke blitzt kurz in ihren Augen auf, erlischt jedoch so schnell wie ein Feuer im Schneesturm. »Hast du dich jemals mit der Tatsache auseinandergesetzt, dass du alles zu einem Wettbewerb machen musst, weil du in ständiger Angst lebst, schlechter als alle anderen zu sein?«

Dahlias Worte bewirken, dass ich mich in meinem maßgeschneiderten Anzug entblößter fühle, als wäre ich nackt, denn während die meisten anderen Menschen in mir einen reservierten Typen sehen, der sich bei der nächsten schiefgelaufenen Interaktion in das Arschloch des Ortes verwandeln könnte, sieht sie *mich*.

Mein wahres Ich.

Mein unsicheres Ich.

Das Ich, das ich seit zehn Jahren hasse, weil es für all das steht, was ich an mir selbst verabscheue. Der Mann, der ich früher war, ist schüchtern gewesen und zu stolz, um irgendetwas anderes zu tun, als sich still leidend im Leben durchzuschlagen.

Ich muss mich immer wieder daran erinnern, dass sie alles über mich weiß und auch die Seiten von mir kennt, die ich seit einem Jahrzehnt verdränge.

Ab sofort muss ich auf der Hut sein.

* * *

Pinnwände in Herbstaufmachung ziehen verschwommen an mir vorbei, als ich an den dunklen Klassenräumen meiner Kindheit vorbeihetze und schließlich die frisch renovierte Aula betrete.

Ich habe es rechtzeitig in die Schule geschafft, um zu sehen, wie Nico mit Frack und seiner buntesten Brille die Bühne betritt. Das Publikum klatscht so laut Beifall, dass das Schnauben meines Cousins übertönt wird, als ich mich auf dem freien Stuhl zwischen ihm und meiner Mom niederlasse.

Rafas rausgewachsener Haarschnitt, seine ausgewaschene Jeans und das zerknitterte Hemd würden niemals vermuten lassen, dass er stinkreich ist. Er fährt noch immer den gleichen Pick-up-Truck wie in der Highschool und weigert sich, sein uraltes Handy durch ein moderneres zu ersetzen, obwohl er ein Technik-Freak ist. Geld gibt er nur für Nico aus, aber selbst dabei setzt er sich Grenzen, denn er will seinen Sohn nicht zu sehr verwöhnen.

Jegliche Anspannung weicht aus Rafas Körper, als Nico seinen Platz am Flügel einnimmt und seine Hände über die elfenbeinfarbenen Tasten gleiten lässt. Ich bin kein Typ, der gern prahlt, aber mein Patenkind wird eines Tages zu den angesehensten Musikern gehören. Der Junge ist erst acht Jahre alt und kann jetzt schon drei Instrumente spielen, eins davon hat er sich ganz allein mithilfe von YouTube-Tutorials beigebracht.

Auf Nicos Darbietung folgen stehende Ovationen, und mein Cousin zeigt ein seltenes Lächeln, als er pfeift und den Namen seines Sohnes ruft. Ich rechne damit, dass Rafas gute Laune verschwindet, sobald der Vorhang sich schließt, aber sie ist selbst dann noch da, als die Lichter nach der Show angehen und meine Mom auf der Suche nach Nico in der Menge untertaucht.

»Ich freue mich, dass du uns doch noch mit deiner Anwesenheit beehrst, obwohl du so viel auf der Arbeit zu tun hast.« Rafa drückt meine Schulter.

»Bist du nicht der Coding-Freak, der den ganzen Tag vor dem Computer sitzt, bis ihm die Augen zufallen?«

Er zuckt mit den Schultern. »Nicht mehr. Im Gegensatz zu dir nehme ich mir auch Zeit für Dinge, die nichts mit der Arbeit zu tun haben.«

Es ist nicht so, als *wollte* ich meine Tage damit verbringen, zu schuften, aber was soll ich sonst mit meiner freien Zeit anfangen? Auf Dates gehen, die meine Mom organisiert?

Nein, danke. Das habe ich bereits ausprobiert und habe mir einen Deputy aus dem Ort zum Feind gemacht, nachdem meine Mom versucht hat, mich mit seiner Ex zu verkuppeln.

Als wir uns von unseren Plätzen erhoben haben, schiebt mich mein Cousin in Richtung Ausgang. »Kannst du dich noch an das eine Mal erinnern, als wir uns in der Hütte in Lake Aurora betrunken haben?«

»An welches Mal?«

Sein Lächeln wird breiter. »Das Wochenende, an dem sich Dahlia verlobt hat.«

Irgendwie gelingt es mir, gleichmäßig weiterzugehen. »Ich erinnere mich kaum noch.«

Er pikt mir mit dem Finger in den Rücken. »Das liegt wahrscheinlich an den Unmengen Alkohol, die du getrunken hast.«

»Ein guter Cousin hätte sich mit mir zusammen betrunken.«

»Und hätte riskiert, dass du im Schlaf an deiner eigenen Kotze erstickst? Auf keinen Fall. Deine Mutter hätte mir nie verziehen.«

»Ich bin mir sicher, du wärst nur allzu gern als Ersatzsohn eingesprungen.«

Er verdreht seine dunkelbraunen Augen. »Wie dem auch sei, ich werde nie vergessen, was du an diesem Abend zu mir gesagt hast.«

Meine Lunge hört auf zu funktionieren.

Er umfasst meine Schulter. »Du hast ständig davon geredet, dass du alles anders machen würdest, wenn Dahlia dir eine zweite Chance geben würde.«

Es bedarf all meiner Kraft, meine Stimme unbekümmert klingen zu lassen. »Ich war betrunken.«

»Na *und*?«

»Sie ist verlobt.«

»Laut deiner Mutter nicht mehr.«

*Mierda.** »Woher weiß sie das?«

»Woher wohl? Rosa hat es ihr erzählt.«

»Und schon beginnen sie mit dem *Chisme.*«** Ich hätte nichts anderes von den beiden besten Freundinnen erwartet, die seit dem Kindergarten unzertrennlich sind.

Rafas Miene verfinstert sich. »Es ist schwer, etwas geheim zu halten, wenn es heute Abend auf allen sozialen Medien zu sehen ist. Dahlia hat ihren eigenen Hashtag, der trendet.«

Mir dreht sich der Magen um, während mir unzählige Fragen durch den Kopf gehen und es mir unmöglich machen, etwas zu erwidern.

Warum haben sie sich getrennt?

Besteht die Chance, dass sie wieder zusammenkommen?

War Oliver der Grund dafür, dass Dahlia vorhin geweint hat, als ich ihren Wagen gerammt habe?

Rafa wirft mir einen Blick zu. »Nein.«

Ich blinzele. »Was?«

»Worüber auch immer du gerade nachdenkst, lass es sein.«

»Du bist doch derjenige, der begonnen hat, von ihr zu sprechen.«

»Weil ich derjenige sein wollte, von dem du die Neuigkeiten erfährst, bevor deine Mom damit anfängt, dir ins Ohr zu flüstern, dass deine Chance endlich gekommen ist.«

»Meine Mom flüstert mir eine Menge darüber ins Ohr, wen ich daten soll, und trotzdem gebe ich nicht nach, wie du siehst.«

»Bei Dahlia ist es etwas anderes, das weißt du ganz genau.«

»Das spielt ohnehin keine Rolle mehr, denn meine früheren Gefühle für sie sind nicht mehr relevant.« Etwas verengt sich in meiner Brust.

---

* ***Mierda:*** *Scheiße*

** ***Chisme:*** *Tratsch*

Rafa, der zu einer Erwiderung ansetzt, wird von Nicos Rufen unterbrochen.

»*Papi!*« Nico lässt meine Mom stehen und rennt den Flur entlang auf uns zu.

Mein Cousin geht rechtzeitig in die Knie, sodass Nico sich in seine geöffneten Arme werfen kann.

»Ich bin ja so stolz auf dich.« Rafa rückt Nicos Brille zurecht.

Der Junge legt die Stirn in Falten. »Aber hast du meinen Patzer nicht gehört?«

Rafa schnaubt. »Du warst perfekt wie immer.«

Nico, der den gleichen Perfektionismus geerbt haben muss wie ich, versucht, zu erklären, an welcher Stelle ihm der Fehler unterlaufen ist, doch Rafa hält ihn auf, indem er ihn kitzelt.

»Nein!« Nico windet sich in den Armen seines Vaters.

»Sorry. Ich kann dich nicht hören. Was hast du gesagt?« Rafa greift unter Nicos Arme, was ihn quietschen und zappeln lässt.

Auch wenn Rafa sich vor dem Rest der Welt verschließt, ist er seinem Sohn gegenüber nichts als warmherzig. Die Art, wie er sich in seiner Gegenwart verhält, gibt mir Hoffnung, dass die Wunden meines Cousins eines Tages heilen werden.

Ich habe zwar nichts annähernd Vergleichbares erlebt wie Rafa, aber ich weiß, dass es nicht einfach ist, über jemanden hinwegzukommen.

Dahlia hat mir vor langer Zeit eine Lektion erteilt, und zwar eine, die ich nicht allzu schnell vergessen werde.

KAPITEL VIER
DAHLIA

Mein erster Tag hier war ruhig, wahrscheinlich weil ich überhaupt nicht im Ort war. Während meine Mom und meine Schwester Liliana im Blumenladen gearbeitet haben, habe ich nichts anderes getan, als an die Decke zu starren.

Es ist merkwürdig, dass ich vor Kurzem noch zu wenig Zeit hatte, um zu essen und zur Toilette zu gehen, und plötzlich mein Zimmer nicht mehr verlasse, es sei denn, es ist absolut notwendig. Mein Koffer, der vollgepackt ist mit teuren, trendigen Outfits, steht unangerührt auf dem Boden wie ein Warnschild.

Während Angstzustände und Perfektionismus mich schon seit der Highschool begleiten, sind Depressionen ein neuer Kampf, den ich monatelang allein ausgetragen habe, ehe ich Hilfe in Anspruch genommen habe.

Meine Therapeutin Dr. Martin ist eine tolle Frau, die für jede Sitzung ein kleines Vermögen verlangt. Auch wenn Geld kein Problem mehr für mich darstellt, habe ich gezögert, mich emotional so zu öffnen, doch sie wurde mir wärmstens von meiner Agentin empfohlen, weshalb ich mich vor acht Wochen dazu durchgerungen und es seitdem nie bereut habe.

Ich weiß nicht, was ich ohne Dr. Martin machen würde. Sie hat endlose Geduld, eine überaus ruhige Stimme und beendet jede Sitzung mit einem jamaikanischen Sprichwort, das ich nicht verstehe, ehe ich es anschließend googele.

Heute spricht sie während der ersten Hälfte unseres Videocalls kaum, sodass ich Gelegenheit habe, mich in einem Monolog über meine Fehler und Unzulänglichkeiten zu ergehen.

Schließlich legt sie die Hände zusammen, was ihre Goldarmbänder von Cartier klimpern lässt. »Warum sind Sie so lange mit Oliver zusammengeblieben?«

Ihre nie endende Geduld wird auf die Probe gestellt, als ich dasitze und nachdenke. Die Frage wurde mir schon einmal gestellt, aber damals war mein Leben beschwert von Bitterkeit, Selbsthass und einer dichten Wolke, in die mich meine Depression gehüllt hatte.

»Es lief lange Zeit gut.« *Was den Verlust noch härter gemacht hat.*

Ihr leichtes Nicken ermutigt mich.

Es dauert weitere sechzig Sekunden, bis ich zehn Worte herausbringe. »Er hat mir das Gefühl gegeben, etwas Besonderes zu sein.«

»Er hatte dich nie verdient.« Oliver zog mich in eine Umarmung, als ich in Tränen ausbrach, während ich Julians Habseligkeiten in seinem Zimmer im Studierendenwohnheim zusammenpackte, wofür ich nicht mal eine Nachricht zum Dank erhielt.

»Ich mag dich … viel mehr, als es ein guter Freund tun sollte.« Das war kurz vor den Ferien nach unserem ersten Jahr an der Uni gewesen.

Zuvor war es einfach gewesen, ihn als platonischen Freund zu betrachten, nachdem Julian mich verletzt hatte, aber seine blauen Augen, sein blondes Haar und sein gelassenes Lächeln wuchsen mir immer mehr ans Herz.

»Du bist so talentiert, und du verdienst Wertschätzung.« Er ermutigte mich, mein erstes Foto von Designs by Dahlia auf meinem Social-Media-Account hochzuladen. Es war ein körniges Bild von meiner ersten Wohnung, das ich bis heute ganz oben auf meinem Profil festgepinnt habe, weil es für so vieles steht.

Ich war verletzlich und suchte an den falschen Orten nach Bestätigung, auch bei Olivers Eltern, die immer stärker in mein Business involviert waren, nachdem sie dabei geholfen hatten, unsere Fernsehsendung zu produzieren.

»War das immer so?«, fragt Dr. Martin.

»Bevor wir uns verlobt haben, haben wir sieben Jahre lang eine vollkommen normale Beziehung geführt. Wir hatten viele gute Momente und ein paar schlechte. Er hat es so dargestellt, als wäre er das missverstandene schwarze Schaf der Familie, doch irgendwann habe ich begriffen, dass er der Wolf war.«

Falls Dr. Martin überrascht ist, lässt sie es sich zumindest nicht anmerken.

»Er hat so getan, als könnten wir alles zusammen schaffen, aber als wir schließlich auf die Probe gestellt wurden, sind wir gescheitert.«

Ich bin gescheitert. Statt meinen Wert zu erkennen und Oliver zu verlassen, blieb ich bei ihm, weil ich dummerweise die Beziehung, in die ich so viel Zeit investiert hatte, nicht aufgeben wollte. Doch das spielte ohnehin keine Rolle, denn nach und nach zog sich Oliver zurück und ließ mich mit meiner Trauer darüber, nie ein Kind bekommen zu können, allein.

Ich knibbele an meiner Nagelhaut. »Die Dinge haben sich verändert, nachdem wir den Ehevertrag haben aufsetzen lassen und wir die Ergebnisse der medizinischen Untersuchung bekommen haben. Trotzdem habe ich die Tapfere gespielt und meinen Schmerz unterdrückt, während die Kameras liefen, weil ich meinen Job liebe, genauso wie die Menschen, mit denen ich zusammenarbeite, und das Letzte, was ich wollte, war, wegen ihm alles aufzugeben.«

Und dennoch hast du alles verloren.

Ich habe keine Show, keine Freunde – außer ein paar Fernsehteam-Mitgliedern – und keine Hoffnung darauf, dass ich jemals einen neuen Partner finden werde, nachdem ich verlassen wurde, weil ich nicht die Frau war, die mein Ex sich gewünscht hat.

Oliver hätte ebenso gut sagen können, dass ich nicht die *Gebärmutter* hatte, die er sich gewünscht hatte, aber ich schweife ab.

Dr. Martin senkt verständnisvoll den Kopf. »Es liegt in der Natur von uns Menschen, alles zu verdrängen, was uns Schmerzen bereitet.«

»Es war so einfach, mich in die Arbeit zu stürzen, aber während mein Geschäft florierte, ist ein Teil meiner Seele gestorben.«

Die Haut um ihre Augen wird weicher.

»Ich sage meinen Eltern, dass du nicht kommst. Wieder einmal«, betonte Oliver schnaubend, bevor er sich auf den Weg zum Anwesen der Creswells machte und mich zurückließ, um stundenlang an die Wand zu starren, ehe ich mich in den Schlaf weinte.

»Es ist noch nicht zu spät, sie zu verlassen und dir eine Frau zu suchen, die besser in deine Zukunft passt«, flüsterte Olivers Mutter ihm einmal zu, als sie glaubte, ich wäre noch im Bad.

»Zum Glück gibt es jemanden, der den Namen Creswell weiterträgt«, sagte Olivers Dad, als seine Frau die Ultraschallaufnahmen ihrer Tochter beim Abendessen am Tisch herumreichte.

Nach meiner medizinischen Untersuchung fühlte es sich an, als hätte unsere Beziehung einen Schuss mitten ins Herz abbekommen, und ich war die Einzige, die versuchte, die Wunde zu schließen.

Dr. Martin beendet unsere Sitzung mit einem weiteren jamaikanischen Sprichwort, das ich nicht verstehe, und ich verbringe die nächsten zehn Minuten damit, *Rockstone a riva bottom nuh know sun hat** zu recherchieren, statt mich in den Schlaf zu weinen, was ein Fortschritt ist.

Mein zweiter Tag im Ort verläuft ähnlich, obwohl meine Therapiesitzung emotional wieder einiges von mir abverlangt. Hoffentlich werden die erhöhte Dosierung der Antidepressiva und mein neu gefasster Entschluss, mehr Dinge zu unternehmen, die Spaß machen, meine Stimmung verbessern – obwohl ich noch ein wenig skeptisch bin, denn bisher habe ich immer noch kaum Lust, das Haus zu verlassen, ganz zu schweigen davon, eines einzurichten.

Ich erwarte, dass mein dritter Tag in Lake Wisteria nach dem gleichen Muster verläuft und ich meine Zeit allein verbringen werde, aber als ich um zwei Uhr endlich aus dem Bett krabbele, um mich auf die Suche nach etwas Essbarem zu begeben, stelle ich erschrocken fest, dass die gesamte Familie Lopez sich zum sonntäglichen Treffen in unserem Haus ausgebreitet hat.

Meine Schwester tippt auf ihr Handy ein, als hätte es sie persönlich beleidigt, während meine Mom und Josefina damit beschäftigt sind, in der Küche Gemüse zu schneiden.

Rafa ignoriert die Tatsache, dass *Robarte un Beso* neben ihm aus dem Lautsprecher dröhnt, während er ungerührt im Fernsehen ein Spiel der mexikanischen Fußballliga verfolgt.

*»¿Madrina?«*** Nico bemerkt mich als Erster und kommt sofort auf mich zu gerannt.

Es ist ein paar Jahre her, seit ich ihn zuletzt gesehen habe, wenn man von Videoanrufen absieht, und er ist ungefähr einen halben Meter gewachsen.

---

* ***Rockstone a riva bottom nuh know sun hat:*** *Beschützte Menschen kennen kein Elend.*

** ***Madrina:*** *Patentante*

»Du bist wieder da!« Er schlingt die Arme um meine Beine.

»Hi.« Bis zu diesem Moment war mir nicht bewusst, wie dringend ich eine von Nicos erdrückenden Umarmungen gebraucht habe.

Mein Patenkind sieht aus seinen großen braunen Augen zu mir auf. »Ich hab dich vermisst.«

»Ich hab dich auch vermisst.« Ich kämpfe gegen die Dunkelheit an, die droht, sich wieder einzuschleichen. »Wie geht es meinem Lieblingspatenkind?«

Er kichert. »Ich bin dein einziges Patenkind.«

»Bisher.«

»Nein! Das erlaube ich nicht.« Er drückt meine Beine fester, und mir entfährt ein leises Lachen, als er mich schließlich abrupt loslässt.

»Ich hab auf dem Schlagzeug gespielt, das du mir zum Geburtstag geschenkt hast! Es ist total cool!« Nico hebt die Arme, und beginnt, in der Luft Schlagzeug zu spielen.

»Ja, danke dafür.« Rafa wirft mir einen ironischen Blick zu.

»Vielleicht muss ich ihm zu Weihnachten eine E-Gitarre mit Verstärker schenken.«

Rafas Auge zuckt, während Nico seine Faust in die Luft stößt und »Yes!« ruft.

Mein Patenkind zu verwöhnen, liegt in meiner Natur, auch wenn meine letzten Geschenke von einem Postboten überbracht wurden und ich sie ihm nicht persönlich überreicht habe. Ich weiß, dass ein teures Schlagzeug oder eine hochwertige Gitarre meine Abwesenheit nicht wettmachen, aber Nico verdient nichtsdestotrotz das Beste, besonders nach dem, was er und Rafa durchgemacht haben.

Ich kannte Rafas Ex-Frau nicht gut, jedoch nicht, weil ich es nicht versucht hätte, sondern weil sie sich keine Mühe gegeben hat, sich in unsere Familie zu integrieren.

Rafa erhebt sich von der Couch und zieht mich in eine Umarmung. »Wir haben dich alle vermisst.«

Mein erster Versuch, etwas Ähnliches zu erwidern, scheitert, also entscheide ich mich stattdessen für Humor. »Wenigstens hast du zusammen mit deinem Modegeschmack nicht auch noch deine Manieren verloren.«

Angesichts meiner Bemerkung verdreht der mürrische Mann mit dem Flanellhemd, der ausgewaschenen blauen Jeans und der abgetragenen Baseball-Cap die Augen. An jedem anderen hätte ich ein Holzfäller-Outfit schrecklich gefunden, aber bei Rafa funktioniert es dank seines guten Aussehens und seiner Muskelmasse.

Für mich ist er wie ein großer Bruder, also würde ich lieber eine Magen-Darm-Grippe ertragen als ihn als attraktiv zu bezeichnen, aber das hält all die anderen Frauen im Ort nicht davon ab, ständig von ihm zu schwärmen.

Er löst sich von mir. »Wie lange hast du diesmal vor zu bleiben?«

»Ich bin mir nicht sicher. Das hängt von ein paar Dingen auf der Arbeit ab.«

»Du musst unbedingt bei uns vorbeikommen und dir Nicos Schlagzeug ansehen.«

Nico strahlt. »Ja! Du kannst zusehen, wie ich spiele, und dann können wir die Legosachen aufbauen, die du mir geschenkt hast … Ach ja! Und du kannst Ellie kennenlernen. Sie ist nett und hübsch und total cool.«

»Wer ist Ellie?« Meine zitternde Stimme verrät, was ich wirklich empfinde. So sehr ich auch Zeit mit meinem Patenkind verbringen *möchte*, fühle ich mich nicht annähernd bereit dafür. Denn in Nicos Gegenwart werde ich stets daran erinnert, wie sehr ich mir eines Tages eine eigene Familie wünsche. Und jetzt …

»Sie ist meine beste Freundin!« Nicos Augen leuchten.

»Sie ist seine *Nanny*.« Etwas Dunkles huscht über Rafas Züge, ehe er sich wieder sammelt.

Mom hat erzählt, dass Rafa sich nach seiner Scheidung und Nicos

Retinitis-Pigmentosa-Diagnose verändert hat, und diese Wahrheit könnte nicht offensichtlicher sein, wenn ich mir seine ernste Miene und seinen gehetzten Blick anschaue.

Nico schenkt mir ein Grinsen, das mich – abgesehen von den fehlenden Zähnen – stark an seinen Vater erinnert.

»Ja, wie auch immer. Hey, willst du mit mir und *Tío** was spielen?«

Sofort schießt mir ein Anflug von Angst in die Brust. »Äh …«

»Bitte!« Er presst die Hände flehend zusammen.

»Nun …« Meine Antwort bleibt mir im Hals stecken.

Rafa legt den Kopf schief.

Nico zieht an meiner Hand. »Komm schon. Wir brauchen noch eine weitere Person, weil Dad nicht mit uns spielen will.«

Rafa zerzaust Nicos Haare. »Nur weil Julian immer gewinnt.«

Nico zerrt mich zu dem ungeöffneten Monopoly-Spielkarton auf dem Küchentisch, während sein Dad sich wieder auf das Fußballspiel konzentriert. Mein Patensohn rückt mir den Stuhl zurecht wie ein Gentleman und wartet.

Als ich mich nicht rühre, klopft er mit zusammengezogenen Augenbrauen auf die Sitzfläche. »Setz dich.«

Seine Bitte macht den Riss in meiner Brust noch breiter, bis ich Schwierigkeiten habe zu atmen.

»Ich kann nicht.« Der Schmerz in meinem Herzen wird mit jedem Schlag intensiver.

Nico runzelt die Stirn. »Warum nicht? Das Spiel macht Spaß.«

Ich schlinge die Arme um meinen Körper und trete einen großen Schritt nach hinten.

Seine verwirrte Miene macht ihn noch niedlicher und mich noch bekümmerter. »Alles okay? Du siehst traurig aus.« Seine Unterlippe bebt.

---

* *Tío: Onkel*

Rafa sieht sich über die Schulter um. »Geht es dir gut?«

»Ich muss ins Bad.« Mit verschleierter Sicht stürze ich in den Flur. Ich bin vollkommen orientierungslos, als ich an meinem Zimmer vorbeikomme und durch den Gang zum Gästebad eile, das ich mir mit meiner Schwester teile.

So viel zum Thema wirkende Antidepressiva.

Tränen rinnen mir in einem frustrierenden Akt des Betrugs über die Wangen. Während ich vor zwei Monaten noch unter einer scheinbar nicht enden wollenden Gefühllosigkeit gelitten habe, fühle ich nun mit einem Mal zu viel auf einmal, weswegen ich in den letzten paar Tagen mehr geweint habe als in meinem gesamten vorherigen Leben.

Sei geduldig mit dir und vertraue dem Prozess.

Verdammter Prozess. Ich habe nicht vor, mein Zimmer zu verlassen, ehe …

Jemand packt mich am Ellbogen und zieht mich zurück, was mich nach Luft schnappen lässt.

»Ich hoffe, du hast einen guten Grund, mein Kind zu enttäuschen.« Rafas Stimme erschreckt mich.

Ich zucke zurück. »Was?«

»Weinst du?« Er sieht mich aus verengten Augen und mit gerunzelter Stirn an, wodurch ich mich in die Vergangenheit zurückversetzt fühle.

»Ich hab es so satt, dass du dich ständig selbst bemitleidest.« Oliver schürzte angewidert die Lippen. *»Vor der Kamera kannst du allen vormachen, dass es dir gut geht, aber bei mir kannst du dich nicht mal ein bisschen zusammenreißen.«* Seine Worte waren wie Gift, das sich in meinem Körper ausbreitete und lähmenden Selbsthass und Hoffnungslosigkeit hinterließ.

Ruf mich an, wenn die Dahlia, in die ich mich verliebt habe, wieder da ist, schrieb er mir später an diesem Abend, nur um eine Woche später zurückzukommen und mir mitzuteilen, dass es zwischen uns vorbei sei.

»Dahlia.« Rafas rauer Tonfall reißt mich zurück in die Gegenwart.

Ich wische mir mit dem Ärmel meines Pullovers über das Gesicht. »Es tut mir leid, dass Nico wegen mir traurig ist. Du weißt, dass das nicht meine Absicht war.«

Die Schärfe weicht aus Rafas Stimme. »Was ist los?«

Ich weiß nicht, was in mich gefahren ist, dass ich mich ausgerechnet Rafa anvertraue, aber ich kann nicht zulassen, dass er glaubt, ich hätte Nico ohne triftigen Grund traurig gemacht.

»Ich … Weißt du …« *Scheiße.* »Ich habe es vermieden, mich in der Gegenwart von Kindern aufzuhalten, seitdem ich herausgefunden habe, dass ich keine eigenen bekommen kann.«

Er blinzelt ein paarmal. »Und dann hast du Nico gesehen …«

Ich nicke nur, denn ich muss mich erst sammeln, um wieder zu sprechen, hauptsächlich weil meine Kehle wie zugeschnürt ist. »Es ist erst ein paar Monate her, dass ich die Nachricht erhalten habe …« Mein Schluchzen macht es mir unmöglich weiterzusprechen.

Rafa zieht mich in seine Arme, wie es mein Dad immer getan hat, wenn ich mir wehgetan hatte oder krank war. »Es tut mir leid.«

Bis zu diesem Moment, in dem ich den Tränen endlich freien Lauf lasse, war mir nicht bewusst, wie sehr ich diese vier Worte gebraucht habe. Ich bin mir nicht sicher, wie lange Rafa mich in seinen Armen hält, während ich weine, aber er lässt mich nicht los, bis sich meine Atmung beruhigt und sein Hemd von meinen Tränen vollkommen durchnässt ist.

»Kannst du …« Ich schniefe. »Kannst du es bitte für dich behalten?«

Er weicht stirnrunzelnd zurück. »Niemand weiß davon?«

Ich schüttele den Kopf. »Nur Oliver und seine Familie.«

»Dein Geheimnis ist bei mir gut aufgehoben.«

Ich lasse die Schultern hängen. »Danke.«

Mit einem letzten Blick über die Schulter lässt mich Rafa allein im Flur stehen.

Ich setze meinen Weg ins Badezimmer fort, und das ohrenbetäubende Klicken der sich schließenden Tür verstärkt die Leere, die sich in mir ausbreitet.

Es ist zwei Monate her, und es geht mir immer noch nicht besser als an dem Tag, an dem Oliver unsere Beziehung nach neun Jahren beendet hat. Er scherte sich nicht um unsere Show oder um das Leben, das wir uns gemeinsam aufgebaut hatten. Verdammt, er scherte sich um nichts, außer um das, was *er* wollte. Die perfekte Ehefrau. Ein hübsches Haus mit Ausblick auf die Bucht. Zwei Kinder und einen Hund, die zusammen hinter dem weiß gestrichenen Haus spielten wie in einer Comedyserie aus den Fünfzigern.

Das war die Zukunft, die er erwartete, und die ich drohte, zu ruinieren.

Diese Art von Trauer ist anders als die, die ich empfand, nachdem ich meinen Dad verloren hatte.

Ich bin anders.

Ich klammere mich am Rand des Waschbeckens fest und zwinge mich dazu, die Person anzusehen, zu der ich geworden bin,

Ungepflegt. Verletzt. *Deprimiert.*

Es fällt mir schwer zuzugeben, wie sehr ich mich in den letzten paar Monaten habe gehen lassen. Die gebrochene Person, die ich mittlerweile bin, hat nichts mehr mit der Frau gemeinsam, die jeden Morgen voller Tatendrang erwachte und sich darauf freute, ihr Outfit zusammenzustellen und sich zu schminken, ganz gleich, ob sie vor die Kamera treten musste oder nicht.

Ich vermisse die Person, die ich war. Ich vermisse sie so sehr, dass ich bereit bin, dafür zu arbeiten, sie wieder zurückzuholen, auch wenn das zusätzliche Therapiesitzungen und die damit verbundenen schweren Hausaufgaben bedeutet, die ich eigentlich lieber vermeiden würde.

»Du kannst dich wieder aufrappeln.« Mein zittriges Flüstern durchbricht die Stille. »Du kannst ihm und allen anderen beweisen, dass dich niemand brechen kann.« Diesmal spreche ich mit festerer Stimme und lasse meine Worte auf mich wirken. »Und du kannst den Kampf gegen dich selbst gewinnen und am Ende stärker daraus hervorgehen«, füge ich entschieden hinzu, woraufhin ich meine Schultern straffe, mich aufrichte und mir mit den Fingern durch mein zerzaustes Haar fahre.

Von nun an werde ich wieder leben. Ich muss mich nur daran erinnern, wie das geht.

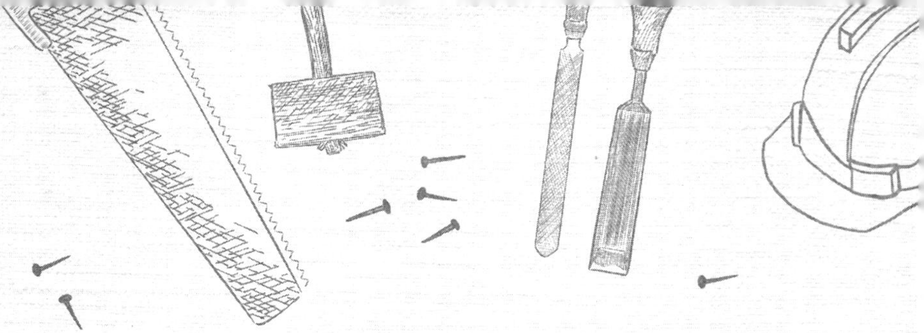

KAPITEL FÜNF
JULIAN

Nett von dir, eine Stunde zu spät zu kommen«, flüstert meine Mutter, als sie sich im leeren Esszimmer vor mir aufbaut.

Ich hätte wissen müssen, dass ihre Bitte, ihr beim Tischdecken zu helfen, eine Falle war. »Ich musste noch etwas für die Arbeit beenden.«

»An einem Sonntag?«

Ich schweige, während ich das Besteck auslege.

Sie wiegt sich auf den Fersen vor und zurück. »Ich wollte dich fragen …«

»Du hast es eine Minute länger ausgehalten, als ich erwartet habe.« Ich tippe auf meine Armbanduhr, die eine Million wert ist. Es ist das Teuerste, das ich besitze, nur weil ich gegen Rafas Behauptung gewettet habe, dass wir Milliardäre werden würden, nachdem unsere Dwelling-App an der New Yorker Börse gelistet war.

Ich bin froh, dass Rafa recht behalten hat, auch wenn ich fast geweint hätte, als ich uns Uhren gekauft habe, die teurer waren, als meine damalige Wohnung und mein Wagen zusammen.

Ma schürzt die Lippen. »*Mijo.*«*

»Ja?«

»Ich wollte mit dir über Dahlia sprechen.«

»Was ist mit ihr?« Meine Stimme klingt tonlos.

»Ich weiß, ihr habt eure Differenzen, aber kannst du die für eine Weile vergessen und nett zu ihr sein, bis es ihr wieder besser geht? Sie ist derzeit sehr verletzlich.«

»Das hab ich schon bemerkt.« Es ist kaum zu übersehen, dass Dahlia kurz davor ist zusammenzubrechen, doch ich will wissen, warum. Oliver war ein großspuriges Arschloch, aber den Erzählungen meiner Mom nach zu urteilen schien es, als würde er Dahlia respektieren – warum also hatten sie ihre funktionierende Beziehung nach neun Jahren beendet?

Ma senkt die Stimme. »Rosa möchte, dass Dahlia für eine Weile hierbleibt.«

Ich schließe die Augen.

»Ich finde, es wäre nett«, fährt sie fort, »wenn du dich für ein Projekt mit ihr zusammenschließt, damit sie abgelenkt ist.«

Ich schüttele den Kopf. »Dahlia und ich arbeiten nicht gut zusammen.« Früher standen wir stets auf gegnerischen Seiten. Auf dem Sportfest. Im Debattierclub. Im Club der Vereinten Nationen. Wenn es eine Gelegenheit gab, gegeneinander anzutreten, haben wir diese genutzt und den Kampf miteinander ausgetragen.

»Bitte denk darüber nach.« Ma drückt ihre Handflächen zusammen.

Ich halte drei Sekunden inne. »Ich hab nachgedacht. Die Antwort lautet immer noch Nein.« Dass Dahlia wieder hier ist, ist schwer genug nach all den Jahren, in denen ich sie gemieden habe. Wenn ich mit ihr arbeiten würde, müsste ich mich einer ganzen Liste von

---

* *Mijo: Mein Sohn*

Problemen stellen, mit denen ich mich nie wieder in meinem Leben auseinandersetzen will.

Sie verschränkt die Arme vor der Brust. »*Mijo.*«

»Ich will keine große Sache daraus machen, aber wir haben vollkommen unterschiedliche Ansichten, was Design betrifft.«

»Na und? Ich finde, die Dinge anders anzugehen, könnte gut für sie sein. Rosa sagt, Dahlia hat einen kreativen Durchhänger. Eine andere Art von Job wird sie vielleicht inspirieren«, drängt sie.

»Du hast wohl vergessen, dass Dahlia eins meiner Projekte als hässlichen grauen Kasten bezeichnet hat.«

Ma macht eine säuerliche Miene. »Um ehrlich zu sein, hatte sie damit nicht ganz unrecht.«

Ich funkele sie an. »Du hast behauptet, es würde dir gefallen.«

»Weil du es erschaffen hast, *mi amor.** Als deine Mutter ist es mir unmöglich, nicht alles zu lieben, was du tust.« Sie tätschelt mit leuchtenden Augen meine Wange.

Ich stoße einen kehligen Laut aus.

»Stell dir nur vor, was möglich wäre, wenn ihr beiden kreativen Köpfe euch zusammenschließt.«

Es gibt nur eine Frau in meinem Leben, für die ich alles tun würde, und die sieht mich in diesem Moment an, als könnte ich allein die Welt retten, wenn ich nur ihrem Wunsch nachkomme.

»Bitte?«, fragt sie in diesem typisch hoffnungsvollen Tonfall.

Ich schüttele den Kopf in der Hoffnung, dass dadurch wieder ein wenig Vernunft in mein Gehirn zurückkehrt.

Sie lässt die Schultern sinken. »Oh.«

Du könntest ihre Bitte zu deinem Vorteil nutzen …

Ein Plan formt sich in meinem Kopf. »Ich werde es in Erwägung ziehen, aber nur unter einer Bedingung.«

---

* ***Mi amor:*** *mütterlicher Kosename*

Sofort bessert sich ihre Laune. »Und welche?«

»Ich will, dass du aufhörst, zu versuchen, mich mit den Töchtern deiner Freundinnen zu verkuppeln.«

»Aber wie willst du bei deinen verrückten Arbeitszeiten denn sonst eine Frau kennenlernen?«

»Das ist *mein* Problem.«

»Ich dachte, du willst heiraten und eine Familie gründen.«

Ich beiße mir auf die Zunge.

Sie runzelt die Stirn. »Sag mir nicht, dass Rafa dich abgeschreckt hat.«

»Nein, hat er nicht.« Was überraschend ist, wenn man bedenkt, wie er momentan zum Leben steht.

»Ich hätte gern ein Enkelkind, solange ich noch jung genug bin, um ihm hinterherzurennen.«

»Was das betrifft …« Auch wenn ich vorhabe, eines Tages zu heiraten, möchte ich keine Kinder – eine Tatsache, die die Hälfte der Frauen, die ich gedatet habe, abgeschreckt hat.

Bei Eltern aufzuwachsen, die jahrelang mit einem unerfüllten Kinderwunsch zu kämpfen hatten, hat mich stark beeinflusst, und ich vermute, dass es viele Menschen nicht nachvollziehen können, wie es war, dabei zuzusehen, wie mein Vater still gelitten hat, während meine Mom Depressionen, Fehlgeburten und eine Totgeburt durchstehen musste, bei der sie fast auf dem Operationstisch gestorben wäre.

Nachdem ich meine Mom fast verloren hätte, weil sie mir ein Geschwisterchen schenken wollte, habe ich mich entschlossen, keine Kinder zu haben, es sei denn, die Frau, die ich heirate, ist bereit zu adoptieren.

Meine Mom zieht die Luft ein. »*¿Qué?*«

Ich reibe mir den Nacken. »Du weißt, dass ich mit Kindern nicht viel anfangen kann.«

»Aber was ist mit Nico?« Ihre Stimme wird schriller.

»Das ist eine Ausnahme.«

»Ist es wegen dem, was ich …«

»Nein.«

Der Blick aus ihren glasigen Augen wandert über mein Gesicht, ehe sie wegschaut. »Okay. Ich respektiere deine Wünsche.«

Das schwere Gewicht, das auf meine Brust drückt, verschwindet.

Sie kaut auf ihrer Unterlippe. »Ich werde mich an deine Bedingung halten, aber eines musst du mir versprechen.«

»Und was?«

»Bitte mach die Sache so angenehm wie möglich für Dahlia. Du magst nicht daran interessiert sein, mich in absehbarer Zeit zur Schwiegermutter zu machen, aber Dahlia – und auch Lily – sind beinahe wie Töchter für mich, und ich möchte nicht, dass du ihr das Leben schwer machst, wenn sie ohnehin schon am Boden ist.«

Meine Mom schafft es, dass ich mich klein fühle, obwohl ich sie um Längen überrage.

Beschämt senke ich den Kopf. »Das werde ich nicht.«

Sie klatscht laut in die Hände. »Großartig! Und sorge dafür, dass es so aussieht, als wäre es deine Idee gewesen.«

»Ma.«

»Ich sehe besser nach Rosa, ehe sie noch das Haus abbrennt. *¡Te quiero!«** Sie küsst meine Wange und entfernt sich eilig in Richtung Küche.

* * *

Die Sonntage bei den Muñoz' haben sich nicht verändert, seit ich auf der Welt bin, auch wenn ein paar Menschen über die Jahre gekommen und gegangen sind, so wie Mr. Muñoz und mein Dad, die beide wenige Jahre nacheinander gestorben sind. Rafa wurde zu einem

---

* ***Te quiero:*** *Ich liebe dich.*

Dauergast am Tisch, weil ihn meine Mom während unserer Kindheit inoffiziell adoptiert hat, nachdem der Bruder meines Vaters gestorben war.

Mein Patensohn hält die Unterhaltung in Gang, indem er uns von seinem geplanten Halloween-Kostüm und vom Geburtstag seines Freundes erzählt. Lily, Dahlias siebenundzwanzigjährige Schwester, stellt immer wieder Fragen zu Nicos Geschichten, während wir anderen abgelenkt sind von dem leeren Stuhl und dem noch vollen Teller neben mir.

Irgendwann steht Lily auf und geht mit einem Tablett in Dahlias Zimmer, doch kommt sie eine Viertelstunde später wieder damit zurück.

»Hatte sie keinen Hunger?« Rosa erhebt sich und nimmt Lily das Tablett aus den Händen.

Lily schüttelt den Kopf. »Zumindest hat sie ein bisschen gegessen.«

Alle betrachten den Teller, als wäre er entscheidendes Beweismaterial.

Dahlia wurde wie wir anderen mit den gleichen drei Hauptregeln erzogen: nicht lügen, nicht betrügen und kein Essen auf dem Teller zurücklassen.

Ma tritt gegen meinen Stuhl. *Geh zu ihr,* formt sie mit den Lippen.

Ich erhebe mich von meinem Stuhl. »Bin gleich wieder da.«

Die Falten, die sich auf Rosas Gesicht gelegt haben, verschwinden, während ich in Gedanken Pro und Kontra abwäge.

Pro: Du tust das Richtige.

Kontra: So fühlt es sich aber nicht an.

Rafas kurzes Kopfschütteln und sein finsterer Blick wecken Zweifel in mir.

Pro: Deine Mom wird nie wieder Dates für dich planen.

Kontra: Du wirst mit Dahlia arbeiten müssen.

Ich befehle mir selbst, damit aufzuhören, und atme tief durch.

Danke, drückt Ma aus, indem sie mir ein doppeltes Daumen-Hoch-Zeichen gibt.

Bevor ich die Nerven verliere, mache ich mich auf den Weg. Mein eigener Herzschlag dröhnt mir in den Ohren, als ich vor Dahlias Zimmertür stehen bleibe. Ich hebe die Hand, um anzuklopfen, doch halte mitten in der Bewegung inne, als ich eine gemalte Blume an der Tür entdecke.

Dahlia nur als talentiert zu beschreiben, wäre eine Beleidigung. Sie hat ein gottgegebenes Talent dafür, die banalsten Dinge in Kunstwerke zu verwandeln, obwohl ich mich bisher nie dazu durchringen konnte, ihr das zu sagen.

Als ich meine Faust wieder hebe, um anzuklopfen, fliegt ihre Tür plötzlich auf.

»Julian?« Dahlia starrt mich mit offenem Mund, roter Nase und aus verquollenen Augen an.

Ich schiebe die Hände wieder in die Taschen. »Hey.«

»Gibt es einen Grund dafür, dass du vor meinem Zimmer herumschleichst?« Sie schaut sich im leeren Flur um.

»Ich muss mit dir reden.«

Sie verengt die Augen. »Seit wann sprichst du freiwillig mit mir?«

»Seit meine Mutter mich darum gebeten hat.«

Ihr gequältes Lachen ist ernüchternd. »Du tust also immer noch alles, was deine Mom dir aufträgt? Kein Wunder, dass du immer noch Single bist.«

»Ich wusste, dass es ein Fehler war herzukommen«, murre ich leise. Dahlia wird sich niemals bereit erklären, mit mir zusammen an einem Projekt zu arbeiten, wenn ich ihr die Idee unterbreite.

Mein Untergang ist schneller besiegelt, als dass ich meine Lippen bewegen kann.

»Tu dir keinen Zwang an und verschwinde einfach.« Sie greift nach der Klinke.

Ich halte die Tür fest, um Dahlia davon abzuhalten, sie zuzuschlagen. »Warte.«

Eine senkrechte Falte bildet sich zwischen ihren Augenbrauen. »Was?«

»Zwischen Oliver und dir ist es vorbei?«

Ihre Augen verengen sich zu Schlitzen. »Fragst du mich das nur, damit du eine hämische Bemerkung machen kannst?«

»Nein.« Obwohl ihre falsche Anschuldigung den Wunsch in mir weckt, es doch zu tun.

Sei nicht gemein, Julian.

Sie unterbricht unseren Blickkontakt als Erste. »Jepp. Wir haben uns getrennt.«

»Du solltest vielleicht den Ring ablegen.« Ich kann nicht anders, als stirnrunzelnd das geschmacklose riesige Schmuckstück anzustarren.

»Ich hab's versucht.« Ihre Hand formt sich zu einer bebenden Faust.

»Offenbar nicht genug.«

Etwas blitzt in ihren Augen auf. »Ich hab noch auf Rückmeldung vom Anwalt der Creswells gewartet, bevor ich ihn ablege.«

Reiche Leute und ihre Anwälte. Auch wenn ich mittlerweile einer von ihnen bin, habe ich meine persönlichen Angelegenheiten noch nie von einem Anwalt regeln lassen. Meine Eltern haben mir beigebracht, dass Menschen, die Respekt wollen, sich diesen verdienen müssen, und nichts zeigt von größerer Schwäche, als seine Drecksarbeit von einem Anwalt erledigen zu lassen.

»Und was hat besagter Anwalt dir geraten?«, frage ich, ehe ich es mir anders überlegen kann.

»Ich habe vor einer Stunde Nachricht erhalten, dass ich mit dem Ring tun kann, was ich will.«

»So ein Zufall.« Meine Stimme bleibt tonlos, obwohl meine Worte die beabsichtigte Wirkung haben.

Ihre Nasenflügel weiten sich. »Willst du mir etwa unterstellen, dass ich lüge?«

Die darauffolgende Stille ist für sie Antwort genug.

»Weißt du was? Ich bin in Stimmung, dir das Gegenteil zu beweisen.«

Manche Dinge ändern sich nie.

Während ich damit beschäftigt bin, an die unzähligen Male zurückzudenken, als sie genau das versucht hat, überrascht sie mich, indem sie sich den Ring vom Finger streift und ihn mir hinhält. »Hier.«

Ich trete einen großen Schritt nach hinten. »Was soll ich damit?«

»Verdammt, das weiß ich auch nicht, aber ich bin mir sicher, du wärst mehr als glücklich, ihn entsorgen zu dürfen, wenn man bedenkt, wie oft du ihn schon mit finsterer Miene angestarrt hast.«

Fuck. Während ich über ihren nächsten Spielzug nachgedacht habe, hat sie offenbar das Gleiche getan.

Schachmatt.

Ohne das leiseste Zittern greife ich nach dem Ring, obwohl mein Herz wie wild rast, als sich unsere Finger streifen. Ich nehme ihr den Ring ab und nehme den auffälligen Klunker, der überhaupt nicht zu der Frau passt, die vor mir steht, unter die Lupe. Obwohl Dahlia Schmuck liebt – das ist offensichtlich, da sie ständig neue Ringe, Ohrringe und Ketten trägt –, hasst sie protzige Verlobungsringe, wie man sie in jedem Schmuckladen an der Ecke findet.

»Ich will einen alten Ring, so wie Mom«, sagte sie einmal zu ihrer Schwester, als sie sich auf einer Geburtstagsparty über den Verlobungsring einer Cousine unterhielten.

»Auf keinen Fall! Ich will einen Ring wie die Frau des Bürgermeisters.« Lily strahlte.

»Aber das ist so gewöhnlich.« Dahlia rümpfte die Nase.

»Wen interessiert's, solange er groß ist?«, gab Lily schnaubend zurück.

Dahlia reißt mich mit einem Räuspern aus meinen Gedanken.

»Du willst, dass ich ihn für dich entsorge?«, frage ich.

Sie nickt.

Nichts lieber als das. Obwohl …

Mir kommt eine Idee. Eine fürchterliche, alberne Idee, die mich dazu bringt, erst zu sprechen und es dann zu bereuen.

»Na schön, solange du mir dabei hilfst.« Sie aus dem Haus herauszulocken, würde ihr wahrscheinlich guttun. Mein Dad hat bei meiner Mom das Gleiche getan, wenn sie eine depressive Phase hatte, daher weiß ich, dass es funktioniert.

Außerdem habe ich den Eindruck, sie wird sich eher bereit erklären, mit mir zu arbeiten, wenn ich meine Karten richtig ausspiele.

Sie schaut zwischen mir und dem pausierten Bild des Fernsehers in ihrem Zimmer hin und her. »Ich weiß nicht recht. Ich hab im Moment einiges zu tun.«

»Ach, bitte verzeih mir. Mach einfach weiter mit der Selbstmitleidsnummer.« Ich schaue betont zum ungemachten Bett. Die lilafarbene Decke ist unter dem Berg aus benutzten Taschentüchern und weggeworfenem Schokobonbonpapieren kaum zu sehen.

Ihre Augen weiten sich. »Wie bitte?«

Ich schiebe den Ring in meine Tasche. »Ich schicke dir ein Video, wenn ich mich entschieden habe, was ich damit anstelle. Hoffentlich findest du Zeit, es dir zwischen dem *Silver-Vixens*-Marathon und dem Augen-Ausheulen anzusehen.«

»Ich heule mir nicht die Augen aus.«

Ich lasse meinen Blick noch einmal über ihr Gesicht huschen, bevor ich mich umdrehe.

»Du kannst manchmal ein echtes Arschloch sein«, ruft sie.

»Bis nächsten Sonntag. Oder auch nicht. Bestimmt wirst du schwer beschäftigt sein.« Ich mache mir nicht die Mühe, mich noch einmal umzusehen, obwohl ich ihr einen letzten Abschiedsgruß zurufe und über die Schulter winke.

Erst murmelt sie etwas Unverständliches, dann verkündet sie: »Weißt du was? Ich komme mit.«

Wusst ich's doch.

Ich unterdrücke mein Grinsen, ehe ich mich zu ihr umdrehe. »Ich dachte, du wärst beschäftigt.«

»Betrachte meine Termine als abgesagt.«

Ich hoffe, das geht nicht in die Hose.

Berühmte letzte Worte.

* * *

»Du hast das Wageninnere erneuert.« Dahlia fährt mit den Fingern über das Armaturenbrett im alten Truck meines Dads.

»Mm-hm.« Ich lege meine Hand an ihre Kopflehne und setze in der Einfahrt der Muñoz' zurück.

Mein Dad war mein Held, bester Freund und zukünftiger Businesspartner, deshalb wusste ich nicht, wohin mit mir in meiner Trauer, als er starb. Seinen Truck aufzuwerten, war am Ende die beste Art, den Verlust zu verarbeiten, auch wenn ich die Idee ein paar Jahre zu spät hatte.

Sie lässt ihre Hand über den glatten Ledersitz gleiten. »Wie oft hat er gesagt, er würde es selbst tun? Hundertmal?«

Vielleicht tausendmal, aber er hat nicht lange genug gelebt, um es durchzuziehen.

Mein Dad hatte in seinem kurzen Leben viele Träume, darunter auch, seinen Truck auf Vordermann zu bringen, doch er starb, bevor er sich alle erfüllen konnte.

Der alte, dumpfe Schmerz kehrt in meine Brust zurück wie eine Wunde, die nie ganz verheilt ist. Zum Glück hört Dahlia auf, über meinen Dad zu sprechen, was mir die Möglichkeit gibt, nachzudenken, ohne dass mich die Erinnerungen an ihn ablenken.

Leider enden alle guten Dinge irgendwann, und so tut es auch ihr Schweigen nach fünf Minuten.

»Warte! Halt!« Dahlia reißt beinahe meine Hand vom Steuer.

»Nein.« Ich fahre am Foodtruck mit der Aufschrift *Nieve de garrafa** vorbei, der in der Nähe der Lake Wisteria Park-Promenade steht. Ihr dabei zu helfen, ihren Ring loszuwerden, ist eine Sache, aber auf dem Weg für *Nieve* anzuhalten? Das ist auf keinen Fall drin.

»Bitte!« Sie legt flehend ihre Hände zusammen. »Ich hab schon seit Jahren nicht mehr bei Cisco's gegessen.«

»Es ist Oktober.«

»Na und? Selbst wenn ein Schneesturm toben würde, könnte ich Eis essen.«

Meine Muskeln verspannen sich noch mehr. »Das gehörte nicht zum Plan.«

»Lieber Himmel, ich springe aus dem Wagen, wenn du nicht sofort anhältst.«

»Lass mich wenigstens vorher beschleunigen, damit sich ein Polizeibericht auch lohnt.« Ich drücke das Gaspedal durch. Im Gegensatz zu meinem McLaren heult der Motor des alten Trucks auf, als ich in einen höheren Gang schalte.

Ihr funkelnder Blick verwandelt sich schnell in die gefährlichste Waffe, die sie besitzt.

Ihr Hundeblick.

»Bitte, Julian. Ich bin mir nicht zu schade, um dich für ein Eis von Cisco's anzubetteln.«

Fuck. Jede Zelle in meinem Körper erwacht unter dem Klang meines Namens aus ihrem Mund zum Leben.

»Ich tue alles. *Bitte.*«

Viel Glück dabei, Nein zu sagen, wenn sie so guckt und spricht.

»Dann ist meine erste Forderung, dass du die Klappe hältst.« Ich bremse leicht ab und wende auf dem Mittelstreifen.

---

* ***Nieve de garrafa:*** *typisch mexikanisches hausgemachtes Eis*

»Yes!« Sie stößt triumphierend ihre Faust in die Luft.

Ich unterdrücke den Drang zu lächeln, während ich zum Park zurückfahre und vor Cisco's anhalte. Ein paar Familien sitzen auf den Bänken, während die Kinder herumrennen und die letzten Wochen des schönen Wetters genießen.

»Beeil dich.« Ich hole mein Handy hervor und beginne, die dreißig E-Mails zu lesen, die in der kurzen Zeit, seitdem ich meinen Posteingang zuletzt gecheckt habe, eingegangen sind.

Dahlia umfasst den Türgriff und zögert kurz. »Im Grunde hast du recht. Es ist zu kalt für Eis.«

Ich höre auf zu scrollen. »Meinst du das ernst?«

»Ja. Lass uns weiterfahren.« Sie deutet auf das Lenkrad und schaut sich im Park um. Ihre angespannten Schultern in Kombination mit dem gehetzten Blick verraten, dass sie nervös ist.

Auch wenn Dahlia schon, als wir noch jünger waren, oft mit Ängsten zu kämpfen hatte, kommt mir diese Situation anders vor.

Sie kommt mir anders vor.

Seufzend öffne ich meine Tür.

»Wohin gehst du?« Panik schleicht sich in ihre Stimme.

Ich tue etwas lächerlich Nettes. »Ich hab Lust auf Eis.«

Eilig entferne ich mich, bevor sich meine Vernunft einschalten kann, und rufe mir all die Gründe in Erinnerung, warum Dahlia nicht gut für mich ist.

KAPITEL SECHS
DAHLIA

Schritt eins meines Planes, über meinen Ex-Verlobten hinwegzukommen, beinhaltet, *Nieve de garrafa* mit Mangogeschmack von Cisco's zu essen, auch bekannt als der beste Foodtruck weit und breit. Ich verschlinge meine Portion, während Julian auf seinem Handy herumtippt und das tut, was auch immer Milliardäre an einem Sonntagabend zu tun haben. Einmal steigt er aus dem Truck aus, um einen Anruf entgegenzunehmen, wobei er sein Zitronen-*Nieve* unbeaufsichtigt zurücklässt.

Ich kann nichts dafür, dass ich in Versuchung gerate. Wenn überhaupt, tue ich Julians Bauchmuskeln sogar einen Gefallen damit, sein Eis aufzuessen.

Als ich beide Becher geleert habe, wirft er sie weg, und wir fahren weiter, wobei wir Morat auf voller Lautstärke laufen lassen. Auch wenn Julian und ich vollkommen unterschiedlich sind, haben wir dennoch den gleichen grandiosen Musikgeschmack – eine Tatsache, die ich ihm gegenüber jedoch niemals zugeben würde.

Anders als an meinem ersten Abend hier schaue ich mich aufmerksam im Ort um und staune darüber, wie sehr er sich während meiner Abwesenheit verändert hat. Auch wenn einige Geschäfte während der ruhigeren Wintersaison schließen, da nicht viele Menschen an den See kommen, wenn es kalt ist, bleiben viele von ihnen das ganze Jahr über geöffnet, seitdem sie sich Ende des neunzehnten Jahrhunderts hier etabliert haben.

Einige meiner Lieblingsläden, wie Hole in Wall Hardware, Holy Smokes BBQ und der Surf & Turf Meat Market, sind seit Generationen im Besitz der gleichen Familien, doch auch ein paar neue Geschäfte, wie der Sweets & Treats Bake Shop fallen mir auf.

»Wohin fahren wir eigentlich?«, frage ich nach einer Weile.

Er dreht die Lautstärke runter. »Zu einer meiner Baustellen.«

»Ich schwöre dir, ich werde dich bis in alle Ewigkeit heimsuchen, wenn du mich heute Nacht unter einer dicken Betonschicht begräbst.«

»Ich fühle mich geschmeichelt, dass du für immer mit mir rumhängen willst.« Seine Augen funkeln.

Meine verengen sich zu Schlitzen.

Er hebt seine rechte Hand. »Kein Grund zur Sorge. Solange meine Mutter dich liebt, lasse ich dich am Leben.«

»Ich bin mir nicht sicher, ob ich Angst vor dieser Drohung haben oder beeindruckt sein soll, dass du bereit bist, dich mit mir abzugeben, nur weil deine Mutter mich liebt.«

Ohne etwas zu erwidern, dreht er die Lautstärke wieder auf.

Cabrón.

* * *

Als Julian den Vorschlag gemacht hat, den Ring abzulegen, war mir nicht in den Sinn gekommen, dass dies den Besuch einer Baustelle nach sich ziehen könnte.

»Komm. Lass uns gehen.« Julian tauscht seine Sneakers gegen abgetragene Arbeitsstiefel und zwingt mich dazu, ebenfalls riesige Gummistiefel anzuziehen, die bei jedem Schritt, mit dem ich mich der Absperrung nähere, quietschen. Er nimmt einen weißen Schutzhelm vom Zaun und setzt ihn mir auf.

Ich rümpfe die Nase. »Ernsthaft?«

»Sicherheit steht an erster Stelle.« Er schaltet den Scheinwerfer ein, ehe er seinen eigenen Helm aufsetzt.

Typen mit umgedrehten Baseball-Caps und grauen Jogginghosen sind für mich mit einem Mal vergessen. Männer mit Helmen und Arbeitsstiefeln sind mein neuer Kink – dank Baustellen-Ken, der mit seinen muskulösen Armen und den Killer-Wangenknochen vor mir steht.

Ich weiß jetzt schon, dass meine Therapeutin dieses Thema in der nächsten Sitzung vertiefen wird.

»Alles in Ordnung?« Julians Stimme erschreckt mich.

»Jepp«, presse ich hervor.

Er öffnet das Tor und geht voran in Richtung Hinterhof des halb fertigen Hauses.

Während ich ihm folge, achte ich darauf, nicht auf Werkzeuge und andere Utensilien zu treten, die herumliegen.

Julian bleibt neben einem leeren Betonmischer vor der hinteren Hausfassade stehen, von wo aus wir Ausblick auf den See haben.

»Du machst Witze.« Ich hätte niemals gedacht, dass das Julian Plan war.

»Hast du eine bessere Idee?«

»Nein, aber es fühlt sich kriminell an.«

Er schweigt, während er ein paar Werkzeuge aufsammelt. Das strahlende Weiß seines T-Shirts verschwindet schnell, als sich eine dünne Schmutzschicht darauf bildet. Seine Jeans ereilt das gleiche Schicksal, als er die Trockenmischung in die Maschine schüttet und der blaue Stoff grau wird. Obwohl Julian wahrscheinlich keine Schaufel mehr angerührt hat, seit er sein schickes Büro auf der Main Street eröffnet hat, wirkt er selbstbewusst bei der Arbeit.

Wenn sein Dad ihn nur sehen könnte.

Die beiden waren früher unzertrennlich, besonders wenn sie sich gemeinsam in ein Projekt vertieften. Doch dann starb Luis Senior unerwartet an einem Herzinfarkt, sodass Julian sich mit zwanzig allein um das Familienunternehmen und seine trauernde Mutter kümmern musste.

Selbst wenn ich Julian aus hundert verschiedenen Gründen nicht mag, werde ich ihn immer dafür respektieren, dass er so viel für seine Familie aufgegeben hat, auch Stanford.

Julian flucht zum zweiten Mal leise vor sich hin, während er ratlos die Schalttafel betrachtet.

»Bist du dir sicher, dass du weißt, was du tust?«, frage ich.

»Nur weil ich nicht mehr auf dem Bau arbeite, heißt das nicht, dass ich unfähig bin.«

»Hätte man glatt vermuten können, als du im Glauben, ich würde nicht hinsehen, heimlich gegen die Maschine getreten hast.«

Er kratzt sich mit dem Mittelfinger die Nase und verteilt dabei grauen Staub darauf.

Ich hebe die Hand und wische ihn fort, ohne nachzudenken.

Julian schaut mit einem merkwürdigen Ausdruck in den Augen zu mir – mit einer Mischung aus Schmerz und Bewunderung.

Ich trete einen großen Schritt nach hinten und verschränke die Hände hinter meinem Rücken. »Was bringt es dir, Milliardär zu sein, wenn du keine Leute hast, die auf Abruf bereit stehen, damit sie solche Aufgaben für dich erledigen?«

»Wer sagt, dass ich die nicht habe?«

»Warum bittest du sie dann nicht, dir bei deinem Masterplan zu helfen?«

Seine Augen werden schmal. »Weil mein Dad, wäre er noch am Leben, mir in den Hintern treten würde, wenn ich Hilfe brauche, um Beton zu mischen. Er hat mir all diese Dinge beigebracht, als ich in Nicos Alter war.«

Angesichts der lockeren Erwähnung seines Vaters fährt mir ein Schmerz in die Brust. Wie oft habe ich Julian darum gebeten, sich mir zu öffnen, nachdem sein Vater gestorben war? Zigmal? Hundertmal? Er zog eine Mauer um sich herum hoch, damit keiner mehr an ihn herankam, auch ich nicht.

Wieder betätigt er energisch den Startschalter, nur um zu fluchen, als auch diesmal nichts passiert.

»Brauchst du wirklich keine Hilfe?«

Sein Rücken verspannt sich. »Ich komm schon klar.«

Wir verfallen in einvernehmliches Schweigen, während er die Maschine auseinanderbaut. Ich schaue auf den See hinaus, auf dessen Wasseroberfläche sich die funkelnden Sterne spiegeln, während Julian sich die Bedienungsanleitung auf seinem Handy durchliest.

*»¡Chingada!«**

Ich schaue abrupt in seine Richtung. »Was ist passiert?«

Er lässt das Kabel fallen, als wäre es eine lebendige Schlange. »Nichts.«

»Bitte sag mir nicht, du hast vergessen nachzusehen, ob die Maschine eingestöpselt ist.«

»Natürlich hab ich nachgesehen.« Im Mondlicht ist die leichte Röte zu erkennen, die ihm am Hals hinaufsteigt.

Der Gedanke, dass Julian wie ein Besessener alles überprüft hat, jedoch *nicht* nachgesehen hat, ob die Maschine angeschlossen war, ist so lustig, dass ich mich lachend vornüberbeuge, bis meine Lunge schmerzt.

---

* *Chingada: Fuck*

»Das ist das letzte Mal, dass ich etwas Nettes für dich tue.« Er murmelt irgendetwas Unverständliches.

»Tut mir leid!« Meine Stimme klingt heiser, weil ich ein Lachen unterdrücken muss.

»Nein, tut es nicht.«

»Verzeihst du mir? Bitte!« Ich klimpere mit den Wimpern.

Er schaut mich finster an. »Nur wenn du es niemandem erzählst. Besonders Rafa.«

»Ich schwöre es.« Ich lege mir eine Hand an die Brust, um mein Versprechen zu untermauern.

»Wenn du es irgendjemandem erzählst, teile ich das Video von dir und dem Wein.«

Meine Augen werden groß. »Das hast du noch?«

»Erpressung hat kein Verfallsdatum.«

Der Gedanke, dass er lustige Videos von unserer gemeinsamen Zeit in Stanford behalten hat, sollte nicht dieses warme, kribbelige Gefühl in mir wachrufen, erst recht nicht bei Julian, und dennoch macht mein Magen einen verräterischen Hüpfer.

Ich bemühe mich um einen neutralen Tonfall. »Keine Angst. Dein Moment der Unfähigkeit ist sicher bei mir.«

Schnaubend entfernt er sich mit dem Verlängerungskabel und dem Versprechen, in einer Minute zurück zu sein.

Dann lässt er mich mit meinen widersprüchlichen Emotionen zurück. Ich reibe über die schwache weiße Linie an meinem Ringfinger wie über einen Fleck und wünsche mir, er würde zusammen mit dem Schmerz verschwinden, der mich beim Gedanken an meine Beziehung überkommt.

An meine *frühere* Beziehung.

Um nach vorn zu blicken, muss ich die Vergangenheit loslassen, die mich an die aufgelöste Verlobung erinnert, beginnend bei meinem Ring.

»Genauso habe ich mir meinen Verlobungsring immer vorgestellt«, log ich mit erhobener zitternder Hand für das von den Creswells engagierte Filmteam, das unsere Bekanntgabe festhalten sollte.

»Viele Frauen wären froh über einen Ring wie diesen«, merkte Oliver an, als ihm auffiel, dass ich das hässliche Schmuckstück einmal nach dem Sport nicht trug.

»Hast du etwa Zweifel?« Julians tiefe Stimme lässt mich herumfahren.

»Bist du dir sicher, dass nicht zufällig Gedankenlesen bei deinem letzten Software-Update geladen wurde?«

Seinem ernsten Blick fehlt es an der üblichen Schärfe. »Du hattest schon immer ein ausdrucksstarkes Gesicht.«

»Nicht alle kommen mit der Fähigkeit, nichts zu fühlen, zur Welt.«

»Ich fühle etwas.« Er schnaubt.

»Zum Beispiel?«

»Freude.« Er zieht meinen Ring aus der Hosentasche und grinst dabei so breit, wie ich es bisher höchstens zweimal an ihm gesehen habe – als er die Wette, eine höhere Punktzahl beim Test für das College zu erreichen, gewonnen hatte und ich mit ihm zum Abschlussball gehen musste, und als der Footballspieler der Schule, der mich prüde Kuh genannt hatte, in einen Betrugsskandal verwickelt wurde.

Ich habe Julian nie danach gefragt, aber ich vermute, er hatte etwas damit zu tun, dass der Footballspieler erwischt und für den Rest des Jahres auf die Reservebank verwiesen wurde.

»Alles in Ordnung?«, fragt er mit der sanften Stimme, die er sonst nur bei seiner Mutter anwendet.

Meine Stiefel reiben quietschend aneinander, als ich mich auf den Fersen nach hinten wiege. »Was, wenn das Ganze eine schlechte Idee ist?«

»Hast du vor, wieder mit ihm zusammenzukommen?«

»Nein. Definitiv nicht.«

»Willst du den Ring verkaufen?«

Einige Sekunden ziehe ich die Möglichkeit in Betracht, doch dann schüttele ich den Kopf. »Und die negative Energie an eine andere Person übertragen? Nein.«

»Ich könnte ihn dir abkaufen.«

Ich kann mich nur mühsam davon abhalten, nach Luft zu schnappen. »Was?«

Er inspiziert den Ring. »Er ist grauenvoll, also würde ich nicht mehr als hundert dafür zahlen.«

»Dollar? Aber er ist mindestens …«

»Hunderttausend«, unterbricht er mich.

Ich reiße die Augen auf. »Das ist eine Menge Geld.«

Er zuckt tatsächlich mit den Schultern.

Arschloch. Im Gegensatz zu ihm erinnere ich mich noch an die Zeit, bevor er Milliardär war, als unsere Familien es als Luxus betrachteten, Pizza mit zusätzlichem Belag zu bestellen.

Er dreht den Ring lässig an seinem kleinen Finger herum.

Schweißt tritt mir auf die Stirn. »Aber …«

Ihn um hunderttausend Dollar ärmer zu machen, klingt nett …

»Das Angebot endet in drei …«

Moment. Warum will er den Ring überhaupt kaufen?

»Zwei …«

Wen interessiert's? Nimm es an.

»Na schön!«, rufe ich.

»Du nimmst das Angebot an?«

»Klar.«

»Super. Jetzt, wo wir das geklärt haben …« Er wirft den Ring in den Betonmischer.

Der Diamant wird von der zähflüssigen Masse verschluckt, während sich die Maschine wieder und wieder dreht.

»Julian!« Hastig mache ich einen Satz nach vorn, um auf den roten Notfallschalter zu drücken, aber er zieht mich zurück, ehe ich die Chance dazu habe. Mir weicht alle Luft aus der Lunge, als ich gegen seinen Körper pralle.

Unsere Helme stoßen aneinander, woraufhin meiner runterfällt und auf dem Boden landet, während ich immer noch versuche, mich aus seinem Griff zu befreien.

Doch er schlingt seinen anderen Arm um meine Taille und hält mich noch fester, sodass Fluchtversuche zwecklos sind.

»Was hast du vor?«, zische ich wie ein verwundetes Tier.

»Dich vor dir selbst zu retten.« Er zieht mich noch weiter von der Maschine weg; mittlerweile berühren meine Füße den Boden nicht mehr.

»Meinst du das ernst? Warum bietest du mir überhaupt an, für den Ring zu bezahlen, wenn du ohnehin vorhast, ihn wegzuwerfen?«, quietsche ich, während ich versuche, das Band aus stahlharten Muskeln von meinem Körper zu lösen.

»Es war mir jeden Penny wert.«

»Aber …« Meine Antwort verliert sich irgendwo in dem Chaos meiner Gedanken.

»Dein Ring hat dir doch ohnehin nicht gefallen.«

Ich zucke zurück. »Was?«

»Ich wette, du hast ihn von dem Moment an gehasst, in dem Oliver vor dir auf ein Knie gesunken ist und die klischeehafte Cartier-Schatulle geöffnet hat.«

Ein Schlag ins Gesicht hätte mich nicht überraschender treffen können als diese Bemerkung. »Wie kommst du darauf?«

»Weil der Ring genauso spießig und widerlich war wie er und all das repräsentiert hat, wofür Oliver und seine prätentiöse Vorzeigefamilie stehen.« Julians Worte kommen so unerwartet, dass meine Beine zu zittern beginnen.

Er hat genau erkannt, was Oliver und seine Familie waren.

Eine schicke Fassade.

Und ich habe sie nicht durchschaut, denn Oliver hat sich dargestellt, als wäre er anders, doch in Wahrheit war er nur ein weiterer Creswell-Klon, der dem Erbe und der Anerkennung seiner Eltern hinterherjagte.

Und ich war die Frau, die ihm dabei im Weg stand.

Julian lässt mich los, als jeglicher Widerstand aus meinem Körper weicht und ich mit den Gedanken abschweife, während die Maschine sich weiterdreht.

Der Zerfall meiner Beziehung begann mit einem Ehevertrag, der mich dazu zwang, mich einer vorehelichen Paartherapie und ärztlichen Untersuchungen zu unterziehen.

»*Das ist bei Menschen wie uns eine Standardprozedur*«, erklärte Oliver, als er mir einen Stapel Vertragsunterlagen reichte, der dicker war als mein Oberschenkel. Ich hatte damit gerechnet, da ich um die finanzielle Lage der Creswells wusste, doch die Paragrafen darin schockierten mich zutiefst.

»*Eine genetische Untersuchung?*«, fragte ich stirnrunzelnd, doch Oliver winkte nur ab.

»*Eine reine Formalität.*« Er nahm meine Hand und drückte sie. »*Betrachte es als Schutzmaßnahme*«, fügte er hinzu.

Ich verzog das Gesicht. »*Schutz wovor?*«

»*Typische Vertragsfloskeln.*« Er ging eilig zum nächsten Abschnitt über, in dem festgehalten war, wie viel Geld mir pro Kind ausgezahlt werden würde, das ich zur Welt brachte. Mit einem Bonus, falls ich stille.

Gott, ich hätte nach diesem Gespräch die Flucht ergreifen sollen, aber stattdessen vertraute ich ihm.

Meine Kehle wird mit einem Mal so eng, dass ich nach Luft schnappen muss.

»*Mírame*«,* sagt Julian.

Doch ich kann nicht. Nicht solange ich mich so fühle wie jetzt. »Wir sehen uns am Wagen.«

»Wenn du den Ring wiederhaben willst, fische ich ihn raus«, ruft er mir hinterher.

Ich schüttele den Kopf so energisch, dass meine ohnehin schon verwirrten Gedanken noch chaotischer werden. »Nein.« Tränen sammeln sich in meinen Augen und drohen, mir jeden Moment an den Wangen hinabzulaufen.

Vor Julian darfst du nicht weinen, also reiß dich zusammen und verschwinde von hier.

»Komm nach, wenn du fertig bist.« Ich kämpfe gegen den Impuls an, mich zu einer Kugel zusammenzurollen, und versuche, zu akzeptieren, dass dieser Teil meines Lebens vorbei ist.

»Okay.«

Ich leere meine Lunge, indem ich scharf die Luft ausstoße und mich wieder abwende. Jeder Schritt, mit dem ich mich von dem Betonmischer entferne, fühlt sich an wie ein kleiner Sieg. Ich bin stolz auf mich, dass ich es zum Truck schaffe, ohne eine einzige Träne zu vergießen, obwohl das immer größer werdende Loch in meiner Brust droht, mich zu verschlingen.

Doch im Gegensatz zu früher kämpfe ich dagegen an. Ich will nicht mehr um einen Mann weinen, der mich weggeworfen hat wie Abfall.

Das werde ich mir nicht erlauben.

Nie wieder.

---

* ***Mírame:*** *Sieh mich an.*

KAPITEL SIEBEN
DAHLIA

Das Aufblitzen von etwas Rot-Weißem weckt meine Aufmerksamkeit. »Halt den Wagen an!«

Julian bremst so abrupt, dass wir beide nach vorn geschleudert werden. Ich ächze, als der Gurt blockiert und mir in die Brust schneidet.

»Was ist los?« Panisch schaut er mich an.

Ich drücke mir eine Hand an die Brust. »Abgesehen davon, dass ich wegen dir fast einen Herzinfarkt bekommen hätte?«

»Du wolltest doch, dass ich anhalte.«

»Aber nicht so!«

»Sorry.«

»Schon gut. Gib mir eine Sekunde.« Ich schnalle mich ab.

»Wo willst du hin? Es ist stockdunkel draußen.«

»Ich muss etwas nachsehen.« Ich steige aus dem Truck aus und gehe zurück zu der Stelle, die meine Aufmerksamkeit geweckt hat.

Das Schild mit der Aufschrift *Zu verkaufen* kommt mir fast verboten vor, und ich bin versucht, es einfach kurzerhand aus dem Boden zu reißen, damit niemand anderes ein Gebot auf mein Traumhaus abgeben kann. Laternen säumen die Einfahrt und erleuchten das Anwesen im Queen-Anne-Stil, das oben auf dem kleinen Hügel steht. Obwohl es etwas schief und heruntergekommen wirkt, ist das Haus, das einst einem der Stadtgründer gehörte, wunderschön mit seinen eleganten Details, dem unvergleichlichen Ausblick auf den See und seiner historischen Bedeutung für den Ort.

Es ist nicht nur irgendein Gründerhaus, sondern das, von dessen Renovierung ich schon seit Jahren träume. Wenn mich als Kind jemand fragte, was ich haben wollte, wenn ich drei Wünsche freihätte, nannte ich stets dieses eine blaue Haus.

Jetzt hast du das Geld und die Möglichkeit, dir deinen Wunsch zu erfüllen.

Die plötzliche Aufregung lässt meine Gedanken so schnell rasen, dass mir schwindelig wird.

Ich wäre dumm, diese seltene Gelegenheit nicht beim Schopf zu packen. Schon lange bevor ich meine Karriere als Innenarchitektin begonnen habe, war ich besessen von den Gründerhäusern. Ihre Geschichtsträchtigkeit, die Eleganz, der Ausblick auf den Lake Wisteria und den Wald machten sie zu echten Hinguckern und es mir unmöglich, sie zu vergessen.

Ein Haus kann dich nicht von deinen Depressionen heilen. Die Stimme der Vernunft meldet sich zu Wort.

Nein, aber meine Therapeutin hat mir geraten, Dinge zu tun, die mich glücklich machen, und dieses Haus wäre ein guter Anfang.

»Kann das wahr sein?« Ich berühre das Schild, um sicherzugehen.

»Scheint so.« Julian bleibt neben mir stehen und holt sein Handy hervor.

»Was tust du da?«

»Ich will nachsehen, wie teuer es ist.«

»Nein!« Ich reiße ihm das Smartphone aus der Hand.

»Du kannst mich nicht davon abhalten, mich zu informieren.«

»Dieses Haus darfst du nicht kaufen.« Die fünf alten Gründerhäuser stehen nur selten zum Verkauf, also werde ich verdammt noch mal nicht zulassen, dass Julian es mir wegschnappt.

»Steht dein Name in der Übertragungsurkunde?«

»Noch nicht.« Dieses Projekt kann ich mir nicht entgehen lassen. Es ist genau die Art von Haus, die meine Kreativität wieder zum Leben erwecken und mich dazu motivieren könnte, die nötigen Schritte zu wagen, die mir meine Therapeutin schon seit Monaten ans Herz legt.

Julian zieht das Handy aus meinem eisernen Griff. »Dann steht es mir fairerweise ebenso zu, ein Gebot darauf abzugeben wie dir.«

»Fairerweise? Du bist der Monopoly-Typ des Ortes.«

»Ich fühle mich von diesem seltenen Kompliment geschmeichelt.« Sein trockener Tonfall steht im Gegensatz zu seinen Worten.

»Ah. *Lo juro por Dios …*«*

Er tippt auf das Display, ehe er sich sein Handy ans Ohr hält. »Sam. Hi. Sorry, dass ich so spät noch anrufe, aber es ist wichtig. Morgen früh muss ich als Erstes einen Verkäufer kontaktieren …«

Ich entreiße ihm erneut das Telefon und entferne mich in die entgegengesetzte Richtung. »Hi, Sam. Hier ist Dahlia Muñoz. Wie geht es dir?«

»Ich … äh … Tut mir leid, sagtest du *Dahlia Muñoz*?« Er zieht die Luft ein.

»Ja.«

»Die Dahlia Muñoz, die Designs by Dahlia gegründet hat?«

»Genau die.«

»Heilige Scheiße«, flüstert Sam bei sich.

---

* *Lo juro por Dios: Ich schwöre bei Gott.*

Ich strecke Julian die Zunge raus und tippe auf die Lautsprechertaste.

»Ich bin dein größter Fan!«, ruft Sam. »Moment. Was hast *du* denn mit Julian zu tun?«

»Traurigerweise kennen wir uns.«

Julian wirft mir einen tödlichen Blick zu.

»Ich kann nicht glauben, dass Julian das nie erwähnt hat. Er weiß, dass ich besessen bin von deiner … von allem, was du tust!«

»Ach, wirklich?«, frage ich.

»Natürlich bin ich das. Frag Julian. Er ärgert sich immer, wenn ich während meiner Mittagspause deine Sendung an meinem Schreibtisch gucke.«

»Warum ärgert ihn das?«

Sam schnaubt. »Das wüsste ich auch gerne.«

Ich lache.

»Schließlich könnte er selbst noch das ein oder andere von dir lernen. Ernsthaft. Ich bin ein großer Fan von dem, was ihr in der letzten Staffel mit Mayhem Manor gemacht habt. Es ist eins meiner Lieblings-Designs, und ich schaue es mir immer wieder an, wenn ich Inspiration brauche.«

»Bei Julians Designs muss das ziemlich häufig vorkommen.«

Sam stößt ein Lachen aus, während Julian mich anfunkelt.

Ich wende mich ab und schalte den Lautsprecher ab. »Sam, hör zu. Ich würge dich nur ungern ab, aber ich habe eine besondere Bitte und nicht viel Zeit.«

»Raus damit.« Sam klingt entschlossen.

»Egal, was Julian dir aufträgt zu tun, lass es bleiben. Zumindest dann, wenn es um das Gründerhaus geht.«

»Aber er ist mein Chef.«

»Hast du Lust auf einen neuen Job? Denn ich möchte dich gern einstellen …«

»Das reicht.« Julian reißt mir das Telefon aus der Hand. »Sam, ich rufe dich morgen wieder an. Sorry noch mal, dass ich dich so spät gestört habe.«

»Aber …« Sams panische Stimme verklingt, als Julian das Telefonat beendet.

»Netter Typ. Nur aus Neugier, wie viel zahlst du ihm?«

Seine Augen verengen sich. »Du schnappst mir nicht meinen Assistenten weg.«

»Kann man es als wegschnappen bezeichnen, wenn er freiwillig geht?«

Julians Stirnrunzeln wird ausgeprägter. »Wenn dir das Haus gefällt, musst du ein realistisches Gebot abgeben.«

»Aber du bist Milliardär.«

»Na und?«

»Wie soll ich dich überbieten?«

Er reibt sich das Kinn wie ein Bösewicht aus einem Film. »Gute Frage.«

»Klasse. Wenn du mir also einen Gefallen tun und so tun könntest, als ob du das Haus nie gesehen hättest, stehe ich für immer in deiner Schuld.«

»Für immer in meiner Schuld?« Seine Stimme wird leiser, was Hunderte Schmetterlinge aus ihren Kokons lockt.

Mist. Auf keinen Fall.

Ich werfe den Kopf zurück. »Überlass das Haus mir. *Bitte.*«

»Ich leite keine Wohltätigkeitsorganisation.«

»Wie bitte?« Ich betone jede Silbe.

»Nimm's nicht persönlich. Ich brauche ein großes Grundstück, und das bekomme ich zusammen mit diesem Haus. Hier hätten zehn Häuser Platz.«

Ich werfe die Hände in die Luft. »Siehst du! Allein das ist Grund genug, dass *ich* das Haus kaufen sollte.«

»Weil du aus dieser Chance kein Kapital schlagen willst? Das ist naiv und unlogisch.«

Ich balle die Hände an meinen Seiten zu Fäusten. »Es ist nicht naiv, die Geschichte eines Hauses zu würdigen.«

»Ich würdige das Finanzielle.«

»Und du glaubst, das tue ich nicht? Ein historisches Haus kann genauso viel Geld einbringen, wenn man es auf die richtige Art renoviert.«

»Ich behaupte ja nicht das Gegenteil, aber rein rechnerisch betrachtet wird sich mein Plan mehr auszahlen, ganz egal, wie viel Mühe du dir gibst.«

Ich ächze. »Wie viel bekommst du für eins deiner Häuser?«

»Ungefähr drei Millionen.«

Meine Augen werden groß. »Drei. Millionen. Dollar?« Die Häuser am See waren in meiner Kindheit weniger als eine Viertel Million wert.

Er wendet als Erster den Blick ab. »Jepp.«

»Und wie viele Häuser hast du schon abgerissen?«

»Genug.«

»Fünfzig?«

Er schweigt.

»Hundert?«

Die Frage bringt mir nicht mehr als ein Blinzeln ein.

»Zweihundert?«

Er bleibt stumm.

Ich schüttele den Kopf. »Wow. Wenn du so weitermachst, gehen dir in ein paar Jahren die Häuser aus.«

»Das ist der Grund, warum ich eine Immobilie wie diese brauche, mit der ich der hohen Nachfrage gerecht werden kann.«

Zeit, die Taktik zu ändern.

»Willst du, dass ich bettele?«, frage ich mit sinnlicher Stimme. Ich beiße mir auf die Lippe, um nicht zu grinsen, als er zweimal blinzelt.

Auch wenn Julian und ich über die Jahre unterschiedliche Kampfstrategien angewendet haben, zählte Verführung bisher nie dazu. Aber wenn ich mir damit mein Traumhaus sichern kann, bin ich bereit, durch Flirten einen Pakt mit dem Teufel zu schließen.

»Nein.« Er spannt den Kiefer an.

»Ich bin mir nicht zu schade, vor dir auf die Knie zu gehen.«

Sein Blick huscht kurz zu meinen Lippen, ehe er ihn abwendet. »Halt. Die. Klappe.«

Ich umfasse sein Kinn und zwinge ihn, mich anzusehen. »Was willst du?«

Er entzieht sich meinem Griff und weicht einen Schritt zurück. »Das Gegenteil von dem hier, was immer das sein mag.«

»Ich lasse dich in Ruhe, wenn du dieses Haus aufgibst.« Ich fahre mit dem Finger an seiner Brust hinab.

Er zuckt zurück. »Ich wusste, dass es ein Fehler sein würde, mit dir zusammenzuarbeiten.«

»Was?«

»Nichts.« Eine volle Minute lang schaut er zwischen mir und dem Anwesen hin und her, bevor er wieder spricht. »Wie wäre es, wenn wir uns stattdessen auf fifty-fifty einigen?«

»Wie bitte?«

»Du willst das Haus, und ich will das Grundstück. Ich bin mir sicher, dass wir beide das bekommen, was wir wollen, wenn wir zusammenarbeiten.«

»Wer sagt, dass die Behörden zulassen werden, dass du hier noch ein weiteres Haus baust?«

»Das ist mein Problem.«

»Du willst, dass wir uns zusammenschließen, um das Grundstück umzuzonen und ein paar weitere Häuser darauf zu bauen?«

»Korrekt.«

Ich schüttele den Kopf. »Das wird niemals funktionieren.«

Seine Stirnfalten kehren in voller Stärke zurück. »Warum nicht?«

»Weil einer von uns Stil hat, und – kleiner Tipp – das bist nicht du.« Julians Design im Mid-Century-Stil ist das genaue Gegenteil von meinem modern-rustikalen Stil. Ich betrete jedes Haus mit dem Ziel, seine ursprüngliche Architektur zu untermalen, indem ich unterschiedliche Design-Stile heranziehe.

Einer der Hauptgründe dafür, dass ich so erfolgreich geworden bin, ist der, dass mein Ansatz sich von allen anderen unterscheidet. Ich habe mich nie davor gefürchtet, unterschiedliche Stilrichtungen miteinander zu kombinieren, darunter auch Julians geliebtes Mid-Century, was mich aus der Masse hervorstechen ließ.

Er legt sich Daumen und Zeigefinger so fest an die Nase, dass ein Abdruck zurückbleibt. »Du stellst meine Geduld auf die Probe.«

»Ich bin überrascht, dass du noch welche für mich übrig hast.«

Er murrt leise vor sich hin, ehe er sich wieder mir zuwendet. »Du kannst die kreative Leitung im Haus übernehmen.«

»Wirklich?«

»Ja.«

»Und was ist, wenn die Behörden deinen Antrag ablehnen?«

»Dann müssen wir das Anwesen so aufwerten, dass wir es zu einem Preis verkaufen können, für den es sich lohnt, meine Zeit und Ressourcen zu investieren.«

»Welche Ressourcen?«

»Wenn du vorhast, das Haus in den nächsten drei Jahren zu renovieren, brauchst du die Unterstützung meines Unternehmens.«

»Warum?«

»Das einzige andere Bauunternehmen in der Gegend ist bereits für ein Jahr im Voraus ausgebucht, da sie das Motel renovieren.«

Scheiße. Ich will nicht ein ganzes Jahr warten, denn dies ist das perfekte Projekt, um meine Kreativitätskrise zu beenden.

Doch trotz aller Vorfreude habe ich Bedenken, mich mit Julian zusammenzuschließen. Wir haben nur an einem Projekt am College zusammengearbeitet, und damals hat sich herausgestellt, dass ich unrealistische Erwartungen gehabt hatte.

Ich kann mir bildlich vorstellen, wie Julian das Anwesen abreißt, um seine ideale Ansammlung von weiß-grauen Häusern zu bauen, die zu gleichen Anteilen aus Beton und Glas bestehen. Die Geschichte des Gebäudes würde ausgelöscht werden und durch kalte, scharfe Linien ersetzt werden – um dem Mann zu ähneln, der vor mir steht.

Ich schüttele das Bild mit einem Schaudern ab.

So sehr mir die Idee, mit Julian zusammenzuarbeiten auch widerstrebt, missfällt mir der Gedanke, dass er das Haus abreißen könnte, noch mehr.

Ich spreche, ehe ich es mir anders überlegen kann. »Ich bin dabei.«

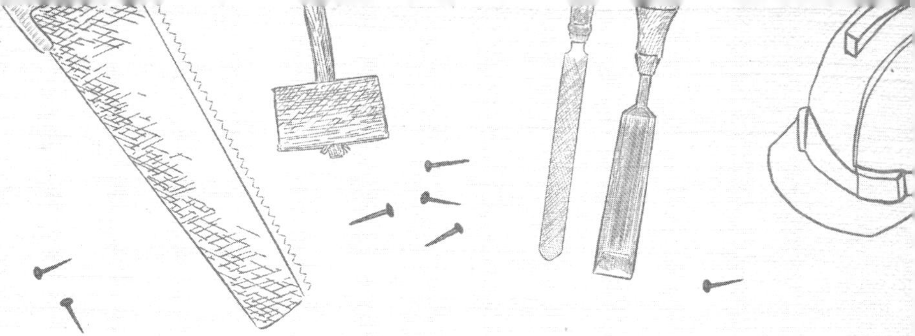

KAPITEL ACHT
JULIAN

Rafa und ich gehen zu den freien Ledersesseln im Angry Rooster Café. Wir haben schon seit Wochen keine Zeit mehr zu zweit verbracht. Da er die Dwelling-App verwaltet und ich immer mehr zu tun habe, weil Lopez Luxury mittlerweile auch in an Seen gelegenen Nachbarorten operiert, haben wir beide nicht viel Zeit.

An manchen Tagen würde ich am liebsten die Zeit zurückdrehen und wieder um fünf Uhr morgens aufwachen, um mit meinem Vater an Projekten zu arbeiten, statt ins Büro zu fahren. Das waren die glücklichsten Jahre meines Lebens, und in der letzten Zeit denke ich oft daran zurück.

Im Gegensatz zu meiner Konkurrenz war ich nie für die Firmenwelt geschaffen, was sich immer wieder in der Interaktion mit anderen zeigt. Der Wunsch, jemand anderen einzustellen, der die Organisation der Firma für mich übernimmt, ist in letzter Zeit immer öfter in mir aufgekeimt, aber ich kenne niemanden, den ich mit dieser hohen Verantwortung betrauen könnte.

Rafa lässt sich in den Ledersessel sinken. »Ich habe heute auf der Fahrt in den Ort etwas Interessantes gesehen.«

»Und was?«

»Eins der Gründerhäuser steht zum Verkauf.«

»Hm.« Ich trinke einen Schluck von meinem Iced Coffee mit Extra-Karamellsirup, Karamellstreuseln und einem Spritzer Sahne. Die angenehme Süße legt sich auf meine Zunge und hebt umgehend meine Stimmung, obwohl der Mann, der mir gegenübersitzt, eine finstere Miene macht.

Nun legt er den Kopf schief. »Es ist das Haus, zu dem du vor ein paar Jahren Recherche betrieben hast.«

»Jepp.«

»Nun … kaufst du es diesmal?«

Der süße Kaffee fließt mir wie Säure in der Kehle hinab. »Warum?«

Seine Augen werden schmal. »Weil du nicht der Typ bist, der sich eine Chance wie diese durch die Lappen gehen lässt. Allein das Grundstück macht es zu einer der besten Immobilien weit und breit.«

Mein Magen zieht sich zusammen. »Ich schließe mich zu diesem Zweck mit Dahlia zusammen.«

Er zieht abfällig eine Augenbraue hoch. »Und das hältst du für eine gute Idee, *weil* …?«

»Weil meine Mom mich darum gebeten hat.«

»Natürlich hat sie das. Sie hat schon eure Hochzeit geplant, bevor ihr auf der Welt wart.«

Das Plastik meines Bechers verbiegt sich unter dem Druck meiner Finger. »Sie macht sich Sorgen um Dahlia.«

»Genauso wie wir alle.« Seine gerunzelte Stirn wird ein wenig weicher. »Aber das bedeutet nicht, dass du ihr Retter mit dem glänzenden Werkzeuggürtel sein musst.«

»Wenn ein Werkzeuggürtel glänzt, wurde er eindeutig nicht richtig benutzt.«

»Lenk nicht vom Thema ab.«

Ich spanne meine Schultern an. »Ich will damit nur sagen, dass wir keine Probleme bekommen werden.«

»Wie stellst du dir das vor – mit ihr ein Haus zu kaufen und es zu renovieren, so wie sie es bisher immer mit Oliver getan hat?«

Die Anspannung breitet sich in meinem ganzen Körper aus. »Es ist etwas ganz anderes.«

Er starrt mich an.

»Willst du mir irgendwas mitteilen?« Meine Frage klingt schärfer als beabsichtigt.

»Du begehst einen Fehler«, murrt er.

»Ich erwarte nicht, dass du es verstehst.« Das kann niemand, ganz egal, wie sehr er es versucht.

Dahlia und ich hatten schon immer eine komplizierte Beziehung zueinander, indem wir uns stets dazu angestachelt haben, die beste – und manchmal schlechteste – Version von uns selbst zu sein. Diese Art von Verbindung geht nicht einfach verloren, auch wenn ich mir noch so viele Jahre lang wünsche, dass es so wäre.

»Ich verstehe genug, um dir den Ratschlag zu geben, dass du nicht mit der Frau, in die du früher verliebt warst, zusammenarbeiten solltest.«

Ich reibe mir über die stoppelige Wange. »Ich weiß, was ich tue.«

»Ich weiß, was du *vorhast* zu tun, aber das Leben macht uns oft genug einen Strich durch die Rechnung, auch wenn wir noch so gründlich planen.« Er sieht mich abschätzig an.

»Wir haben vor, zusammen an einem Projekt zu arbeiten, nicht, uns ineinander zu verlieben.«

Dahlia hat dafür gesorgt, dass dies unmöglich wurde, als sie mit meinem Ex-Mitbewohner zusammengekommen ist, nachdem ich Stanford verlassen hatte.

Er schnaubt. »Weil eure Zusammenarbeit beim letzten Mal so super funktioniert hat.«

Ich knirsche mit den Zähnen, während ich an das erste und einzige Mal zurückdenke, als ich mit Dahlia zusammen an etwas gearbeitet habe: an einem College-Projekt in Psychologie.

Es war eine Entscheidung, die ich aus Eifersucht getroffen hatte und der erste von vielen Fehlern, die ich in Bezug auf sie begangen habe. Flirten. Küssen. Sie zurückzuweisen, weil ich mit meiner Angst davor, nach meinem Vater eine weitere geliebte Person zu verlieren, nicht umgehen konnte.

»Genau das ist es, was mir Sorgen bereitet.« Rafa zeigt mit dem Finger auf mich.

Ich blinzele ein paarmal. »Was meinst du?«

»Dieser Ausdruck in deinem Gesicht.«

»Wovon redest du?«

Er imitiert einen Blick, der meinem auf keinen Fall ähneln kann. Ich bewerfe ihn mit einer zerknüllten Serviette. *»No mames.«**

»Ich dachte, du wärst über sie hinweg.«

»Das bin ich auch. Ich habe nur …«

»An alte Zeiten zurückgedacht?«

»Nachgedacht«, korrigiere ich ihn.

»Bitte ziehe in Erwägung, das ab jetzt öfter zu tun, denn in letzter Zeit hast du eindeutig zu wenig gedacht.«

»Es ist richtig von mir, Dahlia dabei zu helfen, über Oliver hinwegzukommen.« Schließlich bin ich derjenige gewesen, der sie miteinander bekannt gemacht hat.

»Du kommst bald wieder zurück, oder?«, fragte Oliver, während ich dabei war, voller Panik ein Flugticket zu buchen, nachdem ich erfahren hatte, dass mein Vater einen Herzinfarkt erlitten hatte.

Dahlia ist vorbeigekommen und hat mir dabei geholfen, dein Zeug zusammenzupacken, da du offenbar zu beschäftigt bist, um auch nur eine

---

* *No mames: Hör auf mit dem Mist.*

einzige Nachricht zu beantworten, schrieb er mir einen Monat nachdem ich mein Studium in Stanford abgebrochen hatte. *Und danke, dass du uns Bescheid gegeben hast, dass du nicht mehr zurückkommst, du Arschgesicht. Ich dachte, wir wären Freunde.*

Und ehe ich mich's versah, hatte Dahlia eine Beziehung mit meinem ehemaligen Mitbewohner begonnen, der so egozentrisch war, dass es mich überraschte, dass er sie überhaupt bemerkt hatte.

Es vergeht keine einzige Woche, in der ich meine Freundschaft mit Oliver und meine Fehler, die ihn und Dahlia zusammengebracht haben, nicht bereue.

* * *

Meine Finger schmerzen, da ich so lange auf den Tisch im Konferenzraum getrommelt habe. Es ist schwer, nach einem langen Tag voller Meetings mit Projektmanagern, Architekten, Ingenieuren und Innenarchitekten still zu sitzen.

Mein Hauptgeschäftsführer Mario schiebt ein paar Unterlagen vor sich zurecht. »Alle von uns gestellten Projektanträge liegen auf Eis, da der Typ, der dafür verantwortlich ist, in Elternzeit geht.«

Ich runzele die Stirn. »Und in dieser Zeit kann niemand anderes einspringen?«

»Nein. Das Gleiche ist vor zwei Jahren schon mal passiert, als Abbie Zwillinge bekommen hat.«

Ich stoße frustriert die Luft aus. Würde ich in einer größeren Stadt wie Detroit oder Chicago arbeiten, müsste ich mich nicht mit Problemen wie diesen herumschlagen. Mein Leben wäre weitaus weniger stressig, wenn die täglichen Geschäfte nicht zum Stillstand kämen, nur weil sich irgendjemand eine Grippe eingefangen hat oder ein Baby bekommt.

Allerdings wäre ich auch einsamer. Der Gedanke, von meiner Familie wegzuziehen, bringt mich von der Idee ab.

»Ändere die Pläne, damit all unsere Leute in den nächsten Wochen regelmäßig Arbeit haben. Das sollte nicht allzu schwer sein, denn immerhin hat die Behörde unsere Anträge für die Reihenhäuser bewilligt.« Ich wende mich Ryder zu. »Irgendwelche Neuigkeiten?«

Ryder, mein Projektmanager, hört auf, mit dem Stift auf sein Klemmbrett zu tippen. Er ist schon seit sieben Jahren in meiner Firma angestellt und hat sich noch vor seinem achtunddreißigsten Geburtstag in diese Position hochgearbeitet. Dank ihm schlafe ich nachts besser, denn ich weiß, dass er mein Team im Griff hat wie ein Drill-Sergeant.

Er lehnt sich zurück und legt die Hände hinter seinen dunklen Schopf. »Ich glaube, wir müssen uns keine Sorgen mehr um Mr. Vittori machen.«

Ich höre mit dem Fingertrommeln auf. »Warum?«

»Er hat all seine Gebote auf Häuser in der Gegend zurückgezogen.«

»Wie kommt das?«

»Ich bin mir nicht sicher. Laut den Behörden hat er weder Immobilien noch Baugelände gekauft. Vielleicht konzentriert er sich jetzt auf einen anderen Ort. Aber du hast ihm auch keine andere Wahl gelassen.« Seine dunkelbraunen Augen beginnen zu leuchten.

»Das gefällt mir nicht.« Und ich kann ihn nicht ausstehen.

Ich bin Lorenzo Vittori gegenüber schon misstrauisch eingestellt, seitdem er wie aus heiterem Himmel dreiundzwanzig Jahre nach dem Tod seiner Eltern nach Lake Wisteria zurückgekehrt ist – und zwar nicht, weil er auf die gleichen Häuser mit Seeblick bietet wie ich oder wegen der Gerüchte, dass er Bürgermeister werden will.

Der Ort mag ihn nach seiner Rückkehr mit offenen Armen empfangen haben, aber ich kaufe ihm nicht ab, dass seine Selbstlosigkeit echt ist. Es spielt keine Rolle, wie oft er sonntags die Messe besucht oder wie viele Stunden er ehrenamtlich im Tierheim arbeitet. Ich vermute, dass er das illegal verdiente Geld seines Onkels mithilfe unterschiedlicher Firmen und Wohltätigkeitsorganisationen wäscht, während er vorgibt, der barmherzige Samariter zu sein, der die Welt verändern will. Er mag die ersten zehn Jahre seines Lebens hier verbracht haben, aber seitdem ist eine Menge geschehen.

Mein fünfundzwanzigjähriger Assistent Sam betritt den Konferenzraum mit seinem Headset, Tablet und einem strahlenden Lächeln. »Das Architekturteam wartet in Konferenzzimmer B, um die Pläne für die Reihenhäuser durchzugehen. Das Design-Team habe ich in Raum C geführt, also kannst du dich anschließend dort blicken lassen, damit sie dir ihre Ideen für die Sackgasse vorstellen können.«

»Perfekt.«

Er schiebt den Kopfhörer des Headsets in seinem blonden Haar zurecht. »Ach, und wenn du es irgendwo unterbringen kannst, ruf den Bürgermeister von Lake Aurora an. Er hat ein paar Fragen zur Infrastruktur des Ortes und wollte dir eine Idee unterbreiten.«

»Danke.« Ich reibe mir die Augen. Obwohl ich in der letzten Nacht acht Stunden geschlafen habe, bin ich müde.

Als vor ein paar Jahren die Dwelling-Aktien an der New Yorker Börse gelistet wurden und unsere Firma an Bekanntheit gewonnen hat, war ich motiviert von meiner neuen Rolle als Milliardär und der Aussicht, das Bauunternehmen meines Vaters, das damals in finanziellen Schwierigkeiten steckte, in Lopez Luxury zu verwandeln. Doch jetzt, wo ich mehr erreicht habe, als mein Vater sich je hätte träumen lassen, fehlt mir die Inspiration. Stattdessen bin ich erschöpft, und jedes Projekt, das ich annehme, scheint mir zu viel.

Ich habe unterschiedliche Möglichkeiten in Betracht gezogen, um meine Leidenschaft wieder zu entfachen, zum Beispiel habe ich nach langer Zeit wieder ein Einzelprojekt angenommen und ein Design-Team eingestellt, aber bisher hat nichts davon den gewünschten Effekt gehabt. Ein Teil von mir fürchtet sich davor, dass ich vielleicht nie wieder das Büro betreten werde, wenn ich mich erst einmal wieder daran erinnere, wie es sich anfühlt, Blut, Schweiß und Tränen in ein Projekt zu investieren.

Gestern Abend war der beste Beweis dafür. Dahlia war nicht die Einzige gewesen, deren Augen angesichts der Idee, eins der Gründerhäuser zu renovieren, geleuchtet hatten.

Meine hatten es ebenso getan.

* * *

Nach meinem langen Tag mit unzähligen Meetings bin ich erleichtert, in mein abgeschiedenes Anwesen am Nordufer des Sees zurückkehren zu können – weitab von den Restaurants, Parks und Paaren, die mir das vor Augen führen, was ich nicht habe.

In den letzten vier Jahren hatte ich drei andere Häuser im südlichen Teil des Ortes. Auch wenn die Sanddünen und die Strandpromenade weitaus ansprechender waren als das schmalere und felsigere Ufer auf der Nordseite des Sees, konnte ich es nicht ertragen, von Touristen, Paaren und Familien umgeben zu sein.

Ich lege meinen Schlüsselbund und meine Geldbörse in die Glasschale neben der Haustür, ehe ich scharf nach links in die große Küche mit den Fenstern abbiege, die zum historischen Ortsteil hinauszeigen. Mein knurrender Magen lenkt mich jedoch schnell von dem Panoramaausblick ab.

Ordentliche Reihen aus vorgekochten Mahlzeiten schmücken dank meiner Haushälterin das mittlere Fach meines Kühlschranks. Ich wärme das Erstbeste davon in der Mikrowelle auf, nehme an der Kücheninsel Platz und verbinde mein Handy mit dem Lautsprechersystem.

Trotz der lauten Musik, die durch das gesamte Haus schallt, klingt das Kratzen meines Bestecks auf dem Teller schrecklicher als eine Betonsäge um Mitternacht.

Stille gefällt mir nicht einmal annähernd so gut, wie alle glauben. Genau genommen habe ich über die Jahre sogar damit begonnen, sie zu hassen, denn sie erinnert mich daran, was mir fehlt.

Ein richtiges Zuhause.

Eine Frau, die ich lieben, wertschätzen und unterstützen kann.

Ein Grund, jeden Morgen aufzuwachen, der nichts mit meinem Job oder den Leuten zu tun hat, die sich auf mich verlassen, weil ich ihnen ein sicheres Einkommen biete.

Mit Geld kann man sich eine Menge kaufen, aber es kann nicht das klaffende Loch in meiner Brust füllen, das sich mit jedem Jahr, das vergeht, weiter auftut. Was mich einst erfüllt hat, kann die unaufhörliche Sehnsucht in mir nicht mehr stillen. Überstunden. Lockere Dates, die nie zu mehr führen. Meine Freizeit mit der Familie zu verbringen und dabei den Wunsch zu ignorieren, eine eigene zu gründen.

Nichts davon hat mehr den gleichen Reiz wie früher, weshalb ich mir langsam Sorgen mache.

»*Mejor solo que mal acompañado*«,* sagte mein Dad mit seiner tiefen, grollenden Stimme, als ich meine Freunde einmal dabei erwischt hatte, wie sie sich hinter meinem Rücken über mich lustig machten.

Ein Schmerz schießt mir in die Brust. Als ich jünger war, reagierte ich auf seine Worte, indem ich die Augen verdrehte und fragte, von welcher Website mein Dad das Zitat hatte, aber mittlerweile weiß ich es zu schätzen, dass er immer das richtige Sprichwort für jede Situation wusste.

Gott, ich weiß nicht, wie oft ich mir gewünscht habe, er wäre hier und würde Sprichworte zitieren, wenn ich sie brauchte.

Wenn dir die richtige Person begegnet, wirst du es wissen, rede ich mir selbst ein.

---

* ***Mejor solo que mal acompañado:*** *Besser allein als in schlechter Gesellschaft.*

Aber was, wenn die richtige Person die ganze Zeit da war, aber ich alles verbockt habe, weil ich es als dummer Zwanzigjähriger nicht besser wusste?

Diese Frage raubt mir den Schlaf, seitdem Dahlia letzte Woche zurückgekehrt ist, ebenso wie die Was-wenn-Szenarien, die hätten eintreten können, wenn ich besser mit meiner Trauer umgegangen wäre, statt mich abzuschotten.

KAPITEL NEUN
DAHLIA

Ach, hast du doch mitunter Empfang in deinem winzigen Heimatort?«, fragt meine Agentin Jamie, sobald ich ans Telefon gehe.

Ich zucke zusammen. »Tut mir leid, dass ich dich nicht zurückgerufen habe.«

Jamie zu meiden, war einfach gewesen, nachdem ich ihre erste Nachricht abgehört hatte, in der sie mich fragte, wie es mit der Planung für die Vorstellung meines nächsten Dekorationsproduktes lief, aber die Nachrichten und Anrufe meiner Freundinnen und Freunde zu ignorieren, hatte sich als Herausforderung erwiesen. Reina, Hannah und Arthur – die drei Fernsehteammitglieder, mit denen ich mich am Set von *Bay Area Flip* angefreundet hatte – schreiben täglich etwas in unserer Gruppe, während ich mich auf ein gelegentliches *Ich lebe noch* beschränke.

Auch wenn diese Aussage stimmt, kann man wohl kaum behaupten, dass ich wirklich *lebe*; und bis das der Fall ist, habe ich vor, mich von allen zurückzuziehen.

Jamie stößt ein leises Schnauben aus. »Ich ärgere dich doch nur. Wie läuft dein Diensturlaub?«

Wenn man bedenkt, dass ich vor Mittag aus dem Bett gestiegen bin, einen Spaziergang durch die Siedlung unternommen habe und meiner Mom dabei geholfen habe, das Frühstück zuzubereiten, kann ich den heutigen Tag bereits jetzt als Erfolg verbuchen, obwohl es erst zehn Uhr am Morgen ist.

Sieh einer an, wie optimistisch du bist.

»Gut. Ich habe die Auszeit gebraucht«, erwidere ich.

»Nach der letzten Staffel kann ich dir das nicht verdenken.«

»Jepp.«

»Wie geht es dir psychisch?«

Ich lockere meinen Klammergriff um mein Telefon. »Manche Tage sind gut, und andere sind …«

»Absolut scheiße?«, beendet sie den Satz für mich.

»Genau.«

»Ich weiß, dass das Leben dir momentan schrecklich erscheint, aber es wird besser werden. Das verspreche ich dir.«

Der Knoten in meinem Hals wird größer. »Das hoffe ich.«

Nach einer kurzen Pause spricht sie weiter. »Ich hasse es, diejenige zu sein, die dir schlechte Nachrichten überbringen muss, aber ein Reporter hat mich mit Fragen über deine Trennung kontaktiert.«

Mein Körper verwandelt sich zu Stein. »Oh.«

»Mein Team hat ihm die Antwort zukommen lassen, auf die wir uns gemeinsam verständigt haben.«

Meine Magensäure beginnt zu blubbern und steigt mir in der Kehle hinauf. »Alles klar.«

Abgesehen von Oliver und seiner Familie ist Jamie die Einzige, die den wahren Grund für die geplatzte Verlobung kennt, und ich hoffe, dass es so bleiben wird – ganz gleich, wie oft Lily und meine Mom versuchen, Antworten aus mir herauszubekommen.

»Ich habe den Geheimhaltungsvertrag noch einmal an Oliver und deine frühere Agentin geschickt, nur zur Sicherheit.«

Mein Lachen klingt gequält. »Du bist die Beste.«

»Das siehst du vielleicht gleich anders.«

Ich schlucke meine Angst herunter. »Was ist los?«

»Ich bin nicht die Art von Agentin, die dich während deiner dringend nötigen Auszeit belästigen möchte, aber das Team von *Curated Living* hat uns ein paar Fragen zu den Plänen für die nächste Herbstkollektion gestellt, und ich kann sie nicht ewig vertrösten.«

Meine Atmung beschleunigt sich. »Ich verstehe.«

»Sie konnten Rekordeinnahmen für deine letzte Kollektion verbuchen, also können sie es kaum erwarten, dass du mit der Planung für die nächste beginnst.«

»Natürlich.« Ich balle meine Hände zu Fäusten, um sie vom Zittern abzuhalten.

»Das Team würde gern wissen, wann du die ersten Skizzen rausschickst. Wenn du die neue Kollektion für September planen und auf der Erfolgswelle weiterschwimmen willst, müssen sie noch vor Ende Februar mit der Produktion beginnen.«

Ich habe es zwar noch nicht einmal durch diesen Herbst geschafft, ganz zu schweigen davon, dass ich an den nächsten denken könnte, aber kein Problem.

Lügnerin.

Panik schwillt in meiner Brust an. Jedes Mal, wenn ich mein Tablet öffne und zu zeichnen beginne, verliere ich die Energie und fühle mich überfordert, bevor ich überhaupt richtig angefangen habe.

»Wenn du eine Saison aussetzen musst …«

»Nein«, platze ich heraus. Ich arbeite schon seit einigen Jahren mit *Curated Living* zusammen, und ich weigere mich, die letzte Kollaboration aufzugeben, die mir noch geblieben ist. »Ich werde ihnen die ersten Skizzen noch vor Ende des Jahres zukommen lassen, also kannst du Meetings für Januar planen.«

»Bist du dir sicher?«

»Jepp.« Ich reibe mir die pulsierende Schläfe.

»Fantastisch! Dann gebe ich ihnen Bescheid.«

»Super.« Mein Herz hämmert mir gegen die Rippen, als ich frage: »Gibt es eigentlich schon eine Rückmeldung bezüglich unserer neuen Show-Idee?«

Auch wenn ursprünglich vorgesehen war, dass ich zusammen mit Oliver eine weitere Staffel von *Bay Area Flip* drehe, hat unsere geplatzte Verlobung mir diese Chance genommen; deshalb hoffe ich, dass Jamie für mich einen neuen Vertrag mit dem Sender aushandeln kann. Ich liebe meinen Job, und es vergeht kein Tag, an dem ich ihn und die Menschen, denen ich geholfen habe, nicht vermisse.

»Nein, ich habe noch nichts gehört, aber es ist bestimmt nur eine Frage der Zeit, bis ich mich mit Neuigkeiten zu einem Fernseh-Deal bei dir melden werde.« Ihr Tonfall klingt übertrieben fröhlich.

»Oh.« Ich lasse mich zurück aufs Bett fallen. »Meinst du, niemand ist interessiert, weil das Konzept ein anderes ist als bei meiner letzten Sendung?«

Ich weiß es zu schätzen, dass sich die Creswells mithilfe ihrer Connections für mich eingesetzt haben, weswegen ich überhaupt erst meine eigene Show bekommen habe, aber dass sie ständig die Produktion überwachen wollten, hat in mir den Wunsch geweckt, etwas Neues auszuprobieren.

Ich möchte mehr Kontrolle. Mehr Kundinnen und Kunden mit unterschiedlichem Background. Und mehr Freiheit, um Themen wie Trauer, Verluste und lebensverändernde Ereignisse wie Scheidungen zu besprechen.

Auch wenn ich nicht damit gerechnet habe, dass die großen Produktionsfirmen alles stehen und liegen lassen würden, um mich unter

Vertrag zu nehmen, sind mittlerweile mehrere Wochen vergangen, ohne dass ich zu Meetings eingeladen wurde.

Was erwartest du, nachdem sich dein Privatleben in ein Instagram-Meme verwandelt hat?

Meine Augen brennen, aber ich blinzele die Tränen weg.

Als Jamie aufgelegt hat, bin ich versucht, wieder ins Bett zu kriechen und zu schlafen, aber stattdessen treffe ich die bewusste Entscheidung, meinen Koffer zu öffnen und meine Schminktasche zu suchen.

»*Un Muñoz nunca se rinde*«,* hat mein Dad immer gesagt.

Und es wird höchste Zeit, dass ich wieder nach diesem Motto lebe.

* * *

Eigentlich will ich das Haus nicht verlassen, aber ich entscheide mich, es trotzdem zu tun, denn meine Mom und meine Schwester brauchen Hilfe bei der Tischdekoration für eine Hochzeit.

Das Geschäft meiner Mutter, Rose & Thorn, befindet sich im berühmten Historic District im nördlichen Teil des Ortes. Die Gegend heißt so aufgrund ihrer Backsteingebäude und der umliegenden Wohnhäuser im Cottage-Stil, die entstanden sind, als der Ort Ende des neunzehnten Jahrhunderts gegründet wurde.

Der historische Ortsteil bildet das Zentrum von Lake Wisteria. Ein Großteil der alten Gebäude befindet sich innerhalb der fünf Häuserblöcke mit der Bibliothek, der Bank, dem Rathaus, der Post, die einst mit Brieftauben arbeitete, und dem winzigen Schulgebäude. Wir waren nicht reich genug, um dort zu wohnen, aber meine Mom hat es geschafft, vor fünfunddreißig Jahren, als meine Großeltern für einen Job hergezogen sind, einen kleinen Blumenladen zu eröffnen.

---

* ***Un Muñoz nunca se rinde:*** *Eine Muñoz gibt nicht auf.*

Rose & Thorn kann man nicht übersehen mit dem pinken Anstrich der Backsteinfassade und der herbstlichen Schaufensterdekoration mit den roten, orangefarbenen und gelben Blumen in allen Formen und Größen.

Du schaffst das, feuere ich mich selbst an, als ich aus dem Auto aussteige und den Laden ansteuere, vor dem meine Mutter gerade ein paar Sträuße arrangiert.

Wenigstens siehst du gut aus, füge ich hinzu. Im Rahmen meines neu gefassten Entschlusses, mich zusammenzureißen, habe ich mein bestes Outfit angezogen in der Hoffnung, dass die knallige Farbe und verschiedenen Accessoires meine Stimmung heben würden.

»Du musst nicht ständig die Aufmerksamkeit aller auf dich ziehen.« Die Erinnerung an diese Bemerkung von Olivers Mutter über meinen Kleidungsstil kehrt mit voller Wucht zurück.

Beim Gedanken daran knicke ich fast mit dem Fuß um.

»Ich hoffe, dass du dich eines Tages so wohl in deiner Haut fühlen wirst, dass du sie nicht ständig bedecken musst«, sagte sie, während sie mir einen Tiegel Anti-Aging-Creme reichte.

Du solltest aufhören …

»Dahlia? Bist du es wirklich?«, höre ich eine Frauenstimme hinter mir.

Meine Mutter lächelt mir aufmunternd zu.

Nope. Ich kann das nicht. Pfeif auf die Medikamente und den Ratschlag meiner Therapeutin, mich aus dem Haus zu wagen. Meiner Familie im Blumenladen zu helfen, ist eine Sache, aber Menschen gegenüberzutreten, ist etwas, wozu ich noch nicht bereit bin, nachdem sich die Nachricht über meine geplatzte Verlobung wie ein Lauffeuer verbreitet hat.

Mom packt mich an den Schultern, um mich daran zu hindern, zu fliehen. »Es wird gut für dich sein, alte Freundinnen wiederzusehen.«

Bloß habe ich keine Freundinnen mehr in Lake Wisteria. Die beiden engsten, die ich in der Grundschule kennengelernt habe, leben mittlerweile in anderen Staaten, und obwohl wir hin und wieder miteinander telefonieren, habe ich es bisher nicht übers Herz gebracht, mich zu öffnen, seit ich meine Testergebnisse erhalten habe. Meine alten Freundinnen sind beide schwanger und freuen sich auf ihre Babys, wodurch ich mich fühle wie das fünfte Rad am Wagen.

Mom dreht mich um, ehe ich die Chance habe, fluchtartig ins Geschäft zu stürzen. »*Nos vemos adentro.*«* Sie küsst meine Stirn, bevor sie die Ladentür hinter sich schließt.

»Ich wusste, dass du es bist! Nur du schaffst es, die Main Street in deinen eigenen Laufsteg zu verwandeln.« Alana Castillo, eine meiner Mitschülerinnen aus der Highschool winkt mir zu.

Von allen Menschen, denen ich hätte begegnen können, ist Alana die beste Option. Sie ist nicht nur nett, sondern wir haben uns während der Schulzeit ziemlich gut verstanden, auch wenn wir unterschiedlichen Freundeskreisen angehörten.

Ihr dunkles Haar glänzt in der Sonne, wodurch die unterschiedlichen Farbnuancen zur Geltung kommen. Ein großer blonder Mann an ihrer Seite flüstert ihr etwas ins Ohr und entfernt sich mit ihrer Tochter, die einen Turnanzug, einen neongrünen Ballettrock und Schnürstiefel trägt, in Richtung des Pink Tutu.

Ich kämpfe gegen die altbekannte erstickende Traurigkeit an und zwinge mich zu einem lockeren »Hey«.

Du kannst wenigstens so tun, als würdest du dich freuen, sie zu sehen.

Alana umarmt mich und drückt ihre Wange an meine. »Wie geht es dir.«

»Gut.«

Sie fixiert mich mit einem wissenden Blick. »Ich verstehe.«

---

* *Nos vemos adentro: Wir sehen uns drinnen.*

Ich kicke einen unsichtbaren Stein mit der Spitze meines Stiefels weg. »Ich hatte schon bessere Tage.«

»Bist du deswegen zurückgekommen?«

»Ja. Und wegen dem Essen meiner Mutter.«

Oh nein. Ich bereue die Worte, sobald sie mir über die Lippen gekommen sind. Auch wenn ich wegen der Dreharbeiten meiner Sendung nicht zur Trauerfeier kommen konnte, die der Ort für Alanas Mutter abgehalten hat, hätte ich mich daran erinnern sollen, dass es keine gute Idee ist, meine Mutter und ihre Kochkünste zur Sprache zu bringen.

Ihr warmes Lächeln vertreibt meine Angst. »Es vergeht kein einziger Tag, an dem ich mich nicht nach den *Pandebonos* meiner Mutter sehne, also habe ich vollstes Verständnis.«

»Es waren die besten! Meine Mom ärgert sich immer noch darüber, dass sie deine Mom nie nach dem Rezept gefragt hat.«

»Wenn du willst, kann ich es euch beiden bei Gelegenheit beibringen.«

Ich ziehe die Augenbrauen hoch. »Wirklich?«

Nachdem ich jahrelang in San Francisco gelebt habe, habe ich vergessen, wie es sich anfühlt, von Menschen umgeben zu sein, denen andere wichtig sind. Ich hatte Glück, wenn die Bedienung im Coffeeshop meinen Namen richtig geschrieben hat, und erst recht, wenn sie mich gefragt hat, wie es mir geht.

Alanas melodisches Lachen könnte selbst das kälteste Herz erwärmen. »Natürlich. In meiner Küche ist jeder willkommen, außer Missy.«

»Erzähl mir nicht, sie versucht nach all dieser Zeit immer noch, deine Rezepte zu klauen.«

Sie schnaubt. »Die Frau hat schon in der Highschool nichts als Ärger gemacht. Sie hat ein gutes Herz, aber sie wird nicht ruhen, bis sie einmal den Backwettbewerb am vierten Juli gewonnen hat.«

»Dahlia!« Lily steckt ihren Kopf durch die Ladentür nach draußen. »Wir brauchen hier drin deine Hilfe!«

Ich werfe Alana einen entschuldigenden Blick zu. »Sorry. Ich muss los.«

»Kein Problem. Ich sollte Cal und Cami suchen, bevor sie wieder irgendetwas anstellen.«

»Passiert das oft?«

»Nur wenn ich sie länger als fünf Minuten miteinander allein lasse.« Ihre Augen funkeln.

Ich umarme sie zum Abschied. »Es war schön, dich zu sehen.«

»Ebenfalls. Und denk dran, dass du jederzeit bei mir willkommen bist, um mit mir zusammen zu kochen.«

»Ich nehme das Angebot gerne an.«

* * *

Da sich meine Mom bei den Blumen verzählt hat und den Laden verlassen hat, um den Großhändler aufzusuchen, sind Lily und ich allein und stellen so viel Tafelschmuck her, wie es mit den Blumen, die uns zur Verfügung stehen, möglich ist.

»Also …«, unterbricht mich meine Schwester in meiner Mission, die Aufgaben des heutigen Tages hinter mich zu bringen, ohne zu denken oder zu reden.

Ich schaue von meinem halb fertigen Strauß auf. Lilys Augen mit den braunen Iriden, die optisch fast nahtlos mit den Pupillen verschmelzen, erinnern mich an unseren Dad. Während ich mit meiner kleineren, kurvigeren Statur, den hellbraunen Augen und den weicheren Zügen Mom ähnlich bin, hat sie die Größe, die markanten Linien und das Temperament unseres Vaters geerbt. Mit Genen wie ihren hätte sie auf Zeitschriften-Cover gepasst, hätte sie sich nicht dazu entschieden, ihr gesamtes Leben in

Lake Wisteria zu verbringen und mit Mom den Blumenladen zu führen.

Als ich nichts sage, fährt Lily fort. »Mir ist etwas Interessantes aufgefallen.«

»Und was?«

»Du trägst deinen Verlobungsring nicht mehr.«

Ich schlucke den dicken Klumpen in meinem Hals herunter. »Nein.«

»Wo ist er?«

»Da musst du Julian fragen.«

»Wie bitte?«, quietscht sie.

»Ich habe keine Ahnung, was er damit gemacht hat, nachdem er ihn in den Betonmischer geworfen hat.«

Ihr Blick fährt über die weiße Linie an meinem Finger. »In den Betonmischer?«

Ich kann ein Lachen nicht unterdrücken. »Jepp.«

»Wow.«

»Ich weiß. Verrückt, oder?«

»Definitiv. Aber es ist nett, dass Julian dir dabei geholfen hat, ihn loszuwerden.«

»Erzähl mir nicht, dass du ihn jetzt als *nett* bezeichnest.«

Sie hebt ihre Hände. »Du musst zugeben, dass er mittlerweile viel reifer ist als während eurer Zeit am College.«

Ich halte mir mit den Fingern die Ohren zu. »Ich kann dich nicht hören.«

Sie verdreht die Augen. »Du bist so kindisch.«

»Was ist mit der Schwester passiert, die mir dabei geholfen hat, Spähpatrouillen zu planen, um etwas zu finden, womit ich ihn erpressen kann?«

»Sie ist erwachsen geworden.«

Ich werfe ihr einen bedeutsamen Blick zu, den sie ungerührt erwidert.

»Aber im Ernst. Warum ist er plötzlich der Feind? Und tisch mir bloß nicht die Ausrede auf, dass ihr schon seit eurer Kindheit Rivalen seid, denn ich weiß, dass mehr dahintersteckt.«

Ich zucke zurück. »Was?«

»Ich weiß, dass ich mich meistens um meine eigenen Angelegenheiten kümmere und so tue, als würde ich nichts mitbekommen, aber ich bin nicht dumm. Irgendetwas ist zwischen euch passiert, als ihr auf dem College wart. Also, was war es?«

»Nichts.«

»Du bist so eine schlechte Lügnerin.«

Ich konzentriere mich auf die Blumen. »Ich will nicht darüber sprechen.«

»Du weißt, dass du mir alles erzählen kannst. Ich bin wie Fort Knox.«

Eine ganze Minute vergeht, ehe ich wieder spreche. »Wir haben uns geküsst.«

Sie quietscht wie ein verdammtes Kind in Dreamland. »Ich wusste es!«

Ich funkele sie an.

»Und was noch? Erzähl mir mehr.«

Mein Gesicht fühlt sich an, als würde es jeden Moment in Flammen aufgehen. »Nein.«

Sie reißt die Augen auf. »Ihr hattet Sex, oder?«

Ein Blumenstiel bricht zwischen meinen Fingern. »Lily!«

Sie wirft die Hände in die Luft. »Komm schon! Ich warte bereits seit *Jahren* darauf, dir diese Frage zu stellen. Hab wenigstens Mitleid mit mir und geh darauf ein.«

»Warum hast du mich nicht vorher gefragt?«

»Du bist ihm aus irgendeinem Grund aus dem Weg gegangen, deswegen wollte ich dich nicht auf ihn ansprechen. Also, was ist passiert? Ich habe eine Vermutung, aber ich bin mir nicht sicher.«

Ich senke den Blick. »Es ist kompliziert.«

»Wann ist dir klar geworden, dass du ihn mochtest?«

»Wahrscheinlich am Ende des ersten Jahres am College.« Heimweh und ein Psychologieprojekt haben uns dazu gezwungen, uns wie nie zuvor aufeinander zu verlassen, und nach und nach haben wir uns angefreundet.

»Und dann?«, drängt meine Schwester.

Ein paar Wochen, bevor sein Leben auf den Kopf gestellt wurde, habe ich ihn geküsst.

Ich lasse die Schultern hängen. »Dann ist sein Dad gestorben.«

»Oh.«

»Jepp.«

»Ergibt Sinn. Ich hatte vermutet, der Sex war schlecht oder so …«

Ich unterdrücke ein Lachen, und Lily schnappt nach Luft.

»Ahhh! Der Sex war also gut?«

Ich spüre, dass sich Hitze in meinen Wangen ausbreitet.

»Grandios?«, quietscht sie.

»Ich werde nicht mit dir darüber reden.« In erster Linie, weil es nichts zu besprechen gibt. Dafür hat Julian gesorgt, indem er in einem fünfminütigen Telefonat jegliche Hoffnung auf eine gemeinsame Zukunft zunichtemachte.

»Du bist eine Ablenkung, die ich momentan nicht gebrauchen kann«, erklärte er mir, als ich ihm angeboten hatte, ein Semester zu pausieren, und nach dem Tod seines Vaters mit ihm nach Lake Wisteria zurückzukehren.

»Es war doch nur ein Kuss.« Seine Stimme klang tonlos, und obwohl ich ihm eigentlich mit der Firma seines Dads hatte helfen wollen, da ich mich genauso für Design interessierte wie er, fühlte ich mich nun wie das dümmste Mädchen der Welt.

»Tut mir leid, dass ich deine Gefühle nicht erwidern kann«, sagte er, nachdem ich ihm mein Herz ausgeschüttet und zugegeben hatte, dass ich ihn auf eine aufrichtige, schockierende, beängstigende Art mochte.

»*Ich brauche Zeit*«, erwiderte er, bevor er auflegte.

Es war das letzte Mal, dass ich mit ihm telefoniert habe. All meine weiteren Anrufe wurden sofort zur Mailbox umgeleitet, selbst nachdem ich Oliver dabei geholfen hatte, seine Habseligkeiten zusammenzupacken.

Merkwürdig, dass es Jahre braucht, um Selbstbewusstsein aufzubauen, und nur ein paar Momente, um es wieder zu zerstören.

Meine Schwester unterbricht meine Erinnerungen. »Na schön. Ich respektiere deine Wünsche. Ich bin einfach glücklich darüber, dass ihr zwei wieder zusammen in einem Raum sein könnt.«

»Ich auch«, gebe ich zu.

»Josefina und Mom haben nie etwas darüber gesagt, aber ich weiß, dass sie es vermisst haben, alle unter einem Dach zu versammeln. Es war nie wieder so wie früher, nachdem du …« Sie bricht mitten im Satz ab.

»Nachdem ich nach San Francisco gezogen bin?«

Sie verzieht das Gesicht. »Ja.«

»Ich dachte, du verbringst gern Weihnachten dort.«

»Das tue ich ja auch, aber ganz ehrlich – nichts geht über Weihnachten mit allen zusammen, und keine Städtereise ist besser als das Gefühl, zu Hause zu sein.«

Ich senke den Kopf. »Tut mir leid.«

Sie kommt um den Tisch herum und zieht mich in eine feste Umarmung. »Ich bin froh, dass du wieder da bist. Selbst wenn es nur zeitweise ist.«

»Ich auch.«

* * *

Meine Mom und Lily setzen mich in der Nähe des Friedhofes ab und versprechen, mich in einer halben Stunde wieder abzuholen. Wir drei haben diese trostlose Ecke des Ortes über die Jahre viele

Male besucht, auch wenn es eine Weile her ist, seit ich zuletzt hergekommen bin.

Der Strauß aus gelben Rosen zittert in meinen Händen, als ich durch das Haupttor gehe.

Kaum jemand liebt gelbe Rosen so sehr, wie es mein Vater getan hat, und alle, die ihn kannten, kannten auch die Geschichte, wie er meine Mutter kennenlernte, als er vor dem Date mit einer anderen Frau Rose & Thorn betreten hat.

Die Erinnerung an seine Erzählungen lässt mein Herz schwer werden. Einen Elternteil zu verlieren, ist nie leicht, aber mit nur sechzehn Jahren im Krankenwagen mitzuerleben, wie das Herz meines Vaters aussetzte, war niederschmetternd.

Zum Glück hatte ich eine Schulpsychologin, die sich darum bemühte, mich im Trauerprozess zu unterstützen, und ich verwendete all meine verbliebene Energie darauf, ein Stipendium fürs College zu bekommen, so wie ich es mit Dad zusammen geplant hatte.

Ich bücke mich, um den Strauß vor seinem Grabstein abzulegen.

Hector Muñoz.

Liebender Ehemann.
Stolzer Vater.
Geschätzter Freund.

»*Hola, Papi.*« Mein Kinn bebt. »*Ha pasado un tiempo desde la última vez que hablamos.*«*

Vögel zwitschern im Hintergrund, als mich eine Windböe trifft. Schnell ziehe ich den Reißverschluss meiner Jacke bis zum Kinn hoch

---

* ***Ha pasado un tiempo desde la última vez que hablamos:*** *Es ist viel Zeit vergangen, seit wir uns zuletzt unterhalten haben.*

und setze mich auf den Boden. »Ich wünsche mir mehr als jemals zuvor, du wärst hier.« Ich pflücke einen Grashalm und wickele ihn um meinen Finger. »Obwohl es vielleicht besser ist, dass du nicht mehr unter uns bist. Du hättest dich bestimmt fürchterlich über die geplatzte Verlobung aufgeregt und wärst im Gefängnis gelandet, weil du Oliver beleidigt hättest.« Mein Lachen klingt falsch, weil meine Kehle sich zusammenschnürt.

Ein weiterer Windstoß wirbelt ein paar Blätter in der Nähe auf.

»Ich habe einen Fehler gemacht.« Meine Stimme bricht. »Ich war so dumm, *Papi*.« Tränen treten mir in die Augen, aber ich kämpfe dagegen an, damit sie nicht an meinen Wangen hinablaufen. »Das wusste ich selbst, aber ich habe trotzdem versucht, die Beziehung zu retten, *porque un Muñoz nunca se rinde.*«*

Mein Vater hat uns nach seinem Motto *ser fiel a ti mismo – bleib dir selbst treu* – erzogen, und ich habe mich stets bemüht, seinen Werten treu zu bleiben.

Und trotzdem bist du gescheitert.

»Das Problem war, dass ich mich selbst aufgegeben habe, während ich versucht habe, meine Beziehung zu kitten. Ich habe alle Dinge aufgegeben, die mich zu etwas Besonderem gemacht haben, weil ich gedacht habe, genau das müsste ich tun, um die Person, die mich angeblich geliebt hat, glücklich zu machen.« Das Engegefühl in meiner Brust wird unerträglich. »Doch mittlerweile habe ich erkannt, dass ich mich selbst im Stich gelassen habe. Ich habe aufgehört, auf mich und mein Bauchgefühl zu vertrauen, das mir gesagt hat, dass ich etwas Besseres verdient habe.« Ich lasse den Kopf sinken. »Es tut mir leid, dass ich in den letzten Jahren nicht oft hier war. Unter uns gesagt war ich ein wenig verloren.« Ich

---

* ***Porque un Muñoz nunca se rinde:*** *Weil eine Muñoz nicht aufgibt.*

zerreiße den Grashalm in kleine Stücke und zupfe einen weiteren aus der Erde. »Aber ich werde mich wiederfinden. Denn eine Muñoz gibt nicht auf – nicht mal sich selbst.«

Und wenn ich nach Weihnachten Lake Wisteria verlasse, ist meine Seele hoffentlich geheilt.

KAPITEL ZEHN
DAHLIA

Ich bemühe mich, das *Ping* meines Handys zu ignorieren, aber nach dem achten Mal gebe ich auf. Noch bevor ich die Chance habe, die erste Nachricht zu lesen, gehen bereits neue im Lopez-Muñoz-Gruppenchat ein.

Ich scrolle zum Beginn der Unterhaltung hinauf.

Josefina: *Warum erfahre ich von jemand anderem als meinem Sohn, dass er und Dahlia ein Haus zusammen renovieren wollen?*

Mami: *Was? UNSER Julian und UNSERE Dahlia?*

Das ist nicht schwierig zu erraten, denn immerhin sind wir die einzigen Personen im Ort mit diesen Namen – zumindest bisher. Im letzten Jahr gab es in Lake Wisteria so viele neu Zugezogene wie noch nie zuvor, was sicherlich zum Teil am beliebten Strand, den weitläufigen Dünen und – wegen der wachsenden

Nachfrage aufgrund der Medienpräsenz – an Julians Dienstleistungen liegt.

Kein Wunder, dass er alle Möglichkeiten ausschöpfen und Grundstücke erwerben will, um weitere Wohnhäuser zu bauen, und unseren Ort damit in sein persönliches Monopolyspiel verwandelt.

Josefina: *Ja. Alle im Ort sprechen davon, dass ihr zusammen ein Haus kaufen wollt.*

In Gedanken versehe ich die Nachricht mit einem imaginären Daumen-Hoch-Emoji.

Rafa: *Wurde Julian mit vorgehaltener Pistole dazu gezwungen?*

Lily: *Oder ist er erpresst worden?*

Zweitbester: …

Als mein Blick auf den Namen fällt, unter dem ich Julian abgespeichert habe, verziehe ich den Mund.

Josefina: *Und ich lag siebenundzwanzig Stunden in den Wehen, nur um mich derart respektlos behandeln lassen zu müssen.*

Rafa: *Deswegen bin ich ja auch der Lieblingssohn.*

Rafa macht einen Witz? Vielleicht sollte ich heute Lotto spielen.

Lily: *Fraglich, wenn man bedenkt, dass Julian deiner Mom ein Haus gekauft hat.*

Rafa: *Nur weil er schneller war als ich, nachdem er mir versichert hat, dass wir uns die Kosten teilen können.*

Lily: *Willst du mir erzählen, dass Julian wieder irgendwelche geheimen Aktionen plant? Mann, bin ich schockiert.*

Mami: *LILIANA!*

Wir sind alle ohne viel Geld aufgewachsen, und die Hypothek, deren monatliche Raten man oft nur mit Mühe zusammenkratzen konnte, plötzlich von einem Tag auf den anderen mit einer einzigen Überweisung abbezahlen zu können, war eine riesige Umstellung. Ich finde es immer noch schwer vorstellbar, dass Rafa und Julian Milliardäre sind. Auch wenn ich genügend Geld habe, um meiner Familie und mir das zu kaufen, was wir uns wünschen, ohne ein schlechtes Gewissen zu haben, werde ich niemals ihr Maß an Erfolg erreichen.

Ich schaue auf das Display meines Handys hinab und überlege, was ich antworten soll.

Ich: *Josefina hat recht. Julian und ich schließen uns für ein Projekt zusammen.*

Josefina: *Jippie!*

Mami: *Power Couple!*

Ich beschließe, nicht auf die letzte Nachricht meiner Mom einzugehen, denn ich glaube nicht, dass sie die Bedeutung dieses Begriffes kennt. Sie hat das Gleiche zu meiner Schwester und mir gesagt, als wir vor ein paar Jahren zusammen den Blumenladen umdekoriert haben.

Lily: *Bin ich die Einzige, der die Idee Angst macht, dass die beiden das Kriegsbeil begraben und zusammen arbeiten?*

Rafa: *Nope.*

In dem Moment erhalte ich eine Nachricht von Julian.

Zweitbester: *Das Haus gehört uns, wenn du willst.*

Mir fällt die Kinnlade herunter. Es ist nicht mal zwei Wochen her, seitdem wir uns auf den Plan geeinigt haben.

Ich: *Für wie viel?*

Zweitbester: *1,2 Millionen.*

Zweitbester: *Wir müssen uns sofort entscheiden, weil noch jemand anderes ein Gebot abgegeben hat.*

Ich: *Wer?*

Zweitbester: *So ein Arschloch aus Chicago. Er ist bereit, mehr zu zahlen, aber ich habe ein gutes Verhältnis zum Verkäufer.*

Ich: *Du nutzt andere für deine persönlichen Zwecke aus? Nett.*

Zweitbester: …

Ich: *Nur aus Neugier – kenne ich den anderen Bietenden?*

Zweitbester: *Declan Kane.*

Meine Finger fliegen über das Display.

Ich: *WAS?*

Zweitbester: *Du kennst ihn?*

Ich: *Nicht persönlich. Seiner Familie gehört das größte Unternehmen der Entertainment-Branche.*

Zweitbester: *Dann wird es höchste Zeit, dass wir ihm einen Dämpfer verpassen.*

Meine Wangen schmerzen von meinem Dauergrinsen.

Reiß dich zusammen! Es ist Julian!

Ich werfe mein Telefon auf die andere Seite des Bettes.

Mit einem reservierten Julian komme ich klar. Selbst der wettkampfsüchtige Julian kann unglaublich witzig sein, auch wenn ich ihm das niemals sagen würde, denn sein Ego ist ohnehin schon groß genug.

Aber ein Julian, der kämpferisch *wir* sagt? Das Letzte, was ich gebrauchen kann, sind alte wieder aufkeimende Gefühle, nur weil er mir das erste aufrichtige Lächeln seit Monaten entlockt.

Bitte sag mir nicht, dass du deine Erwartungen in Bezug auf Männer so weit runtergeschraubt hast.

Wieder gibt mein Handy einen Ton von sich. Und da ich unter übertriebener Neugier und einem Mangel an Selbstbeherrschung leide, greife ich danach, um Julians Nachricht zu lesen.

Zweitbester: *Haben wir einen Deal?*

Ich: *Ja.*

Mein Herz rast, während die drei Punkte viermal erscheinen und wieder verschwinden, ehe die nächste Nachricht eingeht.

Zweitbester: *Das Haus gehört uns. Ich schreibe dir, wann wir es uns ansehen können, sobald ich den Papierkram erledigt habe.*

Ich: *Sollte ich nicht dabei sein?*

Zweitbester: *Hast du einen Rechtsanwalt unter Vertrag, der sich noch heute alle Verträge ansehen kann?*

Wir beide kennen die offensichtliche Antwort.

Ich: *Wenn ich es mir recht überlege, überlasse ich das doch lieber dir.*

Zweitbester: *Ich sage Sam, er soll dir einen Standardvertrag meiner Firma zukommen lassen, in dem dein Anteil für den Fall eines anschließenden Verkaufs festgehalten ist.*

Ich drücke mir das Handy an die Brust und betrachte die Pinnwand meiner Kindheit, die ich mit allem dekoriert habe, wovon ich damals geträumt habe. Obwohl sich mein Geschmack mit den Jahren geändert hat und ich keine Obsession mehr für Blumenprints habe, ist meine Leidenschaft für historische Häuser die gleiche geblieben.

Viele Gebäude in Lake Wisteria haben in der Vergangenheit meine Aufmerksamkeit geweckt, aber in die Gründerhäuser habe ich mich schon verliebt, als ich zum ersten Mal mit meinem Vater an ihnen vorbeigefahren bin. Irgendetwas haben die Architektur der frei stehenden Gebäude und der Ausblick auf den See und den nahe gelegenen historischen Ortskern an sich, das mich fasziniert.

Jahrelang habe ich auf eine Gelegenheit wie diese gewartet, und ich habe vor, all das, was Julian und seine Firma mir bieten können, dankend anzunehmen, sobald ich auf der gestrichelten Linie unterschrieben habe.

* * *

Eine Stunde später betritt Lily mit einem pinken Cowboyhut und einem Kleid, das viel zu stark glitzert, mein Zimmer. »Schnapp dir deine bequemsten High Heels und deinen Lieblingslippenstift, denn die Muñoz-Schwestern gehen aus.«

Ich drücke auf die Pausetaste, um meine Serie anzuhalten, und setze mich im Bett auf. »Was? Seit wann?«

»Im Last Call findet eine Kostümparty statt, und dort müssen wir hin.«

»Ich weiß nicht recht ...« Auch wenn sich meine Stimmung dank der Antidepressiva und der Therapie immer mehr verbessert, will ich mir selbst nicht zu viel zumuten, denn es liegt ein schmaler Grat zwischen dem Verlassen meiner Komfortzone und einem schwarzen Loch aus Panik.

»Es wird dir guttun rauszukommen, selbst wenn es nur kurz ist.« Meine Schwester wühlt in meinem Gepäck herum und wirft dabei teure Designerkleidung durch den Raum. Während ich immer gut durchorganisiert bin, ist Lily das menschliche Äquivalent eines

Tornados, und nun ist sie dabei, innerhalb von Sekunden mein Packsystem nach Kategorien und Farben durcheinanderzubringen.

Lily späht über die Schulter zu mir nach hinten. »Was sitzt du da rum? Verlass dein Bett, schmink dich, und mach dir die Haare.« Sie klatscht in die Hände und ruft: »Zack, zack!«

Ich lege mir eine Decke um die Schultern. »Ich will noch nicht, dass mich irgendwelche Leute aus dem Ort sehen.«

Sie runzelt die Stirn. »Warum nicht?«

Ich schweige.

Sie verdreht die Augen. »Du machst dir zu viele Sorgen darüber, was andere von dir denken.«

»Nein, tue ich nicht.« Mein Tonfall klingt ärgerlicherweise rechtfertigend.

»Warum solltest du dich sonst in der vergangenen Woche hier eingeigelt und dir immer wieder neue Ausreden überlegt haben, um nicht in den Ort zu gehen?«

Ich kratze mir die Nase mit dem Mittelfinger.

Lily lacht und wirft eine Jacke auf mein Bett. »Schon okay. Deine kleine Schwester ist hier, um dir zu helfen.«

»Und wie?«

Sie hält ein Glitzerkleid in die Höhe, rümpft die Nase und wirft es auf den immer höher werdenden Stapel neben sich. »Betrachte den heutigen Abend als deine erste Lektion in der subtilen Kunst des Daraufscheißens.«

»Aber …«

Lily hebt ihre Hand. »Gib der Sache eine halbe Stunde. Wenn es dir nicht gefällt, fahren wir wieder nach Hause.«

»Und was, wenn ich nicht mitkomme?«

Sie lässt ihre Fingergelenke knacken. »Dann ändere ich die WLAN- und Streaming-Passwörter, verstecke deine *Silver-Vixen*-DVD-Sammlung und klaue all deine überteuerten Hautpflegeprodukte.«

»Das würdest du dich nicht trauen.«

»Bist du bereit, deinen Dyson Airwrap darauf zu verwetten?«

»Dabei behaupten doch immer alle, die älteren Schwestern seien die Tyranninnen.« Ich strecke ihr die Zunge raus.

Sie zieht an meiner Decke, bis ich sie nicht mehr festhalten kann und sie auf dem Boden landet. »Komm schon. Es wird lustig, das verspreche ich dir. Außerdem bekommen Frauen ihre Drinks gratis.«

Ich spiele an einem meiner Ringe herum. »Ich sollte nicht trinken, solange ich meine Medikamente nehme.«

»Wir müssen ja niemandem verraten, dass du alkoholfreie Cocktails trinkst.« Sie zwinkert.

So gern ich auch Nein sagen würde, ist mir bewusst, dass ich gegen die Begeisterung meiner Schwester keine Chance habe. »Okay. Na schön. Aber nur für einen Drink.«

»Sicher. Klar. Was auch immer.« Sie zieht ein rotes Kleid ganz unten aus meinem Koffer. »Ja! Das ist perfekt.«

»Und was soll das für ein Kostüm sein?«

Sie holt ein dreieckiges Stück Papier aus ihrer Jackentasche und befestigt es an einem Träger des Kleides. »Ist mir lieber, wenn du dich überraschen lässt. Irgendjemand wird es schon erraten.« Sie wirft mir das Kleid entgegen.

»Lily!«

Doch sie eilt bereits aus meinem Zimmer. »Du hast eine Viertelstunde, um dich fertig zu machen, also solltest du loslegen!«, ruft sie.

KAPITEL ELF
DAHLIA

Im Last Call hat sich nichts verändert, seitdem ich weggezogen bin, auch wenn momentan alles mit billiger Halloween-Dekoration behangen ist. Es ist seit unserer Ankunft voller geworden, was vermutlich daran liegt, dass keine Kinder mehr mit ihren Eltern auf den Straßen unterwegs sind, um Süßigkeiten zu sammeln.

Am Anfang bin ich bei dem Gedanken, mit Leuten sprechen zu müssen, ins Schwitzen und in Panik geraten, aber niemand spricht mich auf meine geplatzte Verlobung mit Oliver an, was beweist, dass Lilys Theorie stimmt.

Ich mache mir wirklich zu viele Sorgen darüber, was andere denken. Ob es um mein Make-up, meine Kleidung oder meine Lebensentscheidungen ging, ich habe mich stets von der Meinung der Creswells abhängig gemacht und zugelassen, dass ich mich in eine Person verwandelt habe, die ich verabscheue.

»Du gehörst jetzt zu unserer Familie, du solltest dich also dementsprechend kleiden«, sagte Olivers Mutter zu mir, als sie mir ein wunderschönes Designerkleid schenkte, das zwei Nummern zu klein war.

»Niemand mag Angeberinnen.« Seine Schwester schenkte mir ein falsches Lächeln, nachdem ich alle beim Familien-Quiz-Abend besiegt hatte.

»Nicht mal diesen Sieg kannst du mir überlassen«, flüsterte Oliver mir ins Ohr und gab mir für das Publikum einen Kuss auf die Wange, als ich den Preis in der Kategorie *Beste TV-Moderatorin einer Realityshow* erhielt.

»Ich bin wieder da.« Lily reißt mich aus meinen Gedanken, indem sie mir einen weiteren alkoholfreien Strawberry Daiquiri reicht. Auch wenn es nicht mein Lieblingscocktail ist, beschwere ich mich nicht, denn immerhin ist das Last Call nicht für seine erstklassigen Barkeeper bekannt.

Ich greife nach dem Plastikglas und trinke einen Schluck. »Bin ich Jessica Rabbit?«

»Wer?« Sie verzieht verwirrt das Gesicht.

Ich schüttelte den Kopf. »Vergiss es. Oder Julia Roberts in *Pretty Woman*?«

Sie lacht und stürzt den Inhalt ihres Shot-Glases herunter. »Gute Idee, aber nein. Dein Kleid ist zu kurz, und die legendären Handschuhe fehlen. Und jetzt lass uns tanzen.«

Lily packt meine Hand und zieht mich auf die überfüllte Tanzfläche. Nach ein paar Line-Dance-Songs verschwinden meine Sorgen, und ich entspanne mich so sehr, dass ich tatsächlich Spaß habe.

Tanzen habe ich schon immer geliebt, vermutlich weil meine Eltern die Angewohnheit hatten, unser Wohnzimmer in eine Tanzfläche zu verwandeln, wenn eins ihrer Lieblingslieder gespielt wurde. Als Kind habe ich mich auf Familienfesten für sie geschämt, aber mittlerweile sehne ich mich selbst nach einer solchen Beziehung.

Als mich Lily lachend herumwirbelt, spüre ich plötzlich ein Prickeln im Nacken. Ich drehe mich auf dem Absatz meines Stiefels um und stelle fest, dass Julian mich anstarrt.

Nein. Er starrt mich nicht an.

Er *verzehrt* mich mit seinen Blicken.

Eine Gänsehaut bildet sich auf meinen Armen, als er den Blick aus seinen dunklen Augen von meinem Körper zu meinem Gesicht wandern lässt. In dem Moment, in dem sein brennender Blick auf meinen trifft, ziehe ich eine Augenbraue hoch, und er schaut weg. Dabei wirkt sein Kiefer angespannt, und er ballt eine Hand zur Faust, die er sich an den Oberschenkel presst.

Ich nutze den Moment seiner Unsicherheit aus und schaue ihn von oben bis unten an. Von den gerade so weit entblößten Unterarmen, dass es geschmackvoll wirkt, bis hin zu der Jeans, die seine muskulösen Beine betont, ist Julian zu hundert Prozent mein Typ.

Im College hat er sogar dafür gesorgt, dass ich »mein Typ« neu definiert habe, und seitdem habe ich alles Menschenmögliche getan, um diese Wahrheit zu verdrängen.

Julian ist heiß. Und ich meine wirklich *verdammt* heiß. Meine Finger kribbeln, so sehr sehne ich mich danach, ihn zu berühren, doch ich balle sie so fest zur Faust, dass sie taub werden.

Du brauchst dringend eine Therapiesitzung.

Ich drehe mich um in der Hoffnung, dass Lily mich von diesen Gedanken ablenken kann, aber stelle fest, dass sie mit einem Typen tanzt, der eine von diesen gruseligen Leuchtmasken trägt.

Großartig.

Ich leere mein Glas und steuere die Bar an, wobei ich darauf achte, mich so hinzustellen, dass ich nicht in Julians Blickfeld bin. Ehe ich die Chance habe, den Barkeeper auf mich aufmerksam zu machen, tippt mir jemand an die Schulter.

»Dahlia? Bist du es?« Eine tiefe Stimme lässt mich herumwirbeln.

»Evan!« Ich grinse den ehemaligen Highschool-Ballkönig, beliebten Captain des Schwimmteams und die erste Person, die ich geküsst habe, an. Nach dem Abend am Lagerfeuer am See, an dem wir Flaschendrehen gespielt haben, ist nichts mehr zwischen uns passiert, aber ich weiß noch, dass ich anschließend ein paar Wochen lang auf Wolke sieben schwebte.

»Ich bin überrascht, dass du dich noch an mich erinnerst.«

»Wie könnte ich vergessen, dass du mich überredet hast, dich im gesamten zehnten Schuljahr die Chemiehausaufgaben abschreiben zu lassen.« Evan war einer der bestaussehenden Typen aus unserem Jahrgang gewesen, und alle, ich selbst eingeschlossen, waren gefesselt von seinem Junge-von-neben-an-Charme, als er an die Wisteria High gewechselt hat.

Nun, zehn Jahre später, spüre ich nicht das leiseste Kribbeln.

»Wie geht es dir?«, frage ich und versuche, meine Enttäuschung darüber zu ignorieren.

»Viel besser, jetzt wo ich dich gefunden habe.«

Das merkwürdige Gefühl, beobachtet zu werden, veranlasst mich dazu, mich über die Schulter umzusehen. Ich habe damit gerechnet, dass Julian mich anfunkeln würde, aber stattdessen wirft er dem Mann, der vor mir steht, tödliche Blicke zu.

»Und, wie geht es dir so?« Evans Frage lenkt meine Aufmerksamkeit wieder auf ihn.

»Fühlt sich gut an, wieder zu Hause zu sein.«

Der Blick aus seinen grünen Augen gleitet über mein Gesicht, was keinerlei Gefühle in mir weckt. »Hat es dir in San Francisco gefallen?«

»Ja, auch wenn es ganz anders ist als hier.«

»Das kann ich mir vorstellen. Es gibt nicht viele Orte wie Lake Wisteria.«

»Und wie geht es *dir*?«

Er lehnt sich gegen die Theke. »Mir ging es nie besser. Ich hab den Gemischtwarenladen meiner Eltern übernommen, in dem wir übrigens auch deine Produkte verkaufen. Sie sind aber immer nach einer Woche vergriffen.«

Blut steigt mir in die Wangen. »Wirklich?«

Er nickt. »Sowohl Einheimischen als auch Touristen gefällt der Gedanke, deine Produkte in deinem Heimatort zu kaufen, also mach bitte weiter so.« Er zwinkert.

Ich spüre nichts als Angst und das gleiche erstickende Gefühl, das jedes Mal in mir aufkeimt, wenn ich an meine Verantwortung erinnert werde. »Jepp. Wird gemacht.«

Evans Blick wandert an meinem Körper hinab, aber die Tatsache, dass mein Herz keinen Schlag aussetzt, verrät mir alles, was ich wissen muss.

»Hör zu …« Ich breche mitten im Satz ab, als sich etwas Festes und Warmes an meinen Rücken presst. Als ich mich umdrehe, sehe ich, dass Julian sich in voller Größe hinter mir aufgebaut hat. Seine Nasenflügel sind geweitet, als wäre er kurz davor, Rauch auszustoßen.

»Evan.« Julians tiefe, raue Stimme sendet einen Schauer an meiner Wirbelsäule hinab.

»Julian.« Evan nickt ihm zu.

»Wie geht's dir?« Die Ader über Julians rechtem Auge pulsiert.

Evan schaut mir fest in die Augen. »Besser, seitdem ich rausgefunden habe, dass Dahlia hier ist.«

»Warum?« Julians bebende Stimme lässt mich zusammenfahren.

Warum? Ich trete Julian mit der Spitze meines Stiefels auf den Fuß. Doch er zuckt nicht einmal, wahrscheinlich weil er ein Eisklotz ist.

Evans Augen funkeln. »Weil ich sie schon immer süß fand.«

Argh. Süß?

Julian schnaubt. »Verstehe.«

Evans Miene wirkt genauso gequält, wie meine mit Sicherheit aussieht.

»Wie geht es eigentlich deinem Bruder?« Julians Frage kommt wie aus dem Nichts.

Evan legt den Kopf schief. »Gut.«

Sie wechseln einen Blick miteinander, den ich nicht deuten kann.

»Was ist denn mit deinem Bruder?«, frage ich.

Evan schaut sich kurz in alle Richtungen um. »Als er in New York gewohnt hat, hat er mit den falschen Leuten rumgehangen, aber er ist wieder auf dem richtigen Weg und bekommt die Hilfe, die er braucht.«

Ich lege mir eine Hand ans Herz. »Das freut mich.«

Julian unterbricht seinen funkelnden Blickkontakt mit Evan, um mich mit undurchdringlicher Miene anzuschauen, ehe er wieder wegsieht. »Kommt er in seinem neuen Job gut zurecht?«

»Ja. Danke, dass du ihm geholfen hast, wieder auf die Beine zu kommen. Mit seinen Vorstrafen war es schwierig für ihn, Arbeit zu finden, und du warst der Erste, der bereit war, ihm eine Chance zu geben.«

»Freut mich, dass ich helfen konnte.« Julian schließt den Abstand zwischen uns, sodass ich mir nicht mehr sicher bin, wo mein Körper endet und seiner beginnt.

Ich trete einen kleinen Schritt vor, doch Julian folgt mir. Als ich meinen Fuß hebe, um ihn erneut zu treten, umfasst Julian meine Hüfte und lässt mich in meiner Bewegung innehalten.

Die Wärme seiner Handfläche brennt sich in meine Haut.

Evans Blick huscht zwischen Julian und mir hin und her, ehe er ihn auf dem launischen Mann ruhen lässt, der hinter mir steht.

»Nun, Dahlia, es war schön, dich wiederzusehen, aber ich sollte jetzt besser gehen. Muss morgen früh raus.«

»Kein Problem. War schön, dich zu sehen.« Ich überspiele meine Verärgerung mit einem Lächeln.

Julian verspannt sich hinter mir. Evan würdigt mich keines weiteren Blickes, als er in der Menge verschwindet.

Ich entziehe mich aus Julians Griff und drehe mich zu ihm um. »Was zur Hölle sollte das?«

Julian leert sein Whiskeyglas, ohne auf meine Frage einzugehen.

»Ich habe dich etwas gefragt.« Ich pike ihm in die Brust.

»Er ist nicht dein Typ.«

»Und woher willst du das wissen?«

»Ich weiß es einfach.«

»Erklär's mir gern, denn ich hab offen gestanden keine Ahnung, wovon du sprichst.« Dass Julian so gut einschätzen kann, was ich brauche, wurmt mich.

Er rümpft angewidert die Nase. »Er ist zu nett.«

»Ich bin mir sicher, das klingt nach einer schlechten Eigenschaft für dich, aber für alle anderen ist nett etwas Gutes. Im Grunde ist es sogar das absolute Minimum dessen, was man von einer Person erwarten kann.«

Sein Blick huscht noch eine Sekunde länger über mein Gesicht. Als Evan das Gleiche getan hat, habe ich nicht mal mit der Wimper gezuckt, aber unter Julians Musterung steigt meine Körpertemperatur.

»Du würdest dich schon nach einem Monat mit ihm langweilen.«

»Woher willst du das wissen? Du hattest doch noch nie eine Beziehung.«

»Das mag sein, aber ich kenne *dich*.«

Ich höre auf zu atmen. »Ach ja?«

Schweigend hebt er sein leeres Glas, während er Blickkontakt mit dem Barkeeper aufnimmt. Ich weiß nicht, was in mir die Lust weckt, ihn zu provozieren – die Wut, die durch meine Adern strömt, oder mein unersättliches Bedürfnis, hinter den Vorhang von Julians Psyche zu blicken. »Vielleicht brauche ich ja einen Mann wie Evan. Jemanden, der nett und aufmerksam ist und mich anständig behandelt.«

»Das ist schön und gut, aber du willst auch jemanden, der dich herausfordert, und Evan – der Liebling des Ortes – schafft das nicht.«

Mein Schock wird schnell durch Angst ersetzt.

O Gott. Haben Julian und ich einander so verdorben, dass wir mit keinen anderen Menschen glücklich werden können, weil wir immer Streit suchen?

Ich schüttele den Kopf. »Ich suche keinen Partner, der ständig auf Konfrontationskurs ist.«

»Das habe ich auch nicht gemeint.«

»Was dann?«

Er hält ein paar Momente lang inne, bevor er weiterspricht. »Es ist ein großer Unterschied, ob dich jemand dazu herausfordert, die beste Person zu werden, die du sein kannst, weil du ihm *wichtig* bist«, er grinst höhnisch, »oder ob jemand Streit sucht.«

Ich halte den Atem an.

Er räuspert sich. »Gib es zu. Du würdest den Typen platttrampeln mit deinen Glitzerstiefeln mit den roten Sohlen, und er würde dir wahrscheinlich noch dafür danken.«

»Und das sollte er auch. Diese Dinger sind wunderschön und waren verdammt teuer.« Ich schlage die Absätze zusammen.

»Allein diese Bemerkung zeigt, dass es das perfekte Kostüm für dich ist, denn nur eine menschliche Red Flag würde so grinsen.«

Ich löse mich von seinem betörenden Blick. »Wie bitte?«

»Dein Kostüm.« Sein Blick wandert langsam an meinem Körper hinab, um seinen Punkt zu untermauern.

»*La voy a matar*«,* flüstere ich leise.

»Du wusstest es nicht?« Julian fährt die Spitze des dreieckigen Papiers mit dem Finger nach.

---

* ***La voy a matar:*** *Ich werde sie umbringen.*

»Nein. Es war Lilys Idee.« Ich atme scharf ein, als er mit der Fingerkuppe die sensible Stelle zwischen dem Träger meines Kleides und meiner Schulter streift.

»Hm.« Er zieht seine Hand viel zu schnell wieder zurück und streckt sie, bevor er sie zur Faust ballt.

Ein Schauder durchfährt mich trotz der warmen Luft, die mich umgibt.

Fuck. Wie kann sich eine einzige Berührung seines Fingers so gut anfühlen?

Ich bin dankbar für das schummerige Licht, denn sonst würde er sehen, was diese Berührung mit mir macht.

Als der Barkeeper ein volles Whiskeyglas vor Julian abstellt, greife ich danach, bevor er daraus trinken kann. Nach nur einem Schluck reiche ich ihm seinen Drink hustend zurück. »Das ist eklig.«

Das ist die Strafe dafür, dass du Julians Getränk klauen wolltest.

»Auf dich.« Julian platziert seinen Mund direkt auf dem Lippenstiftabdruck, den ich am Rand des Glases hinterlassen habe.

Mein Magen zieht sich zusammen, als er dabei die Farbe verschmiert. So nahe waren seine Lippen meinen schon seit dem College nicht mehr, und das bringt meinen Körper auf die gleiche Weise zum Kribbeln wie damals.

In letzter Zeit habe ich viel zu viele unanständige Gedanken.

Ich schaue ihm in die Augen. »Seit wann trinkst du Whiskey?«

»Seit ich mir den teuren leisten kann.«

»Wie viel hast du dafür hingeblättert?«

»Genug, um jeden einzelnen Tropfen zu genießen.« Er trinkt noch einen Schluck und beobachtet mich dabei eingehend, was ein Prickeln an meiner Wirbelsäule auslöst.

Schon wieder unanständige Gedanken. Ich presse meine Oberschenkel zusammen.

»Bitte sag mir nicht, du hast mehr als hundert Dollar dafür bezahlt.«

Er runzelt die Stirn.

»Zweihundert?«

Ich höre nichts als die dröhnende Musik um uns herum.

»Tausend?« Meine Stimme bricht bei der letzten Silbe.

»Ich erwarte nicht, dass es jemand versteht, der Strawberry Daiquiris bestellt.«

Ich klimpere mit den Wimpern. »Wenn du weniger Zeit damit verbringen würdest, mich anzuschauen, und mehr Zeit damit, dir eine Freundin zu suchen, wärst du vielleicht nicht Dauersingle und würdest nicht achtzig Stunden in der Woche arbeiten, um die Leere in dir zu füllen.«

Sein Stirnrunzeln gibt zu viel preis. »Soweit ich weiß, sind wir beide single.«

»Ich bin diejenige, die zu viele Jahre mit einem toxischen, kontrollsüchtigen Mann zusammen war. Was ist deine Entschuldigung?«

Ich betrachte seinen leeren Gesichtsausdruck als Herausforderung.

»Schaffst du es nicht, eine Frau zum Orgasmus zu bringen?«, necke ich ihn.

Seine Augen verengen sich zu Schlitzen.

»Vielleicht hältst du nicht länger als eine Minute durch?«

Sein scharfes Einatmen sagt mehr als tausend Worte.

»Es gibt Kurse und Medikamente für diese Probleme, also sollte dich das nicht davon abhalten, die große Liebe zu finden.«

Julian tut etwas Unerwartetes, indem er eine Hand auf meiner Hüfte platziert und sanften Druck ausübt. Bevor ich die Chance habe, etwas zu sagen, lässt er die Handfläche an der Seite meines Körpers hinaufwandern und streift dabei meine Rippen.

Ich halte den Atem an, als er mir seine Hand in den Nacken legt. Sein fester Griff ist nicht unangenehm, aber ich zucke dennoch zurück.

»Was tust du da?« Ich versuche vergeblich, ihn von mir wegzudrücken.

Er legt seine Finger fester in meinen Nacken und drückt leicht auf meine pulsierende Ader an der Seite meines Halses, wobei er sich vorbeugt, um mir ins Ohr zu flüstern. »Nur weil ich wählerisch in Bezug auf Frauen bin, heißt das nicht, dass ich nicht weiß, wie man vögelt.«

»Und das soll ich dir glauben?«

Wieder erhöht er den Druck, sodass mir für eine Sekunde die Luft wegbleibt. »Wäre es dir lieber, wenn ich es dir beweise?«

»Willst du etwa vorschlagen, dass ich mit dir schlafen soll?«

»Auf keinen Fall. Sex mit dir wäre …«

Jeder Zentimeter meines Körpers prickelt, als er sich über mich beugt und sich sein heißer Blick in mich hineinbrennt, während sich sein Mund meinem nähert …

Als ich den Kopf schüttelte, runzelt er die Stirn. »Der Gedanke sollte dich nicht derart schockieren.«

»Er löst eher Übelkeit in mir aus.«

Sein Daumen fährt über meine pulsierende Ader. *»Mentirosa.«**

»Red es dir nur ein.«

Er betrachtet meine Lippen mit so viel Abscheu, wie er aufbringen kann. »Ich erinnere mich noch daran, wie du mich angebettelt hast, dich zu küssen.«

Julian und ich sagen eine Menge schlimmer Dinge zueinander, aber dieses Thema zur Sprache zu bringen, ist ein Schlag unter die Gürtellinie. Er hätte es besser wissen müssen.

Ich entziehe mich seinem Griff. »Ich habe Oliver um das Gleiche angebettelt, also bilde dir nichts darauf ein. Und ehrlich gesagt küsst er ohnehin besser.«

---

* *Mentirosa: Lügnerin*

Meine Worte haben ihre beabsichtigte Wirkung und vertreiben das, was bis soeben noch zwischen uns war – was auch immer es gewesen sein mag.

Hätte ich über den Dingen stehen und Größe zeigen sollen? Vielleicht.

Bereue ich meine Wahl, das genaue Gegenteil getan zu haben? Definitiv nicht.

Julian wusste genau, was er tat, als er unseren Kuss als Waffe eingesetzt hat. Vielleicht wird er es sich demnächst zweimal überlegen, bevor er mich auf die eine Schwäche hinweist, die ich habe.

Ihn.

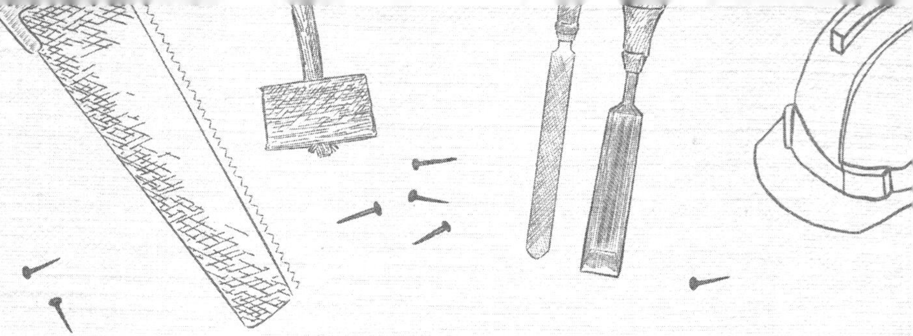

KAPITEL ZWÖLF
JULIAN

Nachdem ich Dahlia am Donnerstag im Last Call über den Weg gelaufen bin, wusste ich, dass der Sonntag nicht angenehm werden würde. Als ich versucht habe, mich vor dem Abendessen zu drücken, wollte meine Mutter meine Ausrede nicht akzeptieren, sondern hat behauptet, dass Rosa Hilfe dabei brauche, irgendetwas in der Küche zu reparieren.

Dahlia erklärt mir in dem Moment den Krieg, in dem ich über die Schwelle der Muñoz' trete. Statt mich wie ein reifer einunddreißigjähriger Mann zu benehmen und ruhig zu bleiben, reagiere ich während des gesamten Nachmittags und noch beim Abendessen mit der gleichen Bissigkeit auf ihre schneidenden Bemerkungen.

Unsere Verwandten verfolgen unseren Schlagabtausch wie ein Tennis-Match. Sie drehen ihre Köpfe bei jeder Gehässigkeit zwischen uns beiden hin und her.

Irgendwann übernehmen unsere Mütter das Gespräch, doch meine Mom dreht sich mit *diesem* Blick in meine Richtung. »Ich habe mich letztens mit Annabelles Mom unterhalten.«

Mein Körper versteift sich, und sofort fällt Dahlias Blick auf meine angespannten Schultern.

Fuck.

»Ma«, warne ich. Was ihre Verkupplungsversuche betrifft, haben wir eine Abmachung, und wenn sie sich nicht daran hält, kann ich die Hausrenovierung mit Dahlia abblasen.

Wäre das so schlimm?

Wenn ich es mir recht überlege, hoffe ich sogar, dass meine Mom ihr Versprechen bricht, denn das verschafft mir die perfekte Ausrede, unseren Plan zu verwerfen und Dahlia die Sache allein durchziehen zu lassen.

Das würde ihr nur recht geschehen, nachdem sie heute so feindselig zu mir war.

Sei nicht albern, Julian. Du bist doch derjenige, der sie an den Kuss erinnert hat.

Zuerst fühlte ich mich bestätigt in meiner Entscheidung, sie vor den Kopf zu stoßen, besonders als sie die Bemerkung über Olivers Küsse gemacht hat, weil sie sich angegriffen fühlte. Aber je länger ich über Dahlias Reaktion nachdenke, desto größer werden meine Schuldgefühle wegen der Unterhaltung im Last Call und meines heutigen Verhaltens.

Denn wenn Dahlia verletzt ist, wird sie gemein, und ich war zu wütend, um zu erkennen, dass dies der Grund für ihre Reaktion war.

Es ist ihre Art, ihre Verletzlichkeit zu verbergen.

Offensichtlich hat sie mit einer überwältigenden Traurigkeit zu kämpfen, und ich helfe ihr nicht, indem ich mich ihr gegenüber so verhalte wie bisher.

Es ist noch nicht zu spät, dich für das, was du getan hast, zu entschuldigen.

Meine Mom winkt ab. »Ich weiß. Ich weiß. Schon in Ordnung.«

»Wer ist Annabelle?« Dahlia kann das neugierige Funkeln ihrer Augen nicht verbergen.

»Sie ist noch recht neu im Ort, ihre Familie ist aus Chicago hergezogen. Julian ist ein paar Monate mit ihr ausgegangen, aber dann endete ihre Beziehung recht plötzlich.«

»Was du nicht sagst«, erwidert Dahlia trocken.

»Annabelle Meyers?« Lily runzelt die Stirn. »Ich wusste nicht, dass du sie gedatet hast.« Sie sieht genauso angewidert aus wie ich.

Ich zupfe meinen Kragen zurecht. »Sie war auch nicht erwähnenswert.«

»Julian!«, ruft Mom.

»Wie lange waren sie zusammen?«, fragt Dahlia mit gespielt sanfter Stimme.

»Nicht lange, obwohl das meinen Sohn nicht davon abgehalten hat, ihr das Herz zu brechen.«

»Ich bin überrascht, dass sie überhaupt je geglaubt hat, er wäre es wert, ihm ihr Herz zu schenken.« Dahlia grinst.

Das hat sie nicht getan. Ich beiße mir auf die Zunge und bin stolz auf meine Selbstbeherrschung.

»Fang nicht damit an, *Mija*«, warnt Rosa ihre Tochter.

»Tut mir leid, *Mami*.«

Meine Mom schüttelt den Kopf. »Schon okay. Ich hätte ihre Mutter warnen sollen, bevor sie begonnen haben, sich zu treffen.«

»Wovor?« Dahlia richtet sich gespannt auf.

»Julian ist bekannt dafür, Frauen das Herz zu brechen.«

»Nein, bin ich nicht.« Ich weiß nicht, warum ich das Bedürfnis verspüre, mich zu verteidigen, aber ich kann nicht anders. »Und ich habe auch Annabelle nicht das Herz gebrochen.« Dazu hätte sie überhaupt erst eins besitzen müssen, was definitiv nicht der Fall ist, so wie ich sie kennengelernt habe.

»Woher willst du das wissen?«, fragt Lily.

»Weil wir auf drei Dates waren.« Und alle drei haben damit geendet, dass ich sie höflich zur Tür gebracht und ihr einen Kuss auf die Wange gegeben habe.

Zwischen uns hat es nicht geknistert. Die Chemie stimmte nicht. Nichts an ihr hat mein Blut in Wallung gebracht oder mir den Verstand geraubt. Im Grunde habe ich sie von Anfang an unattraktiv gefunden, weil sie alle um sich herum schlecht behandelt hat, Kellner und viele andere, die ihrer Meinung nach unter ihr standen.

Aber trotz Annabelles Fehlern ist mir bewusst, dass das Problem oft bei mir und nicht bei den Frauen liegt, mit denen meine Mom mich verkuppeln will. Was sie erwarten, ist ein charismatischer Milliardär, der sie mit auf Reisen nimmt und sie zum Dinner ausführt, aber dieser Mann bin ich nicht. Ich höre lieber zu, als dass ich rede, bevorzuge stille Handlungen statt auffälliger Zurschaustellung von Gefühlen, und ich arbeite lieber hart, um mein Geld mit anderen teilen zu können, statt es nur für mich selbst auszugeben.

Und auch wenn einige bereit waren, das zu Beginn zu akzeptieren, zeigten doch alle die gleiche Reaktion, wenn ich ihnen mitgeteilt habe, dass ich keine Kinder will – zumindest nicht auf die Art, die ihnen vorschwebte.

Meine Mom runzelt die Stirn. »Ihre Mutter hat behauptet, Annabelle habe eine besondere Verbindung zwischen euch gespürt.«

»Heirate sie am besten schnell, bevor sie wieder zu Sinnen kommt«, wirft Dahlia ein.

Ich funkele sie an. »Sie hat die Sache nicht ausreichend durchdacht.«

»Offensichtlich nicht, wenn sie geglaubt hat, du wärst der Richtige.«

Weißt du noch, dass du vorhattest, dich zu entschuldigen? Vergiss den Plan.

»Dahlia!«, tadelt Rosa.

Sie zuckt zusammen. »Was?«

Ihre Mom wirft ihr einen Blick zu. »Du weißt genau *was.*«

»*Perdón.*«* Sie lässt sich tiefer auf ihren Stuhl sinken.

Ich verkneife mir ein Grinsen.

Dahlia kratzt sich mit ihrem Mittelfinger an der Nasenspitze.

»Mir reicht's.« Rosa wirft ihre Serviette auf den Tisch und zeigt mit dem Finger auf ihre Tochter. »Du übernimmst den Abwasch.«

»Aber ich war erst gestern im Nagelstudio.« Sie hält ihre Hände hoch, um ihre frisch lackierten Nägel zu präsentieren.

»Dann zieh meine Gummihandschuhe an.«

»Hier.« Ich stelle meinen Teller auf Dahlias leerem ab, woraufhin sie mich finster ansieht.

Nun wirft auch meine Mom ihre Serviette mit einem dramatischen Seufzen auf den Tisch. »Da du offenbar Lust hast, zu helfen, kannst du den Abwasch mit Dahlia zusammen übernehmen.«

»Was?«

»Alles wäre in Ordnung, wenn du Dahlia nicht den ganzen Tag ärgern würdest.«

»Sie hat angefangen.«

»Und ich beende es. Los.«

Mit finsterer Miene schiebe ich meinen Stuhl zurück. »Na schön.«

Dahlia und ich räumen schweigend das Geschirr zusammen und gehen in die Küche.

»Du spülst, und ich trockne ab?«, fragt sie, als die Tür hinter ihr zuschwingt.

»Habt ihr keine Spülmaschine?«

»Die habe ich gestern Abend versehentlich kaputt gemacht.«

---

* ***Perdón:*** *Tut mir leid.*

Großartig. »Ich werfe einen Blick drauf, wenn wir fertig sind.« Ich stelle das schmutzige Geschirr in die Spüle und krempele meine Ärmel hoch.

Dahlia beobachtet jede meiner Bewegungen wie gebannt.

Mein Magen zieht sich zusammen.

Mist. »Hast du Handschuhe?«, frage ich.

Sie scheint aus ihrem Trancezustand zu erwachen. »Äh, ja.« Sie durchwühlt den Schrank unter der Spüle und holt ein paar große pinke Handschuhe hervor.

Ich nehme sie ihr ab, wobei ich das Kribbeln ignoriere, das ich spüre, als ihre Finger meine Hand streifen. Wir beide schrecken ein wenig zu eilig vor der Berührung zurück. Ich ziehe die Handschuhe so forsch an, dass ich beinahe einen davon zerreiße.

Dahlia sucht im Waschraum nach einem sauberen Geschirrtuch, während ich mit dem Spülen beginne.

Auf dem Weg zurück bleibt sie abrupt stehen, um ein Foto von mir beim Abwasch zu machen. »Hach, die Farbe der Handschuhe bringt deine rosigen Wangen so toll zur Geltung.«

»Lösch das wieder.«

»Nope.« Sie schiebt das Handy in ihre Tasche und lehnt sich neben mir an die Arbeitsplatte.

Ich lasse den Teller in das schmutzige Wasser fallen. Schaum und Wassertropfen fliegen in die Luft und treffen uns beide.

»Hey!« Sie wischt sich über das Gesicht.

Ich nutze den Moment aus und ziehe das Telefon aus ihrer hinteren Hosentasche.

»Gib es wieder her!« Dahlia versucht, nach dem Handy zu greifen, aber ich halte es hoch über ihren Kopf.

Wegen der Seife, die daran klebt, habe ich Schwierigkeiten, mir einen Handschuh auszuziehen, aber schließlich schaffe ich es, indem ich eine Spitze zwischen die Zähne nehme und ziehe.

»Julian!« Sie krallt sich mit ihren frisch manikürten Fingernägeln an meinem Arm fest.

Aus dem anderen Raum höre ich, wie Rosa fragt, ob sie nach uns schauen soll, doch meine Mutter versichert ihr, dass alles in Ordnung sei.

»Wie lautet dein Code?«, fragte ich, während ich ein paar Zahlenkombinationen ausprobiere.

»Hör auf.« Sie pikt mich mit dem Finger zwischen die Rippen, was mich zucken lässt. »Gib es her.« Als sie mich erneut kitzelt, gleitet mir das Telefon aus der Hand.

Oh. Fuck.

Ihr Handy fällt ins Wasser und landet mit einem dumpfen Geräusch auf dem Grund des Spülbeckens.

»O mein Gott! Ich bringe dich um!« Nachdem sie ihr Handy herausgefischt hat, versucht sie alles, um es wieder einzuschalten.

Ich ziehe den anderen Handschuh aus und fahre mir mit der Hand durch die Haare. »Scheiße. Es tut mir so leid.«

Sie funkelt mich derart zornig an, dass ich einen Schritt zurückweiche. »Es tut dir leid?«

»Es ist mir aus der Hand gerutscht.«

»Es wäre erst gar nicht in deiner Hand gewesen, wenn du mich nicht angegriffen hättest.«

»Angegriffen? Findet du das nicht ein bisschen dramatisch?« Ein Lachen entfährt mir.

Meine Reaktion scheint sie noch wütender zu machen. »Ich zeig dir, was dramatisch ist.«

Mit beeindruckender Geschwindigkeit zieht sie mir mein Handy aus der Tasche und wirft es in Richtung Spüle. Das Display schlägt gegen die Seite eines schweren Topfes, bevor es im Wasser landet.

Wir stehen beide mit offenem Mund da, als das zersprungene Display noch einmal kurz aufflackert und dann schwarz wird.

»Ich kann nicht glauben, dass ich das getan habe.« Sie starrt mich mit weit aufgerissenen Augen an.

»Ich schon«, versetze ich ungehalten.

Fünf tiefe Atemzüge.

Doch fünf reichen nicht einmal annähernd aus. Zwanzig Atemzüge später kämpfe ich immer noch gegen den Drang an, die Frau neben mir anzuschreien.

*El que se enoja pierde.** Das Lieblingssprichwort meines Vaters kommt mir in den Sinn, was einen Teil meiner Wut vertreibt.

»Es tut mir so verdammt leid. Ich weiß nicht, was ich mir dabei gedacht habe.« Sie reibt sich die Augen.

»Es tut dir leid?«, frage ich unterkühlt.

»Ja.«

Ich kann nicht erklären, was in mich gefahren ist, um so zu reagieren, aber ich greife nach dem abnehmbaren Schlauch des Wasserhahns und ziele auf sie, so wie wir es oft als Kinder getan haben.

»Julian!« Sie hält die Hände hoch, sodass das Wasser überallhin spritzt.

Ich ignoriere ihre Schreie und ziele auf ihr Gesicht, was ihr Make-up ruiniert. Eine Mischung aus Mascara, Eyeliner und Rouge rinnt an ihren Wangen hinab.

Ich hake den Schlauch wieder ein. »Ich nehme deine Entschuldigung an.« Mein Blick huscht zu ihrem durchnässten T-Shirt. Der schwarze Stoff schmiegt sich an die Rundungen ihrer Brüste wie eine zweite Haut und betont …

»Was zur Hölle?«, rufe ich, während ich mich am Wasser verschlucke, das sie mir ins Gesicht spritzt.

»Du siehst aus, als könntest du eine Abkühlung gebrauchen.« Dahlia spritzt mich so nass, dass meine Haare triefen, ebenso wie

---

* ***El que se enoja pierde:*** *Wer wütend wird, verliert.*

mein Hemd und die Vorderseite meiner Hose. Das Wasser fühlt sich kalt auf meiner Haut an, aber dennoch schießt mir Hitze durch den Körper, als ich sehe, dass ihr Blick einem Tropfen folgt, der an meinem Arm hinabrinnt. Sie leckt sich über die Unterlippe, während sie meine Bauchmuskeln betrachtet, die sich unter dem nassen Stoff abzeichnen.

Ich folge ihrem Blick. »Gefällt dir, was du siehst?«

»Ich bin vollkommen unbeeindruckt.« Doch die leichte Röte, die ihr am Hals heraufkriecht, verrät sie.

Ich umfasse den Saum meines Hemdes und hebe es an, um mir das nasse Gesicht abzuwischen.

Dahlias Augen weiten sich, als sie freie Sicht auf das hat, was sich unter dem durchnässten Stoff verbirgt.

»Was tust du da?«, zischt sie.

»Das Chaos beseitigen, das du angerichtet hast.«

Ihr Blick huscht über meine Bauchmuskeln und folgt den beiden Linien, die in meinem Hosenbund verschwinden.

»Immer noch unbeeindruckt?«

Sie verengt die Augen. »Sogar noch unbeeindruckter, jetzt wo ich einen besseren Blick auf alles werfen konnte.«

»Du warst schon immer eine schlechte Lügnerin.«

»Und du warst schon immer ein schlechter Verführer.«

»Du hast da was …« Ich reibe mit dem Daumen über ihren Mundwinkel, worauf sie so scharf einatmet, dass sie damit sogar mein rasendes Herz übertönt.

Sie legt den Kopf in den Nacken und sieht mich mit schweren Lidern an.

Meine Finger kribbeln, als ich ihr Kinn umfasse und mich so weit vorbeuge, dass unsere Lippen nur noch wenige Zentimeter voneinander entfernt sind. »Für jemanden, die so tut, als fände sie mich nicht attraktiv, siehst du verdächtig danach aus, als wolltest du geküsst werden.«

Sie reißt abrupt die Augen auf und stößt mich weg. »Gott! Ich kann dich nicht ausstehen.«

»Das beruht auf Gegenseitigkeit.«

Sie wirft mir ein Geschirrtuch entgegen.

Ich fange es eine Sekunde, bevor es in der Pfütze zu meinen Füßen landen kann, auf.

»Ich hole einen Beutel Reis, um unsere Handys hineinzulegen. Und einen Mopp, um den Boden zu trocknen«, verkündet sie mit geröteten Wangen.

»Das ist eine gute Idee, nachdem du auf die Fliesen gesabbert hast.« Ich grinse.

Du spielst mit dem Feuer, warnt mich mein Verstand.

Falsch. Ich spiele mit etwas, das viel gefährlicher ist.

Mit Dahlia Isabella Muñoz.

KAPITEL DREIZEHN
DAHLIA

Als Julian mir vor ein paar Tagen schrieb, dass ich mir einen Termin aussuchen soll, um das Gründerhaus zu besichtigen, dachte ich, ich solle mich mit seinem Team treffen, um mir anzusehen, was alles getan werden muss und eine Liste mit allen Aufgaben erstellen.

Doch als ich ankomme, stelle ich überrascht fest, dass Luis Seniors alter Pick-up-Truck in der Einfahrt geparkt ist und Julian auf der Veranda steht, die um das gesamte Haus herumführt.

Er lehnt an einem der fein geschnitzten Pfeiler, die das Dach aus Fischschuppenziegeln über ihm stützen.

»Ich dachte, der McLaren wäre repariert worden«, merke ich an.

»Das stimmt, aber ich fahre den Wagen nicht im Winter, besonders nicht nach dem, was uns passiert ist.« Er schiebt die Hände in die Taschen seiner Stoffhose.

Schnell bin ich vollkommen eingenommen von dem Anwesen. Es sieht bei Tageslicht noch viel imposanter aus mit seinen Türmchen, die in den Himmel ragen, und dem höheren Turm des Westflügels, der einen großen Schatten auf den Rasen wirft. Das Buntglasfenster über der Tür und der Anstrich in unterschiedlichen, jedoch verblichenen Farben verleihen dem Haus seine ganz persönliche Note.

Das Haus ist atemberaubend, auch wenn es offensichtlich vernachlässigt wurde. Unendlich viele Ideen, wie ich die Fassade erneuern könnte, kommen mir in den Sinn.

»Dahlia …«

Als ich aufblicke, sehe ich, dass Julian mich auf merkwürdige Weise anschaut. »Wo ist der Rest des Teams?«

»Ryder und die anderen reparieren einen Klärbehälter, der auf einer unserer Baustellen explodiert ist.«

Meine Nase zuckt. »Ekelhaft.«

»Ich bin ausnahmsweise mal froh, dass ich die Aufgabe nicht übernehmen muss.« Er lässt seinen Blick über meinen Körper wandern. »Du siehst … interessant aus.«

Ich balle die Hände an meinen Seiten zu Fäusten. »Ich verstehe, warum du anderen nicht oft Komplimente machst.«

Er zieht die Augenbrauen zusammen. »Warum?«

»Weil du abgrundtief schlecht darin bist.«

Er runzelt die Stirn, und eine leichte Röte kriecht ihm in die Wangen. »Ich wollte nur nett sein.«

»Warum?«

»Weil ich dumm bin«, murrt er.

»Du hast nur dreißig Jahre gebraucht, um das zu erkennen, was ich dir schon die ganze Zeit beizubringen versuche.«

Wieder runzelt er die Stirn.

Meine Schritte sind beschwingt, als ich mich in meinen Stiefeln, diesmal keine Arbeitsstiefel, dem Haus nähere.

Sein Handy klingelt, bevor er die Chance hat, etwas zu erwidern. Er schaut auf das Display, ehe er es mir hinhält, damit ich sehe, wer anruft. »Macht es dir was aus, wenn ich rangehe?«

»Bestell deiner Mom schöne Grüße.«

Das tut Julian tatsächlich. Ich weiß nicht, was seine Mom zu ihm sagt, aber er kehrt mir während des Telefonats den Rücken zu.

Da ich überaus neugierig bin, bringt es mich zur Weißglut, dass ich nur einzelne Worte der Unterhaltung aufschnappe, besonders weil seine Mom ihn sogar zum Lachen bringt.

Lieber Gott. Julian lacht nicht oft, aber wenn er es tut, bleibt ein paar Sekunden lang die Welt für mich stehen, weil ich den Klang verarbeiten muss.

Seine Zuneigung für seine Mutter ist nicht nur echt, sondern auch nervtötend bezaubernd. Mein Magen macht einen Hüpfer, als er noch einmal lacht und verspricht, nach der Arbeit bei seiner Mom vorbeizuschauen, weil sie Probleme mit dem undichten Wasserhahn in der Küche hat.

Julian hat mehr Geld, als er in seinem Leben ausgeben kann, und Angestellte, die innerhalb von zehn Minuten einen Wasserhahn reparieren könnten, aber dennoch übernimmt er die Aufgabe selbst.

Überrascht dich das wirklich, nachdem er eine Stunde lang damit verbracht hat, eure Spülmaschine zu reparieren, weil er sich geweigert hat, Hilfe zu holen?

»Tschüs, Ma. *Nos vemos luego.*«* Julian beendet das Telefonat und kommt die knarrenden Stufen herauf. »Hey. Tut mir leid.«

»Ist alles okay?«

Er schiebt das Handy in die Innentasche seines grauen Anzugs. »Abgesehen von der Spüle, ja. Und sie konnte es sich nicht verkneifen, noch ein paar Dinge wegen des Erntefests durchzugehen.«

»Ach ja? Findet das bald statt?« Ich täusche Gleichgültigkeit vor.

Er zieht die Augenbrauen zusammen. »Du warst zwar 'ne Weile weg, aber so lange nun auch wieder nicht.«

---

* *Nos vemos luego: Bis später.*

»Hm.«

In Lake Wisteria finden jedes Jahr vier große Events statt, mit denen die unterschiedlichen Jahreszeiten gefeiert werden: Das Erntefest im Herbst, die Lake Wisteria Christmas Extravaganza, das Delikatessen-, Wein- und Blumenwochenende im Frühling und das berühmte Erdbeerfest im Sommer. Alle im Ort helfen bei den Vorbereitungen mit, und Menschen aus dem ganzen Staat reisen an.

Ich habe mich bemüht, nicht an das anstehende Erntefest zu denken, aber bald ist die selige Zeit des Verdrängens vorbei, da meine Mutter mich früher oder später darum bitten wird, am Stand unserer Familie mitzuhelfen.

Alle waren bisher freundlich zu dir.

Das heißt aber noch lange nicht, dass es auch die Besucher aus den Nachbarorten sein werden.

Seine Augen werden schmal.

Ich gehe um ihn herum und steuere die Stufen des Eingangs an.

Julian schließt die Tür auf, deren Scharniere ächzen, als sie aufschwingt und mit einem lauten Krachen gegen die Wand schlägt und Staub aufwirbelt.

Julian und ich bekommen beide einen Hustenanfall.

Ich wedele mit der Hand vor meiner Nase herum und schnappe nach Luft. »Brauchen wir Masken oder so was?«

»Lass mich nachsehen, ob ich ein paar im Wagen habe.« Julian eilt zurück zum Truck.

Lichtstrahlen durchbrechen die Staubwolke und lenken meine Aufmerksamkeit auf die Quelle.

»O mein Gott.« Ich gehe hinein, ohne auf Julians Proteste hinter mir zu achten.

Die Treppe mit den zwei Aufgängen, die in die obere Etage führt, sieht aus, als wäre sie einem Film entsprungen. Die fein geschnitzte

Balustrade und der handbestickte Teppich, der die gesamte Treppe hinaufführt, rauben mir den Atem, denn ich habe noch nie so viele Details an einem einzigen Statement-Stück gesehen. Wer immer es war, der die Eingangshalle entworfen hat, muss ein Auge für Details und Luxus gehabt haben.

»Was zur Hölle, Dahlia? Du hättest auf mich warten sollen.« Julian lässt mir keine Chance, ihm die Maske abzunehmen, sondern bedeckt damit meine untere Gesichtshälfte, um anschließend das Band an meinem Hinterkopf so zurechtzurücken, dass meine Haare nicht hochrutschen.

Und du hast gedacht, es gäbe keine Romantik mehr auf dieser Welt.

»Siehst du das überhaupt?« Ich deute mit einer ausladenden Armbewegung zur Treppe.

»Ich kann es zumindest riechen.«

»Wo ist deine Maske?«

»Ich hatte nur noch eine.« Er rümpft erneut die Nase und niest.

Ich mache Anstalten, mir die Maske abzunehmen, doch Julian schiebt meine Hände wieder runter. Als seine Finger dabei meine Haut streifen, prickelt meine Haut.

O Dahlia. Du bist ein hoffnungsloser Fall.

»Ich komme auch so zurecht«, versichert er mir schniefend.

»Du musst nicht den Gentleman spielen, wenn wir kein Publikum haben.«

Er wirft mir einen bösen Blick zu, ehe er weiter in die Eingangshalle eintritt und sich vor die Treppe stellt. »Was ist dein erster Eindruck von dem Haus?«

»Ich bin verliebt.«

Seine rechte Augenbraue hebt sich. »Einfach so, ja?«

»Einfach so«, wiederhole ich, während ich die detailreichen Holzzierleisten betrachte. »Ich meine, schau dir all diese Kleinigkeiten an.«

»Der Tischler, den sie damit beauftragt haben, hat gute Arbeit geleistet. Mal abgesehen vom Termitenschaden ist es hervorragende Handwerkskunst.« Er fährt mit einer Hand über die Balustrade.

»Meinst du, du könntest alles genau so nachbauen?«, frage ich, ohne mir viel dabei zu denken.

Seine Hand erstarrt. »Ich mache keine Tischlerarbeiten mehr.«

»Was? Seit wann?«

So intensiv, wie er sich nun plötzlich mit dem Lichtschalter befasst, könnte man meinen, er wäre geboren worden, bevor es Elektrizität gab. »Eine Weile.«

»Warum?« Meine schrille Stimme hallt von den Wänden wider. Julian hat die Gabe, mit nichts als ein paar Werkzeugen und einer Idee einen Holzklotz in ein Kunstwerk zu verwandeln.

Es ist schwer nachvollziehbar, dass er diese Leidenschaft aufgegeben hat …

Er zuckt mit den Schultern. »Ich habe zu viel zu tun.«

»Ich weigere mich, das zu glauben.«

Er schaut auf seine Armbanduhr. »Ich habe in einer halben Stunde ein Meeting, also lass uns weitergehen.«

Ich kneife meine Augen zusammen. »Unsere Unterhaltung ist noch nicht beendet.«

»Alles klar. Du kannst das Thema gerne wieder zur Sprache bringen, wenn du bereit bist, darüber zu reden, warum du dich von Oliver getrennt hast«, versetzt er.

Ich zucke zurück.

Er schließt die Augen. »Scheiße. Tut mir leid, Dahlia. Das war unfair von mir.«

Die Eiseskälte in meiner Brust, die immer dann zu verschwinden scheint, wenn Julian in meiner Nähe ist, kehrt mit der Wucht eines Schneesturms zurück.

»Kein Problem. Man hat mir schon Schlimmeres an den Kopf

geworfen.« Ich gehe um Julian herum, wobei ich die Funken ignoriere, die zu sprühen scheinen, als seine Haut meine streift.

»Warte!« Er hält mich am Arm fest.

»Was soll das?« Ich schüttele ihn ab.

Er festigt seinen Griff, wobei mein Magen einen Hüpfer macht. »Du wärst fast in ein Spinnennetz gelaufen.«

Ich schaue von seinem Arm auf, den er mittlerweile um meinen Körper gelegt hat, und entdecke das riesige Netz, das wie ein Vorhang in dem gewölbten Durchgang hängt.

»O Gott.« Ich erschaudere. Ich *hasse* Spinnen.

Julian lässt mich los und nimmt seine Wärme mit. »Ich gehe vor.«

Mit zitterndem Arm deute ich nach vorn. »Nur zu.«

»Du möchtest keine Einwände erheben? Ich dachte, du willst die Kontrolle haben.«

»Sorry. Mein feministischer Kampfgeist hat sich bei der Erwähnung des Wortes Spinne verabschiedet.«

Seine Mundwinkel heben sich. »Manche Dinge ändern sich nie.«

Es bedarf nur eines Lächelns von ihm, und schon vergesse ich, warum ich überhaupt wütend war.

Er hat deine Beziehung mit Oliver bewusst erwähnt, um dich zu verletzen. Vergiss das nicht!

Ich vertreibe das kribbelige Gefühl in mir und folge ihm.

* * *

Julian und ich besichtigen das ganze Haus, wobei wir uns zu jedem Raum und den Arbeiten, die erledigt werden müssen, Notizen machen.

Die Spannung zwischen uns steigt jedes Mal, wenn wir einander das Bandmaß reichen, was mich so ärgert, dass ich es kaum erwarten kann, nach Hause zu kommen. Als ich im siebten Zimmer meine

Hand in einer stummen Aufforderung ausstrecke, weigert sich Julian, mir das Bandmaß zu geben.

»Was?«, presse ich hervor.

»Ich habe nachgedacht.«

»Wow, sollen wir dieses besondere Ereignis im Kalender einkreisen?«

Eine tiefe Falte gräbt sich zwischen seine Augenbrauen. »Tut mir leid, was ich unten gesagt habe.«

»Schon in Ordnung.«

Vergebe ich ihm, dass ihm die Bemerkung rausgerutscht ist? Ja.

Bedeutet das, dass ich mich nicht mehr darüber ärgere? Nein, denn schließlich ist es schon das zweite Mal, dass er meine gescheiterte Beziehung erwähnt, um mich zu verletzen.

Ich beiße mir so fest auf die Zunge, dass ich Blut schmecke. »Bandmaß bitte.«

Da er keine Anstalten macht, es mir zu reichen, hebe ich meine Hand und bewege auffordernd die Finger.

Sein schweres resigniertes Seufzen hallt von der hohen Decke wider. »Ich schaffe es nicht, in den Holzschuppen meines Vaters zu gehen, seitdem er gestorben ist.«

Mein Arm fällt runter.

»Ich bin mir nicht sicher, warum ich dir das überhaupt erzähle.« Er hält kurz inne. »Ich meine, ich weiß *warum*. Ich fühle mich beschissen, weil ich dich vorhin verletzt habe, und das ist meine Art, es wiedergutzumachen.«

»Das weiß ich sehr zu schätzen, aber du kannst jederzeit damit aufhören, intime Details über dich preiszugeben.« Ich halte meine Stimme mit Absicht neutral, aber mein Herz rast. Dass Julian mir seine tiefsten Gefühle offenbart, gehört nicht zu unserer Abmachung.

Und auch nicht, dass du deshalb Mitgefühl für ihn empfindest.

Die Falte zwischen seinen Brauen verschwindet. »Dann verzeihst du mir also?«

»Ich hab dir schon verziehen, als du mich davor bewahrt hast, in ein Spinnennetz zu laufen, also ja, alles gut zwischen uns, solange du es nicht noch mal tust.«

»Abgemacht. Willst du mir jetzt erklären, was du vorhin gesagt hast?«

»Dass ich eine offene Küche bauen will, damit mehr natürliches Licht hereinfällt?«

Er sieht mich finster an. »*Déjate de tonteriás.** Was meinst du damit, dass dir schon schlimmere Dinge an den Kopf geworfen wurden?«

»Oh. Keine Chance.«

Er stößt einen kehligen Laut aus. »Bring mich nicht dazu, extremere Maßnahmen zu ergreifen, um die Information aus dir rauszubekommen.«

Ich schnaube. »Nichts, was du sagst oder tust, kann mich dazu bewegen, etwas über diesen Teil meines Lebens preiszugeben.«

»Willst du wetten?«

Es ist merkwürdig, dass drei Worte eine Flut aus Erinnerungen zurückbringen können, die ich verbannt habe. Julian und ich haben jahrelang Wetten miteinander abgeschlossen.

Julians Telefon klingelt. Er schaut auf das Display und flucht. »Ich muss rangehen.«

Ich winke ab. »Kein Problem. Ich kann mir das letzte Zimmer allein ansehen und später abschließen.«

»Bist du dir sicher?«

Ich kämpfe gegen die Trockenheit in meiner Kehle an, während ich nicke. »Jepp.«

Sein nervtötender Klingelton scheint ihn nicht aus der Ruhe zu bringen. »Ich gebe Sam deine Kontaktdaten, dann kann er die Meetings organisieren.«

---

* ***Déjate de tonteriás:*** *Hör auf mit dem Blödsinn.*

»Nach dem letzten Mal bist du immer noch bereit, mich mit deinem Assistenten reden zu lassen?«

»Natürlich. Ich habe ihn einen neuen Vertrag unterzeichnen lassen, in dem eine Gehaltserhöhung und das Versprechen verankert sind, niemals für jemand anderen zu arbeiten.«

»Ich hasse es, dass du mir immer einen Schritt voraus bist.«

Er lacht zum zweiten Mal am heutigen Tag, was mich aus dem Konzept bringt. »Ich hab dich nicht ohne Grund immer im Schach besiegt.«

Ich zeige ihm den Mittelfinger, doch er verabschiedet sich mit einem Lächeln, an das ich noch lange denke, nachdem er fort ist.

KAPITEL VIERZEHN
DAHLIA

Obwohl ich vorhatte, nach der Besichtigung des letzten Zimmers nach Hause zu fahren, habe ich es mir kurzerhand anders überlegt, nachdem ich eine Treppe entdeckt hatte, die zum Dachboden führt.

Ich liebe es, Dachböden zu erkunden, auch wenn es andere nicht nachvollziehen können, denn sie haben schließlich den Ruf, gruselig zu sein und von Geistern heimgesucht zu werden. Aber es ist schön, die Geschichte eines Hauses zu würdigen, denn oft findet man alte Tagebücher, Liebesbriefe oder eine vergessene Truhe mit kleinen Schätzen.

»Wow.« Ich spähe durch das runde Fenster mit Ausblick auf das Tal und den See. Die Größe des Dachbodens ist überwältigend; hier oben gibt es genügend Platz, um den Bereich zu einer Gästeunterkunft auszubauen.

Holzbretter knarren unter meinen Füßen, als ich alle Winkel und Ecken absuche. Leider finde ich nichts von Wert.

»Hm.« Ich drehe mich im Kreis. Normalerweise entdecke ich

immer irgendetwas, selbst wenn es nur ein Tagebuch ist oder ein vergessenes Weihnachtsgeschenk, das Staub ansammelt.

Der laute Klingelton meines Handys hallt von der Decke wider. Ein Foto von Julian am Tag des Abschlusses mit seiner Trophäe als Zweitbester des Jahrgangs erscheint auf dem Display, zusammen mit seinem abgespeicherten Namen in fetten Buchstaben.

Ich wische mit dem Daumen über den Bildschirm und nehme den Anruf entgegen. »Julian.«

»Hast du abgeschlossen?«, fragt er, während im Hintergrund eine Tür zufällt.

Ich schnaube. »Du vertraust mir nicht?«

Ich kann mir bildlich vorstellen, was für eine finstere Miene er macht, als er antwortet. »Die Muñoz' schließen doch nicht mal nachts ihre Haustür ab, also verzeih mir, dass ich mich vergewissern will.«

»Ich schließe Türen schon seit dem College ab, also keine Angst. Ich werde alles verriegeln, wenn ich fertig bin.«

»Du bist noch dort?«

»Ja. Ist das ein Problem?«

Er schweigt nur einen Augenblick. »Was tust du?«

»Ich erkunde das Haus.«

»Konntest du nicht warten, bis Ryder morgen kommt?«

Die Holzdielen ächzen, während ich auf und ab gehe. »Es gibt Dinge, die ich lieber allein tue.«

Er hält inne. »Und was zum Beispiel?«

»Du wirst es lächerlich finden.« Zumindest fanden das die Produzenten immer, wenn ich ein Filmteam zu meinen Suchaktionen mitgenommen habe.

»Lächerlich sind nur die voreiligen Schlüsse, die du über mich ziehst.«

»Ähm …« Seit wann ist Julian so rechthaberisch, und warum finde ich das irgendwie heiß?

Er schnaubt und murmelt irgendetwas vor sich hin, bevor er lauter spricht. »Sei vorsichtig.«

Zwei kleine Worte lassen meine Gedanken und meinen Puls rasen.

Mist. Ich habe gerade keine Kraft, mich mit Gefühlen auseinanderzusetzen. Ich wünschte, ich könnte mein Herz durch einen Motor ersetzen, der Iced Coffee und Farbgeruch braucht, um zu funktionieren, während ich mich mit meinen Problemen beschäftige.

Ich kämpfe gegen das Engegefühl in meiner Kehle an. »Warum interessiert dich plötzlich, wie es mir geht?«

»Weil du nicht über meine Haftpflichtversicherung geschützt bist.«

Ich schniefe gespielt. »Und ich dachte schon, du hättest Gefühle für mich.«

»Nur negative.«

»Bitte hör auf, bevor ich ohnmächtig werde.«

Sein Schnauben könnte fast ein Lachen sein. »Spaß beiseite …« Im Hintergrund ruft jemand seinen Namen. »Sorry. Ich muss auflegen.«

»Schon gut. Ich sollte mich auch auf den Weg machen.«

»Ach was …«

»Ich werde vorsichtig sein. Tschüs.« Ich beende das Telefonat, bevor Julian seinen Satz beenden kann.

Es ist besser so. Ich schaue zur Decke und seufze.

Und blinzele.

Ist das …

Ich reibe mir die Augen, um sicherzugehen, dass ich ihnen trauen kann. Mein Herz hämmert, als ich nach unten gehe, um die Leiter zu holen, die Julian für mich zurückgelassen hat. Ich gerate zweimal ins Wanken und verliere beinahe den Halt, während ich das schwere Ding die Treppe hochschleppe, aber ich gebe nicht auf und schaffe es schließlich bis zum Dachboden.

Dort stelle ich die Leiter unter dem Holzbalken auf und klettere zu den Papierrollen hinauf, die zwischen zwei Stützbalken geklemmt sind.

Geschafft. Ich greife nach den Rollen und beginne, die Leiter wieder runterzusteigen.

Ein leichtes Kitzeln an meiner rechten Hand lässt mich hinabblicken, um eine graue Spinne zu entdecken, die zu meinem Ellbogen hinaufkrabbelt.

»Ah!«, schreie ich und rutsche im gleichen Moment mit dem Fuß ab. Die Papierrollen fliegen zusammen mit der Spinne durch die Luft, während ich versuche, mich abzufangen.

Schlechte Idee.

Ich wedele mit den Armen, um die Balance wiederzufinden, nur um mit dem linken Arm voran auf dem Boden aufzuprallen. Der Schmerz, der bis zu meiner Schulter hinaufschießt, ist so stark, dass ich fast ohnmächtig werde. Mich auf den Rücken zu drehen, um die Verletzung in Augenschein zu nehmen, erscheint mir in diesem Moment unmöglich, besonders als der Schock einsetzt und sich mein Körper wie gelähmt anfühlt.

Du musst Hilfe rufen.

Meine Sicht verschwimmt, und mein Körper bebt, während ich mit der rechten Hand meine Taschen abklopfe, ehe mir wieder einfällt, dass ich mein Handy auf die Fensterbank gelegt habe, bevor ich die Leiter geholt habe.

»Fuck.« Eine Träne rollt meine Wange hinunter. Angst schwillt in mir an wie eine Atombombe, die darauf wartet zu explodieren.

Bitte keine Panikattacke.

Mein Gehirn ignoriert meine Bitte, und mir schießen unzählige Fragen durch den Kopf, auch wenn ich mich krampfhaft am letzten Rest meines Verstandes festklammere.

Wie soll ich Hilfe rufen, wenn ich mein Handy nicht habe? Wie viele

Stunden wird es dauern, bis jemandem auffällt, dass ich verschwunden bin? Wird man wissen, wo man mich suchen muss?

Mit jeder Frage wächst meine Angst. Schwarze Punkte erscheinen in meinem Sichtfeld, und trotz meiner tiefen Atemzüge kann ich die Panik nicht aufhalten, die sich in meiner Brust festkrallt wie ein wildes Raubtier.

Denk nach.

Das ist es ja. Ich *kann* nicht rational denken, wenn ich diese Gefühle habe. Meine Angst nimmt mich vollkommen ein, und es gibt nichts, was ich tun kann, außer zu hoffen, dass das Gefühl bald aufhören wird.

Versuche, dich zu erden.

Ich beginne mit der Übung, die mir meine Therapeutin beigebracht hat, aber ich werde von einem schrillen Klingelton unterbrochen. Wie zur Hölle soll ich an mein Handy gelangen, wenn ich mich kaum bewegen kann?

Denk nach. Denk nach. Denk nach.

»Hey, Siri. Anruf annehmen.« Ich imitiere den Tonfall meiner Mutter, wenn sie im Laden in Momenten mit ihrem Telefon spricht, in denen sie keine Hand frei hat. »Hilfe! Ich bin verletzt und kann mein Handy nicht erreichen. Ruf Julian an und sag ihm, ich bin auf dem Dachboden des Gründerhauses. Er weiß, wo das ist.« Ich wiederhole seine Nummer, die ich auswendig kenne zweimal in der Hoffnung, dass der Anrufer sie versteht.

Auch wenn ich die Person am anderen Ende der Leitung nicht hören kann, weiß ich zumindest, dass sie sich etwas einfallen lassen oder jemanden anrufen wird, der mir helfen kann.

Ich weigere mich, etwas anderes zu glauben.

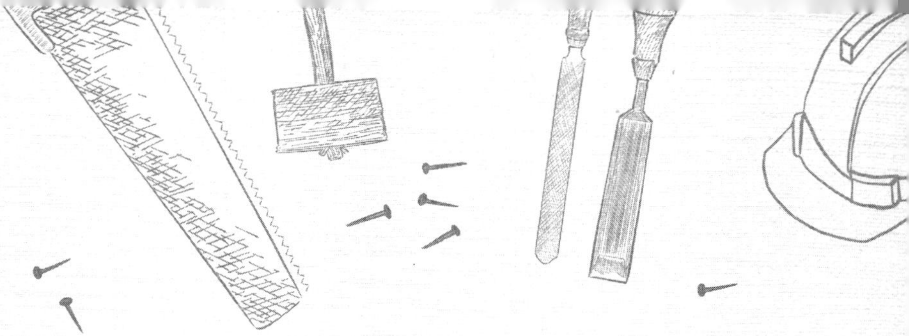

KAPITEL FÜNFZEHN
JULIAN

Ich habe nicht nachgedacht, als ich aus dem Büro gerannt bin. Und auch nicht, als ich in meiner Panik fünf unterschiedliche Verkehrsregeln gebrochen habe, um möglichst schnell zum Gründerhaus zu gelangen.

Mein Körper scheint nur noch aus Adrenalin und einer einzigen Gehirnzelle zu bestehen, als ich ins Haus stürze und Dahlias Namen rufe, während ich gleichzeitig nach dem Eingang zum Dachboden suche.

Als sie vom anderen Ende des Hauses ruft, renne ich zur Treppe. Meine Schuhe schlagen im Rhythmus meines hämmernden Herzens auf dem Holz auf, als ich die Stufen hinaufhechte.

Dahlia auf dem Boden zu sehen, wie sie den linken Arm vorsichtig an ihre Brust gedrückt hält, zwingt mich fast in die Knie.

Das ist alles deine Schuld.

»Was ist passiert?« Ich bemühe mich, jegliche Schärfe aus meiner Stimme fernzuhalten.

»Oh, Gott sei Dank bist du alleine gekommen. Ich glaube nicht, dass ich im Augenblick meine hyperventilierende, betende Mutter oder Schwester ertragen könnte.« Dahlias Stimme bricht und steht im Gegensatz zu der betont ruhigen Miene, um die sie sich so sehr bemüht.

Ich schaue zwischen ihr, der Leiter und den Papierrollen, die ein paar Meter entfernt liegen, hin und her. »Was zur Hölle hast du dir dabei gedacht?«

»Kannst du dir deinen Vortrag für später aufsparen, nachdem du mir geholfen hast? Ich bin mir ziemlich sicher, dass ich mir was gebrochen habe.« Sie deutet auf ihren schlaffen Arm.

»Ich rufe einen Krankenwagen.« Schnell knie ich mich neben sie und greife nach meinem Handy.

»Nein!«

»Warum nicht?«

»Das ist nicht nötig.«

Ich betrachte erneut ihren Arm. »Wenn wir dich bewegen, könnten wir alles noch viel schlimmer machen.«

»Der Gedanke daran, in einem Krankenwagen zu sitzen …« Ihre Stimme bebt.

Scheiße. In meiner Panik habe ich fast vergessen, dass Dahlia im Krankenwagen mit dabei war, als ihr Dad an einem Schlaganfall gestorben ist.

»Kannst du mich fahren? *Bitte.*« Sie versucht, sich aufzusetzen.

Ich halte sie zurück, in dem ich sanft gegen ihre Schultern drücke. »Ich werde dich tragen müssen.«

»Ich kann gehen! Sieh her. Aber hilf mir dabei, mich hinzustellen.« Als sie erneut versucht, sich aufzusetzen, zieht sie scharf die Luft ein.

»Hör auf, dich zu bewegen, sonst rufe ich einen Krankenwagen.«

»Warte! Kannst du erst mein Handy holen? Es liegt auf der Fensterbank.«

»In Ordnung.« Ich greife nach ihrem Telefon und schiebe es in meine hintere Hosentasche. Dann knie ich mich wieder hin und lasse die Arme unter ihren Körper gleiten.

Ihr treten Tränen in die Augen, als ich sie an meine Brust drücke und mich erhebe, obwohl ich darauf achte, ihre Verletzung nicht noch schlimmer zu machen.

Ich festige meinen Griff um sie. »Geht es dir gut?«

»Mir ging es nie besser.« Ihre aufgesetzt fröhliche Stimme macht mich fast wütend, was an meinen überstrapazierten Nerven liegen muss.

Als sie meinen Anruf entgegengenommen hat, habe ich angesichts ihrer gedämpften, panischen Stimme sofort an das Allerschlimmste gedacht. Ich konnte nicht aufhören, mir die fürchterlichsten Szenarien auszumalen, denn nach Jahren auf dem Bau weiß ich, was alles passieren kann.

Schädelbruch.

Schäden an der Wirbelsäule.

Lähmung.

Du hast schon so viel gesehen, und dennoch hast du nie so *reagiert.*

Ich schüttele den Gedanken ab, doch er kehrt mit voller Wucht zurück, als Dahlia ihr Gesicht im Stoff meines Hemdes vergräbt und weint.

Sie ist dir immer noch wichtig.

Mierda.

Mir bleibt keine Sekunde, um den Gedanken zu verarbeiten, bevor Dahlia wieder spricht.

Sie schnieft. »Es war so dumm von mir.«

Ich marschiere auf die Tür zu. »Was?«

»Dass ich mir den Arm auf diese Weise gebrochen habe.«

»Wie ist es eigentlich passiert?« Ich steuere die Treppe an und bemühe mich, sie ruhig zu halten.

»Ich hatte eine Begegnung mit einer Spinne.«

»Einer Spinne?«

»Ich weiß, was du denkst. Aber dieses Ding war so groß wie eine Tarantel und hatte Zähne wie eine Schlange.« Sie erschaudert an meinem Körper, als ich die erste Stufe nehme.

Du hättest hier sein sollen.

Ich wusste, dass es nicht besonders höflich war, Dahlia allein mit dem zurückzulassen, was wir gemeinsam begonnen hatten, aber ich musste den Anruf entgegennehmen und pünktlich zu einem Meeting erscheinen, das ich auf keinen Fall verpassen konnte.

Konnte oder wollte?

Das Beste am heutigen Tag war für mich die Hausbesichtigung – was mich selbst überrascht hat –, und das Letzte, was ich wollte, war wieder ins Büro zurückzukehren.

Meine Halsschlagader pulsiert im Rhythmus meines nervtötend rasenden Herzens.

Ich habe einen Teil von Dahlias Spinnenbericht verpasst, aber ich kann leicht wieder einsteigen.

»Es war eine Kreatur wie aus einem Albtraum. Ich habe Glück, dass ich noch lebe.«

Dahlia spricht nur so mit mir, wenn sie Angst oder Schmerzen hat. Um sie also weiterhin abzulenken, halte ich das Gespräch in Gang, während ich durch das Haus gehe.

»Soll ich einen Kammerjäger rufen?«, frage ich.

»Einen Kammerjäger? Das reicht nicht. Man muss die Regierung einschalten und das gesamte Anwesen ausräuchern, denn ich habe das Gefühl, bei der Spinne handelte es sich nur um eine von vielen.«

»Du glaubst, es gibt noch mehr?«

»Natürlich. Hunderte vielleicht.« Sie schaut zur Decke hoch. »Oder nein. *Tausende.* Vergiss nicht, das zu erwähnen, wenn du morgen bei der Regierung anrufst. Bei denen muss man übertreiben, wenn man Aufmerksamkeit will.«

»Aber zu dem Zeitpunkt, zu dem sie sich endlich des Falles annehmen können, wird es auf dem Anwesen von Spinnen in Menschengröße wimmeln.«

Sie drückt das Gesicht an meine Brust, damit ich ihr Schmunzeln nicht sehe, doch zuckt sie zurück, nachdem sie hörbar an meinem Hemd geschnüffelt hat. »Was ist mit deinem Parfüm passiert?«

Fast stolpere ich über meine eigenen Füße. »Was?«

»Das du am Tag des Autounfalls getragen hast.«

Was für eine merkwürdige Frage …

»Ach so. Es war leer.« *Gut, dass die letzte verbliebene Gehirnzelle noch funktioniert.*

»Hm.« Sie wird still.

»Ich hab eine Idee.« Ich rede ein wenig zu schnell.

»Was?«

»Was, wenn wir das Haus niederbrennen?«

Sie krallt sich mit ihrer gesunden Hand im Stoff meines Hemdes fest. »Nein!«

»Aber wir könnten die Welt vor Megaspinnen bewahren.«

»Und die Geister erzürnen, die hier leben? Auf keinen Fall. Ich habe genug Horrorfilme gesehen, um es besser zu wissen.«

Ich runzele die Stirn. »Welche Geister?«

»Hast du keine Recherche zu dem Haus betrieben, bevor du die Verträge unterschrieben hast?«

Ich bin mir nicht mal sicher, ob ich klar gedacht habe, als ich das Haus gekauft habe, ganz zu schweigen davon, eine Recherche über die ehemaligen Besitzer betrieben zu haben.

Sie schaut sich um und flüstert: »Du hast dich nicht gefragt, warum so ein Haus zum Verkauf angeboten wird?«

»Die Antwort ist einfach. Es ist viel Arbeit, es zu renovieren.« Den hundert Jahre alten Stromkabeln, den uralten Abwasserleitungen und dem fehlerhaften Fundament nach zu urteilen, würde eine Modernisierung mehrere hunderttausend Dollar kosten.

Sie schließt die Augen, aber ich bin mir nicht sicher, ob vor Schmerz oder Frustration. »Ich bin überrascht, dass du nichts über die Geister gehört hast. Alle im Ort wissen von ihnen.«

»Wahrscheinlich, weil ich nicht an Geister glaube.«

Sie legt sich einen Finger an die Lippen, um mich zum Schweigen zu bringen. »Erzürne sie nicht.«

»*Sie* existieren nicht.«

»Wenn du es sagst.« Ihr Tonfall verrät, dass sie nicht überzeugt ist.

Meine Schritte auf dem Holzfußboden füllen die Stille zwischen uns. Als ich die Haustür öffne, sorge ich versehentlich dafür, dass Dahlia leicht gegen den Türrahmen stößt. »Sorry.«

Die Tatsache, dass ihr Kinn bebt, macht mein schlechtes Gewissen noch größer. »Wie dem auch sei, wir können das Haus nicht niederbrennen. Wenn du das tust, werde ich dir das niemals verzeihen.«

»Noch ein Grund mehr.«

Sie funkelt mich an. *»Julian.«*

Ein ungewöhnliches Kribbeln macht sich in meinem Bauch breit. Ich trete fester als beabsichtigt gegen die Tür, was sowohl Dahlia als auch die Fensterscheibe erzittern lässt.

Mist.

Sie schaut aus glasigen Augen zu mir auf. »Vielleicht können wir uns auf einen Waffenstillstand mit der Spinne einigen. Es ist schließlich nicht so, als hätte sie versucht, mich zu beißen, was sie durchaus hätte tun können. Ich bin immerhin diejenige gewesen, die in ihr Territorium eingedrungen ist.«

»Dann betreten wir den Dachboden also vorerst nicht mehr?«

»Nein, aber du musst die Papierrollen holen, die ich fallen gelassen habe.«

»Und natürlich willst du, dass *ich* noch mal hochgehe.«

»Dann bist du mein Held. Ich werde dir eine Medaille anfertigen lassen.« Ihre Augen erhellen sich trotz der Tränen, die sich am unteren Wimpernkranz angesammelt haben.

Ich helfe Dahlia in den Wagen, wobei sie ein paarmal scharf die Luft einzieht, und rutsche auf den Fahrersitz, wo ich den Motor anlasse. »Ich bringe dich nach Lake Aurora.«

»Warum?«, ruft sie. »Der Arzt wohnt doch am Ende der Straße.«

»Auf keinen Fall.«

Sie schnaubt. »Was hast du gegen ihn? Er hat sich schon um gebrochene Arme gekümmert, bevor wir auf der Welt waren.«

»*Genau.* Ich bin mir ziemlich sicher, der Mann hat schon während des letzten Weltkrieges an der Front gearbeitet.«

»Warum ist Berufserfahrung ein Verbrechen?«

»Weil er so viel Berufserfahrung hat, dass er seine Arztberichte handschriftlich verfasst und einen Stirnspiegel benutzt.« Ich werfe ihr einen bedeutsamen Seitenblick zu.

»Nicht jeder weiß, wie man die elektronischen Berichtbögen aufruft.«

»Ich halte aber erst an, wenn ich jemanden finde, der es tut. Ende der Diskussion.«

Sie murmelt leise etwas vor sich hin, während ich über die Kieseinfahrt die Hauptstraße ansteuere. Der unebene Untergrund sorgt dafür, dass sie auf ihrem Platz durchgeschüttelt wird, was mich ärgert.

»Kannst du Musik anmachen?« Ihre Stimme übertönt meinen lauten Atem.

»Klar.« Ich hole mein Handy hervor, rufe meine Lieblings-Playlist auf und tippe auf Shuffle.

Dahlia schweigt, während wir uns vom Haus entfernen und Lake Wisteria verlassen. Mit jedem Song weicht mehr von der Anspannung aus ihren Schultern. Ich schaue sie während der dreißigminütigen

Fahrt nach Lake Aurora mehrmals an, aber sie lehnt die gesamte Zeit mit geschlossenen Augen den Kopf an die Scheibe.

Obwohl ich sie nur ungern wecken möchte, parke ich den Truck vor der Notaufnahme und öffne ihre Tür. »Komm.«

Sie zieht provokant eine Augenbraue hoch. »Du musst erst aus dem Weg gehen.«

»Ich würde dich lieber tragen.«

Ihre Augen werden groß. »Warum?«

»Du hast dir den Arm gebrochen.«

Sie runzelt die Stirn. »Sehr witzig. Ich wusste nicht, dass ich meinen Arm zum Gehen brauche.«

Ich widerstehe dem Drang, mir Zeigefinger und Daumen an den Nasenrücken zu legen. »Ich möchte nicht, dass du stolperst und hinfällst, immerhin konntest du vorhin nicht einmal allein wieder aufstehen.«

»Ich bin überrascht, dass dich das überhaupt kümmert.«

»Nur unter gewissen Umständen.«

Ihre Augen funkeln. »Zum Beispiel, wenn ich dein Unternehmen wegen eines Unfalls verklagen könnte?«

»Das würde ich dir zutrauen. Soll ich meinen Anwalt anrufen?«

»Klar. Ich weiß aus sicherer Quelle, dass deine Firma eine gute Haftpflichtversicherung hat.«

Ich unterdrücke ein Lachen. »Zögere es nicht noch weiter hinaus, sondern lass uns endlich reingehen.«

»Wa…«

Ich hebe sie hoch, ehe sie Einwände erheben kann.

Sie schweigt, als ich sie in den Wartebereich trage und sie absetze, um zur Rezeption zu gehen. Nachdem ich die Lage geschildert habe, wird Dahlia in den Untersuchungsraum gebracht.

Die nächsten zwanzig Minuten telefoniere ich mit Dahlias Mutter und versichere Rosa, dass ihre Tochter sowohl in Sicherheit ist, als auch medizinische Hilfe bekommt. Rosa bietet an, zu kommen, doch ich rede es ihr aus.

»Wir sind vermutlich ohnehin gleich fertig.« Im schlimmsten Fall könnte es zwar sein, dass Dahlia operiert werden muss, aber ich bezweifele, dass ihre Verletzung so schwer ist, dass nicht ein Gips genügt.

»Gott sei Dank warst du dort und hast ihr geholfen«, sagt ihre Mom.

Ich grabe mir die Finger in die Oberschenkel. Fakt ist, dass ich früher hätte dort sein müssen, damit der Unfall überhaupt nicht erst passiert wäre.

Immer wieder vibriert mein Handy, weil alle in unserem Familien-Gruppenchat fragen, wie es Dahlia geht. Es hat nicht aufgehört, seitdem ich ihnen geschrieben habe, dass wir im Krankenhaus sind, obwohl Dahlia erst jetzt selbst antwortet.

Lily: *Wie läuft's?*

Erdbeerkönigin: *Es lief nie besser.*

Dahlia sendet ein Foto von ihrem gebrochenen Arm, bei dem sich mir der Magen umdreht.

Rosa: *Dahlia!*

Lily: *Kannst du uns nicht vorher warnen, du Freak?*

Sie sendet ein Emoji mit grünem Gesicht.

Mami: *Wie kannst du überhaupt tippen?*

Erdbeerkönigin: *Einhändig.*

Lily: *Was für ein Talent.*

Erdbeerkönigin: *Mir ist einfach langweilig.*

Rafa: *Nico will wissen, ob er am Sonntag was auf deinen Gipsarm zeichnen kann.*

Erdbeerkönigin: *Klar.*

Der Abend verstreicht quälend langsam, während ich auf Dahlia warte und viel Zeit habe, um über meine egoistische Entscheidung nachzudenken, sie im Haus allein zu lassen.

Ich habe mir hundertmal eingeredet, dass mir Dahlia nicht wichtig ist – dass jegliche romantischen Gefühle, die ich einst für sie hatte, schon lange nicht mehr existieren –, und trotzdem sitze ich nun hier und zerbreche mir den Kopf darüber, dass sie sich wegen mir verletzt hat.

In Wahrheit ist mir Dahlia sehr wohl wichtig, ob ich es will oder nicht.

Gefühle für jemanden zu haben, ist nicht das Ende der Welt.

Doch Dahlia ist nicht einfach nur jemand.

Sie ist so viel *mehr*.

Bei diesem Gedanken springe ich von meinem Stuhl auf. Statt rumzusitzen und unaufhörlich zu grübeln, hole ich mir ein paar Snacks aus dem Automaten und Wraps aus der Cafeteria. Ich mache mich gerne nützlich, und heute habe ich das Gefühl, das genaue Gegenteil zu sein.

Nach einer weiteren Stunde kommt Dahlia mit lila eingegipstem Arm und einer Erinnerungskarte für ihren nächsten Termin in vier Wochen durch die Doppeltür.

Erleichterung überkommt mich wie eine Flutwelle.

Es geht ihr gut.

Natürlich geht es ihr gut, du Dummkopf. Es ist ein gebrochener Arm, keine Operation am offenen Herzen.

»Hi.« Sie spielt mit einem losen Faden ihrer Armschlinge herum.

»Hübsche Farbe.«

»Meine Lieblingsfarbe.«

Ich weiß. Ich nehme die Plastiktüte vom Boden und halte sie ihr hin.

»Was ist das?« Sie starrt die Tüte an, als wäre sie eine tickende Zeitbombe.

»Essen.« Das Zucken meines rechten Auges sagt mehr als tausend Worte.

Sie wühlt sich durch den Inhalt der Tüte. »Warum kaufst du mir … Mini M&Ms!« Allein für ihr kindliches Quietschen hat sich meine Mission, die Süßigkeiten zu finden, gelohnt. »Die hab ich schon seit Jahren nicht mehr gegessen.«

»Warum nicht?« Ich kann mir nicht mal vorstellen, dass sie eine Woche ohne M&Ms auskommt, geschweige denn *Jahre.*

Ihre Wangen röten sich. »Diäten für die Dreharbeiten und so weiter.«

»Was für ein Blödsinn.« So stark, wie sie abgenommen hat, könnte sie alle M&Ms gebrauchen, die man mit Geld bezahlen kann.

Sie verdreht die Augen. »Ich erwarte nicht, dass du es verstehst.« Sie versucht, die Plastikfolie zu entfernen. Obwohl sie mit der Aufgabe zu kämpfen hat, bittet sie mich nicht um Hilfe, doch ich nehme ihr die M&Ms trotzdem aus der Hand.

»Gib sie wieder her!« Sie versucht, mir die Packung mit ihrer unverletzten Hand zu entreißen.

Ich halte sie hoch über ihren Kopf und entferne die Plastikfolie. Um sie für ihre Starrköpfigkeit zu bestrafen, öffne ich die Packung und schütte mir ein paar M&Ms in den Mund, bevor ich sie ihr reiche.

Sie späht in die Packung. »Du hast fast die Hälfte gegessen!«

Ich greife in die Tüte, um die zweite Packung unter dem Truthahn-Wrap und den Chips hervorzuziehen.

Dass sie überrascht die Luft einzieht, fühlt sich an wie ein Triumph. »Du hast mir zwei gekauft? Warum?«

»Sie waren im Angebot.« Die Lüge kommt mir mühelos über die Lippen.

»Wenn du so weitermachst, glaube ich am Ende noch, du wärst ein netter Kerl.«

»Das können wir nicht zulassen.« Ich greife nach der Tüte, doch sie weicht einen Schritt zurück.

»Ach, vergiss, was ich gesagt habe. Dein Ruf als Arschloch eilt dir immer noch voraus.«

»Also nimm dich in Acht.« Ich drehe mich um und steuere den Ausgang an, um mein Lächeln vor der einzigen Frau zu verbergen, die es immer wieder schafft, diese Seite von mir herauszukitzeln, ob sie es bewusst tut oder nicht.

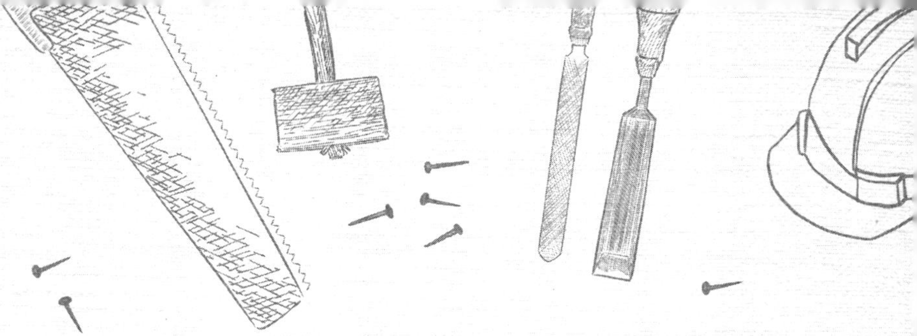

KAPITEL SECHZEHN
JULIAN

Ich parke meinen Wagen neben Rafas heruntergekommenem Truck und springe raus. Im Gegensatz zu mir wohnt mein Cousin nicht am See. Nach seiner Scheidung hat er sich stattdessen entschlossen, ein Grundstück auf dem Hügel zu kaufen, der am weitesten vom Ortskern entfernt liegt, um weitab von neugierigen Blicken einen Neubeginn zu wagen.

Meine Mom hat immer gesagt, dass die Menschen merkwürdige Dinge tun, sobald sie reich werden, und ich habe nie begriffen, was sie damit meinte, bis Rafa damit begonnen hat, Bauernhoftiere aufzunehmen, die keiner mehr haben will, und im Einklang mit der Natur zu leben, nachdem Hillary ihn verlassen hatte.

Er wäre der perfekte Kandidat für eine dieser Shows, in denen sich die Teilnehmerinnen und Teilnehmer in der Wildnis durchschlagen müssen.

»Fina hat mir erzählt, du hast Dahlia gestern zum Krankenhaus gefahren.« Rafa kommt direkt zur Sache, als ich sein Haus betrete.

»Hast du mich eingeladen, um mit mir abzuhängen oder um mich auszufragen?«

»Eine Mischung aus beidem.« Er schiebt seine Hände in die Hosentaschen.

»Wenigstens bist du ehrlich.«

Er wirft mir einen bedeutsamen Blick zu, ehe er sich abwendet und sich entfernt.

Der Stil seines Hauses ist ganz anders als meiner – die Atmosphäre ist warm und heimelig mit den Eichenfußböden und Nicos Bildern an der Wand. Es war ebenfalls Nico, der sich die Farben aussuchen durfte, in denen die einzelnen Zimmer gehalten sind, sodass jeder Raum nun die Farbe eine seiner Brillen hat.

Es war nicht die beste Entscheidung, die mein Cousin in seinem Leben getroffen hat, aber eine, die zeigt, wie sehr er seinen Sohn liebt.

Ich gehe ihm ein Stück hinterher, doch schließlich folge ich den Klängen der klassischen Musik, die aus dem Wintergarten kommt. Nico sitzt mit seiner Nanny und Musiklehrerin Ellie am Klavier. Sie spielen vierhändig und vollkommen synchron, wobei ihre Finger förmlich über die Tasten fliegen.

Ellie wiegt ihren Körper zur Musik hin und her, sodass ihr blondes Haar im Takt der Musik schwingt.

»Hast du dich auf dem Weg in die Küche verlaufen?«, fragt Rafa.

Ellie verspielt sich plötzlich und erzeugt eine schreckliche Dissonanz.

»Ich wollte Hallo zu Nico sagen.«

»*Tío!*« Nico rutscht von der Bank und rennt mir entgegen. Seine Koordination funktioniert aufgrund seiner Augenerkrankung nicht immer einwandfrei, aber er springt mit all dem Schwung, den er aufbringen kann, in meine Arme.

»Hi, du.« Ich zerzause ihm das Haar, bevor ich Ellie zunicke. »Schön, dich wiederzusehen.«

Sie erhebt sich von der Bank. »Gleichfalls.«

»Lässt Rafa dich jetzt auch samstags arbeiten?«

»Normalerweise nicht, aber er hat *ungünstigerweise* vergessen, mir mitzuteilen, dass er heute Hilfe braucht.« Sie macht sich nicht die Mühe, ihre Verärgerung darüber zu verbergen.

Ellie lässt sich normalerweise nie aus der Fassung bringen. Ich habe beobachtet, wie Nico sich einmal auf ihre Kleidung übergeben hat, wie sie von einer von Rafas Ziegen in den Bauch getreten wurde und sie sich auf einer Wanderung den Knöchel verstaucht hat, aber ich habe sie noch nie so wie jetzt erlebt.

Ich werfe meinem Cousin einen Blick zu und stelle fest, dass er Ellie wütend anfunkelt. Ich bin mir nicht sicher, was mit ihm los ist, aber er muss sich zusammenreißen, sonst vergrault er sie, so wie er alle vorherigen Nannys vergrault hat.

Ellie, die Nico beibringt, verschiedene Instrumente zu spielen und Braille zu lesen, stellt all ihre Vorgängerinnen in den Schatten, denn sie tut alles dafür, um Nico mit seiner Augenerkrankung zu unterstützen.

Momentan genießt Nico noch seine Unabhängigkeit wie jedes andere achtjährige Kind, aber traurigerweise ist es nur eine Frage der Zeit, bis die Retinitis Pigmentosa dazu führen wird, dass er sein Augenlicht verliert. Und dieser Gedanke bereitet Rafa immer größere Sorgen, denn er erlebt hautnah mit, dass sein Sohn immer schlechter sieht.

»Tut mir leid, dass du dein Date absagen musstest.« Rafas Miene wirkt neutral, aber in seinen Augen liegt immer noch der gleiche brennende Blick.

Ellie lächelt. »Kein Problem. Wir haben es auf morgen verschoben.«

Mein Cousin stößt einen Laut aus, der fast unmenschlich klingt.

Ihre grünbraunen Augen verengen sich. »Hast du immer noch mit Halsschmerzen zu kämpfen?«

»Du bist krank?«, frage ich meinen Cousin.

»Das Einzige, was mich krank macht, ist, mich mit Eleanors Mist auseinanderzusetzen«, murmelt er leise, ehe er sich wieder in Richtung Flur umdreht.

Ich unterdrücke ein Lachen. *»Eleanor?«*

»Wage es bloß nicht, mich so zu nennen.« Sie zeigt mit dem Finger auf mich.

»Was ist los mit ihm?«, frage ich, als Rafa außer Hörweite ist.

»Er ist schon die ganze Woche so, wegen des *Wetters*.« Ellies Blick wandert von mir zu Nico.

Es gibt nichts, was so einen schlechten Einfluss auf die Stimmung meines Cousins hat wie Hurrikan Hillary, selbst so lange nach der Scheidung.

Ich mache einen Schritt in Richtung Flur. »Ich gehe besser, bevor er nach mir sucht.«

»Tschüs, *Tío*!« Nico umarmt mich ein letztes Mal und greift dann nach Ellies Hand, um zum Klavier zurückzukehren, wo sie von Neuem beginnen, das Lied zu spielen.

Ich finde Rafa in der Küche, wo er an der mittigen Insel sitzt und in seinen Kaffee starrt, als würde dieser ihm sein Schicksal vorhersagen können.

»Alles in Ordnung?« Ich greife nach dem Kaffee auf Eis, den er mir gemacht hat.

Rafa mag oft reizbar und mürrisch sein, aber er macht sich immer noch die Mühe, nette Dinge für andere zu tun, weil er einfach nicht anders kann.

Nun fährt er sich mit den Händen durch sein Haar und zerzaust die ohnehin schon unordentlichen Strähnen. »Hillary hat angerufen.«

»Hm.«

Seine Schultern sinken. »Sie fliegt nach Detroit und will Nico sehen.«

»Wann?«

»Am Wochenende, an dem das Erntefest stattfindet.«

Ich ziehe die Augenbrauen hoch. »Sie kommt her?«

»Nein.«

»Überraschung.« Nachdem die Scheidungspapiere unterschrieben waren, hat sie einen Flug nach Oregon gebucht, um bei ihrer Familie zu sein, und ist nie wieder nach Lake Wisteria zurückgekehrt. Wenn Rafa nicht ab und zu dorthin fliegen würde, damit Nico seine Mom besuchen kann, hätte sie ihn bisher vermutlich gar nicht gesehen.

»Nico freut sich auf sie.« Der Griff um seine Tasse festigt sich.

»Wie lange ist es her, dass er sie zuletzt gesehen hat? Vier Monate?«

»Fünf.« Rafa ächzt leise.

»Ach ja, mir ist entfallen, dass sie seinen Geburtstag verpasst hat.«

»Mir leider nicht.« In seiner Stimme schwingt Selbsthass mit.

»Du musst aufhören, dir Vorwürfe wegen ihrer schlechten Entscheidungen zu machen.«

»Ich bin derjenige, der sie geschwängert hat. Wem sollte ich sonst die Schuld geben außer mir selbst?«

»Du warst fast noch ein Kind, als das passiert ist. Und schließlich konntest du nicht vorhersehen, wie sich die Dinge entwickeln würden.«

»Nein, aber trotzdem fühle ich mich wie der größte Versager.«

Ich schüttele den Kopf. »Du gehst zu hart mit dir ins Gericht.«

»Ich hab nachgedacht …«

»Hör auf damit, solange es noch geht.«

»Das wird dir nicht gefallen.«

Das Leeregefühl in meinem Magen wird stärker. »Dann lass uns das Thema wechseln und über etwas Schöneres reden, zum Beispiel über unsere Wette auf das Fußballspiel morgen. Ich hab ein paar von meinen Bauarbeitern …«

»*Julian.*«

»Was ist das Problem?«

Er starrt zum Fenster hinaus, durch welches man die Scheune sehen kann. »Ich habe darüber nachgedacht umzuziehen.«

Ich blinzele zweimal. »Was hast du gesagt?«

»Hillary wohnt so weit weg, und ich frage mich, ob es nicht besser für Nico wäre, in der Nähe seiner Mutter zu sein.«

»Wäre das auch besser für *dich*?« Rafa hat sein gesamtes bisheriges Leben in Lake Wisteria verbracht.

Er reibt sich die Augen mit den Handflächen. »Vergiss, dass ich es überhaupt erwähnt habe.«

Eine Welle der Übelkeit zwingt mich dazu, meinen Kaffee wegzuschieben. »Du denkst ernsthaft darüber nach, ans andere Ende des Landes zu ziehen?«

»Nur gelegentlich.«

Rafa und Nico zu verlieren, wäre fürchterlich für unsere Familie. Abgesehen von meiner Mutter sind die zwei die einzigen Verwandten, die ich noch habe, also will ich sie aus purem Egoismus davon abhalten umzuziehen.

Du könntest versuchen, Hillary irgendwie dazu zu überreden, an einen Ort zu ziehen, den man leicht mit dem Auto erreichen kann, so wie Chicago oder Detroit …

»Sag noch nichts zu deiner Mom«, warnt er und unterbricht damit meine Gedanken.

»Aber was, wenn sie wieder herziehen würde …«

»Hör auf.«

»Was?« Ich blinzele verwirrt.

»Das ist kein Problem, das du lösen kannst.«

»Wer sagt denn …«

Er bringt mich mit einem einzigen Blick zum Schweigen.

Ich halte meine Hände hoch. »Schon gut. Aber sprich mit mir, bevor du irgendwelche großen Entscheidungen triffst.«

»Abgemacht.« Er reibt sich die Wange. »Jedenfalls tut es mir leid, dass ich dich am Verkaufsstand allein lasse.«

Meine Mom ist sehr stolz darauf, dass sie *Champurrado* nach dem alten Rezept meiner Großmutter jedes Jahr auf dem Erntefest ausschenken darf. Und seitdem wir alt genug sind, helfen Rafa und ich am Stand der Familie Lopez aus, um Ma dabei zu unterstützen, den Besuchern mexikanische heiße Schokolade zu verkaufen.

»Josefina hat mir versichert, dass du zurechtkommen wirst. Sie hat erzählt, dass euer Stand dieses Jahr neben dem der Muñoz' sein wird, sodass dir nicht langweilig wird.«

»Wie nett von ihr«, erwidere ich mit matter Stimme.

»Das habe ich ihr auch gesagt. Und sie darum gebeten, die Standorte zu ändern.«

»Und?«

»Sie behauptet, es würde keinen Sinn ergeben, ihren *Buñuelos*-Stand von unserem *Champurrado*-Stand zu trennen.«

Ich seufze. »Schon in Ordnung.«

»Vielleicht hört sie auf mit ihren Verkupplungsversuchen, wenn du ihr erklärst, dass du nicht an Dahlia interessiert bist.«

»So, wie ich sie kenne, wird sie das nur als Herausforderung betrachten.«

»Das kommt davon, dass sie von Telenovelas besessen ist.« Er nimmt einen Schluck von seinem Kaffee.

»Ich hoffe, dass Ma endlich erkennt, dass Dahlia und ich nicht füreinander bestimmt sind, wenn sie den Ort für immer verlässt.«

Er legt den Kopf schief. »Und wann wird das sein?«

»Ich habe keine Ahnung.«

»Du glaubst, zwischen ihr und Oliver ist es endgültig vorbei?«

»Wenn man bedenkt, dass sie mir ihren Verlobungsring verkauft hat und ich ihn in einem Grab aus Beton versenkt habe, würde ich vermuten, ja.«

Ihm bleibt der Mund offen stehen.

Scheiße. »Es ist keine große Sache.«

»Du, der Milliardär, der es als unnötigen Luxus betrachtet, in ein Steakhouse essen zu gehen, hast Dahlia ihren Verlobungsring abgekauft, nur um ihn in Beton zu versenken?«

»Erstens bin ich der Meinung, dass Steakrestaurants überbewertet sind, denn ich kann zu Hause das Gleiche für die Hälfte des Preises grillen; und zweitens war es die Sache wert.«

Rafa lässt den Kopf in seine Hände sinken. »Ich weiß nicht, was ich dazu sagen soll.«

»Am besten nichts.«

»Wie viel hast du dafür bezahlt?«

Ich antworte nicht.

»Julian.«

»Hundert.«

»Hundert*tausend*?«

Ich reibe mir den Nacken. »Jepp.«

»Warum?«

»Ich wollte ihn im Beton versenken.«

»Ich kann kaum glauben, dass du derselbe Typ bist, der erst fünf Jahre lang nachdenken musste, bevor er sich einen McLaren für den doppelten Preis angeschafft hat, den du Dahlia mehr oder weniger aus Spaß gezahlt hast.«

So ausgedrückt klingt es tatsächlich schlimm. Ich handele normalerweise nicht unüberlegt, besonders nicht, wenn es um Geld geht.

»Nun, der Ring hat mir noch nie gefallen.« Selbst in meinen eigenen Ohren klingt das wie eine lahme Ausrede.

Bei Rafas tiefem Seufzen zieht sich mein Magen zusammen.

»Was?«

»Du behauptest, du seist über sie hinweg, aber dein Verhalten zeugt vom Gegenteil.«

»Wegen meiner Entscheidung, ihr den Ring abzukaufen?«
»Wegen des *Grundes*, aus dem du ihr den Ring abgekauft hast.«
Ich runzele die Stirn. »Ich habe ihr einen Gefallen getan.«
»Rede dir das nur ein.«

KAPITEL SIEBZEHN
DAHLIA

»Ich bin so froh, dass du dieses Jahr zum Erntefest hier bist«, sagt Josefina. »Es hat sich stark verändert, seit du zuletzt hier warst.«

Julians Mom ist seit zwanzig Jahren die Event-Koordinatorin des Ortes, und auch wenn ich weiß, dass ihr alle Feste gefallen, zählt das Erntefest zu ihren Favoriten.

»Inwiefern?«

»Es gab viele positive Veränderungen – das Essen, die Aktivitäten, die *Fahrgeschäfte*. Und dieses Jahr haben wir die gleiche Firma engagiert, die auch die Feuerwerkshows für Dreamland organisiert.«

Ich blinzele mehrmals. »Ist das nicht … teuer?«

Josefina lacht. »*Claro que si,** aber Julian ist unser Hauptsponsor.«

»Und mit Hauptsponsor meint sie *einziger* Sponsor«, scherzt Lily.

Ich mache große Augen. Alle wissen, dass Julian reich ist, aber einen Event wie diesen zu finanzieren, scheint übertrieben.

---

* ***Claro que si:*** *Natürlich*

»Er bezahlt nur so viel, weil er weiß, wie glücklich es dich macht, zu planen, ohne dich finanziell einschränken zu müssen.«

»Ich beschwere mich auch nicht.« Josefina zuckt mit den Schultern.

Wir unterhalten uns weiter und kochen gemeinsam, bis Josefina, die uns gerade von ihrem letzten Missgeschick bei der Planung des Labyrinths berichtet, von der Türklingel unterbrochen wird.

»Das ist entweder Julian oder Rafa.« Sie wischt sich die mehlbestäubten Hände an ihrer Schürze ab.

»Dahlia, kannst du bitte zur Tür gehen?« Mom schaut von ihrem Schneidebrett, das die Form des Staates Michigan hat, auf und zeigt mit der Messerspitze in Richtung Tür.

»Klar. Warum sollte die arme Lily heute ihren Hintern hochkriegen und sich nützlich machen?« Ich rutsche vom Barhocker.

Meine Schwester streckt mir die Zunge raus und tippt weiter.

Schon den ganzen Morgen scheint sie mit irgendjemandem zu texten.

Ich rücke meine Armschlinge zurecht und öffne die Tür.

Julian steht mit Papierrollen unter dem Arm und seinem Handy am Ohr vor mir.

»Was soll das heißen …« Julian bricht mitten im Satz ab, um seinen Blick an meinem Körper hinabwandern zu lassen. Er blinzelt zweimal, was bei Julian so viel heißt wie *verdammt*.

Dass er meine Bemühungen, mich hübsch herzurichten, würdigt, empfinde ich nach Jahren, in denen mir andere vorgeschrieben haben, wie ich mich zu kleiden habe, als eine Art Triumph, von dem ich nicht einmal wusste, dass ich ihn gebraucht habe.

Ich streiche mir das Haar hinter mein Ohr und spiele an meinem langen Plastikohrring herum.

»Ja, ich bin noch dran.« Seine tiefe Stimme hat zu große Macht über meine Herzfrequenz.

Hier, formt Julian mit den Lippen, als er mir die Papierrollen vom

Dachboden reicht. Er hätte mühelos jemand anderen damit beauftragen können, aber dennoch hat er sich die Mühe gemacht, vor dem heutigen Treffen ins Gründerhaus zurückzukehren und sie selbst zu holen.

Ich versuche, nicht zu viel in die Geste hineinzuinterpretieren, aber verliere den Kampf, als er mir die Rollen in den gesunden Arm legt. Der besorgte Blick, den er dabei auf meinen Gips wirft, macht meine Knie weich.

»Mein Kunde kann nicht noch einen weiteren Monat auf die Arbeitsplatte warten.« Seine Muskeln verspannen sich, als er sich mit einer Hand durch das Haar fährt und meine Aufmerksamkeit auf die hervortretende Ader an der Seite seines Armes lenkt. Julian verbringt mittlerweile zwar einen Großteil seiner Zeit im Büro, aber er könnte immer noch mich *und* einen Sack Zement in die Höhe stemmen.

Er schaut mich an und erwischt mich dabei, wie ich ihn anstarre. Neckisch hebt er die Augenbrauen, was meinen Magen zum Hüpfen bringt.

Wenn es ein Verbrechen ist, Julian heiß zu finden, bin ich schuldig im Sinne der Anklage.

Hast du nichts gelernt, seitdem du dich zuletzt von seinem guten Aussehen hast betören lassen?

Julian hat mir nicht wehgetan, indem er mich am College zurückgewiesen hat. Klar, es hat meinen Stolz verletzt, und ich habe mich nach unserem leidenschaftlichen Kuss, der offenbar nichts bedeutet hatte, gefühlt wie die größte Versagerin, aber dass ich ihn verabscheue, basiert auf etwas viel Tiefgehenderem. Er hat mich schwer enttäuscht, indem er mich aus seinem Leben verbannt hat, als hätte ich niemals existiert.

Ich dachte, wir hätten etwas Besonderes, nachdem wir ein Jahr zusammen in Stanford verbracht hatten und sich unsere Freundschaft in mehr verwandelte. Aber all das war eine Lüge.

Auch wenn ich nichts lieber tun würde, als Julian bei seinem Telefonat zu belauschen, schließe ich die Tür hinter mir, doch ich höre immer noch sein leises Lachen. Mein Herz zieht sich angesichts des Klanges zusammen, was mich nur noch mehr ärgert.

Statt wieder in die Küche zurückzugehen, steuere ich das leere Esszimmer an und lege die drei Papierrollen auf den Tisch, bevor ich nach der größten greife. Da ich momentan nur einen Arm benutzen kann, erweist sich die Aufgabe, das Gummiband zu entfernen, als schwieriger als erwartet. Ich klemme mir die Papierrolle zwischen die Oberschenkel, um sie festzuhalten.

»Was tust du da?« Julians raue Stimme durchbricht die Stille.

»Wonach sieht es denn aus?« Ich schiebe das Gummiband an der Rolle hinauf.

»Es sieht aus, als würdest du das Papier zerknittern.« Ohne zu zögern, greift er danach.

Papier streift an der Innenseite meiner Oberschenkel entlang und berührt eine Stelle, die kribbelt. Okay, schön, ich hatte schon eine Weile keinen Sex mehr, aber trotzdem … Was zur Hölle?

Ich trete einen großen Schritt nach hinten, doch die Hitze in meinem Unterbauch verschwindet nicht, als Julian zwischen mir und der Papierrolle hin- und herschaut.

Kopfschüttelnd entfernt er das Gummi und breitet den Bauplan aus dem frühen zwanzigsten Jahrhundert auf dem Tisch vor uns aus.

Julian betrachtet die unleserlichen Kritzeleien ganz unten in der Zeichnung. »Es ist ein Original.«

»Gerald Baker.« Ich tippe auf den Namen des Architekten. »Hast du schon mal von ihm gehört?«

Julian nickt. »Seine Unterschrift erscheint auf vielen Bauplänen der ersten Häuser von Lake Wisteria.«

»Du meinst die, die du hast abreißen lassen?«

Seine Hände ballen sich kurz zu Fäusten zusammen.

»Das Haus sieht immer noch genauso aus wie damals.« Ich fahre die Linien, die die Räume voneinander abgrenzen, mit den Fingern nach.

Julian entfernt das Gummiband von der zweiten Rolle und breitet sie aus. »Hm.«

»Was?«

»Sieht aus, als könnten wir die Wand zwischen Küche und Esszimmer doch entfernen, so wie du es dir vorgestellt hast.« Er zeigt auf die Konstruktionszeichnung.

Ich versuche ein breites, albernes Grinsen zu unterdrücken. »Nichts bereitet mir so große Freude wie herauszufinden, dass eine Wand keine tragende Wand ist.«

Er löst den Blick von meinen Augen und betrachtet meine Lippen.

»Was?«

»Du hast ausgesehen …« Er schüttelt den Kopf. »Vergiss es.«

»Nun gut.« Ich greife nach der kleinsten Rolle, doch Julian entreißt sie mir. Als sich unsere Finger streifen, kehrt das alte Prickeln zurück.

Mit nervtötend neutraler Miene, die absolut nichts preisgibt, breitet Julian vorsichtig die letzte Rolle aus. Mit dem vergilbten Papier, das so dünn ist, als könnte es unter nur einer falschen Berührung reißen, unterscheidet sie sich von den anderen.

»Das ist atemberaubend.« Wer immer es war, der den Aussichtspavillon gezeichnet hat, hatte an jedes Detail gedacht. Von den Rosen, die in die Streben geschnitzt waren, bis hin zu den verschnörkelten Säulen, die das Dach stützten, war es ein einziges Kunstwerk. Der Architekt wollte einen Ort erschaffen, der Ausblick auf Lake Wisteria, den Ortsplatz, die Main Street und alle Anwesen am Strand bot.

Ich beuge mich weiter runter, um einen besseren Blick auf die unleserliche Kritzelei ganz unten auf der Seite zu haben. Als ich einen Schatten entdecke, drehe ich das Papier um.

»O mein Gott.«

»Was?« Julians heißer Atem trifft auf meinen Nacken und bringt mich zum Erschaudern.

»Es ist ein Brief.« Ich muss ein aufgeregtes Quietschen unterdrücken.

Kurz überlege ich, ob es richtig ist, einen Brief zu lesen, der an eine andere Person adressiert ist, aber die Neugier gewinnt. »*Meine liebste Francesca.* Aw! Er nennt sie *liebste*.« Die Romantikerin in mir freut sich bereits jetzt, obwohl ich erst drei Worte gelesen habe.

»Lass mich mal sehen.« Er nimmt mir den Brief aus der Hand.

»Hey!«

»Wenn du in dem Tempo weitermachst und jedes Wort analysierst, sind wir noch den ganzen Tag hier.«

»Tut mir leid, dass ich ein Herz habe.« Ich versuche, ihm den Brief abzunehmen, doch Julian hält meine Hand an seiner Brust fest.

Sein Herzschlag beschleunigt sich unter meiner Handfläche, und als ich aufschaue, stelle ich fest, dass sein Blick auf unseren Händen ruht. Langsam wendet er ihn ab, nur um ihn erst über meine Lippen wandern zu lassen und mir schließlich in die Augen zu schauen. Er festigt seinen Griff um meine Hand, bevor er sie loslässt.

Ich bin zu überwältigt, um irgendetwas anderes zu tun als zuzuhören, als er dort weiterliest, wo ich aufgehört habe.

»Es ist drei Jahre her, seit ich dich zuletzt gesehen habe, und obwohl sich so vieles verändert hat, gerät meine Liebe zu dir nie ins Wanken. Unsere monatlichen Briefe geben mir Kraft inmitten all der Probleme und Sorgen, die es mit sich bringt, den Ort in eine adäquate Heimat für dich zu verwandeln.«

Meine Unterlippe bebt.

Julian wirft mir einen Seitenblick zu, ehe er wieder den Brief fixiert.

»Ich arbeite hart, um es würdig zu sein, dein Gemahl zu werden, obwohl der Weg dorthin kein einfacher ist. Einen Ort mitten im Nirgendwo zu erbauen, braucht Zeit, und diese geht mir, wie ich befürchte, aus, denn immerhin zieht es dein Vater offenbar in Erwägung, dich mit einem anderen zu vermählen.«

Ich schnappe nach Luft. »Was? Wie kann ihr Vater das nur tun?«

»Weil damals noch niemand was von weiblicher Selbstbestimmung gehört hat.«

Mit bedauernder Miene schüttelte ich so vehement den Kopf, dass meine Ohrringe klimpern.

Julian liest weiter.

»Ich dachte, mir würde mehr Zeit bleiben, ehe er andere Werber in Betracht ziehen würde, aber nun muss ich befürchten, dass er eine Entscheidung treffen könnte, bevor ich die Chance habe, dich zu der Meinen zu machen.«

Ich tippe auf das Papier. »Was ist los? Lies weiter!«

Er richtet seinen Blick wieder auf den Brief.

»Ich werde vor nichts zurückschrecken, um dich für mich zu gewinnen.«

Mein Nacken prickelt, als Julian mir fest in die Augen sieht. Eine Sekunde, die sich anfühlt wie eine Ewigkeit, verharren wir so, ehe wir unsere Blicke voneinander lösen.

»Wenn er erst einmal sieht, was ich alles getan habe, um Lake Wisteria in einen geeigneten Ort für dich zu verwandeln, wird er mir gestatten, um deine Hand anzuhalten. Dessen bin ich mir sicher.«

»Konnten Frauen damals nicht ohne die Einwilligung ihres Vaters heiraten?«, frage ich.

»Wahrscheinlich nicht ohne ernsthafte Konsequenzen.« Julian fährt fort.

»Unser Haus ist fast fertig. Auch wenn es länger gedauert hat, als ich beabsichtigt hatte, ist der letzte Teil meines Entwurfs nun endlich in Arbeit.«

»Der Pavillon?« Meine Stimme klingt etwas höher als gewöhnlich.

Julian nickt.

»Du hast stets davon geträumt, dich in einem Pavillon zu vermählen, der dem ähnlich ist, unter dem wir uns kennengelernt haben, und ich habe vor, dir dies zu ermöglichen.«

Ich lege mir eine Hand an mein schmerzendes Herz und kralle mich im Stoff meines Shirts fest. »Er wollte ihr einen Pavillon bauen.«

»Fängst du ernsthaft an, um Leute zu weinen, die du nicht mal kanntest?«

»Natürlich nicht.«

Julian murmelt irgendetwas vor sich hin, bevor er sich dem letzten Abschnitt des Briefes widmet.

»Ich werde in sechs Monaten zu dir zurückkehren, wenn ich meine Angelegenheiten in Ordnung gebracht habe und das Haus fertiggestellt ist. Bis dahin möchte ich dich bitten, alles in deiner Macht Stehende zu

tun, um deinen Vater davon abzuhalten, dich zu einer Vermählung mit einem anderen Mann zu zwingen.«

Ich reibe mir die brennenden Augen. »Warum ist sie nicht einfach mit ihm davongelaufen?«

»Um zu riskieren, alles und alle zu verlieren, die ihr wichtig sind?«

»Manchmal sind Menschen dieses Risiko wert.«

Er schnaubt.

Ah, este hombre. »Ich erwarte nicht, dass du es verstehst.«

Julian verschränkt die Arme vor der Brust. »Was soll das heißen?«

»Ich kenne niemanden, der Risiken so rigoros meidet wie du, das heißt, du triffst keine Entscheidungen, die auf Emotionen oder Bauchgefühl basieren.« Und das ist der Grund, weshalb er mich damals weggestoßen und mich als Ablenkung bezeichnet hat, statt sich der Wahrheit zu stellen.

Er zieht die Augenbrauen zusammen. »Ich meide keine Risiken.«

»Du schaust dir ständig Wahrscheinlichkeitsstatistiken an und legst für alles Pro-und-Kontra-Listen an.«

»Das nennt man eine überlegte Entscheidung treffen. Solltest du vielleicht auch mal ausprobieren, wenn man sich deine aktuelle Lebenssituation ansieht.«

»Fick dich«, versetze ich und greife nach den Papierrollen. Mir selbst Vorwürfe wegen meiner Lebensentscheidungen zu machen ist eine Sache, aber wenn Julian es tut, ist es, als würde er mir ein Messer in die Brust treiben.

Seine Augen weiten sich. »Dahlia.«

»Was?«

»Das sollte ein Witz sein, aber er war eindeutig nicht lustig.«

Ich runzele die Stirn. Julian gibt nur äußerst selten zu, dass er im Unrecht ist, daher bin ich mehr als schockiert.

Es ist bahnbrechend.

Ich funkele ihn an.

Er erwidert meinen Blick mit finsterer Miene.

Wie in alten Zeiten.

Er ist der Erste, der spricht, was an sich schon ungewöhnlich ist. »Du hast recht.«

»Tut mir leid. Kannst du das wiederholen? Ich glaube, ich habe mich verhört.«

Er runzelt die Stirn. »Bild dir nichts darauf ein.«

»Willst du mich verarschen? Ich lasse mir vielleicht deine Worte und das heutige Datum auf die Stirn tätowieren, damit du gezwungen bist, sie immer wieder zu lesen.«

Er reibt sich mit einer Hand sein Gesicht. »Ich kann nicht glauben, dass ich überhaupt was gesagt habe.«

Damit sind wir schon zu zweit.

Er spricht ohne seine übliche Zurückhaltung weiter. »Ich gehe nicht gern Risiken ein. So war ich schon immer, und das wird sich auch nicht ändern, es bedeutet aber noch lange nicht, dass ich das Recht dazu habe, Leute zu verurteilen, die anders sind.«

»Warum tust du es dann?« Die Frage rutscht mir heraus, ehe ich es mir anders überlegen kann.

»Aus Neid.«

Ich finde keine Worte, um in irgendeiner Sprache darauf zu reagieren, weshalb ich mich auf der Suche nach Halt an den Tisch lehne.

Er fährt sich mit den Händen durch sein Haar und zerzaust es. »Ich wünschte, ich wäre der Typ, der sich nicht um Wahrscheinlichkeitsstatistiken und Worst-Case-Szenarien kümmert, aber so bin ich nun mal.«

Ich neige den Kopf, und mit ihm zusammen gerät meine gesamte Welt in Schieflage. Julian und ich sprechen nicht über Gefühle. Im Grunde sprechen wir generell kaum miteinander.

Streiten? Ja.

Einander ärgern? Natürlich.

Aber ernsthafte Geständnisse? Nie im Leben.

Es mag zwar ungewöhnlich sein, aber wenn ich ehrlich bin, ist es auch irgendwie … schön?

Verdammt. Es fühlt sich an, als hätte Julian seine riesige Hand um mein Herz gelegt und es zerquetscht.

»So unterhaltsam unser Gespräch auch war …« Erneut greife ich mit zitternden Fingern nach den Papierrollen, doch Julian umfasst mein Handgelenk.

»Warte.«

Er sagt noch etwas, aber das Blut rauscht mir so laut in den Ohren, dass ich überlege, ob ich mich verhört habe. »Was?«

»Es tut mir leid.«

Ich weiß selbst nicht, wie es mir gelingt, mit ruhiger Stimme zu sprechen. »Zwei Entschuldigungen in einer Woche? Hast du nicht mehr lange zu leben oder so?«

»Fühlt sich auf jeden Fall so an, als würde ich sterben«, murrt er.

»Dann finde bitte heraus, ob diese tödliche Krankheit ansteckend ist, bevor sie noch jemand anders bekommt.« Ich versuche, ihm mein Handgelenk zu entziehen, aber sein Griff festigt sich.

»Entschuldigungen sind nicht ansteckend, Dahlia.«

Nein, aber Gefühle. Und ich weiß nicht, was passieren wird, wenn Julian sich plötzlich in einen guten Menschen verwandelt. Nachdem wir einander unser ganzes Leben beleidigt haben, kann ich damit umgehen, wenn er wütend auf mich ist. Aber dass er sich aufrichtig dafür entschuldigt, meine Gefühle verletzt zu haben, und zugibt, dass er einen Fehler gemacht hat?

Es ist besser, wenn ich *diesen* Julian nicht kennenlerne, um unserer beider willen.

* * *

Nico verschlingt sein Mittagessen mit besorgniserregender Geschwindigkeit und verschwindet dann im Wohnzimmer, um seine Lieblingssendung zu schauen, sodass wir Erwachsenen allein sind.

»Wie läuft es mit dem Haus?« Josefina trinkt einen Schluck von ihrem Wasser.

»Dahlia und ich treffen uns am Montag mit dem Team«, antwortet Julian.

»Welches der Gründerhäuser habt ihr noch gleich gekauft?«, fragt Lily.

Ich wende mich meiner Schwester zu. »Das blaue.«

»Oh.« Sie senkt den Blick.

»Was?«

Zwischen ihren Augenbrauen bildet sich eine tiefe Falte. »Ich habe gehört, dass es dort spukt.«

»Ich auch«, meldet sich Rafa zu Wort.

Julian schaut seinen Cousin wütend an. »Fang du nicht auch noch damit an.«

Er zuckt mit den Schultern. »Ich hab doch nur gesagt, ich habe es auch gehört. Nicht, dass ich tatsächlich daran glaube.«

Ich werfe meinen gesunden Arm in die Luft. »Siehst du! Ich hab dir doch gesagt, jeder weiß davon.«

Julian verdreht die Augen auf eine Art, die ihn *fast* menschlich wirken lassen.

»Lieber Gott. Ist es zu spät, um das Haus wieder zu verkaufen?« Meine Mom macht ein Kreuzzeichen, während Josefina lacht.

»Die Leute sagen sich, es gäbe einen Grund dafür, dass es immer wieder verkauft wird.« Lily stemmt einen Ellbogen auf den Tisch.

»Das ist wahr.« Josefina nickt.

»Erzähl uns alles, was du weißt.« Ich gebe ihr mit einer Geste zu verstehen, dass sie weiterreden soll.

Meine Schwester senkt ihre Stimme. »Flackernde Lichter …«

»Schäden in der Stromleitung sind nicht ungewöhnlich bei so alten Häusern«, wirft Julian ein.

»Wenn du mich ständig unterbrichst, sage ich gar nichts mehr.« Meine Schwester schnaubt.

Ich stoße Julian so fest mit meinem Gipsarm an, dass er ächzt. »Lass sie zu Ende erzählen.«

Er wirft mir einen bösen Seitenblick zu.

Lily schaut Julian ein paar Sekunden lang an, ehe sie ihren Blick wieder mir zuwendet. »In der Highschool haben ein paar Leute aus meinem Jahrgang wegen einer Wette dort übernachtet.«

»Und?«

Rafa und Julian wechseln über den Tisch hinweg einen Blick.

Lily ignoriert die beiden. »Angeblich lässt einer von ihnen immer noch das Licht an, wenn er ins Bett geht. Der andere ist weggezogen und Priester geworden.«

Meine Augen weiten sich. »Du machst Witze.«

»Nope. Seine Mutter hat die Stadtverwaltung angefleht, das Haus abzureißen, damit ihr Sohn wieder herziehen kann, aber offensichtlich ist das nicht geschehen.«

Julians Augen leuchten heller als ein Neonwarnschild. »Vielleicht sollten wir allen im Ort einen Gefallen tun und das Haus abreißen.«

»Ich dachte, du glaubst nicht an Geister.« Ich knirsche mit den Zähnen.

»Vielleicht lasse ich mich doch noch überzeugen.«

Arschloch. Ich trete ihm unter dem Tisch auf den Fuß.

Blitzartig legt er seine Hand um meinen Oberschenkel und drückt so fest, dass mir die Luft wegbleibt und ich mich verschlucke.

»Alles in Ordnung?«, fragt Mom.

»Jepp. Hab nur ein Stück Steak in den Hals bekommen.«

»Hier.« Julian lässt von meinem Oberschenkel ab und schiebt ein Glas Wasser in Richtung meiner gesunden Hand.

Während ich ihn anstarre, trinke ich einen langsamen Schluck. Als ich fertig bin, fahre ich mir mit der Zunge über die Unterlippe, um verbliebene Tropfen wegzuwischen.

Er unterbricht den Blickkontakt, obwohl ihn sein schweres Schlucken verrät.

Männer.

Lilys Blick geht zwischen uns hin und her, ehe er auf mir verweilt. »Du kannst alle im Ort fragen, und jeder wird eine andere Geschichte zu erzählen haben.«

Ich wende mich Julian zu. »Meinst du, es ist Gerald?«

»Nein. Vermutlich sind es eher alte Wasserleitungen, antiquierte Stromkabel und Materialien, die nachts aneinanderreiben, wenn sich das Haus abkühlt.«

Lily verdreht die Augen. »War ja klar, dass du das sagst.«

»Wie dem auch sei, ich hatte es in San Francisco mit dem ein oder anderen Spukhaus zu tun, also können mir ein paar Geister keine Angst einjagen«, verkünde ich.

Meine Schwester lacht. »Was hast du vor? Willst du einen Priester herbestellen oder so was in der Art?«

»Oder so was in der Art.«

Julian schaut mich durch seine dichten Wimpern an. »Was planst du?«

»Nichts, was dich kümmern müsste.« *Noch nicht.*

KAPITEL ACHTZEHN
DAHLIA

Nach einer langen Partie Monopoly, die endete, bevor ein Sieger oder eine Siegerin daraus hervorging, verabschieden sich Rafa und Nico.

Josefina und Julian tun es ihnen fünf Minuten später gleich, woraufhin ich beschließe, mit ihnen zu gehen; ich habe vor, Josefina zu bitten, mich an der Bibliothek abzusetzen.

»Wo willst du hin?«, fragt meine Mom, als ich mit meinen Sneakers kämpfe.

»Ich möchte noch schnell in der Bibliothek vorbei, bevor sie schließt.«

Mom spielt an ihrer Goldkette mit dem Kreuz herum. »Musst du ausgerechnet heute dorthin? Es wird gleich dunkel.«

»Es ist fünf Uhr.« Ich ächze bei einem vergeblichen Versuch, mir meinen Schuh anzuziehen.

Julian geht in perfekt gespielter Gentleman-Manier in die Knie und hilft mir.

»Oh«, sagt Mom vollkommen angetan, während Josefina uns mit

verklärtem Blick beobachtet. Keine der beiden kann sehen, dass er mich schelmisch angrinst.

Mit diesem Verhalten brilliert Julian schon seit unserer Jugend, was dazu führte, dass unsere Mütter ihn vergöttern wie einen Prinzen, der den verlorenen Glasschuh zurückbringt. Lediglich ich weiß, dass alles nur gespielt ist.

Vorsichtig hilft er mir in meinen Sneaker und bindet die Schnürsenkel zu einer Schleife. Die leiseste Berührung seiner Finger an meinem Knöchel bereitet mir eine Gänsehaut am ganzen Körper, gefolgt von einem Stirnrunzeln in seine Richtung.

»Danke.« Das Wort stoße ich eilig hervor, als er sich wieder hinstellt.

Ich ignoriere meinen rasenden Puls und wende mich Josefina zu. »Macht es dir etwas aus, mich auf dem Heimweg an der Bibliothek abzusetzen?«

Sie runzelt die Stirn. »Das würde ich liebend gern tun, aber ich muss zur Farm der Smiths, um ein paar Dinge für das Erntefest zu klären.«

»Kein Problem.«

Plötzlich erhellt sich ihre Miene. »Aber Julian kann dich in den Ort fahren.«

»Danke, aber ich glaube, ich gehe lieber zu Fuß. Es ist bestimmt schön, nach einem ganzen Tag zu Hause ein bisschen frische Luft zu schnappen.« Ich umarme Josefina.

Sie winkt ab. »Unsinn. Die Bibliothek liegt für Julian auf dem Heimweg.«

»Die Fahrt zurück in die Hölle ist auch so schon lang genug. Da muss er nicht noch einen weiteren Halt machen.«

Julian schnaubt, während meine Mutter ihre Augen verengt.

»Dahlia«, warnt sie mit ihrer typisch strengen Stimme, bei der sich mir die Nackenhaare aufstellen.

»Ich will doch nur höflich sein.«

»Dann bin ich mir nicht sicher, ob du die Bedeutung dieses Wortes verstanden hast«, murmelt Julian so leise, dass nur ich es hören kann.

»Wie bitte? Ich hab dich nicht richtig verstanden.« So leicht lasse ich ihn nicht davonkommen. Ich schaue ihn unschuldig an und klimpere mit den Wimpern.

Er runzelt die Stirn.

»Julian macht es nichts aus, mir diesen kleinen Gefallen zu tun. Nicht wahr, *Mijo*?« Josefina streckt den Arm aus und drückt leicht seinen Oberarm.

»Für dich tue ich alles, Ma.« Julian gibt seiner Mutter einen Kuss auf den Kopf und meiner Mom auf die Wange, ehe er mich ansieht. »Ich warte im Truck.«

»Werdet ihr jemals miteinander auskommen?«, fragt Mom, nachdem Julian die Tür hinter sich geschlossen hat.

»Rosa«, tadelt Josefina.

»Was? Ich dachte, sie würden eines Tages darüber hinwegkommen – über diese …«

»Feindseligkeit?«, schlage ich vor.

»Unreife«, korrigiert mich meine Mom.

Autsch. »Wir können auch reif sein.«

Sowohl sie als auch Josefina ziehen die Augenbrauen hoch.

»Wenn wir es wollen«, schiebe ich hinterher.

Sie wechseln einen Blick.

»Wie dem auch sei. Er ist derjenige, der für gewöhnlich anfängt.«

Josefinas Augen funkeln. »Nico benutzt die gleiche Logik.«

Als unreif bezeichnet zu werden, ist schon schlimm genug, aber will sie mich allen Ernstes mit einem achtjährigen Kind vergleichen?

Ich rümpfe voller Abscheu die Nase. »Verstanden.«

Julian nach fast zehn Jahren wiederzusehen, lässt mich offenbar in alte Muster zurückfallen. Zwischen uns gibt es seit jeher Spannungen, und als wir ans College gingen und vor ein neues Problem gestellt wurden, ist es nur noch schlimmer geworden.

Sexuelle Spannungen.

Meine Mom streicht mir mein Haar hinter das Ohr und richtet meine Kette. »Mir gefällt es überhaupt nicht, euch streiten zu sehen.«

Manchmal geht es mir genauso. Es gibt kurze Momente, in denen ich mir wünsche, wir könnten in eine Zeit zurückkehren, als sich noch nicht alles zwischen uns verändert hatte.

Vor unserem Kuss.

Bevor er mir das Herz gebrochen und jegliche Hoffnung, die ich in uns hatte, zunichtegemacht hat.

Bevor er sein Studium in Stanford abgebrochen hat und aus meinem Leben verschwunden ist, um mich mit meiner Trauer um Luis Senior und seinen Sohn allein zu lassen.

Meine Brust zieht sich zusammen.

Ich habe Julian nie erzählt, wie sehr es mich verletzt hat, dass er mich einfach so abserviert hat, als hätte ich ihm nichts bedeutet.

Und das wirst du auch niemals tun.

* * *

Die Fahrt in den Historic District ist kurz, und auf der gesamten Strecke füllt Julians Playlist die Stille. Erst als er vor der Bibliothek anhält, spricht er.

»Was hast du vor?«

Ich schnalle mich ab. »Mach dir keine Sorgen.«

»Das ist unmöglich, wenn es um dich geht.«

Wieder flattert es in meinem Bauch.

»Was planst du?«, fragt er nach einem Moment des Schweigens.

»Ich will mehr über das Gründerhaus in Erfahrung bringen.

Vielleicht finde ich etwas über Gerald und Francesca heraus und warum es im Haus spukt.«

Sein Kiefer spannt sich an. »Es gibt keine Geister.«

»Hast du nicht mit eingeschalteter Nachttischlampe geschlafen, bis du zwölf warst?«

»Nur weil ich nachts oft zur Toilette musste.« Sein wütender Blick hat den gegenteiligen Effekt auf mich, den er vermutlich beabsichtigt hat.

»Ach so! Ich hab vergessen, dass du Bettnässer warst.«

Mit einem frustrierten Ächzen fährt Julian weiter die Straße entlang.

»Wohin fahren wir?« Die Bibliothek wird in meinem Seitenspiegel kleiner.

Er biegt in die nächste Straße ein. »Ich parke hinter der Bibliothek.«

»Warum?«

»Weil ich nicht will, dass jemand Zeuge deines Mordes wird.«

»Du wirst deine Meinung über Geister schnell ändern, wenn du mich heute umbringst.«

Seine Miene bleibt ausdruckslos, als er nach rechts abbiegt und in eine Parklücke fährt.

Ich springe aus dem Wagen, bevor er die Chance hat, etwas zu erwidern, und steuere die Bibliothek an.

Der schwache Geruch von alten Büchern und frisch aufgebrühtem Kaffee liegt in der Luft, als ich auf Beth, die Bibliothekarin, zusteuere, die hinter dem Empfangsschalter sitzt.

Ich bin so auf mein Ziel fokussiert, den Schlüssel für den Raum mit den alten Zeitungen zu bekommen, dass ich keine Zeit habe, mir Sorgen über das Wiedersehen mit ihr zu machen.

Was für ein Fortschritt.

»Hi, Beth.« Ich lehne mich mit einem verhaltenen Lächeln an den Schalter.

Beth arbeitet schon seit meiner Kindheit hier. Ihre Frisur ist so groß wie ganz Texas, und ihre Garderobe scheint aus den Fünfzigern zu stammen.

»Dahlia! Ich habe schon gehört, dass du wieder hier bist!« Sie lässt einen Stapel Bücher fallen und kommt mit ausgebreiteten Armen um den Tresen herumgerannt.

Ich halte meinen Gipsarm in die Höhe, um sie davon abzuhalten, mich an sich zu drücken.

Sie runzelt die Stirn. »Was ist passiert?«

»Ich bin von einer Leiter gefallen. Aber wie geht es *dir*?«

»Besser, jetzt wo du auf einen Besuch vorbeigekommen bist. Es ist schon eine ganze Weile her, seit ich dich zuletzt gesehen habe.«

»Ich weiß.« Fernbleiben war einfach im Vergleich zur Alternative.

Mich mit der gebrochenen Person auseinanderzusetzen, die ich geworden bin.

»Wenn ich gewusst hätte, dass du kommst, hätte ich dein Design-Buch mitgebracht, das ich zu Hause habe.«

»Du hast es dir gekauft?«

Sie strahlt. »Aber natürlich.«

Mir wird warm ums Herz.

»Ich habe die ganze Zeit verfolgt, was du so treibst. Team Dahlia für immer.« Sie hebt eine Hand, damit ich einschlagen kann, und ich kann kaum verbergen, dass ich zusammenzucke, als unsere Hände aufeinandertreffen.

»Hast du vor, hierzubleiben, jetzt wo du dich von Oliver getrennt hast?«

Beth ist die erste Person im Ort, die mich auf meinen Ex anspricht, doch anstatt Panik zu empfinden, breche in Gelächter aus. »Ich bin mir nicht sicher. Ich bezweifele, dass Julian und ich mehr als ein paar Monate an einem Ort sein können, ohne uns gegenseitig umzubringen. Ich werde also im neuen Jahr nach San Francisco zurückkehren.«

Beth schaut mit hochgezogener Augenbraue über meine Schulter hinweg. »Julian Lopez? Was machst du denn hier?«

Meine Muskeln verspannen sich, als ich mich umdrehe und feststelle, dass mich Julian anfunkelt.

»Ich bin mit ihr hier.«

»Warum?«, platze ich heraus.

Die Ader an seiner Schläfe tritt kurz hervor, aber er geht nicht auf meine Frage ein.

»Muss ich euch noch mal an die Regeln erinnern?« Sie deutet mit dem Kopf auf ein Schild hinter dem Empfangstresen. Ein Großteil der Bibliotheksregeln wurde erst nach ein paar Vorfällen mit Feuerzeugen, Lufthupen und Nerf Guns eingeführt, für die Julian und ich über die Jahre verantwortlich waren.

»Nein, Ma'am«, sagen wir beide aus alter Gewohnheit.

»Nun, womit kann ich euch helfen?« Beth kehrt auf ihren Posten hinter dem Tresen zurück.

»Ich würde mir gern ein paar alte Zeitungsartikel ansehen.«

Beth öffnet eine Schublade und holt einen Schlüsselbund daraus hervor. »Suchst du etwas Bestimmtes?«

»Alles über das blaue Gründerhaus.«

»*Oh.*«

»Du hast Geschichten darüber gehört?«

»Du wirst kaum jemanden finden, der noch keine gehört hat.« Sie hält mir den Schlüssel hin. »Zeitungsausschnitte sollten nach Jahren geordnet sein, und der Projektor befindet sich im Raum neben den Toiletten, falls du ihn brauchst.«

»Danke.« Ich greife nach dem Schlüssel.

»Wir schließen in einer Stunde«, fügt sie hinzu.

»Alles klar.« Ich gehe zu den Aktenschränken im hinteren Teil.

Julian schweigt, während ich die erste Schublade mit Zeitungsausschnitten der *Wisteria Weekly* durchsehe, die schon existiert, seitdem der Ort Ende der 1890er-Jahre gegründet wurde. Ich überfliege die Schlagzeilen auf der Suche nach irgendeiner Information, die hilfreich sein könnte.

Nach den ersten fünfzig Ausschnitten verschwimmt meine Sicht. Wenn es so quälend langsam weitergeht, werde ich es höchstens schaffen, vier Jahrgänge der Zeitung durchzusehen, bevor die Bibliothek schließt.

Das unaufhörliche Tippen von Julians Fingern auf seinem Handy erschwert mir die Arbeit noch mehr.

Mit finsterer Miene schaue ich ihn an. »Ich weiß, es ist viel verlangt, aber kannst du wenigstens *versuchen*, dich nützlich zu machen?«

»Du hast mich nicht um Hilfe gebeten.«

Er hat gut reden.

Ich bin mir ziemlich sicher, dass Julian lieber bis zur Erschöpfung arbeiten würde, als um Hilfe zu bitten, wenn er sich etwas in den Kopf gesetzt hat, denn er ist *unglaublich* starrsinnig.

Das heißt noch lange nicht, dass du es auch sein musst.

»Würdest du mir *bitte* helfen?«

»Ich liebe es, wenn du *bitte* sagst.« Seine tiefe Stimme stellt etwas mit meiner unteren Körperhälfte an, das illegal sein sollte.

Ich schließe die Schublade so schwungvoll, dass der ganze Schrank bebt. »Arschloch.«

»*Erdbeerkönigin.*« Er schleudert mir meinen alten Spitznamen entgegen.

Er hat ihn mir gegeben, als ich vor langer Zeit auf dem Erdbeerfest diesen Titel beim Schönheitswettbewerb gewonnen habe, nachdem er gewettet hatte, dass ich es nicht unter die ersten drei schaffen würde.

Doch zuletzt hat er mich im College so genannt, direkt nachdem er mich um den Verstand geküsst hatte.

Ein Kuss, den er offenbar umgehend bereut hat.

Vergiss Julian.

Ich reiße die erstbeste Schublade auf, an die ich heranreiche, und zeige auf den Ordner ganz vorn. »Durchsuche die Seiten nach Informationen über das Haus, Gerald Baker oder einer Frau namens Francesca.«

* * *

»Ich glaube, ich habe was gefunden.« Julians Blick huscht über den Zeitungsausschnitt in seiner Hand.

»Was?« Nachdem ich eine halbe Stunde damit verbracht habe, Zeitungen zu sichten, kann ich die Aufregung in meiner Stimme kaum verbergen.

»Komm mit.« Julian führt mich zu einem Tisch in der Nähe, wo er mir einen Stuhl zurechtrückt und wartet.

Als ich Platz nehme und er mich zum Tisch schiebt, streifen seine Finger meine Schulterblätter. Zum Glück wird mein scharfes Einatmen vom Schaben der Stuhlbeine auf dem Boden übertönt.

Als Julian auf die Schlagzeile deutet, berührt er meinen Arm mit seinem. Wie von selbst lehne ich mich weiter in die Berührung hinein, doch rufe mich schnell wieder zur Raison.

»Gerald ist gestorben, bevor das Haus fertiggestellt wurde.«

Ich blinzele. »Nein!«

»Schau.« Er schiebt mir den Ausschnitt hin und rückt ein Stück von mir ab.

Ich lese den Artikel mit gerunzelter Stirn. Laut dem Bericht ist Gerald an einer bakteriellen Infektion gestorben und hat zwei Hunde hinterlassen. Quellen aus Geralds Umfeld behaupteten, er habe es abgelehnt, sich ins Krankenhaus einliefern zu lassen, da er in seinem halb fertigen Haus sterben wollte.

Meine Augen brennen. »Das ist so verdammt traurig.«

»Wenn ich solche Geschichten höre, bin ich froh, dass ich nach der Erfindung des Penicillins geboren wurde.«

Ich betrachte das körnige Foto von Gerald, der mit einer Schaufel in der Hand vor seinem Grundstück steht. »Er hat nicht einmal mehr erlebt, wie sein Haus fertiggestellt wurde.«

»Offenbar nicht.«

»Und er konnte seine große Liebe nicht heiraten.«

»Das gelingt ohnehin nicht vielen.« Seiner Stimme haftet eine gewisse Schärfe an.

»Sie muss am Boden zerstört gewesen sein, als sie von seinem Tod erfahren hat.«

»Warum?«

Ich stutze. »Was soll das heißen, *warum*? Weil sie ineinander verliebt waren.«

»Wenn sie ihn wirklich geliebt hätte, wäre sie von Anfang an an seiner Seite geblieben.«

»Er war doch derjenige, der ihr gesagt hat, sie solle nicht kommen, ehe das Haus fertig ist.«

»Dann war es ihr Fehler, dass sie auf ihn gehört hat.«

Aus irgendeinem Grund habe ich das Bedürfnis, Francesca und ihre Entscheidungen zu verteidigen, vielleicht weil ich gewisse Parallelen zu mir selbst erkenne. »Sie hat auf ihn gewartet, hat ihm Briefe geschrieben und hat an dem Traum festgehalten, dass sie eines Tages heiraten würden, obwohl alle gegen sie waren.«

»Das behauptest du.«

Die Dreistigkeit dieses Mannes. »Für jemanden, der noch nie verliebt war, hast du eine ganz schön festgefahrene Meinung zu der Angelegenheit.«

Die Ader an seinem Hals pulsiert mit jedem Schlag seines rasenden Herzens.

»Was, wenn *er* derjenige war, der kein Risiko eingehen wollte?«, fahre ich fort. »Was, wenn sie ihn angebettelt hat, zu ihm kommen zu dürfen, aber er es ihr jedes Mal ausgeredet hat? Er hätte sie jederzeit bitten können, ihn zu heiraten, und vielleicht wäre ihr Vater sogar einverstanden gewesen, weil er das gewollt hätte, was für seine Tochter am besten war.«

»Das sind ganz schön viele Mutmaßungen.«

»Du bist derjenige, der voreilige Schlüsse zieht, indem du *sie* dafür verurteilst, dass sie angeblich nicht mutig genug war, um zu ihm zu ziehen, obwohl *er* vielleicht derjenige war, der Angst vor den Risiken hatte. Vielleicht hätte er sich ein Leben mit ihr aufbauen sollen, statt einer Mauer, um sie von sich fernzuhalten.«

Scheiße. Scheiße. Scheiße!

Er ballt unter dem Tisch seine Hand zur Faust und öffnet sie wieder. »Dahlia …«

In einem Versuch, mein gerötetes Gesicht zu verstecken, senke ich meinen Kopf und schaue auf den Artikel. »Jedenfalls ist Gerald vermutlich der Geist, womit der Fall gelöst wäre.«

»Ich habe nie über dich geurteilt.« Er flüstert, doch genauso gut hätte er die Worte schreien können.

»Ich habe über Francesca gesprochen.« Schnell stehe ich auf.

Er tut es mir gleich. »Merkwürdig, denn für einen Moment hat es sich so angehört, als würdest du über *uns* reden.«

Meine Kehle fühlt sich mit einem Mal an, als hätte er seine Hände darum gelegt und würde zudrücken. »Das ist eine ziemlich narzisstische Annahme von dir.«

»*No mames. Háblame.*«*

---

* ***No mames. Háblame:*** *Hör auf mit dem Mist. Sprich mit mir.*

Ich wende den Blick von seinen nun wieder geballten Fäusten ab. »Für diese Unterhaltung kommst du ungefähr zehn Jahre zu spät, meinst du nicht?«

»Das hier ist eindeutig ein großer Fehler.«

»Wäre nicht das erste Mal, dass du dieser Ansicht bist.«

Er macht den Mund auf, doch schließt ihn sogleich wieder.

Ich könnte Julian hundert Chancen geben, mir seine Entscheidung zu erklären, mich abzuservieren, aber das würde nichts an der Wahrheit ändern, die er so quälend offensichtlich gemacht hat.

Er wollte mich nicht.

Ein verbittertes Lachen steigt in meinem Hals auf. »Schon in Ordnung.«

»Es war nie meine Absicht, dich zu verletzen.« Er legt all meine Unsicherheiten mit einem einzigen Satz offen.

»Das hast du auch nicht«, lüge ich.

»Was ich getan habe …« Seine Stimme verliert sich, zusammen mit seinem Mut, den er ursprünglich offenbar hatte.

Gut. So ist es mir ohnehin lieber.

»Alles geschieht aus einem Grund«, sage ich.

Er nestelt an dem Zeitungsausschnitt herum. »Ich hätte niemals damit gerechnet, dass du auch etwas mit Design machen wirst.«

Das hätte er sehr wohl, wenn er mir die Chance gegeben hätte, ihm von meinen Hoffnungen und Ängsten zu erzählen, statt einfach anzunehmen, er wüsste, was gut für mich ist, indem er mich dazu gedrängt hat, in Stanford zu bleiben und einen Abschluss in Politikwissenschaft zu machen.

Ich habe mich immer für Design interessiert – als meine Eltern das Haus renovierten, verließen sie sich bei den Farben und Möbeln auf mich –, aber ich habe es nie geäußert, da es ihnen immer wichtig war, dass ich einen klassischen Uniabschluss mache.

»Ich habe schon ein paar Kurse belegt, bevor du weggegangen

bist.« Außerdem bin ich einer Gruppe beigetreten und hab mir einen Mentor aus der Fakultät für Innenarchitektur gesucht, weil ich mehr lernen wollte, ohne mein Studienfach zu wechseln.

Er zieht die Augenbrauen hoch. »Das wusste ich nicht.«

»Niemand wusste es.« Ursprünglich hatte ich vorgehabt, Anwältin zu werden, zum Teil, weil meine Eltern wollten, dass ich einen gut bezahlten Job haben würde. Das Letzte, was ich wollte, war also, sie zu enttäuschen, indem ich ein Stipendium für Stanford für ein Studium sausen ließ, mit dem ich garantiert keinen Erfolg haben würde.

Meine Fans finden es toll, dass ich Politikwissenschaft studiert und am Ende Innenarchitektin geworden bin, aber meine Entscheidung hängt stark mit meiner Versagensangst zusammen, mit der ich schon mein ganzes Leben zu kämpfen habe.

Julian schweigt, während er sich offenbar durch die Puzzleteile aus Erinnerungen kämpft. »Als du damals angeboten hast, in meiner Firma zu arbeiten …«

»Kein Grund, die Vergangenheit wiederaufleben zu lassen. Es ist schließlich nicht so, als könnte man noch etwas daran ändern.«

»Manchmal würde ich mir das allerdings wünschen.«

Atmen ist auf einmal eine anstrengende Aufgabe, denn meine Lunge schmerzt auf unerträgliche Weise.

Er unterbricht den Blickkontakt. »Ich habe es stets bereut, wie die Dinge zwischen uns gelaufen sind. Ich wollte nicht …« Er wird unterbrochen, als Beth hinter einem Bücherregal auftaucht. »Die Bibliothek schließt gleich! Ihr müsst jetzt aufhören und morgen wiederkommen, denn ich habe eine Verabredung mit einer Packung Eis, die ich nicht verschieben kann.«

»Danke, Beth.« Ich ignoriere Julians gequälte Miene, als ich ihr die Schlüssel reiche und zurück zum Aktenschrank mit den Zeitungsausschnitten gehe.

Julian sagt nichts mehr. Nicht als ich in seinen Wagen steige. Nicht während der Fahrt zu mir nach Hause und erst recht nicht, als ich mit dem Rest meiner Würde aus seinem Truck flüchte.

Ich habe vorhin zu viel preisgegeben. Nach so langer Zeit in Julians Gegenwart zu sein, fühlt sich an, als würde eine alte Wunde wieder aufgerissen werden, und statt einen kühlen Kopf zu bewahren, lasse ich mich von meinen Emotionen leiten.

Obwohl ich mich bemühe, unser Gespräch zu vergessen, gehe ich es in Gedanken wieder und wieder durch, als ich an diesem Abend im Bett liege.

Was wollte er sagen, bevor Beth uns unterbrochen hat?

Hat er es ernst gemeint, als er behauptet hat, er würde nicht über mich urteilen? Denn das scheint mir fast unmöglich, wenn man bedenkt, dass ich mit seinem Mitbewohner zusammengekommen bin, den er als Freund betrachtet hatte.

Und was wäre geschehen, wenn ich zugegeben hätte, dass er nicht der Einzige ist, der seine Entscheidungen bereut?

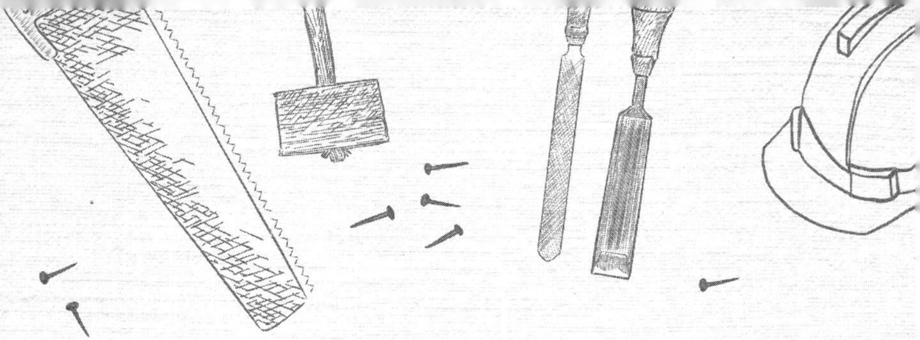

KAPITEL NEUNZEHN
JULIAN

Der Gedanke, in mein leeres Haus zurückzukehren, ist genauso verlockend wie eine Wurzelbehandlung ohne Betäubung, daher fahre ich zum Last Call, nachdem ich Dahlia zu Hause abgesetzt habe.

Da es ein Sonntagabend ist, ist in der Bar nicht viel los, und nur an ein paar der hohen Tische sitzen Leute auf den Hockern. Ich nicke ein paar Ortsbewohnern zum Gruß zu und nehme meinen üblichen Platz am Ende der Theke ein.

»Modelo?« Henry, der ältere Barkeeper, legt eine Serviette vor mich hin. Als ich nicke, bringt er mir eine Flasche meines Lieblingsbiers.

»Setz es auf meine Rechnung.« Ich werfe meine American-Express-Kreditkarte auf die Theke und stürze die Hälfte des Getränks in einem Zug herunter.

»Harter Tag?«, fragt ein Typ, der ein paar Hocker weiter an der Bar sitzt.

»Kann man so sagen.« Ich versuche, sein Gesicht zu erkennen, aber seine Baseball-Cap wirft einen dunklen Schatten auf seine Züge.

»Probleme auf der Arbeit?«

Ich schweige und trinke einen weiteren Schluck.

»Mit der Familie?«

Ich halte den Blick starr auf das Regal mit den Flaschen hinter der Bar gerichtet.

»Mit einer Frau?«

Ich schließe meine Finger fester um die Flasche.

»Ahh. Ich verstehe.« Er schaut auf und sieht mich aus diesen dunklen Augen an, die ich überall wiedererkennen würde.

Lorenzo Vittori.

Er trinkt einen großen Schluck aus seinem Highball-Glas, bevor er es auf dem Tresen abstellt. »Julian Lopez, richtig?«

Die Muskeln unter meinem Hemd verspannen sich. »Ja.«

»Ich würde ja sagen, es ist schön, endlich den Mann kennenzulernen, der es mir im letzten Jahr so schwer gemacht hat, aber das wäre eine Lüge.«

Ich schweige. Lorenzo beim Häuserkauf zu überbieten, war einfach, besonders weil ich überall im Ort gute Connections habe.

Manchen mag es missfallen, dass ich alte Häuser kaufe, nur um sie abzureißen, aber sie vertrauen mir trotzdem mehr als Lorenzo, der erst hier wohnt, seitdem seine Eltern gestorben sind.

Das Grinsen auf seinen Lippen erreicht nicht seine leeren Augen. »Du redest wohl nicht gern.«

Wieder trinke ich einen großen Schluck von meinem Bier. Die meisten Leute im Ort würden mich als schüchtern bezeichnen. Reserviert. *Still.* Was einst eine Schwäche war, hat sich zu meiner größten Stärke entwickelt, vor allem, wenn ich mit feindseligen Schwachköpfen wie Lorenzo zu tun habe.

Er stößt ein langes, übertriebenes Seufzen aus. »Bist du immer so ein Langweiler oder sparst du dir das Klischee des stillen, stoischen Typen für mich auf?«

Henry schnaubt.

Ich funkele ihn an.

Lorenzo hebt grinsend sein leeres Glas. »Wie wär's mit einer weiteren Runde für meinen Freund und mich?«

»Wir sind keine Freunde.« Trotz meiner Wut gelingt es mir, meine Stimme neutral klingen zu lassen.

»Du verbringst deinen Sonntagabend ausgerechnet mit mir trinkend in einer Bar. Wenn du überhaupt irgendwelche Freunde hast, dann können es auf keinen Fall gute sein.«

Er hat meine Schwäche erkannt und den Nagel auf den Kopf getroffen. Außer Rafa habe ich keine Freunde, denn die eine Hälfte der Männer im Ort arbeitet für mich, und die andere Hälfte ist doppelt so alt wie ich.

Das Unternehmen meines Vaters zu vergrößern, hat Opfer verlangt, und eines davon war mein Privatleben.

Aber es war nicht das größte Opfer.

Dahlias Worte von vorhin hallen in meinem Kopf nach.

Vielleicht war er *derjenige, der Angst vor den Risiken hatte. Vielleicht hätte er sich ein Leben mit ihr aufbauen sollen, statt einer Mauer, um sie von sich fernzuhalten.*

Als mein Dad starb, hatte ich mit einer Menge Probleme zu kämpfen – Angst war eines davon. Und Stolz. Wut. *Trauer.* Alles in meinem Leben ging den Bach hinab, zusammen mit meinem Charakter.

Dinge, die ich mir zuvor gewünscht hatte – zum Beispiel einen Abschluss von Stanford und eine Beziehung mit Dahlia –, schienen mir plötzlich unmöglich, nachdem sich mein Leben über Nacht geändert hatte.

Ich war kaum erwachsen, als ich die Entscheidung getroffen habe, Dahlia wegzustoßen, was dazu geführt hat, dass sie ganz aus meinem Leben verschwand, obwohl wir im ersten Jahr an der Uni eine enge Freundschaft aufgebaut hatten. Es war unsensibel und unfair von mir, daher hatte sie jedes Recht dazu, jemanden zu finden, der ihr ein Gefühl von Sicherheit gab, das ich ihr als Zwanzigjähriger, der mit seiner Trauer zu kämpfen und das Unternehmen seines Vaters zu retten hatte, nicht geben konnte.

Eine Erinnerung, die ich unterdrückt habe, drängt sich in mein Bewusstsein und versetzt mich zurück in meine Zeit in Stanford.

»*Wann hast du vor, Dahlia zu gestehen, dass du sie magst?*«, fragte mich Oliver einmal, als Dahlia unser Zimmer nach einer unserer abendlichen Verabredungen zum Lernen verlassen hatte.

»*Wer sagt, dass ich sie mag?*« Trotz meines rasenden Herzens sprach ich in gelassenem Tonfall.

»*Du hast gelächelt, als du aus dem Badezimmer wiedergekommen bist und sie dabei erwischt hast, wie sie in deinem Schreibtisch rumgeschnüffelt hat.*«

Ich schwieg. Rafa war der Einzige, mit dem ich mich über meine Gefühle für Dahlia unterhalten hatte, und das wollte ich auch nicht ändern.

Er zuckte mit den Schultern. »*Du solltest es ihr besser bald sagen, bevor dir ein anderer zuvorkommt und sie dir wegschnappt.*«

Ich werde von einem stechenden Schmerz in meiner Brust in die Gegenwart zurückkatapultiert. Ganz egal, wie oft ich mir einrede, dass ich nicht hätte ahnen können, was für ein Arschloch Oliver tatsächlich war, habe ich immer noch Schuldgefühle, weil ich die beiden einander vorgestellt habe.

Wenn du sie nicht abserviert hättest, wäre sie ihm niemals so nahegekommen.

Ich trinke einen Schluck von meinem Bier in der Hoffnung, den sauren Geschmack in meinem Mund damit runterspülen zu können.

Kein Alkohol der Welt wird etwas daran ändern, dass sie dir so wichtig ist, dass du dich selbst verabscheust.

Fuck. Ich reibe mir mit der Hand über das Gesicht. Mich in einer Bar zu betrinken, sollte mich eigentlich von Dahlia ablenken.

Ich leere mein Bier und erhebe mich. »Henry, kann ich bitte bezahlen?«

»Wo willst du hin?« Lorenzos Grinsen verwandelt sich schnell in ein Stirnrunzeln.

Ich ignoriere den Mann, der offenbar einen Wink mit dem Zaunpfahl nicht versteht.

Henry zieht eilig meine American Express durch das Kartenlesegerät und reicht mir den Beleg zum Unterschreiben.

»Ich dachte, wir würden uns endlich miteinander anfreunden.« Die Eiswürfel in Lorenzos Glas klimpern, als er einen großen Schluck trinkt.

»Wie viel muss ich dir zahlen, damit du aus dem Ort verschwindest?«

»Ich habe kein Interesse daran, mehr Profit zu machen.«

Ich stutze kurz. »Was willst du dann?«

»Das erfahren nur Freunde.« Er hebt sein Glas zu einem spöttischen Toast, bevor er es leert.

Ich gebe Henry ein großzügiges Trinkgeld und unterschreibe den Beleg, ehe ich die Bar verlasse. Meine Erleichterung darüber, Lorenzos Geschwätz entkommen zu sein, ist jedoch nur von kurzer Dauer, denn mit einem Mal spüre ich wieder den Schmerz, der sich seit unserem Besuch in der Bibliothek nicht vertreiben lässt.

Ich reibe mir die Brust und wünsche mir, dass es endlich nicht mehr wehtut.

Viel Glück dabei.

Der einzige Weg, das quälende Pochen zu vertreiben, ist, mich von der Person fernzuhalten, die es verursacht.

Dahlia Muñoz.

* * *

Den Rest des Abends verbringe ich damit, Pläne zu schmieden, wie ich Dahlia meiden kann. Die Kurzfassung ist, dass ich die Renovierungsarbeiten beschleunigen muss, was ihre Kreativität wieder zurückbringt und damit ihre Motivation, ihre Design-Arbeit wiederaufzunehmen. Sie kann nach San Francisco zurückkehren, und ich kann mein Leben weiterleben wie bisher.

Der Plan sollte aufgehen. Ich muss nur dafür sorgen, dass Ryder und die anderen aus dem Team damit einverstanden sind, denn um die Renovierungsarbeiten zu beschleunigen, müssen wir ein anderes Projekt verschieben.

Trotz meiner Bedenken fahre ich am Montagmorgen also zum Gründerhaus, um persönlich mit Ryder zu sprechen.

»Hey, Boss. Ich wusste nicht, dass du uns heute beehrst.« Er schließt die Tür seines Trucks.

»Es gibt eine Planänderung.«

Das Sonnenlicht spiegelt sich in seinen braunen Augen. »Inwiefern?«

»Wir müssen innerhalb der nächsten drei Monate dieses Projekt beenden.«

Seine Augenbrauen schießen bis zum Rand seines Helmes hoch. »Was?«

»Meinst du, wir können es bis Ende Januar schaffen?«

Ryder schaut zwischen dem heruntergekommenen Haus und mir hin und her. »Kommt darauf an, was wir drinnen vorfinden.«

»Wir können unsere Terminpläne ändern und andere Projekte verschieben, wenn wir dieses hier dafür schneller beenden können. Ich will, dass alle ihren Arbeitsschwerpunkt hierher verlagern.«

»Darf ich fragen, woher diese plötzliche Eile kommt?«

Die Antwort auf diese Frage fährt im selben Augenblick vor dem Haus vor und hat Ozuna so laut aufgedreht, dass die Musik selbst durch die geschlossenen Fenster ihres Wagens zu hören ist.

Dahlia steigt aus dem Auto ihrer Schwester aus. Sie trägt Lederstiefel, einen Pullover, der zu dünn für die Oktoberkälte ist, und einen Designerrock, der einzig dazu geschaffen zu sein scheint, um mich in den Wahnsinn zu treiben.

Gott, gib mir Kraft, das Meeting mit meinem Team zu überstehen, obwohl ich gegen eine Erektion ankämpfen muss.

Ein Anflug von Zögerlichkeit huscht über ihre Züge, doch dann schiebt sie ihre Sonnenbrille hoch und hält Ryder ihre Hand hin. »Hi, ich bin Dahlia.«

»Ryder. Ich bin der Projektmanager.« Sein Blick schweift nicht von ihrem Gesicht ab.

Dahlia stellt sich beim Ingenieur und Architekten vor, die sie beide von oben bis unten anglotzen.

Bist du ernsthaft eifersüchtig auf deine Angestellten?

So wie Dahlia sie aus ihren großen braunen Augen anschaut und strahlend anlächelt – ja verdammt, das bin ich.

»Lasst uns loslegen«, platze ich heraus, denn ich möchte den Rundgang beenden, ehe ich noch jemanden feuere.

Zu Beginn ist Dahlia zurückhaltend und überlässt mir die Gesprächsführung, doch nach zehn Minuten scheint sie mit meinem Team warm zu werden und benimmt sich so wie immer.

Sprachlos beobachte ich, wie sie mit meinen Leuten interagiert, als würde sie schon seit Jahren und nicht erst seit einer Stunde mit ihnen arbeiten. Ich bin beeindruckt von ihrem breit gefächerten Wissen, und auch Ryder wirkt überrascht darüber, wie viel Erfahrung mit Häusern im viktorianischen Baustil sie hat.

Er kritzelt etwas auf sein Klemmbrett. »Die Veränderungen, die ihr angedacht habt, könnten wir vermutlich tatsächlich innerhalb der von Julian angesetzten drei Monate schaffen.«

»Drei Monate?« Dahlia schaut sich zu mir um. »Ich dachte, deiner Einschätzung nach könnte es sechs bis acht Monate dauern.«

Ich nicke. »Planänderung.«

Ihre Augen werden schmal. »Was für ein Glück.«

Doch seit Dahlia wieder in mein Leben zurückkehrt ist, fühle ich mich, als würde mir genau das fehlen – Glück.

Sie geht weiter, und meine Männer überschlagen sich förmlich, um ihr alles recht zu machen. Ich entferne mich einen Schritt von den anderen, um einen Anruf entgegenzunehmen, und als ich zurückkomme, lachen alle über irgendetwas, das sie gesagt hat.

»Was ist los?«

Ryder grinst. »Dahlia hat uns gerade eine Geschichte darüber erzählt, wie stark sich die Version der Hausrenovierungen, die man im Fernsehen sieht, von der Realität unterscheidet.«

»Und?«

»Offenbar hat sich das Produktionsteam entschieden, für manche Szenen die Hände eines anderen Arbeiters als Double zu filmen, da ihr Verlobter keinen Plan hatte, was er da tat.«

»*Ex*-Verlobter.« Ich weiß selbst nicht, warum ich das klarstellen muss, aber ich bereue es noch im selben Moment, in dem ich es ausspreche.

Dahlia ballt die Hände an ihren Seiten zu Fäusten. »Julian. Kann ich kurz mit dir sprechen?«

Mein Magen zieht sich zusammen, als sie in Richtung Küche marschiert und mich mit meinem Team allein lässt.

Ryder schneidet eine Grimasse. »Verdammt. Haben wir was Falsches gesagt?«

»Ich bin einfach ein Arschloch. Macht nur weiter.« Ich drehe mich in die Richtung um, in die Dahlia davongestürmt ist.

Es dauert eine Minute, bis ich sie draußen finde, wo sie auf den See hinausblickt und sich den Arm hält, der noch immer in der Schlinge steckt.

»Was war das gerade dort drinnen?«

»Ein Fehler.« Seit sie zurück ist, balanciere ich auf einem Drahtseil aus Emotionen, und kaum wurde Oliver einmal erwähnt, habe ich die Balance verloren und bin in eine Grube aus Eifersucht gestürzt.

Sie hält den Blick weiter auf den See gerichtet. »Macht es dir Spaß, dafür zu sorgen, dass ich mich klein fühle?«

Ich drehe abrupt den Kopf in ihre Richtung. »Natürlich nicht.«

Dahlia wendet sich mir zu. »Wenn du vorhast, mich aus dem Ort zu vertreiben, dann musst du dir schon mehr Mühe geben. Ich habe mich nicht die letzten fünf Jahre mit Internet-Trollen und einem zukünftigen Schwiegermonster auseinandergesetzt, um bei der kleinsten Widrigkeit aufzugeben. Das kann ich dir versichern.«

»Ich will nicht …« Ich versuche, mich zu konzentrieren. »Du hast es völlig falsch aufgefasst.«

Auch wenn ich will, dass sie Lake Wisteria verlässt, würde ich sie niemals absichtlich vor meinen Angestellten verletzen, um sie schneller loszuwerden, besonders weil ich miterlebt habe, wie schwer es ihr momentan fällt, unter Leute zu gehen.

Ihre Augen werden schmal. »Dann erklär es mir.«

In Wahrheit will ich es nicht erklären, weil ich dann zugeben müsste, dass ich immer noch eifersüchtig auf Oliver bin, obwohl ich jahrelang versucht habe, mich selbst davon zu überzeugen, dass ich über das, was zwischen ihm, Dahlia und mir passiert ist, hinweg bin.

Anstatt ihr also die Wahrheit zu offenbaren, bleibe ich innerhalb meiner Komfortzone.

Ich schiebe die Hände in meine Taschen. »Ich hätte dich schon vor Wochen loswerden können, statt mich bereit zu erklären, mit dir zusammen an einem Projekt zu arbeiten.«

Sie legt den Kopf schief. »Ach wirklich?«

»Der Bürgermeister sucht immer noch nach Hinweisen, wer seinen Jaguar vor zwölf Jahren mit rohen Eiern beschmiert hat.«

Dahlias Augen weiten sich. »Das würdest du dich nicht trauen.«

»Wenn du weiterhin immer das Schlimmste von mir annimmst, dann tue ich es vielleicht.«

Ihre Nasenflügel blähen sich. »Wenn du nicht willst, dass ich immer vom Schlimmsten ausgehe, was dich betrifft, solltest du mich lieber nicht erpressen. Das vermittelt die falsche Botschaft.«

Ich unterdrücke ein Lachen. »Abgemacht.«

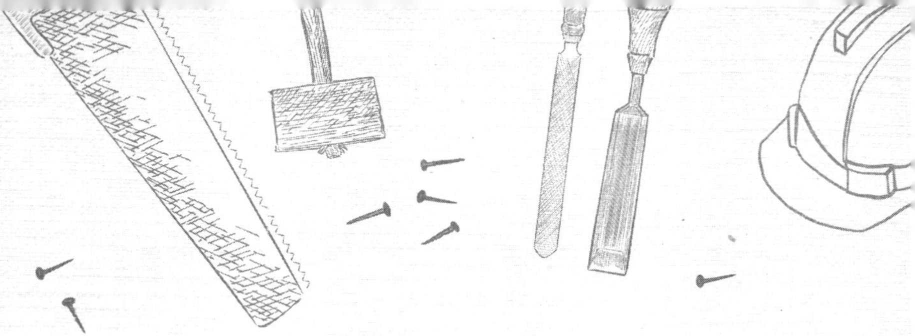

KAPITEL ZWANZIG
JULIAN

Mein Unternehmen auch über die Grenzen von Lake Wisteria hinaus auszuweiten, gehörte immer zu meinem Plan. Im vergangenen Jahr habe ich mich über angrenzende ebenfalls an Seen gelegene Orte informiert, an Gemeindeversammlungen teilgenommen und bin zu unzähligen Hausbesichtigungen gegangen, um sicherzustellen, dass ich den richtigen zweiten Standort für Lopez Luxury ausgewählt habe.

Ich sollte außer mir vor Freude darüber sein, dass ich mein erstes Haus in Lake Aurora gekauft habe, nachdem es so schwer war, die Ortsbewohnerinnen und Ortsbewohner von meinem Plan zu überzeugen, den Tourismus zu fördern und den Immobilienwert zu verdreifachen. Stattdessen fühle ich nichts als Leere, als meine Unterschrift auf der gepunkteten Linie trocknet.

Meine Immobilienmaklerin schiebt den Vertrag in die Klarsichtfolie. »Ich werde Ihren Assistenten kontaktieren, wenn die Besitzer des Anwesens auf der Juniper Lane bereit sind, zu verkaufen.«

»Und Sie glauben, dass das der Fall sein wird?«

Sie lässt den Vertrag in ihre Aktentasche gleiten und zieht sie über ihre Schulter. »Aber ja. Es ist nur eine Frage der Zeit. Außerdem habe ich schon zwei weitere Familien gefunden, die bereit sind, einen Teil ihrer Grundstücke zu verkaufen. Wie es scheint, können sich die Leute besser mit dem Gedanken anfreunden, sich von ihrem Besitz zu trennen, nachdem sie gesehen haben, was Sie aus dem Ort gemacht haben.«

»Großartig.« Es fällt mir schwer, Begeisterung vorzutäuschen.

Ihre grauen Augenbrauen ziehen sich zusammen. »Kann ich sonst noch etwas für Sie tun?«

»Nein. Halten Sie Sam über den Verkauf auf dem Laufenden.« Ich stehe auf und begleite sie aus meinem Büro.

Sam lässt sein Sandwich fallen, um die Maklerin hinaus zum Parkplatz zu begleiten.

»Die Fußböden müssen raus«, erklingt Dahlias Stimme.

Was zur Hölle?

Ich schaue mich im Raum und im Flur nach Dahlia um, doch kann sie nirgends entdecken.

»Dafür reicht unser Budget nicht aus«, antwortet Oliver mit fröhlicher Stimme.

Eine Folge von Dahlias Show läuft auf Sams Computer. Ich gehe zum Bildschirm, um auf Pause zu drücken, doch halte mit dem Finger über der Leertaste inne.

Dahlia schaut Oliver gerade stirnrunzelnd an. »Gestern hast du mir gesagt, wir liegen noch unter dem Budget und können das Projekt früher als geplant abschließen.«

»Das war, bevor wir das Problem auf dem Dachboden entdeckt haben.« Er schiebt einen Schraubenzieher in seinen Werkzeuggürtel.

»Was für ein Problem?« Sie wirkt aufrichtig verwirrt über seine Aussage.

»Zwei der drei Stützbalken haben einen Termitenschaden, und die Isolierung muss erneuert werden«, verkündet er mit einem aufgesetzten Lächeln.

»Wie viel wird uns das zusätzlich kosten?«

»Ungefähr dreißigtausend.«

Dahlia schließt die Augen für einen kurzen Moment, ehe sie sich sammelt. »Damit kann ich arbeiten.«

Oliver legt einen Arm um ihre Schultern, wobei ihm nicht aufzufallen scheint, wie sehr sie sich verspannt, als er sie zu sich heranzieht. »Ist das ein schlechter Zeitpunkt, um dir vom Keller zu berichten?«

Das leichte Zucken von Dahlias Auge hätte man als Tick abtun können, aber ich kenne sie zu gut.

Ich bewege die Maus, um mir die Informationen zu der Folge anzusehen. Sie wurde erst gestern zum ersten Mal ausgestrahlt, die Aufnahmen liegen aber eindeutig schon länger zurück, denn Dahlias Haare sind kürzer, und sie ist dünner als jetzt.

Noch eine Sache, die ich Oliver übel nehme.

Ich kann nicht anders als mir die Folge weiter anzusehen und ihre deutlich angekratzte Beziehung zu analysieren. Oliver scheint durch Dahlia hindurchzusehen, statt sie anzuschauen, während sie in die Kamera spricht, und sein Lächeln erreicht nie seine Augen.

Dahlia ist nicht viel besser darin, ihre Zuneigung vorzutäuschen, denn sie verzieht häufig ihr Gesicht, wenn Oliver Konstruktionsprobleme erläutert wie ein Kleinkind mit Baustellenhelm.

Sam hat Dahlia und Oliver einmal als das ultimative TV-Paar beschrieben, aber damals hatte er schließlich noch nicht die aktuelle Folge der Show gesehen.

Eine kurze Recherche ergibt, dass ein Großteil der Zuschauerinnen und Zuschauer derselben Ansicht ist, denn im Internet finde ich Kommentare wie *Fremdschämen mit Suchtfaktor* oder *Die Beziehung ist zum Scheitern verurteilt*.

»Oh Mist. Tut mir leid.« Sam, der gerade wieder den Raum betritt, tippt schnell auf Pause.

»Das war …« Ich habe Schwierigkeiten, die richtigen Worte zu finden.

»Ein bisschen cringe, oder?«

Ich verschränke die Arme vor der Brust. »So könnte man es ausdrücken.«

»Ich vergöttere Dahlia, aber Oliver nervt einfach. Ich kann nicht glauben, dass ich ihn früher mal cool und entspannt fand.«

Ich auch nicht. Doch vor langer Zeit, bevor er sich an die Frau rangemacht hat, von der er wusste, dass ich auf sie stand, war er das vielleicht tatsächlich gewesen.

Ich lehne mich gegen Sams Schreibtisch. »Was ist jetzt anders?«

»Jedes Mal, wenn Dahlia eine innovative Idee hat, findet Oliver einen Weg, ihr mit einem soeben entdeckten Problem einen Strich durch die Rechnung zu machen. Das war die ersten paar Male vielleicht ganz unterhaltsam, aber mittlerweile kann ich es nicht mehr ertragen, dabei zuzusehen, wie Dahlia sich bemüht, nicht wütend auf Oliver zu werden, und er alles dafür tut, um sie auf die Palme zu bringen.«

Bist du besser als er?

»War die Sendung immer so?«, frage ich und verdränge meinen üblichen Anflug von Selbstzweifeln.

»Nein. Aber offensichtlich konnten sie ihre Beziehungsprobleme irgendwann auch vor der Kamera nicht mehr verbergen.«

»Das habe ich gesehen.« *Es war tatsächlich zum Fremdschämen.*

»Laut ein paar Gossip-Accounts, denen ich folge, wollte Olivers Familie die Show absetzen, und da sie die Produzenten waren …«

»War Dahlia geliefert.«

»Die Szenen wurden häufig so geschnitten, dass Dahlia in ein schlechtes Licht gerückt wird.« Sam setzt sich und beißt wieder in sein Sandwich.

»So was ist möglich?«

Er schnaubt. »Natürlich. Realityshows sind nicht gerade bekannt für ihre neutrale Darstellung.«

Ich schüttele den Kopf. »Warum gibt es sie dann überhaupt?«

»Zur Unterhaltung.«

Kein Wunder, dass Dahlia das nicht gefiel. Wenn es eines gibt, das ihr wichtiger ist als ihre Karriere, dann ist es ihr guter Ruf, und selbst den hat Oliver ihr nicht gegönnt.

Mit einem Mal habe ich Lust, nach San Francisco zu fliegen und Oliver Bekanntschaft mit meiner Faust machen zu lassen. Mein Anwalt würde mich dafür hassen, aber die Befriedigung, die es mir verschaffen würde, ihm die Nase zu brechen, wäre die Schadensersatzzahlung wert.

»Wie viele Folgen gibt es noch in dieser Staffel?«

»Acht? Vielleicht neun? Ich müsste nachsehen.«

Um Himmels willen.

Er nimmt einen großen Schluck durch seinen Papierstrohhalm. »Aber die Produktionsfirma hat die nächste Staffel noch nicht abgesagt, wahrscheinlich weil die Zuschauerzahlen so hoch sind wie nie zuvor. Sie haben sich sogar verdoppelt, seit gestern Abend ein Artikel erschienen ist, in dem behauptet wird, dass Dahlia und Oliver sich wegen einer anderen Frau getrennt haben …«

Dahlias kalte Stimme schneidet Sam mitten im Satz das Wort ab. »Du solltest nicht alles glauben, was im Internet steht.«

»Dahlia! Du bist hier!« Sam springt von seinem Stuhl auf. Während er ein paar Mappen hinter seinem Schreibtisch zusammenklaubt, schaue ich Dahlia an.

Mal abgesehen von ihrer offensichtlichen Wut sieht sie besser aus als zu dem Zeitpunkt, zu dem sie nach Lake Wisteria zurückgekehrt ist, denn sie hat ein bisschen zugenommen und nimmt sich wieder Zeit, sich die Haare zu machen und zu schminken wie früher.

Die warmen Herbsttöne, die sie als Lidschatten aufgetragen hat, bringen die goldenen Sprenkel in ihren Augen zur Geltung, obwohl ihr roter Lippenstift meine Aufmerksamkeit von ihren Augen ablenkt.

Die Farbe erinnert mich an den Lippenstift, den sie auf einer Halloween-Party am College getragen hat. Ihr Mund war so betörend rot, dass ich zu fasziniert von ihrer Schönheit war, um sie davon abzuhalten, mich zu küssen. Zunächst überraschte es mich, dass sie den ersten Schritt machte, aber es dauerte nur ein paar Sekunden, bis ich meine Hemmungen über Bord warf und ihren Kuss erwiderte, von dem ich heimlich schon seit drei Jahren geträumt hatte.

Dahlia war nicht die erste Frau, die ich geküsst hatte, aber es fühlte sich trotzdem so an, denn mein Körper und Geist reagierten gleichermaßen intensiv.

Die Erinnerung legt sich um meinen Hals wie ein Anker, der mich in die Tiefe zieht, bis ich nur noch einen Gedanken im Kopf habe.

Sie.

Dahlia wischt sich über die Mundwinkel. »Was? Hab ich Lippenstift im Gesicht verschmiert oder so?«

Nein, aber ich wünschte, das könnte ich erledigen.

Ein Presslufthammer mitten ins Herz hätte keine größere Schockwirkung haben können als die Vision von Dahlias roten Lippen auf meinen.

Was zur Hölle ist in mich gefahren?

»Geht es dir gut?« Ihre Augen leuchten heller als der Town Square an Weihnachten.

»Sam wird dir helfen, dich im freien Büro einzurichten.«

Schnell flüchte ich in mein eigenes, bevor Dahlia etwas erwidern kann.

Hast du seit dem letzten Mal nichts dazugelernt? Ich beginne, in meinem Büro auf und ab zu gehen wie ein Raubtier im Käfig.

Offensichtlich nicht, und das ist der Grund, weshalb du den Kontakt mit ihr auf das Nötigste beschränken musst.

Der Gedanke, mich aus dem Projekt rauszuziehen, erfüllt mich mit Angst, besonders weil ich mich darauf gefreut hatte, öfter mein Büro zu verlassen und zu meinen Wurzeln zurückzukehren.

Trotzdem ist es so am besten.

Wenn das stimmt, warum fühle ich mich dann, als hätte jemand meine Lunge zum Nadelkissen umfunktioniert?

Weil du dich nur selbst bestrafst, indem du sie meidest.

Tue ich das? Denn ich muss nicht erst eine Pro-und-Kontra-Liste anlegen, um zu erkennen, dass es ein Desaster sein würde, mit Dahlia zu arbeiten. Das Beste, was ich für uns beide tun kann, ist, auf Abstand zu gehen, besonders wenn man bedenkt, dass meine Selbstbeherrschung soeben durch nichts weiter als rote Lippen ins Wanken geraten ist.

Ich nehme an meinem Schreibtisch Platz und versende eine E-Mail, mit der ich unsere Terminkalender anfordere, um sicherzustellen, dass wir uns nur noch selten über den Weg laufen werden.

Krise verhindert.

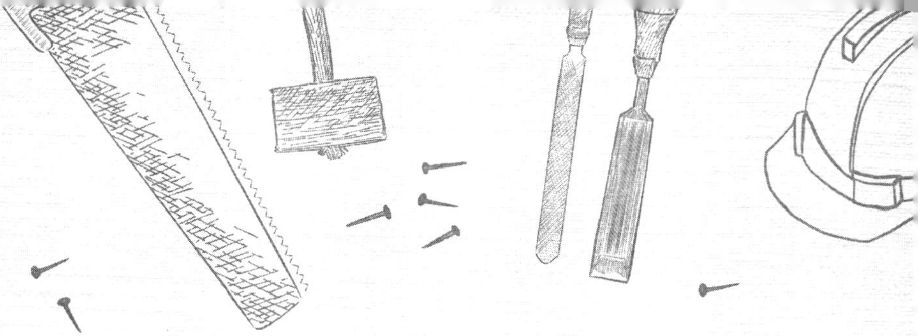

KAPITEL EINUNDZWANZIG
JULIAN

Seit ich Lopez Luxury gegründet habe, war ich immer die erste Person, die morgens ins Büro kam, und die letzte Person, die es abends verließ.

Das monatliche Vorstandsmeeting für die Dwelling-App hat länger gedauert als gewöhnlich, weil sich nach Rafas nächtlichem Herumbasteln eine besonders schwere Panne eingeschlichen hatte.

Zu dem Zeitpunkt, zu dem ich meinen Computer herunterfahre und mein Büro verlasse, fühle ich mich ausgelaugt, und mein Magen zieht sich alle paar Minuten aus Protest zusammen, weil er etwas Nahrhafteres verlangt als Kaffee oder einen Proteinriegel.

Draußen werde ich von schiefem Gesang und Countrymusik überrascht, die durch den Flur hallt. Nachdem ich die letzten paar Tage damit verbracht habe, Dahlia aus dem Weg zu gehen, erscheint es mir kontraproduktiv, jetzt zu ihr zu gehen, also mache ich mir nicht die Mühe, nach ihr zu sehen.

Mein Fluchtweg wird von einem Mann blockiert, der vor der Eingangstür aus Glas steht und eine Papiertüte von Holy Smokes BBQ hält.

Das Wasser läuft mir im Mund zusammen, als ich die Tür entriegele. »Ja?«

»Ich hab eine Lieferung für Dahlia Muñoz.« Der Bote hält mir die Tüte hin.

»Folgen Sie einfach der Musik und dem fürchterlichen Gesang.«

Das Handy des Mannes gibt einen Ton von sich. »Mist. Normalerweise würde ich so was niemals verlangen, aber würde es Ihnen etwas ausmachen, ihr das Essen zu bringen? Meine nächste Bestellung ist bereit zum Abholen, und der Typ ist ohnehin schon anstrengend genug.« Ohne auf meine Antwort zu warten, stellt er die Tüte auf dem Bürgersteig ab und läuft zu seinem geparkten Moped.

»Kein Problem«, murmele ich leise vor mich hin, während ich mich runterbeuge und die Tüte vom Boden aufhebe.

Genervt steuere ich das Büro an, das Sam für Dahlia freigeräumt hat. Es befindet sich auf der anderen Seite des Gebäudes, weit entfernt von meinem eigenen Büro und den Konferenzräumen, in denen ich jeden Tag Meetings habe.

Auf mein lautes Klopfen folgt keinerlei Reaktion, was mich noch mehr verärgert. Schließlich drehe ich einfach den Knauf und öffne die Tür.

Dahlia zuckt zusammen. »Gott. Hast du mich erschreckt!« Sie greift nach ihrem Handy und tippt auf Pause.

Als ich das Büro betrete, habe ich mit einem Mal vergessen, warum ich überhaupt hergekommen bin, denn der Raum hat sich in der kurzen Zeit, in der sie hier ist, stark verändert. Der Schreibtisch aus Chrom, der ursprünglich die Hälfte des Platzes eingenommen hat, wurde durch einen alten Holzschreibtisch ersetzt, der mit Tapeten- und Fußbodenmustern sowie unterschiedlichen Türgriffen bedeckt ist.

Außerdem hat Dahlia den schlichten grauen durch einen knalligen

Teppich ersetzt, Stehlampen hergebracht, um die Neonlampen zu ersetzen, und ein großes Bücherregal, um die Körbe mit den Materialien zu lagern. Die vorherigen Gemälde hat sie entfernt und stattdessen ihre Design- und Mood-Boards aufgehängt.

Ich gehe auf die einen Meter achtzig hohen Pinnwände zu, die die Wand gegenüber dem Fenster bedecken. Stofffetzen und Materialmuster, Farbbeispiele, ausgedruckte Fotos von Möbeln und handgezeichnete Skizzen sind daran festgesteckt, was mir einen Einblick in Dahlias Gedankenwelt verschafft.

Ich wusste, dass sie ein Auge für modern-rustikales Design hat – das weiß ich schon seit meiner stundenlangen Recherche zu ihrer Karriere –, aber sie in Aktion zu sehen, raubt mir den Atem.

Ich räuspere mich, um meine zugeschnürte Kehle zu lockern. »Hast du dich gut eingelebt?«

»Sam hat gesagt, ich könnte mit dem Raum machen, was ich will.« Ihre Stimme klingt leicht rechtfertigend.

»Das sehe ich.«

Sie schaut durch ihre dunklen Wimpern zu mir auf. »Du hasst es, oder?«

»Ich glaube nicht, dass *hassen* das richtige Wort ist.« Ich zucke zusammen, als mir klar wird, wie der Satz geklungen haben muss.

Machst du jemals irgendwas richtig?

In Wahrheit gefällt mir ihr Stil besser, als ich zugeben will. Ihm haftet eine gewisse Wärme an. Er wirkt einladend.

Wohnlich.

»Perfekt. Wenn es dir nichts ausmacht, nehme ich dir das jetzt ab …« Dahlia entreißt mir die Tüte.

Sie schaut sich nach dem besten Ort zum Essen um, ehe sie beschließt, sich im Schneidersitz auf den Teppich zu setzen und einen Karton als Tisch zu benutzen.

»Danke, dass du meine Bestellung entgegengenommen hast. Ich

muss den Anruf des Lieferanten verpasst haben.« Sie öffnet die erste Box. Der Duft von frisch gebackenem Maisbrot erfüllt den Raum, was meinem Magen ein weiteres Knurren entlockt.

Ihr Blick huscht zur Quelle des Geräusches. »Hast du schon zu Abend gegessen?«

»Noch nicht.« Ich mache einen Schritt in Richtung Tür.

Sie greift in die Papiertüte, um eine weitere Styropor-Box herauszuholen, und stellt sie neben die erste.

Ich hole mein Handy hervor, um mir auch etwas von Holy Smokes zu bestellen, nur um zu lesen, dass das Restaurant vor einer Viertelstunde geschlossen hat. »Verdammt.«

»Was?« Sie entfernt den Deckel von der Barbecue-Soße und träufelt sie über das Pulled Pork.

Wieder läuft mir mit beschämender Geschwindigkeit das Wasser im Mund zusammen.

»Hast du einen Schlüssel, um hinter dir abzuschließen?«

»Nein.«

Großartig. »Hattest du vor, den Haupteingang offen zu lassen?«

Sie zuckt mit den Schultern. »Ich dachte, ich könnte aus einem Fenster klettern oder so.«

Ich deute mit dem Kinn auf ihren lilafarbenen Gips. »Meine Haftpflichtversicherung geht wegen dir noch bankrott.«

Ihr leises Lachen durchflutet mich mit Wärme. »Sam hat mir seinen Schlüssel dagelassen, also musst du dir keine Sorgen machen. Zumindest vorerst nicht.«

Gleich morgen früh werde ich mich mit Sam über den Büroschlüssel und temporäre Gäste unterhalten müssen.

»Na schön. Vergiss nicht abzuschließen.«

»Verstanden.« Sie verabschiedet sich mit einem halbherzigen Salut, bevor sie eine Box mit einer riesigen Menge Rinder-Brisket, Mac and Cheese, Mais und Coleslaw öffnet.

Wieder knurrt mein Magen so laut, dass sie aufblickt. »Willst du hierbleiben und mitessen?«

Ich blinzele zweimal. »Was?«

»Ich hab ohnehin viel zu viel bestellt.«

»Du bietest mir Essen an?«

»Kein Grund, eine Riesensache daraus zu machen, als wäre es das letzte Abendmahl oder so was. Du hast offensichtlich Hunger, und es wäre doch schade, wenn die Hälfte übrig bleiben würde.« Sie hält mir Plastikbesteck und die Box mit dem Brisket – mein persönlicher Favorit – hin.

»Ich bin überrascht, dass du bereit bist, zu teilen.«

»Du bist doch derjenige, der immer ein Problem damit hatte zu teilen. Außerdem ist es das Mindeste, was ich tun kann, nachdem du mich letzte Woche zum Krankenhaus gefahren hast.«

Ich ziehe mein Jackett aus und werfe es auf den Tisch, bevor ich mich ihr gegenüber auf den Boden setze. »Du hast recht.« Ich steche mit der Gabel in ihr Pulled Pork.

»Hey!« Sie stößt meine Gabel mit ihrer eigenen weg.

»Ich dachte, du hast kein Problem mit teilen«, necke ich sie, bevor ich mir den Bissen in den Mund schiebe. Die Geschmacksexplosion lässt mich genüsslich die Augen verdrehen.

»Schmeckt es dir?«

»Ich habe nicht bemerkt, was für einen Hunger ich hatte.« Ich spreche nicht mehr, bis die Hälfte des Briskets aufgegessen ist.

»Arbeitest du immer so lange?« Sie schluckt einen Bissen Mac and Cheese runter.

»Jepp.« Ich nehme mir etwas von dem Mais, da Dahlia mir eher die Hand mit einem Plastikmesser abhacken würde, als mir etwas von ihren Mac and Cheese abzugeben.

»Warum?«

»Es ist nicht so, als hätte ich viel anderes zu tun.«

Sie sieht mich auf merkwürdige Art an. »Vielleicht könntest du einfach dein Leben ein wenig genießen?«

»Das tue ich doch.«

»Wirklich? Denn auf mich wirkst du wie ein Workaholic.«

Ich runzele die Stirn. »Na und?«

»Es ist an sich nichts Schlimmes.« Sie schaut zur Decke hoch.

»Aus deinem Mund klingt es aber so.«

»Es ist einfach ein trauriger Gedanke, dass du in so jungen Jahren derart viel Geld verdient hast, um dein Leben einfacher zu gestalten, und trotzdem nichts anderes tust als zu arbeiten.«

»Ich mag meinen Job.«

»Aber liebst du ihn?« Sie schweigt, während sie ein paar weitere Bissen von ihrem Essen nimmt.

Nicht mehr.

Als hätte sie meine Gedanken gelesen, macht sie ein bestätigendes Geräusch.

»Was?«, frage ich.

»Du wirkst nicht glücklich.«

Ihre Bemerkung schockiert mich.

Sie schüttelt den Kopf. »Ich dachte, du würdest das grandiose Leben eines Milliardärs führen, aber ehrlich gesagt, ist alles an deinem Leben irgendwie armselig.«

»Wow. Danke.« Aus Rache stibitze ich mir nun doch einen Bissen von ihren Mac and Cheese, was mir ein leises Zischen von Dahlia einbringt.

Sie zieht die Box weiter von mir weg. »Ich will nicht unhöflich sein.«

»Das bist du ständig, wenn du in meiner Gegenwart bist.«

Sie blickt mich finster an.

»Dein Leben ist …« Ihre Stimme verliert sich.

»Was? Traurig? Armselig? Trostlos? Such dir was aus.«

»Nicht so, wie ich erwartet habe«, flüstert sie.

Meine Kehle wird eng. »Was hast du denn erwartet?«

»Dass du zumindest glücklich bist.«

»Warst du glücklich, bevor du hergekommen bist?« Mein Tonfall klingt eher anklagend als neutral.

Ihre Schultern verspannen sich. »Eine Weile, ja.«

Ich zerknülle die Serviette in meiner Faust.

Ihre Augenbrauen ziehen sich zusammen. »Julian …«

Eilig erhebe ich mich und werfe die Serviette zusammen mit der Gabel in den Müll.

»Wo willst du hin?«, fragt sie.

»In mein Haus.«

Sie muss nicht aufstehen, damit ich mich klein fühle, als sie fragt: »Ist dir schon mal aufgefallen, dass du es nie dein Zuhause nennst?«

Fuck. Es ist typisch für Dahlia, mir so etwas an den Kopf zu werfen.

In Wahrheit habe ich kein Zuhause, und dafür kann ich niemandem die Schuld geben außer mir selbst. Ich verbringe zu viel Zeit damit, mir den Kopf über irgendwelche Dinge zu zerbrechen und Angst davor zu haben, niemals gut genug zu sein, anstatt zu beweisen, dass ich es doch sein kann.

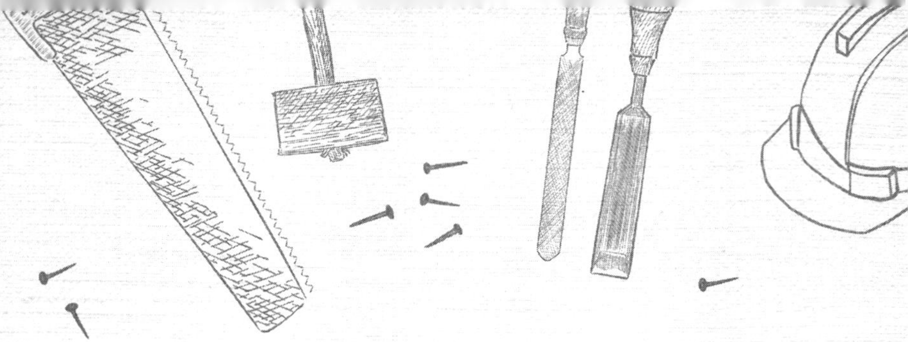

KAPITEL ZWEIUNDZWANZIG
JULIAN

»Hey, Boss. Hast du eine Minute?« Ryders gedämpfte Stimme dringt durch den Spalt meiner Bürotür.

»Komm rein«, rufe ich, ehe ich den Sperrbildschirm meines Computers einschalte.

Ryder schließt die Tür hinter sich und lehnt sich mit verschränkten Armen dagegen. »Deine neue Arbeitspartnerin hat eine besondere Bitte, die ich gern mit dir besprechen würde.«

Super. Seit unserem Abendessen letzte Woche habe ich alles getan, um Dahlia aus dem Weg zu gehen, was wahrscheinlich der Grund dafür ist, dass sie Ryder für solche Dinge vorschickt.

Ich lehne mich auf meinem Stuhl zurück. »Was will Dahlia?«

»Sie hätte gern die Schnitzereien im Holz genau so, wie sie ursprünglich waren, aber ich habe Schwierigkeiten, einen Tischler im Ort zu finden, der so was draufhat und auch noch kurzfristig anfangen könnte.«

»Können wir jemanden aus Detroit finden?«

»Sie wusste, dass du das vorschlagen würdest.«

Ich schaue ihn an. »Vorhersehbarkeit ist ein Zeichen für Stabilität.«

»Und Langeweile.« Er streicht sich mit der Hand über seine raspelkurz rasierten Haare. »Sie wollte, dass ich dich frage, ob *du* die Arbeit stattdessen erledigen würdest. Auch wenn sie weiß, dass du viel zu tun hast …«

»Nein.«

Er spricht weiter, ohne zu zögern. »Aber sie hat gesagt …«

»Es ist mir egal, was sie gesagt hat. Entweder sie arrangiert sich mit der Person, die du auftreiben kannst, oder sie kann sich die Idee komplett aus dem Kopf schlagen.« Ich gebe mein Passwort ein, doch vor lauter Wut vertippe ich mich zweimal.

»Alles klar, Boss.« Er nickt, ehe er mein Büro verlässt und mich allein mit meiner Wut zurücklässt, die ich nun an meiner Tastatur auslasse.

Der Schmerz in meiner Brust wird mit jeder Minute intensiver, und ich bin schnell von der Arbeit abgelenkt, weil mir so viele Gedanken durch den Kopf gehen.

Für wen hält Dahlia sich eigentlich, dass sie solche Forderungen stellt, obwohl sie weiß, dass ich keine Tischlerarbeiten mehr verrichte?

Bist du genervt, weil sie dich um Hilfe gebeten hat, oder bist du wütend auf dich selbst, weil du dich zu sehr davor fürchtest, ihrer Bitte nachzukommen?

Ich behaupte stets, dass ich den Tod meines Vaters verarbeitet habe und meine früheren Fehler nicht noch einmal begehen würde, aber wenn ich die Chance bekomme, das zu beweisen, schrecke ich davor zurück und lasse meine Entscheidungen von Furcht und Trauer beeinflussen.

Du bist derjenige, der in dieser Situation die ganze Macht hat.

Und das bereitet mir am meisten Angst.

* * *

So fest ich mir auch vorgenommen habe, die Baustelle und die Frau zu meiden, die dort arbeitet, musste ich mich um ein paar Dinge kümmern, zum Beispiel um die Einführung des neuen Teams, das Ryder engagiert hat.

Er hat nur einen Tag gebraucht, um einen Tischler zu finden, der Dahlias Aufgabe ausführen kann, und ich habe nur eine Minute gebraucht, um ihn zu hassen, womit ich einen neuen Firmenrekord aufgestellt habe.

Ich funkele den blonden braunäugigen Riesen am anderen Ende der Rasenfläche an, obwohl er zu sehr in ein Gespräch mit Dahlia vertieft ist, um mich zu bemerken.

Der erste Dämpfer.

»Hi, Boss.« Gras knirscht unter Ryders Arbeitsstiefeln.

»Hi.« Ich drehe mich zu meinem Projektmanager um, wobei ich den Tischler trotzdem im Blick behalte. »Wo hast du den Neuen aufgetrieben?«

»Ein Bekannter aus Detroit hat ihn mir wärmstens empfohlen.«

»Hm.«

Ryder verlagert sein Gewicht auf den anderen Fuß. »Angeblich fertigt er die besten Schnitzereien auf dieser Seite des Staates an.«

Zweiter Dämpfer.

Diese Tatsache in Verbindung mit der Art, wie er Dahlia anlächelt, lässt meine Miene noch finsterer werden.

Dritter Dämpfer.

»Feuer ihn wieder.«

Ryder erstarrt neben mir. »Verzeihung. Wie bitte?«

»Ich mag ihn nicht.« Gott, es klingt laut ausgesprochen genauso dämlich wie in Gedanken.

»Hast du ihn schon kennengelernt?«

»Da er offensichtlich zu sehr damit beschäftigt ist, mit Dahlia zu flirten, um seinen Arbeitgeber zu bemerken, noch nicht.«

Ryders Blick wandert von mir zu dem Tischler. »Ich verstehe.«

»Er wirkt«, ich mache eine Pause, um das richtige Wort zu finden, »unkonzentriert.«

»Seine Schicht hat noch nicht offiziell begonnen.«

»Umso besser. Weniger Papierkram für Sam.«

Er versucht nicht, seine Belustigung zu verbergen. »Boss, wenn es dir nichts ausmacht, dass ich etwas vorschlage …«

Dass ich seit sieben Jahren mit Ryder arbeite, bringt viele Vorteile, aber auch ein paar Unannehmlichkeiten mit sich, zum Beispiel seine Fähigkeit, mich manchmal besser zu durchschauen als meine eigene Mutter es kann. Dafür mache ich seinen früheren Militärdienst und seine Begeisterung für True-Crime-Serien verantwortlich.

»Nur zu.« Mein schweres Seufzen bringt sein wissendes Lächeln nicht ins Wanken.

»Wenn du nicht willst, dass er hier ist, musst du jemanden finden, der für ihn einspringt.«

»Kennst du irgendwelche Tischlerinnen im Ruhestand?«

Sein Lachen klingt wie ein tiefes Grollen. »Ich hätte nie gedacht, dass ich es erleben würde, dass dir jemand so unter die Haut geht.«

Ich schaue ihn aus dem Augenwinkel an. »Dafür musste sich Dahlia nicht sonderlich anstrengen.«

»Das meine ich ja.«

»Hast du nicht irgendwas zu arbeiten oder zu managen?«

Er hält sein Klemmbrett hoch. »Nope. Ich wollte eigentlich gerade Dan seinen Vertrag unterzeichnen lassen, damit er mit der Arbeit beginnen kann.«

Ich reiße ihm den Vertrag aus der Hand. »Warte.«

Seine Lippen zucken. »Gibt es ein Problem, Boss?«

Dahlia, die Dan in dem Moment ein sanftes Lächeln schenkt, beantwortet Ryders Frage.

Meine Brust wird von einem Schmerz durchzuckt, als hätte mir jemand ins Herz geschossen.

Dass ich eifersüchtig auf Oliver war, ist verständlich, wenn man unsere Vergangenheit bedenkt, aber dass ich nun wütend werde, wenn sich ihr überhaupt irgendein Mann nähert? Das ist ein Problem, mit dem ich nie im Leben gerechnet hätte.

Es war einfach, meine Gefühle für sie zu verdrängen, als sie in einem anderen Staat gewohnt hat, aber seit sie nach Lake Wisteria zurückgekehrt ist, spüre ich, dass ich ständig mit Was-wenn-Fragen zu kämpfen habe.

Was, wenn ich mich anders verhalten hätte, nachdem mein Vater gestorben ist?

Was, wenn ich mich meiner Trauer gestellt und zu der Person geworden wäre, die Dahlia verdient?

Hätte sie sich angehört, was ich zu sagen hatte, und unserer Liebe eine Chance gegeben? Oder wären wir zusammengekommen, nur um zu erkennen, dass wir ohne einander besser dran sind?

Alles um mich herum beginnt, sich zu drehen, während ich die unterschiedlichen Möglichkeiten durchgehe.

Der Versuch, ihr aus dem Weg zu gehen, funktioniert offensichtlich nicht, also was hast du jetzt vor?

»Ich habe eine Idee.« Ryder greift nach dem Bleistift, den er sich hinter das Ohr geklemmt hat.

»Und welche?«

»Wenn du Dan nicht einstellen willst, weil er *unkonzentriert* wirkt«, er wirft mir einen wissenden Blick zu, »gibt es einen anderen Typen, von dem ich gehört habe, der locker für ihn einspringen könnte.«

»Wer?«

»Du.«

* * *

»Wirklich?« In Dahlias Stimme schwingt Freude mit.

Die Holzstufe knarrt unter meinem Schuh, als ich auf meinem Weg nach unten mitten auf der Treppe stehen bleibe. Dahlia bemerkt meine Anwesenheit nicht, während sie um meinen Truck herumgeht und aus meinem Sichtfeld verschwindet.

»Wow.« Wer immer es ist, mit dem sie telefoniert, muss ihr eine gute Nachricht überbracht haben, denn sie stößt ein aufgeregtes Quietschen aus.

Ich bin kein Typ, der Gespräche belauscht, aber sie versperrt mir den einzigen Weg, den ich nehmen könnte, um das Grundstück zu verlassen.

»Eine Sendung mit Ihnen wäre grandios!«

Mein Magen zieht sich zusammen. »So viel zum Thema hierbleiben, bis das Haus renoviert ist«, murmele ich leise.

»Würden Sie wieder in San Francisco filmen wollen?« Sie hält inne. »Oh. Das ist gut.« Sie wartet ein paar Sekunden, bevor sie wieder spricht. »Januar? So bald schon?«

Ich muss nicht die gesamte Unterhaltung hören, um Rückschlüsse zu ziehen. Statt Erleichterung darüber zu empfinden, dass sie den Ort verlassen wird, spüre ich auf einmal ein extremes Brennen in meiner Brust.

Du hast alles dafür getan, um sie loszuwerden, und jetzt bist du enttäuscht? Entscheide dich für eine Sache und bleib dabei.

Ich ignoriere den Schmerz in meiner Brust und gehe zu meinem Truck, wobei ich versehentlich Dahlia erschrecke. Als sie aus dem Weg geht, halte ich so wenig Blickkontakt wie möglich und steige ein, um den Motor anzulassen.

Es ist besser so, belüge ich mich selbst, während ich mich vom Gründerhaus entferne.

Du wolltest, dass sie verschwindet, erinnere ich mich, als ich vor dem Büro parke.

Dahlia hat immer von einem Leben außerhalb dieses kleinen Ortes geträumt, und du wirst nie in der Lage sein, ihr das zu geben, also hör auf, ihr hinterherzutrauern, und reiß dich zusammen. Ich verdränge all meine quälenden Gedanken, als ich mich an die Arbeit mache und mir einrede, nichts zu bereuen.

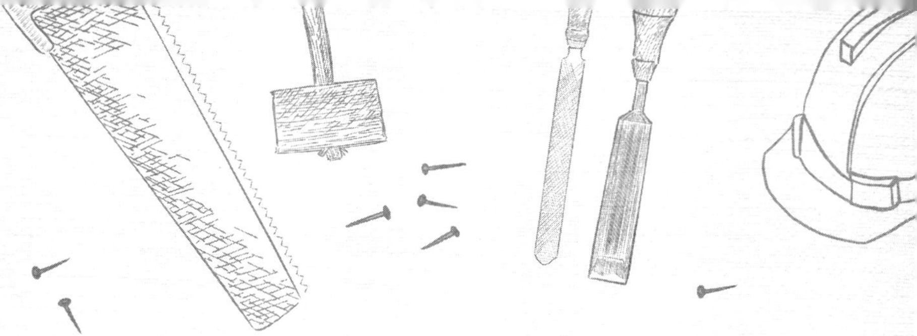

KAPITEL DREIUNDZWANZIG
JULIAN

Als ich während einem meiner letzten Meetings des Tages eine *SOS*-Nachricht von meiner Mom erhalten habe, dachte ich, ein Zelt würde brennen oder eine Katze säße auf einem Baum fest, aber eine kurze Runde durch den Park zeigt, dass nichts vor sich geht, außer den zu erwartenden Vorbereitungen für das Fest am Wochenende.

Morgen wird es hier von ehrenamtlichen Helferinnen und Helfern wimmeln, denn der Freitag vor dem Erntefest gilt als Feiertag im Ort; alle nehmen sich frei und helfen stattdessen bei den Vorbereitungen für den Event am Samstag und Sonntag.

»Du bist hier! Dem Himmel sei Dank!« Mom wirft in einer dramatischen Geste die Arme um mich und zieht mich an sich, was meine Ohren angesichts der vielen ehrenamtlichen Helferinnen und Helfer, die zuschauen, rot werden lässt.

Es bedarf großer körperlicher Anstrengung, sie von mir wegzuschieben. »Was gibt es denn für einen Notfall?«

Sie lässt die Schultern hängen. »Du wirst mich umbringen.«

»Nur wenn du nicht schnell genug zum Punkt kommst.«

Sie stemmt die Hände in die Hüften. »Luis Julian Lopez Junior. Wage es bloß nicht, so mit deiner Mutter zu reden.«

Ich reibe mir frustriert das Gesicht, um mein Stirnrunzeln zu vertreiben. »Sorry, Ma. Ich bin erschöpft von der Woche.«

Nach einem Tag voller Meetings, an dem ich zusätzlich darauf achten musste, Dahlia zu meiden, habe ich keine Energie mehr.

»Du kannst es wiedergutmachen, indem du nach Detroit fährst. Heute Abend.«

»Was immer du willst.«

Sie wischt sich über die nasse Stirn. »Ich wusste, ich kann auf dich zählen.«

»Was ist denn das Problem?«

»Ich habe mich mit den Daten für das Fest vertan und der Firma, die uns Stühle und Tische ausleiht, die falschen Tage genannt. Das Unternehmen ist nun am tatsächlichen Datum des Festes ausgebucht, aber ich habe jemanden in Detroit gefunden, der uns Tische und Stühle ausleihen kann.«

»Warum kann das Unternehmen sie nicht vorbeibringen?«

»Sie liefern nicht so weit.«

Damit ist mein Date mit einer Flasche Merlot und einem Fertiggericht geplatzt.

»Wissen sie, dass ich vorbeikomme?«

»Ja, aber du musst dir Freds Umzugswagen ausleihen.«

»Fred Davis?«

Sie verzieht das Gesicht. »Ja.«

»Er hasst mich.« Der Besitzer des einzigen Umzugsunternehmens im Ort ist wütend auf mich, seitdem ich aus Versehen sein preisgekröntes Blumenbeet plattgewalzt habe, als mir mein Dad das Autofahren beigebracht hat.

»Das weiß ich, und das ist auch der Grund, weshalb du Dahlia mitnehmen musst, um ihn zu erweichen.«

Während Freds Abneigung gegen mich nie verschwunden ist, ist seine Bewunderung für Dahlia nur noch größer geworden, seitdem sie das Blumenbeet gerettet hat, obwohl ich es beinahe unwiederbringlich ruiniert hatte.

»Ich brauche Dahlias Hilfe nicht«, erwidere ich mit finsterer Miene.

»Doch, und das wissen wir beide. Deshalb habe ich sie mit einem Korb voller Backwaren von Alana und einem Fünfzig-Dollar-Gutschein von Holy Smokes BBQ zu Fred geschickt.«

Verflucht.

* * *

»Sieh sich einer diese Rosen an.« Dahlia schenkt Fred ein strahlendes Lächeln, das die Blumen neben ihr blass wirken lässt. Wie immer wird meine Brust bei ihrem Anblick eng, und das Atmen erscheint mir mit einem Mal eine unmögliche Aufgabe.

Wirst du dich jemals an ihre Anwesenheit gewöhnen?

Nach dem Hämmern meines Herzens zu urteilen, lautet die Antwort wohl Nein.

Als ein Ast unter meinen Schuhen knackt, schaut sie sich zu mir um.

Fred dreht sich so schwungvoll auf dem Absatz um, dass sein weißes Toupet verrutscht. *»Du.«*

»Hi, Fred«, begrüße ich ihn mit einem halbherzigen Winken.

»Wenn du schlau bist, machst du dich besser schnell aus dem Staub, bevor ich das Gewehr meines Großvaters suchen gehe.«

Dahlia unterdrückt ein Lachen, indem sie sich eine Hand vor den Mund hält.

Schön, dass sich einer von uns amüsiert.

Ich bemühe mich, Reife an den Tag zu legen. »Ich bin genauso ungern hier.«

»Dann tu dir keinen Zwang an und verschwinde von meinem Grundstück.« Er wendet sich Dahlia zu.

»Mr. Davis«, sagt Dahlia mit ihrer lieblichsten Stimme. »Der Ort könnte Ihre Hilfe gebrauchen.« Sie sieht ihn mit diesem verdammten Hundeblick an – aus großen Augen und mit klimpernden Wimpern – und macht den armen Mr. Davis zu ihrem nächsten Opfer.

Schon mein ganzes Leben beobachte ich, wie sie diese Taktik anwendet. Als wir noch Teenager waren, habe ich es gehasst, denn es gab keine Situation, aus der sich Dahlia mit ihrem Charme nicht herauswinden konnte.

Niemand hat eine Chance gegen sie, wenn sie ihre Unterlippe vorschiebt.

Fred bleibt ganze drei Sekunden lang standhaft, bevor er einknickt. »Na schön. Aber nur, wenn Dahlia die ganze Zeit beim Truck bleibt.«

»Natürlich!« Sie klatscht in die Hände.

Fred verschwindet im Haus.

Dahlia dreht sich mit einem verschlagenen Grinsen zu mir um. »So macht man das.«

* * *

»Wie lange dauert die Fahrt?«, fragt Dahlia, als ich auf die Hauptstraße abbiege, die in den Ort führt.

Die Bremsen quietschen, als der acht Meter lange Truck zum Stehen kommt. »Was?«

Sie schaut auf ihr Handy. »Auf dem Highway gibt es einen Stau, also werden wir vermutlich erst nach Sonnenuntergang dort ankommen.«

»Du kommst nicht mit.«

»Was soll das heißen?«

»Ich setze dich zu Hause ab.«

»Nicht wenn du vorhast, mit Freds Truck zu fahren.«

Ich wende ihr meinen Kopf zu. »Willst du mir etwa drohen?«

»Ich nutze nur die Situation zu meinem Vorteil aus.«

Meine Finger werden weiß, so fest umklammere ich das Lenkrad. »Was willst du in Detroit?«

»Ich wollte ein paar Dinge kaufen, weil ich die meisten meiner Arbeitsutensilien in San Francisco gelassen habe.«

»Was denn zum Beispiel?«

»Sachen, die ich auf der Main Street nicht finden kann. Transparentpapier, Malerkrepp, Alkoholmarker und so weiter.«

»Gib mir eine Liste, dann kauf ich alles.«

Sie wirft mir einen Seitenblick zu. »Ist es so unerträglich für dich, ein paar Stunden lang mit mir in einem Auto zu verbringen?«

Auch wenn ich am liebsten bejahen würde, will ich ihr nicht die Genugtuung geben, recht zu haben. »Ich wollte nur nett sein und dir die Fahrt ersparen.«

Sie lacht leise. »Ist klar.«

Wieder umklammere ich das Lenkrad, als ich am Town Square vorbeifahre und mit der Frau, die ich eigentlich meiden wollte, die Einbahnstraße ansteuere, die aus dem Ort hinausführt.

KAPITEL VIERUNDZWANZIG
DAHLIA

Ich wollte mich nicht in Julians Mission, das Erntefest zu retten, hineindrängen, aber da ich derzeit nur einen funktionsfähigen Arm habe, kann ich nicht selbst in die nächste Stadt fahren, um meine Utensilien zu kaufen.

Bei ihm mitzufahren, ist die beste Option, die ich habe. Natürlich könnte ich auch alles im Internet bestellen, aber die zweiwöchige Lieferzeit hat mich abgeschreckt. Ich muss mich also entweder Julian anschließen oder zwei Wochen auf meine Sachen warten, die ich eigentlich schon gestern gebraucht hätte.

Die zweistündige Fahrt vergeht wie im Flug. Julian hat meine Musik schnell abgestellt und stattdessen seine eigene Playlist laufen lassen. Es sind viele Interpreten dabei, von denen ich noch nichts gehört hatte, sodass ich immer wieder neue Songs für meine eigene Playlist abspeichere.

Julian fährt an einer Reihe dunkler Lagerhäuser vorbei, bevor er an der Adresse haltmacht, die seine Mutter ihm geschickt hat.

»Ist es hier?« Ich schaue mich auf der leeren Straße um.

»Laut der Location, die meine Mom gesendet hat, ja.«

Trotz Julians Einwänden springe ich aus dem Wagen.

»Hast du irgendeine Art von Überlebensinstinkt?« Er schlägt die Tür hinter sich zu.

Ich tippe auf meine Handtasche. »Natürlich. Ich habe Pfefferspray dabei und genügend Selbstverteidigungskurse gemacht.«

»Man müsste dir nur einen Schlag auf den gebrochenen Arm verpassen, und schon würdest du um Gnade flehen.«

Ich blinzele. »Darüber hast du dir eindeutig schon Gedanken gemacht.«

Er wirft mir einen Blick zu und geht zur Tür. »Fuck.«

Ich ziehe die Augenbrauen hoch. »Was?«

»Sie haben geschlossen.«

»Nein.« Ich schaue auf das Schild mit den Öffnungszeiten, die das bestätigen, was Julian soeben festgestellt hat, während er seine Mutter anruft und ihr von unserem Problem erzählt.

»Was soll das heißen, sie haben geschlossen?«, höre ich Josefinas Stimme durch den Lautsprecher.

Julian schließt die Augen. »Du hast mir die falschen Öffnungszeiten genannt.«

Josefina schnappt nach Luft wie einer ihrer Telenovela-Stars, was mich die Augenbrauen erneut hochziehen lässt. »Ich? Nein. Das würde ich niemals tun.«

Und der Preis für die schlechteste Schauspielerin geht an …

»Ma.« Julian wirft mir einen Blick zu.

Sie führt irgendetwas im Schilde, forme ich mit den Lippen. Ich hätte wissen müssen, dass Josefina einen Plan hatte, als sie begonnen hat, mich über die Utensilien auszufragen, die ich aus Detroit benötige. Als ich erwähnt habe, dass ich sie auch im Internet bestellen könnte, hat sie darauf bestanden, dass ich sie im Laden kaufe, um weitere Verzögerungen zu vermeiden.

Julian schüttelt den Kopf.

Sie lacht. »*Qué pena.** Dann müsst ihr wohl bis morgen in Detroit bleiben.«

Julian zieht die Augenbrauen zusammen. »Woher weißt du, dass Dahlia mit mir hier ist?«

»Fred hat es mir verproch…, äh, *erzählt*, als er am Zelt der ehrenamtlichen Helferinnen und Helfer vorbeigeschaut hat.«

»*Por supuesto.*«** Er runzelt die Stirn so stark, dass vermutlich bleibende Falten entstehen.

»Ich muss jetzt auflegen, *Mijo.* Jemand hat das Tor des Streichelzoos offen gelassen. *Te quiero.* Schöne Grüße an Dahlia.«

Das Handy piept zweimal, bevor Julians Display schwarz wird.

Er fährt sich mit den Fingern durch sein Haar. »Ich werde sie umbringen.«

»Das kannst du *nach* dem Fest gerne tun. Dann ist niemand wütend auf dich.«

Er legt sich Daumen und Zeigefinger an den Nasenrücken. »Sie hat mir absichtlich die falschen Zeiten genannt.«

»Ehrlich gesagt war das ein genialer Schachzug, um uns dazu zu bringen, mehr Zeit zusammen zu verbringen.«

»Ich rufe Sam an, damit er uns Zimmer bucht, während wir in den Laden gehen, um Kleidung und deine Sachen zu kaufen.«

Ich hole mein Handy hervor, während Julian eine Nachricht tippt.

»Das Einkaufszentrum hat vor einer Stunde geschlossen«, verkünde ich stirnrunzelnd.

»Aber ich kenne einen anderen Laden.«

»*Perfecto.*« In dem Moment knurrt mein Magen so laut, dass Julian

---

* ***Qué pena:*** *Wie schade.*

** ***Por supuesto:*** *Natürlich.*

die Augenbrauen hochzieht. »Können wir irgendwo Halt machen, um etwas zu essen?«

»Zusammen?«

Ich verdrehe die Augen. »Ich wollte eigentlich vorschlagen, dass wir uns an getrennte Tische setzen, doch wenn du dich so verzweifelt nach meiner Gesellschaft sehnst, bin ich bereit, dieses Opfer für dich zu bringen.«

»Beweg deinen Hintern in den Wagen, sonst fahre ich dich nicht zum Laden.«

»Arschloch.«

»Erdbeerkönigin.« Mein Spitzname aus seinem Mund durchdringt mein kaltes Herz wie ein brennender Pfeil.

Es ist genau wie damals. Am liebsten würde ich mir das Herz herausreißen und darauf herumtrampeln, nur um mir wieder in Erinnerung zu rufen, wie es sich angefühlt hat, als Julian mich vor vielen Jahren im Stich gelassen hat.

Du bist ab Januar sowieso weit weg, um deine neue Show zu filmen, also gibt es keinen Grund, wegen eines albernen Spitznamens Herzrasen zu bekommen.

Leichter gesagt als getan.

* * *

Julians Handy klingelt, als er vor dem Laden für Künstlerbedarf anhält, was ich als glücklichen Zufall betrachte. Mit ihm Zeit zu verbringen, ist eine Sache, aber ihn mit an meinen Zufluchtsort zu nehmen?

Auf keinen Fall.

Ich strecke den Arm nach dem Türgriff aus, doch er hält meine Hand fest. Es soll keine intime Geste sein, aber dennoch rast mein Herz auf einmal.

Warte, formt er mit den Lippen, bevor er mich loslässt.

Er holt eine Centurion-Karte aus seinem Portemonnaie und hält sie mir hin.

Ich blinzele ein paarmal und reibe mir die Augen, um sicherzugehen, dass ich den Namen auf der Karte richtig gelesen habe.

Wie kann er der gleiche Typ sein, der in seiner Jugend ausschließlich von Geschenkgutscheinen gelebt hat?

Warum, forme ich mit den Lippen.

Firmenkosten, erwidert er.

Offenbar greife ich für Julians Geschmack nicht schnell genug nach der Karte, denn er verdreht die Augen und schiebt seine American Express in die linke vordere Tasche meiner Jeans.

Die Wärme seiner Finger spüre ich noch lange, nachdem ich aus dem Wagen gestiegen bin und den Laden betreten habe.

Da das Geschäft in einer knappen halben Stunde schließt, arbeite ich schnell meine Einkaufsliste ab. Obwohl ich nicht alles finde, was ich normalerweise verwende, wenn ich designe und plane, bekomme ich alles, was ich benötige, um das Gründerhausprojekt abzuschließen.

Da der Einkauf auf Julians Kosten geht, werfe ich noch ein paar zusätzliche Dinge in den Wagen, darunter Bilderrahmen für mein Büro, einen künstlichen Weihnachtsbaum und genügend Garn, um jeder Person im Ort einen Schal zu häkeln. Ich kann nicht mal häkeln, aber dennoch hat mich das Garn angelacht, nachdem ich hundert unterschiedliche Knäuel davon berührt hatte.

Nachdem ich Julians Karte durch das Lesegerät gezogen habe und einem Fan ein Autogramm auf die Rückseite eines alten Kassenbons gegeben habe, gehe ich zurück zum Wagen, wobei die Räder meines Einkaufswagens unter dem Gewicht der Waren quietschen.

Julian steht noch immer telefonierend und an den Truck gelehnt draußen. Als er meinen Wagen rattern hört, blickt er auf.

»Ich muss Schluss machen, Rafa.« Julian beendet das Telefonat mit einer hochgezogenen Augenbraue. »Ein Weihnachtsbaum?«

»Ich dachte, wir könnten das Büro ein wenig hübscher gestalten.« Wenn ich schon so viel Zeit dort verbringe, hätte ich gern etwas anderes zum Anschauen als mein Spiegelbild in den glänzenden Glas- und Chromoberflächen.

»Es ist noch nicht einmal Thanksgiving.«

Ich schnalze empört mit der Zunge. »Es ist nie zu früh, um die Geburt des Herrn zu feiern.«

Er nimmt ein paar Tüten aus dem Wagen. »Neueste Forschungsergebnisse belegen, dass Jesus eigentlich im Frühling geboren wurde.«

Ich stelle mich auf die Zehenspitzen und lege ihm eine Hand auf den Mund. »Erwähne das nicht gegenüber meiner Mutter. *Niemals.*« Sie baut jedes Jahr viel zu früh die Krippe auf, lässt den Platz für das Jesuskind jedoch bis zu seiner Geburt am Weihnachtsabend frei.

Seine Augen werden schmal.

Ich dränge weiter. »Hast du mich verstanden?«

Er besitzt tatsächlich die Dreistigkeit, an meiner Handfläche zu knabbern.

Ich ziehe die Luft ein und meine Hand weg, doch er hält mich mit eisernem Griff fest.

»Meine Karte?«

»Ich hab sie verloren.«

Er sieht mich wütend an.

»War nur ein Witz.« Ich erwarte, dass er mich loslässt, aber stattdessen hält mich Julian fest an seine Brust gedrückt, während er meine Taschen nach der Karte durchsucht. Seine Berührungen sind schnell und distanziert, bis seine Hand in meine hintere Tasche und über meinen Po gleitet. Er lässt sich viel Zeit dabei, die Karte herauszuziehen.

Ich bin zwischen zwei Gefühlen hin- und hergerissen, von denen keins unangenehm ist.

Überraschung? Jepp.

Lust? Absolut.

Obwohl ich lieber meine Zunge verschlucken würde, als das zuzugeben. »Wenn du mich begrapschen willst, kannst du auch einfach fragen.«

Diese Bemerkung reißt ihn aus seiner Trance, und er zieht eilig seine Hand weg, um die Karte in sein Portemonnaie zu schieben, ohne mir dabei in die Augen zu sehen.

Sofort vermisse ich seine Berührung schmerzlich.

»Du kannst im Truck warten, während ich deine Sachen einlade.« Ohne mich eines weiteren Blickes zu würdigen, lässt er mich stehen, und ich klettere schnaubend auf den Beifahrersitz.

Er war derjenige, der mich berührt hat.

Nun, aber du warst diejenige, die Gefallen daran gefunden hat.

* * *

Unser nächstes Ziel ist der Laden, in dem wir Kleidung kaufen wollen. Die Auswahl ist dürftig, und ich erschaudere, als ich nach dem hässlichsten Flanell-Pyjama aller Zeiten greife, nach Unterwäsche mit aufgedruckten Wochentagen und einer mit Farbspritzern verzierten Jeans, die sofort Spezialeinheiten der Fashion-Polizei auf den Plan rufen sollte.

Julian lässt mir bei der Auswahl seiner Kleidung freie Hand, während er sich mit Sam am Telefon über den Arbeitsplan für die nächste Woche unterhält. Ich habe große Freude daran, ihm das hässlichste Outfit zusammenzustellen, das er natürlich sofort ablehnt.

Ich schiebe die Unterlippe vor. »Ich bin echt beleidigt, dass du mir nicht vertraust.«

»Kein Maß an Vertrauen könnte mich jemals dazu bewegen, diese Hose zu tragen.« Stirnrunzelnd betrachtet er die Acid-Washed-Jeans, die aussieht, als wäre sie einem Musikvideo der Achtzigerjahre entsprungen.

»Wenn du die Wahl hättest, würdest du eine schlichte Jeans und ein schwarzes T-Shirt tragen.«

Er hebt seinen vollen Korb mit Kleidung in die Höhe. »Genau.«

»Ich bringe alles zurück.« Auf dem Weg zurück in die Herrenabteilung bleibe ich jedoch in der Weihnachtsabteilung in der Nähe der Warteschlangen vor den Kassen stehen.

Bisher war die Weihnachtszeit für die Creswells und ihren Agenten immer eine gute Gelegenheit, mein Design-Talent zur Schau zu stellen, indem ich im Vorfeld eine kuratierte Kollektion für Zeitschriften und Social-Media-Seiten entwerfen sollte. Auch wenn ich mir gern Dinge einfallen lasse, um Adventsklassiker neu zu definieren, bin ich in diesem Moment fasziniert von der altmodischen Dekoration in den Regalen.

Buntes Lametta. Christbaumkugeln. Bunte Lichterketten. Das Ganze daran erinnert mich so sehr an meine Kindheit, dass ich am liebsten alles kaufen würde, ohne mich darum zu scheren, was aus design-ästhetischer Sicht am besten wirken würde.

Ich möchte *Spaß* haben.

Nachdem ich in den letzten Monaten mit intensiver Traurigkeit und chronischer Benommenheit zu kämpfen hatte, will ich mich auf schöne Dinge konzentrieren und dafür sorgen, dass mein Hochgefühl so lange wie möglich anhält.

Wie ein Kind ohne Selbstbeherrschung werfe ich wahllos Dinge in den Wagen. Lametta, das so extrem glänzt, dass es einen blendet. Einen Nussknacker, der in einem Hawaiihemd Bier trinkt. Packungen mit bunten Christbaumkugeln, die farblich nicht zusammenpassen.

Ich gehe alle Reihen durch und werfe das in den Wagen, was mich zum Lachen bringt. Am Anfang ist das selbst mit nur einem funktionierenden Arm kein Problem, aber mittlerweile habe ich Probleme, den schweren Wagen zu schieben.

Als mein Nacken prickelt, drehe ich mich um und entdecke Julian, der sich mir nähert.

»Ist das alles für den Weihnachtsbaum, den du mir gekauft hast?« Er nimmt mir den Wagen ab und schiebt ihn weiter.

»Wenn ich es mir recht überlege, behalte *ich* den Baum, glaube ich, lieber. Wir können doch nicht dein Ebenezer-Scrooge-Image ruinieren.«

»Nein.«

Meine Augen weiten sich. »Du willst den Baum?«

»Ja.«

»Warum?«

Stille.

Blödmann.

»Was ist das alles?« Er lenkt den Wagen in Richtung Kasse um.

»Schmuck für *deinen* Baum.«

Sein Blick fällt auf den Nussknacker mit dem Bier. »Und der Rest?«

»Warte ab.«

»Was hast du vor?« Sein rechtes Auge zuckt.

»Als ob ich dir das erzählen würde.«

»*Dahlia.*« Seine raue Stimme verursacht ein Ziehen in meiner unteren Körperhälfte.

»Es wird toll werden, versprochen.«

* * *

Ich hätte nie gedacht, dass ein Roadtrip mit Julian so viel Spaß machen könnte. Während wir uns über die Playlist streiten und gemeinsam über schlechte Restaurant-Bewertungen lachen, als wir nach einem Lokal suchen, das Detroit-Style-Pizza serviert, stelle ich fest, dass ich es tatsächlich genieße, Zeit mit ihm zu verbringen. Es ist ein gefährliches Eingeständnis, an das ich nicht länger als eine Sekunde denken will, weil ich mir Sorgen mache, dass sich alles wieder verändern wird, sobald wir morgen nach Lake Wisteria zurückkehren.

Ich will mir keine Hoffnung machen, also versuche ich, keine unrealistischen Erwartungen aufzubauen, auch wenn Julian mir das beinahe unmöglich macht, als er in dem Restaurant, für das wir uns entschieden haben, lächelnd die Jukebox betrachtet.

Die Kellnerin legt die Speisekarten auf den Tisch der Sitznische, die uns am nächsten ist.

Julian sieht die Songs durch, bevor er bezahlt und Platz nimmt, während die ersten Töne von *Brown Eyed Girl*, einem meiner Lieblingslieder, erklingen.

Die Erinnerung an meinen Dad, wie er meine Mom im Wohnzimmer herumwirbelt, blitzt vor meinem inneren Auge auf. Mom lachte oft und machte sich weniger Sorgen, wenn Dad in ihrer Nähe war, besonders wenn er mit ihr tanzte.

Als Julian mir gegenüber auf die Bank rutscht, verschwindet die Erinnerung.

»Ich liebe dieses Lied.«

»Ich weiß.« Er greift nach der Speisekarte.

Mein Herz hämmert so schnell, dass es mir fast aus der Brust springt.

Seufzend lasse ich den Kopf in meine Hände sinken.

* * *

Zu dem Zeitpunkt, zu dem wir in dem schicken Hotel ankommen, das Sam für uns gebucht hat, bin ich so erschöpft, dass mir die Augen fast zufallen und meine Schultern schlaff runterhängen.

»Bitteschön.« Der Concierge schiebt Julian den Schlüssel zu.

»Und der andere?«

Der Mann schaut wieder auf den Computerbildschirm. »Sie haben nur ein Zimmer gebucht.«

Julian verspannt sich. »Das ist nicht möglich.«

»Ich habe nur ein Zimmer unter dem Namen Lopez.«

»Versuchen Sie es mal mit *Muñoz*«, schlage ich vor.

Ein paar Mausklicks später bestätigt sich jedoch, dass ich kein eigenes Zimmer habe. Julian entfernt sich, um Sam anzurufen, und kommt mit der finstersten Miene zurück, die ich je an ihm gesehen habe.

»Er ist nicht rangegangen.«

Vermutlich würde ich auch nicht rangehen, wenn mein Chef um Mitternacht anrufen würde, erst recht dann nicht, wenn es mir nicht gelungen wäre, ein zweites Zimmer zu buchen, so wie er es verlangt hat.

»Können wir *jetzt* ein zweites Zimmer buchen?« Julian tippt mit den Fingern auf den Tresen.

»Es tut mir leid, aber wir sind für heute Nacht komplett ausgebucht. So wie die meisten Hotels in der Gegend, denn es gibt an diesem Wochenende drei Konferenzen, ein Eishockeyspiel und die Hochzeit eines Spielers aus der NFL. Sie könnten herumfahren und Ihr Glück versuchen, aber …«

»Ich möchte mit Ihrem Manager sprechen.«

Oh nein. Ich muss Julian von hier weglotsen, bevor er vor dem armen Mann den klischeehaften arroganten Milliardär raushängen lässt.

»Danke, dass Sie für uns nachgeschaut haben.« Ich nehme den Schlüssel vom Tresen.

»Wir suchen uns ein anderes Hotel«, protestiert Julian.

»Ich bin müde und will schlafen.« Auch wenn ich mittlerweile im

Allgemeinen wieder mehr Energie habe, seitdem sich meine Stimmung ein wenig gebessert hat, bin ich immer noch erschöpfter als sonst.

»Aber …«

»Komm schon.« Ich hake mich bei Julian ein und ziehe ihn von der Rezeption weg.

Die stumme Wut, die von ihm ausgeht, bringt mich zum Schweigen, als wir zu unserem Zimmer gehen. So wie Julian schnaubt, fürchte ich um Sams Job.

»Wenigstens ist es ein schönes Zimmer.« Ich nenne den einzigen positiven Faktor an der Situation, bevor mir die Realität schlagartig bewusst wird.

Julian ballt die Hände zu Fäusten und öffnet sie wieder, während er wütend das Bett betrachtet.

Das einzelne große Bett.

»Na, meinst du nicht, es könnte klappen?« Ich beiße mir auf die Zunge.

Obwohl das große Zimmer eine Sitzgruppe mit dem neuesten Smart-TV hat, wird schnell deutlich, dass die Ledercouch und die Chaiselongue eher dazu da sind, um gut auszusehen, als um bequem zu sein.

»Ich bin gleich wieder da.« Er schlurft an mir vorbei.

Ich packe seinen Arm, um ihn zurückzuhalten. »Und was hast du vor? Den Concierge zu bedrohen? Er hat uns doch schon erklärt, dass sie kein zweites Zimmer haben, also verschwende nicht deine Zeit.«

Julian schließt die Augen. »Was für ein Albtraum.«

»Es könnte schlimmer sein.«

»Inwiefern?«

»Stell dir mal vor, ich würde schnarchen.«

Er murmelt etwas Unverständliches und flüchtet mit der Plastiktüte mit der Kleidung und den Toilettenartikeln ins Bad. Ein Rohr ächzt, bevor das leise Rauschen von Wasser ertönt.

Erst als Julian weg ist, wird mir richtig bewusst, dass ich mir mit ihm ein Bett teilen muss. Aber auch wenn die Umstände nicht ideal sind, bin ich mir sicher, dass wir die Sache wie reife Erwachsene angehen und auf unserer jeweiligen Seite bleiben können.

KAPITEL FÜNFUNDZWANZIG
JULIAN

Mir ein Zimmer mit Dahlia zu teilen, erweist sich als Herausforderung, erst recht nachdem sie gebadet hat und neben mir ins Bett klettert.

Ich strecke den Arm aus und ziehe an der Schnur der Lampe, um uns in Dunkelheit zu tauchen.

»Gute Nacht«, sagt sie und lässt sich auf die Matratze sinken.

Obwohl wir Abstand zueinander halten, höre ich jeden Atemzug, den sie nimmt, und spüre jede ihrer Bewegungen.

»Nacht«, murre ich mit vor der Brust verschränkten Armen in Richtung Decke.

Sie dreht sich erst nach rechts, dann nach links und legt sich schließlich schnaubend auf den Rücken.

»Alles in Ordnung?«

»Mm-hmm«, macht sie und dreht sich wieder nach rechts.

Ich versuche einzuschlafen, aber dass Dahlia sich ständig bewegt und umdreht, hält mich wach. Ich weiß nicht, ob sie immer so schwer zur Ruhe kommt oder ob es ihr der Gipsarm erschwert, eine bequeme

Position zu finden, aber wie dem auch sei, sie treibt mich in den Wahnsinn.

Ich drehe meinen Kopf in ihre Richtung. »Was ist los mit dir?«

Dahlia zieht mittlerweile zum zehnten Mal die Decke zurecht. »Ich kann nicht einschlafen.«

»Warum?«

»Weil …« Sie zeigt zwischen uns hin und her, als würde das meine Frage beantworten.

»Was?«

»Das hier ist merkwürdig.«

»Wäre es dir lieber, wenn ich auf dem Boden schlafe?«

Selbst in der Dunkelheit sehe ich ihr Grinsen. »Könntest du?«

»Nein, verdammt, aber gut zu wissen, dass es dir nichts ausmachen würde, wenn ich mehr Körperflüssigkeiten ausgesetzt wäre als eine Samenbank.«

In meinem Kopf dreht sich alles, als ich ihr leises, melodisches Lachen höre.

»Sei nicht so dramatisch. Wir sind vermutlich im schicksten Hotel von Detroit«, sagt sie.

»Ich würde selbst im Ritz-Carlton nicht auf dem Boden schlafen.«

»Es gibt immer noch die Couch.«

»Danke für den Vorschlag, aber ich mag meine Wirbelsäule so, wie sie ist.«

Wieder kichert sie, diesmal mit einem kleinen Schnaufen am Ende.

Wir beide werden leise, obwohl sich die Stille diesmal angenehmer anfühlt als zuvor.

»Julian«, flüstert sie ein paar Minuten später.

Ich presse meine Augen fest zu. »Ich schlafe.«

»Nein, tust du nicht.« Sie stößt mich mit ihrem Gipsarm an.

Ich öffne ein Auge und stelle fest, dass sie tatsächlich zu mir herübergerutscht ist.

Sie liegt auf der Seite, den rechten Arm unter ihr Kissen geschoben, und ihr dunkles Haar umgibt sie wie ein Vorhang.

»Was?«, frage ich, ohne zu verbergen, wie genervt ich bin.

»Es gibt da etwas, das mich stört.«

»An der Matratze?«

»An *uns*.«

Ich schweige.

Dahlia seufzt. »Manchmal fühlt es sich an, als ob …« Sie bricht mitten im Satz ab.

Was, will ich fragen.

Sag es mir, will ich fordern.

Aber statt preiszugeben, wie neugierig ich bin, behalte ich alle Fragen für mich.

Sie kehrt in ihre vorherige Position zurück. »Vergiss es. Ich bin müde.«

Ich lasse ihr diese Lüge durchgehen, denn ich bin nicht bereit, mich dem zu stellen, was immer sie über uns zu sagen hat. Außerdem gibt es schließlich kein *Uns*.

Nur weil du Angst davor hast, was wäre, wenn *es ein Uns gäbe,* flüstert die Stimme in meinem Hinterkopf.

Abgesehen von meiner Vergangenheit mit Dahlia gibt es unzählige Probleme, die mich davon abhalten, eine ernsthafte Beziehung anzustreben, unter anderem, dass sie nächstes Jahr zurück nach San Francisco zieht und dass ich nicht gut genug für sie bin.

Ich will nicht mal Kinder, verdammt. Selbst wenn ich mir meine Gefühle für sie eingestehen würde, heißt das noch lange nicht, dass wir gut zusammenpassen.

Ganz gleich, wie sehr ich mir wünsche, dass wir es täten.

* * *

Ich wache von einem lauten Hämmern gegen die Wand hinter mir auf. Als ich die Augen aufreiße und feststelle, dass ich teilweise unter Dahlias Körper liege, erstarre ich. Ihre gleichmäßige Atmung verändert sich nicht, daher bezweifele ich, dass ihr bewusst ist, dass sie sich an mich schmiegt, als wäre ich ihr Lieblingskissen.

Für mich ist Dahlia immer schön – egal ob sie lächelt oder finster dreinblickt, ob sie geschminkt oder ungeschminkt ist, ob sie gekleidet ist wie ein Laufstegmodel oder ein Sweatshirt und Leggings trägt –, aber in diesem Moment, in dem sie ihren Arm um mich geschlungen und ihre Wange an meine Brust geschmiegt hat, finde ich sie absolut umwerfend.

Wäre ich klug, würde ich vorsichtig von ihr wegrutschen und meinen Körper durch ein echtes Kissen ersetzen, aber offensichtlich fehlt mir der nötige IQ, um auch nur eine einzige Bewegung zu vollführen. Erst recht, als Dahlia sich noch enger an mich schmiegt und ihr Bein über mich legt, als würde sie meinen Fluchtinstinkt spüren.

Nichts hat sich je besser angefühlt, als mit ihr in meinen Armen aufzuwachen.

Das übliche schwere Gefühl, mit dem ich sonst jeden Morgen erwache, bleibt fern.

Nur noch ein paar Minuten, verspreche ich mir selbst, während das Paar im Nebenzimmer seinen Sexmarathon weiterführt, der in Form von lautem Hämmern gegen die angrenzende Wand zu hören ist.

Irgendwann fallen mir die Augen zu, und ich schlafe zu dem Klang von Dahlias leisem Schnarchen ein – sie hat mich gestern Abend also angelogen.

Dennoch habe ich ein Lächeln auf den Lippen.

Sie hat nicht vor, lange hierzubleiben, wiederhole ich zum zigsten Mal, seitdem wir nach Detroit aufgebrochen sind.

Dann kannst du ebenso gut das Beste daraus machen und ihre Anwesenheit genießen, solange es noch geht.

* * *

Irgendwann an diesem Morgen muss sich Dahlia aus meinem eisernen Griff, mit dem ich sie an meinen Körper gedrückt habe, befreit haben, denn als ich ein paar Stunden später davon aufwache, dass unsere Tür gegen die Wand schlägt, liege ich allein im Bett.

»*Buenos días, princesa.** Ich hab dir Kaffee und ein Käse-Schinken-Croissant mitgebracht.« Dahlia hält zwei Plastikbecher mit Kaffee in einem Arm, während sie die Tür mit ihrem Fuß schließt.

Ich blinzele zur Decke hinauf und reibe mir die Augen, wobei ich ein langes Gähnen ausstoße.

Sie stellt mein Getränk auf dem Nachttisch ab und nimmt am Fußende des Bettes Platz.

Ich muss das kleine Schild auf dem Becher nicht lesen, um zu wissen, dass sie das Richtige bestellt hat. Dahlia ist schließlich diejenige, die dafür verantwortlich ist, dass ich süchtig nach Iced Coffee mit Karamellsirup und einem Spritzer Sahne bin. Obwohl er mich immer an sie erinnert, kann ich nicht aufhören, ihn zu trinken.

Schon nach einem Schluck fühle ich mich ein wenig wacher. Ich setze mich auf, lehne mich an das Kopfende und fahre mir mit einer Hand durch die Haare. »Hast du gut geschlafen?«

»Mm-hmm.« Sie wendet den Blick ab, kann aber nicht verbergen, dass ihr Röte in die Wangen kriecht.

Ich habe unsere Nachbarn fast vergessen, bis sie wieder mit ihrem stündlichen Sexritual beginnen und so wild vögeln, dass das Kopfende ihres Bettes gegen die Wand schlägt.

Dahlias Augen weiten sich. »Ist das …?«

»Jepp.« Meiner Antwort folgt ein lautes Stöhnen aus dem Nebenzimmer.

---

* ***Buenos días, princesa:*** *Guten Morgen Prinzessin.*

Ihre Augenbrauen schießen in die Höhe. »Wow.«

»Nur die Spitze«, säuselt die Frau.

Dahlia schlägt sich eine Hand vor den Mund.

»Ja, Baby, du bist so eng«, knurrt der Mann.

Dahlia lässt sich mit dem Gesicht voran auf meine Beine fallen, wobei ihr Lachen von der Decke gedämpft wird, obwohl ich es bis in meine Seele spüre.

»Magst du es hart?« Ein Klatschen ist zu hören und gleich darauf ein weiteres Stöhnen.

»Oh ja.« Die Frau stöhnt erneut. »Härter.«

Der Mann ächzt.

»Genau so, Baby«, drängt die Frau.

»Genau so, Baby«, wiederholt Dahlia mit sinnlicher Stimme und schaut mich durch die Strähnen ihres dunklen Haares an.

Mein Schwanz sollte das Gegenteil von hart sein, aber sie muss mich nur Baby nennen und mich sexy anschauen, und schon schießt mir das Blut in die Lenden.

»Was soll das?«, flüstere ich.

»Ich habe nur ein bisschen Spaß. Mach mit.«

Ich weiß nicht viel über ihr Leben in San Francisco, aber so, wie sie sich bisher auf diesem Trip aufgeführt hat, könnte man meinen, man hätte sie aller Dinge beraubt, die ihr Freude machen.

Dahlia krabbelt zum Kopfende und stöhnt so laut, dass die Leute im Nebenzimmer, die aus irgendeinem Grund dabei sind, laut zu zählen, innehalten.

Heilige Scheiße. Das kann sie nicht ernst meinen.

Sie packt das Kopfende mit ihrer rechten Hand und stößt es mit aller Kraft gegen die Wand.

Man könnte eine Stecknadel fallen hören, so still wie alles – auch das andere Paar – in diesem Moment ist.

»Hast du das gehört?«, fragt die Frau.

»Das ist mir egal. Sollen sie doch zuhören«, erwidert der Mann.

»Irgendwie ist das heiß«, bemerkt Dahlia, wobei sich ihre Wangen röten.

Ich verschlucke mich fast. »Was?«

Die Frau im Nebenzimmer stöhnt so laut, dass ich die Augen aufreiße.

»Schieb mir deinen Finger in den Arsch so wie beim letzten Mal«, ächzt der Typ.

»Findest du das immer noch heiß?«, frage ich heiser.

»Nur wenn es ihm gefällt.« Dahlias Augen funkeln auf eine Art, wie ich es seit dem College schon nicht mehr erlebt habe – kurz bevor alles den Bach hinabging.

Fuck. Demnach zu urteilen, wie der Typ stöhnt, scheint ihm das, was seine Partnerin tut, definitiv zu gefallen.

Dahlia rüttelt erneut am Kopfende des Bettes, worauf das Paar wieder still wird.

Mit einem Mal beschließe ich, dass ich ihr den Spaß nicht verderben will. Ich weiß nicht, ob sie überhaupt Spaß hatte, als sie mit diesem Mistkerl zusammen war, aber in diesem Moment will ich der Grund dafür sein, dass sie lächelt.

Scheiß drauf.

Ich bewege meinen Körper so schwungvoll vor und zurück, dass das Kopfende immer wieder gegen die Wand schlägt.

Doch anstatt sich zurückzuhalten, scheinen sich unsere Nachbarn von der Tatsache, dass wir sie belauschen, nur noch weiter anstacheln zu lassen.

»Wie willst du mich?« Dahlias heisere Stimme erweckt meinen Schwanz noch mehr zum Leben.

»Warum fangen wir nicht damit an, dass du dich auf mein Gesicht setzt?«

»Was?«

»Du hast gehört, was ich gesagt habe.« Ich tippe mir an die Lippen. »Spreiz deine Beine und zeig mir, was mir gehört.«

Ihr Gesicht, das soeben noch rosig war, wird nun dunkelrot. »Ich … Wir …«

»Wenn du schon den Mund aufmachst, kannst du deine Lippen genauso gut um meinen Schwanz schließen.«

Sie greift nach einem Kissen und wirft es mir entgegen, doch ich kann gerade noch ausweichen.

Mit dem Finger ziehe ich eine Linie von ihrem Hals bis zu ihrer roten Wange. »Ist da etwa jemand schüchtern?« Nach all den Jahren, in denen sie mich andauernd geärgert hat, fühlt es sich gut an, die Oberhand zu haben.

Ihre Nasenflügel blähen sich. »Hör auf damit.«

»Warum? Hast du Angst, dass es dir gefallen könnte?«

»Als würde es mir gefallen, deinen Schwanz irgendwo in der Nähe meines Mundes zu haben.«

»Heißt das, gegen die anderen beiden Öffnungen hättest du nichts?«

»Nur wenn ich den Spieß auch umdrehen darf, *mi amor.*« Sie streicht mit dem Daumen über meine Unterlippe.

Fuck. Ich und unsere Nachbarn sind vollkommen still. Ich sollte ihre Bemerkung nicht heiß finden, aber verdammt, mein Schwanz ist so hart, dass er jeden Moment zerbersten könnte.

Dahlia atmet so schwer, dass ich mich frage, ob ihr gleich Feuer aus der Nase schießen wird.

Du bist zu weit gegangen. Viel zu weit.

»Dah…«

Sie setzt sich auf meinen Schoß und hält mir mit der rechten Hand den Mund zu. »Schhh. Keine Namen«, flüstert sie.

»Sorry.« Meine Antwort klingt gedämpft unter ihrer Hand.

Als sie Anstalten macht, von meinem Schoß zu rutschen, halte ich sie fest, indem ich meine Hände um ihre Hüften schließe.

Wir schauen einander fest in die Augen.

Was tust du?

Ihr Blick geht zu meinen Lippen, die sofort zu kribbeln beginnen.

Ich werde es bereuen.

Was nicht das erste Mal wäre.

Dahlia scheint als Erste wieder zu Sinnen zu kommen, denn sie versucht, sich aus meinem Griff zu befreien, doch plötzlich reißt sie die Augen auf. »Bist du …« Sie schluckt schwer und bewegt ihre Hüften noch einmal.

Ich ziehe die Luft ein, als sie sich an meiner Erektion reibt.

»O mein Gott.«

»Stopp.«

»Du bist hart«, verkündet sie mit geröteten Wangen. »Ist es, weil …«

Wieder erklingt ein Schlag gegen die Wand, gefolgt von einem Stöhnen.

»Rate mal«, versetze ich.

Als sie ihre Hüften bewegt, lasse ich ächzend den Kopf nach hinten fallen.

Das Kichern, das sie ausstößt, lässt mich mit zwei widersprüchlichen Emotionen kämpfen, und keine davon ist gut.

Sie lässt einen Finger an meiner Brust hinabgleiten. »Ich fühle mich geschmeichelt.«

»Halt die Klappe.«

»Nein. Das Wissen, dass ich dich so errege …« Sie presst die Finger an ihre Lippen und macht ein Kussgeräusch. »Das ist ausgleichende Gerechtigkeit.«

»Ich zeige dir, was Gerechtigkeit ist.« Schnell fasse ich ihr in den Nacken und ziehe sie zu mir heran.

Sie schließt die Augen, nur um sie abrupt wieder zu öffnen, als unsere Nachbarn ihr Liebesspiel mit ohrenbetäubender Lautstärke beenden.

Dahlia springt vom Bett und eilt zur anderen Seite des Zimmers, während ich meinen Kopf ins Kissen fallen lasse und ächze.

Ich brauche keine Pro-und-Kontra-Liste, um mich an all die Gründe zu erinnern, warum es eine schlechte Idee ist, Dahlia zu küssen. Es würde alles nur noch komplizierter machen, und wenn man bedenkt, was ohnehin schon alles in unserem Leben los ist, wäre es besser, nicht noch mehr Chaos anzurichten.

Entschlossen klettere ich aus dem Bett, greife nach meinem Handy und gehe in Richtung Badezimmer, wobei ich mich so drehe, dass Dahlia meine Erektion nicht sehen kann. Auf der Mailbox befinden sich Nachrichten von meiner Mom, Sam und Rafa, die ich jedoch alle ignoriere und stattdessen heiß dusche.

Mir einen runterzuholen, ist die cleverste Lösung, dabei an Dahlia zu denken, jedoch das Gegenteil. Zu Beginn versuche ich, zu widerstehen, aber dieses Vorhaben erweist sich als unmöglich, denn immer wieder gehen mir Bilder von ihr durch den Kopf.

Ich gehe alle möglichen Ausgänge unseres Schauspiels im Bett durch.

Wie sie auf meinem Gesicht sitzt.

Wie ich sie mit meiner Zunge liebkose, bis sie sich auf mir windet.

Wie ihre Lippen meinen Schwanz umschließen – leckend, küssend, saugend – und sie meine Welt mit einem einzigen Orgasmus auf den Kopf stellt.

Meine Wirbelsäule prickelt bei jeder Handbewegung, und meine Atmung beschleunigt sich, bis ich mir zu der Vorstellung von Dahlia mit meinem Schwanz im Mund ächzend Erleichterung verschaffe.

Fuck. Fuck. Fuck!

Dieses letzte Bild, das vor mein inneres Auge tritt, lässt mich explodieren. Ich höre mit den Handbewegungen nicht auf, bis ich scharf die Luft einziehe.

Erst als das Hochgefühl abebbt, und ich in die Realität zurückkehre, wird mir bewusst, was ich getan habe. An Dahlia zu denken, ist eine Sache, aber mit einem Bild von ihr im Kopf zum Orgasmus zu kommen? Was habe ich mir nur dabei gedacht?

Ich warte darauf, dass sich das Schamgefühl in mir festsetzt, aber es kommt nicht. Stattdessen rasen meine Gedanken, während ich mir vorstelle, was passieren könnte, wenn ich meine Gefühle nicht länger unterdrücken würde.

Ständig zu verdrängen, dass ich mich zu Dahlia hingezogen fühle, ist ein Kampf, den ich nicht gewinnen kann. Und wenn ich eins hasse, dann mich von ihr besiegen zu lassen.

KAPITEL SECHSUNDZWANZIG
DAHLIA

Ich hätte von dem Moment an, in dem ich in Julians Armen aufgewacht bin, weil er meinen Namen gemurmelt hat, wissen müssen, dass der heutige Tag ein Desaster werden würde. Es war nicht der Gedanke daran, dass er von mir träumte, der mir Angst gemacht hat, sondern eher die Gefühle, die er in mir ausgelöst hat.

Unser Tag hat so eine drastische Wendung genommen, dass wir uns in unbekannten Gefilden befinden. Ich fühle mich, als wäre ich auf einem Schiff gefangen, mit dem ich mich in einem tosenden wilden Ozean aus gemischten Gefühlen verirrt habe.

Nun drücke ich mein Ohr gegen die Badezimmertür, da ich ein merkwürdiges Geräusch aus dem Inneren gehört habe. Eine Gänsehaut breitet sich auf meinem Körper aus, als ich höre, wie Julian meinen Namen ächzt und anschließend leise flucht. Meine Haut brennt angesichts der Laute, und ich werde von einer vollkommen neuen Empfindung in meiner unteren Körperhälfte überwältigt.

Du könntest vorschlagen, dass ihr Freunde mit gewissen Vorzügen werdet.

Doch Julian und ich sind keine Freunde.

Vielleicht können wir uns nur auf die Vorzüge beschränken?

Ein verlockender Gedanke, aber ich war noch nie der Typ für lockeren Sex. Ich bin eine Frau, die sich erst verliebt und dann Sex hat – irgendetwas anderes vorzuschlagen, könnte also in einem Desaster enden.

Oder es könnte genau das sein, was du brauchst.

Als ein Rohr ächzt und das Wasser abgestellt wird, renne ich schnell zum Bett, setze mich hin und hole mein Handy hervor.

Ein paar Minuten später kommt Julian, gefolgt von einer Dampfwolke, aus dem Bad. Er trägt eine blaue Jeans und ein T-Shirt.

»Hey.« Er rubbelt sich den Hinterkopf mit einem Handtuch ab.

»Hattest du eine angenehme Dusche?«

»Mm-hmm.« Er kann meinem Blick nicht lange standhalten.

Bohr nicht weiter nach.

Nope. Mir eine Gelegenheit, Julian aufzuziehen, durch die Lappen gehen zu lassen, wäre zu *hart.*

Was für ein treffendes Wort.

»Konntest du alles erledigen?«, frage ich und verkneife mir ein Schmunzeln.

Eine Falte bildet sich auf seiner Stirn. »Ich denke schon?«

»War es *harte* Arbeit?«

»Ob es …« Seine Stimme verliert sich, und ein paar Sekunden später röten sich seine Wangen. »Du hast mich gehört.«

»Nur aus Neugier, war das heute eine Ausnahme, oder stöhnst du immer meinen Namen, wenn du kommst?«

»Nur wenn ich mir vorstelle, dass du auf meinem Gesicht sitzt.« Er wirft sein Handtuch über die Lehne eines Sessels.

Ich befürchte, dass mein Kiefer wieder eingerenkt werden muss, da mir die Kinnlade so weit runtergefallen ist. Ich habe erwartet, dass Julian schweigen und meinem Blick ausweichen würde, aber es sieht aus, als würde er ganz selbstbewusst damit umgehen.

»Träumst du oft davon?«, frage ich.

»Oft genug, um mich zu fragen, ob ich den Verstand verloren habe.«

Ich blinzele angestrengt.

»Gefällt dir das?«

Angesichts seiner Frage presse ich die Oberschenkel zusammen.

»Mehr als es das tun sollte.« Plötzlich wird mir unter seinem Blick heiß. Ich ärgere mich darüber, dass ich die Erste bin, die den Blickkontakt unterbricht. »Wir haben uns beinahe geküsst.«

Er schweigt.

»Was willst du, Julian?«

Er lehnt sich gegen die Wand und verschränkt die Arme vor seiner breiten Brust, wobei er cool und gelassen wirkt. »Verrate du es mir.«

Lässt ihn das alles völlig kalt?

Ich schüttele den Kopf. »Das Ganze ist ein Fehler.«

»Nur wenn du willst, dass es ein Fehler ist.«

»Was meinst du damit?«

Er hebt eine Schulter.

Ich verziehe das Gesicht. »Du bist ein dreißigjähriger Mann. Kommuniziere bitte wie einer.«

»Ist es nicht offensichtlich, was ich damit sagen will?«

»Nein. Würde ich sonst fragen?«

Seine Augen werden schmal.

Ich funkele ihn an.

Er schürzt die Lippen. »Ich will dich.«

Meine Kehle fühlt sich an, als hätte ich einen Sack Sand verschluckt. »Ich habe gerade erst eine ernste Beziehung beendet.«

»Und niemand hat vorgeschlagen, dass du dich direkt in die nächste stürzen solltest.«

Nicht die Antwort, auf die ich gehofft hatte, aber dennoch keine schlechte.

Für die nächste Frage muss ich all meinen Mut aufbringen. »Was genau willst du dann vorschlagen?«

Er zögert einen Moment zu lange. »Was immer du willst.«

»Was willst *du*?«

Sein Blick huscht über mein Gesicht. »Alles, was du bereit bist, mir zu geben.«

»Das war's?«

Er nickt.

»Wenn ich also etwas Lockeres vorschlagen würde?« Die Frage hinterlässt einen bitteren Nachgeschmack auf meiner Zunge.

»Das ist okay für mich.«

Mein Herz wird schwer. *Er will nichts Ernstes.*

So ist es ohnehin besser. Weniger Erwartungen. Weniger Enttäuschungen.

»Okay«, erwidere ich.

Willst du tatsächlich eine lockere Bettbeziehung mit Julian eingehen?

Ich lasse meinen Blick unverhohlen an seinem Körper hinabwandern. Betrachte seine breiten Schultern. Seine Bauchmuskeln. Seinen Mund, der mir Dinge verspricht, die ich gern am eigenen Körper spüren würde.

Ja, etwas Lockeres klingt gut.

Warum sollen wir das, was wir ohnehin beide wissen, länger verbergen? Er fühlt sich zu mir hingezogen. Ich fühle mich zu ihm hingezogen. So kompliziert ist die Situation vielleicht gar nicht, auch wenn unsere Vergangenheit es sehr wohl war.

»Dahlia.«

Unsere Blicke treffen sich.

»Willst *du* etwas Lockeres mit mir anfangen?«, fragt er mit einer sanften Stimme, die ich noch nie an ihm gehört habe.

Ich beiße mir auf die Innenseite meiner Wange, bis ich Blut schmecke. »Locker und unkompliziert klingt nach allem, was ich hinter mir habe, gut.«

Er tippt sich mit dem Zeigefinger an den Oberschenkel. »Abgemacht.«

»Abgemacht?«

»Hast du erwartet, dass ich Einwände erhebe?«

»Irgendwie schon.« Oder zumindest, dass er länger nachdenken würde.

»Locker und unkompliziert kann ich dir geben.« Er sagt all die richtigen Worte, aber dennoch zieht sich meine Lunge schmerzhaft zusammen.

»Für wie lange?«

»Das darfst du entscheiden.«

»Ich weiß nicht. Ich habe so was noch nie gemacht.«

Seine Nasenflügel weiten sich. »Das ist in Ordnung.«

»Aber du schon.« Bei dem Gedanken dreht sich mir der Magen um.

»Spielt das eine Rolle für dich?«

Mehr als es das tun sollte. »Nope.«

Für einen langen Moment sieht er mich an, dann kommt er einen Schritt auf mich zu. »Wir machen einfach so lange weiter, bis einer von uns beiden den Spaß an der Sache verliert.«

»Nein.« Ich brauche etwas Konkreteres. Eine klare Grenze, die mich davon abhält, irgendetwas Unüberlegtes zu tun. »Bis Neujahr.« Das sollte mir genug Zeit geben, seiner überdrüssig zu werden.

»Weil du dann zurück nach San Francisco ziehst?«

Ich nicke. »Das Haus wird bis dahin so gut wie fertig sein, und ich werde einen Vertrag für eine neue Show unterzeichnen.«

Die Muskeln in seinem Hals spannen sich an. »Damit kann ich arbeiten.«

Mein Magen verwandelt sich in einen Schwarm aus Schmetterlingen, als er zu mir ans Bett tritt, meine Oberschenkel auseinanderdrückt und sich dazwischen stellt.

Ein Schauder durchfährt mich, als er meinen Nacken umfasst und mein größtes Geheimnis offenlegt, indem er mit dem Daumen über meine pulsierende Ader fährt.

»Du bist nervös.«

»Ein bisschen«, gestehe ich.

»Und was sonst noch?« Er beugt sich vor, um meinen Hals zu küssen, was mich zittern lässt.

»Aufgeregt.« Ich *will* Julian, und ich werde meine Gefühle nicht mehr länger leugnen, nur weil ich mir erhoffe, dass die Anziehungskraft dadurch verschwindet. Diese Strategie habe ich jahrelang erfolglos angewendet, also kann ich ebenso gut nachgeben und es genießen.

Ich spüre, dass er an meiner Haut lächelt. »Ich habe so lange darauf gewartet.«

»Wie lange genau? Vielleicht habe ich dich nicht hart genug dafür arbeiten lassen …«

Zum ersten Mal seit zehn Jahren presst er seinen Mund auf meinen und schneidet mir damit das Wort ab. All meine Gehirnzellen streiken mit einem Mal, als Julian mich küsst, als würde er nie wieder eine Chance dazu bekommen.

Ich habe in meinem Leben schon oft geküsst, aber nichts ist mit diesem Kuss vergleichbar. Die Sehnsucht. Die Leidenschaft. Das Prickeln meiner Wirbelsäule. Der Kuss, auf den ich seit zehn Jahren warte, raubt mir den Verstand und reißt mich in einen Strudel aus Empfindungen.

Julian lässt sich Zeit, neckt mich mit jeder Berührung seiner Lippen, jeder Bewegung seiner Zunge.

Seine Bewegungen sind gezielt und darauf abgestimmt, mich verrückt zu machen.

Ich schlinge meine Beine um seine Hüften und ziehe ihn näher zu mir heran.

Er lässt die Finger durch meine Haare gleiten und umfasst meinen Hinterkopf, wobei er sich an mich presst. Als wir beide ächzen, nutze ich die Gelegenheit, um meine Zunge mit seiner zu liebkosen.

Unser Kuss wird immer verzweifelter. Schließlich löse ich mich von ihm und ziehe an seinen Haaren. Julians Muskeln zittern, als ich eine Linie aus Küssen an seinem Hals hinab beschreibe.

Er wiegt die Hüften sanft vor und zurück, neckt mich mit seinem Schwanz, bis mein Kopf zur Seite fällt. Ich bin atemlos, und meine Mitte pulsiert.

Er erobert meinen Mund. Meinen Hals. Meine Brust. Mit seinem Pfad aus heißen Küssen brennt er die Erinnerung an jeden Mann nieder, der vor ihm kam.

Ich weiß nicht, wie lange wir um die Oberhand kämpfen, aber keiner von uns beiden hört auf, bis ich flach auf dem Rücken liege, meine Beine über der Bettkante hängen und Julian über mir schwebt.

Ehe ich die Chance habe, Einwände zu erheben, kniet er sich hin und zieht mir schnell Schuhe und Jeans aus.

Er küsst meinen Oberschenkel, aber macht an meiner Unterwäsche halt.

»Niedlich, obwohl heute Freitag ist.«

»Ich fand diesen Slip aber hübscher.«

Er betrachtet grinsend meine Unterhose mit der Aufschrift *Wine Wednesday*. »Stimmt.«

»Super. Und jetzt hör auf zu reden und küss mich.« Ich schiebe seinen Kopf mit meinem gesunden Arm nach unten, doch er wendet sich ab und knabbert an der Innenseite meines Oberschenkels.

Ich richte mich auf. »Was zur …«

»Hör auf, mich zu drängen.«

»Klar, lass dir nur Zeit.«

Seine Augen funkeln herausfordernd. Nun zieht er am Bund meines Slips, schiebt ihn runter, wobei er jeden erreichbaren Zentimeter meiner Haut küsst. Auch wenn mir seine sanften Berührungen gefallen, verliere ich schnell die Geduld.

»Ich hätte mich klarer ausdrücken sollen – als ich gesagt habe ›Lass dir Zeit‹, meinte ich, lass dir Zeit mit deiner Zunge zwischen meinen Beinen.«

»Ach ja?«, fragt er in seinem typisch trockenen Tonfall.

»Ich verstehe ja, dass du dreißig quälende Jahre darauf warten musstest, deine Jungfräulichkeit zu verlieren, aber …«

Ich kann keinen klaren Gedanken mehr fassen, als er meine Oberschenkel auseinanderschiebt. Mit einem Mal ist seine Selbstbeherrschung dahin, und er lässt seine Zunge über meine feuchte Mitte gleiten.

Er leckt mich mit einer Leidenschaft, die ich noch nie zuvor bei einem Mann erlebt habe, und ich befürchte fast, dass er ersticken könnte, während er saugt, leckt und mich liebkost, ohne sich zum Atmen von mir zu lösen.

Ich verliere jegliches Zeitgefühl, während er meine Reaktionen studiert, seine Technik optimiert und saugt, bis ich ihn anbettele, mich zu erlösen.

In meiner Mitte baut sich ein Druck auf, und das Ziehen wird mit jedem Zungenschlag und jedem Saugen an meiner Klitoris stärker.

Meine Oberschenkel zittern neben seinem Kopf, während ich gegen meinen Orgasmus ankämpfe, zerrissen zwischen dem Drang zu kommen und dem Wunsch, es weiter auszukosten.

Julian schließt die Augen. »So wunderschön.«

Ich zucke zusammen, als er mit der Zunge über meine Klitoris fährt und einen Finger in mich hineingleiten lässt. Meine Beine zittern, als er einen weiteren Finger einführt und meine Nervenenden zum Brennen bringt.

»Das gefällt dir.« Er zieht seine Finger heraus, um mir den Beweis dafür zu zeigen. Als ich erröte, macht sich ein teuflisches Grinsen auf seinem Gesicht breit.

»So perfekt.« Er dringt wieder in mich ein und krümmt seine

Finger in einer lockenden Bewegung, um meine Klitoris von innen zu massieren.

Mir wird schwindelig. Die Art, wie Julian innerhalb von wenigen Minuten herausgefunden hat, wie er meinen Körper von allen Seiten manipulieren kann, lässt mich bereuen, dass ich je an seinen Fähigkeiten im Bett gezweifelt habe. Ich hatte vorher schon guten Sex … aber das hier?

Julian könnte Kurse über den weiblichen Orgasmus geben.

In meinem Kopf existiert kein einziger klarer Gedanke mehr, als ich mit einem Schrei komme. Wärme schießt in meinen Körper wie eine Flutwelle.

Julian hört nicht auf, seine Finger in mich hineinzustoßen und mich zu lecken, bis mein Orgasmus abebbt.

Ich bin mir nicht sicher, wie lange es dauert, bis ich wieder runterkomme, ich weiß nur, dass Julian irgendwann über meinen schlaffen Körper klettert und mich zwischen seinen Armen gefangen nimmt.

Ich lege eine Hand an seine Wange. »Willst du mir erzählen, dass wir uns so lange gestritten haben, obwohl wir *das* hätten tun können?«

Er lässt sich lächelnd in meine Berührung sinken. Mein Herz hat keine Chance, sich zu beruhigen, wenn er so niedliche Dinge tut, also löse ich mich von ihm.

Er legt den Kopf schief. »Hast du doch Zweifel?«

»Nein.« Obwohl ich wahrscheinlich welche haben sollte, wenn er solche Gefühle in mir auslösen kann.

»Gut.« Er küsst mich ein letztes Mal und verlässt das Bett.

»Wohin willst du?« Ich deute auf die beeindruckende Beule in seiner Hose.

Er schaut auf seine Uhr. »Beim nächsten Mal.«

Meine Wangen brennen, als Julian mir beim Anziehen hilft.

»Was jetzt?« Mit gesenktem Kopf packe ich meine neue Kleidung zusammen.

»Wir machen einfach locker so weiter und haben Spaß.«

Mein Magen zieht sich zusammen. »Sollten wir nicht ein paar Regeln aufstellen?« Ich mag nicht sonderlich viel Erfahrung in Sachen Beziehungen haben, aber ich weiß dennoch, dass es am besten ist, wenn man die Erwartungen des anderen kennt. Wenn ich wieder verletzt werden sollte, kann ich so nur mir selbst die Schuld geben.

Er hebt eine Schulter. »Wenn du willst.«

»Ich glaube, es wäre das Beste, denn laufen wir nicht Gefahr, dass unsere Gefühle verletzt werden.«

»Gefühle? Was ist das?«

Ich werfe ihm ein Kissen entgegen, das er jedoch kurz bevor es ihn am Kopf trifft, abfängt.

»Ich bin bereit, mich auf alles einzulassen, was du vorschlägst, aber du musst offen und ehrlich zu mir sein.«

Alles klar. Das ist nach unserer Vergangenheit leichter gesagt als getan.

Menschen lernen nie aus ihren Fehlern, wenn du ihnen nicht die Chance dazu gibst.

Ich atme tief durch. »Die Sache sollte unter uns bleiben.«

Etwas Finsteres huscht über seine Züge. »Verstanden.«

»Es ist mir nicht peinlich oder so.«

»Klar.«

»Ich will nur nicht, dass die Leute denken …«

»Dass wir zusammen sind«, beendet er meinen Satz.

Ich schaue auf meinen Schoß. »Unsere Mütter würden sich nur Hoffnungen machen.«

»Mehr als sie es ohnehin schon tun?«

Ich schneide eine Grimasse.

»Was sonst noch?«

»Wir sollten uns darauf verständigen, dass wir momentan die

Einzigen füreinander sind.« Der Gedanke daran, dass er Sex mit einer anderen haben könnte, gefällt mir ganz und gar nicht.

»Wir wissen doch beide, dass ich nicht gern teile.«

»Stimmt, wenn man bedenkt, dass du dich gegenüber Evan und Dan sowie allen, die mich länger als ein paar Sekunden angesehen haben, aufgeführt hast wie ein eifersüchtiger Höhlenmensch.« Als ich gerade die Augen verdrehen will, trifft mich ein Kissen an der Seite meines Gesichts.

Julian lacht erst, doch entschuldigt sich eilig, als ich so tue, als würde mein Auge schmerzen.

»Autsch.« Ich schiebe meine Unterlippe vor und schniefe.

»Es tut mir leid.« Er küsst meine Schläfe direkt neben meiner »Verletzung«, doch ich breche in lautes Gelächter aus.

Julian lässt seine Hand, die soeben noch an meiner Wange lag, an meinen Hals gleiten. »Du hast mich verarscht.«

»Dafür hast du keine Beweise.«

Er übt leichten Druck mit seinen Fingern aus.

»Na schön.« Ich knicke ein. »Du hast recht. Aber es ist nicht meine Schuld, dass du dich so leicht hinters Licht führen lässt.«

Er drückt noch einmal ein wenig fester zu, ehe er mich an der Schulter anstupst, sodass ich winselnd nach hinten auf die Matratze falle.

Panik huscht über sein Gesicht, als er den Arm ausstreckt, um mich in eine aufrechte Position zu ziehen. »Mist. Es tut mir so leid. Ist alles in Ordnung? Ich hätte vorsich…«

Ich rücke meine Armschlinge zurecht. »Entspann dich. Es war ein Versehen.«

Mit einem Mal wird er blass. »Wenn ich es mir recht überlege, sollten wir wahrscheinlich warten, bis der Gips entfernt wird, bevor wir irgendetwas anderes tun.« Er tritt einen großen Schritt zurück.

»Das ist erst in zwei Wochen!«

»Ich will nicht riskieren, dass du dich noch mal verletzt.«

Mein Herz macht einen betrügerischen Satz in feindliche Gebiete und entblößt meine Schwäche.

Ihn.

Ich weiß nicht, wie lange die Sache zwischen mir und Julian halten wird, aber ich bin fest entschlossen, es – und ihn – zu genießen, bis es für mich Zeit wird fortzugehen.

KAPITEL SIEBENUNDZWANZIG
DAHLIA

Den Rest des Morgens verbringen wir in unserer eigenen kleinen Blase, während wir die bestellten Tische und Stühle abholen und nach Lake Wisteria zurückfahren. Im Auto lässt Julian unser Lieblingslied aus der Highschool laufen, das ich laut mitsinge, und die Zeit vergeht wie im Flug.

Ich bin auf merkwürdige Art traurig, als Julian seine Hand von meinem Oberschenkel nimmt, als wir uns dem Park nähern, in dem alles für das Erntefest aufgebaut wird.

Obwohl wir beide seiner Mom helfen, alles für den morgigen Event vorzubereiten, halten wir uns absichtlich voneinander fern. Julian hält sich an sein Versprechen, nichts preiszugeben, indem er mich in der Öffentlichkeit nicht berührt, auch wenn ich ihn ein paarmal dabei erwische, wie er mich mit einem merkwürdigen Ausdruck in den Augen anstarrt.

Als ich am Samstag aufwache, stelle ich überrascht fest, dass ich aufgeregt und glücklich bin, statt von Angst erfüllt.

Ich nehme mir vor, bei unserer nächsten Sitzung meiner Therapeutin von dieser positiven Entwicklung zu erzählen. Die gute Stimmung kann ich gut gebrauchen, denn ich habe mich bereit erklärt, heute die Morgenschicht auf dem Erntefest zu übernehmen. Da zu dieser Tageszeit nicht viele Leute Appetit auf *Buñuelos* haben, vertreibe ich mir die Zeit damit, zu beobachten, wie sich Julian mit der Betreuung des *Champurrado*-Standes herumquält.

»Alles in Ordnung?«, frage ich, als er auf Spanisch vor sich hin flucht.

Er wischt sich mit dem Handrücken über das Gesicht. »Alles super.«

»Hey, Mister. Beeilen Sie sich! Ich verliere langsam die Geduld«, ruft ein Zehnjähriger hinten in der Schlange.

Ich lache, als ein paar andere beginnen, Julian anzufeuern.

»Gott sei Dank werde ich niemals Kinder haben«, murmelt er leise.

»Nicht?« Ich bin überrascht, dass ich trotz des plötzlichen Engegefühls in meiner Kehle überhaupt ein Wort herausbekomme.

»Erzähl mir nicht, du wünschst dir immer noch Kinder, nachdem du dir den ganzen Morgen diese Bande hast anhören müssen.«

Ich nehme einen großen Bissen von meinem *Buñuelo*, obwohl sich mein Magen zusammenzieht, während Julian im Schneckentempo die Schlange aus jungen Kundinnen und Kunden abarbeitet.

Ein paar von ihnen finden ihren Weg zu mir, nachdem sie bezahlt haben, und ich gebe ihnen ein Mini-*Buñuelo* mit dem Tipp, es in das Getränk zu dippen, das Julian ihnen verkauft hat.

»Das ist abartig.« Julian rümpft die Nase.

»Du hast es noch nicht probiert.«

Ein Kind befolgt meinen Ratschlag, und sofort leuchten seine Augen. »Das ist total lecker!« Der Junge hebt seine Hand.

Ich schlage bei ihm ein und wende mich Julian zu. »Sag ich doch.«

»Niemand mag Besserwisserinnen.«

»Ich möchte auch probieren!« Das blonde Mädchen, das ich mit Alana gesehen habe, erscheint hinter einer Gruppe Kinder und reicht mir einen Hundert-Dollar-Schein.

»Ähm … eine Sekunde.« Ich öffne die Kasse und versuche, genügend Scheine zu finden, um ihr das Rückgeld zu geben.

»Ach, passt schon.« Eine tiefe Männerstimme erklingt hinter mir.

Als ich mich umdrehe, steht der blonde Typ vor mir, den ich schon einmal mit dem Mädchen gesehen habe.

Wie heißt er noch gleich? Al?

Ich halte den kaum abgenutzten Schein in die Höhe, damit er ihn sehen kann. »Sie hat mir hundert Dollar gegeben.«

»Spar es fürs College.« Das kleine Mädchen zwinkert.

Auch wenn ich mich geschmeichelt fühle, dass sie mich für so jung hält, bereitet es mir leichtes Unbehagen, dass sie Hundert-Dollar-Scheine herumreicht, als wären sie nichts wert.

»Bist du Alanas Tochter?« Ich gebe ein wenig von der Teigmischung in die Fritteuse.

»Jepp. Ich bin Cami.«

»Du kennst meine Verlobte?«, fragt der Mann, der vielleicht Al heißt.

»Ja. Wir drei waren zusammen auf der Highschool.« Ich zeige mit dem Daumen zu Julian hinüber, der den Mann vor mir mit finsterer Miene betrachtet.

»Das hast du mir gar nicht erzählt, Julian«, sagt Al.

»Du hast nicht gefragt«, entgegnet Julian gelangweilt.

Hm. »Ihr zwei kennt euch?«

»Ich habe letztes Jahr sein Haus renoviert«, erklärt Julian.

»Natürlich hast du das.«

Alanas Verlobter hält mir seine Hand hin. »Callahan Kane.«

Callahan Kane, verdammt noch mal?

Ich stehe einem berühmten Mann gegenüber und hatte keine

Ahnung? Während jeder Declan Kane, den ältesten Enkel des Gründers der Kane Company, aufgrund seiner großen Medienpräsenz, seitdem er CEO geworden ist, sofort erkennen würde, stand schon seit Jahren nichts mehr über Callahan Kane in der Presse.

Wenn ich Erbin des größten Medienkonzerns und des Dreamland-Freizeitparks wäre, würde ich mich auch bemühen, mich aus dem Rampenlicht fernzuhalten. Viele Reporterinnen und Reporter sind absolut boshaft, und es gibt keine besseren Opfer als drei gut aussehende Milliardäre.

»Ich wusste nicht, dass ihr beide mit meiner Verlobten zur Highschool gegangen seid«, sagt Callahan.

Ich sammele mich wieder. »Julian und ich gehörten nicht zu den coolen Leuten.«

»Nicht?«

»Wir waren zu sehr mit Lernen beschäftigt, weil wir die Jahrgangsbesten werden wollten.«

»Ah. Verstehe.« Er legt den Kopf schief und verengt die Augen auf eine Art, die ich nur allzu gut kenne. »Moment. Bist du nicht die Innenarchitektin aus dieser Fernsehsendung?«

Meine Wangen werden heiß. »Jepp.«

»Ich wusste es! Meine Schwägerin ist ein riesiger Fan deiner Show.«

»Wirklich?«, presse ich quietschend hervor.

»Oh ja. Sie hat sich alle Folgen angeschaut, bevor sie mit der Renovierung ihres Hauses begonnen hat.«

»Das freut mich.« Mit einem Mal bin ich fürchterlich nervös, weil eine *Kane* meine Serie schaut.

Er schenkt mir ein warmes Lächeln. »Ich wusste nicht, dass du aus der Gegend kommst.«

»Hier geboren und aufgewachsen.« Ich gebe ihm ein doppeltes Daumen-Hoch-Zeichen wie eine absolute Loserin.

»Bleibst du vor dem Dreh der nächsten Staffel ein bisschen im Ort?«

»Äh … ja.«

Julian sieht angespannt herüber.

Callahan klatscht in die Hände. »Das sind tolle Neuigkeiten, weil mein Bruder und seine Frau sich ein Haus in der Gegend kaufen wollen, und ich bin mir sicher, sie brauchen eine Innenarchitektin. Ich weiß, dass Iris vollkommen ausflippen wird, wenn sie erfährt, dass du hier bist.«

Ich? Ich soll den Kanes bei der Einrichtung ihres Hauses helfen? Allein bei dem Gedanken daran werde ich fast ohnmächtig.

Julians brennender Blick könnte die Erdtemperatur um ein paar Grad erhöhen. »Sie hat keine Zeit.«

»*Sie* kann für sich selbst sprechen.« Ich wende mich Callahan mit einem Lächeln zu. »Vielleicht haben die Dreharbeiten bis dahin schon wieder begonnen, aber selbst dann würde ich deiner Familie liebend gern helfen.«

»Dahlia!« Alana kommt herbeigeeilt. »Ich hätte wissen müssen, dass du dieses Jahr am *Buñuelos*-Stand arbeitest.« Sie zieht mich in eine Umarmung, bevor sie nach Camis Hand greift und sie vom Stand wegzieht. »Ich habe dir doch gesagt, dass du erst nach dem Mittagessen wieder etwas Süßes essen darfst.«

»Aber Cal hat es mir erlaubt.«

Alana schaut ihn bohrend an. »Hat er das?«

Er hebt die Hände. »Versuch du mal, ihr etwas abzuschlagen, wenn sie dich so ansieht.«

Wie auf Kommando schiebt das Mädchen die Unterlippe vor und lässt sie beben, was mich zum Lachen bringt.

Alana wirft mir einen gespielt bösen Blick zu. »Ermutige sie nicht noch.«

»Er hat recht. Ich könnte auch nicht Nein zu ihr sagen.«

»Wenn du selbst Kinder hast, wirst du es verstehen.«

Mein Lächeln entgleitet mir, und kalte Angst überkommt mich. »Ganz bestimmt«, presse ich hervor, obwohl sich ein unsichtbares Seil um meine Kehle gewickelt hat.

Alanas Miene nimmt einen Ausdruck an, mit dem ich nur allzu vertraut bin. »Ist alles in Ordnung?«

Julians Kopf fährt zu mir herum.

Ich setze das Fake-Lächeln auf, das ich mir während der letzten Staffel unserer Show antrainiert hatte. »Jepp. Alles gut.«

* * *

Als mein Handy in meiner Tasche vibriert, hole ich es heraus und lese den Namen, der auf dem Display angezeigt wird. Dann wende ich mich Julian zu. »Hey. Kannst du kurz auf den Stand aufpassen?«

Julians Augenbrauen ziehen sich zusammen. »Alles in Ordnung?«

Es ist das dritte Mal innerhalb von einer Stunde, dass er mir diese Frage stellt, und obwohl ich ihm jedes Mal die gleiche Antwort gegeben habe, wirkt er immer noch besorgt.

»Ich hoffe schon. Ich bin gleich wieder da.« Ich winke ihm ein letztes Mal über die Schulter zu und entferne mich durch die Reihe aus Ständen.

Ich nehme Jamies Anruf erst an, bis mich niemand auf dem Fest – weder ehrenamtliche Helferinnen und Helfer noch Besucherinnen und Besucher – mehr hören kann.

»Hi!« Obwohl Jamie und ich noch nicht lange zusammenarbeiten, weiß ich, dass etwas im Busch ist, wenn sie mit dieser hohen Stimme spricht.

»Hi.«

»Also …«, setzt sie an. »Ich schwöre, ich würde dich nicht anrufen, wenn ich nicht der Ansicht wäre, dass es wichtig ist.«

»Oh. Ist alles in Ordnung?«

Sie schweigt die längsten drei Sekunden meines Lebens. »Nein.«

»Was ist los?«

»Oliver wurde gestern Abend vor einem Club in Las Vegas von Paparazzi fotografiert.«

»Okay.« Säure steigt mir in der Kehle hinauf.

»Ich glaube, die ganze Sache war gestellt.«

»Welche Sache?«

»Ich weiß nicht, wie ich es sagen soll.«

Ich fühle mich, als hätte ich einen Stein verschluckt. »Was ist passiert?«

»Er hat geheiratet.«

»Wie bitte? *Wer* hat geheiratet?«

»Oliver.«

Ich schließe fest die Augen, denn plötzlich ist mir schwindelig.

»Es tut mir leid, Dahlia. Ich wünschte, du hättest es nicht von mir erfahren müssen, aber ich dachte mir, du verdienst es, die Wahrheit von jemandem zu hören, der auf deiner Seite steht.«

Mein Atem kommt in kurzen Stößen. Mein linker Arm kribbelt so stark, dass ich mich frage, ob ich einen Herzinfarkt oder eine Panikattacke habe.

Ich höre Papier rascheln. »Laut dem Artikel in der *Golden Gate Gazette* hat er auf einem Familientrip vor zwei Wochen in die Schweizer Alpen seine Highschool-Liebe wiedergetroffen.«

»Olivia Carmichael?« Ich bin überrascht, dass ich überhaupt ein Wort herausbringe.

»Ja, aber …«

Ich höre nicht mehr, was sie sagt, denn es rauscht in meinen Ohren.

Olivers Mutter hat ständig von Olivia gesprochen. So wie die Creswells über den tadellosen Stammbaum der Carmichaels geredet haben, hätte man meinen können, sie sprachen von Zuchtpferden und nicht von Menschen.

Ich wette, *sie* kann ihm die perfekten Kinder schenken, die er und seine Mutter sich wünschen.

Schnell wird mein Schock durch Wut ersetzt. Meine Emotionen dringen an die Oberfläche wie eine gefährliche Flutwelle.

Überraschenderweise bin ich nicht wütend auf Oliver.

Ich bin wütend auf mich *selbst*.

»Danke für das Update, Jamie«, presse ich durch meine enge Kehle hervor.

»Meine Leute sind bereits am Telefon und kümmern sich um die Presse. Viele Fans haben sich auf sozialen Medien solidarisch mit dir gezeigt.«

»Das ist gut.«

Ihre lange Pause hallt in meinen Ohren wie Totengeläut. »Aber wegen allem, was gerade durch die Medien geht …«

Ich höre sie trotz des Pochens in meinen Ohren.

»Der Sender hat sein Angebot zurückgezogen. Sie wollen nicht in das ganze Drama mit hineingezogen werden.«

»Aber …« Meine Stimme bricht.

»Es tut mir so leid. Ich habe alles versucht, um den Deal zu retten, aber sie fanden, es sei das Beste, wenn du dich nach anderen Optionen umschaust.«

»Natürlich. Dafür habe ich vollstes Verständnis.« Ich versuche, leichtherzig zu klingen.

»Gib mir ein bisschen Zeit, um den perfekten Sender für deine Show zu finden.«

»Alles klar.«

»Ich meine es ernst, Dahlia. Du bist talentiert, und wenn sich die Gerüchteküche erst einmal beruhigt hat, werden sich die Leute darum reißen, mit dir zu arbeiten.«

Ich weiß ihre Zuversicht zu schätzen, aber die Schwarzmalerin in mir fragt sich, ob nach all dem Drama irgendjemand aus der Branche überhaupt noch etwas mit mir zu tun haben will.

Es ist die Angst, die aus dir spricht, versuche ich mir einzureden.

Oder bin ich einfach nur realistisch?

»Ich muss Schluss machen.« Ich beende das Telefonat und entferne mich vom Fest. Fast alle Läden im Ort haben geschlossen, bis auf einen.

Das Last Call.

Die Entscheidung, ob ich mir die Augen ausweine oder in die Bar gehe, fällt mir nicht schwer, obwohl ich mir sicher bin, dass ich es später bereuen werde.

Du kannst deine Depression nicht mit Alkohol heilen.

Morgen werde ich mich meinen Gefühlen stellen, aber heute brauche ich eine Pause. Außerdem können ein paar Drinks nichts Schlimmes anrichten.

Zumindest hoffe ich das.

Der Geruch von abgestandenem Bier steigt mir in die Nase, doch ich ignoriere ihn und setze mich auf einen Hocker an der Bar. »Hi, Henry«, begrüße ich den Besitzer.

»Dahlia? Was tust du hier?«

»Trinken.«

Er zieht die Augenbrauen zusammen. »Geht es dir gut?«

»Das wird es, sobald du mir einen Tequila serviert hast.« Ich will nach meiner Handtasche greifen, aber dann fällt mir ein, dass ich sie am Stand gelassen habe. »Mist. Ich hab meine Tasche vergessen.«

»Ich übernehme die Rechnung.« Ein Typ am anderen Ende der Theke hebt sein Glas mit brauner Flüssigkeit in die Höhe.

Ich runzele die Stirn. »Und wer bist du?«

»Kommt drauf an, wer fragt.«

Ich schaue mich in der leeren Bar um.

Seine Lippen zucken. »Lorenzo. Und du?«

»Jemand, der nicht daran interessiert ist, sich zu unterhalten.«

Henry schnaubt, während er nach einem leeren Shot-Glas greift und es bis oben hin mit Tequila füllt. »Geht aufs Haus.«

»Ich komme morgen wieder, um zu bezahlen.«

»Kein Problem, ich vertraue dir.«

Ich greife nach dem Glas und leere es in einem Zug. Das Brennen in meiner Kehle hilft gegen die Wut.

Mein Handy vibriert in der nächsten Stunde fast pausenlos, da immer wieder Nachrichten von Julian eingehen.

Zweitbester: *Wo bist du?*

Zweitbester: *Ist alles in Ordnung?*

Zweitbester: *Hör auf mit dem Mist und antworte mir.*

Seine letzte Nachricht lässt meine Brust schmerzen.

Zweitbester: *Sag mir, was das Problem ist, und ich werde es lösen.*

Ich fürchte, selbst Julian, der sonst alles repariert, kann den Schaden nicht beheben, den meine Karriere, mein Selbstbewusstsein und meine Zuversicht genommen haben.

Aber schau dir nur an, was für Fortschritte du gemacht hast.

Ja, mir geht es dank Therapie, Medikamenten und dem neuen Projekt mit Julian ein wenig besser, aber all die Dunkelheit kehrt langsam zurück und droht, meine harte Arbeit zunichtezumachen.

Ein schlechter Tag macht zehn gute Tage nicht ungeschehen.

Warum fühle ich mich dann wie eine Versagerin, die vor ihren Ängsten davonläuft und ihre Traurigkeit in Alkohol ertränkt?

Vielleicht weil du eine Versagerin bist.

Ich halte Henry mein Glas hin. »Noch einen bitte.«

KAPITEL ACHTUNDZWANZIG
JULIAN

Ich ziehe meine Mom zur Seite. »Hast du Dahlia gesehen?«

Sie schüttelt den Kopf. »Frag Rosa.«

»Das habe ich schon getan.«

Es ist zwei Stunden her, seit Dahlia sich entfernt hat, um einen Anruf entgegenzunehmen. Ich habe mich bemüht, das flaue Gefühl in meinem Magen zu ignorieren, aber es ist mit der Zeit nur noch schlimmer geworden.

Ich sende eine weitere Nachricht in den Familien-Gruppenchat.

Ich: *Hat irgendjemand Dahlia gesehen?*

Lily: *Seit dem letzten Mal, als du vor fünf Minuten gefragt hast?*

Lily: *Hast du es mal bei Ciscos Zelt versucht?*

Dort war ich bereits zweimal, ebenso wie bei all den anderen Ständen, die Dahlias Lieblingsessen verkaufen. Ich will ihr gerade antworten, als mein Handy klingelt und eine unbekannte Nummer angezeigt wird.

»Dahlia?«, frage ich, bevor die andere Person die Chance hat zu sprechen.

»Nope.«

Es dauert einen Moment, bis ich die Stimme einordnen kann. »Vittori.«

»Bitte nenn mich Lorenzo. Vittori erinnert mich an meinen Onkel, und der ist ein echter Mistkerl.« Lorenzos scherzhafter Tonfall macht mich noch wütender.

»Woher hast du meine Nummer?«

»Du bist nicht der Einzige, der Leute kennt.«

Etwas, das verdächtig nach Dahlias Lachen klingt, bringt mich dazu, mit meinem eisernen Griff fast das Handy zu zerquetschen. »Ist das Dahlia?«

»Jepp.«

»Lass mich mit ihr sprechen.«

Seinem tiefen Lachen fehlt es an Wärme. »Lieber nicht.«

»Das war keine Bitte.«

»Im Gegensatz zu den meisten anderen in diesem Ort bin ich nicht dein Angestellter, also behandel mich entsprechend.«

Ich atme tief durch, um mich davon abzuhalten, ihn zu beschimpfen. »Okay. Bitte lass mich mit ihr sprechen.«

Ich höre seine gedämpfte Stimme, als er mit Dahlia spricht, die jedoch ablehnt.

»Sie kann gerade nicht.«

»Wo seid ihr?«

Er stößt ein schweres, dramatisches Seufzen aus. »Das verrate ich dir, wenn du mir versprichst, dass du endlich mit deinem Rachefeldzug gegen mich aufhörst.«

Ich beiße die Zähne zusammen. »Mit Erpressung machst du dir keine Freunde.«

»Das vielleicht nicht, aber vielleicht verschafft es mir ein Haus.«

Das leise Geräusch von Eiswürfeln, die in einem Glas herumwirbeln, lässt mich aufhorchen.

»Apropos Häuser – warum brauchst du überhaupt eins?«

Er schnaubt. »Das würdest du wohl gern wissen.«

Ich halte inne und lausche auf weitere Geräusche, um Hinweise darauf zu bekommen, wo er sich aufhält. »Ich versuche herauszufinden, ob du Konkurrenz für mich bist oder nicht.«

»Wenn ich mit dir konkurrieren wollen würde, dann wüsstest du es längst.«

»Dann bleibt also nur ein Grund.«

»Klingt, als hättest du mich durchschaut.« Wieder klimpert das Eis im Glas.

»Man kann sich nicht zum Bürgermeister wählen lassen, wenn man nicht im Ort wohnt und Steuern zahlt, oder?«

Er schweigt.

Wer hätte gedacht, dass Lorenzo überhaupt dazu in der Lage ist?

»Noch einen bitte«, sagt Dahlia, gefolgt von einer rauen Stimme, die mir nur allzu bekannt ist.

»Ich serviere dir nichts mehr«, erwidert Henry mit seinem typisch ernsten Tonfall.

Ich lege auf und mache mich auf den Weg zu dem Ort, an dem ich längst nach ihr hätte suchen müssen.

* * *

»Verdammt.« Dahlias Plastikbecher fällt nach einer Drehung in der Luft zu Boden, während Lorenzo seinen elegant auffängt. Aus den Lautsprechern klingt laut die Stimme einer Sängerin.

»Was zur Hölle ist hier los?« Die Tür fällt hinter mir zu.

»Julian?« Dahlia wirbelt so schnell auf dem Absatz herum, dass sie das Gleichgewicht verliert.

Lorenzo streckt den Arm aus, um sie aufzufangen.

»Lass deine verfluchten Hände von ihr«, spucke ich aus.

Er weicht von ihr zurück. »Wäre es dir lieber gewesen, ich hätte sie hinfallen lassen?«

»Mir wäre es lieber gewesen, wenn du nicht versuchen würdest, sie auszunutzen.«

Henry schlägt mit der Hand gegen die Theke. »Hey. Ich war die ganze Zeit hier und hab die beiden beobachtet. Lorenzo hat ihr nur Gesellschaft geleistet.«

Lorenzo legt sich eine Hand ans Herz. »Henry? Verteidigst du mich etwa?«

Er wendet den Blick ab und verdreht die Augen.

»Ich bin gerührt. Wirklich.« Lorenzo klopft sich mit der Faust an die Brust.

Mir reißt der Geduldsfaden. »Kann mir jemand verraten, was hier los ist?«

»Nope.« Dahlia versucht erneut, ihren Becher in der Luft zu drehen, doch scheitert kläglich.

Lorenzo muss zumindest ein wenig Verstand im Kopf haben, denn er widmet sich nicht wieder dem Spiel.

»Was ist los? Mach weiter.« Sie zeigt auf seinen Becher.

»Ich glaube, es ist Zeit für dich, nach Hause zu gehen.«

»Du Langweiler.«

»Hey.«

Sie schiebt ihre Unterlippe vor. »Ich dachte, wir wären Freunde.«

»Das seid ihr nicht«, erwidere ich.

Lorenzo sieht mich verärgert an. »Das kannst du nicht bestimmen.«

»Genau.« Dahlia legt sich den gesunden Arm trotzig vor die Brust.

»Du bist betrunken«, stelle ich fest.

»Ich bin nur ein bisschen beschwipst.« Sie tippt sich an die Nase und dreht sich einmal im Kreis herum, als hätte die Bewegung irgendeine bestimmte Bedeutung.

»Nichtsdestotrotz ist es ein wenig zu früh, um zu trinken, meinst du nicht?«

»Du klingst wie Lorenzo.«

»Tue ich nicht.«

Lorenzo legt sich eine Hand vor den Mund, um sein Schmunzeln zu verbergen.

Cabrón.

Ich stelle mich zwischen ihn und Dahlia und gebe Henry die Becher zurück. »Die brauchen wir nicht mehr. Und ihn auch nicht, wo wir schon dabei sind.«

Lorenzos Blick wandert von Dahlia zu mir. »Ich bin derjenige, der dich angerufen hat, du Arschloch.«

»Was? Warum?«, jammert Dahlia.

Gut zu wissen, dass sie mich auf keinen Fall in ihrer Nähe haben wollte.

Sie hat offensichtlich mit irgendetwas zu kämpfen, also nimm es nicht persönlich.

Lorenzo runzelt die Stirn. »Henry hat mir dazu geraten.«

Henry hält seine Hände hoch, als Dahlia ihm einen wütenden Blick zuwirft.

»Henry?« Sie runzelt die Stirn. »Wie konntest du nur? Du weißt, dass er unser Feind ist.«

Nun müssen wir wieder bei null anfangen. Fantastisch.

»Warum?« Lorenzo lehnt sich an die Bar.

»Wenn er mich vor Jahren nicht abserviert hätte, hätte ich mich niemals auf Oliver eingelassen.«

Henry und Lorenzo machen große Augen, als sie den Blick von ihr abwenden und auf mich richten.

Ich räuspere mich. »Wir brauchen eine Minute. *Allein.*«

»Nimm dir so viel Zeit, wie du willst, Junge.« Henry schiebt Lorenzo aus der Bar und dreht das Schild an der Tür von *Geöffnet* zu *Geschlossen* herum.

»Hey.« Ich drehe Dahlia zu mir um, aber sie schaut nicht von ihren Füßen auf. Als Nächstes lege ich ihr meine Hand unter das Kinn und hebe ihr Gesicht an. Jemand könnte in ihren glänzenden Augen ertrinken, und ich weiß jetzt schon, wer das sein wird. »Was ist los?«

Eine einzelne Träne rinnt ihr an der Wange hinab. »Alles.«

Schnell wische ich die Träne weg, doch die nächste folgt bereits.

»Dahlia.« Meine Stimme bricht, ebenso wie irgendetwas in meiner Brust.

»Ich will nicht vor dir weinen.« Sie wischt sich mit einem frustrierten Ächzen über die Wangen.

»Schon okay.«

»Nein, ist es nicht.« Sie schiebt mich weg, als ich eine Hand nach ihr ausstrecken will. »Vor jedem, nur nicht vor dir.«

Obwohl mir ein Schmerz durch den Körper fährt, halte ich meine Miene neutral. »Ich will dir helfen, *Cariño.*«*

Sie stößt ein herzzerreißendes Schluchzen aus. Aus einem Instinkt heraus ziehe ich sie an mich und schließe meine Arme um sie, kurz bevor ihre Beine nachgeben.

Dahlias Zusammenbruch mitzuerleben, treibt mich fast in den Wahnsinn und weckt den Wunsch in mir, auf irgendetwas einzuschlagen, auch wenn man es mir nicht ansieht, so sanft, wie ich ihren Rücken streichele.

Keiner von uns beiden spricht, aber das ist auch nicht nötig.

---

* *Cariño: Schatz*

Was immer es ist, ich werde das Problem lösen.

Wer immer ihr das Herz gebrochen hat, ich werde ihn fertigmachen.

Und immer, wenn sie eine Schulter zum Anlehnen braucht, werde ich da sein.

Dieser letzte Gedanke erschüttert mich bis ins Mark. Noch bis vor Kurzem hatte ich Angst davor, dass Dahlia mich verletzen könnte, und jetzt will ich andere davon abhalten, *sie* zu verletzen.

Ich wollte immer, dass es ihr gut geht, das ist schon offensichtlich gewesen, als sie sich den Arm gebrochen hat, aber unter der Oberfläche liegt noch mehr verborgen.

Ich weiß, dass ich niemals gut genug für sie sein werde, aber wenn ich ihr dabei helfen kann, wieder auf die Beine zu kommen, und es mir gelingt, sie vor weiteren Mistkerlen zu beschützen, dann habe ich mein Ziel erreicht.

Es dauert zehn Minuten, bis sie sich beruhigt hat und aufhört zu weinen.

Sie schmiegt sich enger an mich. »Kannst du Musik anmachen?«

Ich hole mein Handy hervor und suche nach einer Playlist, bevor ich das Telefon auf die Theke lege. Die sanften Klänge einer Gitarre und die melodische Stimme ihrer Lieblingssängerin erfüllen den Raum.

Wir beginnen, uns langsam zur Musik hin- und herzuwiegen, wobei unsere Körper – bis auf einmal, als ich ihr auf den Fuß trete – perfekt synchron sind. Sie schaut lächelnd zu mir auf, woraufhin sich der Druck, der sich in meiner Brust aufgebaut hat, mit einem Mal löst.

Ich umfasse ihr Gesicht mit den Händen. »Ich hasse es, dich weinen zu sehen.«

Sie fixiert irgendetwas hinter mir, aber ich bringe sie dazu, mir ihren Blick wieder zuzuwenden, indem ich mit dem Daumen ihre Wange streichele.

»Erzähl mir, was passiert ist.«

Ihre Brust hebt und senkt sich unter einem zittrigen Atemzug. »Oliver hat geheiratet.«

»Wie bitte?« Ich habe mir viele Dinge ausgemalt, aber dieses Szenario hat es nicht mal in die Top tausend geschafft.

»Es war eine spontane Hochzeit in Las Vegas.«

»Wer ist die Unglückliche?«

Sie stößt eine Mischung aus Lachen und Schluchzen aus. »Seine Highschool-Freundin Olivia.«

»Soll ich eine Beileidskarte in unserem Namen schicken?«

»Gibt es welche, auf denen steht *Tut mir leid, dass du ihn wegen des Erbes geheiratet hast, das ihm immer wichtiger sein wird als du*?«

Mir bleibt der Mund offen stehen.

Sie schaut zu Boden. »Es gab einen Grund, weshalb er mich verlassen hat.«

»Ja, weil er ein Spinner ist, das haben wir doch schon besprochen.«

»Das ist er, aber das ist nicht der Grund, aus dem er mich verlassen hat. Zumindest nicht der einzige.«

»Warum dann?«

»Weil er sein Erbe nur bekommt, wenn er heiratet.«

»Und?«, dränge ich weiter.

»Als ich erfahren habe, dass ich keine Kinder bekommen kann, wollte er mich nicht mehr heiraten.«

»Warum nicht?«

Ihre Augen sind mittlerweile trocken, aber der Ausdruck darin ist erschütternd. »Wir passen nicht zusammen.«

»Was zur Hölle soll das heißen?«

»Im Ehevertrag gab es eine Klausel, die mich dazu zwang, mich zusammen mit ihm einem Gentest zu unterziehen. Ich habe es damals für ein normales Prozedere gehalten …«

»Das sollte jedem selbst überlassen bleiben und keine Bedingung für eine Eheschließung sein.«

»Das ist mir mittlerweile auch klar.« Sie stößt ein schweres Seufzen aus. »Weil ich mir wünsche, ich hätte das Ergebnis nie erfahren. Ich weiß, dass ich fürchterlich egoistisch klinge …«

»Tust du nicht.« Ich ziehe sie fester an mich.

»Du kennst nicht genügend Details, um das beurteilen zu können.«

»Ich kenne *dich*, das ist alles, was zählt.«

Ihre Augen glänzen erneut.

»Was hast du denn erfahren?«, frage ich.

»Dass ich kein Kind mit Oliver – und auch mit keinem anderen – haben kann.«

»Wegen irgendeines genetischen Tests?«

Ihr Gesicht verzieht sich gequält. »Ich bin nicht … kompatibel mit … irgendjemandem. Ich habe rezessive Gene, die nicht weitergegeben werden sollten, es sei denn, ich will, dass mein Kind leidet.«

Fuck.

KAPITEL NEUNUNDZWANZIG
DAHLIA

Ich weiß nicht, wie lange Julian mich in seinen Armen hält, während ich alles verarbeite, aber ich bin dankbar dafür, dass er da ist.

Langsam verschwindet die ursprüngliche Traurigkeit und lässt mich mit etwas zurück, mit dem ich nicht gerechnet hätte.

Erleichterung.

Es fühlt sich gut an, mit jemandem über alles zu reden, selbst mit Julian. Und vielleicht – nur vielleicht – musste es so kommen.

Er ist nicht übertrieben emotional oder ängstlich wie meine Mutter, die vermutlich zusammen mit mir in Tränen ausbrechen würde, und er ist nicht wie Lily, die mir in allen Einzelheiten schildern würde, wie sie Oliver umbringen wird. Keine von beiden würde verstehen, was ich wirklich brauche.

Ich brauche keine Tränen und keine Rache. Ich will *das hier*.

Irgendwann trägt mich Julian zu einer der Sitznischen im hinteren Teil der Bar.

Nachdem ich zwanzig Minuten sein T-Shirt als Taschentuch und seine Brust als Boxsack benutzt habe, bin ich emotional erschöpft.

Julian streicht mir das Haar aus dem Gesicht. »Spielen bei solchen Tests nicht unterschiedliche Faktoren eine Rolle? Sie können auf keinen Fall zu hundert Prozent verlässlich sein.«

»Das stimmt, aber das Risiko … Ich kann kein Kind zur Welt bringen, das eventuell sein ganzes Leben leiden muss.« Meine Stimme klingt schwach und unsicher.

»Ich verstehe.«

Wir schweigen ein paar Minuten lang, bis Julian die Stille durchbricht.

»Oliver und seine Familie sind offensichtlich irgendwo im achtzehnten Jahrhundert stecken geblieben, aber du weißt ja, dass es unzählige verschiedene Wege gibt, ein Kind zu haben.«

Ich lasse die Schultern sinken. »Ich weiß.«

Oliver hat am Anfang das Gleiche gesagt, aber als er die Bedingungen in Bezug auf sein Erbe erfahren hat, hat er schnell seine Meinung geändert. Er hat aufgehört, sich um mich zu bemühen und hat es so dargestellt, als wäre ich das Problem.

Unsere Beziehung war ruiniert, ebenso wie meine mentale Gesundheit.

»Was ist es denn dann?«, fragt Julian.

Ich drehe einen meiner Ringe. »Er hat mir das Gefühl gegeben …«

Er schmiegt seinen Körper an meinen. »Was?«

»Als wäre ich unzulänglich«, antworte ich mit gepresster Stimme.

»Hat er das genau so ausgedrückt?« So kalt, wie Julians Stimme plötzlich klingt, stellen sich mir die Härchen an den Armen auf.

Ich antworte nicht – nicht, weil ich um Olivers Sicherheit bange, sondern weil ich Julians Mitleid nicht will.

»Ich werde ihn umbringen.« Julians Miene lässt mir einen Schauer über den Rücken laufen.

»Seit wann wollen wir nicht nur einander umbringen, sondern auch andere Leute *füreinander*?«, necke ich ihn in einem Versuch, die Stimmung aufzulockern.

»Seit ich weiß, wie sehr er dich verletzt hat.«

Ich klimpere mit den tränennassen Wimpern. »Das ist das Netteste, was du jemals zu mir gesagt hast.«

»Gewöhn dich besser nicht dran.«

»Das würde ich nicht wagen.«

»Er hatte dich nie verdient.«

Mein nächstes Geständnis kommt mir eilig über die Lippen. »Ich bin nicht wegen ihm oder seiner Heirat traurig.«

»Nein?«

»Nein. Auch wenn es nicht so wirkt, bin ich sogar erleichtert darüber. Ich weiß, dass all das zum Besten ist, auch wenn ich wünschte, dass meine Trennung und mein Leben nicht durch die Presse gehen würden.«

»Warum weinst du dann?«

»Hauptsächlich um mich selbst. Und um die Show, die mir zugesagt wurde.«

»Was ist passiert?«

»Der Sender hat heute Nachmittag, nachdem die Sache bekannt gemacht wurde, einen Rückzieher gemacht.«

Sein Kiefer spannt sich an. »Wenn die Leute vom Sender in solchen Momenten nicht hinter dir stehen, bist du ohne sie besser dran.«

Ich schniefe. »Was, wenn ich keine andere Chance bekomme?«

»Die wirst du bekommen.«

»Du klingst überaus zuversichtlich.«

Julians Augen werden schmal. »Es überrascht mich, dass du es nicht bist.«

Ich senke den Blick.

Er hebt mein Kinn an. »Du kannst mir alles sagen. Ich werde es nicht gegen dich verwenden oder ein schlechtes Bild von dir haben.«

Ich lasse den Kopf hängen. »Ich habe meinen Selbstwert von Oliver neu definieren lassen. Ich habe alles infrage gestellt, was mich zu der Person macht, die ich bin, weil ich dachte, dass es zum Erwachsenwerden dazugehört. Und dass Liebe bedeutet, man müsse Kompromisse eingehen.«

»Wenn du dich verändern musst, um dem Ideal eines anderen zu entsprechen, dann ist es keine Liebe.«

Ich schaue auf meine verschränkten Hände. »Das weiß ich mittlerweile auch.«

»Warum hast du so lange gebraucht, um das zu erkennen?«

»Ganz ehrlich? Ich habe vergessen, wer ich bin. Aber dadurch, dass ich allein hierher zurückgekehrt bin, hatte ich Zeit zum Nachdenken.«

Wir wechseln einen wissenden Blick, bevor Julian mir mit einer Handbewegung zu verstehen gibt, dass ich die Sitznische verlassen soll.

»Was?« Ich stehe auf zittrigen Beinen.

»Sollen wir von hier verschwinden?«

»Und wo willst du hin?«

»Lass uns ein bisschen Spaß haben.«

* * *

Ich erkenne erst, wohin Julian fährt, als ich das erleuchtete Riesenrad sehe, das jedes Jahr zum Erntefest aufgebaut wird und das gerade zum Stehen kommt.

»Auf keinen Fall.« Ich grabe meine Stiefel in den Boden.

»Warum nicht?«

»Ich schäme mich.«

Er legt den Kopf schief. »Weshalb?«

»Wegen all der Geschichten, die im Internet über mich kursieren.«

»Die Leute hier lesen kaum Nachrichten, geschweige denn die Klatschspalten.«

»Aber ich sehe vollkommen zerzaust und verheult aus.« Ich deute auf mein geschwollenes Gesicht.

Julian beugt sich zu mir, um mir mit dem Daumen sanft unter dem rechten Auge entlangzuwischen und einen Rest Mascara zu entfernen. »Du siehst wunderschön aus.«

In meinem Kopf dreht es sich plötzlich schneller als die Teetassen des Fahrgeschäfts in der Nähe. »Das sagst du nur, damit ich mitkomme.«

»Wenn das der Fall wäre, hätte ich dir von dem Wettbewerb erzählt, den ich plane.«

Ich schaue ihn an. »Hast du Wettbewerb gesagt?«

Sein Lachen schockiert mich. »Wusst ich's doch.«

»An was hast du gedacht?«

»Ich zeige es dir lieber.« Julian legt mir eine Hand auf den unteren Rücken und schiebt mich in Richtung Eingang des Festes.

Ein paarmal versuche ich, ihn abzuschütteln und erinnere ihn an unsere vereinbarten Regeln, aber er schiebt mich, ohne auf mich zu hören, zu den Ständen mit dem Essen.

»Bitte sag mir, dass du keinen Esswettbewerb geplant hast.«

»Nein, aber du solltest trotzdem vorher was essen und ein bisschen Wasser trinken.«

»Ich hatte nur zwei Shots Tequila, bevor Henry sich geweigert hat, mich weiterhin zu bedienen.«

Er schaut mich misstrauisch an.

»Okay. Drei. Ich schwöre es. Pass auf.« Ich gehe rückwärts auf einer geraden Linie und zitiere gleichzeitig die Unabhängigkeitserklärung.

Julian verdreht die Augen und schiebt mich zum Grillzelt. Dort belädt er unsere Teller mit genügend Essen für eine kleine Familie.

Ich schaffe kaum die Hälfte, trinke aber drei Gläser Wasser, damit er zufrieden ist.

Ich habe zwar nicht viel Erfahrung mit lockeren Beziehungen, aber mir ist durchaus bewusst, dass es nicht selbstverständlich ist, wie intensiv er sich um mich kümmert. Und es fällt mir schwer, das einfach hinzunehmen, ohne erneut eine Mauer um mich herum aufzubauen.

Mir war nicht klar, wie sehr ich mich danach gesehnt habe, dass mir jemand seine Fürsorge schenkt, bis mir Julian vor Augen geführt hat, was ich verpasst hatte, und ich bin mir immer noch nicht sicher, wie ich diese Information verarbeiten soll.

Zum Glück gibt mir Julian ohnehin keine Chance, mich in Gedanken zu verlieren, denn schon zieht er mich aus dem Zelt. Mit vollem Magen und nun wieder klarem Kopf lasse ich mich auf die andere Seite des Festplatzes führen.

Das Läuten einer kleinen Glocke in der Ferne weckt meine Aufmerksamkeit. »Jahrmarktspiele?«

Julian bleibt in der Nähe eines Standes stehen und wendet sich mir zu. »Ich könnte mir keine bessere Art vorstellen, um mit dir in einen freundlichen Konkurrenzkampf zu treten.«

»Schaffen wir freundlich?«

»Wohl eher nicht.«

»Was schwebt dir vor?«

»Sieger ist derjenige, der die meisten Spiele gewinnt.«

»Und was bekommt die Person?«

Er kratzt sich an der Wange. »Ich habe nicht vor, dich gewinnen zu lassen, also musst du dich nicht damit auseinandersetzen.«

Ich schnaube. »Das könnte dir so passen.«

Julian und ich entscheiden uns für den Stand, der uns am nächsten ist. Dabei handelt es sich zufällig um eins meiner Lieblingsspiele – Ringewerfen.

Julian bezahlt mit ein paar Dollarmünzen. »Viel Glück.« Mit diesen Worten reicht er mir die Ringe.

Ich verdrehe die Augen und beginne zu werfen. Der erste Ring trifft die Seite der Glasflasche, bevor er zu Boden fällt.

Als Nächstes ist Julian dran, der wirft, als hätte er Übung darin. Der Ring landet auf dem Flaschenhals.

Mir fällt die Kinnlade herunter. »Wie hast du das gleich beim ersten Versuch geschafft?«

»Nico liebt dieses Spiel.«

Ich verenge die Augen. »Wie viele von diesen Spielen hast du schon ausprobiert?«

»Alle.«

»Du bist ein Betrüger.« Ich stoße gegen seine Schulter.

»Sei keine schlechte Verliererin.«

»Ich hab noch nicht verloren.«

»Betonung auf *noch*.«

Ich werfe meinen nächsten Ring ein wenig kraftvoller. Im Gegensatz zum letzten trifft er den Flaschenhals, gleitet aber nicht daran hinab.

Nahe dran.

Julian ist auch bei den nächsten beiden Würfen erfolgreich.

Stirnrunzelnd drehe ich mich zu ihm um. »Was verlangst du, falls du gewinnst?«

»*Wenn* ich gewinne, lasse ich es dich wissen.«

Arschloch.

* * *

Julian und ich gehen zwischen den Ständen hin und her. Zum Glück wählt er ausschließlich Spiele, die man mit nur einem funktionsfähigen Arm bewältigen kann, auch wenn meine Erleichterung nur von kurzer Dauer ist, denn er besiegt mich beim Ringewerfen, beim Dosenwerfen, beim Plastikfische-Angeln und an der Schießbude.

Zu seiner Überraschung treffe ich beim Pfeilwerfen mehr Ballons als er und gewinne außerdem beim Kamelrennen, Münzwerfen und Skee-Ball, sodass Gleichstand herrscht.

Nachdem wir Apfelcider getrunken und Corn-Dogs gegessen haben, kommen wir beim letzten Spiel an.

»Bist du nervös?«, frage ich.

»Nope.«

»Du hast ganz schön viel Selbstvertrauen.«

»Weil ich schon weiß, dass ich gewinnen werde.« Er zieht mich zum letzten Stand mit dem Hau-den-Lukas-Spiel.

Dort schlägt gerade jemand mit dem Hammer zu, und die Glocke ganz oben am Pfahl beginnt zu läuten. Es war schon immer Julians Favorit unter den Jahrmarktspielen, und weil ich wusste, dass er ohnehin gewinnen würde, habe ich früher meist darauf verzichtet.

»Ich kann nur mit einem Arm schlagen.«

»Das war bei den anderen acht Spielen auch kein Problem.«

Mein Auge zuckt.

»Willst du anfangen?« Er hält mir den Hammer hin.

»Nein, du darfst.« Ich gestikuliere zu der Schlagsäule. Obwohl ich weiß, dass ich so gut wie verloren habe, will ich keine Spielverderberin sein, sondern es zumindest versuchen.

Er verlagert das Gewicht von einem Fuß auf den anderen, bevor er zuschlägt. Das Metallstück schießt in die Höhe und trifft die Glocke oben am Pfahl, was keine Überraschung ist.

»Wir haben einen Gewinner.« Der Mann am Spielstand bietet Julian eine Auswahl an Plastikspielzeugen und Stofftieren an.

»*Qué lástima*«,* sage ich. »Scheint, als hätten sie leider keine aufblasbaren Gummipuppen mehr für dich.«

---

* ***Qué lástima:*** *Wie schade.*

Er zeigt mir den Mittelfinger, was ein vorbeikommendes Elternpaar dazu bringt, nach Luft zu schnappen.

»Sorry, Ma'am.« Er wendet mit roten Ohren den Blick ab.

»Sorry, Ma'am«, imitiere ich ihn mit rauer, gedämpfter Stimme.

»Halt die Klappe und verlier endlich.« Er reicht mir den Hammer.

Ich stelle mich vor dem Spiel auf und versuche, den Hammer genau so zu halten, wie es Julian getan hat. Ich atme einmal tief durch und lasse meinen Arm nach unten schwingen. Das Metallstück schießt zwar in die Höhe, erreicht aber nicht die Glocke.

»Wenn ich doch nur beide Arme benutzen könnte.«

»Das macht keinen Unterschied.«

Ich verdrehe die Augen. »Ist klar.«

»Es ist eher Technik als Kraft.«

»Ist klar.«

»Nico schafft es, und er ist nicht mal halb so stark wie du – selbst mit gebrochenem Arm.« Er reicht dem Mann am Spielstand zehn Dollar. »Ich zeig es dir.«

»Hier.« Ich will ihm den Hammer reichen, doch er schüttelt den Kopf.

»Es ist einfacher, wenn ich deinen Arm führe.« Julian tritt hinter mich und legt seine Hände um meine gesunde Hand, mit der ich den Schläger halte.

»Du suchst nur einen Grund, um mich zu berühren.« Ich spreche so leise, dass nur er es hören kann.

Er presst seine Lippen an mein Ohr, als er flüstert: »Nur weil du mich sonst nicht lässt.« Nun rückt er den Hammer in meiner Hand zurecht und ignoriert dabei, dass sie zittert.

»Selbst wenn wir mit all unserer Kraft zuschlagen«, er lässt den Hammer auf die Scheibe krachen, sodass das Metallstück höher schießt als bei meinem Versuch, »treffen wir trotzdem nicht die Glocke.«

»Warum?«

»Weil man auf die richtige Art schlagen muss.«

»Alles klar, Besserwisser. Beweise es.«

Er vollführt noch einmal die gleiche Bewegung, doch diesmal schlägt er genau auf die Mitte der Fläche. Das Metallstück schießt bis zur Glocke und lässt sie läuten.

»Siehst du?«

Ich strecke ihm die Zunge raus. »Angeber.«

Lachend lässt er meine Hand los. »Versuch es einmal selbst.«

Ich wiederhole die Bewegung so, wie er es mir gezeigt hat. Das Metallstück verfehlt die Glocke knapp.

Wieder reicht er dem Mann am Stand zehn Dollar. »Mach weiter.«

Mit großen Augen schaue ich mich zu der Schlange um, die sich hinter uns gebildet hat. »Es gibt auch noch andere, die ihr Glück versuchen wollen.«

»Dann müssen sie warten.«

Ich versuche es noch einmal. Obwohl ich wieder nicht die Glocke treffe, bin ich diesmal noch näher dran.

»Noch mal.« Er tippt auf die Mitte der Fläche. »Genau hier. Konzentrier dich lieber darauf, die richtige Stelle zu treffen, als all deine Kraft aufzuwenden.«

»In Ordnung.« Ich folge Julians Anweisungen und treffe die Mitte.

Als die Glocke ertönt, werfe ich mich grinsend in seine Arme. »Ich hab's geschafft!«

Er schlingt die Arme um mich, drückt mich und hebt mich hoch. »Ja, das hast du.«

»Es ist mir egal, dass ich den Wettbewerb verloren habe.«

»Ehrlich?«

»Ehrlich. Denn das war fantastisch. Vorher ist mir das noch nie gelungen.«

»Ich weiß.« Seine Augen funkeln heller als das blinkende Licht über uns.

Ein paar Leute um uns herum lachen und klatschen, was mich wieder daran erinnert, dass wir ein Publikum haben.

»Du kannst mich jetzt runterlassen.«

Er kommt meiner Bitte nach und lässt quälend langsam meinen Körper an seinem hinabgleiten.

Als ich auf dem Boden aufkomme, brennen meine Wangen.

»Du hast dich gut geschlagen.« Er reicht mir das Einhorn, das er sich ausgesucht hat.

»Spar dir deine gespielte Gönnerhaftigkeit und beginne mit dem Angeben.«

»Okay. Es hat sich gut angefühlt, dich mal wieder zu besiegen.«

»Da ist der arrogante Julian, den ich kenne und verabscheue, ja wieder.« Ich grinse.

Bevor ich ihn davon abhalten kann, küsst er mich schnell. Es ist nur ein sanftes Streifen seiner Lippen, aber mir wird sofort schwindelig, und mein Herz beginnt zu rasen.

»Sorry.« Er löst sich von mir und betrachtet die umstehenden Menschen, die darauf warten, an die Reihe zu kommen.

»Es ist nur … Du … Wir haben die Regeln aus gutem Grund aufgestellt.«

Sein Blick fällt auf meine Lippen. »Ich weiß. Es wird nicht noch mal vorkommen.«

Angesichts des merkwürdigen Ausdrucks in seinen Augen weiß ich jedoch nicht, ob ich ihm glauben soll.

Julian legt die Hand auf meinen Rücken und führt mich zur anderen Seite des Festplatzes. Während wir uns einen Weg durch die Menschenmassen bahnen, beschränkt er seine Berührungen auf ein Minimum.

»Was möchtest du nach deinem Sieg tun?«, frage ich, als wir uns dem Ausgang nähern.

»Das wirst du noch früh genug erfahren.«

»Julian!« Ich strecke die Hand nach seinem Arm aus, doch er weicht aus, ehe ich ihn festhalten kann. »Wohin gehen wir?«

»Weit weg, bevor ich der Versuchung nachgebe und dich noch mal küsse.«

Langsam bereue ich es, die Regel aufgestellt zu haben, dass wir uns in der Öffentlichkeit nicht berühren können, erst recht, als ich die plötzliche Leere fühle, die er in mir zurücklässt, als er in der Menge verschwindet.

Ich war so abgelenkt von seinen Worten, dass ich vergessen habe, eine Antwort aus ihm herauszubekommen.

Verdammt.

KAPITEL DREISSIG
DAHLIA

Auch wenn Julians Spielewettkampf es geschafft hat, mich gestern Abend von meinen Sorgen abzulenken, wache ich am Sonntagmorgen um vier Uhr mit dem Gefühl auf, ein Gewicht würde auf meine Brust drücken. Ich bin hin- und hergerissen zwischen dem Bedürfnis aufzustehen und dem Wunsch, mich in einem dunklen Loch aus Verzweiflung zu verkriechen.

Es ist die Depression, die aus dir spricht, rufe ich mir selbst in Erinnerung.

Doch heute weigere ich mich, in der Traurigkeit zu versinken, ganz gleich, wie verlockend es ist. Also klettere ich widerwillig aus dem Bett, ziehe mir Sportkleidung an und gehe joggen, so wie es mir meine Therapeutin geraten hat.

Gut, dass du aufgestanden bist, lobe ich mich selbst, während meine Sportschuhe auf dem Asphalt aufkommen.

Niemand außer dir entscheidet, was du mit deinem Leben machst. Ich wische mir über die verschwitzte Stirn.

Es gibt unzählige verschiedene Wege, *ein Kind zu haben.* Julians

Worte von gestern kommen mir wieder in den Sinn und vertreiben den letzten Rest meiner Selbstzweifel.

Als ich eine Stunde später wieder zu Hause ankomme, fühle ich mich viel leichter, denn ich habe mich jedem meiner negativen Gedanken gestellt.

Und jetzt, wo ich einen klaren Kopf habe, fühle ich mich bereit für den zweiten Tag des Erntefestes.

Aber zuerst …

Ich hole mein Handy hervor und mache mich an die Arbeit, um etwas zu planen, wofür es sich lohnt, meine Energie aufzuwenden.

Seit Julian mich gestern bei den Spielen besiegt hat, habe ich ein Ziel vor Augen. Zum Glück haben sich Lily, Josefina und meine Mom bereit erklärt, bei meinem Streich mitzumachen, denn mit einem Gipsarm kann ich jede Hilfe gebrauchen.

»Das wird er mir nie verzeihen.« Josefina schließt die Tür seines Bürogebäudes auf.

Mom wird bleich im Gesicht. »Wird er wütend sein?«

»Mom. Mach dich locker.« Lily packt sie an den Schultern und schüttelt sie sanft. »Du bist immer so angespannt.«

Unsere Mutter murmelt eilig ein Gebet, bevor sie mit den Tüten voller Weihnachtsdekoration über die Schwelle tritt.

Mein Streich ist albern und nichts, womit Julian rechnet, was den Moment, in dem er morgen früh das Büro betritt, noch besser machen wird.

»Muss ich fragen?« Lily holt einen Nussknacker hervor, der einen Joint raucht.

Josefina und ich brechen in Gelächter aus, während meine Mom ihre Augen bedeckt.

*»Ay, Dios. ¿Dónde está la natividad?«** Meine Mom durchsucht die Plastiktüten.

---

* ***Ay, Dios. ¿Dónde está la natividad?:*** *O Gott. Wo ist die Krippe?*

Beschämt verziehe ich das Gesicht. »Ich hab vergessen, eine zu kaufen.«

»Nein, nein, nein. Das ist inakzeptabel. Ich glaube, ich habe noch eine zusätzliche Krippe im Laden.« Mom eilt zur Tür hinaus und in Richtung Blumengeschäft.

Josefina geht kurz nach draußen und kommt mit dem künstlichen Weihnachtsbaum zurück. »Wo willst du ihn haben?«

»Ich hatte an Julians Büro gedacht.«

Sie schiebt mich in die entsprechende Richtung. »Das wird er toll finden.«

»Warte, bis du den Baumschmuck siehst, den ich gekauft habe. Er ist wirklich einzigartig.«

Ihr gackerndes Lachen hallt von den hohen Wänden wider.

Mom kommt mit der Krippe zurück und baut sie auf einem kleinen Tisch im Wartezimmer auf, während Lily Sams Schreibtisch mit Weihnachtspapier umwickelt.

Josefina und ich betreten Julians Büro, um uns an die Arbeit zu machen und den Weihnachtsbaum in der Ecke gegenüber von seinem Schreibtisch aufzustellen.

»Wie bist du nur auf diese Idee gekommen?« Als sie das Kabel in die Steckdose einstöpselt, gehen die Lichterketten am Baum an. Die blinkenden Lichter spiegeln sich in jeder glänzenden Oberfläche und blenden uns.

»Nun, es hat damit begonnen, dass ich den Baum im Laden für Künstlerbedarf in Detroit entdeckt habe.«

»Weiß Julian davon?«

»In Ansätzen.«

Sie schüttelt lachend den Kopf. »Ihr zwei und eure Streiche.«

»Meinst du, er wird es hassen?«

»Vielleicht im ersten Moment. Er hat noch nie sein Haus weihnachtlich geschmückt, ganz zu schweigen von seinem Büro.«

Ich schnappe nach Luft. »Noch nie?«

Sie nickt.

»Das ist Blasphemie.«

»Ich weiß. Ich habe ihm wegen seiner vielen Allergien einen künstlichen Baum gekauft, aber der steht immer noch in der Garage und setzt Staub an.«

»Warum?«

»Ich wollte ihn nicht danach fragen. Aber ich weiß, dass das«, sie deutet zu den Kugeln, die darauf warten, aufgehängt zu werden, »gut für ihn sein wird.«

»Inwiefern?«

»Weil es das ist, worum es im Leben geht.«

Ich ziehe die Augenbrauen zusammen. »Um Weihnachtsschmuck?«

»Es geht darum, zu *leben*, statt nur zu funktionieren.«

Mit ihrer Bemerkung trifft sie auch bei mir so ins Schwarze, dass ich mich abwende und die erste Kugel aufhänge.

Ho for the Holidays.

Josefina bricht in Gelächter aus, als sie den Weihnachtsmann neben der Aufschrift betrachtet, der seinen Körper um eine Zuckerstange geschlungen hat wie um eine Poledance-Stange.

»Das gefällt mir.«

»Meine Mom würde einen Herzinfarkt bekommen.«

»Sollen wir sie rufen, damit wir zusehen können, wie sie nach Luft schnappt und nach ihrem Kreuzanhänger greift?«

Ich lache. »Verlockend, aber wir haben nicht viel Zeit.«

Josefina greift nach einer Kugel in Form eines Elfs, der aus einem Zuckerstangen-Bong raucht. »Klasse.«

»Warte, bis du die anderen siehst, die ich gekauft habe.«

Das Leuchten in ihren Augen hat nichts mit den vielen Lichtern zu tun, die sich darin spiegeln. »Ich bin so froh, dass du wieder zurück bist.«

Ihre Bemerkung hat eine Doppelbedeutung, von denen eine meine Kehle brennen lässt. Wenn es eine Person gibt, die die Hochs und Tiefs kennt, die eine Depression mit sich bringt, dann ist sie es.

»Ich bin auch froh, dass ich wieder zurück bin.«

Sie schließt mich in ihre Arme. »Ich habe dich vermisst.«

Mein Schniefen könnte man für eine Allergie gegen Weihnachtsduftkerzen halten, aber ich kenne die Wahrheit. Ich habe mich über die Jahre verloren und war nur noch ein Schatten meiner selbst. Und all das nur, weil ich dachte, es gehörte zum Erwachsenwerden dazu.

Ich habe nicht vor, diesen Fehler noch einmal zu begehen.

* * *

Laut einer Nachricht von Sam am späten Sonntagabend wacht Julian um fünf Uhr morgens auf, trainiert im Fitnessraum, den er in seinem Haus eingerichtet hat, und macht dann für einen Kaffee auf Eis halt im Angry Rooster Café.

Sam hat geschworen, Stillschweigen zu bewahren, was meine Überraschung betrifft, und mir versichert, dass der beste Ort, um Julian abzufangen, der Coffee Shop sei.

Also wache ich widerwillig im Morgengrauen auf, ziehe mich an und begebe mich ins Café, bevor er dort eintrifft.

»Hey.« Ich winke ihm von meinem Platz im hinteren Teil des leeren Ladens zu.

»Dahlia?« Julian sieht mich verwirrt an.

»Morgen.«

»Was tust du hier so früh?«

Ich nehme einen großen Schluck von meinem Iced Coffee. »Ich hab beschlossen, zu versuchen, ein Morgenmensch zu werden.«

»Und wie läuft es?«

»Frag mich das noch mal in zehn Minuten, wenn ich meinen zweiten Kaffee getrunken habe.«

»Wie viele hattest du schon?«

»Nicht genug, um mit dir um sechs Uhr morgens ein Gespräch führen zu wollen.«

Er geht zur Theke und bestellt zwei Iced Coffees, so wie ich es ihm vor Jahren beigebracht habe, während ich den Rest meines ersten Getränks leere und den Becher in den Müll werfe.

Bald kehrt Julian mit unserem Kaffee zurück. »Hier. Wir können schließlich nicht riskieren, dass du deinen Tag mit nur einer Tasse bestreitest.«

Ich könnte meine hohe Herzfrequenz auf das Koffein schieben, das durch meine Adern fließt, aber das wäre eine Lüge.

»Danke«, bringe ich trotz meiner zugeschnürten Kehle heraus.

Die Geste ist so süß wie das Getränk, von dem ich nun meinen ersten Schluck nehme. Als er sich das letzte Mal um mich gekümmert und mich aufgeheitert hat, habe ich gedacht, er würde es aus purer Nettigkeit tun, aber das hier ist so viel mehr.

Genieß es einfach, Dahlia.

Leichter gesagt als getan. Aufgrund meiner Angstzustände und meines ständigen Grübelns fiel mir genau das schon immer schwer, deswegen kann ich meine Vorsicht nicht einfach über Bord werfen.

Wenn ich schon mit dem Feuer spiele und mich daran verbrenne, wäre Julian als Augenzeuge nicht meine erste Wahl, aber wenigstens kennt er mich gut genug, um mit dem Schlimmsten zu rechnen.

Super, dass du schon wieder das Positive siehst.

Mit federnden Schritten folge ich Julian aus dem Coffee Shop.

Die Main Street ist menschenleer, denn die meisten Geschäfte haben nach dem Erntefest geschlossen, da alle im Ort bei den Aufräumarbeiten helfen.

Zu dem Zeitpunkt, zu dem wir die Hälfte der Strecke zu Julians

Büro zurückgelegt haben, zittere ich wegen der kühlen Luft und des Kaffees auf Eis in meiner Hand.

»Alles okay?« Er schaut mich an.

»Jepp. Ist nur ein bisschen frisch.« Ich kämpfe mit einem Knopf an meiner Tweedjacke.

Sein anzüglicher Blick gleitet über meinen Körper. »Wo ist dein Mantel?«

»Passte nicht zu meinem Outfit.«

Julian überrascht mich, indem er seinen Iced Coffee auf eine Bank stellt und seine Jacke auszieht. Dann nimmt er mir meinen Becher ab, um ihn ebenfalls abzustellen, und hilft mir in den Ärmel seiner Jacke.

Zwei nette Gesten innerhalb von zehn Minuten? Wenn das die Art von Behandlung ist, die ich bekomme, nachdem wir einmal miteinander rumgemacht haben, frage ich mich, was passieren wird, nachdem ich ihm einen geblasen habe.

»Hast du vor, den ganzen Winter hierzubleiben, nachdem der Vertrag für die Show geplatzt ist?« Er legt mir die andere Seite seiner Jacke über den gebrochenen Arm.

Ich stoße ihn mit meiner Hüfte an. »Warum? Willst du mich schon wieder loswerden?«

»Wir haben doch noch nicht mal angefangen.« Seine Zunge schießt hervor und fährt über seine Unterlippe.

Mit einem Mal wird mein Körper von Wärme durchflutet, und ich vergesse, dass mir soeben noch kalt war.

Wer braucht einen Wintermantel, wenn ein paar Sätze aus Julians Mund mich so ins Schwitzen bringen, als hätte ich Fieber?

Als wir vor seinem Bürogebäude Halt machen und er seinen Schlüsselbund aus der Tasche holt, macht er keine Bemerkung über die geschlossenen Jalousien. Dass meine Finger zittern, scheint er außerdem falsch zu deuten, denn er nimmt mir den Iced Coffee ab und gibt mir den Schlüssel.

»Öffne die Tür.«

Erst beim zweiten Versuch gelingt es mir aufzuschließen. Ich trete ein und schalte das Licht ein, während Julian an mir vorbeigeht.

Die Weihnachtslichter erhellen sein Gesicht und seine dunklen Augen, sodass er in einen warmen Schein getaucht wird, während er sich in der Lobby umsieht. »Heilige Scheiße.«

Von allen Streichen, die wir einander über die Jahre gespielt haben, ist dies mein absoluter Favorit, was einiges heißen will, wenn man bedenkt, dass es mir in der Highschool einmal gelungen ist, seine Haut für einen längeren Zeitraum blau zu färben.

»Wann hast du das alles gemacht?« Er geht zu Sams in Geschenkpapier eingewickelten Schreibtisch.

»Lily und unsere Mütter haben mir gestern Morgen vor dem Fest geholfen.«

»Meine Mom steckt mit dir unter einer Decke?«

»Wie hätte ich sonst an den Schlüssel kommen sollen, nachdem du Sam verboten hast, mir seinen zu leihen?«

Julian gibt sich alle Mühe, eine wütende Miene aufzusetzen, aber dennoch macht sich langsam ein Lächeln auf seinem Gesicht breit, während er den Weihnachtsschmuck an Wänden, Möbeln und am Kamin hinter Sams Schreibtisch betrachtet.

»Hasst du es?«, frage ich.

»Mit jeder Faser meines Körpers.«

»Wirst du alles beseitigen?«

»Gleich am ersten Januar.«

Ich lache. »Warte, bis du dein Büro gesehen hast.«

Er stellt unsere Kaffeebecher auf Sams Schreibtisch ab und geht durch den Flur zu seinem Zimmer.

Ich muss rennen, um bei seinen großen Schritten mithalten zu können, aber zum Glück schaffe ich es noch rechtzeitig, um sein Gesicht zu sehen, als die Tür aufschwingt.

Seine Augen weiten sich. »Verdammt.«

Julians Büro sieht aus wie die Schlussverkaufsabteilung eines Weihnachtsladens. Die obszönen Nussknacker stehen in den Regalen hinter seinem Schreibtisch, ebenso wie der zweieinhalb Meter große und eigentlich für Vorgärten gedachte aufblasbare Weihnachtsmann, der auf einem Dinosaurier reitet.

Meine Idee war wirklich grandios.

Sein Blick fällt auf den Baum in der Ecke neben dem Fenster, das zur Straße hinauszeigt.

Julian schüttelt den Kopf so schnell, dass sein perfekt gestyltes Haar durcheinandergerät. »Das ist die kitschigste Dekoration, die ich je gesehen habe.«

»Ich weiß.«

»Das könnte dein bisher bester Streich sein, aber ich müsste noch mal auf meiner Liste nachsehen.«

Meine Wangen röten sich. »Findest du?«

Als er mich anlächelt, kann ich keinen klaren Gedanken mehr fassen.

»Nicht besser als das eine Mal, als ich deinen Wagen auf die schwimmende Plattform gesetzt und in die Mitte des Sees befördert habe, aber nahe dran.«

Ich grinse angesichts der Erinnerung. »Aber du hast auch noch nicht die Kugeln gesehen, die ich ausgesucht habe.«

Die nächsten fünf Minuten verbringe ich damit, ihm den Baumschmuck zu zeigen, den ich aufgehängt habe, was mir mehrere Male ein Lachen von ihm einbringt.

Vorsichtig hängt er alles wieder zurück an die Äste. »Ich kann nicht glauben, dass meine Mutter eingeweiht war.«

Mein Lachen lenkt seine Aufmerksamkeit vom Baum ab. »Eingeweiht? Sie hat die ganze Aktion mehr oder weniger angeführt, als ich ihr von meiner Idee erzählt hatte.«

»Hattest du Spaß?«

»Und wie.«

»Gut.« Er kommt einen Schritt auf mich zu.

»Du hattest deinen Spaß, jetzt bin ich dran.«

»Julian …«

Er legt mir eine Hand in den Nacken, presst seine Lippen auf meine und lässt mich meine Einwände mit einem einzigen Kuss vergessen.

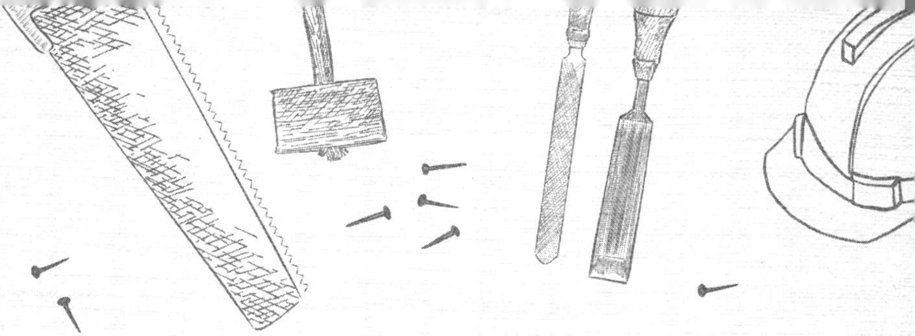

KAPITEL EINUNDDREISSIG
JULIAN

Ich wollte Dahlia schon küssen, seitdem ich sie allein mit ihrem Kaffee und ihrem Handy im Café entdeckt habe.

Dahlia ist kein Morgenmensch, was mich sofort hätte misstrauisch machen müssen.

Ihr Streich war großartig – meisterhaft sogar –, aber im Moment kann ich an nichts anderes denken als daran, sie zu küssen.

Und das tue ich jetzt.

Zunächst ist sie überrascht, aber es dauert nur ein paar Sekunden, bis sie meinen Kuss genauso leidenschaftlich erwidert. Ihre Nägel graben sich in die Haut an meinem Nacken, und ich revanchiere mich, indem ich ihr ins Haar greife und daran ziehe, bis sie nach Luft schnappt.

Dahlia zu küssen, fühlt sich an wie ein Kampf aus Zähnen und Zungen, und ich muss mich zusammenreißen, um nicht ihren Rock hochzuschieben und sie auf meinem weihnachtlich dekorierten Schreibtisch zu vögeln.

Du musst die Sache langsam angehen, sage ich mir selbst, während ich meine Zunge an ihrer entlanggleiten lasse.

Du solltest warten, bis ihr Gips entfernt wird. Ich ächze, als sie mit einer Hand über meinen Schritt fährt.

Hör auf, ehe du dich nicht mehr zurückhalten kannst. Ich löse meinen Mund abrupt von ihrem, was mir ein frustriertes Seufzen einbringt.

Nur noch ein paar Sekunden, rede ich mir ein und streiche ihre Haare nach hinten, um ihren Hals zu entblößen.

Sie streift mit den Fingerspitzen meinen Schwanz, während ich ihren Hals küsse und an ihrer Haut knabbere und sauge.

Sie greift mir ins Haar und zieht fest daran.

»Hey.« Ich reibe die gerötete Stelle, die meine Lippen hinterlassen haben.

»Meine Mom würde ausflippen, wenn sie einen Knutschfleck an mir entdecken würde.«

»Perfekte Jahreszeit für einen Schal.« Ich beuge mich wieder vor, doch sie hält mich mit einem einzelnen Finger auf meiner Stirn zurück.

»Wer hätte gedacht, dass du so versessen darauf bist, mich als dein Eigentum zu markieren?«

»Wenn schon nicht an deinem Hals, dann vielleicht an deinem Hintern.«

Sie sieht mich mit großen Augen an.

Ich lasse den Zeigefinger über ihren Hals gleiten. »Würde dir das gefallen?«

»Ich weiß nicht, aber ich bin bereit, es herauszufinden.«

»Darauf werde ich zurückkommen, *nachdem* der Gips entfernt ist.«

»Na schön.« Ihr schweres resigniertes Seufzen kann man wahrscheinlich noch aus einer Meile Entfernung hören. »Ich sollte mich ohnehin besser an die Arbeit machen. Ich habe eine Deadline für meine neue Design-Kollektion.«

»Sehen wir uns später am Gründerhaus?«, frage ich, bevor sie zur Tür hinaus verschwindet.

»Warum?«

»Ich möchte nach ein paar Dingen sehen und sichergehen, dass alles nach Plan verläuft.«

»Du willst mich immer noch loswerden?« Ihre Augen funkeln.

»Du hast mich durchschaut?«

»Es gab nur einen logischen Grund dafür, warum du das Projekt plötzlich so schnell beenden wolltest.«

»Vielleicht sollten wir die Sache wieder etwas langsamer angehen.« Jetzt, wo ich zugeben kann, dass ich Zeit mit Dahlia verbringen möchte, gibt es keinen Grund mehr für diese Eile.

Es sollte doch nur etwas Lockeres, Zwangloses werden, gibt die kleine paranoide Stimme in meinem Kopf zu bedenken.

»Warum …« Sie wird von dem Klang klimpernder Schlüssel unterbrochen. »Ich muss Sams Reaktion unbedingt sehen! Bis später.« Schnell eilt sie um die Ecke und lässt mich mit einem albernen Grinsen auf dem Gesicht zurück.

Ich bin mir nicht sicher, ob Ryder nur einen weiteren Schreiner engagiert hat, um mich zu ärgern, aber er hat Glück, dass ich ihn tatsächlich brauche und nicht feuern kann.

Dennoch bin ich versucht, es trotzdem zu tun, nur um meinen Standpunkt zu untermauern.

Der attraktive Handwerker beugt sich weiter zu Dahlia hinunter, indem er vorgibt, einen besseren Blick auf ihre Zeichnung erhaschen zu wollen.

Mein Herz hämmert. »Du da. Mit dem Ziegenbart.« Ich halte meine Stimme tonlos, obwohl meine steife Körperhaltung Dahlias Aufmerksamkeit zu erregen scheint.

Der Schreiner neben ihr blickt auf. »Ich?«

»Nun, ich rede garantiert nicht mit Miss Muñoz.«

»Natürlich nicht, Mr. Lopez.«

»Wie heißt du?«

»Patrick.«

»Gratulation, Patrick. Du bist befördert worden.«

Seine Augenbrauen schießen in die Höhe. »Was?«

»Geh nach draußen zu Ryder und sag ihm, dass du ab jetzt an dem Projekt in Lake Aurora arbeitest.«

»Wirklich?«

»Jepp.« Ich bedeute ihm mit einer Handbewegung, endlich zu verschwinden.

Als sich Patrick in Richtung Tür entfernt, bin ich mit Dahlia allein.

Ihre Augenbrauen ziehen sich zusammen. »Ist alles okay?«

»Jetzt schon.«

Ihre Augen blitzen auf. »Was hat Patrick denn getan, dass er schon nach einem Tag eine Beförderung verdient?«

»Ich brauche ihn woanders.«

»Und was ist mit dem Haus?«

»Ich werde Patricks Job selbst übernehmen.«

Dahlia blinzelt ein paarmal. »Das kannst du nicht ernst meinen.«

Todernst.

Eifersucht mag zwar eine gute Motivation sein, aber sie ändert nichts an den Tatsachen. Ich habe es satt, ständig auf das zu verzichten, was ich liebe, nur weil es mich an den alten Schmerz erinnert. Genauso wie ich es leid bin, so zu tun, als würde ich lieber in Meetings sitzen, obwohl ich in Wahrheit hier sein und bei der Umsetzung jeder Idee mithelfen möchte, die Dahlia sich in den Kopf setzt.

Mein Vorhaben, eigenhändig am Gründerhaus zu arbeiten, hat nichts mit Eifersucht und meinem Bedürfnis zu tun, Dahlia zu beeindrucken.

Es hat nur mit mir selbst zu tun.

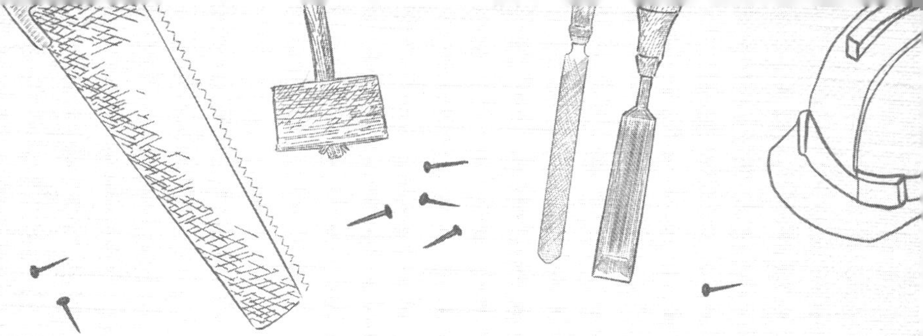

KAPITEL ZWEIUNDDREISSIG
JULIAN

Ich wusste, es war nur eine Frage der Zeit, bevor Dahlia und du wieder mit den Streichen beginnen würdet.« Rafa betrachtet den Baum neben meiner Bürotür.

»Wie findest du es?«

Er schaut sich im Raum um. »Es ist eine Beleidigung fürs Auge.«

»Definitiv.«

»Hast du vor, alles zu entfernen?«

»Vermutlich nach Silvester.« Ich schürze die Lippen.

Rafa zieht die Augenbrauen hoch. »Du willst den Deko-Kram noch sechs Wochen hängen lassen? Warum?«

»Ich habe mich irgendwie daran gewöhnt.«

»Oh nein«, murmelt er in Richtung Decke.

»Was?«

»Du bist dabei, dich in sie zu verlieben. *Schon wieder.*«

»Und wenn es so wäre?«

»Du streitest es nicht einmal ab?«

Ich seufze.

Rafa tut es mir gleich. »Soll ich den Rest des Ortes bezüglich deines Streiches schon mal warnen?«

»Wir ziehen diesmal keine unschuldigen Menschen mit hinein.«

Er sieht mich misstrauisch an.

»Und keine Tiere«, füge ich hinzu.

Er presst die Lippen zu einer schmalen Linie zusammen.

»Und ich habe dafür gesorgt, dass niemand verletzt wird.« *Besonders Dahlia.* Ich will auf keinen Fall, dass sie sich zu Tode erschreckt und sich auch noch den anderen Arm bricht.

Rafa legt den Kopf schief. »Was hast du vor?«

»Kommt darauf an, ob du mir hilfst oder nicht.«

Er schüttelt den Kopf. »Auf keinen Fall. Ich halte mich aus allem raus, was immer zwischen euch beiden abgeht.«

»Du hast dir meine Idee ja noch nicht mal angehört.«

»Alles, was dich derart grinsen lässt, ist eine schlechte Idee.«

Ich höre abrupt auf zu grinsen. »Aber ich brauche deine Hilfe, wenn ich den Plan in die Tat umsetzen will.«

»Dir dabei zu helfen, euch gegenseitig mit Streichen zu überbieten, bringt uns am Ende nur ins Gefängnis.« Er verschränkt die Arme vor der Brust.

»Das ist nur einmal passiert.«

»Weißt du, dass ich immer noch nicht weniger als dreißig Meter entfernt von Hydranten parken darf?«

Ich lache. »Dann hast du bestimmt Schwierigkeiten, im Ort einen guten Parkplatz zu finden.«

»Und das ist der Grund, warum ich mich von euch beiden fernhalte.«

Ich lege die Hände in einer flehenden Geste zusammen. »Komm schon. Es wird wieder wie in alten Zeiten sein.«

Rafa knurrt etwas Unverständliches vor sich hin. Dahlia einen

Streich zu spielen, würde nicht nur ihr guttun, sondern auch Rafa, der definitiv ein bisschen Spaß in seinem Leben vertragen könnte.

»Ohne dich schaffe ich es nicht.«

Er schaut zur Decke mit der flackernden Eiszapfen-Lichterkette. »Bezahlst du Sam nicht dafür, dir zu helfen?«

»Ich bin mir nicht sicher, auf wessen Seite er steht.«

Rafa reibt sich das Kinn. »Ich verstehe.«

»Hilfst du mir nun?«

»Ich kann mich nicht erinnern, dass du so erbärmlich warst, als wir noch jünger waren.«

»Damals war es auch nicht so schwer, dich zum Mitmachen zu überreden.«

Seine Augen werden schmal. »Was schwebt dir vor?«

»Etwas, wonach sie sich die nächsten vier bis sechs Monate nicht mehr trauen wird, im Dunkeln zu schlafen.«

»Leuten Angst einzujagen, hat mir schon immer Spaß gemacht.«

»Da musst du dich bei deiner derzeitigen Laune vermutlich nicht sonderlich anstrengen.«

»Halt die Klappe.« Er stößt mich zur Seite und nimmt mir gegenüber an meinem Schreibtisch Platz.

Ich lasse mich auf meinen eigenen Stuhl mit den Rollen fallen. »Hätte nicht gedacht, dass du doch noch zur Vernunft kommst.«

»Nur weil du es noch nie geschafft hast, einen deiner Streiche ohne mich durchzuziehen.«

Am besten nutze ich Rafas Hilfsbereitschaft aus, solange es noch geht.

Schnell tippe ich mein Passwort in den Computer ein und drehe ihm den Bildschirm zu. »Also, das ist der Plan …«

Nachdem ich die letzten paar Tage damit verbracht habe, meine Meetings zu verlegen und den neuen Zeitplan mit Sam aufzustellen, kann ich endlich mit meiner Teilzeitarbeit im Gründerhaus beginnen.

Im behelfsmäßigen Zelt im Garten habe ich alle Werkzeuge, die ich für ein Projekt dieser Größenordnung benötige, sodass ich mühelos wieder zu meinen Wurzeln zurückkehren und mich dem Handwerk widmen kann. Ich bin mir nicht sicher, ob ich die Aufgabe bewältigen könnte, wenn ich in der alten Schreinerscheune meines Vaters arbeiten müsste.

Ein Schritt nach dem anderen.

Ich kämpfe gegen den Schmerz in meiner Brust an, während ich Augen, Nase und Mund mit der Schutzausrüstung bedecke. Der Geruch von frischen Holzspänen und die Geräusche von Werkzeugen erfüllen die Luft, als ich mit meiner Arbeit an der ersten Geländerstrebe beginne.

Es dauert länger, als es sollte, denn ich bin aus der Übung, aber die Fertigkeiten, die ich mir über die Jahre angeeignet habe, sind immer noch vorhanden.

Erinnere dich daran, warum du es tust, tadele ich mich selbst, als ich mich über einen Fehler ärgere. Ich werfe die unbrauchbare Strebe zur Seite und greife nach einer neuen.

Du tust es für dich, sage ich mir, als ich mich erneut an die Arbeit mache.

Ich brauche noch zwei Anläufe, um das Design zu perfektionieren. »Eine ist fertig, jetzt sind es nur noch ein paar Hundert mehr.« Ich puste den Staub von der Strebe und drehe sie zwischen meinen Fingern herum, wobei ich jedes Detail begutachte.

Meine gute Laune ist schnell dahin, als ich mehrere Nachrichten von Sam erhalte.

Sam: *Es gibt Probleme mit dem Projekt in Lake Aurora. Ruf Mario so schnell wie möglich an.*

Sam: *Das Design-Team will sich morgen wegen der Reihenhäuser mit dir treffen. Es gibt eine Planänderung, die sie mit dir besprechen müssen.*
Sam: *Der Bodenbelag für die Sackgasse wird verspätet geliefert. Er sollte in ein paar Wochen ankommen.*

Meine Büroarbeit mit der Schreinerarbeit im Gründerhaus zu vereinbaren, wird schwierig werden. Ich bin erst seit einer Stunde hier, und schon wendet sich Sam mit diversen Anliegen an mich.

Ich nehme meine Schutzmaske ab, lege mein Handy auf die Werkbank und greife nach einem Hammer.

So verdammt verlockend.

»Wow. Legen Sie die Waffe nieder und treten Sie vom Telefon weg.« Die Zeltklappe fällt hinter Dahlia zu.

Ich werfe den Hammer auf den Tisch. »Es ist nicht so, wie es aussieht.«

»Dann wolltest du dein Handy also nicht gerade zertrümmern?«

Ich schaue auf ihren linken Arm. »Der Gips wurde endlich entfernt.«

»Guter Themenwechsel.«

Ich schweige.

Sie greift nach einer der Streben und nimmt sie von allen Seiten unter die Lupe. »Das ist … wunderschön.«

»Findest du?« Ich spreche die Worte so hastig, dass ich selbst in meinen eigenen Ohren erbärmlich klinge.

»Dein Dad wäre so unglaublich stolz auf dich.«

Ich schlucke den Klumpen aus Emotionen in meinem Hals herunter. »Es ist alles andere als perfekt.«

»Du hast recht. Es ist mehr als perfekt.«

Ein Anflug von Stolz überkommt mich, als sie die Strebe wieder auf den Tisch legt.

Als mein Handy erneut vibriert, lasse ich seufzend den Kopf in den Nacken fallen.

»Was ist los?« Sie zieht einen Hocker unter der Werkbank hervor und nimmt Platz.

Mein Auge zuckt. »Ich habe Probleme, alles unter einen Hut zu bekommen.«

»Kann ich dir irgendwie helfen?«

»Nicht wirklich.«

Ihre Augen verengen sich. »Sagst du das, weil du mich nicht um Hilfe bitten willst?«

»Ich sage es, weil mich niemand in dem ersetzen kann, was ich tue.«

»Und was wäre das?«

»Meetings mit meinen Teams, meinen Maklerinnen und Maklern, die wöchentlichen Komitees, um Pläne, Genehmigungen und andere langweilige Dinge zu besprechen.«

»Nichts für ungut, aber das kann so gut wie jeder.«

Ich schiebe die Hände in die Taschen meiner Jeans. »Ja, aber es ist zeitaufwendig.«

»Hast du mal daran gedacht, noch eine zusätzliche Person einzustellen?«

Unzählige Male. »Ja.«

»Und?«

»Ich habe noch nicht die richtige Person gefunden.«

»Hast du gründlich genug gesucht?«

Ich schweige.

Sie schaut von dem Stück Holz auf, das sie bis gerade betrachtet hat. »Du hast ein gutes Team. Ich bin mir sicher, dass einige von ihnen froh wären, wenn sie dir ein wenig von der Last abnehmen könnten.«

»Ich weiß.« Ich kann mich glücklich schätzen, Leute zu haben, denen ich vertrauen kann, und dafür zahle ich ihnen auch ein gutes Gehalt, aber das heißt nicht, dass irgendjemand von ihnen für die Verantwortung bereit ist, die mein Job mit sich bringt.

Ich lege die Strebe auf den Tisch und greife nach einem neuen Stück Holz.

Dahlia lehnt sich an die Werkbank. »Wenn du eine Pause brauchst, springe ich gerne bei ein paar deiner Meetings für dich ein.«

»Das würdest du tun?«

Sie zuckt mit den Schultern. »Klar. Ich habe über die Jahre schon mit vielen Design-Teams und Bauunternehmen gearbeitet.«

»Ich weiß nicht recht …«

»Denk darüber nach. Auch wenn das Gründerhaus eine gute kreative Herausforderung für mich darstellt, bin ich es gewohnt, acht unterschiedliche Häuser und hektische Dreharbeiten unter einen Hut zu bringen.«

»Sag mir nicht, du langweilst dich.«

»Doch, und ich bin nicht voll ausgelastet.« Sie greift nach einer Strebe von meinem Stapel und spielt damit herum. »Du hast zwar einen anderen Design-Stil als ich, aber ich kann meine persönliche Meinung außer Acht lassen, wenn das bedeutet, dass dafür das Gründerhaus deine volle Aufmerksamkeit bekommt.«

»Ich hätte *deine* volle Aufmerksamkeit lieber bei anderen dringlichen Dingen.«

Angesichts meines verschlagenen Lächelns wirft sie mir einen strengen Blick zu. »Ich meine es ernst, aber wenn du meine Hilfe nicht annehmen möchtest, dann ist das auch okay.«

Ihre Bemerkung ernüchtert mich. »Du willst mir wirklich helfen?«

»Natürlich. Zumindest bis zum neuen Jahr.«

Mein Magen zieht sich zusammen. »Du hast immer noch vor, schon so bald wieder fortzugehen?«

»Wenn ich schon keine Dreharbeiten habe, kann ich mich wenigstens endlich der langen Warteliste für die Dienstleistungen von Design by Dahlia widmen. Einige Leute warten schon seit mehr als zwei Jahren.«

»Und du kannst ihre Häuser nicht von hier aus designen?« Die Frage rutscht mir heraus.

»Äh … Ich weiß nicht. Darüber habe ich noch nie nachgedacht.«

Zumindest ist es kein Nein. Dahlia braucht eine besondere Herausforderung, und es ist an mir herauszufinden, welche das sein könnte.

KAPITEL DREIUNDDREISSIG
DAHLIA

Nachdem ich die letzten fünf Minuten damit verbracht habe, meinen Verstand infrage zu stellen, packe ich Julian am Arm und ziehe ihn ins Haus.

»Was tun wir …«

»Schh!«, zische ich.

Julian wischt sich mit dem Saum seines T-Shirts die Stirn ab, was mir einen Blick auf seine Bauchmuskeln ermöglicht.

Ein dumpfes Rumpeln, als würde ein schweres Möbelstück über den Boden geschoben werden, führt dazu, dass sich die feinen Härchen an meinen Armen aufstellen. »Das! Hast du das gehört?«

»Das ist wahrscheinlich nur Ryder, der irgendetwas bohrt.«

»Das ist nicht möglich. Ryder ist zusammen mit dem Rest des Teams vor einer Stunde nach Hause gefahren.«

Auch ich hätte mich eigentlich gemeinsam mit ihnen auf den Weg gemacht, aber ich wollte Julian nicht allein lassen, also bin ich hiergeblieben, um die Möglichkeit auszunutzen, wieder mit zwei Armen arbeiten zu können. Ohne den Gips kann ich im ganzen Haus kleine

Aufgaben bewältigen, zum Beispiel Farbproben auftragen, Tapetenmuster ausprobieren und mir darüber den Kopf zerbrechen, ob die Decken mit Stuck verziert werden sollen oder nicht.

Ein weiteres schabendes Geräusch lässt mich näher an Julian herantreten. »Ich weiß, dass du es diesmal gehört hast.«

»Bist du dir sicher, dass Ryder weg ist?«, fragt er.

Ich nicke. »Ganz sicher.«

Julian zuckt mit den Schultern. »In alten Häusern verzieht sich das Holz oft und macht Geräusche ...«

»Wenn es abends kühler wird. Aber nein. Das kann nicht sein, Mr. Ich-glaube-nicht-an ...« Ich breche mitten im Satz ab.

»Geister?«

Ich lege mir den Zeigefinger an die Lippen. »Schh! Sag das Wort nicht.«

Im selben Moment, in dem er die Augen verdreht, flackert der Kronleuchter über uns.

»Ah!«, schreie ich auf und umklammere Julians Hand.

Er versucht, meine Finger von seinen zu lösen, was ihm jedoch nicht gelingt. »Kannst du dich bitte entspannen?«

Ich schaue ihn wütend an. »Weißt du, was passiert, wenn man einer Person, die Angst hat, sagt, sie solle sich entspannen?«

»Was?«

Ich drücke seine Hand noch fester. »Das verdammte Gegenteil.«

Sein schweres Seufzen klingt herablassend. »Die Elektriker haben heute an dem Kronleuchter gearbeitet.«

Aus dem Lüftungsschacht strömt plötzlich ein eiskalter Luftzug, bei dem sich mir die Nackenhaare aufstellen. »Und welche Erklärung hast du dafür?«

»Wofür?«

»Vergiss es.« Ich spreche so leise, dass nur Julian mich hören kann. »Ich glaube, er ist hier.«

»Wer?«
»G.B.«, presse ich hervor.
»G.B.?« Er denkt einen Moment lang nach. »Ach. Gerald Baker?«
»Ernsthaft?« Ich pike ihm mit dem Finger zwischen die Rippen.
Er reibt sich die Stelle. »Autsch. Warum hast du das getan?«
»Sprich seinen Namen nicht laut aus.«
»Das ist lächerlich.«
Ich runzele die Stirn. »Hast du noch nie einen Horrorfilm gesehen?«
»Warum?«
»Weil du dann seinen Namen nicht aussprechen würdest.«
»Was passiert, wenn man es tut?«, fragt er vollkommen ungerührt, obwohl in seinen Augen Belustigung aufblitzt.
»Man endet wie G.B.« Ich fahre mir mit der Hand über die Kehle, als wäre sie ein Messer.
»Du bist so …« Seine Stimme versagt, genauso wie die Elektrizität.
»Julian!« Ich schlinge meine Arme um seinen Körper.
Er holt sein Handy heraus und schaltet die Taschenlampe ein, die mich blendet. Doch da ich zu große Angst habe, um mich von ihm zu lösen, klammere ich mich wie ein Äffchen an ihm fest, während er die Treppe ansteuert.
Vergeblich versuche ich, ihn zurückzuhalten. »Wo willst du hin?«
»Zum Verteilerkasten.« Er versucht, sich von mir zu lösen.
»Nein!«
Ein quietschendes Geräusch schrillt durch das Haus.
Julian reißt die Augen auf.
»Was zur Hölle war das?«, flüstere ich.
Sein Adamsapfel hüpft. »Ich weiß es nicht.«
»Hört sich das für dich wie Ryder an?«
»Vielleicht hat sich ein verletztes Tier auf den Dachboden verirrt.«

»Und es hat zufällig auch die Kabel angenagt und einen Stromausfall verursacht?«

Er schneidet eine Grimasse. »Gut möglich. Auf einer Baustelle ist mal eine Eidechse in den Stromkasten gefallen.«

Ich reibe mir die pochende Schläfe. »Kannst du endlich aufhören, alles mit Logik zu erklären?«

»Wäre es dir lieber, wenn ich hysterisch werde, so wie du?«

Ein weiteres ohrenbetäubendes Geräusch schallt durch den Flur über uns, gefolgt von einem lauten Husten.

Julian schafft es nur eine Stufe nach oben, bevor ich ihm meine Fingernägel in den Arm grabe.

»Du kannst nicht hochgehen.«

Er tätschelt meine Hand, als wäre ich ein verängstigtes Kind. »Keine Sorge. Ich bin gleich wieder da.«

»Nein! So was darfst du niemals sagen.«

»Du bist wirklich witzig.« Er schüttelt lachend den Kopf, bevor er mit seinem Telefon in der Hand die Treppe hinaufrennt.

Eilig schalte ich die Taschenlampe an meinem Handy ein und bleibe wie angewurzelt stehen, während er um die Ecke in Richtung Ostflügel verschwindet.

»Julian!«, zische ich eine Minute später, doch bekomme keine Antwort.

»Im Ernst. Hör auf mit dem Mist und komm wieder runter. Wir können uns morgen bei Tageslicht um die Stromleitungen kümmern.« Diesmal spreche ich lauter.

Über mir ertönt ein Krachen, was mein Herz noch schneller zum Rasen bringt. »Julian?«

Ich halte es vier Minuten ohne Strom und Lebenszeichen aus, bevor ich ebenfalls die Treppe hochgehe.

»Falls er nicht tot ist, wenn ich oben ankomme, bringe ich ihn eigenhändig um.« Ich höre kaum meine Stimme, so laut schlägt mein Herz.

»Julian? Wo bist du?«, rufe ich, als ich den oberen Treppenabsatz erreiche.

Als ich keine Antwort erhalte, versuche ich, ihn anzurufen, doch werde direkt zur Mailbox umgeleitet.

Mist.

Wieder ertönt das Geräusch, das so klingt, als würden schwere Möbel verrückt werden.

»Bitte nicht der Dachboden«, ächze ich.

Mein Nacken kribbelt, als würde ich beobachtet werden. Mir läuft ein kalter Schauer über den Rücken.

Ich drehe mich nicht um, obwohl ich den Drang verspüre, nachzusehen, ob jemand oder etwas hinter mir ist. »Hey, Gerald. Wir kommen in Frieden. Bitte töte weder mich noch meinen naiven Freund, der deine Existenz anzweifelt. Ich schwöre, er hat es nicht so gemeint, als er behauptet hat, Geister würden nicht existieren.«

Das Gefühl, beobachtet zu werden, verschwindet auch nicht, als ich die Treppe ansteuere, die zum Dachboden hinaufführt.

Ich bleibe vor der ersten Stufe stehen. »Julian? Bist du oben?«

Die Tür zum Dachboden ist zwar geschlossen, aber ein schwaches Licht wie von Julians Taschenlampe scheint durch den unteren Spalt.

Ich drücke mir eine Hand an die Brust, um mein Herz zu beruhigen.

Du bist Dahlia Muñoz. Du hast vor nichts Angst.

Sagt die Frau, bei der im Teenageralter eine Angststörung diagnostiziert wurde.

Obwohl sich mir der Magen umdreht, gehe ich die Treppe hinauf und bleibe vor der Tür stehen. Nachdem ich eine Sekunde lang gezögert habe, straffe ich meine Schultern und drehe den Knauf.

Als sich die Tür mit einem Knarren öffnet, trete ich vorsichtig ein. Wieder trifft mich von hinten ein kalter Luftzug, und im nächsten Moment fällt die Tür hinter mir zu, was mich zusammenfahren lässt.

»Hallo?« Ich befürchte, jeden Moment in Tränen auszubrechen, wenn noch etwas passieren sollte.

Ein leises schabendes Geräusch lässt mich aufhorchen und meine Taschenlampe auf den Boden richten.

»Oh, Fuck!« Ich lasse mein Handy fallen und kreische.

Eine riesige, haarige Spinne mit leuchtenden roten Augen, Zähnen so groß wie meine Faust und Beinen vom gleichen Umfang wie meine Oberschenkel starrt mich an.

Als sie sich bewegt, verliere ich jegliche Selbstbeherrschung.

»Julian!«, brülle ich.

In dem Moment geht das Licht auf dem Dachboden an, doch ich brauche ein paar Sekunden, um zu erkennen, wer die beiden lachenden Gestalten sind, die hinter den Stützbalken stehen.

»Ich bringe euch um!«

Ihr Gelächter erstirbt, als sie sich zeigen.

Rafa ignoriere ich vollkommen und stürze mich stattdessen auf Julian, der mich jedoch abfängt und mir die Arme auf dem Rücken festhält, bevor ich die Chance habe, ihm an die Gurgel zu gehen.

»Du bist drauf reingefallen.«

»Ich hasse dich!« Ich hebe meinen Fuß, um auf seinen zu stampfen, doch er weicht mir aus.

Dann zieht er mich enger an seine Brust. »Das ist nicht nett.«

»Es war auch nicht nett, mich glauben zu lassen, du wärst tot, Julian.«

Rafa schaut lachend auf sein Handy, ehe im nächsten Moment meine Stimme durch den Raum hallt – er hat mich aufgenommen, als ich nach Julian gerufen habe.

»Ich kann nicht glauben, dass du ihm dabei geholfen hast.« Anklagend zeige ich mit dem Finger auf ihn.

Rafa zuckt mit den Schultern. »Julian hatte recht. Es hat tatsächlich Spaß gemacht.«

»Spaß? Ich bin *traumatisiert*, du Wichser.«

Wieder hallen meine Schreie von den Wänden wider, als Rafa mein Video auf seinem Weg in Richtung Treppe noch einmal abspielt. »Ich kann es kaum erwarten, es an die Familiengruppe zu senden.«

»Rafa! Komm sofort zurück!« Ich versuche, mich aus Julians Griff zu befreien. Mein Handy, das immer noch auf dem Boden liegt, gibt einen Ton von sich. »Du hast das Video schon abgeschickt?«

Rafa nickt Julian zum Abschied zu. »Danke für die Einladung.«

»Als Nächstes bekommst du eine zu Julians Beerdigung«, rufe ich.

Er wendet sich ab und geht die Treppe runter. »Bis Sonntag, Dahlia«, sagt er aus sicherem Abstand zu mir.

Ich winde mich in Julians Griff, doch halte abrupt inne, als ich gegen etwas Hartes stoße, das nicht hart sein sollte.

»Du bist erregt?«

»So, wie du dich seit einer Minute an meinem Körper windest, ist das wohl keine Überraschung.«

Ich winde mich stärker, was ihm ein Zischen entlockt.

Gut. Das geschieht ihm recht.

»Hör auf, dann lasse ich dich los.« Er festigt seinen Griff.

Abrupt halte ich in meinen Bewegungen inne. »Ich kann nicht glauben, dass du das getan hast.«

»Betrachte es als Rache für deine Büroaktion.« Er löst sich von mir.

»Was ich getan habe, war nett!« Ich werfe die Hände in die Luft. »Das hier ist … krank!«

»Hattest du Angst?«

»Und wie.«

Er legt den Kopf schief. »Und trotzdem bist du nach oben gekommen, um mich zu retten.«

»Was eindeutig ein Fehler war.«

»Hast du befürchtet, mir könnte etwas passiert sein?«

Ich verziehe den Mund. »Eher, dass du von einem Dämon besessen bist, aber ich hätte daran denken müssen, dass das ja ohnehin schon seit deiner Geburt der Fall ist.«

Sein Grinsen wird breiter und vertreibt einen Teil meiner Wut. »Du hast meinen Namen gerufen, als du Angst hattest.«

»Du darfst nicht zu viel in die Dinge hineininterpretieren, die ich gesagt habe, als ich mein Leben an mir habe vorbeiziehen sehen.«

Julian fährt mit dem Daumen meine Unterlippe nach. »Und was hast du gesehen?«

Langsam streiche ich mit den Händen über seine Brust, was ihn leise nach Luft schnappen lässt. »Dich.«

Er legt eine Hand an meine Wange. »Und was genau?«

»Du hast mich so gehalten.« Ich lege seine Hände an meine Hüften.

»Und?« Seine Finger graben sich in meine Haut.

»Und ich habe dich so gewürgt.« Ich lege meine Hände um seinen Hals und drücke so fest, dass sich seine Augen für eine Sekunde weiten.

Er bedeckt meine Hände mit seinen und drückt sie fester an seinen Hals. »Wenn du eine deiner Fantasien ausleben willst, hättest du nur fragen müssen.«

Ich streiche mit einem Finger an seiner Brust hinab. »Du hättest ohnehin nicht mitgemacht, als ich noch meinen Gips hatte.«

»Apropos …« Er streichelt meinen linken Arm und schiebt mir seine Hüften so ruckartig entgegen, dass ich erschaudere.

»Die lange Wartezeit kann ich heute Abend wettmachen.«

»Warum sollten wir es noch weiter aufschieben?« Meine Finger zittern vor Erregung, als ich die Hand nach seinem Gürtel ausstrecke und die Schnalle öffne.

»Was tust du da?« Er versucht, einen Schritt nach hinten zu treten, aber ich halte ihn fest.

»Rate mal.« Ich ziehe den geöffneten Gürtel durch die Schlaufen und werfe ihn zur Seite.

»Ich hatte andere Pläne für dich.« Seine tiefe Stimme bringt meinen Magen zum Flattern.

»Spar sie dir für später auf.«

»Dahlia …«

Das Geräusch seines Reißverschlusses lässt meine Wirbelsäule prickeln. Er spannt seine Bauchmuskeln an, als ich mich hinknie und ihm die Hose so weit runterziehe, dass ich seine Erektion sehen kann, die sich hart gegen seine Shorts drückt.

»Hat es dich angetörnt, mir Angst zu machen?« Ich fahre mit dem Finger über den feuchten Stoff an der Spitze.

»Mehr als es das hätte tun sollen.«

»Das ist krank.« Ich streiche federleicht an seiner Länge hinab.

»Das ist mir bewusst.«

Ich umfasse den Bund seiner Boxershorts und ziehe sie an seinen Oberschenkeln herunter, um seinen Schwanz zu befreien.

Julian umfasst hart mein Kinn. »Vielleicht sollte ich dich öfter erschrecken, wenn das meine Belohnung ist.«

Ich lege den Kopf so weit nach hinten, dass ich ihn ansehen kann. »Ich mag dich lieber, wenn du still bist.«

»Was …«

Ich fahre mit der Zunge an der Länge seines Schwanzes hinauf und umkreise die Spitze. Als er ächzt, wiederhole ich die gleiche Bewegung auf der anderen Seite.

Er greift mir ins Haar, um mich festzuhalten. »Lass mich dich erst zum Dinner einladen.«

»Ein Date gehörte nie zum Plan.« Ich lecke über seine Spitze und sammele dabei einen Tropfen seiner Erregung.

Er wirft mir einen heißen Blick zu. »Öffne deinen Lippen«, fordert er.

Eher aus Überraschung als aus Unterwürfigkeit gehorche ich, doch Julian scheint den Unterschied entweder nicht zu bemerken, oder es ist ihm egal, denn er stößt, ohne zu zögern, zu.

Würgend grabe ich meine Finger in seine Oberschenkel, um Halt zu finden.

Es dauert einen Moment, bis ich mich an seine Größe gewöhnt habe, und er wartet geduldig, bis meine Augen nicht mehr tränen.

»Ich glaube, ich mag dich auch lieber, wenn du still bist.« Mit einem breiten Grinsen stößt er wieder in mich hinein, doch diesmal bin ich besser vorbereitet.

Mein Versuch, die Kontrolle über die Situation zu behalten, scheitert, als Julian seinen Rhythmus findet. Eigentlich sollte es mir widerstreben, ihm die dominante Rolle zu überlassen, aber ich bin zu angetörnt, als dass es mich kümmern würde.

Als er mich mit seinem brennenden Blick fixiert, presse ich die Oberschenkel zusammen.

Er sagt immer wieder meinen Namen mit so heiserer Stimme, dass sich meine Bauchmuskeln anspannen. Ich liebkose ihn abwechselnd mit meiner flachen Zunge und mit leichtem Saugen, bis er scharf die Luft einzieht.

Fluchend zieht er so fest an meinem Haar, dass er mir beinahe einzelne Strähnen an meinem Hinterkopf ausreißt, und ich räche mich, indem ich ihm meine Nägel so tief in den Hintern grabe, dass sicher Abdrücke zurückbleiben.

»Wenn du das noch mal machst, überlege ich mir einen besseren Weg, dich zu beschäftigen.«

Zeit, die Kontrolle zurückzugewinnen.

Ich hebe meinen Rock an und entblöße meine durchnässte Unterwäsche.

Sein Blick folgt jeder meiner Bewegungen, als ich den Slip zur Seite schiebe und meinen Finger durch meine Spalte gleiten lasse.

Da ich die Sache hinauszögern will, achte ich darauf, nicht meine Klitoris zu berühren.

Seine Muskeln spannen sich an, als er mitten in einem Stoß innehält. »Lass mich schauen.«

Ich hebe meinen glänzenden Finger hoch.

»Fuck.«

Mein ganzer Körper prickelt.

»Zeig mir, wie du gern berührt wirst.«

Seine Forderung klingt beinahe wie ein Test, den ich unbedingt mit Bravour bestehen will. Er zieht sich aus mir zurück, was mir einen Moment verschafft, um mich zu sammeln, bevor er wieder meinen Mund erobert.

Gott. Das ist so falsch.

Ich spreize meine Beine weiter und bewege meine Finger im Rhythmus seiner Stöße. Jedes Hineingleiten meiner Finger lässt meinen Körper kribbeln, und nach einer Minute beginnen meine Muskeln zu zittern.

Als ich meine Klitoris berühre, erzittere ich unter dem stärker werdenden Druck in meinem Unterbauch.

»Genau so, Baby.« Er beschleunigt sein Tempo.

Die Schmetterlinge in meinem Bauch erwachen angesichts des Kosenamens zum Leben. Ich schließe die Augen, während ich mich zum Klang seines Stöhnens selbst liebkose.

»Dahlia«, ächzt er, als ich meine Lippen um seinen Schwanz lege und so fest sauge, dass sein Körper bebt.

»Fuck, Baby. Du bist so verdammt gut darin.«

Julian, der zweimal in einem Atemzug flucht? Daran könnte ich mich gewöhnen.

»Halt.« Er zieht sich aus meinem Mund zurück, zieht mich auf die Füße und nimmt meine Hand, um mich zu der Wand neben dem Fenster mit Seeblick zu führen.

»Was hast du …« Ich kann meine Frage nicht beenden, da er sich hinkniet, mein Bein über seine Schulter legt und meinen Slip zur Seite schiebt. Dann schaut er meine Pussy an, als wäre sie ein Kunstwerk – voller Faszination und Ehrfurcht. Das Zittern meiner Beine scheint ihn aus seiner Trance zu reißen.

Er gleitet mit seiner Zunge durch meine Spalte, was Stromschläge an meiner Wirbelsäule hinabschießen lässt.

»Oh Fuck.« Ich lasse den Kopf hinter mir gegen die Wand sinken.

Mit einem Mal scheint Julian jegliche Selbstbeherrschung zu verlieren, denn er lässt abwechselnd seine Zunge in langen Zügen durch meine Spalte und immer wieder in mich hineingleiten. Dabei studiert er meine Reaktionen wie ein eifriger Schüler, ohne den Blick von meinem Gesicht abzuwenden.

Mehrmals muss ich den Blickkontakt unterbrechen, denn was sich in seinen Augen widerspiegelt, erregt mich mehr, als es das tun sollte.

Als er seinen Finger in mich einführt und fest an meiner Klitoris saugt, explodiere ich. Ich schlinge mein Bein um seinen Hals und halte ihn fest, zwinge ihn, mich weiter zu lecken, bis mein Orgasmus abklingt.

Ich habe mich so in meiner Lust verloren, dass ich Julians ruckartige Bewegungen erst wahrnehme, als er ächzt. Ein Blick auf den Boden verrät mir, dass auch er gekommen ist.

Heilige Scheiße.

Allein mein Stöhnen und mein Geschmack haben ihn derart angetörnt. Ich habe mich noch nie in meinem Leben so mächtig gefühlt wie in diesem Moment, in dem er vor mir kniet, noch immer bebend von den Nachwirkungen seines Orgasmus, und mich mit einem Ausdruck in den Augen anschaut, den ich mich nicht traue zu analysieren.

Er hat mir schon einmal Hoffnungen gemacht, und ich weigere mich, noch einmal darauf hereinzufallen.

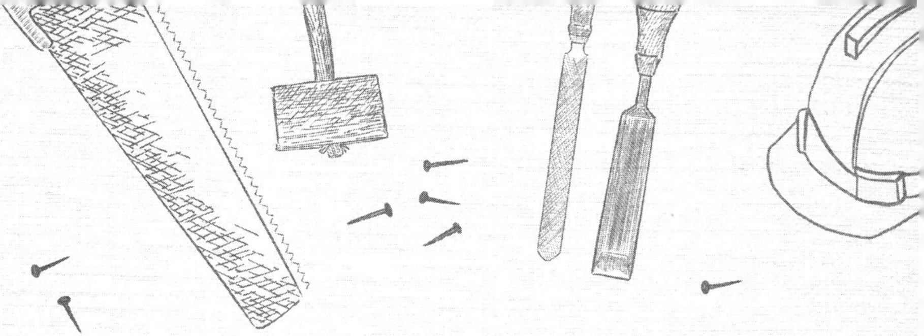

KAPITEL VIERUNDDREISSIG
JULIAN

Nachdem wir den Boden gereinigt und unsere Kleidung gerichtet haben, nutze ich Dahlias gute Stimmung und Benommenheit aus, bevor sie wieder zu Sinnen kommen kann.

»Isst du mit mir zu Abend?«, frage ich eilig, wobei ich ihre Hand nehme und sie von der Tür des Dachbodens wegziehe.

Ihre Augen werden groß. »Das meinst du ernst?«

»Ja.«

»Wo?«

»Bei mir.«

Sie sieht mich streng an. »Nach der Aktion von vorhin sollte ich Nein sagen.«

»Aber das wirst du nicht tun.« Ich küsse ihre Hand.

Sie zieht neckisch die Augenbrauen hoch. »Bist du dir sicher?«

»Zwing mich nicht dazu zu betteln.«

»Ich würde nichts lieber hören.« Sie pikt mich mit einem Finger in die Schulter. »Frag mich noch mal. Auf den Knien.«

Dahlia ist die einzige Frau, für die ich voller Begeisterung auf die

Knie fallen würde, und das beweise ich ihr, indem ich ihren Befehl befolge.

Ich streiche mit dem Daumen über ihre Hüfte. »Hör auf, mich zu quälen und sag Ja.«

»Na schön. Aber nur, wenn du noch mal diesen Hundeblick aufsetzt.«

Mir war nicht bewusst, dass ich sie auf eine bestimmte Art angesehen habe, aber ich freue mich, dass ich offenbar etwas in meiner Trickkiste habe, um sie schwach zu machen.

»Lass uns gehen, bevor ich es mir anders überlege.« Dahlia verschränkt ihre Finger mit meinen und zieht mich durch das Haus und zur Tür hinaus.

Neben ihrem Wagen bleiben wir stehen.

»Was hast du zum Dinner geplant?«, fragt sie, während sie in ihrer Handtasche nach dem Autoschlüssel sucht.

Ich dränge sie an die Tür und küsse sie noch einmal. »Take-away.«

»Das mit dem Dirty Talk üben wir noch mal.«

»Du hast mich gefragt, was ich zum Dinner will, nicht zum Dessert.«

Ihr Gesicht rötet sich. »Oh.«

Ich streiche mit dem Daumen über ihre Wange. »Hast du auf irgendwas Bestimmtes Lust?«

»Vielleicht Sushi von Aomi.«

Es dauert einen Moment, bis ich begriffen habe, was sie meint. »Das schicke Restaurant in New York?«

»Jepp.« Sie lacht. »Aber Spaß beiseite, ich bin für alles offen. Überrasch mich.«

»Nichts lieber als das.« Ich küsse ihre Stirn, greife nach meinem Schlüsselbund und nehme den Schlüssel zu meinem Haus ab. »Hier.«

Sie betrachtet ihn mit offenem Mund. »Wir müssen die Dinge ja nicht gleich überstürzen.«

»Halt die Klappe und nimm ihn, bevor ich dir die Chance nehme, dich ungestört in meinem Haus umzusehen.«

Ihre Miene erhellt sich. *»¿Neta?«*[*] Mit einem Mal klingt sie begeistert.

Ich bin mir sicher, dass Dahlia schon eine Leidenschaft dafür hat, Dinge zu untersuchen, seit sie sich das erste *Drei-Fragezeichen*-Buch in der Bibliothek ausgeliehen hat.

Während ich den Schlüssel vor ihrer Nase herumbaumeln lasse, umfasse ich ihn mit festem Griff, damit sie mein Muskelzucken nicht bemerkt. »Bleib im Erdgeschoss.«

Sie zieht eine Augenbraue hoch. »Was hast du oben versteckt?«

Mein Herz rast. »Du musst abwarten.«

* * *

Dahlia fährt los zu meinem Haus, während ich das Ortszentrum ansteuere. Auch wenn ich ihr so kurzfristig kein Abendessen aus dem Aomi beschaffen kann, gebe ich, kurz bevor es schließt, eine Bestellung im besten und einzigen Sushi-Restaurant von Lake Wisteria auf.

Obwohl ich eigentlich vorhatte, die längere Strecke zurück zu meinem Haus zu fahren, um ihr Zeit zu geben, sich umzuschauen, entscheide ich mich nun dagegen. Ich befürchte, dass sie sonst doch nach oben in mein Schlafzimmer geht, weil ihre Neugier stärker ist.

Statt der üblichen lähmenden Einsamkeit, die mich immer überkommt, sobald ich in meine Einfahrt einbiege, kribbelt mein Körper vor Aufregung, als ich meinen Wagen in der Garage parke und das hell erleuchtete Haus betrete.

---

* *¿Neta?: Wirklich?*

Ich werde von Klavierklängen begrüßt, auch wenn Dahlia das Talent und der Unterricht fehlt, um etwas anderes zu tun, als eine schlechte Version von *Twinkle, Twinkle, Little Star* zu spielen.

Ich habe Schmetterlinge im Bauch, als ich den langen Flur durchquere, der ins Wohnzimmer führt. Noch nie habe ich mich nach einem langen Arbeitstag so glücklich gefühlt. Kurz bleibe ich stehen, um den Grund dafür zu analysieren.

Keine quälende Stille. Keine erstickende Einsamkeit. Ich empfinde nichts als Zufriedenheit, als ich an die Person denke, die auf mich wartet.

Du entwickelst Gefühle für sie, warnt mich meine innere Stimme.

Doch in Wahrheit ist es noch ernster.

Es ist *Liebe*.

Irgendetwas in mir verändert sich – das war mir schon klar, seitdem ich mich nach fast zehn Jahren dazu entschlossen habe, wieder Schreinerarbeiten auszuführen –, und das liegt an Dahlia.

Als sie die letzte Taste anschlägt, betrete ich das Zimmer.

»Das Essen ist da.«

Sie zuckt zusammen und schlägt aus Versehen mehrere Tasten gleichzeitig an. »Du hast mich erschreckt.«

»Hast du dich umgeschaut?«

»Ja. Und sieh mal, was ich neben deiner wertvollen *Der-kleine-Prinz*-Sammlung gefunden habe.« Sie steht auf und zeigt mir die *Zweitbester*-Trophäe, die sie mir geschenkt hat.

Verdammt. Ich war so darauf fokussiert, Dahlia davor zu warnen, das Schlafzimmer zu betreten, dass ich den Pokal vergessen habe.

»Ich fühle mich geschmeichelt, dass du sie immer noch hast.« Sie reibt über einen imaginären Fleck.

»Sie soll mich daran erinnern, wie sich eine Niederlage anfühlt.« Die Worte kommen mir schnell über die Lippen.

»Deswegen bewahrst du sie neben deinen wertvollsten Habseligkeiten auf? Interessante Platzwahl, wenn man bedenkt, wie groß dein Haus ist.«

Ich blinzele schnell.

Sie grinst. »Ich weiß, dass du mit Absicht durch deine Abschlussprüfung in Physik gefallen bist.«

»Das kannst du nicht beweisen.«

»Physik war dein bestes Fach und mein schwächstes. Ich hätte auf keinen Fall besser abschließen können als du.«

Ich mache von meinem Recht auf Aussageverweigerung Gebrauch.

»Warum hast du es getan?«, fragt sie.

Das Surren der Heizung, die überall im Haus angeht, erklingt.

Sie zieht die Augenbrauen zusammen. »Weil du Mitleid mit mir hattest?«

»Nein.«

»Warum dann?«

»Weil ich dich *mochte*.«

Ihr bleibt der Mund offen stehen. »Seit wann?«

»Ich weiß nicht mehr genau, wann es angefangen hat«, lüge ich.

»Warum hast du nie etwas gesagt?«

»Ich gehe keine Risiken ein, weißt du noch?«

Sie schüttelt vehement den Kopf, obwohl sie immer noch ungläubig wirkt. »Hättest du überhaupt irgendeinen Annäherungsversuch unternommen, wenn ich dich nicht auf der Halloween-Party geküsst hätte?«

»Ich wusste damals nicht, was ich wollte.«

Sie zieht verwirrt die Augenbrauen zusammen. »Aber du mochtest mich.«

»Ja.«

»Warum wolltest du dann nichts mehr mit mir zu tun haben, nachdem dein Dad gestorben ist?«

»Dafür gab es unterschiedliche – falsche – Gründe, aber hauptsächlich war ich zu stolz, um mich so mit meiner Trauer auseinanderzusetzen, wie ich es hätte tun sollen.«

Ihr fällt die Kinnlade herunter.

»Ich habe mir zu viel auf einmal aufgebürdet und geglaubt, dass mein eigener Schmerz verschwinden würde, wenn ich das Geschäft meines Vaters retten oder meiner Mom über ihre Depression hinweghelfen würde.«

Ihre Unterlippe bebt. »Und das hättest du nicht gekonnt, wenn ich dich abgelenkt hätte.«

»So hätte ich es niemals ausdrücken dürfen.«

Sie greift nach meiner Hand und drückt sie. »Tut mir leid, dass ich deine Entscheidung damals nicht verstanden habe.«

Ich blinzele schnell. »Was?«

Ich bin derjenige, der sie verletzt hat.

Ich bin derjenige, der sie in die Arme eines anderen Mannes getrieben hat, der ihr am Ende das Herz gebrochen hat.

Und *ich* bin derjenige, der zehn Jahre gebraucht hat, um sich zu entschuldigen, nur weil ich zu feige war, um mich meinen Ängsten zu stellen und mich von meiner Unsicherheit habe leiten lassen.

»Auch wenn mich das, was du zu mir gesagt hast, verletzt hat, hätte ich meine eigenen Gefühle hintanstellen müssen. Denn auch wenn du mich damals auf Abstand gehalten hast, war ich diejenige, die sich bewusst dafür entschieden hat, nichts dagegen zu unternehmen.«

Meine Lunge schmerzt. »Nichts davon war deine Schuld.«

»Das Gleiche könnte ich von dir behaupten.«

»Wir sollten uns darauf einigen, die Vergangenheit hinter uns zu lassen.«

»Abgemacht.«

Ich lege meinen Arm um sie und führe sie in Richtung Küche.

Dahlia nimmt auf dem Hocker an der Ecke der Kücheninsel Platz, auf dem ich normalerweise sitze, während ich zwei Gläser mit Wasser fülle.

»Was hast du mitgebracht?« Sie greift nach der Papiertüte.

»Sushi.«

»Yes!« Sie holt die obere Box heraus, doch ich tausche sie gegen die andere.

»Was?«

»Das ist meine.«

Sie sieht mich misstrauisch an.

»Es ist Sushi mit Frischkäse.«

Als sie die Nase rümpft, schmunzele ich.

Sie entfernt den Deckel von ihrer Box. »Shrimp Tempura?«

»Hier.« Ich reiche ihr die Schale mit der scharfen Mayonnaise.

»Fast nervig, dass du immer weißt, was ich will.«

Ich werfe ihr ein paar Stäbchen zu, die sie auseinanderbricht, um ihre erste Sushi-Rolle zu essen.

Als ich nicht sofort mit dem Essen beginne, schaut sie mich wieder skeptisch an.

»Hast du keinen Hunger?« Sie zeigt auf meine Box.

»Doch.«

»Na, dann los.« Sie klappert ein paarmal mit ihren Stäbchen.

»Wozu die Eile?«

»Jemand hat mir Dessert versprochen.«

Mein Herz setzt einen Schlag aus. »Ich genieße den Moment mit dir«, gestehe ich.

Dahlia denkt kurz nach. »Es ist doch nur ein Abendessen.«

Ich entferne den Deckel von meiner Box, um irgendetwas zu tun. »Ich weiß.«

»Wir können morgen noch mal zusammen essen, wenn du willst.« Eine schwache Röte kriecht ihr am Hals herauf.

»Würdest *du* das wollen?«

»Kommt darauf an, wie es heute Abend läuft.« Sie zwinkert.

Ich weiß, dass sie mich nur ärgern will, aber das klaffende Loch in meiner Brust wird mit einem Mal so groß, dass der Schmerz unerträglich wird.

Sie runzelt die Stirn. »Was soll diese Miene auf einmal?«

»Wie bitte?«

Als sie meinen Blick imitiert, fühle ich mich mit einem Mal noch viel erbärmlicher.

»Ach, schon gut.« Ich schiebe mir einen Bissen in den Mund, um mich davon abzuhalten, noch mehr preiszugeben.

»Du wirkst traurig.«

»Ich bin …«

»Einsam?«, schlägt sie vor.

Ich zerbreche fast eins der Holzstäbchen, weil ich es so fest umklammere.

Auf ihrer Miene zeichnet sich das Schlimmste aller Gefühle ab.

Mitleid.

»Wie lange schon?«, fragt sie.

Zu lange.

»Ehrlich gesagt habe ich damit gerechnet, dass du mittlerweile verheiratet wärst und ein Kind haben würdest.«

»Verheiratet, meinetwegen. Ein Kind? Eher nicht.«

»Du willst keine Kinder? Ehrlich nicht?« Sie schluckt sichtlich.

»Nicht wirklich.«

Die Falte zwischen ihren Augenbrauen wird tiefer. »Seit wann?«

»Seit meine Mom ohne meine kleine Schwester aus dem Krankenhaus zurückgekehrt ist.«

Dahlia legt mir eine Hand auf den Oberarm und drückt leicht. »Das tut mir leid.«

Ich zucke halbherzig mit den Schultern. »Es ist lange her.«

Sie schaut mich an. »Wir beide haben an ganz schön vielen Dingen zu knacken, was?«

»Was du nicht sagst.«

Sie lässt die Hand fallen. »Mir hat mal ein weiser Mann gesagt, dass es unzählige Arten gibt, ein Kind zu bekommen.«

»Ach ja?«

»Jepp.«

»Ich glaube, ich suche mir erst mal eine Frau, dann schaue ich weiter.«

»Guter Plan.« Sie umfasst die Stäbchen fester.

Süß.

Wärme macht sich in meinem Körper breit. »Wenn du wieder in San Francisco bist, nehme ich vielleicht doch den Verkupplungsservice meiner Mom in Anspruch.«

»Ich habe dir vor nicht mal einer Stunde einen geblasen, und schon redest du davon, andere Frauen zu daten?«

»Stört dich das?«

Sie rümpft die Nase. »Du bist so ein Arschloch.«

»Und du bist eifersüchtig.«

»Nein, bin ich nicht.«

»Schön, dass wir den Spieß zur Abwechslung mal umgedreht haben.« Ich öffne ihre Finger und löse die Stäbchen aus ihrem Klammergriff.

Dahlia sieht mich aus schmalen Augen an. »Du hast es nur gesagt, um mich zu ärgern.«

»Stimmt.«

»Beim nächsten Mal, wenn dein Kopf zwischen meinen Beinen ist, werde ich dich ersticken.«

Ich hebe ihre Hand an meine Lippen und küsse sie. »Ich kann mir kein besseres Ende vorstellen.«

KAPITEL FÜNFUNDDREISSIG
DAHLIA

Kann ich jetzt dein Schlafzimmer sehen?« Ich werfe unsere leeren Sushi-Boxen in den Müll neben der Spüle.

»Ich habe eine bessere Idee.« Julian umfasst meine Hüften und hebt mich auf die Arbeitsplatte. Selbst durch den Stoff meines Kleides spüre ich die Kälte des Marmors, und erst recht, als Julian es so weit hochschiebt, dass ich vollkommen entblößt bin.

»Hier?« Ich schaue zu den vorhanglosen Fenstern.

Er geht in die Hocke.

»Jemand könnte uns von einem Boot am Dock sehen«, gebe ich zu bedenken.

»Entspann dich.« Er zieht mir den Slip aus und lässt ihn in seiner Tasche verschwinden.

»Aber …« Mein Protest wird erstickt, als Julian meine Oberschenkel auseinanderschiebt und sie mit sanften Küssen bedeckt.

Sein Dreitagebart kratzt auf meiner Haut, während er sich der einen Stelle nähert, die sich nach seiner Aufmerksamkeit sehnt. Er neckt mich einem einzigen Zungenschlag, was mich zusammenzucken lässt, ehe er sich zurückzieht.

»Soll ich aufhören?«

»Wage es bloß nicht.« Als ich den Kopf nach hinten fallen lasse, belohnt er mich mit einer weiteren Liebkosung seiner Zunge.

»Bist du dir sicher? Ich möchte schließlich nicht, dass dich jemand so sieht.« Er lässt seine Zunge zu meiner Klitoris gleiten und drückt sie flach darauf.

»Sei still«, zische ich und grabe die Finger in sein Haar.

»Du bist so fordernd.« Er schnalzt mit der Zunge, ehe er damit erneut über meine Klitoris fährt.

Ich werde ihm zeigen, was fordernd ist. Ich lege meine Beine um seine Schultern und ziehe seinen Kopf näher zu mir heran. »Mach schon.«

Wir halten Blickkontakt, als er mit der Zungenspitze durch meine Spalte gleitet. Gänsehaut breitet sich auf meinem Körper aus, während er mit den Händen über meine Beine streicht und mit seiner Zunge in mich eindringt.

»Fuck.« Ich gestatte ihm, mich noch ein paar weitere Sekunden zu quälen, bis ich die Kontrolle wieder übernehme. Obwohl es sich gut anfühlt, ziehe ich ihn an den Haaren hoch zu meiner Klitoris. »Sauge.«

Etwas blitzt in seinen Augen auf, als er seine Lippen darumlegt und so fest saugt, dass ich meine Hüften leicht anhebe.

Das leichte Kratzen seiner Zähne ist neu, und mein Körper erwacht unter dem Gefühl zum Leben.

Ich spüre, dass er grinst, bevor er die Bewegung wiederholt.

Verflucht.

»O Gott«, ächze ich, als er etwas mit seiner Zunge tut, das noch kein anderer getan hat, und presse meine zitternden Oberschenkel von beiden Seiten an seinen Kopf.

Im nächsten Moment zieht er sich zurück. »Du tropfst auf meine Arbeitsplatte.«

»Ach ja?« Ich spreize meine Schenkel weiter und fahre mir mit dem Daumen zwischen den Beinen entlang, was mir ein Ächzen von dem Mann einbringt, der vor mir kniet.

»Du solltest die Feuchtigkeit von deinem Daumen lecken.«

»Oder besser du, da du so auf meinen Geschmack stehst.«

Sein scharfes Einatmen bringt mich zum Schmunzeln.

»Ich wette, das würde dir gefallen.« Ich halte ihm meinen nassen Daumen hin.

Mir wird heiß, als er seine Lippen darumlegt und saugt, bevor er sanft hineinbeißt. »Wenn du nicht endlich leise bist, muss ich dich knebeln.«

»Mit deinem Schwanz?«

»Bring mich nicht auf Ideen.« Julian dringt mit einem Finger in mich ein, sodass ich meine Augen vor Lust verdrehe. Mein Stöhnen belohnt er, indem er einen Daumen auf meine Klitoris legt und einen weiteren Finger in mich hineingleiten lässt.

Ich lasse den Kopf nach hinten fallen. »Wenn du mich nicht in der nächsten Minute vögelst, bringe ich die Sache selbst zu Ende.«

»Wenn du mir noch mal drohst, höre ich auf.«

Oh Mist.

»Verstanden?« Er krümmt die Finger an meiner empfindsamsten Stelle.

»Ja«, stöhne ich.

Er stößt einen zufriedenen Laut aus, bevor er sich aus mir zurückzieht. »Bin gleich wieder da.«

Julian entfernt sich und kommt eine Minute später schwer atmend mit einem Kondom zurück. Irgendwo auf dem Weg hat er sich seiner Hose entledigt und verschafft mir nun einen guten Blick auf seine Erektion, die sich gegen seine engen Boxershorts presst.

»Nur eins?« Ich streiche mit dem Zeigefinger über seine Wölbung.

»Ich habe oben noch mehr.« Er zieht mir das Kleid über den Kopf und zerzaust mir dabei das Haar.

Atemlos beobachte ich, wie er den Blick über meinen Körper wandern lässt und jedes Detail fixiert, ehe er mich für einen leidenschaftlichen Kuss zu sich heranzieht.

Irgendwann löst er sich von mir. »Ich weiß nicht, was ich getan habe, um das zu verdienen, aber ich fühle mich im Moment wie der glücklichste Mann auf Erden.«

Die Schmetterlinge in meinem Bauch beginnen so stark zu flattern, dass mir schwindelig wird.

»Ich will so viele Dinge mit dir anstellen …« Mit dem Zeigefinger zieht er eine Linie von meinem Hals bis zwischen meine Beine.

All die Anziehungskraft, die wir jahrelang unterdrückt haben, bahnt sich ihren Weg an die Oberfläche und lässt mein Herz hämmern, als er seinen Daumen wieder auf meine Klitoris presst.

Ich will Julian. Ich will ihn so sehr, und ich habe viel zu viel Zeit verschwendet, indem ich so getan habe, als wäre dem nicht so.

Das hat heute Abend ein Ende.

»Du kannst dir den Dirty Talk sparen und gleich zur Sache kommen, denn ich bin mehr als bereit.«

Er lässt seinen Daumen in mich hineingleiten. »Ich genieße den Moment.«

»Das tust du in letzter Zeit oft.«

»Was nur an dir liegt.«

Ich befürchte, dass ich die Nacht nicht überleben werde, wenn er weiter so mit mir spricht.

Indem ich die Emotionen, die in meiner Brust aufkeimen, zur Seite schiebe, greife ich nach dem Kondom. Julians Muskeln spannen sich an, als ich die Folie aufreiße und es herausziehe.

Er zieht die Luft ein, als ich seinen Schwanz umfasse, ihn näher zu mir heranziehe und ihm das Kondom überstreife.

»Du hättest nur nett fragen müssen.«

»Dann hätte ich doch verpasst, wie niedlich du nach Luft schnappst.« Ich fahre mit dem Finger über seine Länge.

Er spannt seine Oberschenkelmuskeln an und legt den Kopf seufzend zurück.

Vielleicht war es doch keine schlechte Idee von Julian, die Sache langsam anzugehen. Ich will jede einzelne Sekunde genießen und in meinem Gedächtnis abspeichern, denn wenn ich ihn schon nicht für immer haben kann, dann zumindest die Erinnerung an uns.

Mit zitternden Händen legt er meine Beine um seine Hüften.

Meine Oberschenkel beben, und ein Kribbeln durchfährt mich, als er seinen Schwanz über meine Klitoris gleiten lässt, ehe er innehält.

Er legt mir eine Hand an die Wange und die andere um seinen Schwanz. »Bist du dir sicher, dass du es willst?«

Bin ich mir sicher, dass ich Sex mit Julian will? Absolut. Ich fürchte, dass ich in Flammen aufgehen könnte, wenn wir nicht bald zur Sache kommen. Bin ich mir sicher, was passieren wird, wenn wir diese letzte Grenze überschreiten? Nope, aber ich werde nicht aus Angst vor dem Ungewissen diesen Abend ruinieren.

Ich lege meine Hand über seine und dränge mich ihm entgegen, bis die Spitze seines Schwanzes in mir verschwunden ist. »Beantwortet das deine Frage?«

Er schließt die Augen ganz fest. *»Dahlia.«*

Ich habe ihn noch nie auf diese Weise meinen Namen aussprechen hören, und verdammt, ich will unbedingt, dass er es wieder tut.

Ich schließe meine Beine fest um seine Hüften und ziehe ihn zu mir heran, damit er tiefer eindringen kann. »Sag das noch mal.«

Er umfasst meine Hüften mit beiden Händen. *»Dahlia.«*

Funken schießen an meiner Wirbelsäule hinab, aber ehe ich das

Gefühl richtig verarbeiten kann, dringt Julian so hart in mich ein, dass ich nach Luft schnappe.

Sein Körper bebt. »Verdammt.«

Meine Brust hebt und senkt sich unter meinen schnellen Atemzügen, während ich seine hingebungsvolle Miene betrachte.

Hör auf, alles zu analysieren.

Ich erwache kurz aus dem Trancezustand, in den Julian mich versetzt hat, als er sich aus mir zurückzieht.

In dem Moment, in dem er wieder in mich hineinstößt, zittern wir beide vor Erregung. Er braucht nicht lange, um den perfekten Rhythmus zu finden, und ich will den Moment unbedingt so lange wie möglich genießen.

Er krallt die Finger in meine Hüften, während er mich vögelt, als stünde er am Rand des Wahnsinns und ich sei seine einzige Verbindung zur Realität.

Verzweifelt klammere ich mich an ihm fest, grabe meine Fersen in seinen Hintern, als er seinen Rhythmus ändert und so hart in mich hineinstößt, dass ich über die Arbeitsplatte rutsche.

Er findet die empfindsame Stelle zwischen meiner Schulter und meinem Hals und saugt daran.

»Hey.« Ich schiebe ihn weg.

Er bringt mich mit einem weiteren Kreisen seiner Hüften zum Schweigen. Seine stumpfen Nägel graben sich in meinen Hintern, während er mich festhält und mich gnadenlos vögelt.

Julian wirkt mit seinen geweiteten Pupillen wie ein Besessener. Er lässt seine Hand zwischen uns gleiten und liebkost meine Klitoris. »Magst du meinen Schwanz?«

Ich schnappe übertrieben nach Luft. »Hat meine feuchte Pussy mich etwa verraten?«

»Dein loses Mundwerk wird dich eines Tages noch in Schwierigkeiten bringen.« Er fährt mit dem Daumen über meine Unterlippe.

»Das hoffe ich doch.« Meine Zunge schnellt hervor zu seinem Daumen.

Sein leises Lachen ist die einzige Warnung, die ich bekomme, bevor er sich so weit zurückzieht, dass nur noch seine Spitze in mir verbleibt. Ich will gerade Einwände erheben, als er mit aller Kraft, die er besitzt, wieder in mich hineinstößt.

Ich schnappe nach Luft.

Alles wird mit einem Mal zu viel – von seinem Schwanz, der mich dehnt und vollkommen ausfüllt, bis zu seinem schnellen, gleichmäßigen Rhythmus.

Ich explodiere mit einem lauten Schrei. Mir wird schwarz vor Augen, und ich verliere jeglichen Bezug zur Realität.

»Hermosa«,* stößt er aus, während er meinen Kopf leicht nach hinten zieht.

Mein Herz flattert und wagt sich in unbekannte, gefährliche Gefilde vor.

Julian fängt mein Stöhnen mit einem Kuss auf und übt so viel Druck aus, dass es fast schmerzt.

Während meines Orgasmus hört er nicht auf, mich zu vögeln, und flüstert mir dabei zärtliche Dinge ins Ohr.

»Sieh mich an«, sagt er und zieht an meinem Haar, bis ich meine Augen öffne.

»Mi preciosa«,** flüstert er an meinem Ohr, bevor er an meinem Hals knabbert.

Mein benebelter Kopf kann die Worte nicht schnell genug verarbeiten, ehe auch er ächzend zum Orgasmus kommt.

Seine soeben noch gleichmäßigen Bewegungen werden ruckartig, bevor sie ganz aufhören.

---

* *Hermosa: Wunderschön*

** *Mi preciosa: Mein Schatz*

Ich fahre mit den Fingern durch sein Haar und glätte die Strähnen, während er langsam wieder zu Sinnen kommt.

»Verdammt.« Er drückt die Stirn an meine.

»Hat es dir gefallen?« Normalerweise stelle ich solche Fragen nicht, aber bei Julian ist es mir wichtig. Er hat mich im Leben vor so viele Herausforderungen gestellt, dass ich wissen muss, ob ich wenigstens ein wenig Kontrolle über ihn habe.

Der Gedanke bringt mich zum Lachen.

Niemand kann Julian kontrollieren – am wenigsten ich. Wenn überhaupt, habe ich irgendeinen Teil seines Charakters zum Vorschein gebracht, den er bisher vor mir verborgen hat, und ich kann es kaum erwarten, es noch einmal zu tun.

Du spielst ein Spiel, das du nicht gewinnen kannst, warnt die Stimme der Vernunft in meinem Kopf.

Dann sorgst du besser dafür, dass Julian auch nicht gewinnen kann.

Er küsst meinen Kopf und zieht sich mit einem Stöhnen aus mir zurück. »Ich fürchte, du hast für mich Sex mit jeder anderen Frau ruiniert.«

Die beste Neuigkeit aller Zeiten.

KAPITEL SECHSUNDDREISSIG
DAHLIA

»Also, was mein Schlafzimmer betrifft …« Julian bleibt zögerlich vor der Tür stehen.

»Warum bist du so nervös?« Ich strecke meine Hand nach dem Türknauf aus, doch er versperrt mir mit seinem breiten Körper den Weg.

Er fährt sich mit einer Hand in den Nacken. »Nun …«

»Ist es deine Wackelkopffigurensammlung?«

Er schüttelt den Kopf. »Nein. Die habe ich schon vor Jahren entsorgt.«

»Zum Glück, die Dinger waren echt gruselig.«

Er schaut mich skeptisch an.

»Hast du Pornozeitschriften oder -poster?«, frage ich.

»Da ich kein Teenager bin, der vor Zeiten des Internets geboren wurde, nein.«

»Ein Sexspielzeug im Nachtschrank?«

Sein Gesicht wird rot. »Ein Sex… Weißt du was? Geh einfach rein.« Er stößt die Tür auf und macht mir Platz. »Bitte sehr.«

Meine Füße verbleiben wie angewurzelt auf dem Boden, während ich von der Türschwelle aus sein Schlafzimmer betrachte. Ich muss ein paarmal blinzeln, um sicherzustellen, dass ich nicht träume.

»Du … Das …«

Julian schließt die Augen. »Ich kann es erklären. Es ist …« Seine Stimme verliert sich, ebenso wie sein Selbstbewusstsein.

Ich mache ein paar Schritte ins Zimmer und bleibe vor dem handgeknüpften Teppich stehen, den ich für *Curated Living* designt habe. Ich habe einen ganzen Monat gebraucht, um meine Vision umzusetzen und Hunderte Skizzen und Farbproben benötigt, bevor ich zufrieden war.

Ähnlich verhält es sich mit den meisten anderen Möbelstücken und Dekorationsgegenständen in Julians Schlafzimmer. Jedes Teil ist mit einer Erinnerung an meine Karriere verknüpft, und während ich nach und nach mindestens ein Stück aus jeder meiner Kollektionen entdecke, steigen mir Tränen in die Augen. Er hat nicht alles gekauft, was auch ein wenig übertrieben gewesen wäre, aber er hat sich aus jeder Kollektion einen Favoriten ausgesucht.

Ein Anflug von Wärme schlängelt sich durch meine Brust.

Er hat deine Träume unterstützt, ohne dass du es geahnt hast.

Ich blinzele die Tränen weg und drehe mich zu ihm um.

»Und ich dachte, du bist kein Fan.« Meine Stimme bricht.

»Von deiner Show? Verdammt, nein.« Er schneidet eine Grimasse. »Von *mir*.«

Er schaut zu Boden.

Ich gehe zu seiner Kommode und streiche über den Rand der Keramikschale, die ich entworfen habe. »Warum hattest du Angst davor, wie ich auf deinen Schrein reagieren würde?«

»Es ist kein Schrein.« Seine Rechtfertigung kommt ihm zu eilig über die Lippen.

Ich lache. »Wie würdest du es dann nennen?«

»Eine verdiente Anerkennung dessen, was du erreicht hast.«

Wenn er weiterhin solche Dinge sagt, tue ich vielleicht etwas Unüberlegtes und verliebe mich in ihn.

Ihr habt aus gutem Grund Regeln aufgestellt. Halte dich an sie.

Das Engegefühl in meinem Hals wird nur noch stärker, als ich mich weiter in seinem Zimmer umsehe und bei jedem neuen Teil, das ich entdecke, innerlich laut aufschreie.

Ich rücke einen schiefen Lampenschirm zurecht und schalte das Licht ein. »Du hast sogar Teile aus meiner allerersten Kollektion.«

»Ich weiß.«

»Wie lange verfolgst du schon meine Karriere?«

»Seit du erfolgreich das Alphabet und das Einmaleins gelernt hast?«

Ich schüttele lachend den Kopf. »Ich meine es ernst.«

»Ich auch. Ich habe mich immer gefreut, wenn du etwas geschafft hast.«

»Obwohl du immer fest entschlossen warst, mich zu übertreffen?«

»Ja.«

»Und ich habe immer gedacht, du hasst mich …«

Er kommt zu mir und schließt mich in seine Arme. »Ich habe dich nie gehasst, Dahlia. An keinem Tag und keine einzige Sekunde.«

»Warum bist du mir dann so lange aus dem Weg gegangen?«

»Weil ich wusste, was passieren würde, wenn ich mich dir wieder nähern würde.«

»Und was?«

Ohne auf meine Frage einzugehen, küsst er mich. Dieser Kuss ist anders – *er* ist anders –, und ich ertappe mich dabei, jedes einzelne Detail zu analysieren.

Die Art, wie er mit den Händen mein Gesicht umfasst, als sei ich das Wertvollste, das auf der Welt existiert.

Die Art, wie er mit dem Daumen sanft meine Wange streichelt und mich genussvoll erschaudern lässt.

Das Ziehen in meinem Herzen, als er meine Frage beantwortet, ohne ein einziges Wort zu sagen.

Ich fürchte mich davor, mich den Gefühlen zu stellen, die sich zwischen uns entwickeln. Schon einmal habe ich ihn zu nahe an mich herangelassen und wurde enttäuscht – wer garantiert mir also, dass nicht noch einmal das Gleiche passiert?

Zerbrich dir nicht den Kopf, sondern genieße einfach den Moment. Diesen Ratschlag würde mir meine Therapeutin vermutlich geben.

Da er mich küsst, als würde ich bereits ihm gehören, fällt es mir allerdings schwer, mir keine Sorgen zu machen.

Irgendwann wirst du dir deine Gefühle eingestehen müssen, meldet sich der rationale Teil meines Gehirns zu Wort.

Das werde ich tun … aber nicht heute Abend.

* * *

Ich krabbele aus dem Bett und steuere das Badezimmer an, um mich nach unserer zweiten Runde Sex zu säubern. Als ich zurückkehre und nach meiner Kleidung suche, packt mich Julian und wirft mich zurück auf die Matratze.

»Willst du fernsehen?« Er reicht mir die Fernbedienung und legt sich neben mich.

»Wir sind schon wie ein altes Ehepaar.« Ich hoffe, dass mein sarkastischer Tonfall das Zittern in meiner Stimme überspielen kann.

»Das ist noch gar nichts.« Er nimmt ein Buch von seinem Nachttisch und holt eine Lesebrille aus der Schublade.

Ich hätte nie gedacht, wie sexy ein lesender, oberkörperfreier Julian mit Brille sein könnte, aber ich glaube, der Anblick hat meine Gehirnströme für immer verändert.

Ich kuschele mich an seine Brust und schaue mir eine Wiederholung von *Silver Vixens* an, während er das alte, in Leder gebundene Buch liest, das mir nicht bekannt vorkommt.

Nach der Hälfte der Folge stelle ich auf Pause. »Was liest du?«

»Ein Buch über die Geschichte von Lake Wisteria.«

»Was?« Als ich mich aufrichte, schlage ich ihm aus Versehen das Buch aus den Händen. Zum Glück fängt er es auf, ehe es auf den Boden fallen kann.

»Sorry.«

Er legt das abgenutzte Buch auf den Nachttisch. »So spannend, wie es klingt, ist es nicht. Es geht viel um Landwirtschaft, und bei den detaillierten Ausführungen über die ersten paar dürftigen Erdbeerernten bin ich an zwei Abenden hintereinander eingeschlafen.«

Ich lache.

»Wusstest du, dass das Erdbeerfest vor mehr als hundert Jahren eingeführt wurde, um Bauern dazu zu bewegen herzuziehen?«

»Das ist interessant, aber ich würde gern wissen, ob irgendetwas über Gerald und Francesca erwähnt wird.«

Er verzieht das Gesicht. »Nachdem ich Geralds Geschichte gelesen und den Grund erfahren habe, warum seine Brüder und er nach Lake Wisteria gezogen sind, habe ich mich fast schlecht gefühlt, weil ich all die Häuser abgerissen habe.«

»Siehst du? Ich habe dir doch gesagt, dass man die Geschichte eines Hauses nie außer Acht lassen darf.«

»Ich sagte *fast*.«

Ich schnaube. »Was hast du rausgefunden?«

»Seine Familie ist hergezogen, weil seine Schwester von der Gemeinschaft des alten Ortes verstoßen wurde, nachdem man sie dabei erwischt hatte, wie sie – ich zitiere – ›sich im Feld mit einem Mann herumgewälzt hat‹, mit dem sie nicht verheiratet war. Also statt auf der Oberen Halbinsel zu bleiben, sind sie hergekommen, nachdem sie von den Stränden gehört hatten.«

»Das ist interessant.«

Er nickt. »Die Familie Baker bestand aus vier Brüdern und einer Schwester namens Wisteria, die sich von allen aber nur Ria nennen ließ. Sie ist die Verfasserin der Berichte.«

»Sie haben den Ort nach ihr benannt?« Ich quietsche aufgeregt. »Wie kann es sein, dass heute niemand mehr davon spricht?«

Er zuckt mit den Schultern. »Wahrscheinlich wollte sie nicht, dass die Leute ihren richtigen Namen kannten. Sie hat behauptet, Wisteria klinge zu zart, als dass er passend für sie wäre.«

Ich klammere mich an seinem Arm fest. »Was berichtet sie noch?«

»Sie hat eine Menge großartiger Dinge über ihren ältesten Bruder zu sagen; angeblich war er ein guter Mensch und hat viel Herzblut in jedes Haus fließen lassen.«

»Klingt wie einer von uns.«

Julian kitzelt mich, woraufhin ich lache und mich an seinem Körper winde.

Als ich mich beruhigt habe, beschreibe ich ein unsichtbares Muster auf seiner Brust. »Hast du auch irgendwas über Francesca gefunden?«

»Sie kam aus dem alten Ort der Geschwister.«

»Oh nein.«

»Es wird noch schlimmer. Zu allem Überfluss war sie auch noch die Tochter des Bürgermeisters.«

Meine Unterlippe bebt. »*Nein.*«

»Das erklärt, warum Gerald sie nicht einfach so heiraten konnte.«

»Wie ungerecht. Gerald und seine Familie scheinen gute Menschen gewesen zu sein.« Meine Stimme bebt vor Wut.

»Ja, aber es waren andere Zeiten. Viele Leute waren nicht so fortschrittlich.«

»Es ist schade, dass du das, was er diesem Ort hinterlassen hat, abreißt, besonders nachdem du erfahren hast, warum er mit dem Bauen der Häuser überhaupt begonnen hat.«

Julian sieht mich finster an. »Was sollte ich denn sonst tun?«

»Herausfinden, in welchem Ort seine Schwester nicht mehr willkommen war, und stattdessen dort alle Häuser abreißen.« Ich schmunzele.

Sein Blick huscht über mein Gesicht. »Das würde dir gefallen, oder?«

»Natürlich. Lake Wisteria muss unbedingt vor Menschen wie dir beschützt werden.«

»Und wer beschützt *dich* vor Menschen wie mir?« Julian klettert auf mich und drückt mir die Hände über meinem Kopf auf die Matratze.

Ich schlinge die Beine um seine Hüften und ziehe ihn näher zu mir heran. »Du bist derjenige, der vor Menschen wie *mir* beschützt werden muss. Warte nur ab.«

Julian bringt mich zum Schweigen, indem er mich küsst, bis ich mich nicht mehr an Gerald, die Häuser und meinen eigenen Namen erinnern kann.

KAPITEL SIEBENUNDDREISSIG
DAHLIA

Nachdem wir ein weiteres Mal unglaublichen Sex hatten, klingelt es an der Tür. Julian hat offenbar mehr Durchhaltevermögen als zehn Triathlongewinner, und obwohl ich mithalten möchte, kann mich heute niemand mehr – nicht mal mit Oralsex und Unmengen von Gleitgel – dazu überreden, noch einmal mit Julian zu schlafen.

»Erwartest du jemanden?« Ich rutsche von ihm herunter, damit er aufstehen kann.

»Nein.« Er greift nach seinem Handy, öffnet die App, die die Sprechanlage ersetzt, und flucht.

»Was?«

»Es ist meine Mom.«

Ich setze mich blitzartig auf. »Was will sie hier so spät?«

Als ein lautes Hämmern an der Haustür erklingt, sehen wir uns erschrocken an.

»Mein Auto steht draußen.«

Er nickt.

»Meinst du, sie wird Verdacht schöpfen?«

»Ich bin mir ziemlich sicher, sie hat Rückschlüsse gezogen, sobald sie erkannt hat, dass du hier bist.«

Ich ziehe mir die Decke über den Kopf. »Alles klar, nun muss ich für immer hierbleiben.«

Lachend zieht er die Decke weg. »Ich werde sie bitten, keine große Sache daraus zu machen.«

»Wir reden hier von deiner Mutter. Ich bin mir ziemlich sicher, sie hat schon die *Wisteria Weekly* angerufen, um ihnen die Neuigkeiten zu unterbreiten.«

»Ich werde sie bitten, es niemandem zu verraten.«

»Es ist kalt hier draußen!« Die Türklingel-App überträgt ihre Stimme durch die Sprechanlage nach oben.

Julian betätigt eine Taste seines Telefons. »Ich komme.«

»Und Dahlia?«

Aus der Nummer komme ich wohl nicht mehr raus.

»Das habe ich gehört«, erwidert seine Mutter, was mich zusammenzucken lässt.

Habe ich es laut ausgesprochen?

Julian bedeckt sich den Mund mit der Faust, um ein Lachen zu unterdrücken, während ich wütend auf sein Display starre.

»Ich komme gleich.« Mein Versuch, fröhlich zu klingen, scheitert kläglich.

Julian sammelt unsere Kleidung vom Fußboden auf und hilft mir dabei, mich in Rekordgeschwindigkeit anzuziehen, bevor er mir voran nach unten geht. Eilig glätte ich eine Falte an der Vorderseite meines Kleides.

»Ma. Was tust du hier?«

»Dahlia!« Josefina drängt sich an ihrem Sohn vorbei und wirft mir ihre Arme um den Hals. »Was für eine nette Überraschung!«

Ich schaue Julian hilfesuchend an.

Sie hält mich eine Armeslänge von sich. »Geht es dir gut?«

»Klar. Gibt es einen Grund, warum es mir nicht gut gehen sollte?«

Sie funkelt ihren Sohn wütend an. »Ich habe Rafas Video gesehen.« Nun wendet sie sich wieder mir zu. »Ich bin gekommen, um Julian die Meinung zu geigen, aber wie ich sehe, ist das nicht nötig.« Das Grinsen auf ihrem Gesicht sollte ein Warnschild tragen.

»Oh, nur zu. Sag ihm deine Meinung.« Ich gestikuliere in Richtung des Mannes, der mit verschränkten Armen ein Stück abseits steht.

»Bring mich nicht in Versuchung.« Sie stemmt ihre Hände in die Hüften. »Luis Julian Lopes Junior, was hast du dir nur dabei gedacht, sie so zu erschrecken.«

Er schweigt.

Ich lege ihr eine Hand auf die Schulter. »Schon in Ordnung, Josefina. Julian und ich haben uns unterhalten.«

Sie dreht sich mit verklärtem Blick zu mir um. »Habt ihr das?«

»Jepp.«

»Ich hab mich schon gefragt, warum dein Kleid auf links ist.«

»Was?« Ich greife mir in den Nacken, um nach dem Schild zu suchen.

»War nur ein Witz!«

»*Ma*«, ächzt Julian.

Sie zuckt mit den Schultern. »Was? Ich wollte mich nur vergewissern.«

»Vergewissern, ob du verrückt bist?«

Sie gackert.

Julian wirft mir einen Blick über die Schulter zu.

»Josefina«, sage ich.

Mit einem Mal wird sie ernst. »Ja?«

»Macht es dir was aus, die Sache für dich zu behalten?«

Sie verzieht das Gesicht.

»Wem hast du davon erzählt?«, fragt Julian.

»Rosa.«

Ich möchte wütend werden, aber ich weiß, dass Josefina einfach nicht anders kann. Die Frau ist mit einem großen Herzen und einer noch größeren Klappe auf die Welt gekommen.

Julian wirft seiner Mutter einen prüfenden Blick zu.

Sofort wirft sie resigniert die Arme in die Luft. »Das war's. Ich schwöre.«

Julian streckt die Hand nach dem Türgriff. »Ruf auf dem Heimweg Rosa an und sag ihr, sie soll niemandem davon erzählen.«

Sie zieht die linke Augenbraue hoch. »*Wovon* erzählen?«

»Was du gesehen hast.« Er küsst sie auf den Scheitel und öffnet die Tür.

Josefina tritt nach draußen. »Und was genau habe ich gesehen?« Sie klimpert mit den Wimpern.

»Zu viel.«

»Sei nicht …«

*»Te quiero. Cuídate.«** Er schließt die Tür und sperrt die Welt wieder aus.

Genau, wie es mir gefällt.

* * *

Julian hat alles getan, um mich zu überreden, bei ihm zu schlafen, und ich wäre beinahe weich geworden, aber dann ist mir unsere Abmachung wieder eingefallen. Wenn ich mich davor schützen will, noch einmal von ihm verletzt zu werden, sollte ich von Kuscheln, Unterhaltungen im Bett und Übernachtungen absehen.

Als ich am nächsten Morgen aufwache, stelle ich fest, dass meine Mutter in der Küche auf mich wartet.

---

* ***Te quiero. Cuídate:*** *Ich liebe dich. Mach's gut.*

»Mami?« Ich reibe mir den Schlaf aus den Augen. »Solltest du nicht auf der Arbeit sein?«

»Ich wollte hier sein, wenn du aufwachst.«

Oh nein. Schon seit Josefina mich gestern Abend in Julians Haus erwischt hat, weiß ich, dass ich diesem Gespräch nicht entkommen kann, doch ich habe nicht damit gerechnet, dass es schon so bald stattfinden würde.

Ich setze eine Kapsel in die Nespresso-Maschine ein und drehe mich um. »Tut mir leid, dass du es so erfahren musstest.«

»Meinst du, ich bin wütend?«

»Ja?«

»Nein, *Mija*. Ich mache mir Sorgen.«

Das hier fühlt sich anders an als die üblichen übertrieben ängstlichen Einwände meiner Mom.

»Als du zurückgekommen bist, warst du … so traurig. Ich will dich nicht noch einmal so sehen.«

Ich gebe einen Teelöffel Zucker in meine Tasse. »Mir geht es besser.«

»Ich weiß, deshalb mache ich mir ja solche Sorgen.«

»Diesmal ist alles anders.«

»Inwiefern?«

»Äh …« *Ich werde bestimmt nicht über mein Sexleben sprechen.* »Es ist noch nicht sonderlich ernst.«

Sie stößt einen kehligen Laut aus.

»Wir schauen erst mal, wie es sich entwickelt«, füge ich hinzu.

Sie nickt. »Du bist alt genug, um deine eigenen Entscheidungen zu treffen.«

Ich bin so verblüfft, dass ich schweige. Eigentlich hatte ich damit gerechnet, dass meine Mom mir eine Predigt über Sex vor der Ehe halten und darauf bestehen würde, dass ich eine kirchliche Hochzeit plane, um meine Seele zu retten, aber nicht damit.

»Das ist alles?«, frage ich.

Sie erhebt sich von ihrem Hocker und drückt mir einen Kuss auf den Scheitel. »Das ist alles.«

»Du willst mich nicht davor warnen, dass ich verletzt werden könnte, oder mir davon abraten, etwas Unüberlegtes zu tun?«

»Julian wird dich nicht verletzen.«

Ich stutze. »Woher willst du das wissen?«

»Weil ich sehe, wie er dich anschaut.«

Mein Herz setzt einen Schlag aus. »Was meinst du damit?«

»Der Mann würde lieber sich selbst in Gefahr bringen, als zuzulassen, dass dir etwas zustößt.«

Ich presse die Knie zusammen, um nicht vorüberzufallen. *»Mami.«*

»So ist es schon seit eurer Kindheit.«

»Meinst du …« Meine Stimme verliert sich.

»Meine ich was?«

Er könnte der Richtige sein?

Ernsthaft, Dahlia? Es ist nicht mal fünf Monate her, dass du eine langjährige Beziehung beendet hast.

Ich schüttele den Kopf. »Nichts.«

* * *

Lily spielt das Video, auf dem ich schreiend zu sehen bin, zum fünften Mal am heutigen Nachmittag an. Sie hat es in der Mittagspause allen gezeigt, die es sehen wollten.

Wenn sie so weitermacht, haben bis um siebzehn Uhr alle im Ort gesehen, wie ich wegen eines Geistes ausflippe, der nicht existiert, und wegen einer Halloween-Deko-Spinne für den Vorgarten, die Rafa in Josefinas Garage gefunden hat, das ganze Haus zusammenkreische.

Ich erhebe mich von meinem Stuhl und steuere den Ausgang an, als ich die Kellnerin und Lily zusammen lachen höre.

»Hey! Warte!«, ruft Lily mir hinterher.

»Nein.« Ich verlasse das Diner.

Lily rennt mir nach. »Halt!« Meine Schwester packt mich schnaufend am Arm und zieht mich von meinem Auto weg. »Was sollte das?«

Ich werfe die Hände in die Luft. »Ich habe es satt, das Video zu sehen.«

»Komm schon, du musst zugeben, dass es witzig ist.«

»Es ist *peinlich*.«

»Da muss ich dir widersprechen. Es ist total niedlich, wie du nach Julian rufst.« Sie spielt noch einmal die Stelle ab, an der ich fast in Tränen ausbreche.

Ich beiße mir so fest auf die Zunge, dass ich Blut schmecke. »Ich werde Rafa umbringen.«

»Es wäre kriminell gewesen, dieses Meisterwerk nicht mit der Familiengruppe zu teilen.« Lily zeigt mir ihren Sperrbildschirm – ein Screenshot von mir auf dem Dachboden.

»Ich werde nicht ruhen, ehe ich Rache geübt habe.«

Sie reibt sich die Hände. »Was schwebt uns vor?«

»Uns?«

»Du hast doch nicht ernsthaft vor, etwas so Unterhaltsames ohne mich durchzuziehen.«

»Je weniger Zeugen, desto besser.«

Sie zwinkert. »Ich verstehe.«

»Du willst helfen?«

»Natürlich. Wir beide sind ein gutes Team, was kriminelle Machenschaften angeht.«

»Apropos kriminell – du hast doch eine Freundin, deren Bruder Deputy ist, oder?«

Allein wegen dieses Grinsens könnte sie auf der Liste der meistgesuchten Kriminellen des FBIs landen. »Ja.«

»Meinst du, er wäre bereit, jemanden zu verhaften, der kein Verbrechen begangen hat?«

»Ich bin mir sicher, mithilfe eines Gutscheins für die örtliche Buchhandlung oder so etwas in der Art könnte man ihn überreden. Warum? Was hast du vor?«

»Du darfst es niemandem verraten.«

Sie hält zwei Finger in die Höhe, so wie wir es früher in unserer Kindheit getan haben. »Ich schwöre.«

»Ich würde gern bis nach Thanksgiving warten, wenn er nicht mehr damit rechnet …«

KAPITEL ACHTUNDDREISSIG
DAHLIA

Julian und ich haben uns in den letzten paar Wochen einen guten Rhythmus angeeignet. Irgendwie schafft er es, trotz der Arbeit jeden Abend Zeit mit mir zu verbringen.

Ich bin mir nicht sicher, welche Gepflogenheiten bei lockeren Bettbeziehungen herrschen, aber ich habe den Verdacht, dass die gemeinsamen Abendessen, auf die Julian besteht, nicht dazuzählen. Ebenso wenig sollten wir nach dem Sex eine Stunde im Bett kuscheln.

Und ganz gewiss sollten deine Gefühle für ihn nicht immer stärker werden.

Als der Timer klingelt, werde ich aus meinen Gedanken gerissen und öffne die Ofentür, um nach dem Truthahn zu sehen.

»Hey.«

Die Küchentür schwingt hinter Julian zu.

Ich wische mir mit dem Handrücken über die verschwitzte Stirn. »Ich dachte, du kommst erst später.«

»Das letzte Foto, das Lily in die Familiengruppe geschickt hat, ließ vermuten, dass du Hilfe brauchst.«

»Erinnere mich dran, dass ich mich nie wieder als freiwillige Helferin für ein Thanksgiving-Dinner melde.«

»Es war eine nette Geste.«

Nachdem ich die letzten zehn Jahre Thanksgiving mit Oliver und seiner Familie verbracht habe, dachte ich, es könnte Freude machen, zur Abwechslung einmal selbst zu kochen.

Ich wische mir die Hände an meiner Schürze ab. »Ich bin hoffnungslos unterqualifiziert.«

»Was kann ich tun?« Er krempelt sich die Ärmel hoch, ehe ich geantwortet habe.

»Nur um dich zu warnen, du wirst bereuen, dass du gefragt hast.«

»Verstanden. Und jetzt gib mir Anweisungen, bevor ich mein Angebot zurückziehe.«

Nachdem ich ihm alles erklärt habe, beginnt Julian, nach den Rezeptanweisungen meiner Mutter zu kochen, wodurch sich meine Laune schlagartig bessert.

Aber es ist so schwer, mich von ihm fernzuhalten.

Julian gibt sich alle Mühe, das gemeinsame Kochen in ein romantisches Date zu verwandeln, und füttert mich, mit der Ausrede, dass ich probieren muss, mit einem Löffel. Jedes Mal, wenn eins meiner Lieblingslieder von seiner Playlist einsetzt, zieht er mich für einen kurzen Tanz von der Küchenzeile weg. Immer wenn Lily nicht da ist, die scheinbar mehr Zeit mit Probieren als mit Helfen verbringt, küsst er mich schnell.

Als wir mit allem fertig sind, drängt er mich gegen die Arbeitsplatte und küsst mich noch einmal leidenschaftlich.

Es ist unfassbar, dass ich innerhalb von so kurzer Zeit derart süchtig nach Julian geworden bin. Er macht es mir unmöglich, mich nicht nach ihm zu verzehren, bringt mich mit einem einzigen Kuss um den Verstand und meinen Körper dazu, sich nach *mehr* zu sehnen.

Anschließend zieht er mein Haarband zurecht, um meine von

seinen Fingern zerzauste Frisur zu richten. »Hab ich dir schon gesagt, dass du heute wunderschön aussiehst?«

Das Flattern in meiner Brust wird stärker. »Nur ein- oder zweimal.«

Er versucht, sich ein Schmunzeln zu verkneifen, doch scheitert. »Du hast mitgezählt?«

»Lob und Anerkennung ist meine Sprache der Liebe.«

Er legt mir eine Hand in den Nacken. »Das erklärt, warum du dich so gern anfeuern lässt, wenn du auf meinem Schwanz sitzt.«

Jemand hustet hinter mir.

Als ich mich umdrehe, sehe ich meine Schwester, die sich mit der Faust auf die Brust klopft.

»Lily.« Meine Augen weiten sich bis aufs Äußerste.

Julian stolpert in einem Versuch, sich aus dem Staub zu machen, über seine eigenen Füße, was Lily zum Lachen bringt.

»Ich wusste, dass irgendwas im Busch ist, als Mom gesagt hat, Julian würde vorbeikommen, um zu helfen. Ich versuche schon den ganzen Nachmittag, euch in flagranti zu erwischen.«

»Jetzt verstehe ich, warum du stündlich hereingekommen bist und etwas probieren musstest.«

Lily grinst, während Julian mit zerknirschter Miene schweigt.

Sie zeigt zwischen uns hin und her. »Wie lange seid ihr schon zusammen?«

»Wir sind nicht zusammen«, erwidere ich eilig.

Die Adern an Julians Armen treten hervor, weil er sie so fest vor der Brust verschränkt.

Lily zieht eine Augenbraue hoch.

»Zumindest nicht *so*«, füge ich hinzu.

»Hm.« Sie wirft Julian einen Blick zu. »Interessant.«

»Ich lasse euch mal allein, damit ihr euch in Ruhe unterhalten könnt …« Er spricht eher mit meiner Schwester als mit mir.

»Darf ich nicht mit dir kommen?« Ich versuche, ihn festzuhalten, aber er weicht mir aus.

Julian verschwindet hinter der Schwingtür, die ins Wohnzimmer führt.

»Du musst mir alles erzählen«, fordert Lily, bevor ich die Chance habe, über seinen merkwürdigen Gesichtsausdruck nachzudenken.

»Nicht hier.« Ich nehme ihre Hand und zerre sie nach draußen, wobei ich die Haustür hinter uns zuziehe. Frischer Schnee liegt auf der Veranda wie eine weiße Decke.

»Es ist eiskalt hier draußen!«, jammert sie und reibt sich die Arme.

»Dann sollten wir uns besser beeilen.«

»Warum müssen wir überhaupt hier draußen reden?«

»Ich will nicht, dass Mom uns hört.«

»Weiß sie davon?«

»In Ansätzen.«

Meine Schwester runzelt die Stirn. »Ich bin beleidigt, dass du mir nicht zuerst davon erzählt hast.«

»Wir wollten nicht, dass irgendjemand von unserem Arrangement erfährt.«

»Dafür ist es wohl ein bisschen zu spät, also raus mit der Sprache.«

»Es gibt nicht viel zu erzählen. Wir haben uns darauf geeinigt, die Sache locker anzugehen.«

»Und sieht die Sache für dich immer noch locker aus? Für mich definitiv nicht.«

Und es *fühlt* sich definitiv nicht locker *an*.

Ich schlucke den Knoten in meinen Hals runter.

»Wie lange willst du dich noch selbst belügen? Tage? Wochen? *Monate*?«

»*Lily.*«

Ihr schweres Seufzen erzeugt eine kleine Wolke in der Luft. »War nur ein Witz. Aber ich mache mir Sorgen um dich.«

»Warum?«

»Weil du kein Typ für was Lockeres bist.«

»Nein, aber es ist schließlich auch nicht so, als hätte ich viele Gelegenheiten gehabt, es auszutesten.«

Und sieh nur, wohin das geführt hat.

Ein merkwürdiger Ausdruck huscht über ihre Züge. »Es ist nicht so spaßig und locker, wie es oft scheint. Das kann ich dir versichern.«

Mein Magen zieht sich zusammen. »Ist alles in Ordnung? Bei dir, meine ich?«

Lily setzt schnell ein Lächeln auf. »Natürlich. Warum sollte es das nicht sein?«

»Bist du dir sicher?«

»Ja. Ich mache mir einfach Sorgen, dass deine Gefühle verletzt werden könnten.«

Ich schnaube so laut, dass nun auch mein Atem in der Luft zu sehen ist. »Diese Gefahr besteht nicht.«

Sie verdreht die Augen. »Das behaupten alle.«

»Nun, aber das zwischen uns ist anders. Keiner von uns beiden ist an einer ernsten Beziehung interessiert.«

»Bist du dir sicher?«

Ich halte meine Hand hoch und bewege meinen nackten Ringfinger. »Absolut.«

»Das solltest du ihm sagen.«

Mein Herz setzt einen Schlag aus. »Was meinst du damit?«

»Julian führt keine lockeren Bettbeziehungen. Klar, er geht auf Dates, damit seine Mutter Ruhe gibt, aber er hat kein Interesse an Dingen, die ohnehin nicht lange halten. Das weiß ich ganz sicher.«

Ich senke den Blick. »Es könnte niemals dauerhaft zwischen uns funktionieren.«

»Und warum?«

»Zum einen haben wir beide je ein Business in zwei unterschiedlichen Staaten.« Designs by Dahlia ist alles, was mir noch geblieben ist, nachdem ich meine Show und meine Beziehung verloren habe, und ich werde es bestimmt nicht für einen Mann aufgeben.

»Eine Fernbeziehung kann herausfordernd sein, ist aber noch lange kein Grund, es nicht zumindest zu versuchen.«

Wieder bildet sich eine kleine Dampfwolke vor meinem Gesicht, als ich ein schweres Seufzen ausstoße. »Ich kann nicht darauf vertrauen, dass er mich nicht noch einmal verletzt.«

»Ich glaube, dein größtes Problem ist, dass du dir *selbst* nicht vertraust.«

Ich stoße einen leisen Pfiff aus. »Verdammt.«

Lily hakt sich bei mir ein und zieht mich wieder in Richtung Haus. »Du weißt, dass ich es dir nur schwer mache, weil ihr mir beide wichtig seid und ich nicht will, dass einer von euch verletzt wird.«

Ich lege meinen Kopf auf ihre Schulter. »Dafür liebe ich dich.«

»Selbst wenn ich mir unerlaubt deine Klamotten ausleihe?«

Ich betrachte die pastellfarbene Jacke, die sie aus meinem Kleiderschrank haben muss. »Selbst dann.«

»Oder falls ich heute Morgen eventuell deine teure Gesichtscreme benutzt habe und sie versehentlich fallen gelassen habe?«

Mein Körper verspannt sich. »Sag mir, dass das nicht wahr ist.«

Sie flitzt davon, ehe ich die Chance habe, sie zu erwürgen.

»Lily!« Ich renne ihr hinterher.

»Tut mir leid!«, ruft sie, bevor sie das Haus betritt und dabei verdächtige Fußspuren in Form meiner Stiefel mit den roten Sohlen hinterlässt.

* * *

»Nico und ich übernehmen den Abwasch.« Rafa steht auf, doch sein Sohn ächzt.

»Keine Sorge. Ich spüle ohnehin gern.« Julian erhebt sich von seinem Stuhl und beginnt, Teller und Besteck abzuräumen.

Lily tritt so fest gegen mein Stuhlbein, dass der ganze Stuhl bebt.

»Ich helfe dir.« Hastig stehe ich auch auf.

Meine Mom bedenkt mich mit einem zufriedenen Blick, und Josefina zwinkert mir zu. Rafa schaut zwischen Julian und mir hin und her, ehe er seinen Cousin skeptisch fixiert.

Es ist mir nicht peinlich, dass alle über uns Bescheid wissen, doch ich mache mir Sorgen darüber, was sie denken könnten. Ich will nicht, dass sie sich unbegründete Hoffnungen machen, besonders nicht Josefina, deren Dauerlächeln jedes Mal noch strahlender wird, wenn Julian und ich einander anschauen.

Ich ignoriere alle Blicke und folge ihm in die chaotische Küche. Den Abwasch an einem normalen Tag zu erledigen, ist erträglich, aber nach einem Thanksgiving-Dinner?

Lieber würde ich mir ein Auge mit einem meiner frisch gemachten Acryl-Nägel ausstechen.

Julian stellt das Geschirr in die Spüle und dreht das Wasser auf, dann nimmt er mir die restlichen Teller aus den Händen.

»Gibt es einen Grund dafür, dass du dich freiwillig um den Abwasch kümmerst?«, frage ich.

»Ich wollte ein bisschen mit dir allein sein, bevor wir gezwungen werden, drei Stunden lang Pictionary zu spielen.« Er packt mich an den Hüften und zieht mich zu sich heran.

»Wir haben doch schon den ganzen Nachmittag zusammen verbracht.«

Ohne etwas zu erwidern, presst er seinen Mund auf meinen. Der Kuss endet genauso schnell, wie er begonnen hat, und lässt mich mit dem Wunsch nach mehr zurück.

»Du musst mir nicht helfen.«

»Perfekt, denn ich bin nur hier, um dir bei der Arbeit zuzusehen.« Ich nehme die pinken Handschuhe vom Geschirrständer und lege sie ihm in die geöffnete Hand.

Er schüttelt lächelnd den Kopf.

»Ich hole die letzten paar Teller, während du schon mal anfängst.«

»Danke.« Er greift nach dem ersten Weinglas und taucht es ins Wasser.

Ich stapele die letzten Teller und nehme sie vom Tisch, während sich die anderen ins Wohnzimmer begeben, um die Staffelei mit dem großen Papierblock aufzubauen.

»Du bildest zusammen mit Julian ein Team«, verkündet Lily.

Ich runzele die Stirn. »Nur weil keiner von euch ihn bei sich im Team haben will.«

Rafa zuckt mit den Schultern. »Er hat einfach nichts drauf.«

»Das hab ich gehört!«, ruft Julian aus der Küche.

Josefina hebt die Hände. »Ich will nach letztem Mal auf keinen Fall wieder mit ihm in einem Team sein.«

»Wisst ihr noch, wie er eine Katze gezeichnet hat?«

»Oder als er versucht hat, uns davon zu überzeugen, er hätte angeblich ein Raumschiff gezeichnet?«

»Es war wirklich nicht von dieser Welt.« Lily wackelt mit den Augenbrauen.

Lachend drehe ich mich in Richtung Flur um, doch werde ich von Nico aufgehalten, der vor mich springt.

Die Teller klappern, als ich abrupt stehen bleibe. »Hey.«

Er verlagert das Gewicht auf seine Fersen, wodurch seine Turnschuhe zu blinken beginnen. »Du musst nicht mitspielen, wenn es dich traurig macht.«

»Warum sollte …« Als es mir mit einem Mal wie Schuppen von den Augen fällt, werden meine Knie weich. »Es macht mich nicht traurig, mit euch zu spielen.«

Er zieht die Augenbrauen hinter seinen Brillengläsern hoch. »Nicht?«

Ich gehe in die Hocke, um mit ihm auf Augenhöhe zu sein. »Nein. Vor einiger Zeit war ich so traurig, dass ich mich regelrecht krank gefühlt habe, aber jetzt geht es mir viel besser.«

»Kannst du meinem Dad auch zeigen, wie man sich besser fühlt?«

Mein Herz wird schwer.

Das Leuchten in seinen Augen verschwindet, als ich den Kopf schüttele. »Ich wünschte, das könnte ich, aber bei dieser Art von Traurigkeit kann ich nicht helfen.«

Er starrt auf seine Turnschuhe. »Oh, okay.«

Ich stelle das Geschirr ab und umarme ihn. »Aber es wird ihm bald von ganz allein wieder besser gehen, weil er einer der stärksten Menschen ist, die ich kenne.«

»So wie ein Superheld?«

»Sogar noch besser. Er ist ein Dad.«

Nico umarmt mich fester, bevor er von mir ablässt.

Ich erhebe mich mit zittrigen Beinen und rücke seine verrutschte Brille zurecht. »Am besten bringe ich die Teller jetzt zu deinem Onkel.«

»Okay. Hab dich lieb!« Nico rennt zurück ins Wohnzimmer.

Ich brauche einen Moment, um mich zu sammeln, bevor ich in die Küche gehe.

»Scheiße.« Julian schüttelt verärgert den Kopf.

»Was ist passiert?« Ich stelle die Teller neben der Spüle ab und eile zu ihm.

»Ich hab mich an der Herdplatte verbrannt, als ich nach einem Topf gegriffen habe.«

»Sorry! Ich muss vergessen haben, sie auszuschalten.« Ich drehe den Knopf ganz nach links, ehe ich nach Julians Hand greife. »Wie schlimm ist es?«

»Es ist keine große Sache.« Er versucht, mir seine Hand zu entziehen, doch ich festige meinen Griff.

»Hör auf, dich zu bewegen.«

»Es geht mir gut.«

Demnach zu urteilen, wie scharf er die Luft einzieht, als ich seine Hand streife, würde ich das Gegenteil behaupten. »Wir haben noch was von der Brandsalbe, die Lily bekommen hat, nachdem sie den Unfall mit ihrem Lockenstab hatte.« Ich ziehe ihn zum Kühlschrank.

»Vollkommen unnötig bei so einer kleinen Verletzung.« Er windet seine Finger in meinem Griff.

»Hör auf, dich zu wehren und lass dir helfen.«

Sein schweres, resigniertes Seufzen sollte nicht bezaubernd sein, aber Julian hat eine Art, die banalsten Laute interessant klingen zu lassen.

Ich finde die Creme und öffne den Tiegel.

Julian greift danach. »Ich mach das schon.«

Ich ziehe ihm die Creme aus der Hand. »Ganz im Ernst, was ist dein Problem? Ich versuche, dir zu helfen.«

»Kein Grund, dir diese Bürde aufzulasten«, flüstert er bei sich.

Mit dieser Reaktion habe ich nicht gerechnet, und für einen Augenblick fühle ich mich schlecht. »Es ist okay, um Hilfe zu bitten. Ich möchte dich sogar dazu ermutigen, die größte Bürde für mich zu sein, denn das ist gut für mein Ego.«

»Mein Dad brauchte auch nie Hilfe.«

»Dein Dad war auch *un cabeza dura,** nichts für ungut.«

Er lacht. »Könnte man so sagen.«

»Du kannst deinen Vater bewundern, ohne ihm nachzueifern, weißt du?«

Er nickt. »Ja, das ist mir bewusst. Es ist etwas, das ich mir als Kind

---

* *un cabeza dura: eine starrsinnige Person*

angewöhnt habe, und mittlerweile hat es eher mit meinem Stolz zu tun als mit sonst irgendetwas.«

»Was ist denn passiert, als du ein Kind warst?«

Er schaut kurz zur Tür.

»Du kannst es mir erzählen.« Ich lege meine Hand an seine Wange mit dem Bartschatten. Sofort scheint sich Julian zu öffnen.

»Es ist kein Geheimnis, dass meine Mom unter Depressionen gelitten hat. Zunächst war es eine postnatale Depression nach meiner Geburt, aber aufgrund der Fehlgeburten, der Totgeburt und der finanziellen Probleme, die meine Eltern hatten, ist es schlimmer geworden.«

Meine Augen brennen. Ich habe Josefina immer für ihren Kampf gegen die Depression bewundert, aber jetzt, wo ich es am eigenen Leib erfahren habe, habe ich noch größeren Respekt vor ihr. Ich hoffe, dass ich nach und nach genauso sorg- und furchtlos werden kann wie Julians Mom.

Er lehnt sich in meine Berührung. »Zunächst wollte ich nicht zusätzlich dazu beitragen, dass mein Dad sich Sorgen machte, da er ohnehin schon mit der Krankheit meiner Mom zu kämpfen hatte. Aber dann ist Rafa bei uns eingezogen, und ich wollte mich nicht über meine Probleme beschweren, da ich wusste, dass er größere hatte. Um Hilfe zu bitten, kam mir egoistisch vor, wo meine Mom doch so viel dringender Hilfe brauchte.«

Mir treten Tränen in die Augen.

Sein Blick verhärtet sich. »Es ist nichts, worüber du traurig sein musst.«

»Ich bin nicht traurig. Ich bin …« *Verdammt, du bist wirklich traurig.* »Emotional.«

Julians Miene gibt nichts preis. »Warum?«

»Weil du für andere Menschen da warst, obwohl du selbst mit Dingen zu kämpfen hattest.«

Er zuckt mit den Schultern. »Wenigstens werde ich meinem Titel ›Zweitbester‹ gerecht.«

Mein Herz zieht sich zusammen. »Unsere Konkurrenzkämpfe haben deine Unsicherheiten noch verstärkt, oder?«

»Nein, sie haben mich dazu angetrieben, besser zu werden.«

»Du warst schon immer der Beste, Julian, mit oder ohne Trophäen und Auszeichnungen.«

Er errötet.

»Es zählte zwar nie zu unseren Stärken, unsere Gefühle zum Ausdruck zu bringen, aber ich meine es ernst. Du bist der beste Sohn, Bruder, Patenonkel und Businessmann, den ich kenne.«

»Ja, ich finde als Pate bin ich um einiges besser als du.«

Als ich lache, huscht der Blick aus seinen dunklen Augen über mein Gesicht.

»Um Hilfe zu bitten, heißt nicht, dass du anderen zur Last fällst.« Ich trage etwas von der Creme auf seine gerötete Haut auf. »Hör auf, dir das einzureden.«

Sein Körper verspannt sich, bis ich mit dem Eincremen fertig bin.

»So.« Ich drücke leicht sein Handgelenk und trete einen Schritt zurück.

Er hält mich fest. »Danke.«

»Du kannst mir danken, indem du für das Spiel gleich deinen inneren Picasso zum Leben erweckst.«

Er lacht. »Abgemacht.«

* * *

Wie sich herausstellt, ist es viel angenehmer, *mit* Julian zu verlieren, als gegen ihn zu gewinnen.

Und ich kann es kaum erwarten, es nächste Woche wieder zu tun.

KAPITEL NEUNUNDDREISSIG
DAHLIA

»Lass uns fahren, ich habe eine Überraschung für dich.« Julian zieht an meiner Hand.

»Jetzt?« Ich schaue ins verlassene Wohnzimmer.

Josefina, Rafa und Nico sind vor zehn Minuten zum Kino aufgebrochen, während Lily und meine Mom versuchen, alle Reste des Thanksgiving-Essens im Kühlschrank zu verstauen.

»Ja.«

»Was denn für eine Überraschung?«

»Wenn ich dir das verraten würde, wäre es keine Überraschung mehr.« Er zieht mich zur Tür, doch bevor er sie öffnet, nimmt er meinen Wintermantel vom Haken und hilft mir hinein.

Es sind die kleinsten Gesten, die mein Herz zum Rasen bringen, zum Beispiel wenn er mir einen Schal umbindet oder mir, ohne dass ich ihn darum bitte, die Haare glatt streicht.

Er ist perfekt.

Was ihn nur noch gefährlicher macht. Je mehr er sich um mich kümmert, desto unsicherer werde ich mir, was unsere Vereinbarung betrifft.

Ich spähe erneut ins Wohnzimmer. »Aber meine Mom …«

»Hat vor, den restlichen Abend mit deiner Schwester eine Telenovela zu schauen.«

»Und das soll mich überzeugen mitzukommen.«

»Was ich vorhabe, ist besser als jede Telenovela. Ich schwöre es.«

»Das ist ein großes Versprechen.«

Sein Grinsen verrät mir, dass er vorhat, es zu halten.

* * *

»Das Thanksgiving-Dinner war … nett«, sage ich, als das erste Lied endet.

Julian dreht die Lautstärke runter. »Das fand ich auch, obwohl der Truthahn ein wenig trocken war.«

Ich schlage ihm auf die Schulter. »Hey! Du warst derjenige, der mir gesagt hat, ich solle ihn länger im Ofen lassen.«

»Aber nur, damit ich immer wieder dabei zusehen konnte, wie du dich bückst, um nach dem Essen zu sehen.«

Ich lache, bis meine Lunge schmerzt.

»Mir gefällt es, wenn du so lachst«, sagt er mit dieser leisen, schüchternen Stimme.

Wärme flutet meinen Körper und breitet sich bis in meine Zehen aus.

»Aber noch besser gefällt es mir, wenn ich weiß, dass ich der Grund dafür bin.«

Mit einem Mal ist es nicht nur Wärme, die sich in mir breitmacht, sondern ein Inferno, das jegliches Eis zum Schmelzen bringt, mit dem ich mein Herz schütze.

Ich richte den Blick starr aus dem Fenster. »Wenn du so was sagst …«

»Was meinst du mit so was?«, fragt er nach ein paar Momenten der Stille.

»Dann fühle ich Dinge, die ich nicht fühlen sollte.«

»Laut wem?« Seine Frage klingt scharf wie eine Klinge, die in meine Brust schneidet.

»Mir selbst.«

»Weil du Angst hast?«

»Weil ich mit zu vielen Dingen zu kämpfen habe.«

Er wendet seinen Blick nicht von der Straße ab, aber ich kann sehen, wie er den Kiefer anspannt. »Und du kannst den Kampf gewinnen.«

Ich schaue auf meinen Schoß. »Ich habe gerade erst wieder damit begonnen, mich wie ich selbst zu fühlen.« Nachdem ich es geschafft habe, mich aus dem mentalen Nebel zu befreien, möchte ich nicht wieder in das schwarze Loch zurückfallen.

Julian schweigt, was mich ermutigt weiterzureden.

»Ich habe alle nötigen Schritte unternommen, um wieder auf die Beine zu kommen. Therapie. Antidepressiva. Ich habe analysiert, wer ich nach der Trennung sein will, und habe der Person verziehen, die ich vorher war.«

Er festigt seinen Griff um das Lenkrad. »Und wie geht es dir jetzt?«

»Endlich bin ich glücklich.« Ich atme tief durch. »So unglaublich glücklich. Aber ich habe auch Angst, dass das Gefühl wieder verschwinden wird, und ich erneut in ein tiefes Loch falle.«

»Das könnte passieren. Es ist möglich, dass die Depressionen zurückkehren, denn das ist etwas, das du nicht kontrollieren kannst.«

»Ich weiß.« Ich spiele nervös mit meinen Händen.

Er streckt den Arm aus und verschränkt unsere Finger miteinander. »Aber das bedeutet nicht, dass du das Ganze noch mal allein durchstehen musst.« Er drückt sanft meine Hand.

»Ich habe Angst, mich auf andere Menschen verlassen zu müssen.«

»Du musst nur die *richtigen* Menschen finden, auf die du dich verlässt.«

Es dauert eine Minute, bis ich begriffen habe, was er damit meint. »Haben alle außer mir erkannt, dass meine Beziehung zum Scheitern verurteilt war?«

»Nein, obwohl ich mir wünsche, es wäre so gewesen.« Er lockert seinen Griff um meine Hand, aber ich halte seine weiter fest.

»Du hättest die Sache niemals durchschauen können.« Anderen etwas vorzumachen, ist eine Fähigkeit, die ich jahrelang perfektioniert habe. Ich habe stets dafür gesorgt, dass niemand hinter meine Maske blicken konnte, hinter der ich meine Ängste, Unsicherheiten und Beziehungsprobleme versteckt habe.

»Vielleicht, vielleicht auch nicht. Aber ich bereue es, dass ich mich nicht früher darum bemüht habe, wieder Kontakt mit dir aufzunehmen.«

Egal, wie lange ich in diesem Moment beruhigende tiefe Atemzüge nehmen würde, nichts könnte den Schmerz in meiner Brust lindern. »Wir müssen beide aufhören, an unseren Schuldgefühlen festzuhalten und nach vorn blicken.«

Er schweigt eine volle Minute. »Das ist ein guter Plan.«

»Meinst du …« Ich beiße mir von innen auf die Wange.

Julian wirft mir einen Seitenblick zu. »Meine ich was?«

»Dass wir Freunde bleiben können, selbst falls ich wieder zurück nach San Francisco ziehe?«

»Falls?« Er lässt seine Finger, mit denen er bis soeben noch auf das Lenkrad getippt hat, ruhen.

»*Wenn.*« Hastig spreche ich den nächsten Satz aus, ehe ich es mir anders überlegen kann. »Unsere Familien sind so glücklich, dass wir alle wieder vereint sind, und es wäre schade, wenn es erneut merkwürdig zwischen uns werden würde.«

»*Falls* oder *wenn* du zurückziehst, werde ich nicht zulassen, dass es wieder so wird wie vorher.«

Meine Gedanken rasen, während ich versuche, diese Aussage zu analysieren, doch Julian reißt mich aus meinen Grübeleien, indem er seinen Truck an der Kreuzung anhält, die aus dem Ort hinausführt. »Zieh die an.«

Ich schaue auf die Schlafmaske aus Seide, die er mir hinhält. »Ist es eine sexy Überraschung?«

»Nimm sie bloß nicht ab.« Sein brennender Blick ist das Letzte, was ich sehe, bevor er mir die Maske über die Augen schiebt.

Ich zittere, was Julian nicht zu entgehen scheint, denn er lacht leise.

Der Motor dröhnt, als er wieder anfährt. Erst nach zwanzig Minuten kommen wir erneut zum Stehen.

»Warte hier«, befiehlt er mir und steigt aus dem Wagen.

Ich habe keine Ahnung, welche Überraschung Julian geplant haben könnte, aber ich kann es kaum erwarten, es herauszufinden.

Er öffnet meine Tür und hilft mir raus.

»Kann ich die Augenmaske jetzt abnehmen?«

»Gib mir eine Minute.« Er packt mich am Ellbogen und führt mich ins Unbekannte. Es ist merkwürdig, dass ich ihm vor zwei Monaten nicht mal mit geöffneten Augen vertraut habe, und nun sogar bereit bin, ihm blind zu vertrauen.

Unter meinen Stiefeln knirscht Kies, als wir eine Anhöhe hinaufgehen. Angestrengt lausche ich, um Hinweise darauf zu finden, wo wir uns aufhalten könnten. »Wo sind wir?«

»Lake Aurora.«

»Warum?«

»Das wirst du gleich sehen.«

Ich weiß nicht, warum Julian mit mir hergefahren ist, aber ich werde immer gespannter. Lake Aurora wurde zehn Jahre nach Lake Wisteria gegründet und ist stark von der Architektur Londons inspiriert. Mit seinen bunten Gebäuden in unterschiedlichen Farben und meilenlangen Reihen von einzigartigen Stadthäusern ist der Ort der Traum jeder Designerin.

Nach zehn weiteren Schritten nimmt Julian mir endlich die Augenmaske ab.

Erst muss ich ein paarmal blinzeln, um meine Augen an die Lichtverhältnisse zu gewöhnen, doch dann sehe ich das riesige Anwesen vor uns. Das Haus im Stil von Queen Anne ist dem Gründerhaus ähnlich, obwohl dieses hier besser erhalten ist.

»Was tun wir hier?«

Er hält einen Schlüsselbund in die Höhe. »Du hast gesagt, dir sei langweilig.«

»Also hast du mir einfach ein Haus gekauft?«

»Ich hab mir überlegt, wir könnten es renovieren.«

»Zusammen?«

Das kurze Anspannen seiner Halsmuskeln verrät, wie nervös er ist.

»Ich dachte, du willst Häuser abreißen, um neue Wohngebiete zu bauen.«

»Das habe ich auch immer noch vor.«

»Oh.«

»Aber im Gegensatz zu unserem Ort gibt es in Lake Aurora viele freie Flächen, sodass ich dafür keine historischen Gebäude abreißen muss.«

»Der Plan gefällt mir immer besser.«

Im Mondlicht ist die schwache Röte zu erkennen, die ihm in die Wangen kriecht. »Willst du es dir ansehen?«

Der schüchterne Julian könnte meine Lieblingsversion von ihm werden, besonders wenn es um Überraschungen wie diese geht.

Ich schiebe meine Hand in seine und verschränke unsere Finger miteinander. »Lass uns reingehen.«

Der Geruch von frischem Putzmittel steigt mir in die Nase, als wir eintreten. Das Engegefühl in meiner Brust lässt sich nur noch schwer ignorieren, als mir bewusst wird, dass Julian jemanden engagiert haben muss, um das Haus für unsere Besichtigung vorzubereiten.

Ich sehe, dass er jede meiner Reaktionen studiert, während wir durch das edle Anwesen gehen.

Ein Zimmer voller leerer Regale, die darauf warten, mit Büchern und Dekoration gefüllt zu werden. Ein Wintergarten mit Ausblick auf den See und die Wälder. Die vielen Fenster, durch die das Mondlicht hereinfällt.

Mit jedem Zimmer verliebe ich mich mehr in das Haus. Es könnte zwar ein kleines Update in Sachen Einrichtung vertragen, aber die Aufteilung und die Aussicht auf den See sind kaum zu übertreffen.

»Ich dachte, du renovierst nicht gern Häuser.« Als ich mich zu ihm umdrehe, stelle ich fest, dass er mich immer noch ansieht.

»Das Gründerhaus und Geralds Geschichte haben dafür gesorgt, dass ich meine Meinung geändert habe.«

»Ach wirklich?«

Er schluckt so schwer, dass sein Adamsapfel hüpft. »Und du.«

»Ich?«

»Ja.«

»Wer hätte gedacht, dass ich so viel Einfluss auf dich habe?«

Er legt einen Arm um mich und zieht mich zu sich heran. »Gefällt es dir?«

»Ich *liebe* es.«

»Gut, denn ab jetzt trägst du die Verantwortung für das Haus.«

»Ich?«

Er zieht die Augenbrauen hoch. »Ich dachte, du hast dir eine Herausforderung gewünscht.«

»Das ist …« *Alles, wovon ich geträumt habe, und mehr.*

Ich blinzele mehrmals. »Welcher Zeitrahmen schwebt dir vor?«

»Ich hatte gedacht, ich könnte das Team nächste Woche für einen Rundgang bestellen.«

Meine Augenbrauen schießen in die Höhe. »So bald schon?«

Er wendet seinen Blick ab. »Ich will nicht, dass du dich hier langweilst.«

»Warum?«

Er lässt sich so viel Zeit mit der Antwort, dass ich fast schon mit keiner mehr rechne.

»Weil ich dir hundert verschiedene Gründe dafür geben will, hierzubleiben.«

Moment. Was?

»Julian«, sage ich flehend.

Er hält mein Kinn fest und sieht mich eindringlich an. »Ich muss es endlich loswerden.« Statt fünfmal tief durchzuatmen, nimmt er nur einen tiefen Atemzug.

Das ist ein Fortschritt.

»Als du Lily heute gesagt hast, wir seien nicht zusammen, war ich nicht wütend …«

Ich halte den Atem an.

Sein intensiver Blick fesselt mich. »Ich war enttäuscht, weil ich so gern richtig mit dir zusammen wäre.«

»Es war nicht meine Absicht, deine Gefühle zu verletzen«, erwidere ich hastig.

Er drückt seine Stirn an meine. »Das weiß ich. Wir hatten unsere Regeln, und ich habe sie gebrochen.«

»Was meinst du damit?«, stoße ich heiser aus und weiche ein Stück zurück.

»Ich habe mich in dich verliebt, Dahlia. Ich erwarte nicht, dass du meine Gefühle erwiderst nach allem, was du dieses Jahr durchgemacht hast, aber ich möchte, dass du endlich weißt, was ich für dich empfinde. Und ebenso sollst du wissen, dass ich es nicht mehr länger ertragen kann, die Sache locker anzugehen.«

Por Dios.

Seine Augen schimmern im Mondlicht. »Ich habe mir damals die

Chance entgehen lassen, eine ernsthafte Beziehung mit dir einzugehen, aber ich habe nicht vor, den gleichen Fehler noch einmal zu begehen. Das zwischen uns ist echt, und ich habe es satt, so zu tun, als wäre es anders.«

Mein Herz flattert wie ein Vogel, der nach zehn Jahren im Käfig und unzähligen sehnsüchtigen Gedanken und Was-wenn-Fragen endlich in die Freiheit entlassen wird.

Julian wartet nicht auf eine Antwort, sondern presst seine Lippen auf meine und lässt mich mit seinem leidenschaftlichen Kuss die Wahrheit seiner Worte spüren.

Jeder Kuss fühlt sich an wie ein Versprechen. Jede Berührung wie ein Schwur. Der Schwur, dass Julian mich lieben, wertschätzen und beschützen wird – ganz gleich, ob ich beschließe, ihm zu glauben oder nicht.

Ich spüre schon länger, dass sich in mir etwas verändert, und bin überwältigt von der Erkenntnis, dass es an Julian liegt.

Du hast dich auch in ihn verliebt.

Der Gedanke ist angsteinflößend, aber das hat die Wahrheit vermutlich nun einmal an sich.

Als würde Julian spüren, dass ich beginne zu grübeln, zieht er mich enger zu sich heran und beißt mir in die Unterlippe.

Ich tue es ihm gleich, woraufhin er scharf die Luft einzieht, was ein Prickeln bis zwischen meine Beine schießen lässt.

Er umfasst meinen Hintern und hebt mich hoch.

Ich schlinge meine Beine um seine Hüften, als er mich gegen die Wand drückt und mich gefangen hält, ohne den Kuss zu unterbrechen.

Ich lasse meine Hüften kreisen, womit ich Julian ein Stöhnen entlocke. Er gräbt mir seine Nägel in die Haut, als ich mich an seinem Schwanz reibe.

Ich bin mir nicht sicher, wie lange wir so weitermachen, aber als er sich von meinen Lippen löst, tut er es nur kurz, um seine Aufmerksamkeit sofort meinem Hals zu widmen.

»Ich kann nicht genug von dir bekommen.« Die Ehrfurcht in seiner Stimme bringt mein Herz zum Rasen. Er saugt fest genug an meiner Haut, um einen Bluterguss zu hinterlassen.

»Wir wollten uns doch nicht ineinander verlieben.« Ich ziehe ihn an den Haaren nach hinten.

Mist!

Bevor ich die Chance habe, meine Worte zu bereuen, lenkt mich Julian ab, indem er die Stelle hinter meinem Ohr küsst und mich zum Zittern bringt.

»Und was willst du dagegen unternehmen?«

»Ich weiß noch nicht genau. Frag mich noch mal, nachdem ich gekommen bin.«

Er grinst an meiner Haut. »Klingt nach einem guten Plan.«

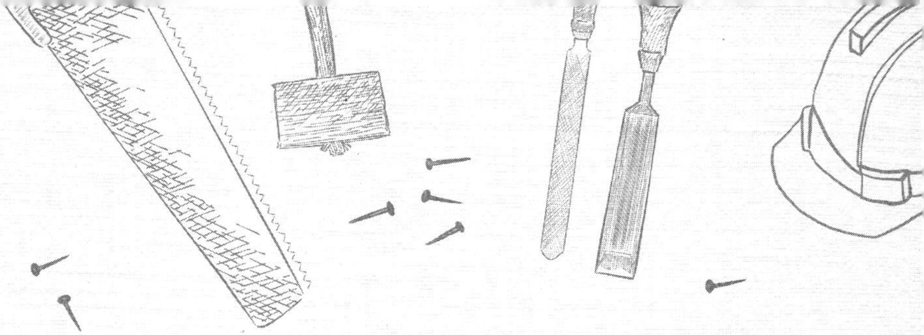

KAPITEL VIERZIG
JULIAN

Dahlia zu gestehen, dass ich mich in sie verliebt habe, gehörte eigentlich nicht zu meinem Plan für den heutigen Abend, aber ebenso wenig hatte ich vor, zuvor so ungehalten auf ihr Gespräch mit Lily zu reagieren. Als sie ihrer Schwester verkündet hat, wir seien nicht zusammen, hat es sich angefühlt, als würde sie mir einen Dolch in die Brust treiben, und nichts anderes hätte meinen Schmerz lindern können, als ihr zu offenbaren, wie ich fühle.

Ich will keine lockere Bettbeziehung, und ich habe es satt, etwas anderes vorzugeben.

Auch wenn ich mich davor gefürchtet habe, dass sie meine Gefühle nicht erwidert, fürchtete ich mich viel mehr davor, dass ich es bereuen könnte, ihr meine Gefühle nicht zu offenbaren.

Wenn es um Dahlia geht, kann ich es mir weder leisten, mich von meinem Stolz leiten zu lassen, noch meine Gefühle zu leugnen. Ich habe eine zweite Chance bekommen, sie für mich zu gewinnen, und ich weigere mich, sie verstreichen zu lassen – dafür bin ich viel zu starrsinnig.

Ich trage sie ins Wohnzimmer und unterbreche unseren Kuss kurz, um sie abzusetzen. Sie wankt auf ihren Füßen hin und her und streckt die Hand nach der Rückenlehne des Sofas aus.

Keine schlechte Idee.

Ich drehe sie um. »Beug dich vor.« Als ich ihren Rücken nach unten drücke, lässt sie sich bereitwillig auf die Polster sinken.

Ich hebe ihr Kleid an und entblöße ihren Hintern.

Bei jeder Berührung ihrer weichen Haut windet sie sich unter mir.

»Hast du das alles geplant?«

»Zumindest habe ich gehofft, dass es dazu kommen würde.« Ich schiebe mit meiner Schuhspitze ihre Füße auseinander. »Mach dich bereit.«

Mit zitternden Fingern lässt sie ihre Hand in ihren Slip gleiten.

Um mich davon abzuhalten, sie zu berühren, konzentriere ich mich darauf, ein Kondom aus meinem Portemonnaie zu holen und meinen Gürtel zu öffnen.

Das Geräusch der Schnalle lässt sie innehalten.

Ich gebe ihr einen Klaps auf den Hintern, womit ich einen roten Abdruck hinterlasse. »Hör nicht auf.« Langsam streiche ich mit einem Finger zwischen ihren Beinen entlang, was sie erschaudern lässt.

Nun schiebt sie ihren Slip ganz hinunter, sodass sich der Spitzenstoff zwischen ihren Knöcheln dehnt wie eine Fußfessel.

Ohne meinen Blick von ihr abzuwenden, öffne ich den Knopf meiner Jeans und ziehe sie zusammen mit meinen Boxershorts runter, um meinen Schwanz zu befreien. Die Spitze glänzt feucht, und als ich meinen Schaft umfasse, tritt ein weiterer Tropfen aus.

Fuck.

Dahlia lässt ihre Hand ruhen, nimmt die Bewegungen jedoch wieder auf, als ich sie dabei erwische, wie sie mich anstarrt.

»Gefällt dir, was du siehst?« Ich lasse meine Hand hoch und runter gleiten.

Sie schaut wie gebannt zu. »Komm ein bisschen näher, damit ich dich besser sehen kann.«

»Ich bleibe lieber hier und genieße den Ausblick noch ein bisschen länger.«

Sie beugt sich weiter vor, um mir eine bessere Sicht auf ihren Finger zu geben, den sie immer wieder durch ihre Spalte gleiten lässt.

Ich lasse meine Hand erneut an meinem Schwanz auf und ab gleiten, während Dahlia im gleichen Rhythmus einen Finger einführt.

»Ja, genau so«, presse ich hervor.

Sie passt sich meinem Tempo an, sodass unsere Bewegungen im Einklang sind – langsam und gleichmäßig.

»Noch einen«, fordere ich.

Sie beißt sich von innen auf die Wange, als sie einen zweiten Finger dazunimmt. Mein langsamer Rhythmus scheint sie zu frustrieren, und ich muss immer wieder über ihr leises verärgertes Schnaufen schmunzeln, wenn ich mein Tempo drossele.

»Julian. *Bitte.*«

Ich halte mitten in der Bewegung inne. »Stopp.«

Sie zieht die Augenbrauen zusammen.

»Zeig mir deine Finger.«

Sie hebt ihre Hand.

»Du bist so feucht.« Ich fahre mit der Zunge über meine Unterlippe. »Leck sie ab.«

Ich beuge mich runter, um an ihren Fingern zu saugen, und ihr süßes Seufzen sendet ein Prickeln direkt in meinen ohnehin schon stahlharten Schwanz.

Ich löse mich von ihr, um mir das Kondom überzuziehen und zwischen ihre Beine zu treten.

Sie zittert, als ich meine Spitze an ihrer Öffnung entlanggleiten lasse. Die quälend langsamen Bewegungen scheinen sie in den Wahnsinn zu treiben, denn sie zieht immer wieder scharf die Luft ein.

Als sie schließlich die Geduld verliert, krallt sie ihre Finger in die Polster und schiebt ihre Hüften so weit zurück, dass meine Spitze in sie eindringt.

»Wenn du willst, dass ich dich vögele, hättest du nur fragen müssen.« Ich packe sie hart an den Hüften.

»Lass uns keine Zeit mit höflichen Bitten verschwenden.« Sie schiebt sich mir weiter entgegen, und ich dringe tiefer ein.

»Verflucht.« Ich stoße so hart zu, dass Dahlia und die Couch beben.

Sie krallt ihre Nägel tiefer in die Kissen.

Sie ist genau dort, wo sie hingehört.

Das hat sie zwar noch nicht erkannt, doch das wird sich schon bald ändern. Ich weiß, dass sie insgeheim genauso für mich empfindet wie ich für sie, aber sie ist zu starrsinnig, um sich mir vollkommen zu öffnen. Dass sie sich gegen die Idee sträubt, offiziell mit mir zusammen zu sein, ist keine Überraschung, wenn man bedenkt, was damals zwischen uns vorgefallen ist … Aber ich werde mich nicht kampflos geschlagen geben.

Sie winselt, als ich mich ganz aus ihr zurückziehe. Funken schießen an meiner Wirbelsäule hinunter, als ich mit meinem Schwanz über ihre Öffnung gleite und ihre Erregung als Gleitmittel benutze. Jedes Mal, wenn sie ihre Hüften kreisen lässt, bin ich kurz davor nachzugeben und sie zu vögeln.

Es ist gemein von mir, sie immer wieder bis an den Rand des Orgasmus zu bringen, ohne ihr Erleichterung zu verschaffen, aber am Ende wird es sich lohnen. Das weiß ich ganz sicher.

»Fick mich! Bitte!«

»Meine drei Lieblingsworte.« Ich stoße wieder in sie hinein.

Es gibt zwar drei andere Worte, die ich noch viel lieber hören würde, aber für den Moment muss es reichen.

Wir beide stöhnen auf und halten kurz inne, doch ich sammele mich schneller als Dahlia und finde mein Tempo. Die Spannung zwischen uns wird intensiver, als ich ihren Orgasmus weiter hinauszögere, indem ich immer wieder den Rhythmus ändere. Sie bettelt und fleht mich an, sie kommen zu lassen, aber das werde ich erst tun, wenn auch ich bereit bin.

Ich schiebe meinen Arm unter ihren Körper und muss nur ein paarmal mit dem Finger ihre Klitoris streicheln, bevor sie sich um meinen Schwanz herum verengt. Nach ein paar weiteren Stößen komme ich mit einem Fluch. Meine gesamte Welt droht, unter der überwältigenden Empfindung schwarz zu werden, aber Dahlias träges Lächeln hält mich auf dem Boden.

Ich möchte nie wieder zulassen, dass ihr dieses glückliche Strahlen genommen wird. Sie ist wertvoller für mich als alles andere, und es ist nur eine Frage der Zeit, bis sie das begreift.

Und es ist meine Aufgabe, ihr bei dieser Erkenntnis zu helfen.

* * *

Nachdem wir unsere Kleidung und die Polster wieder gerichtet haben, ziehe ich Dahlia zur Couch vor dem Fenster mit Ausblick auf den See. Irgendwann werde ich sie nach Hause fahren müssen, aber jetzt, wo ich meine Arme um sie geschlungen habe, werde ich bestimmt nicht der Erste sein, der diesen Vorschlag macht.

»Ich kann nicht glauben, dass du ein Haus am See gekauft hast, weil mir langweilig war.« Dahlia legt ihren Kopf auf meine Schulter.

»Damit habe ich allen einen Gefallen getan. Jedes Mal, wenn du Langeweile hast, kommen Menschen zu Schaden oder werden verhaftet.«

»Rafa ist verhaftet worden, weil *du* ihn dazu überredet hast, einen Hydranten zu zerschlagen.«

»Das wäre aber nicht geschehen, wenn du uns nicht den Streich mit dem Stinktier gespielt hättest.«

Sie wirft sich das Haar über die Schulter. »Einer meiner besten, wie ich finde.«

»Ich habe jetzt schon Angst vor deinem nächsten.«

Ihr Lächeln ist verschlagen. »Die musst du nicht haben.«

»Ist es zu spät, um einen Waffenstillstand zu beschließen?« Ich ziehe ihren weißen Spitzenslip aus meiner Tasche und wedele damit in der Luft herum.

Sie lacht und reißt ihn mir aus der Hand. »Nach deiner Aktion auf dem Dachboden kann ich mich auf keinen Fall darauf einlassen.«

Ich lege seufzend den Kopf in den Nacken. »Ich wollte zumindest fragen.«

Sie zuckt mit den Schultern. »Irgendwann wirst du mir schon verzeihen.«

»Bist du dir sicher?«

»Aber ja. Schließlich bist du in mich verliebt.«

»Ich werde mein Geständnis noch bereuen, oder?«

»Niemals. Dein wertvolles kleines Herz ist bei mir in guten Händen.« Sie tippt mir auf die Brust.

Anstatt mich auf den leisen Anflug von Angst zu konzentrieren, der sich durch meinen Körper schlängelt, beschließe ich, ihr zu glauben.

KAPITEL EINUNDVIERZIG
DAHLIA

Nachdem Julian zu seinem alljährlichen Thanksgiving-Wochenende mit Rafa und Nico in seine Hütte in Lake Aurora aufgebrochen ist, bleibe ich allein zurück. Da ich Julian in letzter Zeit fast jeden Tag gesehen habe, spüre ich seine Abwesenheit schon am ersten Tag schmerzlich – eine schockierende Erkenntnis.

Meine Mom, Lily und ich schauen alle Folgen der aktuellen Staffel unserer Lieblings-Telenovela, was mich für ein oder zwei Tage ablenkt, jedoch nicht das Gefühl der Einsamkeit vertreiben kann, das mich seit Julians Abreise quält.

Weil er die Leere in mir gefüllt hat, wie es kein anderer zu tun vermag.

Was erschreckend ist nach allem, was ich im letzten Jahr durchgemacht habe.

Du wusstest, dass so etwas passieren könnte.

Nun, es zu wissen und es tatsächlich zu erleben, sind zwei vollkommen unterschiedliche Dinge.

Trotz meiner Angst davor, verletzt zu werden, wird es zunehmend schwieriger, meine Gefühle zu ignorieren, besonders weil ich weiß, wie er für mich empfindet.

Ich habe mich in dich verliebt.

Hunderte Male bin ich diesen Satz in Gedanken durchgegangen, doch das Kribbeln, das ich dabei spüre, scheint nicht abzuflauen.

Mein Herz hämmert mir gegen den Brustkorb, als Julian am Montag die Küche des Gründerhauses mit einer Papiertüte betritt, deren Aufschrift ich sofort erkenne.

Ich lege die Fliesenmuster ab und renne ihm entgegen, um mich zu vergewissern, dass ich richtig gelesen habe. »Das kann nicht sein!«, quieke ich, als er mir die Tüte von Aomi reicht. »Ich dachte, dort gibt es kein Take-away.«

»Das stimmt.«

»Wie hast du es dann geschafft?«

»Sie machen Ausnahmen.«

»Für einen bestimmten Preis?«

Als er nickt, lache ich und stelle die Tüte auf die Arbeitsplatte, um sie aufzureißen.

»Ich habe ein paar unterschiedliche Sorten bestellt, da ich nicht weiß, was du gern magst.«

»Soll das ein Witz sein? Ich würde alles essen, was sie mir vorsetzen.« Ich hole die erste Box hervor. »Wie ist das überhaupt möglich? Das Aomi ist in New York.«

Es ist das edelste und teuerste Sushi-Restaurant der USA; die meisten Gänge-Menüs kosten mehr als tausend Dollar pro Person, da die Meeresfrüchte frisch aus Japan importiert werden. Ich war bisher nur einmal für ein Dinner mit meinem Fernsehsender dort, bin aber wegen der hohen Preise nie wieder dorthin zurückgekehrt.

Julian weicht meinem Blick aus. »Ich habe jemanden damit beauftragt, das Essen abzuholen.«

»Und wie? Mit einem Privatjet?« Ich lache über diese verrückte Idee.

Seine Lippen pressen sich zu einer dünnen Linie zusammen.

Meine Augen werden groß. »O mein Gott. Sag mir, dass das nicht wahr ist.«

Sein Schweigen ist Antwort genug.

»Das ist furchtbar schlecht für die Umwelt.«

»Soll ich dir versprechen, es nie wieder zu tun?«

»Auf keinen Fall. Aber beim nächsten Mal fliegen wir zusammen hin, damit sich der CO2-Fußabdruck auch lohnt.«

Er schüttelt den Kopf. »Du überraschst mich immer wieder.«

»Und das liebst du an mir. Ich stelle dich immer wieder vor neue Herausforderungen.«

Er küsst mich auf die Stirn und tritt einen Schritt zurück. »Lass es dir schmecken.«

Meine Freude über das siebenhundert Dollar teure Sushi flaut ab, als Julian in Richtung Tür geht.

»Ich hab dich das ganze Wochenende nicht gesehen«, sage ich zu ihm.

Er dreht sich zu mir um. »Hast du mich vermisst?«

Ich beiße mir auf die Zunge.

»Das heißt wohl Ja.« Er grinst.

»Halt die Klappe.«

»Sag Bescheid, wenn du endlich zugeben kannst, dass du die vier Tage ohne mich unerträglich fandest.« Seine Augen funkeln, als er sich zum Gehen abwendet.

»Warte!«

Er bliebt stehen. »Ja?«

»Na schön. Ich habe dich vermisst. Sehr sogar.«

»Ich dich auch. Ich habe schon am zweiten Tag darüber nachgedacht, Nico und Rafa sitzen zu lassen.«

»Und das ist der Grund, warum ich als Patin besser bin als du.« Ich strecke ihm die Zunge raus.

Er bedenkt mich mit einem eisigen Blick. »Es war eher zu ihrer eigenen Sicherheit. Ich hätte Nico mit dem Stock, auf dem ich am Lagerfeuer Marshmallows gegrillt habe, versehentlich fast ein Auge ausgestochen, weil ich von unserem letzten gemeinsamen Abend geträumt habe.«

Meine Wangen röten sich.

Er deutet mit dem Kinn auf das Sushi. »Ich hoffe, es schmeckt so gut, wie du es in Erinnerung hast. Später schaue ich noch mal vorbei, wenn ich mit den Zierleisten im Wohnzimmer fertig bin.«

»Willst du nicht mitessen?« Nachdem ich ein ganzes Wochenende ohne ihn verbracht habe, brauche ich ein bisschen mehr als drei Minuten seiner Zeit.

»Ich hatte gehofft, du würdest fragen.« Er *zwinkert*, und meine gesamte Welt bleibt für eine Sekunde stehen, bevor ich mich wieder sammele.

»Die Renovierungsarbeiten laufen super.« Er steht auf der gegenüberliegenden Seite der Kücheninsel.

Ich schaue mich in der halb fertigen Küche um und betrachte die großen Eichenschränke, die Ryder und sein Team letzte Woche angebracht haben.

»Mir gefällt die Farbe der Kücheninsel.« Julian schaut die dunkelblaue Holzfarbe an. »Und dass sie an den Seiten geschlossen ist.«

»Was hältst du von den Hängelampen?« Ich deute mit dem Kopf zu den Lampenschirmen über der eierschalweißen Arbeitsplatte aus Quarz.

»Passt zu dem modernen viktorianischen Stil, den du im Sinn hast, obwohl mir die Vintage-Lampe über der Spüle am besten gefällt.«

»Mir auch. Ich habe sie bei Another Man's Treasure entdeckt und wusste, dass wir sie brauchen.«

Julian tritt einen Schritt zurück und betrachtet die Farbmuster. »Das hier ist mein Favorit.« Er deutet auf das Muster, das mir am wenigsten gefällt.

Offenbar verziehe ich unbewusst das Gesicht, denn er fragt: »Nein?«

»Zu dunkel, da wir einen Kontrast zur Kücheninsel brauchen.«

»Gutes Argument.«

Julian und ich verbringen den Rest unserer Mittagspause damit, über das Haus zu sprechen, während wir immer wieder Sushi aus der Box des anderen stibitzen. Im Gegensatz zu Oliver, dessen Standardreaktion auf meine Ideen immer nur »Ich vertraue dir, Baby« war, und der sich generell weitgehend aus meinen Design-Entscheidungen rausgehalten hat, scheint Julian nicht nur interessiert zu sein, sondern bringt auch seine Meinung ein. Wir sind tatsächlich ein Team geworden.

Einmal klaut er den Bissen, den ich mir gerade in den Mund schieben will, mit seinen Stäbchen und füttert mich damit. Eine Gänsehaut breitet sich auf meinem Körper aus, als mir bewusst wird, dass wir ein lockeres Mittagessen in unsere eigene Art von Vorspiel verwandelt haben.

Ich liebe die kleinen Gesten, mit denen er mir zeigt, dass ich ihm wichtig bin, zum Beispiel indem er mir den letzten Bissen von seinem Lieblings-Sushi gibt oder selbst nur einen Löffel vom Dessert nimmt, ehe er mir die Box hinüberschiebt, damit ich den Rest essen kann, obwohl ich weiß, dass er die gleiche Vorliebe für Süßes hat wie ich.

Um ihm für das Essen zu danken, hebe ich den Löffel und füttere ihn mit dem letzten Bissen des Desserts. Sein Blick verdunkelt sich, als er mich küsst und meinen Mund mit dem Geschmack von Pfirsich erfüllt.

Ich ziehe ihn näher zu mir heran, denn ich will ihn nicht gehen lassen.

»Oben arbeiten Leute.« Er schließt mich in seine Arme.

Ich kralle mich im Stoff seines Hemdes fest. »Wir können leise sein.«

»Du willst nur nicht, dass ich gehe.«

Damit hat er recht. Je mehr Zeit ich mit Julian verbringe, desto weniger Zeit will ich ohne ihn verbringen, und die Tatsache, dass ich derart abhängig von ihm bin, bereitet mir am meisten Angst.

Nachdem sich Julian die Mühe gemacht hat, mir vorhin Sushi von Aomi mitzubringen, habe ich mich fast schlecht gefühlt wegen des Streiches, den Lily und ich geplant haben.

Doch es bedurfte nur eines lachenden Bauarbeiters, dem mein Video gezeigt wurde, um mich wieder an meine Mission zu erinnern. Lily hat mir versichert, dass alles vorbereitet ist, also muss ich nur noch dafür sorgen, dass Julian zur richtigen Zeit am richtigen Ort ist, damit sich der Rest fügen wird.

Die Klappen des Zeltes schließen sich hinter mir, als ich eintrete. »Oh, gut. Du bist noch hier.«

Julian schaut von der Strebe auf, an der er gerade arbeitet. »Jepp. Warum?«

Ich gehe in der behelfsmäßigen Schreinerwerkstatt umher. Der Anzahl von fertigen Streben nach zu urteilen, die ordentlich neben ihm aufgestapelt sind, hat Julian kaum eine Pause gemacht, seitdem er heute Mittag hier eingetroffen ist.

»Ich wollte fragen, ob du heute Abend schon was vorhast.«

»Wir wissen beide, dass die Antwort Nein lautet.« Er reibt sich über die feuchte Stirn und verteilt dabei versehentlich Sägemehl auf seiner Haut.

Ich gehe zu ihm und wische es weg. »Willst du Feierabend machen? Ich hab Hunger.«

Er lässt sich in meine Berührung sinken. »Klar.«

»Ich habe mir gedacht, wir könnten auf dem Weg zu dir irgendwo etwas essen.«

Seine Augenbrauen schießen in die Höhe. »Und an was hast du gedacht?«

»Nichts *allzu* Schickes.«

»Da bin ich erleichtert, denn ich vermute, dass die edleren Restaurants des Ortes schon geschlossen haben.«

»Vielleicht ein andermal.« Ich zwinkere.

»Wie wäre es mit Early Bird?«

»Perfekt.«

Als Julian mir die Zeltklappe aufhält, zieht sich mein Magen vor Nervosität zusammen.

Es ist noch nicht zu spät, um alles abzublasen.

Entschlossen schüttele ich den Kopf. Auf keinen Fall werde ich mir nach seiner Dachbodenaktion die Gelegenheit entgehen lassen, ihm den ultimativen Streich zu spielen.

»Sollen wir mit beiden Wagen fahren oder nur mit einem?« Ich klimpere mit den Wimpern.

»Du könntest dein Auto bei dir zu Hause abstellen, und wir fahren mit meinem Truck zum Diner.«

»Klingt gut.«

Ich hole mein Handy hervor, um Lily zu schreiben.

Ich: *Alles verläuft nach Plan.*

* * *

Doch noch bevor wir bei den Autos ankommen, geht ein Anruf von meiner Agentin ein.

»Gib mir einen Moment«, sage ich zu Julian, bevor ich rangehe. »Hi, Jamie.«

»Dahlia! Wie geht es dir?«

»Gut. Und dir?«

»Super. Ich weiß, dass es spät ist, aber ich konnte nicht mehr bis morgen warten.«

Mein Herz beginnt zu rasen. »Was ist los?«

»Wir haben ein neues Angebot.«

»Wirklich?«

Julian scheint angestrengt zu lauschen, um zu verstehen, worum es geht.

Ich stelle den Lautsprecher an, damit er mithören kann. »Ein Angebot von wem?«

»Archer Media.«

»Du machst Witze.« Die Creswells haben sich immer über das größer werdende Netzwerk und die wachsenden Zuschauerzahlen des Konkurrenzunternehmens beschwert.

Julian holt sein Telefon heraus und tippt darauf herum, während ich die neuen Informationen verarbeite. Ehe ich einen Vertrag in den Händen halte, werde ich vermutlich nicht glauben, dass Archer Media tatsächlich mit mir zusammenarbeiten will, nachdem sich schon das letzte Angebot eines Senders zerschlagen hat.

Jamie lacht. »Sie sind gerade auf der Suche nach einem Konzept wie deinem.«

»Wow.«

»Und das Beste ist, dass sie das Doppelte dessen zahlen, was du vorher bekommen hast.«

Mir bleibt der Mund offen stehen.

»Ich kann sofort damit beginnen, alles für die Dreharbeiten in San Francisco zu besprechen und zu organisieren. Sie wollen offenbar so bald wie möglich anfangen.«

Julian kehrt mir den Rücken zu – entweder um mir mehr Privatsphäre zu verschaffen, oder um seine Enttäuschung zu verbergen.

Meine Freude verpufft mit jedem seiner Atemzüge, bei denen sich seine Schultern heben und senken, mehr.

»Wenn du Interesse hast, können wir ein Meeting mit ihnen planen und alles besprechen.«

Ich schüttele den Kopf, um meine Gedanken zu ordnen. »Ja. Natürlich habe ich Interesse.«

Warum klingst du dann alles andere als begeistert?

Vermutlich, weil ich mich während der Renovierung des Gründerhauses in den Mann verliebt habe, mit dem ich es gekauft habe.

Ziehst du ernsthaft in Erwägung, dir wegen Julian diese Chance entgehen zu lassen?

Ja? Nein? Vermutlich schon, selbst wenn es mir widerstrebt, mir das einzugestehen. So sehr ich es auch liebe, mit Familien zusammenarbeiten und ihnen dabei zu helfen, ihr Traumhaus zu gestalten, genieße ich es genauso sehr, mit Julian und seinem Team zu renovieren. Und es ist schön, wieder in Lake Wisteria bei meiner Familie zu sein.

San Francisco ist meine Heimat, seit ich begonnen habe in Stanford zu studieren, aber mein Herz hängt an Lake Wisteria … und an Julian.

Doch nachdem ich mich jahrelang nur um die Bedürfnisse einer anderen Person gekümmert habe, fürchte ich mich davor, noch einmal den gleichen Fehler zu begehen.

Jamie redet weiter. »Alles muss ziemlich schnell gehen, weil Archer schon nach Weihnachten damit beginnen will, potenzielle Teilnehmerinnen und Teilnehmer für die Show zu interviewen.«

»Wie bitte?« Ich schüttele den Kopf. »Das ist in einem Monat.«

»Ich weiß. Es ist ganz schön viel auf einmal, aber sie freuen sich so sehr auf die Zusammenarbeit mit dir.«

»Super.« Ich bemühe mich, enthusiastisch zu klingen.

»Sie wollen sich so schnell wie möglich mit dir treffen.«

»Ich bin recht flexibel, es könnte also schon nächste Woche klappen.«

»Perfekt. Meine Assistentin wird sich mit dir in Verbindung setzen, sobald ich einen Termin vereinbart habe.«

»Klingt nach einem guten Plan. Danke, Jamie.«

Als sie aufgelegt hat, wende ich mich Julian zu.

Er beeilt sich, eine fröhliche Miene aufzusetzen, aber ich spüre trotzdem die merkwürdige Anspannung zwischen uns.

»Julian.«

»Herzlichen Glückwunsch«, sagt er mit einem angestrengten Lächeln. »Ich wusste, dass es nur eine Frage der Zeit sein würde, bis du ein neues Angebot bekommst.«

O Gott. Er zieht sich innerlich bereits zurück. »Aber …«

Er bringt mich mit einem Kuss zum Schweigen, dem eine neue Art von Verzweiflung innewohnt und bei dem die Schmetterlinge in meinem Bauch zum Leben erwachen, sich jedoch gleichzeitig mein Herz zusammenzieht.

Mich überkommt eine Flut aus widersprüchlichen Emotionen. Glückseligkeit. Traurigkeit. Furcht und Unsicherheit.

Vielleicht habe ich mein Leben noch nicht wieder ganz im Griff, aber einer Sache bin ich mir vollkommen sicher: Lily hatte recht. Mein größtes Problem ist nicht, dass ich Julian nicht vertraue, sondern dass ich mir *selbst* nicht vertraue.

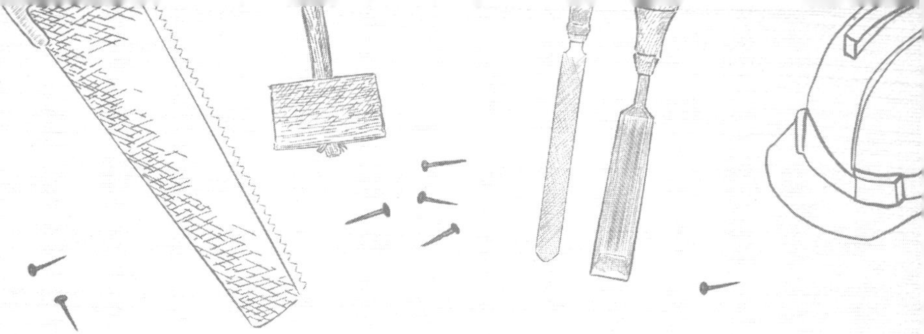

KAPITEL ZWEIUNDVIERZIG
JULIAN

Ich gebe mir Mühe, meine wahren Gefühle bezüglich Dahlias Angebot zu verbergen, als wir in meinem Truck in Richtung Ortszentrum fahren. Sie verdient meine Unterstützung, selbst wenn es mir noch so sehr missfällt, dass sie wieder fortgehen wird.

Ich stelle ihr all die richtigen Fragen und höre höflich zu, als sie mir antwortet, aber ihr Mangel an Begeisterung bereitet mir Sorgen. Ob es mir nicht gelungen ist, vorzutäuschen, dass ich kein Problem mit den Neuigkeiten habe?

Ruiniere ihr nicht diesen Moment, nur weil du ein Problem hast.

Das ist leichter gesagt als getan, besonders als sie mir die alles entscheidende Frage stellt, sobald ich auf dem halb leeren Parkplatz hinter dem Diner angehalten habe.

»Was wird aus uns?« Sie wirft mir einen prüfenden Seitenblick zu.

Ich beiße mir von innen auf die Wange.

Sag etwas.

So verlockend es auch sein mag, ich weiß, dass ich sie nicht zurückhalten darf. Sie hat so hart für Anerkennung gearbeitet, und das

Letzte, was sie braucht, ist, dass ich den heutigen Abend mit meiner eigenen Unsicherheit ruiniere.

Also öffne ich ihren Anschnallgurt und ziehe sie über die Bank zu mir.

Sie legt mir eine Hand an die Brust, um mich auf Abstand zu halten. »Was …«

Ich schneide ihr das Wort ab, indem ich sie küsse und sie auf meinen Schoß ziehe. Sofort erwidert sie meinen Kuss voller Leidenschaft.

Ich berühre ihren Körper hingebungsvoll mit meinem Mund, meiner Zunge, meinen Händen. Keine einzige Stelle in meiner Reichweite lasse ich unberührt.

Dahlia gräbt ihre Finger in meine Schultern und reibt sich an mir, bis die Vorderseite meiner Hose von ihrer Erregung durchnässt ist. Ich umfasse ihre Hüften und bewege sie vor und zurück, woraufhin sie scharf die Luft einzieht und an meinen Haaren zieht, während sie sich an meinen harten Schwanz drückt.

»Julian.« Sie neigt meinen Kopf zur Seite. »Wir müssen reden.«

»Können wir das anschließend tun? *Bitte.*« Ich lege sie rücklings auf die Bank.

Sie spreizt ihre Beine. »Okay, aber was, wenn uns jemand sieht?«

»Hier ist niemand.« Ich schiebe meine Füße in die Lücke zwischen dem Gaspedal und der Bank, bevor ich mein Gesicht zwischen ihren Beinen platziere.

Sie stützt sich auf die Ellbogen und sieht sich auf dem Parkplatz um. »Noch nicht.«

Ich versetze ihrer Pussy einen Schlag, bei dem sie die Luft einzieht. »Konzentrier dich auf mich, Baby.«

Dahlia will wissen, was aus uns werden soll, wenn sie das Angebot annimmt, und ich will ihr meine Intentionen verdeutlichen. Worte waren noch nie meine Stärke, also möchte ich es ihr auf diese Art zeigen.

Sie schaut mich erschrocken an, als ich den Saum ihres Rockes zu ihrem Bauch hochschiebe. Dann beuge ich mich vor und fahre mit der Nase an ihrem Slip entlang, wobei ich tief einatme, was ihre Augen noch größer werden lässt.

Als ich sanft an dem Stoff knabbere, lässt sie seufzend den Kopf zurückfallen. Langsam schiebe ich ihren Slip nach unten. Eine Gänsehaut bildet sich auf ihren Beinen, als ich mir mit schwieligen Händen einen Weg hinauf zu ihrer feuchten Mitte bahne.

Ihre Knie fallen zur Seite, als ich den Kopf zwischen ihre Schenkel senke und sie küsse.

Sie lässt ihre Finger in mein Haar gleiten. »Wir müssen uns beeilen.«

»Warum?«

Ohne zu antworten, zieht sie mich zwischen ihre Beine, und ich lasse mich schnell ablenken.

Ihr Stöhnen treibt mich fast in den Wahnsinn.

Als ich meine Zunge in sie hineinstoße, zuckt sie zusammen und zieht die Luft ein. Schnell ersetze ich meine Zunge durch meine Finger und lasse Zunge und Finger im Einklang arbeiten, bis sich Dahlia unter mir windet.

Jedes Mal, wenn sie sich ihrem Orgasmus nähert, ziehe ich mich zurück, um den Moment hinauszuzögern.

»Julian«, flüstert sie scharf.

Ich sauge an ihrer Klitoris und krümme meine Finger in ihr.

Sie schüttelt den Kopf. »Das ist zu viel für mich.«

»Du kannst es aushalten.« Ich reibe über den empfindsamen Punkt in ihrem Inneren, woraufhin sie scharf die Luft einzieht.

Sie umklammert meine Hand. »Bitte lass mich kommen.«

»Äußerst gute Manieren.« Ich presse meinen Daumen auf ihre Klitoris.

Ihre Oberschenkel kleben am Ledersitz, sowohl von ihrer Erregung als auch dem Schweiß auf ihrer Haut. Sie zittert, als ich wieder über den Punkt reibe, und explodiert um meine Finger herum.

Schnell setze ich mich auf und ziehe meine Hose weit genug herunter, um nach einem Kondom greifen zu können.

Dahlia bebt, während sie langsam wieder runterkommt, aber ich lasse sie nicht vollständig in die Realität zurückkehren, sondern ziehe sie schnell zurück auf meinen Schoß.

»Du weißt noch, dass ich den Wettbewerb auf dem Erntefest gewonnen habe, oder?«

Kurz wirkt sie ernüchtert. »Ja.«

»Du hast mir versprochen, ich kann mir den Siegerpreis aussuchen.«

»Hast du dich mittlerweile entschieden?« Sie klingt verwirrt.

Ich umfasse ihre Hüften fester. »Ja. Ich möchte, dass du mir eine Frage beantwortest.«

»Das war's?«

Ich nicke.

»Was willst du wissen?«

»Bist du in mich verliebt?«

Kein Zögern. Keine tiefen Atemzüge. Keine Sorge darüber, ob meine Frage ein Fehler war.

Sag mir, dass ich es mir nicht nur einbilde.

Gib mir irgendetwas, woran ich mich klammern kann, bevor ich die Hoffnung verliere, dass wir beide eine realistische Chance haben.

Zeig mir, dass wir alles überstehen können, auch eine Fernbeziehung und dein Problem damit, anderen zu vertrauen.

Mein beschleunigter Puls lässt das Blut so laut in meinen Ohren rauschen, dass ich die Antwort beinahe überhöre.

»Ja.«

Meine Gedanken rasen, und Wärme macht sich in meiner Brust breit, um sich einen brennenden Pfad von meinem Herzen bis in meine untere Körperhälfte zu bahnen.

Mit einem Zittern stemmt sie sich auf die Knie und lässt sich auf meinen Schwanz sinken, bis sie richtig sitzt. Meine Oberschenkel beben, und ich versuche, mich dagegen zu wehren, dass die überwältigende Empfindung mir jeden rationalen Gedanken raubt.

Dahlia gehört zu mir, und ich möchte keinen weiteren Tag verstreichen lassen, an dem sie das nicht weiß.

»Ich will es hören.« Ich grabe meine Nägel in ihre Haut.

»Ja, ich bin in dich verliebt, aber ich weiß nicht, wie ich jemals darüber hinwegkommen …«

Ich schneide ihr das Wort ab, indem ich sie hochhebe und abrupt wieder runterziehe. »Um den Rest kümmern wir uns später.«

»Aber …«

Ich wiederhole die gleiche Bewegung in einem anderen Winkel, was mir ein prickelndes Hochgefühl verschafft, als sie meine gesamte Länge in sich aufnimmt.

Dahlia hält sich an meinen Schultern fest und folgt dem Rhythmus, den ich vorgebe. Meine Erregung wächst, während sie zu meinem Stöhnen auf meinem Schwanz auf und ab gleitet.

Sie bewegt sich schneller, jagt verzweifelt ihrer Erleichterung hinterher. Auch ich bin kurz davor, doch will ich mich erst gehen lassen, nachdem sie gekommen ist.

Irgendwann übernehme ich die Kontrolle, halte sie an den Schultern fest und vollführe tiefe Stöße von unten. Eine Galaxie aus Sternen explodiert hinter meinen Lidern, als sie sich mit einem süßen Seufzen um meinen Schwanz herum verengt.

Der neue Winkel scheint sie so sehr zu erregen, dass sie schon nach ein paar weiteren Stößen mit einem Aufschrei explodiert. Ich höre nicht auf, mich zu bewegen, grabe meine Finger in ihre Schultern und halte sie fest, während mich ihre Pussy umklammert wie ein Schraubstock, der einzig dafür geschaffen wurde, um mich in den Wahnsinn zu treiben.

Sie beißt mir in die Schulter, um ihren Schrei zu unterdrücken, mit dem sie meinen Schwanz zum Zucken bringt. Als ich wieder zu meinem Rhythmus zurückfinde, kann ich kaum noch einen klaren Gedanken fassen.

Dahlia küsst meine Stirn. Meine Wangen. Meinen Hals und die Stelle knapp unter meinem Ohr, was mich zum Zittern bringt.

Der Sex mit ihr war schon immer unglaublich, aber das … Das ist einfach phänomenal.

Ich bin in dich verliebt. Ihre leisen Worte gehen mir immer wieder durch den Kopf.

Ich packe sie an den Hüften und komme intensiver als jemals zuvor. Jeder klare Gedanke ist mit einem Mal wie weggewischt, meine Sicht wird schwarz, und jeder Nerv in meinem Körper spielt verrückt.

Ich befürchte, dass ich nach diesem lebensverändernden Orgasmus nie wieder der Alte sein werde.

»Fuck.« Ich lasse meinen Kopf gegen die Sitzlehne fallen.

Dahlia umfasst sanft meine Wangen und küsst mich.

Ich brauche all meine Willenskraft, um mich von ihr zu lösen. »Zu dem, was wir vorhin besprochen haben …«

Ein lautes Klopfen gegen das Fenster lässt uns erschrocken die Augen aufreißen. Dahlia dreht sich um und stößt einen leisen Schrei aus, als sie Deputy Roberts entdeckt, der fünfunddreißigjährige, jedoch immer noch kindlich wirkende Polizist, der nun seine Taschenlampe auf uns richtet.

Mierda. Warum musste ausgerechnet er uns erwischen?

Aus der Nummer kommen wir nicht so leicht wieder raus.

»Ziehen Sie sich an und steigen Sie mit erhobenen Händen aus.« Er dreht sich um, um uns ein wenig Privatsphäre zu geben.

»Fuck.«

KAPITEL DREIUNDVIERZIG
DAHLIA

Da meine Glieder sich immer noch anfühlen wie Gummi, hebt mich Julian vorsichtig von seinem Schoß und setzt mich neben sich auf die Bank, ehe er sich um das benutzte Kondom kümmert.

Mein Herz rast bei dem Gedanken daran, dass der Deputy vor dem Truck steht. Er ist nicht der Typ, mit dem Lily und ich uns getroffen haben, um den Streich zu besprechen, was das flaue Gefühl in meinem Magen noch verstärkt.

»Was sollen wir tun?« Ich weiß nicht, wie es mir gelingt, überhaupt einen vollständigen Satz zu formulieren.

Julian schüttelt hilflos den Kopf. »Ich weiß es nicht.«

»Grandios.« Panik steigt in mir auf, und meine Atemzüge werden kürzer. »Ob er uns verhaften wird?«

Julians Gesicht wird von dem rot-blau flackernden Licht des Polizeiwagens erhellt. »Ich würde es ihm zutrauen.«

»Wie beruhigend.«

»Alles wird gut.«

»Gut?« Meine Stimme klingt schrill. »Wie soll irgendetwas an dieser Situation *gut* sein?« Ich klammere mich am Armaturenbrett fest, als mich ein Schwindelgefühl überkommt. »Er wird mich erkennen, und bald wird es in den Nachrichten erscheinen, und alle werden es wissen, und ich werde den Deal mit Archer verlieren – nur eine halbe Stunde, nachdem ich davon erfahren habe.«

Julian verschränkt unsere Finger miteinander und drückt meine Hand an seine Brust. »Atme.« Er macht es mir vor, und ich ahme ihn nach.

»Alles wird gut werden, weil du mich hast und ich nicht zulassen werde, dass dir irgendetwas Schlimmes zustößt«, beruhigt er mich zwischen zwei Atemzügen. »Nichts davon wird in die Nachrichten gelangen, und Archer wird nichts von diesem lächerlichen Missverständnis erfahren.«

Julians Gelassenheit vertreibt meine Panik ein Stück weit, und auch das tiefe Atmen beruhigt mich zunehmend. Er hilft mir dabei, mich anzuziehen, wofür ich dankbar bin, denn meine Hände zittern immer noch.

»Dahlia.« Er hebt mein Kinn an, doch ich weiche seinem Blick aus.

Er seufzt. »Das, was du vorhin gesagt hast …«

»Ich möchte nicht darüber reden.« Nicht jetzt und vielleicht sogar niemals.

Ich habe nicht vorgehabt, ihm meine Gefühle zu gestehen, denn schließlich verstehe ich sie selbst nicht richtig, aber Julian hat mir keine Wahl gelassen.

Und jetzt sieh dir an, in welches Schlamassel du geraten bist.

»Willst du etwa so tun, als hättest du nicht zugegeben, dass du in mich verliebt bist?«

»Das wäre typisch für mich, oder?«

»Das wäre riesengroßer Blödsinn.«

Ich zucke zusammen. Er greift erneut nach meiner zitternden Hand und drückt sie versöhnlich, auch wenn ich die Geste nicht wirklich verdient habe.

Und das ist der Grund, warum du deinen Koffer packen und nach San Francisco gehen wirst, bevor einer von euch verletzt wird.

Doch schon im nächsten Moment stelle ich meinen Plan infrage, denn mein Herz schmerzt bei dem Gedanken, dass ich Julian von mir wegstoßen werde, so wie er es vor vielen Jahren bei mir getan hat.

Er hat etwas Besseres verdient.

Ich zucke zusammen, als der Deputy mit seiner Taschenlampe an das Fenster klopft. »So unterhaltsam die Show auch ist, beeilen Sie sich bitte. Es ist kalt hier draußen, und ich verliere langsam die Geduld.«

Ich grabe die Nägel in meine Oberschenkel. »Gott. Ich hasse diesen Mann, obwohl ich ihn nicht mal kenne.«

»Betrachte es als Segen.«

Ich springe auf weichen Knien aus dem Wagen. Die kalte Dezemberluft lässt mich noch stärker zittern.

»Dahlia Muñoz?« Ein Deputy, den ich nicht kenne, ruft meinen Namen. »Ich bin überrascht, Sie hier zu sehen.«

»Äh, wo ist Ben?« Ich spähe in den Polizeiwagen, der neben Julians Truck steht, und halte Ausschau nach dem Mann, mit dem ich den Streich geplant habe.

Er wirft mir einen verwirrten Blick zu. »Als ich Ben zuletzt gesehen habe, hat er einen anderen Anruf angenommen.«

»Oh. Hat er vor herzukommen, um Sie zu unterstützen?« Vielleicht hat Lily in letzter Minute den Plan geändert, damit ich mich nicht versehentlich verrate. Es wäre ihr zuzutrauen.

Wie unverschämt von ihr.

»Ich glaube, mit einem Fall von Erregung öffentlichen Ärgernisses komme ich allein klar.«

Mein Magen zieht sich zusammen. »Erregung öffentlichen Ärgernisses?«

»Jemand hat angerufen und uns den Hinweis gegeben, dass zwei Leute Sex auf einem Parkplatz haben.«

Trotz der niedrigen Temperatur bricht mir der Schweiß aus.

Julian geht um das hintere Ende des Wagens herum, um sich neben mich zu stellen, jedoch ohne mich zu berühren. »Deputy Roberts.«

»Julian.« Der Deputy grinst hämisch. »Ich hab mir schon gedacht, dass du es bist, aber ich war mir im Dunkeln nicht sicher.«

Oh-oh.

Julians steife Haltung und die Tatsache, dass Deputy Roberts genüsslich seinen Taser herauszieht, lässt unschwer erkennen, dass zwischen ihnen in der Vergangenheit etwas vorgefallen ist.

Etwas sehr, *sehr* Schlimmes.

»Was können wir für dich tun?« Julian streift meinen kleinen Finger mit seinem.

Ich bin hier, vermittelt er mir stumm.

Die Geste verstärkt das Engegefühl in meiner Brust nur noch.

»Ich habe eine Beschwerde über euch erhalten.«

Julian reibt sich den Nacken. »Ich verstehe.«

»Du bist dir bewusst, dass Sex an öffentlichen Orten verboten ist?«

»Das ist mir bewusst, ja.«

»Julian!«, rufe ich. Regel Nummer eins bei Polizisten: Niemals die eigene Schuld zugeben.

Er erkennt seinen Fehler zu spät.

Deputy Roberts greift nach seinen Handschellen. »Dreh dich um, Lopez.«

»Wie bitte?«

»Ich warte schon lange auf diesen Moment.«

»*Was?*«

Julian gehorcht. »Du willst mich allen Ernstes verhaften?«

»Wenn du nicht bald die Klappe hältst, sorge ich sogar dafür, dass es zu einer Strafanzeige kommt.«

»Wie viel kostet es mich, damit du deine Meinung änderst?«, fragt Julian, ohne mit der Wimper zu zucken.

Ich mache eine unauffällige Geste mit der Hand in der Hoffnung, ihn auf mich aufmerksam zu machen. *Sei still! Sei still,* forme ich mit den Lippen.

»Sollen wir auch noch Bestechung auf die Liste deiner Verstöße setzen? Und jetzt dreh dich um und leg deine Hände hinter den Rücken.« Er macht eine auffordernde Bewegung mit den Handschellen.

»Das ist lächerlich«, entgegnet Julian.

»Tu, was er sagt«, wispere ich.

Er wirbelt herum und legt die Hände hinter seinen Rücken.

Deputy Roberts legt ihm schnell die Handschellen an, ehe er sich an mich wendet. »Und jetzt Sie.«

»Ich?« Meine Stimme klingt schrill.

»Mr. Lopez hatte schließlich nicht allein Sex, oder?«

Ich erröte vom Haaransatz bis zu den Zehen.

Er macht erneut eine Bewegung mit den Handschellen. »Drehen Sie sich um und legen Sie die Hände auf den Rücken, so wie Mr. Lopez es netterweise schon demonstriert hat.«

»Halt sie aus der Sache raus.« Julians warnender Tonfall lässt mir einen Schauer über den Rücken laufen.

»Ich soll mir eine Gelegenheit entgehen lassen, dich wütend zu machen? Auf keinen Fall.«

Ich schaue den Deputy mit großen Augen an. »Warum hassen Sie ihn so sehr?«

»Das können Sie ihn selbst fragen.« Er deutet mit den Handschellen in Julians Richtung.

Julian sieht Deputy Roberts fest in die Augen. »Meine Mom hat für mich ein paar Dates mit seiner Ex organisiert.«

Mit großer Schadenfreude legt mir Roberts die Handschellen an, während Julian aussieht, als würde er jeden Moment vor Wut platzen.

»Tut mir leid«, sagt er, sobald wir auf der Rückbank des Polizeiwagens sitzen.

Schweigend denke ich darüber nach, was in den letzten Minuten schiefgelaufen ist. Julian erkundigt sich während der Fahrt mehrmals, wie es mir geht, aber meine Angst hat mittlerweile die Oberhand gewonnen und mich fest im Griff.

* * *

In eine Zelle gesperrt zu werden, weil der Deputy eine Abneigung gegen Julian hat, wirkt sich nicht gerade positiv auf meine Stimmung aus. Das Hochgefühl, das ich im Truck empfunden habe, ist längst verflogen, und mittlerweile bin ich so unruhig und verärgert, dass ich in dem winzigen Raum auf und ab gehe.

Roberts hat unseren Verstoß nicht zur Anzeige gebracht, obwohl allein das Foto, das er von uns in der Zelle gemacht hat, belastend genug ist. Ich bete, dass es nicht ins Internet gelangt.

»Das ist gesetzeswidrig!«, rufe ich und lege meine Hände um die Gitterstäbe.

Julian nimmt auf der äußerst unbequem wirkenden Bank Platz. »Willkommen in Lake Wisteria.«

Ich umklammere die Stäbe fester und schüttele sie vergeblich. »Roberts! Haben wir nicht das Recht auf einen Anruf oder auf Kaution freizukommen?«

Niemand antwortet mir.

Arschloch.

Ich drücke meine Stirn gegen das kalte Metall. »Was soll das? Wird er uns hier drinnen verrotten lassen, nur weil er dich hasst?«

»Nein. Ich gebe ihm ein paar Stunden, ehe er unsere Mütter anruft, damit sie uns abholen.«

»Unsere Mütter?« Ich wirbele mit einem Ächzen zu ihm herum.

»Ich habe gehört, wie er einem der anderen Deputys davon erzählt hat, als du damit beschäftigt warst, Selbstgespräche zu führen.« Sein schüchternes Lächeln schwächt meine Angst nicht ab.

Ich fürchte, dass sich mein Make-up verflüssigen und an meinem Gesicht hinabrinnen könnte, weil mein Gesicht so heiß wird. »Meine Mom wird mich umbringen, wenn sie rausfindet, warum wir hier sind.«

»Dafür wird meine Mutter damit beginnen, unsere Hochzeit zu planen und den gesamten Ort einzuladen.«

Ich bete, dass ich diese Nacht überstehe, ohne enterbt oder erwürgt zu werden.

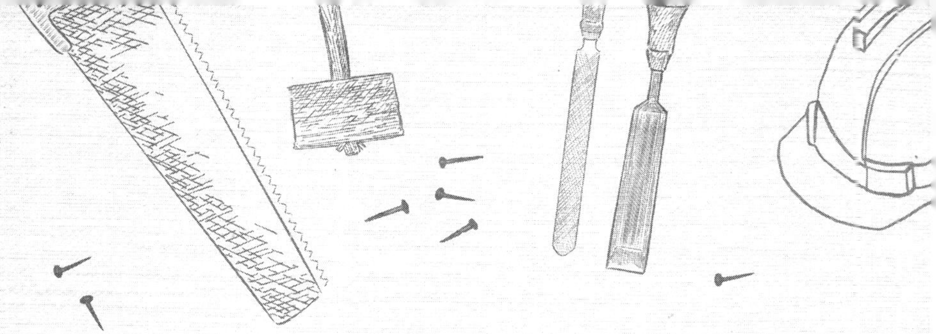

KAPITEL VIERUNDVIERZIG
JULIAN

Obwohl ich mir die größte Mühe gebe, Dahlia von unserer misslichen Lage abzulenken, stelle ich fest, dass sie immer wieder ins Grübeln gerät. Ich hasse es, zu sehen, dass sie sich Sorgen macht, aber solange wir in einer Gefängniszelle festsitzen, kann ich nicht viel dagegen unternehmen.

Ich weiß, dass sie ihr Geständnis, in mich verliebt zu sein, bereut. Genauso wie ich weiß, dass sie versuchen wird, Gegenargumente dafür zu finden, dass alles gut werden wird, bis sie entweder die Wahrheit akzeptiert oder ich aufgebe.

Mit Worten werde ich nicht weit kommen, also statt ihr etwas zu versprechen, was sie mir ohnehin nicht glauben wird, schweige ich und halte sie fest an mich gedrückt, bis Roberts wiederkommt.

Der Deputy lässt sich absichtlich viel Zeit, als er sich uns nähert, nur um vor der Tür stehen zu bleiben und sich Dahlia zuzuwenden. »Ben hat mir von dem Streich erzählt, den Sie geplant haben. Tut mir leid, dass ich ihn ruiniert habe.«

Dieser Typ klingt kein bisschen so, als würde es ihm leidtun.

»Was für ein Streich?«, frage ich sie.

Sie erhebt sich von der Bank und dehnt ihre Beine. »Ein blöder.«

Roberts lehnt sich gegen die Gitterstäbe. »Dahlia hat geplant, dich verhaften und mit Blaulicht vor dem Haus deiner Mutter absetzen zu lassen, sodass alle Nachbarn es mitbekommen.«

Auch wenn meine Mutter voller Begeisterung alles gefilmt hätte, wäre ich vor Scham gestorben.

Der Deputy zuckt mit den Schultern. »Zu schade, dass ich den Plan unserer Erdbeerkönigin ruiniert habe.«

Dahlias Wangen röten sich.

»Nenn sie nicht so«, versetze ich.

Er verzieht den Mund. »Hab ich einen wunden Punkt getroffen?«

Ich zwinge mich dazu, zu schweigen.

Dahlia starrt mich volle zehn Sekunden lang an, ohne zu blinzeln. »Erdbeerkönigin?«

Ich balle die Hände an meinen Seiten zu Fäusten.

Sie runzelt die Stirn. »Unter diesem Namen hast du mich in deinem Handy abgespeichert, oder?«

Roberts schließt die Tür mit einem genüsslichen Funkeln in den Augen auf. »Ihr seid frei, obwohl ich mir nicht sicher bin, ob ihr euch darüber auch noch freuen werdet, wenn ihr eure Mütter seht.«

»*Gracias por eso pendejo*«,* murmele ich leise.

Dahlia schlurft hinter mir her, als Roberts uns durch die Wache führt. Sie versucht, die Sache hinauszuzögern, indem sie erst fragt, wo die Toilette sei, und anschließend einen Becher Wasser trinkt, was Roberts' Vorfreude offenbar nur noch steigert.

»Viel Glück.« Er kehrt zu seinem Schreibtisch zurück, von wo aus er die Reaktion unserer Mütter beobachten kann.

---

* ***Gracias por eso pendejo:*** *Danke dafür, Arschloch.*

Dahlia schneidet eine Grimasse, als sie die Miene ihrer Mutter sieht, während wir uns den beiden nähern. »*Mami.*«

»Nicht hier«, wispert sie streng, bevor sie uns voran nach draußen marschiert.

Es ist immer noch dunkel, was bedeuten muss, dass wir nicht allzu viel Zeit in der Zelle verbracht haben können, obwohl es sich angefühlt hat, wie eine Ewigkeit.

Dahlia folgt ihrer Mutter mit hängenden Schultern, während meine Mom sich bei mir einhakt und einen Pfiff ausstößt.

»*¿En la camioneta de tu papá? ¿En serio?*«*

»*Ma.*«

»Das hätte ich dir nicht zugetraut.«

Ich stolpere über meine eigenen Füße.

Sie gibt mir lachend einen Klaps auf den Arm. »Schon okay. Der Truck hat über die Jahre eine Menge erlebt, also bin ich die Letzte, die dich verurteilen würde. Aber es ist gut, dass du die Sitze komplett erneuert hast.«

Ich erschaudere angesichts dieser Information.

Als wir draußen ankommen, steht Rosa mit erhobenen Armen da und flüstert zischend auf Dahlia ein, die den Blick beschämt auf ihre Stiefel gesenkt hält.

»Ich dachte, ich hätte dich gut erzogen.«

Dahlia zuckt zusammen.

»Von deiner Schwester würde ich so etwas erwarten, aber nicht von dir. *Nunca en mi vida.*«**

»*Perdón, Mami.*«

»Der gesamte Ort wird morgen davon wissen.«

---

* ***¿En la camioneta de tu papá? En serio?:*** *Im Truck deines Vaters? Ernsthaft?*

** ***Nunca en mi vida:*** *Nie im Leben.*

Dahlia sieht angesichts dieser Aussicht genauso wenig begeistert aus wie ich.

Rosa wedelt mit den Armen. »Was soll ich sagen, wenn Pfarrer Anthony fragt, was ich davon halte, dass meine Tochter wegen vorehelichem Sex in der Hölle landen wird?«

»Tu mir einen Gefallen und frag ihn, ob es dort das ganze Jahr über heiß ist, dann kann ich die richtigen Outfits einpacken.«

»Dahlia Isabella Muñoz! *No empieces conmigo.*«*

Meine Mom stößt mich an. »Lass uns Dahlia retten, bevor sie sich überlegt, aus Lake Wisteria zu flüchten.«

Dafür ist es nach dem Anruf ihrer Agentin ein bisschen zu spät.

»Rosa!« Meine Mom klatscht in die Hände. »Wir sollten die Sache nicht so eng sehen. Die beiden sind noch so jung. Sie wissen es nicht besser.«

»Jung? Als ich in Dahlias Alter war, hatte ich schon ein Kind.«

»Und du hast sie so fantastisch erzogen – abgesehen von dem kleinen Zwischenfall im Truck.« Meine Mutter legt ihrer alten Freundin einen Arm um die Schulter und schiebt sie in Richtung Auto. Ich wette, sie wird es innerhalb von zwei Minuten geschafft haben, Rosa zu beruhigen.

Ich lege meinen Arm um Dahlias Taille und führe sie zum Bürgersteig statt zum Auto ihrer Mutter. »Was hältst du davon, wenn wir nicht mit ihnen nach Hause fahren, sondern zurück zu meinem Truck gehen?«

Ihr Blick geht mehrmals zwischen dem Auto ihrer Mutter und mir hin und her, während sie auf der Innenseite ihrer Wange kaut. »Okay.«

Dahlia schweigt, als wir zu Fuß zum Diner gehen.

Ich halte es nur eine Minute aus, ehe ich die Stille durchbreche. »Hat deine Mutter wirklich geglaubt, du würdest bis zur Ehe warten?«

---

* *No empieces conmigo: Komm mir nicht so.*

»Falls ja – und ich bin mir fast sicher, dass das der Fall ist –, habe ich ihr diese Illusion heute geraubt.«

Ich verziehe das Gesicht. »Sie wird mich hassen.«

»Vermutlich. Du bist der Mann, wegen dem ihre jungfräuliche Tochter jetzt nicht mehr in den Himmel kommen wird.«

»Ich bin mir ziemlich sicher, dass du dir schon vor Jahren dein Ticket in die Hölle gesichert hast, aber gut, ich nehme die Schuld gern auf mich.«

»Das ist so peinlich«, ächzt sie. »Was werden die Leute nur denken?«

»Vermutlich nicht viel.«

Sie hält mitten im Schritt inne.

»Wir wurden beim Sex auf einem Parkplatz erwischt. Es ist nicht gerade der Skandal des Jahres.« Ich lege ihr meine Hand auf den Rücken und schiebe sie sanft vorwärts.

»Niemand weiß, dass wir zusammen sind.«

»Ab jetzt vermutlich schon.«

»Julian«, sagt sie verzweifelt. Dann schlingt sie schützend die Arme um ihren Körper. »Das zwischen uns wird nicht funktionieren.«

»Wegen der Entfernung oder deiner Vertrauensprobleme?« Die Frage rutscht mir heraus, bevor ich es mir anders überlegen kann.

Dahlia gerät aus dem Tritt und hält die Luft an.

Ich reibe mir fluchend das Gesicht. »Wir werden uns etwas überlegen.«

Für den Rest des Weges sagt keiner von uns beiden etwas, sodass ich Zeit habe, über unsere Lage nachzudenken.

Auch wenn ich um das Risiko wusste, dass Dahlia sich vor mir verschließen würde, wenn ich ihr meine Gefühle gestehen würde, bin ich dennoch enttäuscht darüber, dass sie uns so schnell aufgibt, nur weil es ein paar logistische Probleme gibt.

Ich bin nicht mehr der Mann, den sie von früher kennt, denn

ich habe mich verändert, und wenn ich dafür kämpfen muss, dass Dahlia mir glaubt, bin ich bereit, es zu tun.

Zu dem Zeitpunkt, zu dem wir auf dem Parkplatz des Diners ankommen, hat sich bereits ein Plan in meinem Kopf festgesetzt.

»Hast du Hunger?« Ich schließe den Truck auf und öffne die Beifahrertür.

»Nein.« Vor ihrem Mund bildet sich ein Wölkchen, als sie lange ausatmet.

Ich umfasse Dahlias Hüften und hebe sie in den Wagen, ehe sie die Chance hat, selbst einzusteigen.

Nachdem ich den Motor angelassen habe, schalte ich die Heizung ein. »Du solltest etwas essen.«

Dahlia rümpft die Nase. »Jepp.«

Sie zieht sich tatsächlich von mir zurück.

»Das ist also dein Plan?« Meine Frage klingt vorwurfsvoll.

Sie zieht ihre Augenbrauen zusammen. »Was?«

»Du verschließt dich vor mir, weil du dich deinen Gefühlen nicht stellen willst?«

»Ich … ich weiß nicht.«

»Ich glaube, das weißt du sehr wohl.«

Ihre Nasenflügel blähen sich. »Wenn du alles weißt, warum erzählst *du* mir dann nicht, was ich denke?«

»Ich muss keine Gedanken lesen können, um zu erkennen, dass du dich fürchtest.«

»Ja, ich habe verdammt noch mal Angst, Julian.«

Ich lege meine Stirn in Falten.

»Ich wollte mich nicht in dich verlieben.«

Mein Atem klingt genauso abgehackt wie ihrer.

»Ich will mich nie wieder verlieben. Beim letzten Mal bin ich nämlich fast daran zerbrochen, und ich bin mir nicht sicher, ob ich diese Art von Schmerz noch einmal ertragen könnte.« Ihre Stimme bricht am Ende des Satzes. »Du verdienst jemanden, der dir vertraut, und ich bin mir nicht sicher, ob ich das kann, wenn ich nicht mal mir selbst vertraue.«

Das Stechen in meiner Brust wird schmerzhafter.

»Ich kann den Schmerz, den du erleben musstest, nicht ungeschehen machen, auch wenn ich mir das wünschen würde, aber ich kann dir versprechen, dass ich dich niemals so verletzen werde, wie er es getan hat.«

»Dafür ist es ein bisschen zu spät.« Sie kann mir nicht länger als eine Sekunde in die Augen sehen.

»Dahlia.« Ich umfasse ihr Kinn. »Ich werde nicht aufgeben, nur weil du das von mir erwartest.«

»Weil du auf Herausforderungen stehst?«

»Weil ich so sehr auf *dich* stehe, dass ich weiß, es wird sich lohnen, um dich zu kämpfen.«

Sie starrt zum Fenster hinaus. »Im Januar werde ich zurück nach San Francisco ziehen, weil die Dreharbeiten für meine neue Show beginnen.«

Das ist mir bewusst, nachdem ich die letzten Stunden in Polizeigewahrsam Zeit hatte, darüber nachzugrübeln.

Aber was willst du diesbezüglich unternehmen?

Noch vor wenigen Monaten war ich der festen Überzeugung, dass ich den Rest meines Lebens in Lake Wisteria verbringen würde, und jetzt setze ich alles für die Frau aufs Spiel, die neben mir steht. Denn wenn Dahlia zurück nach San Francisco ziehen will, habe ich vor, sie zu begleiten, und keine Kontra-Liste dieser Welt kann mich davon abhalten.

Ich greife nach ihrer zur Faust geballten Hand. »Wenn wir meiner Mom von unserem Umzug erzählen, tu mir einen Gefallen und sag ihr, dass du in mich verliebt bist. Das wird sie besänftigen.«

Ihr umwölkter Blick macht etwas mit meinem Herzen. »Du kannst doch nicht ernsthaft darüber nachdenken, umzuziehen.«

»Doch.«

»Aber was ist mit deinem Unternehmen?«

»Ich habe festgestellt, dass ich mit dir lieber *ein* Haus baue als tausend Häuser allein.«

Sie wendet sich schniefend ab.

Ich umfasse ihr Kinn und drehe ihren Kopf in meine Richtung. »Welchen Teil von ›Ich bin in dich verliebt‹ hast du nicht verstanden?«

»Den Teil, in dem du dein gesamtes Leben für mich aufgeben willst.«

»Ein Leben ohne dich hat diese Bezeichnung ohnehin nicht verdient, also gebe ich nichts auf, indem ich nach San Francisco ziehe.«

»Nein, aber mit mir zusammen zu sein, würde bedeuten, dass du deine Chance auf eigene Kinder aufgeben müsstest.« Sie starrt auf ihren Schoß, als lägen darin Antworten auf die Rätsel der Welt verborgen.

»Ist es das, worum es wirklich geht?«

Ihre Miene bleibt starr, aber die Ader an ihrem Hals pulsiert.

Warum hast du vorher noch nicht daran gedacht?

»Du glaubst, ich würde es bereuen, mit dir zusammengekommen zu sein, weil du keine leiblichen Kinder haben kannst?«

»Ich *weiß*, dass es so kommen wird, denn es ist mir schon einmal passiert.«

»Ich habe dir doch schon gesagt, dass ich keine Kinder auf diese Art haben will.«

Sie schüttelt den Kopf. »Diesen Spruch habe ich schon mal gehört.«

Ich könnte auf hundert verschiedene Arten zum Ausdruck bringen, dass sie mir wichtig genug ist, um mich für sie zu entscheiden, aber ich muss einen Weg finden, es ihr zu *zeigen*.

Pro: Sie könnte meine Liste romantisch finden.

Kontra: Vielleicht will sie mich ohnehin nicht mehr, nachdem ich ihr eines meiner größten Geheimnisse offenbart habe.

Hör auf zu grübeln und zeig es ihr.

Ich hole mein Handy hervor und öffne die Notizen. »Hier.«

Sie nimmt mir das Telefon ab und liest die ersten paar Zeilen. »Du hast eine Pro-und-Kontra-Liste über mich angelegt?«

Ich nicke.

»*Pro: Sie ist schlecht im Schach.* Ernsthaft?« Sie verzieht den Mund.

»Es ist nicht meine Schuld, dass du jede Partie mit dem Damenbauernspiel eröffnest. Lass dir ab und zu mal etwas anderes einfallen.«

Sie betrachtet wieder die Liste. »*Pro: Ich mag sie so sehr, dass ich bereit bin, auch nach Stanford zu gehen.*« Ein paar Sekunden lang schaut sie mich an, ohne zu blinzeln. »Du hast dich wegen mir für Stanford entschieden?«

»Ja. Du mochtest Kalifornien, und ich mochte dich, also hat es in meinen Augen Sinn ergeben.«

Sie schüttelt ungläubig den Kopf. »Wie lange führst du diese Liste schon?«

»Seit du beim Wettbewerb um den Erdbeerköniginnen-Titel angetreten bist.«

Sie blinzelt. »Das war vor mehr als zehn Jahren.«

»Ich weiß.«

»Aber warum?«

»Ich treffe gern überlegte Entscheidungen.«

Sie scrollt durch die Liste und murmelt dabei irgendetwas vor sich hin. »Hier sind Dinge aufgelistet, die ich nicht mehr tue.«

Ich weiß. Leider habe ich meine Vorliebe dafür, Erinnerungen aufzuheben, von meiner Mutter geerbt und konnte sie nie ablegen. Das ist der Grund, warum ich es nicht übers Herz gebracht habe, die Liste zu löschen, ganz egal, wie oft ich es mir vorgenommen habe.

Nach ein paar weiteren Minuten erreicht sie das Ende der Liste. »Hier steht nur eine negative Sache.«

Kontra: Vielleicht wird sie meine Gefühle niemals erwidern.

»Nach und nach sind deine Kontra-Punkte auf die Pro-Seite gerutscht.«

Ihr Lachen klingt fast wie ein Schluchzen. »Das ist lächerlich.«

»Nein, Dahlia, das ist Liebe.«

»Du hast einer lockeren Affäre ohne Verpflichtungen zugestimmt in dem Wissen, dass ich deine Gefühle vielleicht niemals erwidern würde?« Sie schaut mich ungläubig an.

»Ja.«

»Warum?«

»Manche Menschen sind das Risiko wert.«

Ihre Unterlippe bebt.

»Mein Leben ohne dich war eine Reihe von Pro- und Kontra-Punkten. Risiken und Belohnungen. Schwarz und weiß mit ein paar Graunuancen. Aber als du zurückgekommen bist, war es, als wäre meine Welt nach zehn Jahren Dunkelheit plötzlich wieder bunt geworden. Und das will ich nicht mehr aufgeben. Nicht jetzt. Und auch nicht irgendwann.«

Tränen sammeln sich in ihren Augen.

»Vielleicht glaubst du mir nicht, aber ich werde nicht aufgeben, ehe du es tust. Also versuch ruhig, dich vor mir zu verschließen, aber du weißt längst, dass ich vor nichts Halt machen werde, um dir meine Gefühle zu beweisen.«

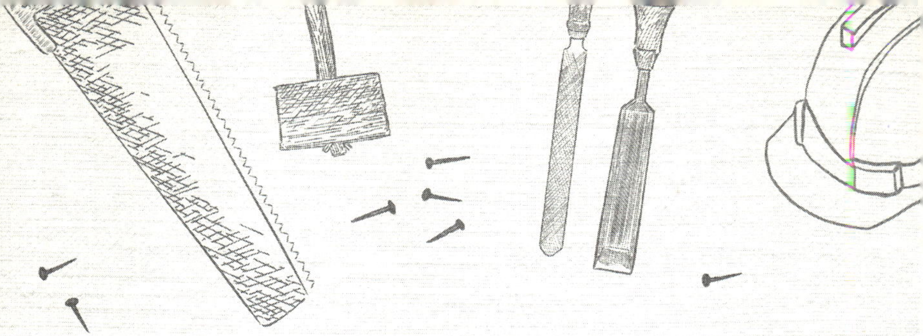

KAPITEL FÜNFUNDVIERZIG
JULIAN

Die Fahrt zu Dahlia verläuft schweigsam. Sie starrt die meiste Zeit über aus dem Fenster, während ich mich auf die Straße fokussiere. Trotz meines Dranges, sie zu fragen, wie es ihr geht, halte ich mich zurück, denn ich möchte sie nicht unter Druck setzen.

Erst als ich vor ihrem Haus vorfahre, überrascht sie mich, indem sie spricht. »Es tut mir leid.«

Ich blinzele schnell. »Was tut dir …«

»Ich weiß, dass du ein guter Mensch bist – wahrscheinlich sogar der beste Mann, den ich je kennengelernt habe –, auch wenn du mich manchmal in den Wahnsinn treibst.« Sie dreht einen ihrer Ringe. »Deine Liste. Gott. Ich kann nicht glauben, dass du seit mehr als zehn Jahren daran arbeitest.«

»Zwölf Jahre, aber wir wollen es mal nicht zu genau nehmen.«

Ihr Kinn bebt. »Wenn meine Lebenssituation anders wäre, könnten wir vielleicht …«

»Stopp.«

»Aber …«

»Nein. Ich will nicht die Ausrede hören, die du dir während der Fahrt zurechtgelegt hast, was immer es auch sein mag.«

Sie verspannt sich sichtlich. »Du kannst das Offensichtliche nicht ignorieren.«

»Dann sind wir uns einig.«

Sie wendet den Blick ab.

»Was brauchst du?«, frage ich.

»Zeit? Etwas zu essen und einen erholsamen Schlaf? Ehrlich gesagt kann ich vor Erschöpfung im Moment nicht klar denken, ganz zu schweigen davon, etwas so Wichtiges besprechen.«

»Okay.« Das kann ich ihr geben. Einen Tag kann ich sie zumindest gewähren lassen.

Sie lässt die Schultern mit einem schweren Seufzen sinken.

Ich nehme ihre Hand und küsse sie. »Alles wird gut.«

»Das sagst du immer wieder.«

»Und ich werde nicht damit aufhören, bis du mir glaubst.«

Sie wirft mir einen letzten Blick zu, bevor sie aus meinem Truck springt und sich in Richtung Haustür entfernt.

Als ich an meinem Haus ankomme, erinnere ich mich nicht mehr an die Fahrt, denn ich war die ganze Zeit vollkommen in Gedanken vertieft.

Ich werde von einer deprimierenden Stille begrüßt, und mache mich direkt auf den Weg in die Küche, um Essen aufzuwärmen. Nach ein paar Bissen vibriert mein Handy auf der Marmorinsel. Es ist eine neue Nachricht von Lily im Muñoz-Lopez-Gruppenchat.

Lily: *Von Turteltauben zu Häftlingen innerhalb von einer Woche.*

Dazu sendet sie ein Bild von Dahlia und mir in der Zelle.

Rosa schickt einen Link mit den Beichtzeiten von Pfarrer Anthony, während meine Mutter ein Emoji mit Herzaugen sendet.

Ma: *Wie Bonnie und Clyde.*

Rafa: *Die sind beide erschossen worden.*

Ma: *Aber zumindest gemeinsam.*

Rafa: *Erinnert mich daran, dass ich mich niemals verlieben soll.*

Ich schreibe in den Gruppenchat, dass alle das Foto löschen sollen, bevor ich mich wieder auf den Weg zur Wache mache, um Roberts einen zweiten Besuch in dieser Nacht abzustatten.

»Schon wieder da?« Roberts lehnt am Empfangstresen.

»Wie vielen Leuten hast du das Foto geschickt?«

»Nur Lily.«

»Lösch es von deinem Telefon.«

»Das werde ich, wenn der Reporter sich mit einem Preisvorschlag für das Bild bei mir gemeldet hat.«

»Wie viel verlangst du dafür?«, versetze ich unwirsch.

»Zehntausend.«

Ich reiße einen Klebezettel vom Block auf dem Tresen und schiebe ihn zu ihm hinüber. »Gib mir deine Nummer, dann überweise ich dir das Geld noch in dieser Stunde.«

Seine Augenbrauen schießen in die Höhe. »Du willst nicht mal verhandeln?«

Ich tippe auf den Zettel. »Deine Nummer.«

»Sagen wir zwölftausend.«

»Ich überweise dir nur siebentausend, wenn du nicht aufhörst zu reden.«

Sein Lächeln gerät ins Wanken, und er kritzelt eilig seine Nummer auf den Zettel, um ihn mir zu geben.

Ich schiebe ihn in die Innentasche meines Mantels. »Lösch es.«

»Jetzt?«

Ich tippe mit meinem Schuh auf den Boden.

Roberts seufzt, zieht sein Handy hervor und zeigt mir, wie er das Bild löscht.

Sobald er fertig ist, verlasse ich die Wache, schreibe Dahlia, dass sie sich keine Sorgen mehr um das Foto machen muss, und fahre zurück zu meinem Haus. Als ich ankomme, hat Dahlia immer noch nichts im Gruppenchat geschrieben, was untypisch für sie ist.

Mein Abendessen liegt mir im Magen wie ein Stein, während ich dusche und mich ins Bett liege.

Du wirst einen Weg finden, beruhige ich mich in der Dunkelheit.

Ich muss nur herausfinden, wie.

* * *

Dahlia verbringt den Großteil des nächsten Morgens damit, sich in ihrem Büro zu verstecken, sodass ich sie erst sehe, als sie zu einem Team-Meeting erscheint, das bereits seit einer Woche geplant ist.

Eigentlich hatte ich vor, meine Angelegenheiten mit meinem Team privat zu besprechen, aber die Tatsache, dass Dahlia mir nicht vertraut und versucht, mir aus dem Weg zu gehen, stellt eine einzigartige Herausforderung für mich dar, der ich mich stellen muss.

Dahlia zu zeigen, dass ich vorhabe, bei ihr zu bleiben, verlangt weitaus mehr, als ihr zu versprechen, dass ich nach San Francisco ziehen werde. Ich muss ein paar notwendige Veränderungen in meinem Leben vornehmen, beginnend bei einer Sache, die ich seit Jahren vor mir herschiebe.

Dahlia hat sich schon vor zwanzig Minuten aus dem Gespräch

ausgeklinkt, seit Ryder, Mario und ich begonnen haben, über die logistischen Probleme in Bezug auf die Neugestaltung von Lake Aurora zu diskutieren. Sie vertreibt sich die Zeit damit, Skizzen für ihre neue Design-Kollektion anzufertigen, und ich stelle fest, dass ich mich immer wieder von ihrem Talent ablenken lasse.

»Ist alles in Ordnung hier?«, fragt Mario.

»Ja.« Ich schaue Ryder an. »Kannst du noch hierbleiben, wenn Mario gegangen ist?«

Er nickt.

Dahlia nimmt eine letzte Änderung an ihrer Zeichnung vor, bevor sie sich das Tablet unter den Arm klemmt und sich von ihrem Stuhl erhebt.

»Ich möchte, dass du auch bleibst«, sage ich zu Dahlia.

Sie schaut mich verwirrt an, nimmt jedoch wieder ihren Platz ein.

»Bis nächste Woche.« Mario nickt uns zu, bevor er den Konferenzraum verlässt.

»Was ist los?«, fragt Ryder.

Ich setze mich hin. »Ich habe nachgedacht …«

Dahlias Stuhl knarrt, als sie ihre Ellbogen auf den Tisch stützt und sich vorbeugt.

Mein Projektmanager steckt sich einen Bleistift hinter sein Ohr. »Worüber?«

Ich räuspere mich. »Ich brauche Hilfe.«

Dahlias Augen weiten sich.

»Was immer du brauchst, ich unterstütze dich.« Er zögert nicht, was mich überrascht.

»Du weißt doch noch gar nicht, was ich dich fragen möchte.«

»Das spielt keine Rolle, denn du hast eine Menge für mich getan.«

Ich blinzele. Dahlia scheint ebenso überrascht zu sein, denn ihr Blick springt zwischen uns hin und her.

»Bevor du mich eingestellt hast, habe ich damit zu kämpfen gehabt, in mein altes Leben zurückzukehren, denn ich war gerade erst von meinem letzten Militäreinsatz zurückgekehrt. Als ich das Bewerbungsgespräch hatte, habe ich in meinem Auto gewohnt und hatte mit einer posttraumatischen Belastungsstörung zu kämpfen.«

Ich bemühe mich, nicht das Gesicht zu verziehen. »Ich wusste nicht, dass es so schlimm war.«

Dahlia streckt den Arm aus, um seine Hand zu drücken, bevor sie sich auf ihrem Stuhl zurücklehnt.

»Du bist nicht der einzige Mann in diesem Ort, der seinen Stolz hat.« Ryder lächelt matt.

»Nein, aber er ist derjenige, der den *größten* Stolz hat«, entgegnet Dahlia.

Ich werfe ihr einen strengen Blick zu.

Ryders leises Lachen passt nicht zu seinen angespannten Gesichtszügen. »Ich habe dir eine Menge zu verdanken, deshalb bin ich mehr als glücklich, dir zu helfen.«

Dahlias Unterlippe bebt.

Mist.

Für einen Moment weiß ich nicht, ob Schüchternheit oder Dankbarkeit überwiegt, doch dann entscheide ich mich dafür, dass ich eine Mischung aus beidem empfinde. »Du bist mir nichts schuldig.«

»Willst du meine Hilfe oder nicht?«, fragt er.

»Dass er überhaupt darum bittet, ist Beweis genug.« Dahlias Miene ist im Augenblick jeden Funken Stolz wert, den ich in mir trage.

»Ja, ich will deine Hilfe.« Mit einem Mal weicht jegliche Anspannung aus meinem Körper.

»Sag mir, was ich tun kann.«

»Unter uns gesagt gab es eine Veränderung in meinem Leben, die verlangt, dass ich nächsten Monat umziehe, sodass ich mein Unternehmen umstrukturieren muss, damit es auch während meiner Abwesenheit weiterlaufen kann.«

Ryders Augenbrauen heben sich, während sich Dahlias zusammenziehen.

»Du ziehst um?«, fragt er.

»Ja. Aber ich werde den Meetings online beiwohnen und alle zwei Wochen hierher zurückfliegen, um nach dem Rechten zu sehen. Ich möchte, dass du dich um die Alltagsgeschäfte kümmerst und im Unternehmen alles im Blick behältst.«

Dahlias Lippen teilen sich.

Ryder nickt. »Natürlich.«

»Großartig. Ich habe mir die Sache so vorgestellt …« Während ich mit Ryder alles bespreche, sieht uns Dahlia zu. Er sagt seine Meinung zu allem, gibt mir viele wertvolle Ratschläge, und ich wandele meine Pläne basierend auf seiner Expertise leicht ab. Auch Dahlia gibt ein paar Dinge zu bedenken, über die ich mir noch Gedanken machen muss.

Nachdem wir eine Stunde lang besprochen haben, wie wir Lopez Luxury umstrukturieren können, erhebt sich Ryder und klopft mir auf den Rücken. »Ich hätte nicht gedacht, dass ich es eines Tages erleben würde, dass du etwas tust, das am besten für dich und nicht für das Unternehmen ist.« Er schaut Dahlia an. »Und ich muss mich vermutlich bei dir für die Beförderung und die Gehaltserhöhung bedanken.«

Ihre Wangen röten sich. »Ich hatte nichts damit zu tun.«

»Alles klar.« Ryder nickt.

Starrsinnig, forme ich mit den Lippen.

Ryder gibt mir ein Daumen-hoch-Zeichen.

Wir beide wissen, dass Dahlia die einzige Person ist, die mich dazu bewegen könnte, die gesamte Struktur meines Unternehmens zu verändern, und trotzdem würde sie das nicht zugeben, da es ihre schwache Ausrede nichtig machen würde.

Als Ryder den Konferenzraum verlässt, erhebt sich Dahlia ebenfalls, um ihm zu folgen, doch ich halte sie auf, indem ich sie an die Tür dränge.

»Ich bin noch nicht fertig mit dir.«

Sie hebt den Blick betont langsam, ehe sie mir in die Augen schaut. »Was willst du?«

»Deine Meinung wäre für den Anfang nicht schlecht.«

Sie spielt an einem ihrer Ringe herum. »Du ziehst es ernsthaft in Erwägung, nach San Francisco zu ziehen?«

»Oh, habe ich mich während der letzten Stunde verraten?«

Sie funkelt mich an.

Ich seufze. »Wie lange willst du dich noch querstellen?«

»Bis ich dich davon überzeugt habe, dass das alles ein großer Fehler ist.« In ihren glasigen Augen liegt Unsicherheit, und es quält mich zu wissen, wie stark sie im Stillen unter ihren Ängsten leidet.

»Du möchtest über Fehler reden? Na schön. Nur zu.«

Überraschung huscht über ihre Züge.

»Es gab ein paar Gründe dafür, warum ich die Sache mit dir damals beenden wollte. Trauer. Der Stress, den es mit sich brachte, ein Unternehmen zu retten. Meine Angst, dass wir niemals eine Fernbeziehung überstehen und all die anderen Hürden bezwingen würden. Aber mein größter Fehler war, dass ich geglaubt habe, du wärst ohne mich besser dran, weil ich angeblich nicht gut genug war. Mein geringes Selbstwertgefühl und meine Unsicherheiten standen mir im Weg, obwohl ich mir eine Zukunft mit dir gewünscht habe, und diesen Fehler werde ich kein zweites Mal begehen. Ich werde nicht noch einmal zehn Jahre damit verbringen, darauf zu warten, dass dir endlich alles klar wird.«

Sie blinzelt ein paarmal.

»Ich werde immer für das kämpfen, was am besten für uns ist, selbst wenn das bedeutet, dass ich zu diesem Zweck kurzzeitig gegen *dich* kämpfen muss.« Ich küsse ihren Scheitel und verlasse den Raum, bevor ich mich nicht mehr dazu durchringen kann, und lasse die Frau zurück, die ich liebe, damit sie über das, was ich ihr gestanden habe, nachdenken kann.

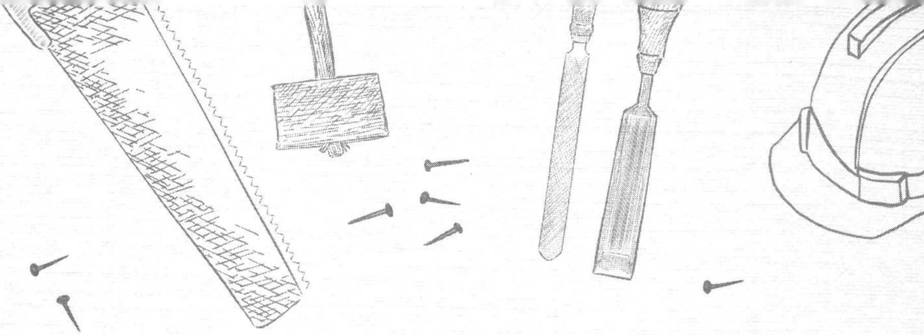

KAPITEL SECHSUNDVIERZIG
JULIAN

Ich beschließe, mich sowohl vom Büro als auch vom Gründerhaus fernzuhalten – zum einen, weil ich Ryder die Gelegenheit geben will, das Tagesgeschäft von Lopez Luxurys zu führen, ohne dass ich ständig im Hintergrund agiere, und zum anderen, um Dahlia zu zeigen, dass ich es ernst damit meine, kürzer zu treten.

Ich versuche, etwas von meiner nervösen Energie loszuwerden, erst beim Training, dann indem ich ein paar Playlists erstelle und danach mit meiner Mom Mittagessen gehe, aber die Ablenkung hält nie lange vor, vor allem nicht, nachdem mir Dahlia eine Nachricht mit ihren Reiseplänen für San Francisco schickt. Kurz darauf ertappe ich mich dabei, wie ich die langen Flure in meinem Haus auf und ab laufe, während die Gedanken in meinem Kopf Karussell fahren.

Als ich zu Dahlia gesagt habe, dass ich immer für das kämpfen würde, was für uns beide am besten sei, selbst wenn das bedeuten sollte, gegen sie zu kämpfen, habe ich es genau so gemeint. Aber zuerst muss ich den Kampf gegen meine Vergangenheit ausfechten. Jahrelang habe ich mit meinen Unsicherheiten gerungen, und es ist an der Zeit, dass ich mich mit den Dingen auseinandersetze, denen ich viel zu lange aus dem Weg gegangen bin. Und zu akzeptieren, dass ich tatsächlich gut genug bin, nicht nur für Dahlia, sondern – und das ist das Wichtigste – auch für mich selbst.

Also kehre ich an diesem Abend an den einen Ort zurück, von dem ich geglaubt habe, ihn niemals wieder zu betreten.

Die Schreinerwerkstatt meines Dads.

In den vergangenen Jahren habe ich immer wieder Anläufe dazu unternommen, nur um jedes Mal aufs Neue auf dem Absatz kehrtzumachen, bevor ich auch nur einen Fuß in den Schuppen setzen konnte. In die Werkstatt, in der er und ich jahrelang Seite an Seite gearbeitet haben, um die Lopez-Tradition fortzuführen, die mit seinem Ururgroßvater begonnen hat. Und der eigentliche Grund dafür sind die Werkzeuge, die an der hinteren Wand hängen, und das, wofür sie stehen.

Meine Hände zittern, als ich den Schlüssel ins Schloss stecke und herumdrehe. Das Klicken des Schlosses und das Quietschen der Tür treten hinter dem lauten Rauschen des Bluts in meinen Ohren zurück. Nachdem ich ein paarmal tief durchgeatmet habe, trete ich über die Schwelle und taste nach dem Lichtschalter. Meine Füße scheinen wie festgewurzelt auf dem Betonboden, während ich mich umsehe. Dank meiner Mutter, die hier anscheinend regelmäßig Staub wischt, sind sämtliche Oberflächen so sauber, dass man von ihnen essen könnte, den Boden eingeschlossen.

Mein Dad hätte es gehasst.

Ich mache einen weiteren Schritt hinein, auch wenn sich meine Füße schwer wie Blei anfühlen. Hier lauern viel zu viele Erinnerungen, die mir einen Stich ins Herz versetzen und mir das Atmen erschweren.

*Te extraño, Papi.**

---

* ***Te extraño, Papi:*** *Du fehlst mir, Papi.*

Ich gehe zur hinteren Wand, wo die Werkzeuge genauso ordentlich aufgereiht hängen, wie mein Vater es mochte, sodass es wirkt, als könnte er jeden Moment zurückkommen.

Gott, ich wünschte, es wäre so.

Neben seinem hängt ein zweites Werkzeug-Set.

»*Ein Lopez-Familienerbstück*«, hat er immer mit einem Lächeln gesagt, während er auf jedes einzelne Teil des Sets deutete, das stets an die nächste Generation weitergegeben wird. Als Kind habe ich meinen Dad immer wieder gefragt, wann ich das Familienwerkzeug bekommen würde, und seine Antwort war stets die gleiche gewesen. »*Sobald du unter Beweis gestellt hast, dass du es dir verdient hast.*«

Vielleicht habe ich an dem Tag, an dem er starb, meine Chance verpasst, aber ich habe alles getan, um ihn und die Familie Lopez stolz zu machen, als ich das Familienunternehmen trotz meiner mangelnden Erfahrung und des fehlenden Hochschulabschlusses übernommen habe.

Als sich der dumpfe Schmerz in meiner Brust verstärkt, umklammere ich den Rand der Werkbank. Meine brennenden Augen haben nichts mit einer Allergie oder dem aufgewirbelten Holzstaub zu tun. Ebenso wenig wie die Tatsache, dass sich meine Kehle eng anfühlt und mein Herz wie wild klopft. Ich wische mir einen Tropfen von der Wange und richte auf der Suche nach einer undichten Stelle im Dach den Blick an die Decke. Doch die Tränen, die meine Sicht verschwimmen lassen, machen es mir so gut wie unmöglich, irgendetwas zu erkennen. Sie laufen meine Wangen hinunter wie Regentropfen. Das letzte Mal, dass ich so geweint habe, war beim Begräbnis meines Dads. Und auch wenn das Loch in meiner Brust seitdem verheilt ist, ist der dumpfe Schmerz geblieben, um sich in den ungünstigsten Momenten einen Weg an die Oberfläche zu bahnen.

Meine Schultern beben.

»Fünfmal tief durchatmen.« Mein Vater packte mich in diesen Momenten an den Schultern und zwang mich, ihn zu imitieren. *»Noch mal«*, sagte er, wenn die ersten fünf Atemzüge nicht ausreichten.

Die Tränen werden nicht weniger, aber mit jedem tiefen Atemzug ebbt meine Panik ein wenig ab. Nach dem fünfunddreißigsten Atemzug reiße ich mich zusammen und greife nach dem erstbesten Lopez-Familienerbstück in Reichweite. Das Zittern in meinen Fingern lässt nach, als ich sie fest um den Griff des Hammers schließe.

Ich trete an meine alte Werkbank. Auch wenn meine Mutter vielleicht einige Werkzeuge an die falsche Stelle zurückgelegt hat, sieht es hier noch genauso aus wie damals, bevor ich noch vor Beendigung meines letzten Projekts ans College gegangen bin.

Das nur zur Hälfte fertiggestellte Schmuckkästchen war als besonderes Weihnachtsgeschenk für Dahlia gedacht gewesen. Im Laufe der Jahre hatten wir uns meist nur Scherz-Geschenke gemacht oder dem anderen das überreicht, was unsere Mütter ausgesucht hatten, aber an dem Weihnachten, bevor alles den Bach runterging, sollte es anders laufen.

Das mit *uns* sollte anders laufen.

Nach unserem Kuss war mir klar, dass es nie mehr so zwischen uns werden würde wie vorher, und das wollte ich auch nicht. Ich wollte so viel mehr. Aber dann starb mein Dad, und meine Mom versank in einer weiteren tiefen Depression, und ich fühlte mich verantwortlich, ihr zu helfen. Ich stellte meine eigene Trauer hintenan – was sich später als ziemlich dumme Entscheidung herausstellen würde – und stieß Dahlia mit dem Hinweis von mir, dass sie eine Ablenkung bedeutete.

Ich habe zugelassen, dass sich meine Unsicherheiten zwischen mich und das gestellt haben, was ich wollte; und meine Angst, nicht gut genug für sie zu sein, hat mich eingenommen, bis ich die

Vorstellung, mit ihr zusammen zu sein, nicht mehr ertragen konnte. Sie hatte all diese Träume, und ich war ein kaputter Typ.

Nun hast du die Chance, deine Fehler zu korrigieren.

Meine Brust zieht sich schmerzhaft zusammen, als ich das unvollendete Schmuckkästchen in die Hände nehme. Ich möchte meinen Mut wiederfinden, um mich zuallererst mit der größten Hürde in meinem bisherigen Leben auseinanderzusetzen.

Meiner Vergangenheit.

Mit klopfendem Herzen nehme ich ein paar weitere Werkzeuge von der Wand und mache mich an die Arbeit.

Ich habe keine Ahnung, wie lange ich über meine Werkbank gebeugt arbeite, aber ich bin süchtig nach dem Adrenalin, das währenddessen durch meine Adern fließt. Als ich fertig bin, bin ich durchgeschwitzt und außer Atem, als wäre ich einen Marathon gelaufen. Ich wische mir mit dem Saum meines Shirts die feuchte Stirn ab, bevor ich mein Werk in Augenschein nehme.

Eines Tages werde ich Dahlia das Schmuckkästchen schenken. Ich weiß nur noch nicht, wann es so weit sein wird.

KAPITEL SIEBENUNDVIERZIG
DAHLIA

»Wie es aussieht, hat die Reality-TV-Prinzessin endlich beschlossen, auf ihren Tequila-Thron zurückzukehren.« Lorenzo lässt sich auf den Barhocker neben mir fallen und stellt sein Whiskey-Glass auf dem Tresen ab.

»Hast du nichts Besseres zu tun, als hier abzuhängen?« Ich sehe mich in der relativ leeren Bar um.

Er zuckt mit den Schultern. »Nicht wirklich, nein.«

»Du brauchst einen Job.«

Er hebt die Brauen. »Um acht Uhr an einem Dienstagabend?«

»Wie wäre es dann mit einem Hobby?«

»Zählt Pläne gegen meine Feinde schmieden als Hobby?«

Ich sehe ihn fragend an. »Du hast Feinde? In Lake Wisteria?«

Er lacht in sein Glas, doch der Laut klingt eher gruselig als belustigt.

»Und was machst *du* hier?«, erkundigt er sich, bevor ich nachhaken kann.

»Ich treffe mich mit meiner Schwester«, antworte ich und werfe zum dritten Mal innerhalb der letzten zehn Minuten einen Blick auf mein Handy. Als ich sie angerufen und um ein Notfall-Mädels-Treffen gebeten habe, hat Lily vorgeschlagen, dass wir uns nach Ladenschluss im Last Call treffen, weil sie unbedingt eine Portion Pommes nötig hätte.

»Lily, oder?«

Ich starre ihn an. »Warum fragst du?«

Doch er ignoriert meine Frage und stellt stattdessen selbst eine. »Ist sie Single?«

Ich verenge misstrauisch die Augen. »Nein.«

»Mhm. Und wer ist der Typ?«

»Jesus. Du kannst dir deine Mühe also sparen.«

»Will sie Nonne werden?«

»So was Ähnliches. Jungfrau bis zur Ehe.« Ich verkneife mir ein Kichern, um mich nicht zu verraten.

Lorenzo verzieht angewidert die Lippen. »Großartig.«

Ich gebe Henry ein Zeichen und bestelle zwei Wodka Soda.

Ein paar Minuten später fliegt die Tür zur Bar auf und meine Schwester kommt in meinem Lieblingswintermantel und meinen Stiefeln herein. Als sie sich mit einem Schaudern aus dem Mantel schält, kommen weitere Klamotten von mir zum Vorschein.

»Ich könnte sie umbringen.«

Lorenzos Blick verdunkelt sich, als er meine Schwester von oben bis unten mustert.

Ich verpasse ihm einen Klaps auf den Hinterkopf. »Hör auf, meine Schwester abzuchecken!«

Er leert sein Whiskeyglas und hebt anschließend die Hand, um einen weiteren zu bestellen.

Ich verdrehe die Augen, bevor ich von meinem Barhocker rutsche und Lily zur anderen Seite der Bar, so weit wie möglich von Lorenzos brennendem Blick entfernt, dirigiere.

»Seit wann bist du mit Lorenzo befreundet?«, fragt sie mit einem Stirnrunzeln.

»Kennst du ihn?«

»Nicht wirklich.« Sie zieht die Nase kraus. »Er kommt jeden Freitag im Laden vorbei, um zwei vorbestellte Sträuße abzuholen.«

»Und?«

Sie zuckt mit den Schultern. »Ich hab bei ihm kein gutes Gefühl.«

Vielleicht hat Julian in Bezug auf Lorenzo doch recht, und es ist besser, wenn wir uns so gut wie möglich von ihm fernhalten.

Immerhin scheint Lily kein Interesse an ihm zu haben.

Meine Schwester lässt sich auf die Sitzbank mir gegenüber fallen. »Also, warum das Notfall-Treffen?«

Ich schiebe ihr die ungeöffnete Dose Wodka Soda zu. »Ich stecke in einem Dilemma.«

Sie lacht in sich hinein. »Wofür du nicht ganz unbekannt bist.«

»Ich meine es ernst.«

Meine Schwester nimmt einen Schluck von ihrem Drink. »Okay, was ist los?«

»Ich hab ein Angebot bekommen. Für eine neue Show, die ich gepitcht habe.«

»Glückwunsch!« Sie stößt mit ihrer Dose gegen meine, bevor sie meinen Blick auffängt. »Oder nicht?«

Ich lasse den Kopf auf die Tischplatte sinken. »In San Francisco.«

»Das ist weit weg.«

Ich richte mich wieder auf und sehe sie an. »Julian meinte, dass er bereit wäre umzuziehen …«

»Und das nimmst du ihm nicht ab?«

Ich zupfe am Saum meines Oberteils herum. »Doch, schon. Ich hab eher Angst davor, dass er sein Versprechen hält.«

Sie legt den Kopf schief. »Jetzt bin ich verwirrt. Sollte dich das nicht glücklich machen?«

»Ich will nicht, dass er sein ganzes Leben für mich umkrempelt.« Wenn er seine Entscheidung irgendwann bereut, könnte es sein, dass er es mir übel nimmt, und ich bin mir nicht sicher, ob ich es ertragen könnte, ein zweites Mal auf diese Weise das Herz gebrochen zu bekommen.

Lily greift nach meiner Hand. »Hast du mal daran gedacht, dass er das vielleicht nicht nur für dich, sondern auch für sich selbst machen möchte?« Ich bleibe stumm, woraufhin Lily die Stille mit einer weiteren schockierenden Offenbarung füllt. »Julian redet seit Jahren davon, im Job kürzer zu treten, aber er hat nie was in die Richtung unternommen, auch wenn allen Menschen um ihn herum klar war, dass er es tun sollte.«

Ich blinzele sie an. »Im Ernst?«

»Ja. Du kannst dir also wahrscheinlich vorstellen, wie überrascht wir alle sind, dass er plötzlich angefangen hat, mit dir an einem Projekt zu arbeiten, häufiger auf den Baustellen auftaucht und aus dem Grinsen gar nicht mehr rauskommt, sobald er über die Zusammenarbeit mit dir an neuen Häusern spricht – das hat er seit mindestens zwei Jahren nicht mehr getan.«

Plötzlich habe ich einen Kloß im Hals. »Er … Ich …«

Lily drückt meine Hand. »Und von der Schreinerei-Geschichte fang ich am besten gar nicht erst an. Im Ort reden die Leute nur noch davon, dass er so eifersüchtig war, dass er einen Typ befördert hat, damit er sich von dir fernhält.«

Wir prusten beide los.

»Wie haben die das denn rausgefunden?«, frage ich.

»Der Schreiner, den er befördert hat, liebt *Chisme* noch mehr als Josefina.«

Ich nehme einen großen Schluck von meinem Drink. »Ich hab Julian um nichts davon gebeten.«

»Genau das meine ich ja. Er hat diese Sachen getan, weil sie *ihn* glücklich machen, warum solltest du also jetzt auf einmal seine Entscheidungen infrage stellen?«

Ich senke den Blick auf die Tischplatte. »Weil ich Angst habe, dass er sie irgendwann bereuen wird, nachdem die Honeymoon-Phase vorbei ist und der Alltag einkehrt.«

»Und wenn nicht?« Sie lehnt sich zurück. »Sorry, aber ich befürchte ehrlich gesagt viel mehr, dass *du* die falsche Entscheidung triffst, indem du ihn auf Abstand hältst.«

Ich hebe die Brauen. »Wie bitte?«

»Männer wie Julian gibt es nicht an jeder Straßenecke; du solltest dich also bei deinem Schicksal bedanken, dass er in dieser kleinen Stadt geblieben ist. Wäre er weggezogen, hätte ihn dir längst jemand weggeschnappt. So viel kann ich mit ziemlicher Sicherheit behaupten.«

Bei der Vorstellung von Julian mit jemand anderem wird mir übel.

Weil du ihn liebst.

Aber wenn meine Liebe zuvor nicht ausgereicht hat, um eine zum Scheitern verurteilte Beziehung zu retten, warum sollte es dieses Mal anders laufen? Mich in Julian zu verlieben, war einfach, aber mir selbst zu vergeben und mich von der Vergangenheit zu lösen, die mich immer noch verfolgt? Das ist so gut wie unmöglich.

* * *

Statt nach Hause fahre ich zu Rafa.

Ich bin mir nicht sicher, wen mein spontaner Besuch mehr überrascht, ihn oder mich, auch wenn er mich ohne großes Aufheben hereinbittet. Nico und ich unterhalten uns fünf Minuten, bevor Rafa ihn wieder ins Bett schickt.

»Hab dich lieb!« Nico schlingt seine Arme um mich, bevor er in seinem Zimmer verschwindet.

»Entschuldige, dass ich einfach unangekündigt bei dir auftauche«, platze ich heraus, als Rafa Richtung Wohnzimmer vorausgeht.

»Schon in Ordnung, Nico hat sich gefreut; aber mach keine Gewohnheit draus.«

Ich lache. »Würde ich niemals wagen.«

»Möchtest du was trinken? Wir haben Wasser, *Aguas frescas* und Alkohol.«

»Nichts, danke.«

»Wie du willst.« Er lässt sich auf den bequemen Ledersessel gegenüber der Couch fallen und zieht zum zweiten Mal, seit ich hier bin, sein Handy aus der Tasche, um einen Blick darauf zu werfen.

Steif setze ich mich ebenfalls, während er auf dem Display herumtippt, bevor er das Handy gegen ein Bier tauscht.

»Danke noch mal, dass du mich nicht gleich wieder weggeschickt hast.«

»Bin mir nicht sicher, ob das überhaupt was gebracht hätte.« Er hebt sein Bier zu einem ironischen Zuprosten. »Also, was ist los?«

»Ich habe ehrlich gesagt keine Ahnung, wie ich fragen soll, ohne unverschämt rüberzukommen …«

»Wir sind sozusagen Familie, weswegen ich dir so oder so verzeihen müsste.«

»Stimmt auch wieder.«

»Hat dein Besuch was mit meinem Cousin zu tun?«

Ich blinzele ein paarmal, bevor ich antworte. »Ja, in gewisser Weise schon.«

»Hab ich mir gedacht.«

»Aber es geht auch um … du weißt schon … die Sache, von der ich dir erzählt habe …«, stammele ich.

»Dass du keine leiblichen Kinder haben wirst?«

Ich stoße erleichtert den Atem aus. »Ja.«

»Was ist damit?« Sein Ton bleibt neutral.

»Es ist nicht leicht für mich, mit dem Thema umzugehen.«

»Verständlich. Mir ging es nach Nicos Diagnose ähnlich.«

»Hast du, nachdem du von seiner Krankheit erfahren hast, daran gedacht …«

»Keine weiteren Kinder mehr zu bekommen?«

Ich sacke in mich zusammen. »Ja.«

»Jepp. Unmöglich, nicht drüber nachzudenken, nachdem ich wusste, dass mein Sohn erblindet, weil er eine Krankheit von meiner Familie geerbt hat.«

»Woher hättest du wissen sollen, dass irgendein Onkel unter der gleichen Krankheit leidet?«

Er trinkt einen Schluck. »Mir ist klar, dass ich das nicht wissen konnte. Aber Eltern tendieren dazu, sich für alles schuldig zu fühlen, was ihren Kindern zustößt – egal, ob es ihre Schuld ist oder nicht.«

Ich senke den Blick. »Das kann ich mir vorstellen.«

»Um deine ursprüngliche Frage zu beantworten: Nachdem ich von Nicos Krankheit erfahren hatte, hab ich mich zu einer Vasektomie entschlossen.«

Ich hebe die Brauen. »Im Ernst?«

»Es schien mir verantwortungsbewusst. Falls ich mir jemals ein weiteres Kind wünsche – und die Betonung liegt auf *falls* –, würde ich eines adoptieren.«

»Das würde Josefina sehr glücklich machen.«

»Sie würde sich über jedes Enkelkind freuen. Seit Jahren geht sie mir mit einem Geschwisterchen für Nico auf die Nerven. Und Ja, bevor du fragst, sie weiß, dass ich keine Kinder mehr zeugen kann.« Rafas stechender Blick gibt mir das Gefühl, bei lebendigem Leib seziert zu werden

Ich nehme meinen ganzen Mut zusammen, um ihm eine zweite Frage zu stellen. »Glaubst du, dass es Julian auf lange Sicht etwas ausmachen wird, kein eigenes Kind haben zu können?«

Er braucht so lange, um zu antworten, dass ich bereits befürchte, er wird es gar nicht tun, deswegen setze ich nach: »Ich bin mir nicht sicher, ob er mit dir darüber gesprochen hat, ob er eigene Kinder haben möchte oder …«

»Solltest du ihn das nicht besser selbst fragen?«

»Das hab ich.«

Er mustert mich. »Aber du vertraust ihm nicht?«

»Ich vertraue mir selbst nicht; es ist also nicht persönlich gemeint.«

Er verstärkt seinen Griff um die Bierflasche. »Mein Cousin hat seine Fehler, aber er steht zu seinem Wort. Wenn er dir gesagt hat, dass er sich nicht zwingend leibliche Kinder wünscht, dann meint er das auch so.«

Meine Kehle wird trocken.

»Aber ich erinnere mich, dass er im Laufe der letzten Jahre etwas in die Richtung erwähnt hat.«

»Ja?«

»Ja. Wir sprechen nicht viel über unsere Gefühle, aber ich weiß genug über sein Leben, um behaupten zu können, dass es hart war.«

Ich sehe auf meine Hände hinab, an denen die Knöchel weiß hervortreten, weil ich die Finger so fest umeinander schlinge. »Ich war zu jung, um zu verstehen, wie sehr ihn das alles beeinflusst hat.«

»Julian ist sehr gut darin, seine Gefühle in andere Kanäle zu lenken.«

»Das wird mir auch immer klarer«, murmele ich.

»Ich weiß, dass du ihm nicht glaubst, und ich mache dir keinen Vorwurf daraus. Menschen wie du und ich … wir vertrauen niemandem mehr leichtfertig, nachdem wir auf diese Art und Weise verletzt wurden.« Er richtet den Blick an mir vorbei ins Leere.

Ihm dabei zuzusehen, wie er gegen seine inneren Dämonen ankämpft, ist, als würde ich zum ersten Mal in meinem Leben in den Spiegel blicken. Eine Gänsehaut breitet sich auf meinen Armen aus, und die Härchen in meinem Nacken stellen sich auf, als mir bewusst wird, dass ich dabei bin, einen riesen Fehler zu machen.

Ich mag Rafa sehr gerne, aber ich möchte nicht wie er enden, indem ich mir Jahre später die Schuld für eine gescheiterte Beziehung gebe, weil ich mit Vertrauensproblemen zu kämpfen habe.

Auf keinen Fall.

Ein lautes Klopfen lässt mich aufhorchen.

»Bekommst du noch Besuch?«

Rafa steht auf. »Nein. Aber du.«

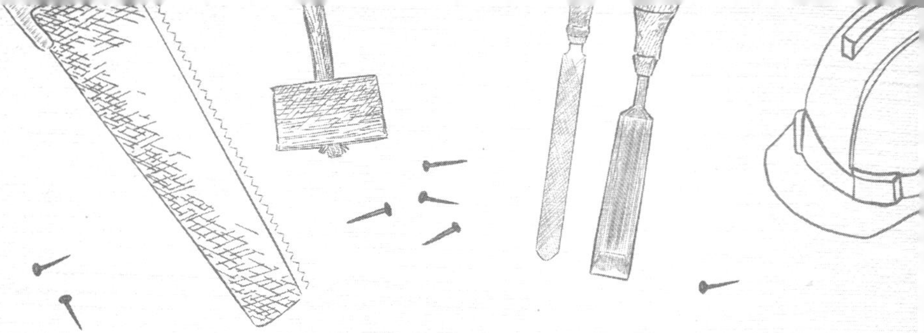

KAPITEL ACHTUNDVIERZIG
JULIAN

Als mir Rafa vor zehn Minuten getextet hat, um mir zu sagen, dass Dahlia bei ihm ist, bin ich sofort zu ihm rüber. Etwas an seiner kryptischen Nachricht hat mich besorgt.

Ich hebe die Faust, um erneut an die Tür zu hämmern – nur dass sie im selben Moment geöffnet wird und meine Hand in der Luft hängen bleibt.

Dahlia tritt aus dem Haus. »Rafa hat dir geschrieben?«

»Ja. Alles okay?« Ich suche in ihren Zügen nach Anzeichen von Kummer.

»Äh … ja?«

»Er meinte, dass du weinst.«

»Dass ich weine?« Sie klingt genauso verwirrt wie sie aussieht.

»Nicht?«

»Er wollte dich anscheinend nur herlocken.«

Verdammt, Rafa.

»Du bist extra hergekommen, nur weil du dachtest, dass es mir nicht gut geht?«

Ich reibe mir den Nacken. »Ja.« Da es mir schwerfällt, ihren Gesichtsausdruck zu deuten, füge ich hinzu: »Dann ist alles in Ordnung?«

»Ja. Ich hatte ein paar Fragen an ihn.«

»Was für Fragen?«

Sie schiebt die Hände in die Taschen ihres Wintermantels. »Wollen wir ein paar Schritte spazieren gehen und reden?«

»Klar.«

»Können wir nach den Tieren schauen? Es ist eine Weile her, dass ich bei Penelope war.« Dahlia nickt Richtung Stall.

Das Geräusch des knirschenden Grases unter unseren Schritten füllt die Stille, doch es dauert kaum eine Minute, bevor ich unser Schweigen breche.

»Weiß er von deinem Test?«

»Ja.« Sie blickt starr geradeaus.

»Seit wann?«

»Seit ich zurück bin«, antwortet sie, ohne zu zögern.

Auch wenn ich Rafa großen Respekt dafür zolle, dass er es für sich behalten hat, wünsche ich mir ganz egoistisch, dass er es mir erzählt hätte. »Er hat mir gegenüber nichts erwähnt.«

Sie wirft mir einen Seitenblick zu. »Ehrlich gesagt überrascht mich das.«

»Er ist sehr verlässlich.«

»Lustig, er hat was Ähnliches über dich gesagt.«

»Und, glaubst du ihm?«

»Ich möchte *dir* glauben.«

Ich schweige, während wir den Stall betreten.

Dahlia bleibt neben der ersten Box stehen und streckt die Hand aus. »Hey, meine Hübsche.«

Penelope, ein ausgemustertes Rennpferd, das Rafa vor ein paar Jahren gerettet hat, schnobert mit der Schnauze an Dahlias Handfläche. Ich verharre hinter ihr.

»Ich möchte nicht wie Rafa enden.« Ihre leise Stimme ist über die lauten Atemgeräusche des Pferdes kaum zu hören.

Ich halte die Luft an.

»Ich will nicht den Rest meines Lebens verbittert sein und alles und jeden infrage stellen. Ich möchte vertrauen. Ich möchte lieben. Ich möchte befreit von der Sorge leben, verletzt, verlassen oder betrogen zu werden.«

Ich drehe sie sanft zu mir herum. »Irgendwann wird es ihm besser gehen. Und dir auch.«

Sie lehnt sich gegen die Boxenwand. »Ich habe Angst.«

Ich gebe ihr einen Kuss auf das Haar. »Ich weiß.«

Sie schlingt die Arme um ihren Körper. »Wie kann ich mir sicher sein, dass dich eine Adoption glücklich macht?«

»Weil ich meine Eltern immer dafür bewundert habe, dass sie Rafa aufgenommen haben.«

Ihre Antwort besteht aus einem Schniefen.

»Sie haben Rafa und mich nie unterschiedlich behandelt. Sie haben uns mit der gleichen Aufmerksamkeit bedacht und gleichermaßen zurechtgewiesen. Und sie haben uns beide die gleiche Art von Liebe geschenkt. Nicht einen Tag haben sie uns spüren lassen, dass wir nicht beide ihre Kinder sind. Aber ganz tief in mir drin wusste ich immer, dass Rafa eine Leere im Leben meiner Mom füllt, die ich nicht hätte füllen können, ganz egal wie sehr ich mich auch angestrengt hätte. Nach Jahren der Fehl- und Totgeburten hatte sich etwas in ihr verändert, und Rafa wurde zu diesem fehlenden Teil in ihrem Leben. In unser aller Leben.«

Sie blinzelt mit feuchten Augen zu mir auf.

»Eine Adoption wird für mich niemals die zweitbeste Option bedeuten. Das war niemals so und wird auch nie so sein. Weil das bedeuten würde, dass ich mich gegen alles wende, woran meine Eltern geglaubt haben und was unsere Familie vollständig gemacht hat.«

Die Sekunden verstreichen in qualvoller Langsamkeit, bis ich beinahe der Versuchung erliege, die schreckliche Stille zu füllen, als Dahlia mich innehalten lässt.

Sanft legt sie eine Hand an meine Wange. »Ich glaube dir.«

* * *

Nach unserem Gespräch bei Rafa bin ich mir sicher, dass Dahlia und ich uns in die richtige Richtung bewegen, obwohl sie nach San Francisco zurückfliegt, um sich Ende der Woche mit Archer Media zu treffen.

Um etwas von der Energie loszuwerden, die sich in meinem Inneren aufgestaut hat, statte ich der Werkstatt meines Dads einen Besuch ab, um an einem neuen Projekt zu arbeiten. Mein Samstag vergeht in einem Rausch aus Sägen, Fräsen und Schleifen verschiedener Holzstücke. Zwischendurch höre ich immer wieder mein Handy vibrieren, aber ich ignoriere die eintreffenden Textnachrichten, da ich weiß, dass sich Ryder am kommenden Montag um alles kümmern wird. Ich verliere mich in meiner Aufgabe, bis mir jegliches Zeitgefühl abhandenkommt und ich mir an der Kreissäge beinahe einen Finger abschneide, als es plötzlich laut an die Tür klopft.

»Julian, mach auf!«, ruft meine Mutter, bevor sie erneut mit der Faust gegen die Tür hämmert.

Ich nehme Schutzbrille und -maske ab, bevor ich die Werkstatt durchquere und ihr öffne. »Was machst du hier?«

Sie kommt mit einem Plastikbehälter in der Hand hineinmarschiert. »Ich habe dir Abendessen mitgebracht.«

Ich nehme ihr die Dose aus der Hand. »Woher wusstest du, dass ich hier bin?«

»Durch die Überwachungskamera, die du vor ein paar Jahren an der Auffahrt installiert hast.« Ihre Augen schimmern feucht, während sie sich in der Werkstatt umsieht.

Ich streiche mir mit der Handfläche über mein von Holzstaub bedecktes Shirt. »Gerade herrscht ziemliches Chaos.«

Sie blinzelt ein paarmal, bevor sie sich mir mit einem traurigen Lächeln zuwendet. »Ich habe mich immer gefragt, wann du endlich zurückkehrst.«

»Du hast sauber gemacht.«

»Das hätte deinem Dad überhaupt nicht gefallen.«

»Er hätte es gehasst«, stimme ich ihr zu.

Wir müssen beide lachen.

»Mir war klar, dass es nur eine Frage der Zeit ist, bevor du zurückkommst, und ich wollte nicht, dass du hier das reinste Chaos vorfindest.«

Meine Brust zieht sich unter dem Ansturm meiner Gefühle zusammen. »Du denkst wirklich an alles.«

»Na los, iss was, bevor es kalt wird.« Mom dirigiert mich zu einem Hocker und zwingt mich, ihren berühmten *Pozole* zu probieren.

Nach dem ersten Bissen sehe ich sie an. »Du bist aber nicht nur hergekommen, um mir was zu essen vorbeizubringen, oder?«

Sie zeichnet mit dem Finger eine Spur in das Sägemehl und die kleinen Holzstückchen auf der Arbeitsplatte. »Ich wollte wissen, woran mein Sohn für Dahlia arbeitet.«

»Ich habe nie gesagt, dass es für sie ist.«

Sie stößt ein abfälliges Schnauben aus. »Schon klar.«

Da meine Mom nicht stillsitzen kann, blättert sie durch meine Pläne und Notizen, während ich den Eintopf esse.

Nach einer Weile hält sie das Blatt Papier hoch, auf dem eine Reihe Maße und Notizen stehen. »Ist es das, was du gerade baust?«

»Mhm.«

»Für das Gründerhaus?«

»Jepp.«

Ma stößt einen erfreuten Jubellaut aus. »Sie wird begeistert sein!«

»Kein Wort zu Dahlia.«

Sie hebt verteidigend die Hände. »Das würde ich nicht wagen.«

Während ich weiteresse, geht sie zum Regal am anderen Ende des Raums hinüber. »Das ist wunderschön, Julian.« Sie fährt mit der Hand über den Deckel des Schmuckkästchens, bevor sie ein paarmal an der kleinen Handkurbel dreht. Als die ersten Akkorde des Songs erklingen, werden ihre Augen groß. »Du hast sogar Musik eingebaut! Es ist perfekt.«

Ich reibe mir den Nacken. »Findest du wirklich?«

»Natürlich.« Mom stellt das Kästchen zurück auf das Regalbrett, bevor sie zu mir zurückkommt, um mir einen Kuss aufs Haar zu geben. »Dann lasse ich dich mal wieder allein, damit du an deinem Geheimprojekt weiterarbeiten kannst.«

»Hast du Lust, mir zu helfen?«, platze ich heraus.

»Du möchtest meine Hilfe?«, fragt sie, bevor sie den Handrücken an meine Stirn legt, als würde sie meine Temperatur messen. »Geht es dir gut?«

Lachend schiebe ich ihre Hand weg. »Vergiss, dass ich was gesagt habe.«

»Nein! Ich würde dir sehr gerne helfen.«

»Erinnerst du dich noch, wie man eine Kreissäge bedient?«

Als ich ein Stück Holz hochhalte, nimmt sie es mir mit einem empörten Schnauben aus der Hand. »Untersteh dich, mich in den heiligen Hallen deines Vaters derart zu beleidigen!«

Meine Brust vibriert unter einem tiefen Lachen.

Sie richtet das Holzstück auf mich. »Ich habe deinem Dad schon lange vor deiner Geburt in der Werkstatt geholfen – daran solltest *du* dich erinnern, *Mijo*.«

Nachdem ich den Eintopf aufgegessen habe, arbeiten Mom und

ich stundenlang Seite an Seite. Die Art und Weise, auf die sie ein paarmal meine Technik und die Auswahl des Holzes für kompliziertere Stücke tadelt, erinnert mich sehr an meinen Dad. Als sie sichtlich erschöpft ist und meine Hände beim Bedienen der Säge zittern, beschließe ich, für heute Schluss zu machen.

»Das hat unglaublich viel Spaß gemacht.« Sie schließt mich in eine verschwitzte, staubige Umarmung. »Danke, dass ich mitmachen durfte.«

Ich erwidere ihre Umarmung, während ich mir Mühe gebe, die leisen Schuldgefühle, die an mir nagen, zu ignorieren. »Es war schön, deine Hilfe zu haben.«

»Jederzeit wieder.« Sie sieht mit feuchten Augen zu mir auf. »Wenn nur dein Vater hier wäre. Er hätte nichts lieber getan, als dir dabei zu helfen, etwas ganz Besonderes für Dahlia zu erschaffen.«

Meine Kehle fühlt sich wie zugeschnürt an.

Sie löst sich aus unserer Umarmung und greift mit zitternden Fingern nach einem der alten Werkzeuge meines Dads. »Ich bin froh, dass du sie benutzt.«

Ich bringe kein Wort heraus.

»Er hätte sich gewünscht, dass du sie bekommst.«

Ich krampfe die Finger um den Hammer in meinen Händen, um das Zittern zu unterdrücken. Sie folgt der Bewegung mit dem Blick, bevor sie mir wieder in die Augen sieht.

»Er wollte sie dir nach deinem Abschluss vermachen …«

Wozu er nie die Chance erhalten hat.

»Ich weiß, dass er auf uns herabsieht und sich wünscht, nicht der Grund gewesen zu sein, aus dem du keinen Standford-Abschluss hast.« Sie hält einen Moment inne. »Aber ich weiß auch, dass er unglaublich stolz auf dich gewesen wäre, dass du Verantwortung übernommen und dich um mich und sein Geschäft gekümmert hast. Du hast in sehr kurzer Zeit so viel mehr erreicht, als wir jemals zu träumen gewagt hätten.«

Mein Herz zieht sich schmerzhaft zusammen.

Sanft legt sie die Hände auf meine und löst sie aus ihrem verkrampften Griff um den Hammer. »*Te quiero con todo, mi corazón.*«*

Nach einem letzten Kuss auf die Wange, verlässt meine Mom den Schuppen, um mir den Raum zu geben, den ich so verdammt nötig habe.

Mit verschwommenem Blick sehe ich auf den Hammer in meinen Händen hinunter.

*Te extraño mucho, Papi.***

Dann gehe ich zur rückwärtigen Wand und hänge ihn an den Platz zurück, an den er gehört. Im selben Moment flackern die Lampen über mir zweimal. Gänsehaut breitet sich auf meinen Armen aus.

Wäre es möglich, dass …

Nein, das lag nur an Dahlias Gerede über den Geist im Gründerhaus. Dennoch höre ich mich laut sagen: »*Te quiero, Papi.*«

---

* ***Te quiero con todo, mi corazón:*** *Ich liebe dich von ganzem Herzen.*

** ***Te extraño mucho, Papi:*** *Du fehlst mir so sehr, Papi.*

KAPITEL NEUNUNDVIERZIG
DAHLIA

Was ist mit dir los?« Lily nimmt mir die Fernbedienung aus der Hand und schaltet mitten in der Folge den Fernseher aus.

»Warum machst du das?«

»Weil du sowieso nichts mitbekommst.«

Ich verschränke die Arme. »Doch, tue ich.«

»Schon klar. Du hast nicht mal mit der Wimper gezuckt, als der Mafia-Boss den Typ mit einer Machete enthauptet hat.«

»Na und?«

Sie hebt eine Augenbraue. »Normalerweise guckst du weg, sobald es blutig wird.«

Ich stoße einen schweren Seufzer aus, worauf sie mit den Fingern schnippt. »Genau das meine ich. Das machst du heute Abend schon zum fünften Mal.«

Ich lasse den Kopf gegen das Rückenpolster der Couch fallen.

Lily setzt sich auf dem Sofa so hin, dass sie mich ansehen kann. »Hat es was mit deinem Trip nach San Francisco morgen zu tun?«

»Ist es so offensichtlich?«

»Schon.«

»Eigentlich sollte ich mich freuen, dass alles so schnell geht, aber jedes Mal, wenn ich daran denke, von hier wegzugehen …«

»Wünschst du dir, bleiben zu können?«

Der Schmerz in meiner Brust verstärkt sich. »Ja, aber dann fühle ich mich wieder hin- und hergerissen zwischen dem Wunsch, die Sendung zu machen, und dem Wunsch, hier zu leben.«

So sehr ich meine Show und den Gedanken, meine Marke weiterzuentwickeln, liebe, liebe ich die Vorstellung davon, in Lake Wisteria zu bleiben, mehr.

Lily zieht die Füße unter den Körper. »Warum kannst du nicht beides haben?«

Ich ziehe die Augenbrauen zusammen. »Die Produktionsfirma sitzt in Kalifornien.«

»Na und? Es gibt viele Serien, die in anderen Bundesstaaten oder im Ausland gedreht werden. Ich bin mir sicher, dass es möglich wäre, ein paar Anpassungen vorzunehmen, um beide Seiten glücklich zu machen.«

Mir entfährt ein Schnauben. »Ich befinde mich nicht gerade in der Position, Ansprüche zu stellen.« Nachdem meine vorherige Produktionsfirma unseren Deal hat platzen lassen, ist das Letzte, was ich will, Archer Media vor den Kopf zu stoßen, indem ich den ganzen Plan über den Haufen werfe.

»Du könntest zumindest nachfragen, um rauszufinden, wie sie reagieren.«

»Aber …«

Doch Lily lässt mich nicht ausreden. »Was könnte schlimmstenfalls passieren?«

»Dass sie mir sagen, dass ich mir den Deal abschminken kann?«

Sie reckt das Kinn und wirft die Haare über die Schulter zurück.

»Dann sind sie weder deine Zeit noch deine Energie wert.« Sie schnappt sich mein Handy vom Couchtisch und wirft es mir in den Schoß. »Ruf deine Agentin an.«

Ich starre auf das schwarze Display.

»Tu es! Tu es! Tu es!«, feuert mich Lily an.

Aber was, wenn Archer Media ablehnt und den Deal abbläst?, meldet sich die nagende Stimme in meinem Kopf zu Wort.

Andererseits, nach allem, was Julian getan hat, um mir zu zeigen, dass ich ihm wichtig bin, inklusive dem Angebot, nach Kalifornien umzuziehen, ist das Mindeste, was ich tun kann, eine simple Frage zu stellen.

Ich entsperre das Display. »Scheiß drauf.«

Lily sieht zu, wie ich die Nummer meiner Agentin aufrufe und den grünen Anrufbutton drücke.

»Hey, Dahlia, wie geht's?«

Ich räuspere mich. »Ich habe über etwas nachgedacht, über das ich vor unserem Meeting mit dir sprechen wollte.«

»Worum geht es?«

Mein Herz klopft wie wild in meiner Brust. »Meinst du, Archer Media wäre einverstanden, den Drehort zu verlegen?«

»Wohin?«

»Nach Lake Wisteria.«

Lily reckt zwei Daumen in die Höhe.

»Hier gibt es ohne Ende historische Gebäude«, fahre ich fort, »der Content bliebe also unverändert, aber ich könnte zurück nach Hause ziehen.«

Als Jamie nicht sofort antwortet, halte ich erwartungsvoll die Luft an.

»Ich weiß nicht. Das war im ursprünglichen Pitch kein Thema, und die haben für ihre anderen Sendungen bereits feste Produktions-Crews in San Francisco stationiert; die Wahrscheinlichkeit, dass sie Nein sagen, ist also ziemlich hoch.«

Meine Begeisterung fällt in sich zusammen. »Oh … verstehe.«

»Nachdem ich das losgeworden bin: Lass mich trotzdem sehen, was ich tun kann.«

»Du fragst sie?« Meine Stimme ist eine Oktave höher gerutscht.

»Ja. Aber ich kann nicht garantieren, dass sie einverstanden sind.«

Die erwartungsvolle Spannung in meinem Inneren ist zurück und verdrängt die Sorge, die mir für einen kurzen Moment die Luft abgeschnürt hat. »Würde es helfen, wenn ich Videomaterial von einigen Anwesen hier zusammenstelle? Ich könnte ihnen Aufnahmen von ein paar Projekten zeigen, an denen ich gearbeitet habe. In Lake Wisteria und den umliegenden Städten gibt es jede Menge Häuser, die darum betteln, restauriert zu werden. Außerdem sind die Einheimischen sehr unterhaltsam.«

»Ich kontaktiere meine Ansprechpartner und schaue, was sie sagen.«

»Danke, Jamie! Du bist die Beste.«

Ihr Lachen ist das Letzte, was ich höre, bevor sie auflegt.

»Du hast es getan!« Lily schlingt die Arme um mich.

Ich erwidere ihre Umarmung und lege jedes bisschen Liebe und Bewunderung hinein, die ich für meine Schwester empfinde.

Auch wenn ich vielleicht selbst schon in Erwägung gezogen hatte nachzufragen, ob wir die neue Show eventuell hier filmen könnten, hätte ich ohne Lilys Ermutigung vermutlich niemals den Mut dazu aufgebracht, es tatsächlich zu tun.

Mach dir nicht zu große Hoffnungen.

Zu spät.

KAPITEL FÜNFZIG
DAHLIA

Das Gewicht, das seit meiner Abreise aus Lake Wisteria auf meiner Brust lastet, wird mit jeder Stunde, die ich in San Francisco verbringe, schwerer. Eigentlich sollte ich froh sein, wieder in meinem alten Revier zu sein, aber nicht einmal eine Poke Bowl aus meinem Lieblingsrestaurant kann etwas gegen die bedrückende Traurigkeit ausrichten, die mich zu ersticken droht. Ich habe erwartet, dass das Gefühl nachlässt, sobald ich das Bürogebäude von Archer Media betrete, doch ich muss enttäuscht feststellen, dass dem nicht so ist.

»Und, was denkst du?«, fragt meine Agentin, kaum dass sich die Aufzugstüren geschlossen haben. Ihre erdbeerblonden Locken umrahmen ihr Gesicht wie ein Heiligenschein und verleihen ihr ein trügerisch niedliches Aussehen, das so gar nicht zu der Frau passt, die die letzte Stunde damit verbracht hat, mit harten Bandagen mit den Leuten von Archer Media zu verhandeln.

»Ich bin mir nicht sicher.« Ich lehne mich gegen die Haltestange, während der Aufzug in die Lobby hinabgleitet.

Sie hebt die Brauen. »In Bezug auf Archer oder die Show?«

»In Bezug auf alles?«

»Mir ist bewusst, dass du dir gewünscht hättest, in Lake Wisteria filmen zu können, aber die Scouts sind sich einig, dass San Francisco für die erste Staffel am besten geeignet ist. Immerhin haben sie sich einverstanden erklärt, dass du den Drehort für die zweite Staffel bestimmen darfst – von der wir beide wissen, dass es sie geben wird.«

In der Theorie klingt das alles gut, aber jedes Mal, wenn ich daran denke, nach San Francisco zurückzuziehen, wird das Loch in meinem Inneren ein wenig größer. Eine Tatsache, mit der ich niemals gerechnet hätte, nachdem ich jahrelang hier gelebt habe. Mein Bauchgefühl sagt mir, dass ich das Angebot von Archer Media nicht annehmen sollte, und das liegt nicht nur an dem Mann, der in Lake Wisteria auf mich wartet.

Nach allem, was du durchgemacht hast, traust du nach wie vor deiner Intuition?

Nein, aber es ist an der Zeit, dass ich wieder damit anfange, weil ich es satt habe, an mir selbst zu zweifeln. Ich habe viel zu lange zugelassen, dass mich Oliver und die wertenden Ansichten und Einlassungen der Creswells verfolgen, und für was? Dafür, dass ich mich selbst quäle, indem ich jede Entscheidung, die ich treffe, in Zweifel ziehe? Ich habe Designs by Dahlia aufgebaut. Ja, Oliver hat mich dazu ermutigt, ein Foto zu posten, aber ich bin diejenige, die mit viel harter Arbeit diesen Namen zu einer Marke gemacht hat. Und ja, die Creswells haben dabei geholfen, meine Serie zu produzieren, aber die Fans sind wegen *mir* und *meiner* Arbeit drangeblieben, nicht wegen der Leute, die das Projekt finanzieren.

Es ist an der Zeit, dass du dir deine Fehler verzeihst und sie hinter dir lässt.

»Was soll ich ihnen sagen?«, fragt Jamie, während sie auf ihrem Handy tippt.

»Ich würde mir gerne noch ein wenig Zeit nehmen, darüber nachzudenken.«

»Wie viel?«

»Ich bin mir nicht sicher. Vielleicht eine Woche?«

Sie stößt einen zischenden Pfiff aus. »Könnte sein, dass sich dadurch der Terminplan verschiebt.«

»Das ist mir klar. Falls ich mich schneller entscheide, gebe ich dir Bescheid, aber ich möchte mir die Zeit nehmen, alles gründlich zu durchdenken.«

Auch wenn ich das Gefühl habe, dass meine Entscheidung längst gefallen ist.

* * *

Die Rückkehr in mein leeres Stadthaus bestärkt mich in meinen wachsenden Bedenken, nach San Francisco zurückzuziehen. Ich lenke mich ab, indem ich in meine alte Routine verfalle, Abendessen koche, eine Wiederholung einer meiner Lieblingsserien anschaue und dusche, bis meine Finger und Zehen schrumpelig sind, aber nichts scheint den Schmerz in meiner Brust zu lindern, während ich über meine Situation nachdenke. Letztendlich beschließe ich, ins Bett zu gehen in der Hoffnung, schnell einzuschlafen, um das Gedankenkarussell in meinem Kopf anzuhalten.

Welchen Sinn hat es, für eine Sendung hierher zurückzuziehen, wenn du dadurch einsam und unglücklich wirst?

Im Laufe der letzten drei Monate hat Lake Wisteria angefangen, sich immer mehr wie mein wahres Zuhause anzufühlen, während San Francisco zu einer fernen Erinnerung geworden ist.

Als der Benachrichtigungston meines Handys ertönt, nehme ich es vom Nachttisch, um nachzusehen, wer mir um diese Zeit schreibt.

Julian: *Wie war das Meeting?*

Ich verspüre einen Stich.

Seinen Kontaktnamen habe ich vor Kurzem geändert, bin aber noch nicht überzeugt, dass es mir gefällt.

Ich tippe eine kurze Antwort.

Ich: *Gut.*

Bevor ich eine weitere Nachricht eingeben kann, ploppt bereits die nächste von ihm auf.

Julian: *So schlimm?*

Ich: *Nicht grundsätzlich schlimm …*

Meine Finger fliegen über das Display.

Ich: *Sie haben uns erläutert, was sie vorhaben, und meine Agentin hat die richtigen Fragen gestellt.*

Julian: *Aber …*

Mir fällt keine angemessene Antwort ein, die nicht automatisch Hoffnung bei ihm schüren würde, also antworte ich gar nicht.

Keine Minute später signalisiert mein vibrierendes Handy einen eingehenden Anruf. Ich diskutiere stumm mit mir selbst, ob ich drangehen oder die Mailbox anspringen lassen soll, bevor ich mich entscheide, auf mein Bauchgefühl zu hören und an das verdammte Telefon zu gehen.

»Hey.«

»Hey.« Als ich den Anflug von Überraschung in seinem Ton höre, fühle ich mich noch beschissener als gewöhnlich. »Wie ist der Termin gelaufen?«

»Okay.«

»Das klingt ja begeistert.«

Ich lasse mich mit einem dumpfen »Hmpf« aufs Bett fallen.

»Möchtest du drüber reden?«

»Keine Ahnung. Ich hab den ganzen Abend über nichts anderes nachgedacht und bin einer Entscheidung wegen des TV-Deals keinen Schritt näher gekommen.«

»*Du* bist unsicher, was die Zukunft angeht? Ich glaub's nicht.«

Ich muss lachen. »Normalerweise bin ich nicht so unentschieden, das schwöre ich.«

»Ich war dabei, als du eine Stunde lang überlegt hast, ob du einen Raum in der Wandfarbe Eierschalenweiß oder Eierschale Off-White streichen sollst. Was übrigens, das nur am Rande bemerkt, der gleiche Farbton ist.«

»Stimmt nicht. Die eine Farbe hatte ein mattes Finish und die andere ein semi-mattes. Das nur am Rande bemerkt.«

Beim Klang seines tiefen Lachens zieht sich mein Unterleib zusammen. »In letzter Zeit stellst du so ziemlich alles infrage. Was okay ist.«

»Sagt der Typ, der in seinem ganzen Haus Pro-und-Kontra-Listen versteckt hat.«

»Die hast du gefunden?«

Ich richte den Blick an die Decke. »Aus reiner Neugier: Bist du inzwischen zu einer Entscheidung gelangt, welche Toilettenpapiermarke die beste ist?«

»Wusste ich doch, dass es ein Fehler ist, dir einen Schlüssel zu geben.«

Diesmal müssen wir beide lachen.

»Dahlia?«

»Ja?«

»*Te amo.*«*

---

* ***Te amo:*** *Ich liebe dich.*

Alles pausiert. Mein Herzschlag. Meine Lunge. Meine Stimmbänder.

»Ich erwarte nicht, dass du darauf antwortest, aber ich wollte nicht, dass ein weiterer Tag vergeht, an dem du es nicht von mir hörst.«

Sein Geständnis berührt mich zutiefst.

Jahrelang habe ich nach dieser Art selbstloser, unaufdringlicher Liebe gesucht, ohne sie zu finden. Bis jetzt. Julian war nicht der Einzige, der in einem zehnjährigen Blackout gelebt hat.

Ich habe es auch getan.

Ich fechte einen Kampf gegen meine Tränen aus, den ich mit einem Schniefen verliere.

»Nicht weinen.«

»Ich weine nicht …« Meine Stimme zittert.

»Klingt für mich aber ganz danach.«

»Sag es noch mal.«

»Klingt für mich …«

»Ich meine den anderen Satz.«

»Nicht weinen?«

Wäre er in diesem Moment bei mir, würde ich ihm das Grinsen aus dem Gesicht küssen.

»Vergiss es«, stöhne ich.

»Ich liebe dich. Gute Nacht«, sagt er und legt auf.

Nach Julians Geständnis kann ich erst recht nicht einschlafen, also lasse ich mir stattdessen immer wieder unser Gespräch durch den Kopf gehen. Ich bin mir mit jeder Faser meines Körpers sicher, dass er mich liebt, und es ist an der Zeit, dass ich ihm zeige, dass ich das Gleiche für ihn empfinde, auch wenn das bedeutet, ein weiteres Mal mein Herz aufs Spiel zu setzen. Julians Liebe nur für einen Moment zu empfinden, ist so viel besser, als ein ganzes Leben ohne sie zu verbringen und darüber zu grübeln, was vielleicht geschehen wäre, hätte ich ihm eine Chance gegeben.

* * *

Am nächsten Morgen werde ich von einer Nachricht meiner Agentin geweckt, die mich fragt, ob ich auf die Party am Samstag gehe.

Ich: *Welche Party?*

Sie schickt mir ein Foto von der Ankündigung der fünften jährlichen Postproduktionsparty der Creswells.

Jamie: *Ich dachte, die Party wäre der Grund dafür, dass du dich diese und nicht erst nächste Woche mit Archer treffen wolltest.*

Ich: *Meine Einladung muss in der Post verloren gegangen sein.*

Jamie: *Mist. Du stehst auf der RSVP-Liste.*

In diesem Moment geht ein Anruf ein.

»Hey, Jamie.«

»Scheiß auf die!«

Ich reiße die Augen auf.

»Du wusstest nichts davon?«

»Ich meine, ich war die letzten Male dabei; aber ich bin davon ausgegangen, dass sie die Party nach allem, was passiert ist, dieses Jahr ausfallen lassen.«

»Diese Arschlöcher«, zischt Jamie.

»Schon okay.«

»Nein, das ist nicht okay! Das haben die mit Absicht gemacht, um dich in Verlegenheit zu bringen.«

»Nur wenn ich es zulasse.«

Ich höre ihre Absätze klackern, offensichtlich läuft sie auf und ab. »Du denkst aber nicht drüber nach hinzugehen, oder?«

Ich schweige.

»Das kann nicht dein Ernst sein, Dahlia. Seit unserem Kennenlernen hast du dich so krass weiterentwickelt. Es besteht keine Notwendigkeit, das alles aufs Spiel zu setzen.«

Bei meinem ersten Treffen mit Jamie habe ich in ihrem Büro einen Zusammenbruch erlitten, nachdem ich ihr erzählt habe, wie mich mein vorheriger Agent als Klientin fallen gelassen hat. Damals war ich depressiv, ohne mir dessen bewusst zu sein, und mein Mangel an Kontrolle über meine Gefühle befand sich auf dem absoluten Tiefpunkt.

Und sieh dich jetzt an.

»Ich möchte ihnen zeigen, dass sie mich nicht kleingekriegt haben.« Beinahe wäre es ihnen gelungen, aber ich bin nach wie vor hier und kämpfe für mich und die Zukunft, die ich verdiene.

»Soll ich dich begleiten?«

Ich denke einen Moment über Jamies Angebot nach, bevor ich eine noch bessere Idee habe. »Um ehrlich zu sein, habe ich schon ein Date.«

»Ist er heiß?«

»Sehr heiß«, bestätige ich und muss lachen.

»Und smart?«

Ich krause die Nase. »Auf eine sehr nervige Weise.«

»Bitte sag mir, dass er reich ist.«

»Im Vergleich dazu ist Olivers Erbe nicht mehr als Spielgeld.«

Jamie pfeift durch die Zähne. »Gut für dich. Klingt, als solltest du an ihm festhalten.«

Das ist mir bewusst, und es ist an der Zeit, dass ich es auch ihn wissen lasse.

KAPITEL EINUNDFÜNFZIG
JULIAN

Das Klingeln meines Handys unterbricht meine Arbeit, als ich gerade ein Holzstück in der Mitte durchsäge.

Ich nehme den Anruf entgegen. »Dahlia?«

»Fühl dich nicht verpflichtet, Ja zu sagen, aber ich habe diese etwas verrückte Frage …«

»Ja.«

Ihr Lachen ist der süßeste Laut, den ich jemals gehört habe.

»Du weißt doch noch gar nicht, worum es geht.«

»Muss ich das denn?«

Sie murmelt etwas, das ich nicht verstehe.

Ich ziehe die Brauen zusammen. »Was?«

»Die Creswells schmeißen ihre jährliche Party, und ich stehe praktischerweise auf der Gästeliste.«

Was mich kein bisschen wundert. Da sich die Medien nach Olivers Hochzeit in Las Vegas und dem Desaster der letzten Staffel hinter Dahlia versammeln, müssen die Creswells alles dafür tun, Schadenbegrenzung zu betreiben.

»Wann ist die Party?« Ich lege das Stück Holz beiseite und beginne, meine Werkbank aufzuräumen.

»Morgen Abend.«

»Ich komme gleich morgen früh. Smoking oder Anzug?«

»Julian.«

»Schon verstanden. Ich packe beide ein, dann kannst du entscheiden.« Ich wische meine mit Sägemehl bedeckten Hände an meinem Shirt ab.

»Du willst wirklich mitkommen?«

»Gehst du hin?«

Sie schweigt einen Moment, bevor sie antwortet. »Ja.«

»Dann möchte ich mitkommen.«

»Danke«, sagt sie leise, bevor sie auflegt.

* * *

Als ich das letzte Mal in San Francisco war, konnte ich mir kaum ein Economy-Ticket leisten, um über die Feiertage nach Hause zu fliegen, und jetzt parkt mein Privatjet auf einer gesonderten Landebahn. Sam hat sich einen netten Weihnachtsbonus damit verdient, indem er in letzter Minute einen Piloten aufgetan und mir einen roten Ferrari gemietet hat, der mehr wert ist als alle meine Autos zusammen.

Ich parke den Wagen vor Dahlias Stadthaus, stelle den Motor ab und steige aus. Der viktorianische Baustil mit der weißen und blauen Holzverkleidung und den Erkerfenstern, die sie so sehr liebt, passt perfekt zu Dahlia.

Ich steige die Treppe hinauf, mache einen Schritt über die Fußmatte mit der verblassten Aufschrift *mi casa es tu casa* hinweg und drücke den Klingelknopf.

»Ich komme!«

Kurz darauf wird die Tür aufgerissen.

»Du bist da.«

»Wie versprochen.« Ich schlinge die Arme um ihre Taille und presse meine Lippen auf ihre, küsse sie auf die Art und Weise, von der ich träume, seit sie vor vier Tagen aus Lake Wisteria abgereist ist.

Schließlich löse ich mich von ihr und lege meine Stirn an ihre. »Ich habe dich vermisst.«

»Es ist keine Woche her, dass wir uns gesehen haben.«

»Vier Tage zu viel.«

»Du bist ziemlich bedürftig.«

»Was du nicht sagst.«

Sie gähnt. »Als du gesagt hast, dass du gleich morgens kommst, bin ich von einer etwas späteren Uhrzeit ausgegangen.«

»Ich dachte, dass wir den Tag gemeinsam verbringen.«

»Was würdest du gerne machen?«

»Worauf du Lust hast.«

»Auf jeden Fall Frühstücken gehen.«

»Ja bitte.« Wie aufs Stichwort knurrt mein Magen.

»Pediküre?«

Ich verziehe das Gesicht. »Okay?«

Sie klatscht in die Hände. »Shopping?«

»Ich habe nichts anderes erwartet.«

Das Glück, das sie ausstrahlt, macht das frühe Aufstehen wett.

Sie greift nach meiner Hand und zieht mich ins Haus, bevor sie die Tür hinter mir schließt. »Gib mir ein paar Minuten, um mich umzuziehen. Schau dich in der Zeit gerne um.«

Eigentlich habe ich vor, genau das zu tun, doch als mein Blick auf ein Paket neben der Tür fällt, halte ich inne.

»Ich wollte ihm seine Sachen zurückschicken.«

»Die Adresse stimmt nicht. Die Postleitzahl der Hölle lautet 666.«

Sie schlingt die Arme um meine Mitte. »Mir geht es schon viel besser, dabei bist du gerade mal zwei Minuten hier.«

»Werde ich hier noch auf andere Sachen von Oliver stoßen?«

»Nein. Das hier war immer mein Haus, auch wenn es ihm nicht gefallen hat, dass wir nicht zusammengewohnt haben.«

»Erinnere mich bei Gelegenheit daran, mich bei deiner Mutter dafür zu bedanken, dass sie darauf bestanden hat, dass du nicht unverheiratet mit jemandem zusammenziehst.«

»Ich hab das dumpfe Gefühl, dass du diese Aussage irgendwann bereuen wirst.«

»Was …«

Das Klingeln eines Telefons erregt ihre Aufmerksamkeit, und sie löst sich von mir, um die Treppe hinaufzulaufen.

Ich bleibe allein zurück.

Die warme Farbpalette, die Hartholzböden und die Mischung aus Möbeln und Texturen passen perfekt zu Dahlias Stil, auch wenn die Umzugskartons in jedem Zimmer fehl am Platz wirken.

Durch die Fenster fällt reichlich natürliches Licht, das die in einer Reihe hängenden Bilderrahmen hervorhebt, von denen jeder eine Skizze enthält. Vom Blumenladen ihrer Mutter. Vom Gründerhaus. Und von ihrem jetzigen Wohnzimmer mit verschiedenen Gegenständen aus ihrer Design-Kollektion.

»Bereit?«

Als ich mich umdrehe, steht Dahlia passend gekleidet für das kalte Wetter vor mir.

»Ziehst du um?« Ich deute auf einen Stapel Kartons.

»Ja.«

Mein Magen zieht sich zusammen. »Wohin?«

»Ich bin mir nicht sicher, ob du schon mal davon gehört hast, aber da gibt es diese kleine Stadt in Michigan, Lake Wisteria …«

»Was?« Ich muss mich verhört haben.

»Ich habe gesagt, dass sie klein ist.«

»Du ziehst nach Hause zurück?«

»Ja.«

»Warum?«

»Ich habe das Angebot von Archer Media abgelehnt.«

Ich blinzele ein paarmal. »Warum?«

»Es hat sich nicht richtig angefühlt.«

»Aber was ist mit deiner Sendung?«

Sie zuckt mit den Schultern. »Wenn mir der passende Vertrag über den Weg läuft, werde ich es wissen.«

»Keine Zweifel?«

»Nein. Ich war mir noch nie in meinem Leben so sicher.«

Ich lege die Hände an ihre Hüfte und ziehe sie an mich. »Das heißt aber nicht, dass du nach Lake Wisteria zurückziehen musst. Wir könnten trotzdem hier leben.«

Sie schlingt die Arme um meinen Nacken und zieht mich zu sich herunter. »Ich möchte nicht in San Francisco leben.«

»Aber …«

»Julian?«

»Ja?«

»*Te amo también.*« Sie stellt sich auf die Zehenspitzen und bedeckt meinen Mund mit ihrem.

Als sie den Kuss vertieft, läuft mir ein Schauer den Rücken hinab. Unsere Zungen verschmelzen, necken einander, bis wir beide außer Atem sind.

Mit einem Lachen löst sie sich von mir. »Was hältst du davon, ein bisschen rauszugehen?«

»Wo möchtest du zuerst hin?« Ich ziehe den Autoschlüssel aus der hinteren Hosentasche.

»In unser altes Revier.«

»Nach dir.« Ich deute zur Tür.

Wir treten aus dem Haus, und Dahlia schließt hinter uns ab.

Als ich den Knopf am Autoschlüssel betätige, piept der Ferrari.

Dahlia reißt die Augen auf. »Kann ich fahren?«

»Klar.« Ich werfe ihr den Schlüssel zu.

Sie fängt ihn im letzten Moment, bevor er auf den Boden fällt, auf. »Im Ernst?«

Ich öffne ihr die Fahrertür. »Klar. Ist ein Mietwagen.«

Dahlia stellt den Sitz auf ihre Größe ein.

»Lass uns heute trotzdem jegliche Art von Unfall vermeiden.« Ich lasse mich auf den Beifahrersitz fallen und schnalle mich an.

Nachdem sie sich ihre Sonnenbrille aufgesetzt und den Rückspiegel eingestellt hat, fährt sie mit quietschenden Reifen die Straße hinunter, sodass mein Herz einen Schlag aussetzt.

* * *

»Schmeckt er so gut wie in deiner Erinnerung?«, fragt Dahlia.

Ich nehme noch einen Schluck von meinem Iced Coffee. »Auf jeden Fall schmeckt er nicht schlecht.«

»Nicht schlecht? Das ist der allerbeste!« Sie greift nach meinem Strohhalm. »Der ist köstlich, jedes andere Urteil weigere ich mich zu akzeptieren.«

»Das liegt nur an der Nostalgie.« Ich lege einen Arm um sie und ziehe sie an meine Seite. Dann hebe ich den Blick, um zum Hoover Tower hinaufzusehen. »Als wir Erstsemester waren, kam der mir viel größer vor.«

Sie lacht. »Alles an diesem Campus kam mir unglaublich groß und beängstigend vor.«

»Als du im ersten Jahr so wahnsinniges Heimweh hattest, war ich mir sicher, dass du zurückgehst, um an einem College zu Hause zu studieren.«

»Das habe ich nur dank dir überlebt.«

»Im ersten Jahr haben wir uns gegenseitig geholfen, aber die folgenden drei Jahre hast du es allein geschafft.«

Sie hebt eine Schulter. »Mit der Zeit ist mir San Francisco ans Herz gewachsen.«

»Apropos San Francisco – wo möchtest du als Nächstes hin?«

»Wenn ich mich recht erinnere, hat eben jemand das Wort Shopping fallen lassen?«

Ich ziehe mein Portemonnaie aus der hinteren Hosentasche und nehme eine schwarze Kreditkarte heraus. »Kauf dir für heute Abend, was immer du willst.«

»Eigentlich hatte ich gar nicht geplant, mir ein neues Kleid zu kaufen …«, sie schnappt sich die Karte, »… aber wenn du darauf bestehst.«

Wärme breitet sich in meinem Brustkorb aus, als würde ein Flammeninferno darin wüten und mich von innen verzehren. Wie merkwürdig, dass ich zehn Jahre damit verbracht habe, jemanden zu finden, der nur einen Bruchteil der gleichen Gefühle in mir auslöst wie Dahlia, um schließlich mit der Hoffnung, den Rest meines Lebens mit ihr zu verbringen, an diesem Punkt anzugelangen.

* * *

Obwohl ich derjenige bin, der die hohe Rechnung in der Boutique übernimmt, gönnt mir Dahlia keinen Blick auf das Kleid, bis wir abends aufbrechen.

Ich höre ihre Absätze auf der Treppe, drehe mich jedoch erst zu ihr um, als sie unten angekommen ist.

Mein Blick verengt sich, bis ich nur noch sie sehe. *»Preciosa.«* Von der perfekten Frisur über ihr Make-up bis zum Seidenkleid – Dahlia sieht in jeder Hinsicht überwältigend aus. Als sie sich einmal im Kreis dreht, schimmert ihr Kleid im Licht in den unterschiedlichsten Farben.

»Ein Satz, an den du denken solltest, wenn du Ende des Monats deine Kreditkartenabrechnung bekommst.«

Ich ergreife ihre Hand, um sie ein weiteres Mal im Kreis zu drehen, wofür ich mit dem schönsten Lachen der Welt belohnt werde. »Wer ist der Designer?«

»Warum fragst du?«

»Weil ich dir eins in jeder Farbe kaufen möchte, egal was es mich kostet.« Ich biete ihr meinen Arm an. »Bist du dir sicher, dass du zu dieser Veranstaltung gehen willst?«

»Ja.« Sie hakt sich bei mir unter, und wir steuern die Haustür an.

»Ich wollte nur sichergehen.«

Ich helfe ihr auf den Beifahrersitz, bevor ich mich selbst hinters Steuer setze.

»Machst du Musik an?«

»Ist uns mehr nach der *Stressed-and-Depressed-* oder der *Fuck-Love-Songs*-Playlist?«

»Definitiv letzterer.«

Während Rap-Musik aus der Anlage dröhnt, starte ich den Wagen, um uns zur Villa der Creswells zu fahren. Ihr Anwesen liegt im schönsten Teil der Stadt.

Der Valet-Service öffnet uns eilig die Türen und hilft Dahlia aus dem Auto.

Als ich nach ihrem Arm greife, spüre ich, dass sie zittert. »Bist du dir immer noch sicher?«, frage ich noch einmal.

Augenblicklich verändert sich ihre Haltung. Sie strafft die Schultern und hebt das Kinn. »Ja, ich bin mir sicher.«

Ich stehle mir einen Kuss, bevor sie mich mit einem Lachen und dem Kommentar, dass ich ihren Lippenstift verschmiere, wegschiebt.

»Ich bin für dich da.«

»Versprichst du mir eins?«

»Was?«

»Hau Oliver keine rein, wenn du ihn siehst.«

»Wieso, weil du das gerne selbst übernehmen möchtest?«

»Nein. Weil eine Nacht mit dir in einer Zelle für den Rest meines Lebens ausreicht.«

Ich hebe ihre Hand an meinen Mund und hauche einen Kuss darauf. »Ich verspreche dir, ihm keine reinzuhauen.«

So sehr es mich auch in den Fingern juckt.

KAPITEL ZWEIUNDFÜNFZIG
DAHLIA

Dahlia!«

Als ich Reina, eine der Mitarbeiterinnen aus dem Produktions-Team, meinen Namen rufen höre, drehe ich mich um. Sie steht neben Hannah und Arthur, alle drei winken mir zu.

»Wer ist das?« Julians Smoking streift meinen Rücken, als er mir die Frage ins Ohr flüstert.

»Sie gehören zur Produktions-Crew.«

»Mögen wir sie?«

Die Art, auf die er das *wir* betont, löst ein Kribbeln in mir aus.

»Ja, sehr sogar.« Auch wenn ich ihnen in den vergangenen sechs Monaten keine besonders gute Freundin war. Sie haben sich die größte Mühe gegeben, aber für mich war es leichter, meine Depression in den Griff zu bekommen, indem ich mein altes Leben hinter mir gelassen habe.

Ich ziehe Julian an der Hand zu meiner alten Crew hinüber, die mich sofort in eine herzliche Gruppenumarmung schließt.

»Wir haben dich vermisst!«, quietscht Hannah, meine Visagistin, mit den violetten Highlights im Haar und dem Zungenpiercing, bevor mich Reina – die aussieht, als wäre Malibu-Barbie zum Leben erwacht – erneut umarmt.

»Du hast auf keine meiner Nachrichten geantwortet.«

Ich werde rot. »Ich war …«

»Damit beschäftigt, Country-Musik zu hören?« Hannah bedenkt mich mit einem vielsagenden Blick.

»So ist es.«

»Schon kapiert. Männer sind scheiße.« Arthur, mein Hairstylist, mustert meine splissigen Spitzen. »Du brauchst dringend einen frischen Schnitt.«

»Wenn ich morgen nicht schon wieder abreisen würde, hätte ich dich gefragt, ob du Zeit hast.«

»Wir können ein paar Tage länger bleiben, wenn du möchtest«, bietet Julian an.

»Und wer ist dieser gut aussehende Kerl?« Arthur beäugt Julian von Kopf bis Fuß.

Ich nehme es ihm nicht übel, nachdem ich ähnlich überwältigt war, als ich Julian eben in seinem Smoking aus dem Gästezimmer habe kommen sehen.

»Ich bin ihr Freund. Julian.« Er streckt Arthur die Hand hin, aber der schlägt sie beiseite und schließt ihn stattdessen in die Arme.

»Habt ihr das gehört?« Er fasst Julian an den Armen und dreht ihn zu den anderen herum, als stünde er bei einer Auktion zum Verkauf. »Dahlia hat einen Freund!«

»Hättest du vielleicht gerne ein Mikro, damit auch alle anderen Gäste davon erfahren?«, erkundigt sich Hannah.

»Freund?«

Beim Klang der Stimme in meinem Rücken stellen sich die Härchen an meinen Armen auf.

Langsam drehe ich mich herum. Vor mir steht Oliver – mit offenem

Mund, einem Drink in der Hand und einem glänzenden Ehering an der linken Hand. Es gab eine Zeit, als ich ihn attraktiv fand, doch inzwischen stößt mich seine Erscheinung geradezu ab. Was ich als Fortschritt betrachte. Dass mir bei seinem Anblick schlecht wird, ist mir tausendmal lieber, als Liebeskummer zu empfinden.

Olivia, die in einem wunderschönen hauchzarten Kleid neben meinem Ex steht und einen atemberaubenden Diamantring trägt, der meinem ähnelt, bleibt stumm, nickt mir jedoch zur Begrüßung zu.

Julian legt seinen Arm um meine Taille; als er mit seinem Daumen über meinen Hüftknochen streicht, fühle ich mich sofort ein wenig besser. Oliver hätte sich niemals die Mühe gemacht, mich auf diese Weise zu stützen, weil er mein Unbehagen gar nicht erst bemerkt hätte. Wie auch, wenn er ständig damit beschäftigt war, alle anderen Menschen um ihn herum zu beeindrucken?

Dass ich Julian tatsächlich mal mit ihm verglichen habe …

Ich lege meine Hand auf Julians und drücke sie.

Olivers Augen treten vor Überraschung beinahe aus den Höhlen. »Julian?«

»Oliver.«

Ich sehe, wie Oliver seine scharf geschnittenen Kieferknochen anspannt. »Ich wusste nicht, dass ihr beide ein Paar seid.«

»Ich hätte ihn als Begleitung auf meiner RSVP-Karte angegeben, wenn ich jemals eine Einladung erhalten hätte.«

Sein goldener Hautton verliert deutlich an Farbe. »Meine Mutter …«

»Ist hier!« Plötzlich steht Mrs. Creswell neben uns, mit perfekt frisiertem blondem Haar und einem täuschend echten Lächeln auf den Lippen. Ihr Mann hält sich im Hintergrund und schiebt sich ein Häppchen nach dem anderen in den Mund, während er es vermeidet, seine Frau anzusehen. »Dahlia.« Sie streckt die Arme aus. Eine Geste, die ich ignoriere.

Julian gibt einen Laut von sich, der verdammt viel Ähnlichkeit mit einem Lachen hat.

Sie lässt die Arme sinken. »Ich freue mich sehr, dass du kommen konntest.«

»Kann ich mir denken, nachdem du die Einladung in meinem Namen angenommen hast.«

Olivers Vater verschluckt sich beinahe an seinem Lammfleisch-Spieß.

Mrs. Creswell legt die Hände aneinander. »Wir wollten dich unbedingt hier haben.«

»Tatsächlich?«

Ihr rechtes Augenlid zuckt. »Natürlich. Du hast schließlich zum Erfolg der Show beigetragen.«

»Sie war *nur* wegen ihr erfolgreich«, fährt Julian dazwischen.

Der Blick, mit dem Mrs. Creswell Julian bedenkt, ist absolut untypisch für sie. »Und Sie sind?«

»Das ist Julian Lopez. Mein früherer Mitbewohner und Dahlias neuer Freund.« Oliver gelingt es, den Spott in seinem Ton auf ein Minimum zu beschränken.

»Ein neuer Partner? Das ging schnell.«

»Ich bin mir sicher, dass Oliver aus erster Hand berichten kann, wie es ist, seinen Seelenverwandten zu treffen, nachdem er sich innerhalb kürzester Zeit verlobt und geheiratet hat.« Julian zieht mich noch enger an sich.

Um die Spannung, die in der Luft liegt und Mrs. Creswell offensichtlich nicht entgeht, zu entschärfen, winkt sie einen Kameramann heran. »Großartig, ein Foto für die Zeitung. Kommt alle her.«

Julian zieht mich zur Seite, bevor der Blitz auslöst und die Creswells gaffend zurückbleiben.

Er legt mir sanft zwei Finger unter das Kinn. »Ein Wort von dir, und wir sind hier weg.«

»Hast du seinen Gesichtsausdruck gesehen?«

Er fährt mit seinem Daumen über meine Unterlippe. »Ja, hab ich.«

»Du bist der Beste.«

Er erwidert mein Lächeln, und genau in dieser Sekunde löst der Fotograf erneut aus und hält unseren intimen Moment fest.

Julian wirft einen Blick über meine Schulter. »Oliver hasst jede Sekunde.«

»Auf einer Skala von eins bis zehn?«

»Mindestens eine Neun.«

»Da können wir noch mehr rausholen. Ich will ihn gleichzeitig schreien, weinen und sich übergeben sehen.«

»Du bist ein teuflisches kleines Ding, und dafür liebe ich dich.«

»Ich zeige dir, was teuflisch ist.« Ich lege die Hände ans Revers seines Smokings und ziehe ihn zu mir herunter, um ihn zu küssen.

Julians Hand liegt auf meinem Rücken, und er presst mich an sich, während er sich meinem fordernden Tempo anpasst. Sein Kuss ist so leidenschaftlich und besitzergreifend, dass mein Körper kribbelt und mir schwindelig wird, während unsere Münder miteinander verschmelzen. Julian legt alles in jeden einzelnen seiner Küsse und gibt mir das Gefühl, geliebt, bewundert und geschätzt zu werden. Er steht für alles, was ich mir von einem Partner wünsche, und mehr – und ich kann es kaum erwarten zu sehen, wohin uns dieser nächste Abschnitt unseres Lebens führt.

»Verdammt, wo kann ich jemanden finden, der mich so küsst?«, quietscht Arthur.

Meine Wangen beginnen zu brennen.

Julian streicht mir eine Haarsträhne hinters Ohr. »Ich habe zehn Jahre lang gesucht, also viel Glück.«

Arthur fächelt sich Luft zu. »Wenn du Julian nicht heiratest, dann tu ich es.«

»Wiederhol das und du wirst nicht wissen, wie dir geschieht.«

Arthur hebt abwehrend die Hände. »Schon kapiert, du *teuflisches kleines Ding*. Fahr die Acrylklauen ein, bevor noch jemand verletzt wird.«

KAPITEL DREIUNDFÜNFZIG
JULIAN

Das einzige Mal, dass ich Dahlia kurz allein lasse, tue ich es, um uns etwas zu trinken zu holen.

Zum Glück hat sie ein paar nette Leute um sich herum, sodass ich unbesorgt an der Bar warte.

»Hat Oliver das Haus bekommen?«, höre ich eine Frau neben mir fragen.

»Ja, er hat es endlich geschafft, den Vorbesitzer zu überreden, das Angebot anzunehmen. Am Montag soll der Vertrag unterzeichnet werden«, antwortet eine zarte Stimme, von der ich annehme, dass sie zu Olivia gehört.

Bei der Erwähnung von Olivers Namen horche ich auf. Ich achte darauf, den beiden den Rücken zugewandt zu lassen, während ich ihrem Gespräch lausche.

»Für wie viel wollen sie es verkaufen?«

»Acht Millionen.«

»Du Glückspilz!«, quietscht die andere Frau.

Olivia lacht. »Ich hätte nie gedacht, dass wir ein Haus in Presidio

Heights finden, das zum Verkauf steht. Aber als wir irgendwann durch die Gegend gefahren sind, habe ich mich auf den ersten Blick in das Eckgrundstück an der Clay Street verliebt. Oliver hat es mir als Hochzeitsgeschenk versprochen.«

»Wo kann ich einen Mann wie ihn finden?«, schwärmt die andere Frau, während ich die Dwelling-App auf meinem Handy öffne und mich einlogge. Für die Clay Street sind zwar derzeit keine Angebote gelistet, aber es gibt nur vier Eckgrundstücke.

»Ist es das im edwardianischen Stil, das du vorhin erwähnt hast?«, erkundigt sich die andere Frau.

»Nein. Das ist in Familienbesitz geblieben. Unseres ist eher im europäischen Stil gehalten.«

Ich brauche nur ein paar Klicks, um das einzige Haus zu finden, das auf Olivias Beschreibung passt. Dann rufe ich meinen Text-Thread mit Rafa auf und schicke ihm eine Nachricht, in der ich ihn um einen Gefallen bitte.

Rafa: *Worum geht's?*

Ich schicke ihm den Link zur Dwelling-Website und eine Bitte, auf die er mit den Worten *Gib mir zwanzig Minuten* antwortet.

* * *

Ich brauche nicht lange, um Dahlia und ihre Freundinnen wiederzufinden, da sie auf der gesamten Party die lautesten sind. Während ich an der Bar war, hat jemand einen der Heizstrahler näher an ihren Tisch geschoben, der ein warmes, oranges Licht auf die vier wirft.

»Gott sei Dank.« Dahlia schnappt sich den ausgefallenen Mocktail, den ich für sie bestellt habe, und trinkt ihn zur Hälfte aus.

»Hast du Durst?« Ich lache und nehme einen Schluck aus meiner Bierflasche.

»Ich bin furchtbar dehydriert, danke der Nachfrage.« Dahlia stößt mit mir an. »Prost.« Sie nimmt einen weiteren Schluck, bevor sie mit einem Seufzer die Augen schließt.

»Was machst du da?«

»Mein Gehirn glauben machen, dass Alkohol in meinem Drink ist.«

»Wenn du lieber …«

»Nein. Die sind es nicht wert, dass ich wegen ihnen all meine Fortschritte zunichtemache.« Sie trinkt noch einen Schluck, während ich mir einen Stuhl heranziehe. Als ich neben ihr sitze, lege ich einen Arm um ihre Rückenlehne.

Ihre Freunde unterhalten sich weiter über die neuen Shows, bei denen sie dabei sein werden, und darüber, dass niemand jemals mit Dahlia mithalten können wird. Ich lehne mich zurück und lasse mich von ihren Gesprächen berieseln, die allesamt damit enden, dass Hannah, Reina und Arthur sich über irgendetwas in die Haare bekommen.

Dahlias Glück ist aus jedem Grinsen, Lachen und Witz von ihrem Gesicht abzulesen, und ich fühle mich geehrt, dass sie mich hierher eingeladen hat, um zu sehen, wie sie in Gegenwart der Familie aufblüht, die mit allen Mitteln versucht hat, sie zu zerstören.

Als Dahlia bei einem Witz von Arthur vor Lachen den Kopf in den Nacken fallen lässt, zieht sie sämtliche Blicke auf sich, einschließlich Olivers.

Mein Griff um ihre Stuhllehne festigt sich, während ich ihn mustere.

Unser Wettstarren wird durch das Aufleuchten eines Handydisplays in seiner Tasche unterbrochen. Er greift hinein und schaut stirnrunzelnd auf das Display.

Ich lehne mich zu Dahlia hinüber und flüstere: »Was hältst du davon, wenn wir uns zusammentun und ausnahmsweise mal anderen Leuten einen Streich spielen?«

Ihre Augen weiten sich. »Was hast du getan?«

»Ich habe zufällig gehört, wie Olivia erwähnt hat, dass ihr Oliver als Hochzeitsgeschenk ein Haus in Presidio Heights kaufen will.« Ich neige mein Kinn in seine Richtung.

Dahlia sieht sich zu ihm um.

»Was soll das heißen, jemand anderes hat das Haus gekauft?«, ruft Oliver in diesem Moment laut.

Einige Leute drehen mit irritiertem Gesichtsausdruck die Köpfe in seine Richtung.

»Sie haben mir das Haus zugesagt.« Er macht ein paar Schritte, bevor er abrupt stehen bleibt. »Zehn Millionen Dollar?«

Dahlia keucht auf. »Das hast du nicht getan.«

Ich streiche ihr eine Haarsträhne hinters Ohr, die sich aus ihrer Frisur gelöst hat. »Aus reiner Neugier, was hältst du von Häusern, die architektonisch von der italienischen Renaissance beeinflusst sind?«

»Ich finde sie scheußlich.«

»Perfekt. Ich auch.«

Ihr Lachen macht das Haus jeden einzelnen Dollar wert.

Als sie wieder einigermaßen zu Atem gekommen ist, sieht sie mich an. »Hast du im Ernst aus reiner Gehässigkeit irgendein x-beliebiges Haus gekauft, das wir beide schrecklich finden?«

»Nein. Ich habe irgendein x-beliebiges Haus gekauft, das wir beide schrecklich finden, weil ich dermaßen in dich verliebt bin.«

* * *

Auf Dahlias Drängen hin fahren wir den gepackten Umzugswagen selbst zurück nach Lake Wisteria, anstatt ein Umzugsunternehmen zu beauftragen. Sie behauptet wegen der Wertgegenstände, aber es dauert nicht lange, bis ich ihren Plan durchschaue, unsere Reise so lange wie möglich auszudehnen.

Drei Tage später parke ich den Umzugswagen mit einem Gähnen vor dem Haus der Muñoz'. Wir klettern aus dem Führerhaus und kämpfen beide gegen die Müdigkeit an, während wir zur Haustür gehen.

Ich nehme ihre Hand und ziehe sie an meine Seite. »Du könntest bei mir einziehen.«

»Tut mir leid, aber an meiner Antwort hat sich in der letzten Stunde nichts geändert.«

»Aber ich habe vor, es zu Weihnachten zu dekorieren.«

Sie hebt die Brauen. »Wirklich?«

»Jepp. Ich hoste dieses Jahr die *Posada*,* was bedeutet, dass du mir helfen musst.«

Sie lacht. »Okay, das ist nur fair nach allem, was du Thanksgiving für mich getan hast.«

»Und wegen der ganzen Hilfe, die ich von dir brauche, ist es am besten, wenn du bei mir wohnst. Auf unbestimmte Zeit.«

Sie schüttelt den Kopf.

»Na gut.« Ich seufze. »Ich respektiere deinen Wunsch, bis zur Hochzeit getrennt zu leben.«

»Angenommen, dass wir jemals heiraten werden.«

Ich tippe ihr auf die Nasenspitze. »Süß, dass du davon ausgehst, eine Wahl zu haben.«

Sie stößt ein Lachen aus, das wie ein Schnauben klingt. »O Mann, was soll ich bloß mit dir anfangen?«

---

* ***Posada:*** *mexikanisches vorweihnachtliches Fest zur Erinnerung an die Weihnachtsgeschichte*

»Ich hätte da ein paar Ideen.« Ich drücke einen Kuss auf ihren Handrücken.

»Dahlia!« Rosa stürzt in flauschigen Hausschuhen und den Kopf voller Lockenwickler aus dem Haus.

»Mami.«

Rosa zieht ihre Tochter in eine kurze stürmische Umarmung, bevor sie die Arme um mich schlingt und mir sämtliche Luft aus der Lunge quetscht.

Anscheinend hat sie dir den Gefängnis-Zwischenfall verziehen.

Sie löst sich von mir. »Du hast unser Mädchen zurück nach Hause gebracht.«

»Das war allein ihre Entscheidung. Ich hab nur den Umzugswagen gefahren.«

Rosa sieht mit schimmernden braunen Augen zu mir auf, die mich so sehr an Dahlias erinnern. »Du hast sehr viel mehr getan als das.«

Dahlia wendet sich ab und reibt sich mit der Handfläche über die Wange.

»Weinst du etwa?« Ich muss lachen.

Sie zeigt mir den Mittelfinger, bevor sie in Richtung Haustür marschiert. »Ich hasse dich.«

Manche Dinge ändern sich nie.

* * *

Als ich Callahan Kane letzten Sommer bei der Umgestaltung seines Hauses innerhalb eines fast unmöglichen Zeitrahmens geholfen habe, wusste ich, dass ich eines Tages den Gefallen einfordern würde, den er mir schuldet, aber ich hatte nicht geplant, ihn für Dahlia zu nutzen. Es ist möglich, dass ich mit meinem Plan krachend scheitere, aber wenn ich Dahlia damit zu einem Fernsehvertrag verhelfen kann, der sie hundertprozentig glücklich macht, dann werde ich es versuchen.

Callahan Kane ist ein schwer zu erreichender Mann. Alle meine Anrufe landen auf der Mailbox, was meine Angst mit jedem Tag wachsen lässt.

Ich versuche mich auf mein Projekt und die Vorbereitungen für die Feiertage zu konzentrieren. Dahlia hilft mir, mein Haus zu schmücken, und ich revanchiere mich, indem ich sie unter dem Weihnachtsbaum vögele und ein paar Folgen ihrer Lieblingstelenovela mit ihr anschaue.

Sam beschränkt seine Anrufe auf ein Minimum, was mich in dem Vertrauen in Ryders Fähigkeiten bestärkt, mich bei der Leitung von Lopez Luxury zu unterstützen. Ich weiß, dass er mich nicht im Stich lassen wird, und sämtliches Feedback, das ich erhalte, bestätigt mich in dieser Einschätzung. Daher habe ich ein gutes Gefühl dabei, mich weiter aus dem Geschäft zurückzuziehen, um mit Dahlia ein paar eigene Projekte anzugehen.

Als ich es zum zweiten Mal an diesem Tag bei Callahan Kane versuche, hebt er nach dem dritten Klingeln ab.

Wunder geschehen also doch.

»Julian Lopez. Was verschafft mir die Ehre?«

Ich räuspere mich. »Erinnerst du dich an den Gefallen, den du mir schuldest?«

»Du kommst direkt zum Punkt, das gefällt mir. Erinnert mich an meinen Bruder …«

»Erinnerst. Du. Dich?«, unterbreche ich ihn, bevor er ins Schwafeln gerät.

»Warum hilfst du meinem Gedächtnis nicht ein wenig auf die Sprünge?«

Ich trommele mit den Fingern auf die Werkbank. »Ich habe dein Haus renoviert. Im Austausch gegen einen Gefallen meiner Wahl.«

»Ah ja, stimmt. Möchtest du, dass ich den Kontakt zu Declan oder Rowan herstelle?«

»Ich möchte mit der Person sprechen, die für die DreamStream-Sparte der Kane Company verantwortlich ist.«

»Du möchtest mit der Streaming-Abteilung sprechen? Wozu?«

Ich schweige.

»Warum sollte ein Bauunternehmer wie du …« Er hält inne und stößt einen wissenden Laut aus. »Ah, ich glaube, ich weiß, warum.«

»Kannst du mir helfen oder nicht?«

»Sicher. Aber zuerst musst du mir drei Fragen beantworten.«

»Welche?«

»Hat deine Bitte etwas mit Dahlia zu tun?«

»Ja.«

»Liebst du sie?«

»Was hat das damit zu …«

»Beantworte die Frage, damit ich den Ernst der Situation abschätzen kann.«

Este pendejo.

»Ja, ich liebe sie.«

»Großartig. Das heißt, du würdest alles tun, um sie zu unterstützen.«

»Wie lautet die dritte Frage?«

»Hast du heute Abend schon was vor?«

»Heute Abend?«

»Ist das ein Problem?«

»Nein.« Nur dass ich mir einen guten Grund überlegen muss, um die Verabredung mit Dahlia zum Abendessen abzusagen.

»Perfekt. Wir sehen uns um sieben am Privatflughafen.«

Ich habe keine Ahnung, worauf ich mich einlasse, aber ich weiß, dass Dahlia die Mühe wert ist, einschließlich der, mich mit Callahan Kane auseinanderzusetzen und sein nervtötend sonniges Gemüt zu ertragen.

KAPITEL VIERUNDFÜNFZIG
DAHLIA

Während Ryder den Terminplan für das Lake-Aurora-Projekt vorstellt, leuchtet mein Handydisplay auf.

»Entschuldigt mich.« Ich verlasse den Konferenzraum, um den Anruf meiner Agentin anzunehmen.

»Du wirst nicht glauben, mit wem ich gerade telefoniert habe!«, platzt Jamie ohne Begrüßung heraus.

Ich halte das Smartphone ein Stück von meinem Ohr weg, um keinen Trommelfellriss zu riskieren. »Mit wem?«

»DreamStream!«

»Dem Streaming-Dienst der Kane Company?«

»Genau dem! Kennst du den Anbieter?«

»Wer nicht?«

Jamie lacht. »Auch wieder wahr. Um es kurz zu machen, sie haben mich kontaktiert, um mich zu fragen, ob du für eine Serien-Idee von ihnen zur Verfügung stehen würdest.«

»*Sie* haben *dich* kontaktiert?«

»Ich weiß, ich war auch total überrascht. Nicht, dass du nicht umwerfend wärst, aber DreamStream macht nur richtig große Deals. Wenn so eine Firma deine Show produziert, würde dich danach jeder kennen.«

Ich lehne mich an die Wand, aus Angst, meine weichen Knie könnten unter mir nachgeben. »An was für eine Sendung denken sie?«

»Das ist das Beste daran: Sie sind bereit, alles mitzumachen, was du dir vorstellst. Und vor allem auch *wo*. Solange sie die Sendung produzieren und streamen dürfen.«

»Du machst Witze.« Der Deal scheint mir zu gut, um wahr zu sein.

Vermutlich, weil es so ist.

Nein!

Ich schiebe die negativen Gedanken beiseite, bevor sie sich festsetzen können.

Dennoch scheint mir das Angebot etwas zu gelegen zu kommen.

Wen interessiert's? Was spielt es für eine Rolle, solange sie dir die volle kreative Kontrolle über den Inhalt der Sendung überlassen?

Nichtsdestotrotz frage ich mich, wie DreamStream überhaupt auf mich gekommen ist.

»Mit wem hast du gesprochen?«, frage ich.

»Declan und Callahan Kane«, antwortet Jamie wie aus der Pistole geschossen.

»Mit beiden?«

»Ja. Callahan Kane berät DreamStream. Er meinte, dass er mitbekommen hat, dass du eine Show über eine Stadt in der Nähe gepitcht hast, und gleich wusste, dass sein Bruder Interesse haben würde, weil seine Frau ein großer Fan von dir ist.«

Eine Stadt in der Nähe?

Ich brauche nur ein paar weitere Sekunden, um die Puzzleteile zusammenzufügen.

Verdammte Scheiße, das hier passiert wirklich.

Anscheinend habe ich den Gedanken laut ausgesprochen, denn Jamie muss lachen und bestätigt: »Jepp, es passiert wirklich.«

Ich klopfe mir auf die Brust, um meine Lunge dazu zu bewegen, ihre Arbeit wiederaufzunehmen. »Wie schnell können wir uns mit ihnen treffen, um alles durchzugehen?«

Jamie setzt mir das Angebot ausführlich auseinander, und ich höre ihr aufmerksam zu, wobei meine Aufregung mit jeder Minute wächst. Zehn Minuten später legt sie mit dem Versprechen auf, mir den überarbeiteten Vertrag zuzuschicken, sobald er fertig ist.

Jetzt muss ich den Stadtbewohner finden, der für all das verantwortlich ist, und ich habe das starke Gefühl, dass ich weiß, wo er sich aufhält.

Nachdem ich beschlossen hatte, nach Lake Wisteria zurückzuziehen, habe ich erwartet, dass Julian seine gewohnte Position in der Firma wieder einnehmen würde, und war überrascht, als er entgegen dessen seinem ursprünglichen Plan treu geblieben ist. Er arbeitet nur noch dreimal pro Woche von seinem Büro aus; den Rest seiner Zeit verbringt er damit, auf den Baustellen die Leitung zu übernehmen und mitzuhelfen. Außerdem nehmen wir das Renovierungsprojekt am Lake Aurora als Co-Projektleiter in Angriff.

Ich habe ihn nicht mehr so glücklich erlebt seit … Ich habe ihn *noch nie* so glücklich erlebt.

Ich öffne unseren Chat und schicke Julian eine Nachricht.

Ich: Bist du noch im Meeting?

Er antwortet wenige Sekunden später.

Erste Wahl: Nein.

Sofort mache ich mich auf den Weg zum Büro und lege nur einen kurzen Stopp ein, um Sam Hallo zu sagen, bevor ich in sein Privatbüro stürme und die schwere Tür hinter mir schließe.

Julian lehnt sich auf seinem Stuhl zurück. »Ich dachte, wir hätten vereinbart, uns bis zum Mittagessen nicht zu sehen.«

Was unserem ehrenwerten Vorsatz geschuldet war, vor den Weihnachtsferien nächste Woche so viel Arbeit wie möglich zu erledigen, aber Julian hat ihn in dem Moment zunichtegemacht, als er beschlossen hat, sich in mein Leben einzumischen.

Ich verzichte darauf, den Platz gegenüber seinem Schreibtisch einzunehmen, und setze mich stattdessen auf seinen Schoß.

Er legt einen Arm um mich, und ich schlinge meine um seinen Nacken, bevor ich ihn küsse.

Julian stöhnt auf, als ich meine Zunge über seine gleiten lasse und dafür ein leichtes Zittern als Belohnung ernte. Seine Finger graben sich in meine Hüften, während er den Kuss vertieft. Egal, wie oft er meinen Mund beansprucht, es fühlt sich immer wieder wie beim ersten Mal an.

Nach einer Minute zieht er sich zögernd zurück. »So sehr ich deinen unerwarteten Besuch zu schätzen weiß, ich habe in zehn Minuten einen Call.«

Ich wische den Lippenstift aus seinem Mundwinkel.

»Kein Problem. Ich wollte mich nur bei dir bedanken.«

»Wofür?«

»Für das, was du getan hast, um mir einen Vertrag mit DreamStream zu verschaffen.«

Ich spüre, wie er die Arme anspannt. »Ich habe nicht …«

Ich lege einen Finger auf seinen Mund. »Lüg mich nicht an oder spiele die demütige Freund-Karte.« Es ist das erste Mal, dass ich ihn als meinen Freund bezeichne; der Schock, der sich auf seinem Gesicht abzeichnet, war das Warten definitiv wert.

»Freund?«

»Lass dir den Titel nicht zu Kopf steigen.«

»Dafür ist es jetzt zu spät. Beinhaltet er eine lebenslange Mitgliedschaft?«

Ich bohre ihm einen Finger zwischen die Rippen, bis er sich unter mir windet. »Rede! Sonst …« Ich mache Anstalten, ihn weiter zu kitzeln, aber er hält meine Hand an seinem Oberschenkel fest.

»Ich wollte, dass du die Entscheidung triffst, die am besten für dich ist, und keine basierend auf meinem Einfluss auf das Ganze.«

»Dann gibst du also zu, dass du deine Finger im Spiel hattest?«

»Wenn du mit *Finger im Spiel* meinst, lediglich dafür gesorgt zu haben, dass die richtige Person erfährt, dass du zeitliche Kapazitäten und Interesse an einer neuen Sendung hast, dann ja, schuldig im Sinne der Anklage.«

Ich verpasse ihm einen Klaps gegen die Schulter. »Wusste ich's doch!«

»Wie hast du es rausgefunden?«

»Na ja, es war nur eine Vermutung, aber eine naheliegende – wegen deiner Verbindung zu Callahan Kane und da du die einzige Person in der Stadt bist, die weiß, dass ich eine neue Show pitche.«

Seine Ohren laufen an den Rändern rot an. »Er war mir einen Gefallen schuldig.«

»Und den hast du für mich eingefordert?«

»Ich weiß, wie sehr du es geliebt hast, deine eigene Show zu haben.«

Die Kanes schulden so gut wie nie jemandem einen Gefallen; die Tatsache, dass Julian seinen genutzt hat, um ihnen meine Serie ans Herz zu legen, bedeutet mir deswegen umso mehr.

Meine Brust zieht sich zusammen. »Ich kann nicht glauben, dass du mir einen Deal mit DreamStream verschafft hast.«

Er legt die Hände an meine Wangen. »Ich habe nichts weiter getan, als mit Declan zu sprechen und ihm von deiner Idee zu erzählen.

Dass dir seine Firma einen Vertrag anbietet, hast du allein dir selbst und deinen Jahren harter Arbeit zu verdanken.« Er hält einen Moment inne. »Und vielleicht auch ein wenig der Tatsache, dass Declan Kanes Frau dein zweitgrößter Fan ist.«

»Und wer ist der größte?«

»Du bist in ihn verliebt.« Er fährt mir mit einer Hand durch die Haare und küsst mich.

Als das Telefon auf seinem Schreibtisch klingelt, lösen wir uns widerwillig voneinander.

»Da sollte ich drangehen.«

Ich fahre mit den Lippen über seine. »Das solltest du.«

Er seufzt. »Mach es nicht noch schwerer für mich, als es ohnehin schon ist.«

Ich streichle mit der Hand über seinen Schritt. »Ich bin mir nicht sicher, ob das möglich ist.«

»Dahlia«, knurrt er, als ich durch die Hose die Spitze seines Schwanzes berühre.

Das Telefon klingelt erneut, und ich rutsche von seinem Schoß. Während ich zur Tür gehe, spüre ich seinen verlangenden Blick im Rücken und die Schmetterlinge in meinem Bauch flattern, die niemals ganz zu verschwinden scheinen.

Ich werfe einen Blick über die Schulter. »Wir sehen uns in einer Stunde.«

»In einer halben. Und vergiss die Unterwäsche.«

»Abgemacht.«

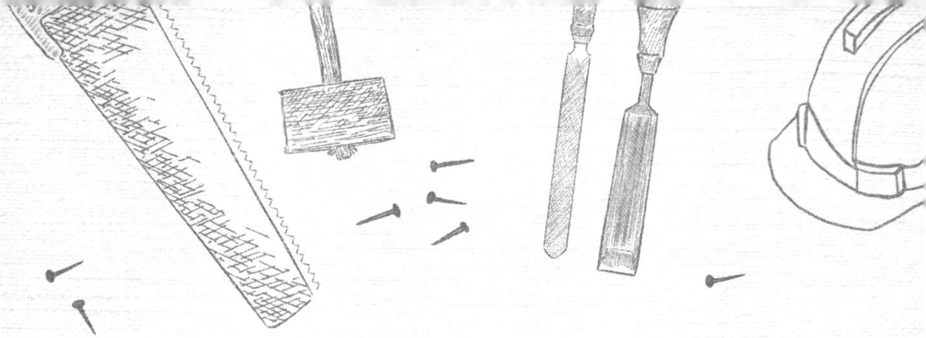

KAPITEL FÜNFUNDFÜNFZIG
JULIAN

Eine Woche später richte ich zum ersten Mal Heiligabend mit der Hilfe meiner Mutter und Dahlia aus. Das letzte Mal, dass wir alle über die Feiertage bei mir zu Hause waren, war vor dem Tod meines Vaters. Deshalb bin ich etwas überwältigt, als sie alle am frühen Morgen mit Vorräten meine Küche entern, um *Tamales* zu machen.

Die Essenszubereitung dauert einen ganzen Tag, der angefüllt ist mit Musik, Gelächter und vielen peinlichen Geschichten aus unserer Kindheit. Als wir mit dem Abendessen fertig sind und die Uhr Mitternacht schlägt, zerrt uns Nico ganz aufgeregt ins Wohnzimmer, um die Geschenke zu öffnen.

Mein Patenkind zerreißt das Geschenkpapier in Lichtgeschwindigkeit und quietscht begeistert auf, bevor er in meine Arme springt. »Du bist der beste *Tío* aller Zeiten!«

Dahlia hebt die Formel-1-VIP-Tickets vom Boden auf. »Gute Wahl.«

»Du hättest die beste *Madrina* aller Zeiten sein können«, stichle ich.

Als ich Dahlia vorgeschlagen habe, uns dieses Jahr die Kosten für Nicos Geschenk zu teilen, hat sie nur geschnaubt und gesagt, wenn es um ihr Patenkind gehe, würde sie auf keinen Fall knausern. *»Nur weil wir jetzt zusammen sind, heißt das nicht, dass ich unseren Wettstreit in naher Zukunft an den Nagel hängen werde«*, waren ihre Worte gewesen.

Eine Antwort, die ich hätte erwarten müssen, nachdem wir acht Jahre lang versucht haben, uns gegenseitig mit unseren Geschenken zu übertrumpfen, trotzdem hat sie mich überrascht.

Sie stupst mich mit der Hüfte an. »Glaub ja nicht, dass du schon gewonnen hast.«

Es ist mir schleierhaft, wie sie mein Geschenk übertreffen will. Nachdem ich Nico einen Monat lang über seinen mexikanischen Lieblingsfahrer Elías Cruz habe reden hören, wusste ich, dass ich ihm zu Weihnachten einen VIP-Backstage-Pass schenken muss. Obwohl er noch nicht lange Fan der Formel 1 ist, und das nur dank seines Kindermädchens Ellie, die kein Rennen verpasst, ist er schnell zum Superfan geworden.

»Viel Glück dabei, das zu toppen.« Ich gebe Dahlia einen Kuss aufs Haar, bevor ich mich auf die Couch setze. »Für dich und Ellie hab ich auch Tickets besorgt.« Ich werfe Rafa das Geschenk zu, das ich hinter der Couch versteckt habe, bis Nico seins geöffnet hat.

»Ein Ticket für Ellie? Warum?« Rafa runzelt die Stirn.

»Ähm … weil Nico gesagt hat, dass sie euch auf eurem Sommer-Trip begleitet?«

Die Vene am Hals meines Cousins pulsiert, als er seinen Sohn ansieht. »Ist das so?«

»Du hast gesagt, ich kann machen, was ich will.« Nico zieht sich das Band mit dem VIP-Pass über den Kopf.

»Ja, genau. Ich habe gesagt, dass du *machen* kannst, was du willst. Nicht *einladen*, wen du willst.«

»Aber ich will was Cooles mit Elli *machen*, also muss sie mitkommen. Ätsch!« Nico stellt sich neben mich, damit meine Mom ein Foto von uns machen kann.

Lily lacht. »Da hat er dich erwischt.«

Rafa zieht zwei weitere VIP-Tickets aus der Geschenktüte und murmelt ein Dankeschön. Sämtliche Anwesenden wissen, dass er mit allem einverstanden ist, was Nico sich wünscht, solange es seinen Sohn glücklich macht, einschließlich einer sommerlichen Weltreise mit seinem Kindermädchen, selbst wenn er jede Sekunde davon hasst.

»Gern geschehen. Schick uns unbedingt Fotos und Videos von Nico und Ellie, wie sie ausflippen.« Ich zwinkere ihm zu.

Er streicht sich mit dem Mittelfinger über eine Augenbraue.

»Kein Streit an Weihnachten.« Meine Mom hebt tadelnd einen Finger.

»Sorry, Ma«, sagen Rafa und ich im Chor.

»Jetzt bin ich dran«, verkündet Dahlia und überreicht Nico ein kleines Paket. »Das ist für dich.«

»Danke!« Strahlend zerrt er an dem rot-weißen Geschenkband, bevor er kurz darauf in Jubelgeschrei ausbricht.

»Was hast du bekommen?« Rafa beugt sich vor, um einen Blick auf die Tickets zu werfen, die Nico eisern umklammert hält.

Mein Patenkind schlingt die Arme um Dahlias Nacken und drückt sie, bis ihr Gesicht aus Atemnot droht, rot anzulaufen.

»Vorsicht.« Ich ziehe ihn sanft von ihr weg. »Was hat dir Dahlia geschenkt?«

»Tickets für ein Konzert von Duke Brass.«

»Was?«, keucht meine Mom.

»Boah!« Lily reißt die Augen auf. »Damit sehen wir anderen natürlich alt aus.«

Verdammt. An die Tickets ist so gut wie nicht ranzukommen. Ich habe selbst versucht, welche für Nico zu besorgen, allerdings ohne Erfolg.

Rafa sieht Dahlia noch immer mit großen Augen an. »Wie hast du das geschafft?«

Dahlia zuckt mit den Schultern. »Ich kenne einen Typen.«

»Was für ein Organ hast du dafür verkauft?«

»Eins ohne überlebenswichtige Funktion.«

»Ich hoffe, du machst Witze«, raune ich ihr ins Ohr.

»Es gibt einen Grund, aus dem wir mit zwei Nieren geboren werden, Julian«, erwidert sie, ohne auch nur mit der Wimper zu zucken.

»Dahlia.«

Ihre Schultern beginnen zu beben.

Ich starre sie an.

Sie stupst mich mit der Schulter an. »Ein Lichttechniker, der mal für meine Show gearbeitet hat, ist Teil der Produktions-Crew der Tour. Ich habe ihn angerufen und um Tickets gebettelt.«

»Das ist das beste Geschenk aller Zeiten!«, ruft Nico, während er auf und ab hüpft und die Arme in die Luft wirft.

Dahlia klimpert mit den Wimpern. »Ooooh, du hättest der beste *Padrino** aller Zeiten sein können, aber nein, ich hatte deine Hilfe nicht nötig.«

Ich presse meine Lippen an ihr Ohr und flüstere: »Sag noch mehr solche Sachen, und ich sorge dafür, dass dein Hintern das gleiche Muster bekommt wie dein Geschenkpapier.«

Sie wird knallrot, was die Aufmerksamkeit meiner Mom auf uns zieht, die sofort ein Foto von uns macht.

»Fürs Album«, sagt sie mit einem Grinsen.

Anschließend öffnen alle anderen ihre Geschenke. Jedes Mal, wenn ich eines von meinen zücke, sieht Dahlia auf, nur um sofort

---

* ***Padrino:*** *Pate*

mit schlecht maskierter Enttäuschung in sich zusammenzusinken, wenn ich es jemand anderem überreiche.

Erst als die meisten Geschenke geöffnet sind, holt sie eines der letzten Pakete unter dem Baum hervor, auf dem mein Name steht. »Das ist für dich.«

»Du hast etwas für mich besorgt?«

Ihre Wangen färben sich rosa. »Ja.«

Ich nehme mir Zeit, das Geschenkpapier zu lösen, einfach nur weil ich es liebe, Dahlia so scheu und verlegen zu sehen – was selten genug der Fall ist.

»Es ist nichts Großes«, murmelt sie, während ich das Papier zu einem ordentlichen Quadrat falte.

»Kannst du dich bitte mal ein bisschen beeilen? Ein paar von uns würden gerne ins Bett gehen, bevor Santa den Schornstein runtergesaust kommt«, beschwert sich Lily.

»Genau!« Nico klatscht mit ihr ab. »Finde ich auch.«

»Schon gut.« Lachend hebe ich den Deckel des Kartons und greife hinein. »Was hast du mir wohl …« Ich verstumme, als ich ihr Geschenk herausholе.

Es gibt zwei wesentliche Unterschiede zwischen der Trophäe für den *Zweitbesten*, die ich von Dahlia zum Schulabschluss geschenkt bekommen habe, und dieser. Der erste ist, dass diese viel größer ist, und der zweite, dass sie eine andere Inschrift trägt.

Erste Wahl.

Dahlia fängt meinen Blick auf. »Gefällt dir dein Geschenk?«

Ich kämpfe gegen die Enge in meiner Kehle an. »Ich liebe es.«

»Ich weiß, das ist vielleicht ein bisschen albern, aber nachdem du die letzte behalten hast …« Sie beendet den Satz nicht.

»Sie ist perfekt.« Ich schließe Dahlia in die Arme und küsse sie, was Nico zu einem Würgegeräusch veranlasst, meiner Mutter eine

Reihe *Ohs* und *Ahs* entlockt und Lily ein Seufzen, während Rafa irgendetwas Unverständliches vor sich hin murmelt.

Dahlia ist diejenige, die unseren Kuss unterbricht. »Was glaubst du, wie lange es dauern wird, bis sie das nicht mehr jedes Mal, wenn wir uns küssen, machen?«

»Sie haben beinahe zehn Jahre nachzuholen, also nehme ich an, es dauert noch ein paar weitere, bevor sie sich beruhigen.«

Dahlia stöhnt auf. »Himmel hilf.«

* * *

»Die schon wieder?« Sie reißt mir die schwarze Schlafmaske aus den Händen.

Ich betätige das Gaspedal und lenke den Wagen in Richtung Historic District. »Ich würde dir nur ungern deine Weihnachtsüberraschung verderben.«

Ihre Hände zittern, als sie sich die Maske über die Augen zieht. Vorsichtig steuere ich den Truck über die vereisten Straßen zum Gründerhaus.

Dahlia sagt erst wieder etwas, als der nächste Song verklingt. »Ich hätte wissen müssen, dass du etwas planst, nachdem ich mit leeren Händen dastand.«

»Hast du wirklich geglaubt, dass ich dir nichts schenke?«

»Ich weiß nicht, aber ich wollte mich nach der ganzen Dream Stream-Sache nicht beschweren. Die ist so viel wert als zehn Geschenke auf einmal.«

Ich parke vor dem Gründerhaus. »Wie gesagt, den DreamStream-Deal hast du allein dir selbst und deinem Talent zu verdanken, nicht mir.«

Ich bezweifle, dass sie mir das abnimmt, bis sie sich nach den Feiertagen selbst mit dem Team von DreamStream getroffen hat, aber es kann nicht schaden, ihren Erfolg zu betonen, wenn ihre Selbstzweifel einmal mehr überhand zu nehmen drohen.

Dahlia bleibt sitzen, während ich um den Truck herumgehe, um ihr die Beifahrertür zu öffnen. Als ich ihr heraushelfe, erschaudert sie in der kühlen Abendluft.

Ich lege ihren Arm um meinen und führe sie zum Haus.

Sie schiebt die behandschuhten Hände in die Taschen ihres Mantels. »Hast du mir noch ein Haus gekauft?«

»Nein.«

Ihre Zähne schlagen vor Kälte aufeinander, als wir das Tor zum rückwärtigen Garten durchqueren.

»Einen Privat-Jet?«

»Willst du einen haben?«

Sie lacht. »Nein, aber ich wette, du würdest mir einen schenken, wenn ich dich darum bitte.«

Ich fahre mit einem Finger über ihre rote Nasenspitze. »Langsam scheinst du es zu begreifen.«

»So viel Geld zu haben wie du, ist verrückt.«

»Genauso verrückt wie meine Liebe für dich, und über die hast du dich, soweit ich weiß, noch nie beschwert.«

»Stimmt.«

»Nur noch ein paar Schritte.« Ich lege eine Hand auf ihren unteren Rücken und dirigiere sie zur perfekten Stelle. »Bleib hier stehen und behalt die Maske auf.«

»Okay«, stimmt sie mit einem Seufzen zu.

Ich beeile mich, den Außenschalter zu betätigen, bevor ich zu ihr zurückkehre. Sie hat sich nicht gerührt. Meine Finger zittern, als ich ihr die Maske von den Augen ziehe.

Ein Keuchen kommt ihr über die Lippen. »Julian.«

Ich schiebe die Maske tief in meine Manteltasche. »Gefällt es dir?«

Sie macht ein paar Schritte auf den Pavillon zu, bevor sie erneut stehen bleibt. »Den hast du gebaut?«

Ich schiebe die Hände in die Taschen meiner Jeans. »Jepp.«

Mein Team hat mir geholfen, alles zusammenzusetzen, aber ich war in dem gesamten Prozess involviert.

»Er ist wunderschön.« Dahlia tritt ein paar Schritte weiter vor, um über einen der Holzpfosten zu streichen.

»Das freut mich.« Ich steige die Treppe hinauf und stelle mich in die Mitte des Pavillons.

Dahlia folgt mir, während sie staunend die Details in Augenschein nimmt. »Er sieht genauso aus wie der, den Gerald für Francesca entworfen hat.«

»Ein paar Dinge habe ich angepasst.«

Ich zeichne eine der geschnitzten Dahlien nach, die eine Rose geworden wäre, wenn ich mich an Geralds ursprünglichen Entwurf gehalten hätte. Zum Glück hatte meine Mutter eine andere Idee, was der Arbeit eine persönliche Note verleiht.

Dahlias Augen glänzen. »Er gefällt mir aus tausend verschiedenen Gründen, aber vor allem deswegen, weil du ihn gebaut hast.«

Ich ziehe sie an mich, und sie schmiegt sich in meine Arme. Unsere Körper verschmelzen miteinander, während wir uns in einem weiteren Kuss verlieren.

Irgendwann beginnt es zu schneien, und die Flocken bedecken den Boden um den Pavillon herum mit einer hauchdünnen Decke wie aus Puderzucker.

»Weiße Weihnachten! Es ist Jahre her, dass ich Schnee zu Weihnachten erlebt habe.« Sie löst sich von mir und springt die Treppe hinunter.

Ich bleibe stehen, um ihr dabei zuzusehen, wie sie sich im Kreis dreht und versucht, einzelne Schneeflocken mit der Zunge aufzufangen. Es gibt keinen schöneren Anblick als Dahlia, die vor dem Haus, das ich mit ihr zusammen zu unserem Zuhause umbauen möchte, zum Himmel hinauflacht.

Ich warte einige Minuten ab, bevor ich neben sie trete und einen Arm um ihre Taille schlinge, um sie zum Gründerhaus zu führen.

»Wo willst du hin?«

»Nach Hause.«

»Was? Warum? Wir sind doch gerade erst hergekommen.«

»Wir fahren ja auch nicht wieder weg.«

Ich öffne die Hintertür und trete ins Haus. Dahlia ziehe ich an der Hand hinter mir her. Uns entfährt zeitgleich ein wohliges Seufzen, als unsere Finger und Zehen in der Wärme augenblicklich aufzutauen beginnen.

Dahlia bohrt mir ihren Zeigefinger in die Brust. »Was hast du damit gemeint, dass wir nach Hause gehen?«

Ich beschreibe eine raumgreifende Geste, mit der ich das Wohnzimmer einschließe. »Du stehst mittendrin.«

Sie blinzelt ungläubig.

»Wir behalten das Haus?«

»Ich hatte nie vor, es zu verkaufen.«

»Zu keinem Zeitpunkt?«

Ich schüttele den Kopf.

Sie sieht sich um. Es ist nicht schwer zu erkennen, dass ihre Gedanken wild durcheinanderschwirren. »Warum?«

»Es gehört mir schon seit Jahren.«

»Seit *Jahren*?«

»Ja.«

Sie öffnet den Mund, ohne dass ein Ton herauskommt.

Ich hole tief Luft. »Erinnerst du dich an deine Antwort bei der Wahl zur Erdbeerkönigin auf die Frage, was du dir wünschen würdest, hättest du drei Wünsche frei?«

Ihre Augen weiten sich.

Dahlia zu überraschen, ist nicht schwer, aber sie sprachlos zu machen? Das ist ein Meisterstück, von dem ich niemals geglaubt hätte, es zu vollbringen.

»Und mein letzter Wunsch wäre, das blaue Gründerhaus zu besitzen«, hat sie damals geantwortet, nachdem sie sich bereits gewünscht hatte, es würde keine Krebserkrankungen geben und die Möglichkeit zu haben, ein letztes Gespräch mit ihrem Vater zu führen.

Ihre Augen schimmern, und das nicht wegen des Mondlichts, das durch die wandbreite Fensterfront hereinfällt, sondern aufgrund der Gefühle, die sie in diesem Moment zu überwältigen drohen.

»Ich erinnere mich.« Als eine einzelne Träne ihre Wange hinabrollt, küsse ich sie weg. »Du hast meinen Wunsch wahr werden lassen, und ich habe es die ganze Zeit über nicht gewusst.« Ihre Stimme bricht.

Als das Gründerhaus vor einigen Jahren zum Verkauf stand, habe ich es ohne zu zögern gekauft. Zuerst in dem bescheuerten Versuch, mich an einer Frau zu rächen, die jedes Recht hatte, mit einem anderen Mann zusammen zu sein. Aber jedes Mal, wenn ich es abreißen wollte, hat mich etwas zurückgehalten und ich musste daran denken, wie verletzt Dahlia sein würde, wenn sie zurückkommen und feststellen würde, dass es nicht mehr existierte. Zum Glück habe ich meinen Plan nie in die Tat umgesetzt. Ich bin mir nicht sicher, ob Dahlia mir das jemals verziehen hätte, und die Art und Weise, auf die sich alles entwickelt hat, ist so viel besser.

»Aber was ist mit dem *Zu-verkaufen-Schild*, an dem wir vorbeigefahren sind, nachdem du mir geholfen hast, meinen Verlobungsring loszuwerden?«

»Ich hab Sam in einer Nachricht um den Gefallen gebeten, während du das *Nieve* von Cisco's gegessen hast.«

»Das ist ein Scherz, oder?« Sie schweigt einen Moment, bevor sie hinzufügt: »Und deine Bitte, dir dabei zu helfen, es zu renovieren …«

»Hat zuerst daher gerührt, dass mich meine Mom angefleht hat, dir einen Job zu besorgen, um dir über eine harte Zeit hinwegzuhelfen.«

Ihre Unterlippe zittert. »Du hättest jedes andere Haus zu unserem gemeinsamen Projekt machen können, aber du hast dieses ausgesucht.«

»Ja.«

»Warum?«

»Weil ich wusste, dass du der Möglichkeit, an diesem Haus zu arbeiten, nicht widerstehen können würdest – selbst wenn das bedeutet, mit mir zusammenzuarbeiten.«

»Warum hast du es nicht schon vor Jahren abreißen lassen?«

»Das hatte ich ursprünglich vor.«

»Und was hat dich davon abgehalten?« Sie legt die Arme um meinen Nacken.

»Gerald zu ärgern?«

Als sie lacht, fange ich den Laut mit meinen Lippen auf. Ich küsse sie auf die Stirn. Die Wangen. Den Mundwinkel und die Halsbeuge. Jede Stelle, die ich mit den Lippen erreichen kann, und sie tut das Gleiche.

»Was hältst du von der Idee, dieses Haus zu unserem zu machen?« Ich hauche einen weiteren Kuss auf die Stelle unterhalb ihres Ohrs.

»Klingt verlockend, aber du weißt ja, was meine Mutter vom Zusammenziehen vor der Ehe hält.«

»Das Problem lässt sich leicht lösen.«

Sie verdreht die Augen. »Frag mich in einem Jahr noch mal.«

»Ich nehme dich beim Wort.«

Bis dahin habe ich den festen Vorsatz, diese Frau in jeder Hinsicht zu der Meinen zu machen.

Sie zu lieben. Sie zu heiraten. Sie ein Leben lang zu schätzen und zu ehren.

Ende

EPILOG
DAHLIA

SECHS MONATE SPÄTER

Wärme umhüllt mich, und ich seufze, als ich mich näher an ihre Quelle kuschle.

Im nächsten Moment schrecke ich aus dem Dämmerschlaf auf.

Ich liege im falschen Bett. »Shit!«

Zum dritten Mal in diesem Monat haben Julian und ich es nicht geschafft, wach zu bleiben, nachdem wir viel zu lange aufgeblieben sind, um Dinge zu tun, für die meine Mutter in den nächsten fünf bis zehn Jahren an meiner Stelle zur Beichte gehen würde.

Julian reibt sich den Schlaf aus den Augen, bevor er sich aufrichtet und an das Kopfteil des Bettes lehnt. Nur zu gern lasse ich mich vom Spiel seiner straffen Muskeln ablenken, als er die Kissen in seinem Rücken zurechtrückt.

Er streichelt meine Wange. »Wenn du mich weiter so ansiehst, kommst du hier nie raus, bevor deine Mutter aufwacht.«

Mein Herz setzt ein bis zwei Schläge aus, als ich mich in seine Berührung schmiege. »Ich sollte gehen.« Dennoch bringe ich nicht genug Willenskraft auf, um mich von Julian zu lösen.

Für die meisten Leute mag die Regel meiner Mutter, vor der Ehe mit niemandem zusammenzuziehen, altmodisch klingen – eine Ansicht, die ich von ganzem Herzen teile –, dennoch habe ich nicht vor, ihre alttestamentarischen Überzeugungen in naher Zukunft infrage zu stellen, vor allem, wenn diese in ein paar Monaten ohnehin keine Rolle mehr spielen werden.

Bevor ich die Chance habe aufzustehen, greift Julian nach meiner Hand. »Wir könnten dieses lästige Problem lösen, indem wir heute heiraten.«

Ich fange an zu lachen und höre erst wieder auf, als er nicht einstimmt. »Moment mal, das war ein Scherz, oder?«

Er jagt mir einen wohligen Schauer über den Rücken, indem er zärtlich meinen Ringfinger streichelt. »Nein.«

»Du willst *heute* heiraten?«

»Gestern im Wetterbericht hieß es, dass es ein sonniger Tag werden soll, ohne Wolken und Sommergewitter am Nachmittag«, erwähnt er beiläufig.

Ich blinzle ein paarmal, bevor ich mich genug gesammelt habe, um zu reagieren. »Du hast gestern Abend den Wetterbericht gelesen?«

»Und am Tag davor.«

»Wie lange machst du das schon?«

»Seit ich deinen Ring gekauft habe.«

Meine Augen drohen mir aus dem Kopf zu treten. »Meinen Ring?« Ich klettere auf seinen Schoß und klemme seinen Körper unter meinem ein. »Du hast mir einen Ring gekauft?«

Seine strahlend hellen Augen machen der Sonne Konkurrenz, die durch einen Spalt in der Jalousie fällt. »Ja, schon, aber du hast gesagt, dass du bis zum nächsten …«

*»¡Necesito verlo ahora mismo!«**

Das schönste Lachen sprudelt aus ihm heraus. »Dafür musst du ihn erst finden.«

»Du hast ihn versteckt?«

»Ja, natürlich. Ich habe dich letzte Woche dabei erwischt, wie du in meinem Schlafzimmer herumgeschnüffelt hast, also konnte ich kein Risiko eingehen.«

Meine Wangen brennen. Als ich nach dem Wochenende, das er mit Rafa in Detroit verbracht hat, die Quittung für eine Schmuckversicherung unter dem Sitz in seinem Wagen gefunden habe, war ich neugierig, was Julian gekauft hat. Obwohl ich sofort an einen Ring denken musste, habe ich mir eingeredet, dass er wahrscheinlich ein klassisches Paar Diamantstecker für meinen bevorstehenden Geburtstag besorgt hat. Trotzdem habe ich mich in seinem Zimmer umgesehen, aber meine Suche war ergebnislos.

Er gibt mir einen Kuss auf die Stirn. »Wenn du ihn findest, gehört er dir.«

Mit einem Quietschen springe ich aus dem Bett und beginne, Julians Schlafzimmer von oben bis unten zu durchsuchen. Mit dem Chaos, das ich dabei verursache, könnte ich dem im Zimmer meiner Schwester Konkurrenz machen.

»Er ist im Erdge…«

Ich stürme zur Treppe, ohne Julian, der mir hinterherläuft, eines weiteren Blickes zu würdigen, aber seinem Lachen nach zu urteilen, scheint es ihm nichts auszumachen. Ich durchsuche jeden Quadratzentimeter des Erdgeschosses von Julians Haus, einschließlich des Innenlebens des Flügels, der Stelle hinter der Toilette und jedes Topfes, jeder Pfanne und jedes Gerät, das groß genug ist, um ein Schmuckkästchen darin zu verstecken.

---

* *¡Necesito verlo ahora mismo: Den muss ich sofort sehen!*

Wo ist er?

Entweder er hat dazugelernt, nachdem ich alle seine im Haus versteckten Pro-Kontra-Listen gefunden habe, oder er hat den Ring gar nicht hier versteckt.

Dir hätte klar sein müssen, dass er dich austricksen würde.

Langsam gehe ich zur Treppe zurück, bereit, mich geschlagen zu geben.

»Hast du ihn schon gefunden?«

Beim Klang von Julians tiefer Stimme, die von den hohen Decken widerhallt, sehe ich mich überrascht um. Ich folge ihr ins Wohnzimmer, wo er an dem Regal lehnt, auf dem einige seiner wertvollen Trophäen stehen, darunter seine Sammlung von Ausgaben des *Kleinen Prinzen* und die beiden Auszeichnungen, die ich ihm geschenkt habe.

Moment mal …

Ich habe zwar *hinter* den Trophäen nachgesehen, aber nicht *in* ihnen.

Ich stelle mich auf die Zehenspitzen und nehme den Pokal für den *Zweitbesten* aus dem Regal.

Leer.

Ich hätte schwören können …

Er drückt mir stattdessen die *Erste-Wahl*-Trophäe, die ich ihm letzte Weihnachten geschenkt habe, in die Hand.

Meine Augen weiten sich beim Anblick des Holzkästchens, das darin steckt. Ich kann das Zittern in meinen Fingern nicht kontrollieren, als ich nach dem maßgefertigten Schmuckkästchen greife.

»Hast du …« Der Rest des Satzes bleibt mir in der Kehle stecken, als Julian auf ein Knie sinkt.

Er stellt den Pokal neben sich auf den Boden und streckt dann seine Hand aus.

Ich lege das Schmuckkästchen in seine offene Handfläche. Aus diesem Winkel kann ich die Handwerkskunst bewundern, die er in seine Arbeit gesteckt hat, einschließlich der makellosen und aufwendig geschnitzten Details.

Er hebt den Deckel und enthüllt einen wunderschönen Diamantring, der auf ein Samtkissen gebettet liegt. Das Vintage-Design mit dem strahlenden Solitär, der von einem Kreis ovaler Diamanten eingefasst ist, die Blütenblättern ähneln, erinnert an eine Blume.

Meine Sicht verschwimmt, und ich blinzle verzweifelt die Tränen weg in der Hoffnung, dass sie nicht fallen, bevor er die Chance hat, etwas zu sagen. Der Ring ist perfekt. *Er* ist perfekt. Und beides gehört allein mir.

Das Kästchen in seiner Hand zittert. »Ich habe meine Rede hundertmal geübt, aber nichts hat sich richtig angefühlt, also werde ich improvisieren und hoffen, dass du Ja sagst.«

Ich habe bereits vor einer halben Stunde während seiner spontanen Schnitzeljagd Ja gesagt, aber das braucht er nicht zu wissen. *So* großzügig bin ich auch wieder nicht.

»Du hast mir gesagt, dass du ein Jahr warten willst, bevor wir übers Heiraten reden, aber ich glaube nicht, dass ich noch einen einzigen Tag durchhalte, geschweige denn einhundertsiebenundachtzig weitere, dich zu bitten, meine Frau zu werden.«

Mir stockt der Atem, als er die Kurbel an der Seite des Kästchens dreht. Die ersten Töne meines Lieblingsliedes erklingen, während er den Ring herausnimmt und hochhält, damit ich ihn besser sehen kann. Ich hätte selbst keinen schöneren für mich aussuchen können.

»Zuerst warst du vielleicht nur meine Rivalin, aber du bist so viel mehr als das. Du bist meine engste Freundin und meine Geschäftspartnerin. Meine größte Herausforderin und das Beste, was mir im Leben passieren konnte … und hoffentlich meine zukünftige Frau.«

Die Enge in meiner Kehle löst sich, als ich in Gelächter ausbreche. Seine Hand, in der er den Ring hält, zittert, während er mich mit funkelnden Augen und dem sanftesten Lächeln anschaut.

Ich sinke auf die Knie und lege meine Hände an seine Wangen. »Ja.«

Seine Lippen kollidieren mit meinen. Der Ring ist vergessen, kaum dass er meinen Mund erobert und mir mit seinen Küssen tausend unausgesprochene Versprechen gibt.

Julian war und wird immer meine erste Wahl sein, und ich habe vor, ihm das für den Rest unseres Lebens zu zeigen.

Er unterbricht den Kuss und lässt mich atemlos zurück, während er mir den Ring ansteckt, um anschließend den Knöchel direkt darüber zu küssen. »Was hältst du davon, heute zu heiraten?«

Ich schnappe nach Luft. »Ohne ein Kleid?«

»Ja oder nein, Dahlia?«

»Sollten wir nicht erst die Pro und Kontras einer nicht traditionellen Hochzeit besprech…«

Er stößt ein halb stöhnendes, halb knurrendes Geräusch aus, das mich in einen Kicheranfall ausbrechen lässt.

»Na schön. Lass uns heiraten.«

* * *

Im Gründerhaus – das nun unser Zuhause ist – herrscht reges Treiben, während sich unsere Familien in aller Eile auf eine spontane Hochzeit vorbereiten. Doch niemand scheint wirklich von der Idee überrascht zu sein, was mir bestätigt, dass Julian die ganze Sache von Anfang an geplant hatte. Von meiner Schwester, die bereits den perfekten Brautstrauß vorbereitet hat, bis hin zu Josefina, die ausgerechnet an einem Samstagabend ohne Probleme eine Heiratslizenz organisiert, fügt sich alles wunderbar zusammen.

»Wunderschön.« Meine Schwester macht ein Foto von mir, wie ich aus dem Fenster zum Pavillon hinübersehe.

Josefina und meine Mutter haben die Arme umeinander geschlungen und tupfen sich die Augenwinkel, während sie mich betrachten.

»Ihr werdet allesamt euer Make-up ruinieren«, schimpft Lily, bevor sie ein weiteres Foto macht.

»*Que bella*«,* schnieft Josefina.

»*Mija.*« Meine Mutter kommt zu mir und zieht mich in eine Umarmung, die Lily mit der Kamera festhält.

Ich strecke die Hände aus und winke Lily und Josefina zu uns, damit sich die beiden unserer Umarmung anschließen.

»Pass auf ihre Frisur auf.«

»Und auf ihr Kleid.« Josefina wirft einen Blick auf die Satin-Schleppe.

Meine Schwester muss meinen Pinterest-Account gestalkt haben, denn jedes Detail, vom Spitzenschleier bis zum weißen Kleid, das sie *zufällig* in ihrem Schrank hatte, entspricht dem, was ich mir immer vorgestellt habe.

Von draußen erklingt Klaviermusik, die uns aufsehen lässt.

Lily stellt die Kamera auf einen Beistelltisch. »Das ist unser Stichwort! Julian sollte jetzt rausgehen.«

Ich klebe förmlich am Fenster, aber Lily zieht mich weg, bevor ich einen Blick auf meinen zukünftigen Ehemann erhaschen kann.

Meine Schwester scheucht uns aus dem Zimmer und die Treppe hinunter, bevor sie vor den Doppeltüren stehen bleibt, die auf die Terrasse und in den dahinter liegenden Garten führen. Blumen und Kerzen säumen den Weg, der direkt zum Pavillon führt, der wie eine weitere meiner Traum-Pinnwände dekoriert ist. Julian bemerkt nicht, dass ich ihn anstarre, während er unter den von der Spitze des Pavillons herabhängenden Blumen steht. Er trägt einen tiefblauen Anzug, der mit der Farbe des Sees hinter ihm verschmilzt.

Mein zukünftiger Ehemann.

---

* ***Que bella:*** *Wie schön*

Mir verschwimmt die Sicht, worauf Lily mich ermahnt, nicht zum zehnten Mal an diesem Abend mein Make-up zu verschmieren.

Sie greift in die Tasche ihres Kleides und holt eine gelbe Rosenknospe heraus. »Ich dachte, dein Strauß könnte ein kleines Stück von Papa gebrauchen, da er heute nicht kommen konnte.« Sie steckt die Rosenknospe in die Mitte meines Brautstraußes.

Meine Augen brennen. »Ich dachte, du willst nicht, dass ich weine.«

»Tut mir leid! Denk daran, dir Zeit zu lassen und langsam zu gehen, damit du nicht der Länge nach hinfällst und dir noch einen Arm brichst.«

»Sehr witzig.«

Kichernd rückt sie meinen Schleier zurecht, bevor sie nach draußen geht, um sich der kleinen Gruppe anzuschließen, die sich um den Pavillon versammelt hat. Es sind weniger als zwanzig Leute bei unserer improvisierten Hochzeit anwesend, und ich könnte nicht glücklicher sein. Alles, was ich brauche, sind Julian, jemanden, der unsere Ehe schließen kann, und ein paar Trauzeuginnen und Trauzeugen für den Papierkram, die alle Teil unserer Familie sind.

Als Rafa meinem Patenkind zunickt, fährt Nico mit den Händen über die Klaviertasten, bevor er die ersten Töne anschlägt.

»Wag es ja nicht zu weinen«, ermahne ich mich immer wieder leise, als ich nach draußen trete.

Sämtliche Köpfe drehen sich in meine Richtung. Ich kann die Musik vor lauter Herzklopfen kaum hören, und das Einzige, was meine Füße in Bewegung hält, ist der Mann, der im Pavillon steht und mich anstarrt, als wäre ich diejenige, die den Mond über uns zum Scheinen bringt.

Meine Absätze klackern auf den Holzstufen, als ich den von Julian handgeschnitzten Pavillon betrete und die Kerzen und Blumen betrachte, die jede Oberfläche bedecken.

Julian hebt meinen Schleier, während Lily nach meinem Blumenstrauß greift, damit ich die Hände frei habe und er sie ergreifen kann. Er beugt sich vor und flüstert mir ins Ohr: *»Eres la mujer más hermosa de todas.«**

Eine Gänsehaut breitet sich auf meinen Armen aus, und ich lege mit einem Lächeln den Kopf in den Nacken, um seinen Anblick in mich aufzunehmen. Ich habe Julian schon oft glücklich gesehen, aber in diesem Moment glüht er förmlich vor Emotionen.

»Bereit?« Er drückt meine Hand.

Ich sehe Josefina an, die anscheinend eine Lizenz zur Eheschließung erworben hat, bevor ich meinen Kopf in Richtung des Drahtziehers dieser ganzen Operation neige. »Du hast das alles bis ins kleinste Detail geplant, oder?«

Er hebt meine Hand an seine Lippen und haucht einen Kuss darauf. *»Jaque mate, cariño.«***

Die Schmetterlinge in meinem Magen beginnen zu flattern, bis ich mich ganz leicht fühle und mein ganzer Körper vor freudiger Erwartung prickelt.

»Wir haben uns heute hier versammelt, um die Hochzeit zweier Seelenverwandter zu feiern, die füreinander bestimmt sind. Und obwohl einige Menschen heute nicht physisch bei uns sein können, wissen wir, dass sie im Geiste hier sind«, sagt Josefina und dreht dann leicht ihren Kopf zur Seite.

Ich folge ihrem Blick zu dem Tisch neben dem Pavillon, auf dem jemand ein Foto unserer Väter platziert hat, die sich vor dem Lake Wisteria umarmen.

Da ich meine wasserfeste Wimperntusche nicht auf die Probe stellen will, blinzle ich ein paarmal, bevor ich mich wieder Julian zuwende.

---

* ***Eres la mujer más hermosa de todas:*** *Du bist die schönste Frau von allen.*

** ***Jaque mate, cariño:*** *Schachmatt, Schatz.*

Als wir uns in die Augen sehen, bleibt die Welt um uns herum stehen. Ich achte kaum auf die Worte, die Josefina vorträgt, da ich viel zu sehr in unserem eigenen Moment gefangen bin, um mich um die traditionellen Gelübde zu scheren. Julian und ich haben uns schon vor Stunden im Privaten unsere Versprechen gegeben, nachdem er mich nach seinem Antrag geliebt hat, weswegen das hier vielmehr für unsere Familien gedacht ist als für uns.

Immer, wenn Julian meine Hand drückt, spreche ich Josefina nach. Schließlich lässt sie ihr Handy in die Tasche ihres Kleides gleiten und verkündet: »Du darfst die Braut nun küssen.«

Mein Herz droht von all den Gefühlen, die mich überwältigen, zu zerspringen, aber mir ist keine Schonfrist vergönnt, bevor Julian einen Arm um mich legt und seinen ersten Kuss als mein Ehemann einfordert.

Das beste Schachmatt aller Zeiten.

ERWEITERTER EPILOG
DAHLIA

DREI JAHRE SPÄTER

Du … Das ist …« Meine letzte Kundin bei unseren Dreharbeiten, eine Überlebende häuslicher Gewalt, schlägt sich eine Hand vor den Mund, während sie sich in ihrem Wohnzimmer umsieht. »Unglaublich!« Sie schlingt die Arme um mich.

Eines der Mikrofone auf der Bühne senkt sich, um meinen nächsten Satz einzufangen.

Ich halte Mindy auf Armeslänge Abstand. »Ich hoffe, das hilft dir bei der Neuordnung des Lebens, das du dir wünschst.«

In Mindys Folge geht es um Selbstliebe und Selbstbestimmung nach dem Ende einer dreißigjährigen toxischen Ehe. Während wir gemeinsam an ihrem Traumhaus gearbeitet haben, haben wir erforscht, wie es für sie war, sich selbst wiederzuentdecken und ihr Selbstvertrauen zurückzugewinnen – ein schmerzhafter Prozess, den ich von ganzem Herzen nachempfinden konnte.

Bei *Dahlia Redesigned geht es* nicht nur darum, Häuser zu renovieren, sondern auch darum, Lebenserfahrungen zu teilen und daraus zu lernen, komplexe Beziehungen zu erkunden und das Thema psychische Gesundheit zu normalisieren. Wir schrecken nicht vor schwereren Themen zurück – etwas, das mir bei meinem letzten Sender verwehrt wurde.

Die Zuschauer lieben das Konzept, und meine Einschaltquoten übertreffen die aller anderen Renovierungs-Sendungen, einschließlich derer, die von Archer Media produziert werden. Die Zusammenarbeit mit der Familie Kane und dem DreamStream-Produktionsteam ist unglaublich, und ich kann es kaum erwarten, im kommenden Jahr die vierte Staffel zu drehen.

Mindys Augen schwimmen in ungeweinten Tränen. »Ich danke dir aus tiefstem Herzen. Ich habe davon geträumt, einen Ort zu haben, den ich mein Eigen nennen kann, aber das hier … das ist alles, was ich mir gewünscht habe, und mehr.«

»Cut!«, ruft der Regisseur, bevor die Crew in Applaus und Komplimente ausbricht.

Ich ziehe Mindy in eine letzte Umarmung. »Ich freue mich so für dich.«

»Und ich mich für dich. Ich verfolge deine Karriere seit der zweiten Staffel deiner letzten Sendung – du hast es unglaublich weit gebracht.«

Ich drücke ihre Hände. »Danke.«

Kurz darauf wird Mindy für das Interview nach der Enthüllung abgeholt, und ich bleibe allein zurück.

Doch schon im nächsten Moment stürmt Reina auf mich zu und zieht mich in eine Umarmung, mit der sie mir sämtliche Knochen zu brechen droht. »Das Haus ist atemberaubend, Dahlia. Es fällt mir ernsthaft schwer, mich für ein Lieblingszimmer zu entscheiden.«

»Du hast dich selbst übertroffen.« Hannah wirft einen Blick auf die raumhohen Bücherregale aus Eiche, die Julian speziell für mich angefertigt hat.

Obwohl die Auftritte meines Mannes in der Sendung aus Gründen der Privatsphäre begrenzt sind, treiben den Zuschauern die seltenen Ansichten meines Schreiners Ken im positivsten Sinne Tränen in die Augen.

»Lass sie los, bevor du meine ganze Arbeit versaust.« Arthur greift an seinen Gürtel, an dem verschiedene Haarstyling-Produkte baumeln, und zückt eine Bürste.

Hannah tupft mir mit einem Taschentuch die Augenwinkel. »Heb dir die Tränen bis *nach* deinem letzten Interview auf.«

»Ihr seid die Besten.« Ich schlinge meine Arme um die drei und drücke sie fest an mich. »Ich werde euch vermissen.«

»Es sind nur vier Monate.« Reina stupst mich mit der Hüfte an.

»Vier Monate zu lang. Wie willst du Europa ohne uns überleben?«, bemerkt Arthur, während er meine Frisur in Ordnung bringt.

»Europa?«

Hannah stößt ihm ihren Ellbogen in die Rippen, während Reina ihn mit Blicken erdolcht.

»Dahlia.«

Julians Stimme jagt mir einen Stromstoß durch den Körper.

Ich drehe mich zu ihm um. Er steht an eins seiner Regale gelehnt und sieht zu uns herüber.

»Was machst du denn hier?«, erkundige ich mich, nachdem ich zu ihm hinübergegangen bin.

Er schlingt einen Arm um meine Taille und zieht mich fest an seine Brust. »Ich wollte dabei sein, wenn du die Staffel beendest.«

Ein Kribbeln breitet sich vom Kopf bis zu den Zehen in meinem ganzen Körper aus. »Ich bin fast fertig.«

»Wie lange brauchst du noch?«

»Ein letztes Interview, dann gehöre ich ganz dir.«

»Gut, der Jet ist nämlich startklar.«

»Wohin geht es diesmal?«

»Ich dachte an Griechenland.« Er streicht mit seinen Lippen über meine, was Hannah zu einem Aufschrei veranlasst, dass er mein Make-up ruinieren könnte.

»Für jemanden, der eine kilometerlange To-do-Liste pflegt, machst du ziemlich viel Urlaub.«

»Ich muss ein Jahrzehnt verpasster Chancen nachholen.«

Ich hebe die Brauen. »Und welche Ausrede führst du in sieben Jahren an?«

Er grinst. »Familienurlaub?«

Ich erwidere sein Grinsen. »Das könnte mir gefallen. *Eines Tages.*«

In Anbetracht des Erfolgs meiner Sendung bin ich nicht im Entferntesten bereit, sesshaft zu werden und den Adoptionsprozess zu beginnen, genauso wenig wie Julian.

Es hat ein paar Monate gedauert, aber inzwischen wissen unsere Familien über meine Entscheidung, keine leiblichen Kinder zu bekommen, Bescheid. Es war nicht leicht, über meine Testergebnisse zu sprechen, aber mit Julian an meiner Seite haben wir das schwierige Gespräch gemeistert, und unsere Familie ist dadurch noch stärker zusammengewachsen. Dass sich unsere Mütter nun nicht mehr nach zukünftigen Enkelkindern erkundigen, ist eine Erleichterung.

Wir haben die notwendigen Schritte unternommen, um das Risiko einer Schwangerschaft zu minimieren, indem sich Julian einer Vasektomie unterzogen hat, damit ich mir keine Sorgen machen muss, und vorerst erfreuen wir uns an unseren Titeln als beste Tante und bester Onkel. Obwohl wir Kinder lieben, sind wir noch nicht bereit, sie großzuziehen.

Rückblickend bin ich froh, dass das Leben, das ich mir einst vorgestellt habe, nicht das ist, das ich am Ende bekommen habe, denn heute habe ich nicht nur eine Karriere, sondern außerdem den Mann meiner Träume an meiner Seite.

Es gab eine Zeit, da hätte ich das alles nicht für möglich gehalten, aber Julian liebt es, mir bei jeder Gelegenheit das Gegenteil zu beweisen.

Auch wenn wir jetzt verheiratet sind und zusammenarbeiten, ändern sich manche Dinge nicht.

Und ich hoffe, sie tun es nie.

DANKSAGUNG

Es gibt viele Menschen, die dazu beigetragen haben, dieses Buch möglich zu machen. Vielen Dank dafür!

Bei meinen Leser:innen – Dank euch ist dieser Autorinnentraum möglich. Jede und jeder von euch, die und der meinen Büchern eine Chance gibt, bedeutet für mich die Welt, und das werde ich nie als selbstverständlich betrachten. Ich danke euch von ganzem Herzen für eure Liebe und Unterstützung. Ich hoffe, *Love Redesigned* hat euch gefallen!

Bei Kimberly Brower – Danke dafür, dass du die beste Agentin bist, die sich eine Autorin nur wünschen kann. Ich bin so dankbar, dass du seit der allerersten Pitch-Idee ein Teil dieses Prozesses warst, ohne dich hätte ich das nicht geschafft.

Beim restlichen Team von Brower Literary, einschließlich Joy – Danke, dass ihr so viel Zeit und Sorgfalt investiert habt, um mit den *Lakefront Billionaires* (und all meinen anderen Büchern) so viele Leser:innen zu erreichen.

Bei Christa, Letty, Gretchen und dem übrigen Team von Bloom – Vielen Dank, dass ihr vom ersten Entwurf bis zur endgültigen Fassung alles in die Geschichte von Julian und Dahlia hineingesteckt habt. Pam, Katie und Madison, danke, dass ihr dazu beigetragen habt, die Buchvorstellung zu einem solchen Erfolg zu machen.

Bei Dom – Danke, dass du mich in der Bloom-Familie willkommen geheißen und an meine Geschichten geglaubt hast. Ich bin so dankbar, Teil des unglaublichen Vermächtnisses zu sein, das du mit Sourcebooks schaffst.

Beim Team von Piatkus, einschließlich Ellie und Anna – Danke, dass ihr mir geholfen habt, meine Bücher nicht nur in Großbritannien, sondern auf der ganzen Welt zu vermarkten. Ihr habt so viele meiner Träume Wirklichkeit werden lassen, und ich kann es kaum erwarten, dieses Abenteuer mit euch zu erleben.

Bei Nina, Kim und allen bei Valentine PR – Ich weiß nicht, wo ich ohne euch wäre, aber ich bin froh, es nie herausfinden zu müssen. Ihr engagiert euch so unglaublich, jede Veröffentlichung zu einem Erfolg zu machen. Ich weiß all eure Arbeit hinter den Kulissen, um diesen Erfolg möglich zu machen, sehr zu schätzen.

Bei Erica – Ich kann nicht glauben, dass dies das achte Buch ist, an dem wir zusammen gearbeitet haben. Es ist verrückt, darüber nachzudenken, dass ich das hier ohne *Throttled* wahrscheinlich nicht machen würde, und das werde ich nie vergessen. Ich hab dich (und M) lieb.

Bei Becca – Es ist schwer, meine Dankbarkeit in ein paar Zeilen zusammenzufassen, also muss ich dir eine Sprachnachricht schicken. Wie kann man sich dafür bedanken, dass du mich dazu gebracht hast, die beste Version meiner selbst zu sein? Das ist unmöglich, aber ich werde es versuchen!

Bei Sarah – Ich danke dir von ganzem Herzen für alles, was du tust, um mir mit meinen Geschichten zu helfen. Es ist wirklich bemerkenswert, wenn man bedenkt, dass wir schon seit Jahren beim Korrekturlesen und Lektorieren zusammenarbeiten, und ich kann das nächste Buch kaum erwarten.

Bei Mary – Tequeño mucho. Danke dafür, dass du die Beste aller Zeiten bist. Die Grafikdesign-Königin. Die Freundin, auf die ich mich immer verlassen kann, selbst wenn dein sozialer Akkustand kritisch niedrig ist. Du nimmst alles, was ich dir hinwerfe, mit einem perfekt gewählten WhatsApp-Sticker entgegen, und ich weiß wirklich nicht, was ich ohne dich tun würde.

Bei Jos – Ich bin mir nicht sicher, ob ich während dieses Prozesses ohne dich und unsere Freundschaft einen klaren Kopf behalten hätte. Du bist die beste Hype-Freundin, Alpha-Leserin, Motivationsrednerin und die genialste Problemlöserin. Und vielen Dank dafür, dass du mich vor *The Secret Life of Love Redesigned* gerettet hast.

Bei Nura – Es ist kaum zu glauben, dass dies das vierte Buch ist, das du für mich als Erste gelesen hast, aber so ist es tatsächlich! Deine Begeisterung, dein gutes Zureden und deine tollen Vorschläge haben dazu beigetragen, dieses Buch auf die nächste Ebene zu heben, und ich bin dankbar, dass du Teil meines Schreibprozesses sein möchtest.

Bei meinen unglaublichen Beta-Leserinnen Amy, Elizabeth, Fernanda, Jan, Kendra, Janelle, Isabella, Katelyn und Mia – Danke, dass ihr euch der Herausforderung gestellt habt, meine Testleserinnen zu sein. Jede von euch hat etwas Einzigartiges in diesen Prozess eingebracht, und ich bin dankbar, dass ihr eure unglaublichen Fähigkeiten und eure wertvolle Zeit mit mir geteilt habt. Durch euer Feedback hat dieses Buch das nächste Level erreicht, und das werde ich euch nie vergessen!

Bei Leticia – Vielen Dank für das Korrekturlesen dieses Buches. Du bist so talentiert, und dir liegt so viel an deiner Arbeit. Was für ein großes Glück für mich, dass uns Elsie einander vorgestellt hat.

Bei meiner Familie – Danke, dass ihr euch mit mir auf diesen wilden Ritt begeben habt. Ob ihr mir mit meiner Post helft oder mir zuhört, wenn ich laut über Plot-Ideen nachdenke, ihr seid immer für mich da und unterstützt mich bei allem.

Beim zukünftigen Mr. Asher – Danke, dass du das Leben und diesen beängstigenden Prozess zu einem großen Spaß machst. Dank dir denke ich daran, häufiger zu lachen und mir ein bisschen weniger Stress zu machen.